W0000458

Unverkäufliches
Leseexemplar

Sperrfrist für Rezensionen:
5. Februar 1996

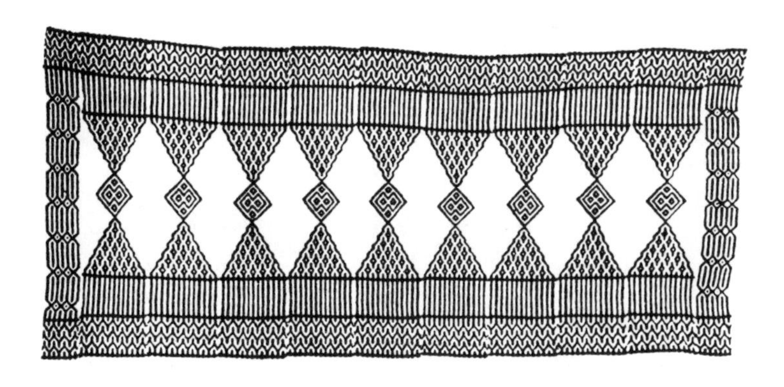

Richard Dooling

GRAB DES WEISSEN MANNES

Aus dem Amerikanischen
von Dirk van Gunsteren

Carl Hanser Verlag

Die Originalausgabe erschien 1994 unter
dem Titel *White Man's Grave* bei Farrar,
Straus and Giroux in New York.

1 2 3 4 5 00 99 98 97 96

ISBN 3-446-18525-9

Satz: Fotosatz Reinhard Amann, Aichstetten
Druck und Bindung: Franz Spiegel Buch GmbH, Ulm
Printed in Germany

Für meine Mutter, meinen großen Bruder Lahai Hindowa und in Erinnerung an Pa Moussa Gbembo

In seiner eigenen Gestalt ist der Satan weniger furchterregend,
als wenn er im Herzen eines Menschen wütet.

Nathaniel Hawthorne: *Young Goodman Brown*

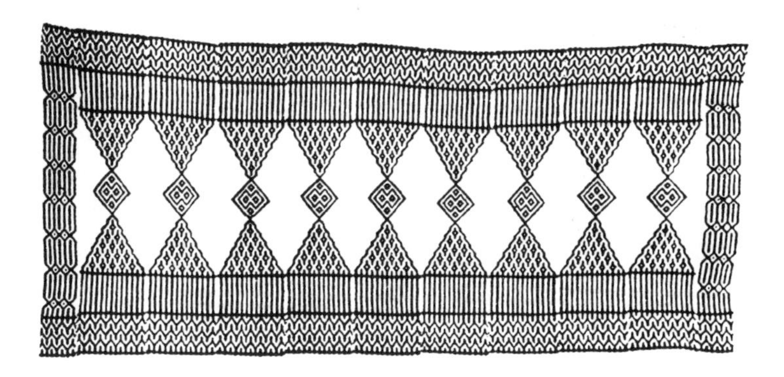

1

Randall Killigan war Seniorpartner in der größten Anwaltskanzlei von Indianapolis, Leiter der Abteilung für Konkursverfahren und kommandierender General, wenn die Kanzlei in eine Schlacht vor dem Bundeskonkursgericht zog. Daß er der beste Konkursanwalt in Indianapolis war, machte ihn ein, zwei Monate lang froh, doch dann wollte er der beste Konkursanwalt im Siebten Gerichtsbezirk sein, der im Bundesgerichtssystem die Staaten Indiana, Illinois und Wisconsin umfaßt. In Illinois lag Chicago und damit das größte Hindernis auf Randalls Weg zu Ruhm und Ehre, denn dort wimmelte es von hervorragenden Konkursanwälten mit riesigen Kanzleien, und die arbeiteten für amerikanische und internationale Firmen, deren Konkurse Schlagzeilen im *Wall Street Journal* machten. Es würde noch einige Jahre dauern, bis Randall vor so vielen Konkursgerichten von Chicago so viele Gegner vernichtet hatte, daß sein Name gleichbedeutend mit kapitalistischer Erbarmungslosigkeit war, aber er arbeitete daran. Er war dabei, sich einen landesweiten Ruf als Konkursanwalt zu erwerben, und das, obwohl seine Kanzlei in einer mickrigen Stadt im Mittleren Westen lag: Sterling & Sterling, eine Sozietät mit zusätzlichen Kooperationsverträgen, die nur zweihundertvierzig Anwälte beschäftigte, von denen die meisten Killigan verpflichtet waren, weil er sie mit Arbeit versorgte.

Er hatte den dünnen, aber formlosen Körper eines Schreibtischtäters mittleren Alters, eines Gerichtssaalfeldherrn, der den größten Teil seiner Kalorien mit Hilfe von Adrenalin verbrannte. Randall hatte früh gelernt, daß die bestbezahlten Berufe oft auch die anstrengendsten waren, und darum hatte er sich angewöhnt, Streß nicht nur auszuhalten, sondern regelrecht zu genießen. Schon bald verlangte es ihn danach, wie es andere Menschen nach Koffein oder Nikotin verlangt. Doch dann ging er (jedenfalls nach Meinung seiner Frau) einen Schritt zu weit und entwickelte eine Sucht nach Streß: Sein Leben erschien ihm sinn- und ereignislos, es sei denn, er konnte sich seine Dosis Streß verpassen und im Namen eines Mandanten, der ihm und der Kanzlei Millionen zahlte, auf Sanierung der Gesellschaft nach Artikel 11 plädieren.

Randalls Lebensinhalt war das Konkursrecht, und er pflegte jeden, der ihm in die Quere kam, damit einzuschüchtern, daß er es unter Angabe von Paragraph, Absatz und Artikel zitierte. Der Lebensinhalt des berühmten Biologen James Watson war das Problem der DNS – bis ihm die Struktur der Doppelhelix im Traum enthüllt wurde. Descartes nickte ein und sah im Traum die Ordnung der Wissenschaften. Friedrich August Kekulé von Stradonitz, ein Chemiker des neunzehnten Jahrhunderts, träumte von einer Schlange, die sich in ihren eigenen Schwanz verbissen hatte, und entdeckte nach dem Erwachen, daß die Kohlenstoffatome des Benzolmoleküls ringförmig angeordnet sind. Wenn Randall Killigan schlief, träumte er Abschnitte des amerikanischen Konkursgesetzes und entdeckte nach dem Erwachen Geld, viel Geld, welches ihm Mandanten mit einem unstillbaren Verlangen nach seinen speziellen Kenntnissen der einschlägigen Gesetze bereitwillig zahlten.

Er lehnte sich in seinem Ledersessel zurück, schwenkte ihn herum und genoß von seinem Eckbüro den Ausblick über die Innenstadt von Indianapolis. An der Rückseite des Sessels war mit Klebeband ein Banner in Form eines Computerausdrucks befestigt, auf dem in zehn Zentimeter großen Buchstaben KÖNIG DER

Tiere stand. Das war ein Scherz von Randalls Protegé, dem jungen Mack Saplinger, der das Banner nach einem von Randalls spektakuläreren Triumphen dort aufgehängt hatte; Randall hatte es nicht entfernt. Sein Schreibtisch sowie drei riesige Arbeitstische waren voller Trophäen aus geschlagenen Schlachten: Logos und Geschenke von Gesellschaften, die er nach Artikel 11 saniert hatte, Zeichen der Wertschätzung von besonders dankbaren Bankern, etwa in Form von Briefbeschwerern, in die sein Name und vielleicht das Datum einer entscheidenden Anhörung graviert waren.

Direkt neben ihm war der Kopf eines riesigen ausgestopften Schwarzbären auf einen Papierkorb aus Metall montiert. Randall hatte den Bären in Alaska erlegt, auf einem Urlaub von Konkursverfahren, den er mit den Jungs und Liza Spontoon, der einzigen weiblichen Teilhaberin, dort verbracht hatte. Die Augen des Bären starrten an die Decke, sein Maul war aufgerissen, die weißen Reißzähne schimmerten, und was das Beste daran war: Das Ding fraß Papier.

Randall haßte Papier, und darum warf er Mack finstere Blicke zu, als dieser erschien und diskret einen Ausdruck des Antrags auf Aufhebung des Vollstreckungsaufschubs im Beach-Cove-Fall irgendwo auf den hinteren Hektaren von Randalls Doppelschreibtisch deponierte, damit er bereitlag, sollte Randall ihn bei der Telefonkonferenz brauchen.

»Schaffen Sie das Zeug hier raus«, sagte Randall und zeigte erst auf den Papierstoß und dann auf den Computermonitor, wo das gleiche Schriftstück bereits in weißen Lettern auf blauem Grund aufgerufen war.

In der Regel waren Informationen auf Papier entweder wertlos oder wertvoll, aber nutzlos und unauffindbar, bis sie auf der Festplatte eines Computers gespeichert waren. Killigans Mitarbeiter wußten, daß man Notizen an ihn per E-Mail schickte. Er hatte ein E-Mail-Makro, das rund um die Uhr aktiviert war und jede Notiz an sein Terminal abfing, die mehr als sechstausend Bytes, also etwa eine einzeilig beschriebene Seite, umfaßte. Das Makro öffnete solche Notizen und schickte sie, versehen mit Datum und Uhrzeit und folgendem Hinweis, umgehend zurück:

Ihre Nachricht an dieses Terminal wurde ungelesen zurückgeschickt, weil sie zu weitschweifig war. Sparen Sie sich Ihre Beredsamkeit für unsere Gegner vor den Bundesgerichten auf. Achten Sie in Zukunft darauf, daß Nachrichten an dieses Terminal nicht mehr als 6000 Bytes umfassen.

R. S. K.

Vor der Telefonkonferenz hatte Randall noch eine Besprechung mit den Gläubigern aus dem WestCo-Manufacturing-Fall. Sie warteten in einem der Konferenzräume von Sterling & Sterling auf ihn.

»Brauchen Sie für die WestCo-Besprechung die Notiz über die Finanzierung der Schuldner, die ihren Besitz beliehen haben?« fragte Mack.

Randall schüttelte verärgert den Kopf und zeigte auf seinen Notebook-Computer. Der Junge war loyal und gab sich große Mühe, dachte er, aber an bestimmte Dinge mußte man ihn ständig erinnern.

»Ich werde mich um die Akkus kümmern, Meister«, sagte Mack grinsend und schlüpfte hinaus.

Mack nahm in Randalls Sonnensystem den Platz ein, an dem eigentlich Michael Killigan, sein einziger Sohn, hätte stehen sollen, doch der war, anstatt nach dem College Jura zu studieren, davongelaufen und ins Peace Corps eingetreten und nun in einem Land stationiert, dessen Namen Randall sich einfach nicht merken konnte: Sierra Liberia oder Sierraküste oder so – in irgendeinem gottverlassenen Hügelland in Westafrika, wo es nichts gab außer Schlangen, Sümpfen, Buschdörfern und nackten Negern, die in Lehmhütten ohne fließendes Wasser und Elektrizität hausten. Aus irgendeinem Grund hatte Michael Killigan beschlossen, ebenfalls dort zu hausen. Wahrscheinlich wollte er auf eigenen Beinen stehen, dachte Randall. Wahrscheinlich begehrte er gegen den riesenhaften Schatten auf, der über ihm lag, und war auf der Suche nach Fußspuren, die etwas näher beieinander lagen als die gewaltigen Fußstapfen seines Vaters. Er hatte den Jungen gehen lassen, in der Hoffnung, daß sein Sohn, wenn er erst einmal ein paar Monate in einer armseligen Hütte geschmort und die Aufmerksamkeiten einiger Kolonien von Darmparasiten genossen hatte, noch vor Jahresende wieder zurück sein und darauf brennen würde, die Aufnahmeprüfung für das Jurastudium abzulegen.

Achtzehn Monate später hatte Michael ein Foto von einem afrikanischen Bauernmädchen mit einer Art Kopftuch geschickt, und das jugendliche Aufbegehren drohte zu einer dauerhaften Revolution zu werden. Das Bild zeigte den Kopf des Mädchens und seine nackten Schultern. Um den Hals trug es an einem Lederriemen ein Stück Knochen oder Horn oder einen großen Reißzahn, und es hatte für die Kamera ein breites Lächeln aufgesetzt, bei dem man viele Zähne sah. Als Michael mit einer Meningitis auf Genesungsurlaub nach Hause gekommen war, hatte Randall mit ihm diskutiert, hatte gebettelt und gedroht, hatte ihm Geld angeboten und ihm schließlich sogar befohlen zu bleiben, mit dem Erfolg, daß sein Sohn von jener selektiven Taubheit befallen wurde, die man bei Kindern verzweifelter Eltern so häufig findet. Michael war, kaum daß er wieder gehen konnte, nach Afrika zurückgekehrt.

Randall hatte einen langen Brief an seinen Sohn diktiert. Er hatte seine Worte mit der Bedachtsamkeit eines Anwaltes gewählt und Michael gewarnt: Während man zwei Jahre im Peace Corps noch als eine Erfahrung betrachten konnte, die der Formung des Charakters diente, konnten sich *drei* Jahre als ernstes Problem in seinem Lebenslauf erweisen – sie waren wie eine Flagge, die auf einen möglichen Mangel an Ehrgeiz hindeutete, auf ein Zurückschrecken vor Verantwortung, auf ein Geschäftsgebaren, das aufgrund eines anhaltenden umgekehrten Kulturschocks ein wenig ungehobelt sein mochte, sie konnten ein Anlaß zu der Sorge sein, die Wiedereingliederung sei vielleicht nicht ganz erfolgreich gewesen. Als er seine Worte ausgedruckt auf Papier las, kam Randall zu dem Schluß, daß sie vermutlich jede Hoffnung, sein Sohn werde doch noch Vernunft annehmen und nach Hause zurückkehren, zunichte machen würden. Der Brief lag noch immer in der Korrespondenzschublade.

Da er also seinen Sohn nicht zu seiner Rechten hatte, mußte Randall sich mit dem eifrigen jungen Saplinger begnügen, einem Mitarbeiter, der sich dadurch ausgezeichnet hatte, daß er während des Verfahrens zur Festsetzung der Konkurstabelle im Fall

Marauder Corporation zwei Wochen lang auf dem Boden des Archivs geschlafen hatte.

Randall wartete darauf, daß Mack mit den Akkus kam, die er für die Besprechung brauchte, und so reagierte er unwirsch, als statt dessen einer der Büroboten mit einem Paket eintrat.

»Was für ein Scheiß ist das nun wieder?« fragte Randall. Er nahm die Pappschachtel und drehte sie hin und her. Sie war mit einem faserigen Bindfaden verschnürt und mit schwarzem Filzstift an »Master Rondoll Killigan« adressiert.

»UPS«, sagte der Bote gelassen. Offenbar war er Randalls spontane Ausbrüche gewohnt. Er las vor, was auf der Quittung stand: »Freetown, Sierra Leone. Das ist irgendwo in Afrika.«

Randall zerriß den Bindfaden, öffnete die Schachtel, nahm mehrere zerknüllte Zeitungsblätter heraus und stieß auf ein schwarzes Bündel aus eng verschnürten Lumpen. Es war so groß wie ein kleiner Football, und in einer Spitze steckte eine fünf Zentimeter lange rote Röhre aus porösem Stein oder Keramik.

»Was für ein Schrott ist das denn? Ein afrikanischer Wichsapparat?« Randall sah auf, stellte fest, daß sein Büro leer war, und ärgerte sich, weil der Bote gegangen war, bevor er ihm die Schachtel hatte zurückgeben und ihn anbrüllen können, warum er das Ding überhaupt hergebracht hatte. Kein Brief. Nur ein schwarzes Bündel aus Afrika.

Randall hatte immer weniger Zeit für irgendwelche Störungen und Ärgernisse, die nichts mit Konkursen zu tun hatten. Sein erster Gedanke war, daß er bestimmt irgendwo einen Angestellten hatte, dem er dieses Ding in die Hand drücken und die Anweisung geben konnte, herauszufinden, was es war, woher es kam, wer es geschickt hatte und was er damit anfangen sollte, doch es fiel ihm niemand ein.

Es sah eindeutig bedrohlich aus, wie das versteinerte schwarze Ei eines riesigen, ausgestorbenen Raubvogels. Er betastete die blutrote Röhre und merkte, daß sie im Inneren des Bündels angenäht oder auf andere Weise befestigt war. Er ließ das Ding in die mit zerknüllten Zeitungen gepolsterte Schachtel fallen und klopfte sich darüber die Hände ab. Ein übler Geruch ging davon aus, und er wollte es nicht aus den Stofflagen wickeln, die von einer Art Pech oder Leim zusammengehalten wurden. Er strich eines der Zeitungsblätter glatt und sah, daß es sich um eine Seite des *Sierra Leone Sentinel* aus Freetown handelte.

Er erwog, das ganze Zeug einfach an den Bären zu verfüttern, überlegte es sich aber anders, legte das Ding unter den Schreibtisch und beschloß, bei nächster Gelegenheit seine Frau anzurufen und zu fragen, ob Michael irgend etwas darüber gesagt hatte, daß er afrikanische Kunstgegenstände nach Hause schicken wollte. Vielleicht war es ja bloß eine weitere Rassel oder Trommel für seine Sammlung. Andererseits: *Master Rondoll*? Das paßte nicht zusammen.

Mack erschien mit den Akkus. Killigan nahm sein speziell angefertigtes Notebook, legte eine CD-ROM mit einer kommentierten Fassung des Konkursgesetzes ein, schob einen der Akkus in das dafür vorgesehene Fach und eilte zur Tür hinaus und den Gang hinunter zum Konferenzraum.

Die Anwälte der Hauptgläubiger von WestCo Manufacturing saßen am Konferenztisch, hinter ihnen ihre beflissenen Assistenten, die Notizblöcke und Stifte bereithielten. Auf dem Tisch waren Notebooks und Aktenkoffer verstreut, Krüge mit Eiswasser, Funktelefone und Gläser, die im Sonnenlicht beschlugen, das durch die großen Panoramafenster hereinströmte. Randall nahm seinen Platz am Kopfende des Tisches ein und begann, die Überreste von WestCo Manufacturing unter den Anwälten der verschiedenen Gläubigergruppen aufzuteilen.

In primitiven Gesellschaften war es die Aufgabe des Stammeshäuptlings, den Mitgliedern der Jagdgruppe je nach Fähigkeit und Mut einen Teil der Beute zuzusprechen. Killigan fand, daß sich daran bis heute nicht viel geändert hatte, nur daß aus Waffen Regeln – komplexe, abstrakte Regeln – und aus Kriegern Anwälte geworden waren. Bei der Tötung floß relativ wenig Blut (wenn man von dem einen oder anderen durchgedrehten Mandanten mit atavistischer Persönlichkeitsstruktur absah, der gelegentlich in den Sechs-Uhr-Nachrichten auftauchte, weil er in einer aus einer Klaviersaite gefertigten Schlinge, deren loses Ende am Abzug einer Schrotflinte befestigt war, einen Anwalt hinter sich herzerrte). In Randalls Händen war das Konkursgesetz eine Waffe, ein blitzender Krummsäbel oder eine Neutronenbombe – je nachdem, wieviel sein Mandant ihm für die Vernichtung des

Gegners zahlte. Internationale Konzernungetüme wie WestCo waren geschwächte, von Schulden erdrückte Einzelgänger, aus deren Wunden Geld blutete und die von der Herde getrennt worden waren, so daß Randall sie ins Fadenkreuz seiner Großwildbüchse nehmen und wegputzen konnte, um sie anschließend wie einen in der Sonne verfaulenden Kadaver zu zerlegen.

Doch das Konkursrecht beschränkte sich nicht auf die eigentliche Jagd, denn auf den Gnadenstoß folgte stets der brutale, teure Kampf zwischen den konkurrierenden Gläubigergruppen. Gewiß, als Agamemnon Anspruch auf die schöne Sexsklavin des Achilles erhoben hatte, war es in Troja zu unschönen Szenen gekommen, aber das war nichts im Vergleich zu dem, was einen Gläubiger bewegte, der gebeten wurde, anstelle von Kapital plus vierzehn Prozent Zinsen einen Wechsel zu akzeptieren. Da floß das Blut in Strömen. Paragraph 1129 des Konkursgesetzes nannte diesen Vorgang verschämt »Festsetzung der Zugehörigkeit der Forderung zur Konkurstabelle«, aber wenn es dann zur Sache ging, bezeichnete jeder Konkursanwalt diese Prozedur nur noch als »Stopfen«, und das mit Recht. Nach monate- oder jahrelangen zähen, erbitterten Verhandlungen triumphierte schließlich ein überragender Feldherr, der seinen Sanierungsplan den bezwungenen Gläubigern in den Hals stopfte, damit die Beute unter den Siegern aufgeteilt werden konnte.

Als Randall an seinem Platz am Kopfende des Tisches stand, hätte er es nicht unpassend gefunden, wenn er vom Schmutz des Kriegshandwerks bedeckt gewesen wäre: nach Rauch stinkend, blutverschmiert, von Pulverdampf geschwärzt. Monate hatte er in überfüllten Gerichtssälen mit anderen Anwälten verbracht, die nur auf eine winzige Unachtsamkeit gewartet hatten, damit sie ihm hinterrücks eins mit der Keule überziehen konnten. Wenn er nur einen winzigen Augenblick lang nicht aufpaßte, wenn er nur einen einzigen Fall zuviel übernahm, wenn er nicht alle Vorsichtsmaßnahmen traf, wenn er leichtsinnigerweise einen Angestellten mit einer wichtigen Aufgabe betraute, der dieser dann nicht gewachsen war, wenn er vergaß, einen Mitarbeiter die Computerdienste nach Informationen zum neuesten Fall abfragen zu lassen, wenn er eine Frist versäumte oder sich nur einen einzigen anderen Schnitzer leistete ... würde er im Gerichtssaal von seinen Unterlagen aufblicken und gerade noch die Lanze auf seinen Solarplexus zurasen sehen. Irgendein skrupelloser Söldner, der Randalls Technik jahrelang studiert hatte, würde ihm den Fuß auf die Kehle setzen und ihm das Gesicht des Siegers zeigen: gefletschte Zähne, Kriegsbemalung, kreischendes Gelächter. Zwar war Randall ein- oder zweimal gestrauchelt, doch hatte er sich stets wieder gefangen und die Oberhand gewonnen. Wenn er allerdings je tatsächlich *fallen* sollte ... Der Gedanke war zu schrecklich, als daß er ihn zu Ende denken konnte. Sie würden über ihn herfallen wie Hyänen, sie würden ihn zerreißen und sein Blut trinken, bevor er auch nur Luft holen konnte.

Die Besprechung verlief sehr zufriedenstellend. Nur die Obligationsinhaber waren in der Lage, ihm ernsthafte Schwierigkeiten zu bereiten, und sie wurden von einem Anwalt mit einem Toupet vertreten, der Angst vor ihm hatte. Randall überzeugte sich davon, daß alle mit den vorbereiteten Vereinbarungen einverstanden waren, zeigte dem Anwalt der Obligationsinhaber lächelnd die Zähne und eilte den Gang hinunter zurück zu seinem Büro. Er blieb stehen, als seine Sekretärin ihm aus der Tür ihres Zimmers den Arm entgegenstreckte und mit einem Fächer aus rosafarbenen Zetteln wedelte: Memos zu Anrufen, die während seiner Besprechung eingegangen waren. Er sah sie durch, knüllte einen zusammen, warf ihn in den Papierkorb und legte die anderen zurück in die noch immer geduldig ausgestreckte Hand.

»Hat Bilksteen wegen der telefonischen Besprechung über den Beach-Cove-Fall angerufen?«

»Nein«, sagte sie.

»Wenn er anruft, stellen Sie ihn sofort durch. Und legen Sie die hier unter ›Bis halb fünf erledigen‹ ab.«

»Um halb fünf haben Sie eine Besprechung mit Mr. Haley und den ungesicherten Gläubigern von DropCo«, sagte seine Sekretärin nach einem Blick auf den Bildschirm, wo Randalls Terminkalender aufgerufen war.

»NFT«, sagte er und wandte sich zum Gehen.

»Das wäre morgen«, rief sie ihm nach. »Der nächste freie Termin ist morgen.«

»Gut«, sagte er und trat in sein Büro. »Dann rufen Sie sie an und sagen Sie ihnen, daß der Termin auf morgen verschoben ist.«

An seinem Schreibtisch schaltete er sein Notebook ein, eine Maßanfertigung nach seinen Wünschen. Er war mit einem Pentium-Prozessor ausgerüstet – die anderen Anwälte hatten bloß Dreisechsundachtziger. Randall hatte ein CD-ROM-Laufwerk installieren lassen, so daß er jederzeit auf die vollständige, kommentierte Fassung des Konkursgesetzes sowie auf die Konkursordnung und die amerikanische Zivilprozeßordnung zurückgreifen konnte. Niemand sonst besaß ein Notebook mit CD-ROM-Laufwerk, weil es so etwas auf dem Markt noch gar nicht gab – Randall hatte sich das Gerät von einem Fachmann zusammenbauen lassen. Die Akkus hielten länger als sechs Stunden durch. Sollten die Dilettanten sich doch mit Verlängerungskabeln und Austauschakkus abmühen. Die Festplatte hatte dreihundertvierzig Megabytes, auf denen Randalls Assistent alle relevanten Dokumente zu jedem Fall gespeichert hatte, unter anderem auch sämtliche in den jeweiligen Verfahren gemachten Anträge, die mit einem Scanner eingelesen worden waren. Schon zu Beginn seiner Karriere hatte Killigan festgestellt, daß er jeden Fall gewinnen konnte, wenn er härter arbeitete und mehr über das Konkursgesetz, die gegebenen Tatsachen und die einschlägigen Präzedenzfälle wußte als alle anderen im Gerichtssaal. Und jeder Sieg machte ihn stärker, denn dadurch konnte er sich mehr Mitarbeiter und bessere Ausrüstung leisten: die neueste Software und die entsprechenden Fachleute, die diese Programme dazu brachten, jene relevanten Dokumente und Präzedenzfälle auszuspucken, die Killigan brauchte.

Mack trat ein.

»Beach Cove«, sagte Randall, und beide lachten.

»Sollen wir Bilksteen zu einem Präparator schicken und ausstopfen lassen?« fragte Randall. »Sie könnten sich seinen Kopf auf Ihren Papierkorb montieren lassen, wie ich's mit dem alten Benjy hier gemacht habe.«

Mack bemerkte, daß Randall irritiert auf die Uhr sah. »Ich werde Whitlow und Spontoon holen«, sagte er. Das waren die anderen Mitarbeiter, die an der für elf Uhr angesetzten Telefonbesprechung mit der gegnerischen Partei im Beach-Cove-Verfahren teilnehmen sollten.

Als Mack, gefolgt von den beiden Sterling-Angestellten, eintrat, summte das Telefon. Die telefonische Besprechung konnte beginnen.

»Schießen Sie los, Tom«, sagte Randall in das Mikrophon der Freisprechanlage und stellte die Lautstärke ein, damit die anderen zuhören konnten. Tom Bilksteens Stimme dröhnte aus dem Lautsprecher, als wäre er der Minotaurus, der sich per Funktelefon aus den Tiefen des Labyrinths von Knossos meldete.

»Moment mal!« rief Randall. »Wer ist noch bei Ihnen?«

»Wie meinen Sie das?« fragte Bilksteen. »Hier ist niemand. Ich bin allein in meinem Büro, und die Tür ist geschlossen.«

»Dann nehmen Sie gefälligst den Hörer!« brüllte Randall. Das Grinsen, das er den anderen zeigte, stand im Widerspruch zu seiner Angriffslust. »Ich lass' mich doch nicht auf Lautsprecher stellen, nur weil Sie zu faul sind, den Hörer in die Hand zu nehmen! Heben Sie ab, verdammt noch mal!«

Mack saß auf seinem Lieblingssessel zur Rechten Randalls. Er schrieb etwas auf seinen Block und zeigte es Randall: »Sollen wir es ihm sagen?«

Randall schüttelte langsam und bestimmt den Kopf und grinste abermals von einem Ohr zum anderen. Er riß das Blatt ab und verfütterte es an seinen Bären.

»Du liebe Zeit, sind Sie empfindlich«, sagte Bilksteen und nahm den Hörer ab. Seine Stimme tauchte aus den unteren Regionen auf.

Für keinen Fall, der in Randall Killigans Hände gelegt wurde, reichte ein einziger Mitarbeiter aus, und die beiden, die jetzt auf den Sesseln mit den steilen Rückenlehnen vor seinem Schreibtisch Platz nahmen, versinnbildlichten auf das schönste seine gemischten Gefühle gegenüber weiblichen Anwälten. Liza Spontoon war unverheiratet, unattraktiv und äußerst scharfsinnig, und angesichts dieser Kombination hatte Randall nichts dagegen, sie eines Tages an Bord zu nehmen, vorausgesetzt, sie konnte sich das Ticket leisten. Darüber hinaus war sie auch die Verfasserin streitbarer, präzise formulierter Anträge und Erklärungen und erledigte ein honorarfähiges Pensum, das die Buchhalter vor ihren Computerschirmen leise pfeifen ließ. Sie war hier, in Randalls Büro, weil ihre Schriftsätze die besten waren und sie eine Erklärung zur Unterstützung eines Antrags auf Aufhebung des Vollstreckungsaufschubs verfaßt hatte, welche die Karriere des Anwaltes der Gegenseite mit einem Schlag beenden würde.

Der andere weibliche Anwalt war Marissa Whitlow Carbuncle, eine auf den ersten Blick attraktive, hochintelligente Rothaarige mit einem nervösen, unglücklichen Lächeln, deren gutes Aussehen an Randall verschwendet war, seit er erfahren hatte, daß sie Feministin war. Ihr Mann war Herzchirurg, und sie hatte zwei kleine Kinder, was bedeutete, daß sie drei Monate voll bezahlten Mutterschaftsurlaub genommen hatte, und das nicht nur einmal, sondern *zweimal*. Sie war hier, in Randalls Büro, weil er sie hatte kommen lassen, damit er ein weiteres Mal versuchen konnte, ihr das Leben so sehr zur Hölle zu machen, daß sie kündigte, bevor man ihr eine Partnerschaft anbieten mußte.

In Randalls Augen war keine von beiden für eine Partnerschaft in der Kanzlei geeignet, weil keine auch nur einen einzigen neuen Fall akquiriert hatte. Wenn es nach ihm gegangen wäre, hätte er Spontoon eine zwanzigprozentige Gehaltserhöhung gegeben und zur festen Mitarbeiterin gemacht, und Whitlow hätte er nach Hause zu ihren Kindern geschickt oder nach Kalifornien, wo sie in eine von diesen politisch korrekten, multikulturellen Kanzleien hätte eintreten können, in denen man die aufgeklärte Ansicht vertrat, daß man arbeite, um zu leben. Jedes Jahr kamen vom Betriebsrat schrille Vorwürfe, die Killigan des Chauvinismus und der Diskriminierung bezichtigten.

»Ich bin kein Chauvinist«, hatte er widersprochen. »Ich will nur gleiches Recht für alle. Ich bleibe jetzt mal drei Monate lang zu Hause und kümmere mich um meine Familie, und dafür überweist ihr mir, was ich in meiner Sechzig-Stunden-Woche hier verdiene.«

Randall hatte mit seinem Gewissen gerungen. Er *wollte* ja verstehen. »Also noch mal«, hatte er gesagt. »Wir sollen Whitlow gutes Geld dafür zahlen, daß sie *nicht* arbeitet, richtig? Ihr und ich, wir sitzen samstags nachmittags hier und erledigen honorarfähige Arbeiten, während Whitlow zu Hause Söckchen strickt, ja? Drei Monate lang volles Gehalt für keine Arbeit, darum geht es doch, oder? Aber warum es dabei belassen? Warum erklären wir sie nicht zur Milchbäuerin? Dann könnten wir sie auch noch dafür bezahlen, daß sie keine Milch produziert.«

Randall machte kein Geheimnis aus seiner Meinung über Mrs. Whitlows Chancen für eine Partnerschaft, ebensowenig wie aus der Tatsache, daß er immer eifrig darauf bedacht war, sie mit den niedrigsten und zeitraubendsten Arbeiten, die ihm einfielen, zu beauftragen, und zwar freitags abends um sechs Uhr, per E-Mail. Sie wiederum machte kein Geheimnis aus der Tatsache, daß sie sich mit einemmal stark für die Rechtsprechung über Diskriminierung und Belästigung am Arbeitsplatz interessierte, besonders für den 1989 vor dem Obersten Gerichtshof verhandelten Fall *Price Waterhouse gegen Hopkins*, bei dem eine Wirtschaftsprüferin geklagt und gewonnen hatte, nachdem ihr Arbeitgeber, eine internationale Unternehmensberatung, ihr eine Partnerschaft verweigert hatte. Whitlow hatte Randall auch mitgeteilt, sein Gebrauch beleidigender und obszöner Ausdrücke erfülle ihrer Meinung nach den Tatbestand der »Schaffung einer feindseligen Atmosphäre am Arbeitsplatz« nach Absatz 7. Randall staunte darüber, daß sie ihm eine Karte gezeichnet hatte, mit Diagrammen, einem dicken roten Pfeil und einer Legende, in der stand: *Wenn Sie mir das Leben absolut zur Hölle machen wollen, drücken Sie diesen Knopf!*

Randall mit einer Klage zu drohen war das gleiche, wie ihn mit zwei Freikarten zu einem Heimspiel der Chicago Bulls zu schikken, Haupttribüne, Reihe sechs. Schon allein das Gerücht von einer Klage wegen Diskriminierung ließ ihm das Wasser im Mund zusammenlaufen und ihn fröhlich vor sich hin summen. In Gedanken sah er es vor sich: Whitlow würde sich bei ihrer Zeugenaussage eine blutige Nase holen, sie würde durch richterliche Verfügung hochkant hinausfliegen, nachdem aus ihren eigenen Aussagen hervorgegangen war, daß sie das kleinste honorarfähige Pensum von allen hatte, und sie würde erklären müssen, daß sie drei Monate lang zu Hause geblieben sei und dabei zwanzigtausend Dollar plus Provisionen verdient habe, während ihre Zuhörer, eine Jury aus fassungslosen Mindestlohnempfängern, nicht glauben konnten, daß eine Frau mit einem Jahreseinkommen von achtzigtausend Dollar vor Gericht gegangen war, weil sie aus dem Mund eines Konkursanwaltes ein schmutziges Wort gehört hatte. *Bitte verklag mich*, bettelte Randall in seinen Tagträumen, *und vergiß nicht: Ich mag's am liebsten schnell und heftig.*

Alle drei Mitarbeiter schrieben eifrig mit, was die aus dem Lautsprecher dringende Stimme des Anwalts sagte (wahrscheinlich schrieben alle drei das gleiche, dachte Randall). Nicht daß die Stimme irgend etwas Bedeutsames zu sagen hatte, aber Randall hatte bemerkt, daß die meisten Mitarbeiter sich ständig Notizen machten, wohl weil ihre Arbeitszeit mit hundertfünfundzwanzig Dollar pro Stunde berechnet wurde und sie diese Ausgabe rechtfertigen wollten, indem sie den Eindruck machten, beschäftigt zu sein. Im Lauf der Zeit würden sie die Karriereleiter hinaufsteigen, ihrer Blocks und Stifte entwöhnt werden und Diktiergeräte und Freisprechanlagen erhalten, und schließlich würden sie dann das gelassene Selbstbewußtsein der Seniorpartner erlangt haben, die nie ein Schreibgerät anrührten und über zweihundert Dollar pro Stunde dafür berechneten, daß sie über juristische Probleme bloß *nachdachten*.

Die – noch immer jammernde – Stimme aus dem Lautsprecher gehörte Tom Bilksteen, dem Anwalt einer Kommanditgesellschaft, die Eigentümerin von Beach Cove war, einer Anlage mit hundert Wohneinheiten. Randalls Mandant Comco Bank hatte dieser Gesellschaft fünfzehn Millionen Dollar als gesichertes Darlehen gegeben, damit sie rings um einen künstlichen See ein Vorortparadies bauen konnte, das laut Werbung »nur fünfundzwanzig Minuten von der Innenstadt von Indianapolis entfernt« lag. Aber dann wurde die Obligationsausgabe für den Bau eines Zubringers von Beach Cove zur Interstate 70 abgelehnt, und damit gab es neunzig leerstehende Wohneinheiten in Beach Cove und zehn vertrauensselige Menschen, die im Auto Talk-Show-Programme für den Berufsverkehr hörten, während sie auf verstopften zweispurigen Landstraßen darauf warteten, daß ihr Vordermann endlich nach links abbiegen konnte. Sonntags morgens dauerte die Fahrt in die Innenstadt etwas mehr als eine Stunde.

Die Beach-Cove-Gesellschaft geriet in Zahlungsverzug, und Comco beantragte die Zwangsvollstreckung. Bilksteen beantragte für Beach Cove ein Verfahren nach Artikel 11. Im Augenblick mokierte sich Bilksteen über Randall, denn er wußte ja, daß das amerikanische Konkursgesetz in einem solchen Fall ausdrücklich einen »automatischen Aufschub« vorschrieb: Alle Bestrebungen des Gläubigers, das Geld einzutreiben oder das

Eigentum des Schuldners zu pfänden, hatten zu ruhen, und das hieß, daß Randall und Comco mindestens ein Jahr lang, wahrscheinlich aber noch länger, weder eine Zwangsvollstreckung durchsetzen noch einen Teil des Geldes zurückbekommen konnten. Zwar hatten Randall und seine Leute einen Antrag auf Aufhebung des Vollstreckungsaufschubs gestellt, aber Bilksteen wußte ebensogut wie jeder andere Konkursanwalt, daß solchen Anträgen – auch wenn sie fast immer gestellt wurden – fast nie stattgegeben wurde.

Bilksteen genoß seinen kleinen Triumph. Er zerrte an Randalls Kette und sagte ihm, Comco werde am Ende noch froh sein, für jeden Dollar, den sie der Beach-Cove-Gesellschaft geliehen habe, noch zehn Cent zu bekommen, und wenn Randall nicht kooperationswillig sei, könne er die Sicherheiten auch drei Jahre lang blockieren.

»Drei Jahre, in denen dieses Geld keine Zinsen bringt«, sagte Bilksteen. »Ich weiß nicht, Randall. Wenn ich Comco wäre, würde ich versuchen, einen Deal zu machen.«

Was Bilksteen dagegen tatsächlich nicht wissen konnte, war, daß Randalls Protegé Mack gestern abend mit Richter Richard Footes Referendar, einem Kommilitonen von der Northwestern University, Softball gespielt hatte. Nach ein paar kühlen Drinks hatte der Referendar angedeutet, daß Foote, Randalls Lieblings-Konkursrichter, im Begriff sei, dem Antrag auf Aufhebung des Aufschubs stattzugeben, so daß Randalls Mandant Comco sofort die Zwangsvollstreckung erwirken konnte. Eine solche Entscheidung würde Beach Cove tödlich treffen, die Kommanditgesellschaft auslöschen und Bilksteen öffentlich demütigen. Sobald sich herumsprach, daß er nicht einmal in einem so simplen Fall imstande war, seine Mandanten zu schützen, würde er zum Gespött sämtlicher Konkursanwälte werden.

Randall schätzte, daß Richter Foote dem Antrag vermutlich nach dem Lunch stattgeben würde, und das hieß, daß der Gerichtsschreiber Bilksteen in etwa einer Stunde anrufen würde. Bilksteen würde bläulich-grau anlaufen und in seinen Schubladen nach den Nitroglyzerintabletten wühlen.

»Sie wissen genau«, sagte Bilksteen, »daß Sie und die anderen Gläubiger sich früher oder später mit meinen Mandanten an einen Tisch setzen und eine Lösung finden müssen, mit der sie leben können.«

Randall fand, daß es an der Zeit war, die Stummtaste des Telefons zu drücken. Damit wurde das Mikrophon in seinem Apparat ausgeschaltet, ohne daß die Wiedergabe beeinflußt wurde, so daß die Anwesenden die Stimme des Anrufers hören und gleichzeitig Vertrauliches besprechen konnten, wohingegen der Teilnehmer am anderen Ende der Leitung nicht ahnte, daß Killigan und seine Leute irgend etwas anderes taten, als ihm aufmerksam zu lauschen.

Bilksteen schwadronierte weiter: Randall und Comco würden schließlich gezwungen sein, einem für sie ungünstigen Sanierungsplan zuzustimmen, und die Motten würden die zu dicken Bänden gebundenen Anträge fressen, bevor Comco auch nur einen einzigen Cent sah. Killigan grinste Whitlow an und nahm das Halloween-Schwert, das er als Brieföffner benutzte und in einer Plastikscheide am Telefontisch aufbewahrte. Er packte den Griff des Schwertes, als wäre es ein Dolch, hob es hoch über den Telefonapparat und drückte mit der Plastikspitze der Spielzeugwaffe die Stummtaste.

»Du jämmerlicher Dorftrottel«, sagte Killigan in Bilksteens Juristengeplapper hinein. »Mit deinem bescheuerten Sanierungsplan kannst du dir dein Scheißhaus tapezieren. Ich werde dir deinen verdammten Kopf abschlagen und ihn mitten in deinem Vorgarten auf einen Spieß stecken, kapiert?«

Mack grinste schief. Spontoon kicherte hinter vorgehaltener Hand. Whitlow wurde erst rot und dann weiß – ihr Gesicht sah aus wie eine bleiche Maske mit Sommersprossen. Sie überlegte, ob sie gehen sollte, doch da sagte Bilksteen etwas über den gesetzlich vorgeschriebenen Austausch von relevanten Unterlagen, und das fiel – nach der E-Mail-Nachricht, die Randall ihr geschickt hatte, bevor er sie zur Audienz hatte kommen lassen – in ihre Zuständigkeit.

Killigan drückte erneut die Stummtaste. »Klar«, sagte er, wippte in seinem Bürosessel und kratzte mit der Schwertspitze unter seinem Daumennagel. »Machen wir, Tom. Wir schicken Ihnen unsere Unterlagen noch heute nachmittag, sobald wir Richter Footes Entscheidung über den Antrag auf Aufhebung haben.« Wieder schaltete er mit dem Schwert das Mikrophon aus. »Und wenn der Kopf runter ist, reiße ich dir die Eingeweide raus und verfüttere sie an deinen Hund.«

»In Ordnung«, sagte Bilksteen. »Ich kann nicht fassen, daß ihr euch für diese albernen Anträge auch noch bezahlen laßt. Ich meine, wann hat ein Konkursrichter einem solchen Antrag das letztemal stattgegeben?«

Mack erstickte fast bei dem Versuch, ein Lachen zu unterdrücken.

»Tja«, sagte Randall, ohne die Miene zu verziehen, »ich glaube, diese Runde geht an Sie, Tom. Es ist schon eine Weile her, seit Foote in einem so großen Fall wie diesem eine Aufhebung verfügt hat. Wissen Sie, ich habe Ihren gesunden Menschenverstand immer bewundert. Sie sind nicht wie ich auf der Michigan University gewesen, und Sie sitzen nicht wie ich ganz oben in der größten Kanzlei der Stadt, aber Sie sind weiß Gott ein gerissener Anwalt, Mr. Bilksteen.« Die Schwertspitze stieß auf den Knopf der Stummschaltung. »Du Schweinskopf! Zieh dir was Anständiges an, beweg deinen Arsch und geh vor Gericht – wenn ich mit dir fertig bin, bist du eine zwei Meter lange Bratwurst!«

»Ach was«, sagte Bilksteen. »Ich versuche bloß, gute Arbeit zu leisten.«

Killigan ließ den Knopf los.

»Sie werden den Leuten von Comco doch nicht verraten, daß das Geld für einen Antrag auf Aufhebung reine Verschwendung war, oder?« fragte Randall und warf Mack einen Blick zu, der sagte: *Was machen andere Leute eigentlich, wenn sie Spaß haben wollen?*

»Nein, nein, Ihr Geheimnis ist bei mir gut aufgehoben«, sagte Bilksteen und kicherte gutmütig. »Solange Sie mir im weiteren Verlauf des Verfahrens ein bißchen entgegenkommen.«

»Worauf Sie sich verlassen können«, sagte Randall und drückte den Knopf. »Und wie ich dir entgegenkommen werde! Ich werde dir den Genickschuß verpassen. Jedenfalls deine Mandanten wird das von ihren Leiden erlösen.«

»Dann schicken Sie mir also heute nachmittag jemand mit den Unterlagen?«

»Genau«, sagte Randall. »Sobald wir Richter Footes Entscheidung über unseren Antrag haben. Ich rufe Sie dann noch mal an.«

Randall amüsierte sich großartig, aber er hatte noch andere Anrufe zu erledigen. Außerdem sah er auf dem meerblauen Bildschirm seines Computers in weißer Schrift eine Nachricht seines Börsenmaklers: »Merck steigt konstant um 4½. Sie sind ein sehr reicher Mann.«

Mochte die Masse ein Leben in stiller Verzweiflung leben – Randalls Leben war ein wilder Rausch. Mochten zaghafte, feige Investoren auf den althergebrachten Grundsatz des gestreuten Risikos vertrauen – Randall hatte vor einem Jahr, als der Kurs bei sechzig Dollar lag, alles, was er flüssig machen konnte, in Merck investiert, und jetzt stiegen die Aktien auf über hundertsechzig Dollar, während der Rest des Marktes im Koma lag.

»Okay, Whitlow«, sagte Randall, als er das Gespräch beendet hatte, »Sie haben's ja gehört. Mr. Bilksteen braucht die Unterlagen noch heute nachmittag.«

»Ich denke, Richter Foote wird eine Aufhebung verfügen?« sagte Whitlow mit einem Blick auf die Uhr, der Pläne für die Mittagspause verriet. »Wenn diese Verfügung da ist, sind die Unterlagen nur noch Makulatur.«

»Haben wir diese Verfügung?« fragte Randall.

»Nein, aber ...«

»Aber? Bis wir sie haben, werden wir uns an die Verfahrensregeln halten und uns darauf vorbereiten, der Gegenpartei die Unterlagen zu übergeben, um die sie gebeten hat. Wenn ich unsere Antworten auf die schriftlichen Beweisfragen und sowohl die Ersuche um Dokumente als auch die betreffenden Dokumente selbst bis um zwei auf meinem Tisch habe, kann ich sie noch vor meinem Gespräch mit New York um halb drei durchsehen.«

Er entließ seine Mitarbeiter mit einem lässigen Wink mit dem Breitschwert und betrachtete noch einmal das schwarze Ei in seinem Nest aus Zeitungen. *Vielleicht ist ja ein Schrumpfkopf drin*, dachte er. Vielleicht sollte er jemanden bei seiner Frau anrufen und fragen lassen, ob Michael irgend etwas davon gesagt hatte, daß er ein Paket schicken wollte. Das würde Zeit kosten und konnte zu einem Gespräch mit seiner Frau führen, und das wiederum würde noch mehr Zeit kosten, weil sie bei diesen Gesprächen immer irgendwelche idiotischen, unwichtigen Themen anschnitt, von denen keines etwas mit Konkursen oder der Förderung seiner Karriere zu tun hatte. Sie gehörte zu jenen Unschuldslämmern, die glaubten, sie könnten jederzeit einen der mächtigsten Konkursanwälte im Siebten Gerichtsbezirk anrufen – einen Mann, der dreihundert Dollar Honorar pro Stunde verlangte und bekam, ein Drittel mehr als jeder andere Partner in seiner Kanzlei – und einfach ohne Sinn und Ziel daherplaudern.

Er dachte oft daran, daß andere nicht so lebten wie er. Sie kamen nicht zurecht mit dem ständigen Druck, dem Konkurrenzkampf, den schwindelnden Höhen und dem tiefen Sturz, der unweigerlich kam, wenn man sich den kleinsten Fehler leistete. Für die stumpfe Masse bedeutete Selbstdisziplin, daß man versuchte abzunehmen oder weniger Zeit vor dem Fernseher zu verbringen. Diese Menschen waren nicht imstande, monatelange Kämpfe auf Leben und Tod zu führen, acht Stunden täglich in den juristischen Nahkampf zu gehen und sich dann noch einmal acht Stunden mit der Planung der morgigen Taktik zu befassen. Warum es nicht aussprechen? Er stand höher als sie. Was hatten all diese Postbeamten und Fabrikarbeiter getan, als er auf der Universität zwölf Stunden am Tag juristische Fachliteratur studiert hatte? Sie hatten ihre Sechseinhalb-Stunden-Schichten geschoben, mit zwei viertelstündigen Pausen und einer Stunde Mittagspause. Dann waren sie nach Hause gegangen, hatten sich mit einer Tüte Chips und einem Liter Diät-Cola aufs Sofa gesetzt und sich *The Brady Bunch* angesehen. Und wie belohnte die Gesellschaft *seine* Leistungsbereitschaft? Indem sie ihn Steuern zahlen ließ.

»Was machen Sie jetzt?« fragte Mack seinen Boss und sah zu, wie dieser einen roten Ordner mit Unterlagen zum DropCo-Fall durchblätterte.

»Was ich jetzt mache?« wiederholte Randall und klappte einige Bilanzbögen auf, auf denen die Aktiva von DropCo Steel Inc. aufgelistet waren. »Ich sitze hier und hoffe, daß ein Demokrat zum Präsidenten gewählt wird.«

»Aber Sie sind doch Republikaner«, sagte Mack.

»Stimmt.«

»Warum hoffen Sie dann, daß ein Demokrat Präsident wird?«

»Weil ein demokratischer Präsident«, sagte Randall, »meinen

Steuersatz erhöhen wird. Ich verdiene fünfhunderttausend Dollar im Jahr, und im Augenblick zahle ich nur zweihunderttausend Steuern. Die Demokraten werden mich mindestens dreihunderttausend zahlen lassen.«

»Und darauf hoffen Sie?«

»Ich hoffe auf plötzlichen Ruhestand«, sagte Randall, »und der kommt, sobald irgendein Scheißpolitiker meine Steuern erhöht. Mein Vater hat mir eingebleut, niemals mehr als zwei Tage die Woche für das Finanzamt zu arbeiten. Lieber höre ich auf. Und wissen Sie, was dann passiert?«

»Was denn?«

»Zwanzig Anwälte, zehn Assistenten, fünfzehn Sekretärinnen und fünf Hilfskräfte sind ihren Arbeitsplatz los. Bumm! Das ist es doch, wonach diese dumpfe Masse von Einkaufsparadies-Schafen jeden Tag auf den Titelseiten der Zeitungen blökt, oder? Arbeitsplätze. Ich *schaffe* Arbeitsplätze, aber nur, wenn ich ebenfalls arbeite, und wie ich schon sagte: Ich hab nicht vor, mehr als zwei Tage pro Woche für das Finanzamt zu arbeiten. Na los«, rief er und schwenkte das Spielzeugschwert, »erhöhen Sie meinen Steuersatz! Fünfzig Angestellte und ihre Familien werden ihren Job verlieren und damit ihr Einkommen, ihre Kranken- und Lebensversicherungen, ihr Selbstwertgefühl und das Geld, das die Kabelgesellschaft und das Finanzamt bekommen hätte. Sollten Sie zufällig irgendwelche Leute kennen, die sich überlegen, ob sie Leute wählen sollen, die meine Steuern erhöhen werden, dann sagen Sie ihnen, daß sie das ihren Job kosten wird! Na los! Eine einzige kleine Steuererhöhung, und ich zeige ihnen, wie das alles funktioniert. Ich werde eine ganzseitige Anzeige in die Zeitung setzen und genau erklären, warum ich den Kram hingeschmissen habe.«

Sein Computer piepte. An der Oberkante des Bildschirms öffnete sich ein dunkelrotes Fenster, in dem weiße Buchstaben erschienen: »Ihre Frau. Leitung 2. Dringend!!!«

Randall winkte Mack mit dem Schwert hinaus und drückte auf den Knopf für die zweite Leitung.

»Marjorie?«

»Du mußt sofort kommen, Randy.«

Ihre Stimme klang ruhig, ja fast förmlich, und daran merkte er, daß wirklich etwas nicht in Ordnung war und sie es ihm nur nicht am Telefon sagen wollte, weil sie Angst hatte, er könnte sich aus den Wolken um seinen Olymp beugen und Blitze nach ihr schleudern.

»Du hast den Wagen zu Schrott gefahren«, sagte er und wußte dabei, daß es schlimmer als das sein mußte, denn in seinen fünfundzwanzig Jahren als Anwalt hatte sie ihn noch nie in der Kanzlei angerufen und ihm gesagt, er solle nach Hause kommen.

»Michael ist verschwunden, Randy. Er ist nicht mehr in seinem Dorf«, sagte sie mit derselben eigenartig beherrschten Stimme. »Ich hab gerade einen Anruf aus Washington gekriegt.«

Randalls Magen krampfte sich zusammen, und Übelkeit stieg ihm in der Kehle hoch, doch er blieb ruhig und ordnete seine Gedanken – immerhin hatte man ihm beigebracht, auch angesichts schrecklicher Tragödien einen kühlen Kopf zu bewahren.

»Vom Außenministerium oder vom Peace Corps?« wollte er wissen.

»Von beiden.«

»Es ist wahrscheinlich gar nichts passiert«, sagte er knapp und durchforschte sein Gedächtnis nach anderen Fällen, in denen die amerikanische Regierung mit einem falschen Alarm von dieser Größenordnung ihre Unfähigkeit dokumentiert hatte.

»Nein«, sagte sie. »Es *ist* etwas passiert. Er ist seit fast zwei Wochen verschwunden. Sie können ihn nicht finden!«

Die Möbel und Geräte in seinem Büro verloren mit einemmal an Masse und Bedeutung. Der gewohnte Sessel, der in einem hellen Blutrot gehaltene Teppich, die Drucke an der Wand – all das waren plötzlich Gegenstände und Sinneseindrücke, die einem anderen, ehemals mächtigen Konkursanwalt gehörten. Sein Herz setzte für einen Schlag aus und begann dann zu rasen, um den Rückstand aufzuholen.

»Vielleicht ist er früher gefahren, um sich mit dem jungen Westfall zu treffen«, sagte Randall. »Sie wollten sich doch in Paris treffen, nicht?«

»Ja, sie wollten sich in Paris treffen«, sagte seine Frau leise. »Aber weder das Peace Corps noch die amerikanische Botschaft wissen davon, daß Michael Sierra Leone verlassen hat. Wenn man ausreisen will, muß man Formulare ausfüllen, Zollerklärungen machen, mit Beamten von der Ausländerbehörde sprechen ... Er ist einfach weg. Und der Direktor des Peace Corps sagt, daß es da drüben politische Unruhen gibt, einen Aufstand oder so.«

»Er macht bestimmt bloß einen Ausflug in den Busch«, sagte Randall, und seine Stimme stockte, als sein Blick auf das schwarze Lumpenbündel mit der roten Röhre fiel.

»Es sind Guerillagruppen von Liberia aus nach Sierra Leone eingedrungen«, sagte sie. »Das kam sogar in den Nachrichten.«

Randall bekam Atemnot. Er wollte sich vor der Angst verschließen, die sich über ihn senkte wie die Finsternis bei einem Stromausfall: Er wußte nicht, ob sein Sohn im Sterben lag, ob er bereits tot war, ob er von Rebellen, Fanatikern ohne Achtung vor dem Leben, in irgendeinem Lager gefangengehalten wurde. *Mein einziger Sohn!* schrie er in Gedanken. Doch er beherrschte seine Stimme sorgfältig, denn er wußte, daß er stark sein mußte, um seine Frau zu stützen.

»Ich habe überlegt, ob ich es dir überhaupt sagen soll«, sagte sie. »Du weißt ja ... dein Herz ... Du wirst wieder nicht schlafen können. Ich weiß doch, wie sehr dich das mitnimmt, Randy.«

Er ließ sie weiter im Dunkeln pfeifen und tun, als wäre sie die Stärkere. Sie hatte ihre Qualitäten, aber eine Würdigung seiner überlegenen intellektuellen Fähigkeiten gehörte nicht dazu. Sie konnte einfach nicht verstehen, daß seine Anfälle von Angst und seine ausgeprägten körperlichen Beschwerden nichts anderes waren als die Eigenarten eines ungewöhnlich begabten Anwaltes: Er war wie ein hochgezüchtetes Rennpferd mit ganz besonderen Bedürfnissen.

»Wo ist der junge Westfall?« fuhr er sie an. »Hat irgend jemand mit ihm gesprochen?«

»Er ist in Paris, und dort kann man ihn telefonisch nicht erreichen. Ich habe mit Kurier-Luftpost einen Brief an das American-Express-Büro in Paris geschickt. Seine Mutter hat gesagt, daß er alle paar Tage dort vorbeischaut und nach Post fragt.«

»Ich muß ein paar Anrufe machen«, sagte er mit mühsam beherrschter Stimme. »Danach komme ich sofort nach Hause.«

»Ich werde deine Mutter anrufen«, sagte sie ruhig. »Fahr nicht wieder den Wagen zu Schrott«, fügte sie hinzu.

Das war wieder typisch. Sie würde sich jetzt in absolut sinnlose

Tätigkeiten stürzen, die mit dem anstehenden Problem nichts zu tun hatten. Was sollte bei einem Gespräch mit seiner Mutter schon herauskommen? Und diese Bemerkung über den Wagen – warum mußte sie das ausgerechnet jetzt zur Sprache bringen? Das war typisch für ihre völlige Unfähigkeit, Prioritäten zu setzen.

Sobald sie aufgelegt hatte, schoß Randall das Blut in den Kopf. Er drückte eine Taste der Gegensprechanlage. »Sagen Sie alle Termine für den Rest des Tages ab! Ich möchte nicht gestört werden.« Dann wählte er mit einer Speichertaste eine Nummer in Washington und mußte zähneknirschend warten, während das Telefon am anderen Ende viermal klingelte.

»Büro von Senator Swanson, was kann ich für Sie tun?« sagte eine weibliche Stimme.

»Ich muß ihn *sofort* sprechen«, sagte Randall.

»Darf ich fragen, wer dort ist?« sagte die Stimme argwöhnisch.

»Sagen Sie ihm, Mr. PAC möchte ihn sprechen, und zwar äußerst dringend.«

»Mr. *Pac?*« wiederholte die Stimme. »Entschuldigen Sie, aber könnten Sie das buchstabieren?«

»Political Action Committee«, rief Randall. »Dollars. Geld. Schecks. Große Schecks. Sagen Sie ihm, Randall Killigan hat ein Problem, um das Ihr Chef sich sofort kümmern muß!«

Der Senator war nicht in seinem Wagen zu erreichen, und so wurde Randall mit einer Assistentin verbunden, die sich, als Randall endlich aufhörte zu brüllen, unter ihrem Tisch versteckte.

Er legte auf, ging ruhelos auf und ab und kaute auf seinem Daumen herum. Er hatte Herzrhythmusstörungen wie sonst nur vor wichtigen Gerichtsterminen.

Nach einer Ewigkeit von kaum zwanzig Minuten summte die Gegensprechanlage, und seine Sekretärin sagte: »Mr. Warren Holmes vom Außenministerium ruft auf Bitten von Senator Swanson an.«

»Mr. Killigan, ich habe vorhin schon mit Ihrer Frau telefoniert, und gerade eben habe ich mit Senator Swanson gesprochen ...«

»Stehen Sie in Kontakt mit den Leuten in Afrika?« fragte Randall. »Sind das Leute von der Botschaft oder was? Ich will wissen, was mit meinem Sohn passiert ist!«

»Ich habe den ganzen Nachmittag mit unserem Botschafter, Mr. Walsh, und seinem Attaché gesprochen«, sagte Holmes knapp. »Was wir wissen, ist folgendes: In Liberia und Sierra Leone gibt es im Augenblick Unruhen. Im Grunde gibt es in ganz Westafrika Unruhen. Wir haben drei Augenzeugenberichte, zwei davon anonym, die darin übereinstimmen, daß Ihr Sohn verschwunden ist. In den Einzelheiten weichen sie voneinander ab. Normalerweise würde ich diese Informationen gar nicht weitergeben, denn sie stammen aus nicht besonders zuverlässigen Quellen. Alles völlig unbestätigt. Aber Senator Swanson sagte, diese Sache habe höchste Priorität und ich solle Ihnen sofort berichten ...«

»Was sagen diese Zeugen?« unterbrach ihn Randall.

»Die drei Zeugen berichten, es habe eine Art Überfall auf das Dorf gegeben, in dem Ihr Sohn lebte, und danach sei er verschwunden gewesen. Eine Zeugin behauptet, sie habe gehört, daß die Angreifer einen liberianischen Krio-Dialekt gesprochen hätten, und das könnte bedeuten, daß Michael von den Leuten des berüchtigten liberianischen Rebellenführers Charles Taylor verschleppt worden ist. Taylor hat mitten in Liberia praktisch einen eigenen Staat aufgemacht. Ein anderer Dorfbewohner schwört, die Angreifer hätten einen sierraleonischen Krio-Dialekt gesprochen, und das würde heißen, daß Michael vielleicht noch im Land ist und von einheimischen Rebellen, die mit Taylor lose verbündet sind, gefangengehalten wird.«

»Und der dritte Zeuge?« sagte Randall.

»Der dritte Zeuge ist ... äh ... wahrscheinlich nicht sehr zuverlässig. Es ist ein Junge aus dem Dorf. Seine Aussage ist sehr fragwürdig.«

»Was hat er gesagt?« fragte Randall.

»Ich weiß nicht, wieviel Sie über Afrikaner wissen, Mr. Killigan«, sagte Holmes. »Ich möchte im Zusammenhang mit diesem Thema nur soviel sagen: Außerhalb der größeren Städte ist der Glaube an übernatürliche Dinge sehr tief verwurzelt.«

»Was hat er gesagt?« wiederholte Randall.

»Dieser Krio-Junge hat sich offenbar in einer der Rotkreuzstationen in Pujehun gemeldet. Er erzählte, er sei wegen einer Beerdigung in dem Dorf gewesen, als es überfallen wurde. Die Leute vom Roten Kreuz sagen, der Bericht des Jungen sei so mit abergläubischen Phantastereien durchsetzt gewesen, daß sie kaum echte Fakten aus ihm herausholen konnten. Sie haben ihn aber gefragt, ob Michael Killigan in Sicherheit ist.«

»Sind Sie vielleicht Anwalt?« fragte Randall. »Ich will wissen, was der Junge gesagt hat.« Er trat auf den in den Boden eingelassenen Knopf der elektromagnetischen Schaltung, die seine Tür offenhielt, und die Tür schwang lautlos zu.

»Er hat gesagt ...« Holmes hielt inne, und Randall hörte Papier rascheln. »Ich lese es Ihnen vor: ›Michael Killigan schleicht nachts durch den Busch, in der Gestalt eines Buschteufels, und er giert nach den Seelen der Zauberer, die ihn getötet haben.‹«

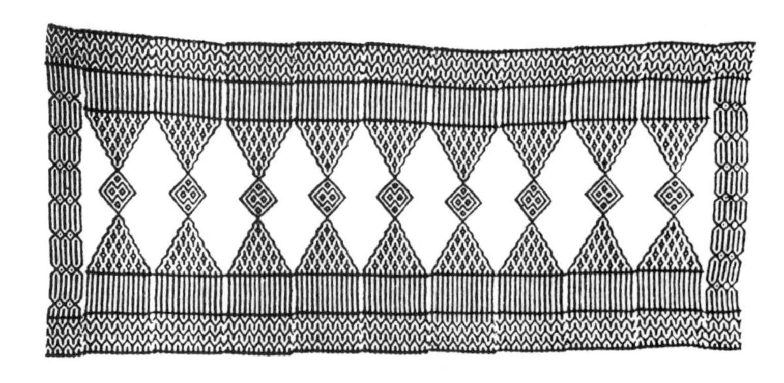

2

Drei Wochen bevor Randall das Paket aus Afrika erhalten hatte, war Boone Westfall von Indianapolis aufgebrochen. In seinem Rucksack hatte er einen Satz Winterkleidung, einen Satz Sommerkleidung, ein Extra-T-Shirt, einen Regenmantel, einen Schlafsack, Waschzeug, Vitaminpillen und Malariatabletten. Unter seiner Hose trug er einen Nylongürtel, in dessen Reißverschlußfach sein Paß und fünftausend Dollar in Reiseschecks steckten. Er hatte einen internationalen Impfausweis, aus dem hervorging, daß er gegen Cholera, Typhus und Gelbfieber geimpft war, und in seinen Paß waren Visa für Indien, China, Griechenland und drei afrikanische Länder gestempelt. Er hatte keine Ahnung, wo er schließlich landen würde – er wußte nur, es würde nicht Indiana sein. Er hatte das Leben im Land des Fernsehens und in der Heimat der Satellitenschüsseln satt und war bereit, sich auf alles wenigstens ein einziges Mal einzulassen – Krankheit, Ekstase, Unglück, ein romantisches Abenteuer –, solange es nicht im Videoformat daherkam. In drei Wochen würde er sich in Paris mit seinem besten Freund Michael Killigan treffen, und was danach geschehen würde, war für ihn ein offenes Buch mit leeren Seiten.

Sein Kunststudium an der University of Indiana hatte ihm einen Job in dem Versicherungsbüro seines Vaters eingebracht, wo er an einem mit Stellwänden abgeteilten Schreibtisch saß, in Papieren wühlte und telefonierte. Er wohnte in einem Einzimmerapartment und hatte einen ganzen Stapel Strafmandate gesammelt. Die Frauen, deren Wohnungen er frequentierte, sahen alle gleich aus, sagten alle die gleichen Dinge und unterschieden sich nur durch ihre Hauptfächer, die Namen ihrer früheren Freunde und ihre Haarfarbe. Seine Arbeit als Sachbearbeiter in der Schadensabteilung hatte ihm eine Vorstellung davon gegeben, wie es sein mußte, jeden Tag mit der Gewißheit zu erwachen, daß man eine tödliche Krankheit hatte, die sich noch nicht in unerträglichen Schmerzen, sondern nur in einer heimtückischen Schwäche äußerte. Die einzigen Voraussetzungen für seine Arbeit waren Pünktlichkeit, gute Umgangsformen und ein Geist, der nie über die gerade anstehende Aufgabe hinausblickte.

Auf der Universität hatte er sich mit Kunst und Literatur befaßt. Dann hatte er den Abschluß gemacht und besaß das Rüstzeug, ein Maler, ein Bildhauer, ein Dichter zu werden – aber wo sollte er sich bewerben? Sein Vater, ein recht bekannter Versicherungsmakler, und seine drei Brüder (die allesamt ohne irgendwelche Umwege in das Familienunternehmen eingestiegen waren) hatten sich angewöhnt, Boone mit anzüglich gespitzten Lippen als »Künstler« zu bezeichnen. Sein Vater hatte ihm auch bohrende Fragen über die Möglichkeiten gestellt, die sein Abschluß ihm eröffnete, und wissen wollen, wo er nun, da er Universitätsabsolvent sei, zu leben und arbeiten gedenke. Während des Grundstudiums hatte Boone einen Bogen um alles gemacht, was mit Betriebswirtschaft und ähnlichen Schlafmitteln zu tun hatte, und daher war er nicht einmal für die einfachsten administrativen Arbeiten qualifiziert. Es war ihm gelungen, sich vier Jahre lang mit Geisteswissenschaften zu beschäftigen, ohne eine einzige verwertbare Fähigkeit zu erwerben, und damit war er damals auch ganz einverstanden gewesen, denn er hatte nicht die Absicht gehabt, sich verwerten zu lassen. Als er begann, sich mit der Frage zu befassen, wovon er leben sollte, war es zu spät.

So nonchalant wie möglich schaffte er sein Zeug aus dem Studentenheim in den Keller des elterlichen Hauses, wo er sich für eine Übergangszeit ein Atelier einrichten und mit den großen Fragen der visuellen Form im Zeitalter der Postmoderne beschäftigen wollte. Er hoffte, seine Technik innerhalb von ein oder zwei Jahren zu vervollkommnen und dann die größeren Galerien gegeneinander auszuspielen, wenn sie anriefen und darum baten, seine Werke ausstellen zu dürfen.

Sein Vater hatte ihn bei der Einrichtung seines Kellerateliers unterbrochen.

»Hast du schon mal den Satz ›Es führt kein Weg zurück‹ gehört?« hatte er Boone gefragt.

»Ja, hab ich«, hatte der zugeben müssen. »Das ist sinnbildlich gemeint. Thomas Wolfe, stimmt's?«

»Keine Ahnung«, hatte sein Vater gesagt. »Ich meine es eher wörtlich. Sinnbildliche Ausdrücke sind mir zu abstrakt und verschwommen. Man kann sich die ganze Nacht darüber streiten, ob ein sinnbildlicher Weg zurückführt oder nicht. Und darum gefällt mir das, was ich schon zu deinen älteren Brüdern gesagt habe, auch besser. Hast du schon mal den Satz ›Du darfst nicht mehr umsonst bei deinen Eltern wohnen‹ gehört? Den finde ich viel einfacher und konkreter. Wenn du nicht weißt, wovon du die Miete bezahlen sollst, kannst du dich um einen Job in der Firma bewerben.«

»Aber ich bin Künstler«, hatte Boone eingewandt.

»Ich hasse Kunst«, hatte sein Vater, zum zwanzigstenmal in vier Jahren, gesagt. »Und selbst wenn du Michael Angelo wärst, wäre ich noch lange nicht Lorenzo de' Medici oder Cosimo d'Arrivederci oder wie sie hießen, und mein Geld kriegt immer noch eher die National Rifle Association.«

Wenig später arbeitete Boones großer Bruder Pete den Künstler in seine neue Tätigkeit als Sachbearbeiter in der Schadensabteilung ein.

Pete führte ihn in einen riesigen Raum, der mit beigen, einen Meter zwanzig hohen Stellwänden in Dutzende von Kästchen unterteilt war. In jedem Kästchen war eine Stellwand mit einem Stück Stoff ausgestattet, an dem die Angestellten Fotos von ihrer Familie, ihren Lieblingscartoon oder einen besonders witzigen

Slogan befestigen konnten, irgend etwas, was ihren Arbeitsplatz deutlich von den anderen in dieser ansonsten monotonen Ansammlung von beigen Kästchen unterschied, etwa das schon allzuoft fotokopierte Schild »Man muß nicht verrückt sein, um hier zu arbeiten, aber es hilft«. Da dieses Schild in weniger als einem Drittel der Kästchen hing, hob es seinen Besitzer deutlich aus der Masse heraus.

Sein Bruder blieb vor einem leeren Kästchen stehen und zeigte Boone seinen neuen, einen Quadratmeter großen, ergonomisch gestalteten Arbeitsplatz, der über ein Telefon und einen Computer verfügte.

»Das sind Schadensansprüche«, sagte Pete und nahm einen Stoß zusammengehefteter Papiere und Formulare aus einem Korb mit der Aufschrift »EIN«, der vor dem Kästchen stand. »Deine Aufgabe ist es, sie abzulehnen.«

»Ich verstehe«, sagte Boone. »Du meinst, ich soll diese Schadensansprüche durchgehen und die ungerechtfertigten aussortieren.«

Sein Bruder verdrehte die Augen und bat den Himmel um Geduld. Dann seufzte er mit kühler Verachtung. »Die ungerechtfertigten Ansprüche sind schon vor drei Monaten unten von den High-School-Absolventen aussortiert und abgelehnt worden. Das kann jeder Idiot. Aber du warst auf der Uni. Dein Job ist es, einen Weg zu finden, die gerechtfertigten Ansprüche abzulehnen.«

»Aber...«

»Paß auf«, sagte Pete. »Ich weiß, was du über diese Arbeit denkst. Ich hab mich selbst durch die Werke von Nietzsche gelesen und wollte danach mit Wittgenstein weitermachen. Aber damit kann man nicht die Miete bezahlen.«

»Ich kenne deine Ansichten zu diesem Thema«, sagte Boone. »Du hast mal gesagt, die Höhe meines Einkommens ist die Note, die mir die Gesellschaft ins Zeugnis schreibt.«

»Das hab ich gesagt?« fragte Pete. »Herrje, ich sollte mal anfangen, diese Sachen aufzuschreiben.«

Er drückte Boone den Stapel Papiere in die Hand.

»Wie gesagt, das sind Schadensansprüche. Sie werden von geldgierigen Menschen erhoben, die das Wesen von Versicherungen nicht begreifen. Leute, die Ansprüche geltend machen, glauben, daß Geld sie glücklich machen und ihren Verlust irgendwie mildern wird. Diese Vorstellung – daß Geld ein Unglück erträglicher macht – ist eine Illusion, der sich nur diejenigen hingeben können, die *keinen* Verlust erlitten haben. Verstehst du?«

»Noch nicht ganz, aber sprich weiter.«

»Das Schrecklichste am Leben ist das Wissen, daß jeden Moment ein Unfall, ein Gewaltakt, die Tat eines Verrückten, ein psychotischer Schub, eine Sucht, ein Herzanfall, eine Geschlechtskrankheit, Krebs, ein Erdbeben oder irgendein anderer göttlicher oder weniger göttlicher Akt dir alles Glück nehmen kann, und zwar in der Zeit, die du brauchst, um den Hörer abzuheben und die Nachricht zu bekommen. Darum versichern sich die Leute: weil sie denken, daß sie dadurch vor Katastrophen geschützt sind.«

»Na ja«, sagte Boone unsicher.

»Aber wir sind im Versicherungsgeschäft«, fuhr Pete fort, »und wir *wissen*, daß es keinen Schutz vor Katastrophen gibt. Es ist völlig egal, was man tut – es gibt immer die Möglichkeit, daß irgendeine Katastrophe des Weges kommt und dir das Herz aus der Brust reißt und um die Ohren haut.«

»Mhmh«, sagte Boone, noch immer stirnrunzelnd.

»Wenn du krank vor Kummer auf dem Badezimmerboden herumkriechst«, sagte Pete, »und dich fragst, warum Gott dir nicht den Mut gegeben hat, dich umzubringen, sieht ein Scheck von der Versicherungsgesellschaft wie ein Tapetenfetzen aus. In deinem seelischen Zustand bedeutet Geld gar nichts.«

»Und darum ...« sagte Boone.

»Und darum funktioniert eine Versicherung nur, solange es *keine* Katastrophe gibt«, führte sein Bruder ernsthaft aus. »Wir bieten keine Sicherheit. Wir bieten Seelenfrieden. Als Gegenleistung für seine Prämie bekommt der Kunde die Illusion, daß Geld ihn vor jeder nur denkbaren Katastrophe beschützen wird. Sobald die Prämie bezahlt ist und solange die Katastrophe sich noch nicht ereignet hat, darf der Kunde sich dem Wahn hingeben, daß das Geld den schrecklichen Dingen, die vielleicht passieren werden, den Stachel nehmen wird. Dann geschieht tatsächlich etwas Schreckliches, die Illusion ist dahin, und es bleibt einem nichts anderes übrig, als sich jeden Morgen aus dem Bett zu pellen und irgendwie weiterzuleben.«

»Aber wenn das stimmt«, sagte Boone, »dann nehmt ihr den Leuten Tausende von Dollars ab und gebt ihnen bloß ... eine Illusion.«

»Genau«, sagte Pete. »Seelenfrieden. Das Geld spielt dabei gar keine Rolle. Du hast wahrscheinlich gedacht, eine Versicherung ist eine Methode, Risiken zu teilen. Du glaubst, Prämien sollten nach der Höhe des Risikos berechnet werden. Aber das ist ganz falsch. Die Prämien sollten nach Zeile einunddreißig deiner Steuererklärung berechnet werden: Bruttoeinnahmen. Unser Ziel ist, den Kunden gerade so viel zahlen zu lassen, daß es ihm weh tut. Wir suchen seine finanzielle Schmerzschwelle, denn nur wenn es weh tut, glaubt der Versicherte, daß er etwas von Wert bekommt, und so findet er, wie schon gesagt, Seelenfrieden und muß dafür lediglich Geld bezahlen.«

»Aber –«

»Und darum lautet die erste Regel, die du dir merken mußt: Das Wesen einer Versicherung ist nicht, Forderungen zu erfüllen. Das Wesen einer Versicherung ist, daß man Prämien bezahlt. Prämien gegen Seelenfrieden. Ist dir eigentlich klar, daß es Gegenden – ganze Länder! – gibt, wo man sich keinen Seelenfrieden kaufen kann? Im Grunde geht das nur in Amerika.«

»Und welche Ansprüche werden dann *erfüllt*?« fragte Boone und hielt seinem Bruder den Stapel mit Schadensmeldungen hin.

»Paß auf«, sagte Pete, »ich zeig dir mal, wie das geht.«

Er nahm das oberste Bündel zusammengehefteter Seiten. »Aha, eine Feuerversicherung. Sieht so aus, als ob das Haus von diesem Typen abgebrannt ist. Also? Zahlen wir?«

»Ja«, sagte Boone. »Ich glaube schon. Oder nicht?«

»Doch, doch«, sagte Pete. »Wir zahlen. Manchmal. Dein Job ist es, darüber nachzudenken, wann wir *nicht* zahlen. Wir zahlen nicht für Schäden durch Abnutzung, Verschmutzung, Beschädigung durch Tiere, bauliche Mängel und Veränderungen, ausgelaufenes Wasser, gefrorenes Wasser, Oberflächenwasser, Grundwasser, Vernachlässigung der Sorgfaltspflicht, vorsätzliche Zerstörung, mangelhafte Planung, Ausführung und Pflege, Erdbeben, kriegerische Handlungen und radioaktive Kontamination.«

»Das ist eine ganze Menge, wofür wir nicht zahlen«, sagte Boone.

»Stimmt«, sagte Pete und klopfte ihm auf den Rücken. »Also, fangen wir mit etwas Leichtem an. Gibt es zum Beispiel Anzeichen für eine Vernachlässigung der Sorgfaltspflicht?«

»Ich weiß nicht«, antwortete Boone. »Dazu müßte ich die Unterlagen sehen.«

»Was willst du mit den Unterlagen?« schrie sein Bruder. »Wir haben hier einen Menschen, der sein verdammtes Haus hat abbrennen lassen, ohne einen Finger zu rühren, und du willst in den Unterlagen nachsehen, ob er seine Sorgfaltspflicht vernachlässigt hat? Gepflegte Häuser brennen nicht ab. Wenn diese Pappnase Geld von uns will, wird er *beweisen* müssen, daß sein Haus nicht vernachlässigt oder verwahrlost war. Schreib ihm, daß sein Anspruch als ungerechtfertigt betrachtet wird, es sei denn, der Versicherte erklärt sich bereit, sein Haus in Augenschein nehmen zu lassen, damit festgestellt werden kann, ob das Objekt zur Zeit des Schadenseintritts ordnungsgemäß gepflegt war.«

»Moment mal«, wandte Boone ein. »Du hast gesagt, daß das Haus abgebrannt ist. Da gibt es also nichts mehr in Augenschein zu nehmen.«

»Genau«, sagte sein Bruder. »Du wirst es schnell zu was bringen, wenn du erst mal gelernt hast, dich nur auf das Offensichtliche zu konzentrieren. Sieh dir das an«, sagte er und wedelte mit ein paar Seiten aus demselben Bündel vor Boones Gesicht herum. »Wir stehen nicht für Schäden ein, die durch Einwirkung von Tieren entstanden sind, das heißt keine Schäden durch Vögel, Ungeziefer, Insekten, Nager oder Haustiere. In diesem ganzen Zeug hier steht nichts, woraus zweifelsfrei hervorgeht, daß der Brand nicht durch ein Nagetier entstanden ist. Wenn nun eine Ratte eine Gasleitung durchgenagt hat? Oder ein Glas mit Terpentin umgestoßen hat, in dem Pinsel eingeweicht waren und das über dem Gasboiler stand? Hast du schon mal gesehen, was passiert, wenn eine Maus an diesen Streichhölzern nagt, die man überall anreiben kann? Wusch! Nein, nein, das ist der fadenscheinigste Schadensanspruch, den ich je gesehen habe.«

»Tatsächlich?« sagte Boone.

»Gib mir den nächsten.«

Boone zog ein Bündel aus dem Stapel und las die erste Seite. »Das betrifft offenbar eine Krankenversicherung. Kosten für ärztliche Behandlung.«

»Krankenversicherung?« fragte Pete. »Wenn es vertretbar ist, kannst du Anweisung geben zu zahlen.«

»Anscheinend geht es um eine Knochenmarktransplantation für einen Krebspatienten.«

»Völlig unvertretbar. Da kommen wir leicht auf hunderttausend Dollar. Ganz und gar unvertretbar. Ablehnen.«

»Ablehnen?« Boone schluckte. »Wie kann man einem Krebskranken, der zehn Jahre lang Prämien gezahlt hat, die medizinische Behandlung verweigern?«

»Ganz einfach«, sagte Pete. »Entweder handelt es sich um eine experimentelle Behandlung oder um die Behandlung einer Krankheit, die bei Abschluß der Versicherung bereits bestanden hat. Du liebe Zeit, wie mir die auf die Nerven gehen, diese Ansprüche von Leuten, die im Sterben liegen und behaupten, daß ihr Krebs oder ihr Herzleiden nicht schon bei Abschluß der Versicherung bestanden hat. *Jedes* Leiden hat schon vor Abschluß der Versicherung bestanden, außer vielleicht eins, das durch einen Autounfall hervorgerufen wurde. Aber auch da will ich mich lieber nicht festlegen. Wer hat gesagt: ›Von Geburt an tragen wir den Keim unseres Untergangs in uns‹? Ich glaube, Sokrates oder so wer. Und wer hat gesagt: ›Vom Anbeginn seines Lebens hat jeder von uns die Ursache seines Todes in sich‹? Voltaire war's. Aber was wissen die schon? Na gut, nehmen wir an, die Schwachköpfe, die diese Ansprüche geltend machen, verwechseln Voltaire mit Fred Astaire und denken, Sokrates ist ein Abwehrspieler bei den Seattle Seahawks. Aber von genetischer Veranlagung haben die doch sicher schon mal was gehört, oder? Sie haben im Fernsehen irgendwas darüber gesehen. Und jetzt wollen sie uns verarschen? Drei Großeltern und beide Eltern sind an Krebs gestorben, und jetzt hat dieser Versicherungsnehmer die Stirn zu behaupten, die Krankheit habe bei Abschluß der Versicherung noch nicht bestanden? Das kann er seinem Friseur erzählen! Weg mit ihm! Jag ihn mit der Peitsche aus der Stadt! Schick ihn zur Hölle und weck ihn zu den Mahlzeiten! Wir leben in den Neunzigern! Können diese Leute keine Zeitungen lesen? Die Bankenkrise ist ein kleines Plätschern im Dorfteich im Vergleich zu der Sturmflut der Versicherungskrise, die auf uns zukommt. Was sollen wir tun? Geld verschenken und die Sache noch schlimmer machen?«

»Du willst allen Ernstes einem Krebspatienten das Geld für die ärztliche Behandlung verweigern?« fragte Boone mit ungläubigem Entsetzen.

»Halte dich an die Grundregeln«, sagte sein Bruder, »aber sprich sie nicht aus. Sag nicht zu den anderen Angestellten hier: ›Mensch, das heißt ja, daß wir das, was wir nicht auszahlen, behalten können‹, sonst glauben sie noch, du bist ein Idiot.«

Boone haßte seine Arbeit vom ersten Tag an, und das sagte er seinem Vater auch. Doch seine Klagen stießen auf taube Ohren.

»Was meinst du wohl, warum man das *Arbeit* nennt?« Sein Vater schrie ihn fast an. »Ich hab dich auf die Uni gehen lassen, und jetzt kommst du daher und denkst, Arbeit soll *Spaß* machen? Aber gut! Hör nicht auf deinen alten Vater. Arbeit ist was für Kapitalistenschweine wie mich, die um jeden Preis Geld machen und sich darin wälzen wollen. Arbeit ist was für schmierige Heuchler und raffgierige Krämerseelen, die für ihre Familien die Brötchen verdienen und ihre Kinder auf die Uni schicken wollen. Ich möchte nicht, daß ein so empfindsames Gemüt, wie du es hast, mit etwas so Schmutzigem wie Arbeit behelligt wird. Verschwende deine kostbaren Talente nicht an einem Ruder dieser Firmengaleere. Ich finde, du solltest kündigen! Menschen wie du sind für weit höhere Ziele geschaffen. Hör auf! Schlaf in einem Pappkarton auf der Straße und such dir dein Essen in Mülltonnen! Vielleicht entspricht das deiner künstlerischen Berufung mehr als eine Arbeit in der Versicherungsbranche!«

Wenn er nicht übermäßig aß und trank, in der richtigen Gegend der Stadt wohnte, zum rechten Zeitpunkt das richtige Besteck benutzte, sich nicht zu physischer Gewalt hinreißen ließ, keinen Diebstahl beging, seinen Darm nicht öffentlich entleerte und in Gelddingen feige war, würde Boone, dessen war er sich gewiß, es irgendwann geschafft haben. Seine Eltern und seine Freunde würden ihm anerkennend auf die Schulter klopfen und sagen: *»Gut gemacht, Boone. Du verdienst um die Hälfte mehr als die anderen. Du kannst stolz auf dich sein!«* Das Leben würde gemächlich dahingehen. Glücksgefühle wären nur während des sauer verdienten Urlaubs eingeplant. Unvorhergesehene Katastrophen würden durch Krankengeld und zwei freie Trauertage gemildert werden.

Er sah es auf sich zukommen. In einem Apartmentkomplex, der nach der Wiese benannt war, die man für den Parkplatz und die Tennisanlage planiert hatte, lag er eines Nachts in seinem Bett und sah mit einemmal vor seinem geistigen Auge, wie er Geld verdienen, befördert werden, heiraten, Geld ausgeben, Kinder haben, wieder befördert werden, mehr Geld verdienen, krank werden, noch mehr Geld ausgeben und sterben würde. Er würde nie die Tempelanlagen in Luxor sehen. Er würde sich alle drei Jahre einen neuen Wagen kaufen, beim Fernsehen zusammen mit dem Studiopublikum an den richtigen Stellen lachen, sich in der Schlange anstellen, auf sein Gewicht achten, alle vier Jahre seinen Führerschein verlängern und irgendwann zu alt sein, um zu hochgelegenen Orten wie Nepal oder Machu Picchu zu reisen. Das Gefühl, etwas Gefährliches zu tun, würde er nur haben, wenn er eine Ampel bei Gelb überfuhr oder vielleicht das Finanzamt betrog. Ekstase würde er bei dem Gedanken empfinden, daß er gut versichert war, oder wenn man bei der jährlichen Inspektion den Ölwechsel umsonst machte oder wenn er eine fettfreie gefrorene Nachspeise aß, die genauso schmeckte wie Eiscreme, aber nur die Hälfte der Kalorien hatte.

Er beschloß, etwas Drastisches zu tun, anstatt in Indiana zu bleiben und auf seine erste Bypass-Operation, seine zweite Frau, sein drittes Kind, seine vierte Gehaltserhöhung und seinen fünften Single Malt Scotch vor dem Abendessen zu warten. Etwas, was Gauguin oder Henry Miller getan hätten, etwas Impulsives, und Irrationales, etwas finanziell Unverantwortliches, etwas Gefährliches. Und er wußte, an wen er sich in dieser Sache um Rat und Hilfe wenden konnte: an seinen besten Freund Michael Killigan.

Was macht jemanden zum besten Freund? Horatio hatte nichts vorzuweisen außer seinem Schwung und seiner Begeisterung, und doch verbanden sich in ihm Urteilskraft und edle Gesinnung so gut, daß Hamlet ihn ins Herz geschlossen hatte. Damon und Phintias, ein berühmtes Freundespaar aus der griechischen Mythologie, liebten sich so sehr, daß Damon sich bereit erklärte, für seinen Freund zu bürgen, als der Tyrann Dionysios Phintias zum

Tode verurteilte und ihm nicht erlauben wollte, nach Hause zu gehen und seine Dinge zu ordnen, es sei denn, ein anderer nahm seinen Platz ein, um hingerichtet zu werden, falls er nicht rechtzeitig zurückkehrte. Als Phintias aufgehalten wurde, schleppte man Damon zum Richtplatz, doch Phintias erschien gerade noch rechtzeitig, um sich hinrichten zu lassen und seinen besten Freund zu retten. Dionysios war so beeindruckt, daß er beide begnadigte. Das alles wäre für Boone bloß Gefühlsduselei und sentimentale Lyrik gewesen, wenn er nicht mit Michael Killigan aufgewachsen wäre und in ihm einen Freund gefunden hätte, für den er sich jederzeit verbürgen würde.

Wie Boone hatten sich die meisten seiner Kommilitonen ein Korsett aus Hypotheken, Leasingraten und Versicherungsprämien anlegen lassen. Killigan nicht. Er hatte nicht die Absicht gehabt, sich einen Bauch zuzulegen, auf dem Sofa zu sitzen, mit der Fernbedienung die Kanäle zu wechseln und den orwellschen Lockrufen der Werbemenschen zu lauschen, die mit der Kelle im Futtereimer rührten. Killigan hatte davon nichts wissen wollen. Er hatte sich beim Peace Corps gemeldet und war nach Sierra Leone gegangen und lebte dort in einem Dorf, in dem es kein Fernsehen, keine Elektrizität, kein fließendes Wasser und keine dicken Weißen gab, die über ihren Cholesterinspiegel sprachen. Und dann hatte Killigan Afrika in Form von Briefen – manchmal drei oder vier pro Woche – an Boone geschickt.

Anfangs waren diese Briefe überschwengliche Lobpreisungen des afrikanischen Dorflebens und enthielten genaue Beschreibungen der Zeremonien, die bei Geburten, Todesfällen, Hochzeiten, gemeinsamen Mahlzeiten und den anderen Universalien des menschlichen Lebens erforderlich waren. Sie verrieten eine Begeisterung für die Menschen und Sitten Westafrikas. Später kamen Beschreibungen von Zauberei und Hellseherei, von Prophezeiungen und den kultischen Kräften, die Zwillinge besaßen, von den Geheimgesellschaften der Männer und der Frauen und ihren komplizierten Initiationsriten, von den Zeremonien der tanzenden Teufel, die von zauberischen Schmieden geschnitzte Masken trugen. Und noch später schilderte Killigan die Zauberer, die Fetische, die verschiedenen Talismane und »Medizinen«: Tränke oder kleine Beutel, die Skorpione, Schlangenköpfe, ja sogar die verkohlten Reste eines mächtigen Mannes enthielten. Er beschrieb, wie ein Fluch »auferlegt« oder »herausgezogen« werden konnte und welche Fähigkeiten die »Verwandler« hatten – Menschen, die die Gestalt einer Schlange, einer Fledermaus oder eines Raubtiers annehmen konnten. Und schließlich schrieb er über die noch geheimeren Leoparden- und Paviangesellschaften, die seit 1905 verboten waren, als die Briten Leoparden- und Pavianmenschen in Freetown aufgehängt hatten, weil sie sich in Tierfelle gekleidet und rituellen Kannibalismus praktiziert hatten.

Es mußte ein schönes Land sein, denn Killigan hatte seinen zweijährigen Aufenthalt auf drei und dann vier Jahre verlängert, und in den Briefen rückte statt der Begeisterung für Afrika die Enttäuschung über Amerika in den Vordergrund – das Land, das, wie Killigan schrieb, von dem nigerianischen Schriftsteller Chinua Achebe als »jener fette, unreife und mißratene Millionär« bezeichnet worden war. Killigan kam zu dem Schluß, daß Afrikas Elend nicht zufällig war und nicht von primitiver Unwissenheit, dem unbarmherzigen äquatorialen Klima und hohen Krankheitsraten herrührte, sondern vielmehr eine direkte Folge von Amerikas Reichtum und der Gerissenheit der weißen »großen Männer« war. Boone konnte nicht sagen, ob er nicht überzeugt war oder ob ihn das einfach kaltließ.

Als Killigan mit Meningitis auf Genesungsurlaub nach Hause kam, verhielt er sich zynisch antisozial, und auch als Fieber und Kopfschmerzen längst abgeklungen waren, benutzte er seine Krankheit als Ausrede, um Freunde und Besucher nicht empfangen zu müssen. Bei einer Größe von einem Meter achtzig war er von seinen ohnehin dürftigen zweiundsiebzig Kilo auf dürre dreiundsechzig Kilo abgemagert. Er aß nur Reis mit verschiedenen scharfen Saucen und trank keinerlei Alkohol. Er schien sich zu freuen, seine Eltern und Boone zu sehen, den er »mein amerikanisch Bruder mit gelbem Haar« nannte, doch von Amerikanern sprach er, als wären sie Fremde von der unangenehmeren Sorte.

Bevor Killigan nach Afrika zurückkehrte, erzählte Boone ihm von seiner Unruhe, und sie verabredeten, sich in einem Jahr in Paris zu treffen, mit genügend Geld, um ein Jahr lang billig reisen zu können. Von Paris aus würden sie in Richtung Griechenland fahren, und zwar ohne irgendeinen festen Terminplan, so daß sie auf die Wünsche der schönen Frauen, die sie unterwegs kennenlernten, würden eingehen können. Bevor Killigan das Flugzeug nach Sierra Leone bestieg, gab er Boone einen Umschlag. Darin war ein zusammengefaltetes Stück Papier, auf dem stand: Paris, 1. November.

Zusätzlich zu seinem Job als Versicherungssachbearbeiter arbeitete Boone nachts als Funkdisponent einer Spedition. Dadurch war er zwar ein Jahr lang ständig müde, aber er sagte sich, daß er sich in einer Hängematte an einem Strand in Sri Lanka würde ausschlafen können. Das Jahr verging rasch, in einem Nebel aus stumpfsinniger, mechanischer Arbeit, und ehe er es sich versah, war er damit beschäftigt, seine Ausrüstung zu kaufen.

»Ein Rucksack«, hatte Killigan ihm in einem Brief eingeschärft. »Alles, auch der Schlafsack, muß in einen Rucksack passen.« Doch Killigan hatte sich in seiner Zeit im Ausland radikale Ansichten zugelegt. »Unterwäsche saugt sich nur mit Schweiß voll und verhindert, daß er am Körper herunterläuft«, hatte er in einem seiner Briefe geschrieben. »Nimm sie gar nicht erst mit.«

Im August wurde Boone rastlos und war drauf und dran, beide Jobs zu kündigen und sich auf die Reise zu machen. Wenn er Killigans Briefe recht verstand, konnte sein Freund Sierra Leone in der Regenzeit – also von Mai bis Oktober – nicht verlassen, weil die unbefestigten Wege, die von seinem Dorf zu den asphaltierten Hauptstraßen führten, unpassierbar waren, und darum wollten sie sich in Paris treffen, sobald das westafrikanische Klima das Reisen gestattete. Am oder um den 1. November würde Boone über das American-Express-Büro in Paris die Nachricht erhalten, daß Killigan aufgebrochen war.

Ende September hatte Boone fünftausend Dollar zusammen und hielt es nicht mehr aus, zwischen zwei Jobs zerrieben zu werden. Er machte sich Anfang Oktober auf den Weg nach Paris, wo er hoffte, das Zimmer zu finden, in dem Henry Miller Wanzen an der Wand zerdrückt hatte, den Loft zu betreten, wo Picasso Gertrude Steins Porträt gemalt hatte, den Sohn des Mechanikers aufzutreiben, der Hemingway und seinen ausländischen Freunden gesagt hatte, sie gehörten zu einer verlorenen Generation, und den Keller des Restaurants zu besichtigen, in dem George Orwell Zwiebeln und Kartoffeln geschält hatte.

Es gelang Boone nicht, Alice B. Toklas ausfindig zu machen und in der Rue de Fleurus 27 eingeführt zu werden. Er fand jedoch eine Schlafstelle unter den Toten auf dem Friedhof von Montmartre, wo sein wogender Schlafsack – königsblau zwischen all den grauen Grabsteinen und weißen Grüften – wie eine riesige Nylonmade aussah, die in den Schlaf und die von Würmern zerfressene Erde kroch.

Ein Oktobermorgen, noch war es dunkel. Auf dem Friedhof von Montmartre lagen, zur ewigen Ruhe gebettet, einige tausend nicht weiter berühmte zerfallende menschliche Körper, außerdem – ebenfalls zur ewigen Ruhe gebettet – etwa fünfzig berühmte zerfallende menschliche Körper sowie ein nur vorübergehend schlafender amerikanischer Reisender, der in einen Schlafsack gekrochen war und sich einen Pullover, der um ein Paar Turnschuhe gewickelt war, als Kissen unter den Kopf geschoben hatte. An einem Grabstein lehnte eine leere Flasche Landwein. Auf einem Ast hockte eine Eule und mißtraute dem Gestank, der von diesem schlafenden Kadaver ausging. Sie fragte sich, ob etwas, was derart schlecht roch, sich wohl noch würde wehren können. Die Katzen patrouillierten nervös durch ihre Reviere und duckten sich hinter einen Grabstein, wenn das Ding zu schnarchen begann. Sie fragten sich, warum man diese Leiche nachts draußen herumliegen ließ.

Boone Westfall spürte das Leichentuch eines Untoten über seine Wange streichen und schreckte hoch. Eine schwarze Katze schlug ihm die Schnürsenkel seiner Turnschuhe ins Gesicht.

»Hau ab!« knurrte er und gab dem garstigen Tier einen Schlag, daß es kopfüber auf das Grab von Hector Berlioz fiel, dem hier kompostierten berühmten Komponisten.

Boone reckte sich und schob eine Hand unter seinen Kopf, um sich zu vergewissern, daß noch beide Schuhe da waren. Dann tastete er nach seinem Geldgürtel, der seinen Paß und viertausendzweihundert Dollar in Reiseschecks enthielt. Er gähnte, schob Schuhe und Pullover zu einem dickeren Bündel zusammen und sah zu, wie die Feuchtigkeit aus seiner Lunge in der kühlen Oktoberluft kondensierte.

Würde er eines Tages im Himmel erwachen, erleichtert darüber, daß er dem verträumten Leben eines amerikanischen Vagabunden in Paris entkommen war, so wie er jetzt in Paris erwachte und sich gratulierte, daß er dem Stumpfsinn des Lebens, das er in Indiana hinter sich gelassen hatte, entkommen war?

»Ja«, sagte die Katze grinsend und schritt steifbeinig und beleidigt von dannen.

Die zarten Rot- und Grautöne des frühen Morgens sickerten in die Wolken über ihm. Er kratzte sich und gähnte nochmals. Ein leichter Wind regte sich, und Boone kam der Gedanke, daß Gott vielleicht ebenfalls gegähnt hatte. Paris begann sich zu regen – die Maschinen und Fabriken der Stadt rumpelten leise in der Erde unter seinen Schulterblättern. Ein Wagen fuhr auf der Rue Caulaincourt vorbei. Sie überspannte den Friedhof auf stählernen Stelzen, die unter jedem Fahrzeug ächzten. Aus dem diffusen Dunkel traten nach und nach die verschwommenen Umrisse von Kreuzen, Grabmälern und Grüften hervor, wie mit Umhängen bekleidete Trauernde, die Kruzifixe aus dem Nebel herantrugen.

Er hoffte, daß seine Suche nach einem anständigen Schlafplatz unter freiem Himmel hiermit beendet war. Er hatte eine ruhige Nacht auf dem Friedhof verbracht, ganz ohne Prostituierte und Transvestiten, die seine Träume im Bois de Boulogne heimgesucht hatten, in Sicherheit vor den Dieben, die sich auf den Kais an den Ufern der Seine über ihn gebeugt hatten, versteckt vor den Gendarmen, die ihn mit ihren Schlagstöcken aus dem vom Mond beschienenen Wäldchen im Jardin du Luxembourg vertrieben hatten.

Sehr nett, dachte er und wandte den Kopf, um sich noch einmal das Profil von Hector Berlioz anzusehen, das im Halbrelief auf einem riesigen Medaillon an der Vorderseite eines neuen Marmorgrabsteins dargestellt war.

Das Licht der Morgendämmerung bestätigte, daß es sich um den älteren, gesetzteren Berlioz handelte, nicht um den wilden Sechsundzwanzigjährigen, der eine Handvoll Schmerztabletten eingeworfen und mit rasendem Puls ein Feuerwerk des Verlangens nach einer verwandten Seele komponiert hatte.

Das ist nicht der Typ, der die Symphonie fantastique *komponiert hat*, dachte Boone. *Das ist eher das Profil eines Musiklehrers in mittleren Jahren.*

Topfpflanzen standen auf der Platte über dem Grab, und irgendein Verehrer oder eine Organisation hatte kürzlich einen Blumenstrauß auf das Grab gelegt. Wahrscheinlich derselbe gutbürgerlich gesinnte Verein, der den ursprünglichen Grabstein hatte entfernen lassen und ein Denkmal errichtet hatte.

Nichts Gutes dauert ewig, dachte er. *Außer die Ewigkeit. Sofern sie gut ist und sofern sie ewig dauert.*

Als es hell genug war, stopfte er den Schlafsack in die Hülle, brach sein Lager ab und machte sich auf die Suche nach einem Ausgang. Sobald er aufgestanden war, sah er, daß dies das Reich der Katzen war. Eine abgemagerte graue bewachte die Treppe zu Zolas Grab. Eine gescheckte schlüpfte durch das Fenstergitter eines Mausoleums (vermutlich auf der Jagd nach Mäusen). Ein braun getigerter Kater schlich eine Balustrade entlang und sprang in einen schmiedeeisernen Übertopf. Boone fragte sich, ob wohl gleich hinter einer der Säulen ein mit einer Kapuze verhüllter Druide auftauchen und einen Scheiterhaufen unter dem Opfertier entzünden würde.

Der kalte Wind trieb ihn die Wege hinauf und hinunter, in Sackgassen hinein und wieder hinaus, und Boone verirrte sich in einem Durcheinander aus schiefen Grabsteinen, verfallenden Grüften aus Kalkstein und ungepflegten, eingesunkenen Gräbern. Ketten, fleckig von Rost und Grünspan, sperrten Grüfte ab, wo auf Bahren aus Stein, die Hände auf der steinernen Brust gefaltet, Nachbildungen verstorbener Würdenträger lagen. Durch die Jahrhunderte gebeugt, neigten sich die Gitter rings um Grabmale mit verwitterten Inschriften und römischen Jahreszahlen. Bei manchen der einfachen Gräber hatte sich die Erde unter den Grabplatten gesenkt, und es waren Höhlungen entstanden, in denen Boone Weinflaschen, Katzenkot und anderen Unrat erkennen konnte. Andere waren eingesunken, so daß die Grabsteine und verzierten Skulpturen schief standen.

Die berühmten Leichen hatten ihre renovierten Grabstätten, doch der Rest der verstorbenen Aristokratie mußte mit beengten Grüften und Reihenmausoleen vorliebnehmen, mit einem Gedränge von winzigen Herrschaftshäusern, die sich mit gefallenen Kreuzen und Teilen herausgebrochener Architrave gegenseitig die Eingänge versperrten.

Auf dem Weg tanzte ein Staubteufel und wirbelte einen Rock aus welken Blättern herum. Ein Stück Blech blitzte auf und rutschte klappernd ein Schieferdach hinunter. In den steinernen Eingängen stöhnte ein zweiter Windstoß.

Eine falsche Abzweigung in einen überwachsenen Pfad führte Boone zu einer mit dürren Ästen und Schlingpflanzen übersäten Lichtung. Er stieß auf ein halb vergrabenes keltisches Kreuz, stolperte über einen Sockel, auf dem nur die an den Knöcheln abgebrochenen Füße einer Statue standen, und folgte seinem Schlafsack in einen Brombeerstrauch, wo er auf der fußlosen Statue landete. Er drehte sich um und schlug ein paarmal um sich wie eine auf den Rücken gerollte Schildkröte, bis er eine steinerne Bank zu fassen bekam. Er rappelte sich hoch und sah, daß er auf der Müllhalde des Friedhofs gelandet war: Grabsteine, Türen von Mausoleen, Kreuze, Grabplatten, Statuen und der Schutt entweihter Grüfte waren ringsum verstreut und aufgetürmt wie Dolmen oder Hügelgräber einer uralten Kultur von Verrückten. Die Stümpfe enthaupteter ionischer Säulen bildeten eine Kolonnade des Todes. Ihre herabgestürzten Voluten hatten sich in Felsen im Gras verwandelt, und die Laubverzierung der Kapitelle war bemoost und von Unkraut überwuchert.

Er ging weiter durch den Irrgarten aus Baumaterial aus der Stadt der Toten. Unvermittelt blieb er stehen und hielt den Atem an. Er lauschte auf das Geräusch, das er gehört hatte und das, wie er hätte schwören können, ein Stöhnen, ein Schluchzen, ein menschliches Geräusch gewesen war: Anubis, der aus dem *Ägyptischen Totenbuch* las, Benediktinermönche, die vom Tag des Gerichts sangen. Mit einemmal wußte er, daß er, wenn er diesem Pfad um das nächste Grabmal herum folgte, zu einer Lichtung kommen würde, wo der alte Hector den fünften Satz dirigieren würde, Hexensabbat und Walpurgisnacht: Luftgeister und Elfen würden verträumt Violine spielen, stämmige Trolle würden hinter Cellos und Bässen hocken, ein Buckliger würde die Glocke läuten, Ghule und Kobolde würden mit obszönen Gesten eine *Danse infernale* um einen Steinblock tanzen, auf dem die gestürzte, aus kaltem weißem Marmor gearbeitete Kopie des Apollo Belvedere aufgebahrt liegen und mit blicklosen Augen in den heidnischen Himmel starren würde.

Boone kämpfte sich durch das wuchernde Unterholz, bis der Pfad auf einen gepflasterten Weg stieß. Er nahm eine Abkürzung zwischen zwei Grabsteinen hindurch, roch Humus und frische Erde und sah gerade noch rechtzeitig zu Boden, um zu verhindern, daß er in ein offenes Grab fiel. Vorsichtig blickte er über den Rand in das finstere, bodenlose Rechteck und spürte sein Herz hämmern, als wäre er auf der Flucht. Neben der aufgeworfenen Erde lagen eine Palette und ein neuer Grabstein aus poliertem Marmor. Boone fürchtete sich, den vergoldeten Namen darauf zu lesen. Als er aufblickte, sah er ein ganzes Feld neuer, offener Gräber, auf deren Wänden Schatten lagen.

Während er im Zickzack zwischen den frisch ausgehobenen Gräbern hindurchging, überkam ihn plötzlich die Angst, er könnte schon vor langer Zeit in einem weit entfernten Land gestorben sein. Ja, er war gestorben, und irgendein Verwandter hatte seinen Leichnam auf den Friedhof von Montmartre bringen lassen. Und jetzt waren sein Körper und seine Seele am Tag des Jüngsten Gerichts auferstanden, und er wanderte über ein Feld von Gräbern, die sich im Morgengrauen geöffnet und ihre Toten freigegeben hatten. Die Toten hatten alle gewußt, wohin sie gehen mußten, auf daß sie gerichtet würden, doch Boone war verwirrt und stolperte noch immer durch die stoffliche Welt, ohne Orientierung, verängstigt und verloren – bis er in der Entfernung die Versammlung der Seelen der Verdammten hörte und wußte, daß er zu ihnen gehörte. Als wären der Tag des Gerichts und die Ewigkeit ein Flugzeug, das er verpassen würde, wenn er sich nicht beeilte.

Eine Treppe am Brückenpfeiler führte hinauf zur Straße und ins Reich der Lebenden.

Er fand eine Patisserie mit einer Espressomaschine und wärmte sich bei Kaffee und Croissants auf. Er genoß den Geschmack von Butter und Marmelade, er schlug sich den Bauch voll und tötete das Hungergefühl, und er war froh, daß er nicht auf dem Friedhof von Montmartre lag – noch nicht. Er war froh, daß er ein Zimmer im Hotel Berlioz gefunden hatte und sich in Paris umsehen konnte, während er auf Killigans Ankunft wartete.

Um elf Uhr holte er seinen Rucksack, nahm die Metro bis zur Station Opéra und ging zum American-Express-Büro, um nach

Post zu fragen. Er kam an einem großen Straßencafé vorbei und warf einen flüchtigen Blick auf die Gäste. Die Leute an den Tischen brachen in Gelächter aus und zeigten mit den Fingern auf ihn. Boone errötete und sah sich um. Ein Pantomime mit einem unsichtbaren Rucksack folgte ihm und imitierte perfekt den Gang eines mit Mais gemästeten Bauernburschen aus Indiana, der vierzehn Kilo Gepäck mit sich herumschleppte.

Der Pantomime rief ihm ein lautloses »Howdy« zu, winkte, zog eine unsichtbare Latzhose hoch und entfernte sich mit wiegenden Schritten wie ein O-beiniger Cowboy frisch von der Koppel.

Das Publikum brüllte vor Lachen und warf ihm Münzen zu. Boone wagte kein Wort – weder ein englisches noch ein französisches – zu sagen, aus Angst, die Leute würden noch lauter lachen.

Auf der Treppe zum American-Express-Büro hob die Aussicht auf Post seine Stimmung. Bislang hatte er nur Briefe von seiner Freundin bekommen.

Sie hatte ihm zwei Briefe geschrieben. Im ersten hatte sie ihn mit Nachdruck wissen lassen, daß sie unter gar keinen Umständen jemals wieder mit ihm sprechen oder ihm schreiben werde, und in dem anderen, der zwei Tage später eintraf, hatte sie ihren ursprünglichen Entschluß dahingehend geändert, daß sie ihn gelegentlich an ihren neuesten Erkenntnissen über seine krasse Selbstsüchtigkeit, seine Niedertracht, seine Angst vor Frauen und vor dem Erwachsenwerden, seine infantile Egozentrik, seine Faulheit, seinen Alkoholismus, seine Verkommenheit, seine Drogensucht sowie seine sexuellen Perversionen teilhaben lassen werde.

Der Brief, den der Angestellte ihm gab, war nicht eines der klopapierdünnen hellblauen Aerogramme, die Killigan ihm immer schickte. Es war auch keiner von Celindas blutroten Briefumschlägen. Es war ein dicker, weißer Umschlag aus Amerika, von Mrs. Marjorie Killigan. Von Killigans Mutter? Er enthielt drei Briefe. Der erste war in einer schwungvollen weiblichen Handschrift geschrieben:

Lieber Boone!
Ich hoffe, dieser Brief erreicht Dich. Deine Mutter sagte, daß Du vorhast, in Paris zu bleiben und auf Nachricht von Michael zu warten,

und daß Du Deine Post über American Express bekommst. Sie konnte mir nicht die Telefonnummer Deines Hotels geben, und so muß ich Dir die traurige Nachricht schriftlich mitteilen. Michael ist aus seinem Dorf in Sierra Leone verschwunden. Ich hatte gehofft, daß alles nur ein dummer Irrtum und Michael vielleicht unterwegs sei, um sich in Paris mit Dir zu treffen, aber wie Du aus den beigelegten Kopien ersehen kannst, ist irgend etwas passiert.
Randall hat sich mit Senator Swanson in Verbindung gesetzt und sagt, daß er selbst nach Afrika fliegen wird, wenn es sein muß. Wir machen uns große Sorgen und können gar nicht mehr schlafen. Bitte, bitte ruf uns mit einem R-Gespräch an, wenn Du auch nur die leiseste Ahnung hast, was passiert sein könnte, oder wenn Michael irgendwann einmal erwähnt hat, daß er vielleicht auf dem Landweg kommen wird. Wir sind völlig verzweifelt!

Herzliche Grüße,
Marjorie Killigan

Das zweite Schriftstück war die Fotokopie eines maschinengeschriebenen Briefes mit dem Briefkopf des U.S. Peace Corps, Sierra Leone:

Sehr geehrte Mrs. Killigan!
Ich beziehe mich auf das Telefongespräch, das wir in der vergangenen Woche geführt haben. Leider muß ich Ihnen mitteilen, daß es uns bis jetzt noch immer nicht gelungen ist, Ihren Sohn Michael ausfindig zu machen. Wie ich Ihnen bei unserem Gespräch sagte, wurde er zuletzt am 15. Oktober dieses Jahres in seinem Dorf gesehen. Die Umstände seines Verschwindens werden noch von den sierraleonischen Behörden und dem Geschäftsträger der amerikanischen Botschaft untersucht.
Ich kann Ihnen versichern, daß beide Regierungen auf allen Ebenen ihr möglichstes tun, um Ihren Sohn ausfindig zu machen. Wir haben durch unsere Kontaktleute dringende Hilfeersuchen an die verschiedenen obersten Chiefs und Stammesführer der Mende gerichtet und Kuriere an alle Kontaktleute im Distrikt Pujehun, wo Ihr Sohn stationiert war, geschickt.
Unglücklicherweise ist es im Distrikt Pujehun in letzter Zeit wegen heftiger Wahlkämpfe um einige Parlamentssitze und die Führerschaft der Stämme zu Unruhen gekommen. Außerdem haben die Kämpfe in Liberia über die südöstliche Grenze auf Sierra Leone übergegriffen. Tausende von Zivilisten sind nach Sierra Leone geflohen. Zu Wahl-

kampfzeiten gibt es hierzulande immer Unruhen, aber so schlimm wie diesmal ist es seit Menschengedenken nicht gewesen. In verschiedenen Gebieten ist es zu Ausschreitungen und Plünderungen gekommen, so daß wir einigen Peace-Corps-Mitarbeitern geraten haben, den Distrikt zu verlassen. Es ist noch immer nicht geklärt, ob das Verschwinden Ihres Sohnes in irgendeiner Weise im Zusammenhang mit den Unruhen vor den Wahlen steht und ob er irgendwelche Kontakte zu den bestimmenden politischen Gruppierungen gehabt hat.
Wie ich bereits bei unserem Telefongespräch ausgeführt habe, sind wir so gut wie sicher, daß Ihr Sohn sich noch im Lande befindet, denn für die Ausreise ist ein Visum erforderlich. Außerdem müßten die üblichen Gebühren bezahlt werden. Das sierraleonische Ministerium für Einwanderungsfragen hat keinerlei Hinweise darauf, daß Ihr Sohn das Land per Flugzeug oder per Schiff verlassen hat. Ein Mitarbeiter der amerikanischen Botschaft, Mr. Nathan French, ist in Begleitung eines stellvertretenden Ministers für Information zu den größeren Grenzübergängen gefahren und hat nichts gefunden, was darauf hindeutet, daß ein Ausreisevisum für Michael Killigan ausgestellt worden ist. Der einzige andere Weg aus dem Land führt über Buschpisten, die jetzt, kurz nach der Regenzeit, so gut wie unpassierbar sind.
Sobald ich Nachricht über den Verbleib Ihres Sohnes habe, werde ich Sie selbstverständlich informieren.
Seien Sie versichert, daß wir mit unseren Gedanken und Gebeten bei Ihnen und Ihrer Familie sind.

Mit freundlichen Grüßen

Paul Stevens
U. S. Peace Corps
Landesdirektor Sierra Leone

Das dritte Dokument war die Kopie eines Briefes, den jemand geschrieben hatte, der sich offenbar nicht zwischen Druck- und Schreibschrift hatte entscheiden können. Die Buchstaben waren klein und ungelenk:

Liebe Mrs. Killigan!
Es tut mir ganz leid, Sie zu stören, wenn ich beim erstenmal schlechte Nachrichten über Mr. Michael schreibe, der mein Schulgeld bezahlt, weil ich, Moussa Kamara, sein Diener bin. Wir finden Mr. Michael nicht und ich sehe ihn seit zwei Wochen nicht.
Wir haben Schwierigkeiten beaucoup, weil Buschteufel, Zauberer

und Pavianmänner schlechte *hale*-Medizin gemacht haben und *bofima* in unser Dorf gebracht haben und wir haben große Angst. Mr. Michael hat versucht, das zu Ende zu machen, aber er konnte nicht. Als er weg war, kamen Zauberer und Buschteufel und suchten in Mr. Michaels Haus nach Bilder, die er mit sein Kamera gemacht hat. Wir sind sehr schnell weggerannt vor ihnen. Danach konnte ich nicht zurückgehen in mein Dorf und konnte ich Mr. Michael nicht finden. Sie haben die Bilder nicht gefunden, weil Mr. Michael den Bilderfilm geschickt hat zum Entwickeln, wohin kann ich nicht sagen, wenn dieser Brief in böse Hände kommt. Vielleicht wenn ich sehe, was für Bilder Mr. Michael gemacht hat, weiß ich, was mit ihm passiert ist.
Mr. Michael hat einmal gesagt, ich soll Ihnen schreiben, wenn Schwierigkeiten oder Krankheit kommt. Ich suche jeden Tag nach Mr. Michael bis ich ihn einen anderen Tag finde.
Ich denke gute Grüße an Sie und an Gesundheit für Sie und Ihre Familie auch.

Mit Respekt
Moussa Steven Kamara

Ein Trommelwirbel schreckte Boone aus seiner beunruhigenden Lektüre. Vor ihm standen zwei Jungen in roten Uniformen und verkündeten die Ankunft einer bonbonrosafarbenen Hütte auf einem von einem Esel gezogenen Wagen. Ein dicker Mann in einer roten, entfernt militärisch wirkenden Uniform mit Epauletten aus Lametta stieg vom Wagen und zog eine schwere Peitsche aus ihrer Halterung.

Hinten am Wagen öffneten sich zwei Jalousietüren, und ein gut gekleideter Ziegenbock trat auf den Bürgersteig. Einige Passanten blieben stehen, klatschten und lachten über die Kleidung des Bocks: ein gerüschtes Hemd, rote Seidenhosenträger, ein dunkelbraunes kurzes Jackett, eine weiße Seidenhose und rote Strumpfhalter, die knapp unter dem Hinterteil des Ziegenbocks befestigt waren. Seine Hörner lugten durch einen kleinen schwarzen Zylinder mit einem Seidenband und einer Nelke. Er kletterte auf ein kleines Podest und verbeugte sich.

Ein Jongleur warf Keulen in die Luft. Ein Junge mit angemaltem Gesicht und einer Lederweste steckte ein Schwert in Brand, verschluckte es und stieß eine schwarze Rauchwolke aus.

Wieder schwangen die Türen der Hütte auf, und eine dicke

Frau in einem roten Trikot und einer Wildlederjacke watschelte heraus. Sie reckte das Kinn, das ein silbergrauer Spitzbart zierte, setzte einen riesigen Cowboyhut auf und rief mit deutlichem texanischen Akzent »Hey-Ho!« Dann ging sie zu dem Bock und verbeugte sich. Sie kämmte seinen Bart mit einem roten Kamm und tat dann dasselbe mit ihrem eigenen Bart. Die Zuschauer waren begeistert. Der dicke Mann mit der Uniform ließ die Peitsche knallen. Der Bock stellte sich auf die Hinterbeine und rieb seinen Bart an dem der Frau. Die Leute lachten hysterisch und warfen Münzen in die Eimer, die die Jungen mit den Trommeln ihnen hinhielten.

Boone wandte den Blick von dem Ziegenbock und betrachtete die Gesichter der Zuschauer, während sie lachend die Zähne fletschten. Ihre Augen ließen ihn plötzlich an Picasso denken, der gesagt hatte: »Warum nicht die Geschlechtsorgane an die Stelle der Augen und die Augen zwischen die Beine setzen?«

Er ließ die Menge hinter sich und ging durch gewundene Gassen mit unebenem Kopfsteinpflaster. Er überquerte Brücken, stieg in Tunnel hinab, fuhr mit der Metro und verirrte sich in den Kapillaren des öffentlichen Verkehrssystems. Die Straßen waren voller Fremder in allen Formen, Größen und Altersstufen: ein Krüppel mit einem leblos herabhängenden Arm, ein Mann, der sich wie verrückt am Kopf kratzte, als wäre er von etwas gebissen worden, eine Frau, die sich in ihr Spiegelbild in einer Schaufensterscheibe verliebt hatte, Kinder, die einen Hund quälten, ein Liebespaar auf einer Bank, das sich selbstvergessen umschlungen hielt.

Es war etwas wie Räude auf den Oberflächen der Dinge, ein Film, der die Pflastersteine und die Mauern der Häuser bis zur ersten Etage überzog. Die Grundmauern waren glatt vom Fett menschlicher Hände, die steinernen Verzierungen angegriffen von Zigarettenrauch und den Abgasen von Motoren und Fabriken. Die Poren der Steine waren von Spucke, verschwitzten Handabdrücken, Tabak, Staub, Schuhcreme und den Schuppen menschlicher Haut verstopft. Die Bordsteine, Bänke und Säulen der Arkaden sahen aus, als wären sie von den Millionen Augen, die sie gesehen hatten, mit einer Schmierschicht poliert worden.

Boone fand ein schmuddeliges Café mit einem Schild, das ein *Menu complet* versprach. Über seine Zwanzig-Franc-Mahlzeit gebeugt, saß er da und sah den Stammgästen zu, die ihm beim Essen zusahen.

Danach wanderte er weiter durch die Straßen.

Er hatte sein Apartment in Indiana verlassen, weil er Abenteuer erleben wollte, weil er gehofft hatte, ihm würde irgend etwas passieren. Vor seiner Abreise hatte seine Mutter in der Küche, in der sie ihn als Kind gefüttert hatte, ein Gespräch mit ihm geführt. Sie hatte ihn angefleht, nicht zu fahren. Sie besaß eine ganz irrationale Angst vor Reisen, insbesondere vor Reisen in unzivilisierte Länder, in denen die Verbrechensrate ein Zehntel von Amerikas Mordrate betrug.

»Was ist, wenn dir etwas passiert?« hatte sie gefragt.

»Aber Ma«, hatte er geantwortet, »darum geht es doch gerade. Ich *will* doch, daß mir was passiert.«

Die Drachenzähne, die er in seinen Tagträumen in Indiana gesät hatte, gingen auf und brachten Alpträume hervor. War Killigan tot? War er krank? Entführt? Wurde er irgendwo von Rebellen in Kampfanzügen gefoltert? Auf einer Dschungellichtung über offenem Feuer gekocht? War er von Schlangen gebissen, von Pythons erwürgt worden?

Er nahm die Metro zur Station Odéon, fand ein Reisebüro und kaufte ein Ticket nach Freetown in Sierra Leone. Sechshundert Dollar. Eine Unverschämtheit! Seit seiner Ankunft war er mit hundert Dollar pro Woche ausgekommen, und jetzt war er gezwungen, sechs Wochen Paris gegen einen Flug mit der KLM nach Sierra Leone zu tauschen.

Er suchte in den Buchhandlungen am Boulevard St.-Michel nach englischsprachigen Büchern über Reisen in Westafrika. Es gab jede Menge über Ostafrika, aber nichts über Westafrika oder Sierra Leone. Wie es schien, sahen sich Touristen lieber Löwen und die Serengeti an als Hungernde und die Sahelzone.

Selbst in Büchern, die sich als Reiseführer für ganz Afrika ausgaben, wurde Sierra Leone kaum erwähnt. Nachdem sie sich ein Kapitel lang über die Schönheiten Kenias ausgelassen hatten, das eine Art Freiluftzoo für Europäer und Amerikaner zu sein schien, handelten die Autoren von *Fielding's Literary Africa* ganz Westafrika auf einer Seite ab. Ein Absatz war Sierra Leone gewidmet und warnte die Leser:

> Von allen Ländern, die wir bereist haben, ist Sierra Leone ohne jeden Zweifel das schlimmste. An den Ecken der Straßen von Freetown stapelt sich der Müll zwei Stockwerke hoch, während der Ozean, in dem man ihn versenken könnte, nur einen Steinwurf weit entfernt ist... Nach unserer Einschätzung sind Westafrikaner gefühlsbetonter. Sie sind leichter erregbar, aggressiver und haben weniger Disziplin. Die Bedeutung der Worte »Schlange«, »anstehen« oder »der Reihe nach« sind ihnen fremd... Wir stießen auf eine große Feindseligkeit gegenüber Weißen.

»Alles in allem«, faßten die Autoren zusammen, »kann man Reisen in Westafrika kaum als ›Spaß‹ bezeichnen.«

Die Verfasser von *Fielding's Literary Africa* ließen unerwähnt, daß Graham Greene *Das Herz aller Dinge* im City Hotel in Freetown geschrieben hatte oder daß die in seinem Buch *Journey Without Maps* beschriebene Reise in Sierra Leone begann. Kein Wort über Syl Cheney-Coker oder irgendeinen anderen Autor aus Sierra Leone, und kein Wort über die große Tradition des Geschichtenerzählens.

Diese Passage verriet ihm nichts über Sierra Leone und alles über die Verfasser. Sie waren offenbar Engländer aus guter Familie, die auf »Spaß« aus waren und seit langem die Kunst beherrschten, den Ozean zu verschmutzen und geduldig Schlange zu stehen. Sie würden (dachten sie) den ganzen Tag lang geduldig Schlange stehen, selbst wenn sie dabei waren, bei Temperaturen um vierzig Grad und einer Luftfeuchtigkeit von neunzig Prozent zu verhungern, ganz besonders, wenn die Gefahr bestand, durch Vordrängeln die Aufmerksamkeit auf sich zu ziehen. Sie waren kultivierte Menschen und gingen auf die Bedürfnisse von Amerikanern ein, die auf Spaß aus waren und genug Geld für Reiseführer hatten. Ohne es zu wissen, bestätigten sie die Weisheit, daß die meisten Leute sich in einem fremden Land nur dann wohl fühlen, wenn sie auf die Einheimischen herabsehen können. Die Feindseligkeit, der sie begegnet waren, hatte wahrscheinlich nicht so sehr mit ihrer Hautfarbe zu tun als vielmehr mit ihrem Beharren, die Einwohner fremder Länder hätten sich gefälligst zu benehmen und sich wie Engländer aufzuführen.

Travelling Cheaply, ein hervorragendes Buch von einem Burschen namens Rick Berg, erwähnte Westafrika nur, um eine Passage über Durchfall zu illustrieren, und wies darauf hin, bei einem Aufenthalt in Westafrika sei *ein* fester Stuhlgang pro Monat kein schlechter Durchschnitt. Ein anderer Reiseführer belehrte ihn, zehn der sechsunddreißig ärmsten Länder der Welt seien in Westafrika zu finden. Ein weiteres Buch warnte ihn, neben Diamanten seien Krankheiten Sierra Leones Hauptexportartikel.

Bei »Shakespeare & Co.« im Schatten von Notre-Dame wurde er schließlich fündig. Aus einem verstaubten Regal im ersten Stock zog der Besitzer ein gebrauchtes Exemplar von Kenneth Littles *The Mende of Sierra Leone* hervor. Boone erinnerte sich, daß der Peace-Corps-Direktor diesen Stamm in seinem Brief erwähnt hatte, und kaufte das Buch sofort.

In seiner letzten Nacht in Paris kroch Boone unter einem halben Mond in seinen Schlafsack und lehnte sich gegen Hectors Marmorgrabmal. Auf sein eines Knie legte er die Briefe, die Mrs. Killigan ihm geschickt hatte, auf das andere *The Mende of Sierra Leone*.

Er las beim Schein seiner Taschenlampe die Briefe noch einmal durch und unterstrich bestimmte Wörter: »Pujehun«, »Zauberer«, *»hale«*, *»bofima«*, »Buschteufel«. Er las den Brief des Dieners zweimal durch und strich den zweiten Absatz an:

> Wir haben Schwierigkeiten beaucoup, weil Buschteufel, Zauberer und Pavianmänner schlechte *hale*-Medizin gemacht haben und *bofima* in unser Dorf gebracht haben und wir haben große Angst. Mr. Michael hat versucht, das zu Ende zu machen, aber er konnte nicht. Als er weg war, kamen Zauberer und Buschteufel und suchten in Mr. Michaels Haus nach Bilder, die er mit sein Kamera gemacht hat. Wir sind sehr schnell weggerannt vor ihnen. Danach konnte ich nicht zurückgehen in mein Dorf und konnte ich Mr. Michael nicht finden. Sie haben die Bilder nicht gefunden, weil Mr. Michael den Bilderfilm geschickt hat zum Entwickeln, wohin kann ich nicht sagen, wenn dieser Brief in böse Hände kommt. Vielleicht wenn ich sehe, was für Bilder Mr. Michael gemacht hat, weiß ich, was mit ihm passiert ist.

Im Index des Buches über die Mende gab es keinen Eintrag zu »Pujehun«, »Busch« oder »Teufel«. Bei *»hale«* und *»bofima«* wurde er auf das Stichwort »Medizin« verwiesen, wo er zahlreiche Querverweise fand. Er entschied sich für »›schlechte‹ Medizin und Zauberei« und schlug die angegebene Seite auf.

Die Kälte des Marmors von Hectors Grabmal ließ ihn erschauern, als er die Passage las:

Ein besonders gutes Beispiel für die verbotene Anwendung von *hale* ist die *ndilei*-Medizin. Dies ist eine Medizin, die durch den Zauberer, dem sie gehört, in einen Python verwandelt werden kann. Sie besteht aus einer mineralischen Substanz, die bei den Mende *tingoi* genannt wird, und ist innen hohl. Man kann sie von ihrem Besitzer kaufen, wenn dieser sie nicht mehr haben will. Sie einem anderen zu überlassen birgt jedoch erhebliche Gefahren und kann sogar zum Tod führen, denn diese Medizin verbindet sich mit ihrem Besitzer, und zwar dergestalt, daß dieser als Gegenleistung für das, was die Medizin für ihn tut, praktisch zu ihrem Sklaven wird und sich ihrem Willen unterwerfen muß ...

Was die Wirkung der *ndilei*-Medizin betrifft, so muß man die Medizin und ihren Besitzer als ein und dasselbe betrachten, da er durch den Umgang mit ihr zu einem Zauberer wird. Er mag sich diese Medizin beschafft haben, weil er sich an jemandem, der ihm unrecht getan hat, rächen wollte. Sobald die Medizin aber Macht über ihn erlangt hat, ist er, wie alle Zauberer, gezwungen, ein Kannibale zu werden.

Dieser Zauberer in Gestalt eines Pythons (*ndile*) geht nur nachts um und ernährt sich von Blut, das er wie ein Vampir aus dem Hals seiner Opfer saugt. Das führt gewöhnlich zum Tode. Bei Kindern kann er jedoch auch Kinderlähmung verursachen. Der erste Schritt des *ndilemoi* besteht darin, irgendeinen Gegenstand an sich zu bringen, der in einer Verbindung zu seinem Opfer steht – das kann ebenso ein Kleidungsstück sein wie irgend etwas, das von einem Feld des Opfers stammt. Ohne einen solchen Gegenstand ist es dem Zauberer unmöglich, die Ader zu durchbeißen. Die Medizin selbst wird dann in der Nähe der Behausung des Opfers vergraben, sei es im Busch, sei es gar unter der Schwelle des Hauses. Entscheidend ist, daß das Haus von dieser Stelle aus zu sehen ist. Dort verwandelt sie sich zur festgesetzten Stunde in den Python.

Einige Seiten weiter wurde erklärt, was ein *bofima* war, und Boone war fast entschlossen, sein Ticket zurückzugeben und fünfundzwanzig Prozent Rücktrittsgebühr zu bezahlen:

Eine andere sehr mächtige und für das Gemeinschaftsleben verderbliche Medizin ist der *bofima*. Er wird aus der Haut der Handfläche, der Fußsohle und der Stirn gemacht. Außerdem sind Teile bestimmter Organe wie der Genitalien und der Leber erforderlich, des weiteren ein Stück Stoff, das einer menstruierenden Frau gehört, und etwas Staub von einem Ort, an dem sich gewöhnlich viele Menschen versammeln. Der *bofima* enthält auch ein Stück Seil von einer Falle, aus der ein Tier entkommen ist, die Spitze einer Nadel und einen Splitter von einem Hühnerstall ...
Der *bofima* muß von Zeit zu Zeit »aufgefrischt« werden, denn sonst wendet er sich gegen seinen Besitzer und vernichtet ihn. Manche *bofimas* müssen einmal im Jahr erneuert werden, andere öfter. Die Macht und die Wirkung dieser Medizin hängen von den oben erwähnten Leichenteilen ab. Das aus den Eingeweiden gewonnene Fett wird verwendet, um den *bofima* selbst einzureiben. Außerdem dient es als Salbe, die dem damit Behandelten Glück bringt und ihm eine würdige und furchterregende Erscheinung verleiht.

Boone verstaute seine Taschenlampe und zog sich in die Finsternis seines Schlafsacks zurück. Der Oktobermond schien auf die weite Fläche voller Grabsteine, wo Boone Zauberer von würdiger und furchterregender Erscheinung sah. Auf ihrer Haut glänzte menschliches Fett, und sie gingen zwischen den Gräbern umher und suchten nach frischen amerikanischen Leichenteilen in einem Schlafsack.

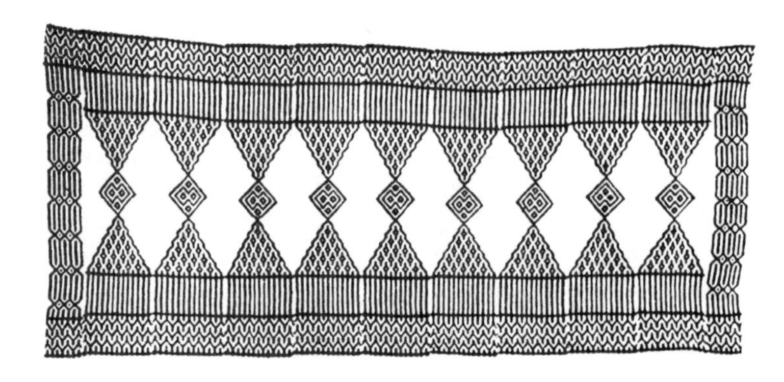

3

Das Flugzeug setzte zur Landung an, sank in eine wogende Tundra aus hellen Wolken, und vor Boones Fenster wurde es weiß. Als die Tragflächen die Unterseite der Wolkenbank in Fetzen rissen, blitzte es blau auf. Er sah zu, wie die Nebelschleier wie Geister über die Flügel glitten und in den Hintergrund aus nahtlos verschmolzenem Himmel und Ozean trieben. Weit unten kroch das Meer auf Strände zu, die wie Krummsäbel leuchteten. Auf Hafenanlagen und Lagerhäuser folgte ein Mosaik aus Dächern und Gebäuden, dann kam flaches Buschland, das allmählich in bewaldete Hügel überging, wo Palmen wuchsen und sich Straßen in ein Land wanden, das wie das Reich der Brokkoli aussah – seine grünen Köpfe erstreckten sich dichtgedrängt bis zum Horizont.

Boones Reiseführer hatten ihn darüber aufgeklärt, daß Sierra Leone sechs Monate im Jahr von tropischen Stürmen heimgesucht wurde, die dem Land eine der höchsten jährlichen Niederschlagsmengen in ganz Afrika bescherten. In den restlichen sechs Monaten verwandelten sich die Flüsse in Trockenbetten, die Brunnen versiegten, und der Harmattan, ein trockener Wind aus dem Inneren des Kontinents, überzog den Regenwald mit einer Schicht aus Saharastaub. In den vergangenen Jahren hatte das

Bruttosozialprodukt pro Kopf bei zweihundertvierzig Dollar gelegen. Die durchschnittliche Lebenserwartung betrug neununddreißig Jahre, und hundertsechsundsechzig von tausend Kindern starben, bevor sie das erste Lebensjahr vollendet hatten.

Boone spürte einen Ruck, blickte aus dem Fenster und sah das einstöckige, triste Gebäude des Flughafens Lungi. Das war also Sierra Leone, Westafrika.

Drinnen hielt Boone sich die üblichen »Führer« und Schlepper vom Leib, die überall in der dritten Welt in Flughäfen, Bahnhöfen und Häfen herumhängen und in vierzig verschiedenen Sprachen Gott bitten, ihnen einen ganz gewöhnlichen Einfaltspinsel aus Indiana zu schicken. Einige lächelnde, breitschultrige Burschen in dunkelblauen Kunstfaser-Safarianzügen – die offenbar eine Art offizieller Uniform darstellen sollten – baten ihn um seinen Paß und wollten ihm den Rucksack von den Schultern nehmen. »Wir sind Reiseassistenten«, erklärten sie ihm mit schwerem Akzent. »Wir helfen bei Zoll und bei Paßkontrolle.«

Boone lehnte das Angebot ab, höflich zunächst, doch dann immer entschiedener, bis der letzte Reiseassistent ihn stehenließ und sich nach einem anderen Opfer umsah.

An einem Schalter gleich hinter der Zollkontrolle wechselte er vierzig Dollar in viertausend Leone und wehrte dann einen Schwarm beflissener Gepäckträger ab, die sich bei näherem Hinsehen als die breitschultrigen Reiseassistenten von vorhin erwiesen und ihre blauen Safarianzüge inzwischen gegen rote Westen und Kappen vertauscht hatten.

Die Gepäckträger-Reiseassistenten folgten ihm ins Freie und wiesen ihn darauf hin, daß der Taxifahrer ihn ganz sicher übers Ohr hauen würde, wenn er sie nicht einen Preis aushandeln ließe.

»Fahrer werden Sie beklauen«, sagte einer.

»Weiße zahlen immer viel zuviel für Taxi«, sagte ein anderer.

»Manchmal fahren Fahrer mit dem Gepäck weg«, sagte ein dritter und fuchtelte mit einem warnenden Zeigefinger vor Boones Gesicht herum. »Wir helfen. Wir zeigen guten Fahrer, der nach Freetown bringt. Sie geben uns was Klein-Kleines«, sagte er und zeigte auf seine Handfläche, »und wir helfen Geld sparen beaucoup. Istnichso?« fragte er seine Kollegen, die das unisono bestätigten.

Boone lehnte auf englisch (»No, thank you«), auf französisch (»Non, merci«) und auf amerikanisch (»Fuck you!«) ab, bis die Gepäckträger und Reiseassistenten in Gruppen von zweien oder dreien davonschlurften, wobei sie ihn böse ansahen und sich laut über das traurige Schicksal der letzten sieben oder acht Weißen unterhielten, die darauf bestanden hatten, sich selbst ein Taxi nach Freetown zu suchen. Ein paar Minuten später fand er am anderen Ende des Flughafengebäudes den Taxistand, wo die Fahrer dabei waren, ihre Safarianzüge und Gepäckträgerwesten und -mützen in den Kofferräumen der Taxis zu verstauen und Chauffeurmützen aufzusetzen.

Nach zehn Minuten zäher Verhandlungen mit Fahrern, die mit den Fingern schnippten und ihn anzischten, einigte er sich gerade mit einem von ihnen auf dreitausend Leone (angefangen hatten sie bei siebentausend), als ein Polizist sich einmischte und ihn darauf aufmerksam machte, daß der Fahrpreis nach Freetown behördlich auf zweitausend Leone festgesetzt war.

Im Wagen erklärte ihm der Fahrer aufgeräumt, die Verordnung habe mit dem aktuellen Preis für eine Fahrt nach Freetown gar nichts zu tun. Der »Polizist« sei ein Schwindler im Dienst seiner Konkurrenten gewesen, und die Abmachung über die dreitausend Leone schließe die Kosten für die Fähre, die sie nehmen müßten, nicht ein. Boone murmelte irgend etwas Nichtssagendes und schob die Auseinandersetzung bis zur Ankunft auf. Er hielt den Kopf aus dem Fenster, um zu sehen, womit Afrika acht Grad nördlich des Äquators aufzuwarten hatte.

Palmenbestandene Hügel erhoben sich über Freetown. In seinen Reiseführern stand, portugiesische Seeleute hätten dem Land 1462 den Namen Sierra Leone, also »Löwenberge«, gegeben, und zwar entweder, weil sie in den Hügeln rings um die Bucht Löwen hätten brüllen hören, oder aber, weil sie in der Form ebendieser Hügel die Gestalt eines Löwen gesehen hätten. Löwen, erklärten die Reiseführer, gebe es noch in Ostafrika, wo man sie von klimatisierten Bussen aus betrachten könne. In Westafrika gebe es weder Löwen noch klimatisierte Busse, und die portugiesischen Seeleute hätten wahrscheinlich das Donnern der Brandung auf den Felsen gehört.

Die letzte historisch überlieferte Erwähnung des Landes vor

der Namensgebung durch die Portugiesen stammte von Hanno, dem karthagischen Entdecker, der fünfhundert vor Christus mit einer Galeere an der Küste entlanggesegelt war und seine Beobachtungen aufgezeichnet hatte, allerdings ohne sich die Mühe zu machen, die Hügel zu benennen. In den zweitausend Jahren dazwischen hatten Generationen schwarzer Afrikaner in primitiven Behausungen geträumt und sich fortgepflanzt, Geister waren auf den Buschpfaden umhergestreift, Regen hatte den Boden in der Regenzeit aufgeweicht, und die Sonne hatte das Wasser in der Trockenzeit verdampfen lassen, Bäume waren im Urwald umgefallen – und wenn irgendein Weißer irgend etwas davon gesehen hatte, so hatte er kein Papier hinterlassen, auf dem diese Dinge mit Hilfe schwarzer Zeichen beschrieben waren. Es gab keine Bücher, in denen stand, was geschehen war, bevor die weißen Sklavenhändler kamen. Die Erinnerung an die großen Taten und Tragödien der Vorfahren wurde von alten Leuten mit nachlassendem Gedächtnis bewahrt, die diese Geschichten an den Feuern der Dorf-*baffas* erzählten.

Boone setzte sich auf das Deck der Fähre und versuchte, unauffällig auszusehen. *Sei ganz natürlich*, ermahnte er sich. *Wie irgendein Weißer aus Indiana, der zufällig mit fünfhundert Afrikanern auf einer Fähre sitzt.* Das Problem war, daß er kein Rollenmodell besaß. Es gab an Bord keine anderen Weißen, geschweige denn Weiße aus Indiana. Er fragte sich, wie die Colts sich wohl in dieser Saison halten würden.

Auf der anderen Seite des Flusses fuhr ihn das Taxi durch die Vororte von Freetown, einer wuchernden Barackenstadt mit etwa 470 000 Einwohnern, das Zentrum dessen, was einst eine britische Kolonie gewesen war. Freetown war 1787 gegründet worden, als die Vertreter der britischen Krone, beseelt von jener Großzügigkeit, die für zivilisierte Weiße charakteristisch ist, dem König Tombo, Herrscher über den Stamm der Temne, die zwanzig Quadratmeilen, auf denen heute die Innenstadt von Freetown steht, für Rum, Musketen und eine bestickte Weste abkauften. Englische Philanthropen überredeten ihre Regierung, ein »Land der Freiheit« für freigelassene britische Sklaven zu schaffen. Die erste Schiffsladung aus vierhundertelf ehemaligen britischen Sklaven und einhundert Weißen traf 1787 ein. Die achtundvierzig Siedler, die drei Jahre später noch am Leben waren, berichteten von verheerenden Seuchen und feindseligen Eingeborenen. 1792 kamen weitere tausendsiebenhundert freigelassene Sklaven aus Jamaika und Neuschottland. Einige Jahrzehnte später hatten die Amerikaner dieselbe Idee und gründeten weiter südlich, in Liberia, eine zweite Kolonie für befreite Sklaven.

Die Briten regierten Sierra Leone bis 1961. Dann kapitulierten sie vor dem Klima und dem Chaos einer verpfuschten Kolonialpolitik und zogen ab. Den Sprichwörtern der Krio nach zu urteilen, war die einzige Waffe, die in Sierra Leones Kampf gegen die britische Herrschaft eingesetzt wurde, der Moskito. Die Grabsteine der Gefallenen stehen noch heute auf den Friedhöfen für Weiße in den Hügeln rings um Freetown.

Zwei Jahrhunderte nachdem die Engländer Freetown gegründet hatten und dreißig Jahre nach ihrem Abzug traf Boone Westfall dort ein. Er kam sich weißer als die Milch einer Kuh in Indiana vor, und aus dem Fenster des Taxis sah er Straßen voller Menschen, die so schwarz waren, daß sie das Sonnenlicht zu verschlucken schienen. Zweispuriger Verkehr war hier nur möglich, weil die meisten Taxis keine Außenspiegel hatten und mit einem Abstand von einem Zentimeter aneinander vorbeifahren konnten. Boones Taxi mußte anhalten, während Schwärme von Fußgängern sich auf der Straße bewegten, wie es ihnen gefiel, und den Autos nur auswichen, wenn ernsthafte Verletzungen zu befürchten waren. Alte Männer mit Käppchen und fadenscheinigen Safarihemden rauchten Pfeife und lachten über die hilflosen Autos; Jungen ohne Hemd und mit Hosen, die mit einem Stück Seil zusammengebunden waren, spielten Verstecken im Stau; in handgefärbte Tücher gehüllte Frauen trugen auf dem Kopf Lasten, die ein Maultier hätten straucheln lassen; Krüppel mit knorrigen Krücken humpelten vorbei; zahnlose Bettler saßen, im Schoß einen Korb für Münzen, zusammengesunken vor den Läden und lachten und ließen ihr verfärbtes Zahnfleisch sehen; bezopfte Mädchen in blauen Schuluniformen trieben Ziegen in Ställe; ein Polizist mit rotem Barett und Sonnenbrille schlichtete einen Streit wegen eines beschädigten Karrens.

Überall war das Pandämonium menschlichen Lebens in vollem, schäumendem Gange: Eltern schimpften mit Kindern, Händler scheuchten Hühner aus ihren Buden, Taxis hatten Fehlzündungen, Polizeipfeifen schrillten, Schulmädchen sangen, Frauen keiften, Kleinkinder schrien, Kassettenrekorder plärrten, Hunde bellten.

Zu beiden Seiten des Taxis reckten sich die verrosteten Wellblechdächer ein- oder zweistöckiger Häuser über die Straße und schufen dunkle Arkaden, in denen Horden schwarzer Menschen sich drängten und aneinander vorbeischlängelten, unter Querbalken, an denen irgendwelche verkohlte Utensilien, Kochtöpfe, tote Hühner, Tabakblätter, getrockneter Fisch und Balkenwaagen aufgehängt waren. Menschen betraten oder verließen Läden, Veranden und Freiluftmärkte, wo auf Tischen aus Fässern und Brettern Gebrauchtwaren, Tabak, Pfefferschoten, Kerosin, Reis, Streichhölzer, unechter Schmuck und warme Erfrischungsgetränke angeboten wurden. Vor einem Plattenladen brachte eine Gruppe tanzender junger Männer den Verkehr zum Erliegen. Der Ladenbesitzer hatte einfach zwei Lautsprecher zur Straße gedreht, um die Passanten gratis in den Genuß von Reggaemusik kommen zu lassen. Ein Schild über der Ladentür versprach in reichverzierten Kursivbuchstaben *AFRICA SOUNDS*. Schließlich öffneten sich die überfüllten Straßen zwischen den heruntergekommenen Häusern und Baracken zu einer breiten Allee, der Siaka Stevens Street, die nach dem ehemaligen Präsidenten von Sierra Leone benannt und von buschigen Palmen gesäumt war.

»Der Kapokbaum da vorn«, sagte der Fahrer und zeigte auf den größten Baum, den Boone je gesehen hatte. Er stand inmitten eines Kreisverkehrs und war von einer gekalkten Betonmauer umgeben. Weit oben in den Wipfeln konnte Boone Gestalten flattern sehen, die sich ausnahmen wie Fetzen aus Finsternis. Wie Drachen aus dem Stoff der Nacht.

»Sind Zaubervögel, das da«, sagte der Fahrer.

»Was für Vögel?« fragte Boone.

»Zaubervögel«, wiederholte der Fahrer. »Sind beaucoup Zaubervögel. Hat fünfhundert Jahre, der Baum da. Kein Lüge.«

Der gewaltige Baum war höher als die mehrstöckigen Gebäude im Stadtzentrum, und der Stamm hatte den Umfang eines geräumigen Hauses. Seine Äste bildeten ein dichtes Dach und warfen ihren Schatten auf den Kreisverkehr, die Bürgersteige und die Häuser, die sich unter ihnen duckten.

»Wer vier Augen hat, kann Zauberumhänge sehen, an jedem Ast«, sagte der Fahrer ernsthaft.

»Vier Augen?« fragte Boone.

»Wenn ich sage!« rief der Fahrer. »Wer hat zwei Augen, kann nie sehen. Aber mit vier Augen man kann sehen.«

Boone zuckte die Achseln und murmelte: »Vier Augen.«

Der Fahrer war nicht bereit, hinzunehmen, daß man sein Wissen einfach überging. Er zeigte auf den Kapokbaum und sagte: »Da, seh. Siehst du Zauberumhänge da in den Baum?«

Boone sah nur die größte Ansammlung dicker Äste, die er je gesehen hatte. Außerdem einen Schwarm riesiger flatternder Vögel. »Nein«, sagte er.

»Dann hast du nur zwei Augen«, sagte der Fahrer. »Mehr nicht. Keine Zauberer im Bauch. Wenn da Zauberer wär, würdest du vier Augen haben, und dann würdest du Zauberumhänge beaucoup an Ästen hängen sehen. Wenn du eins abnimmst, kriegst du Zauberkraft. Aber wenn du einem zeigst, sogar anderen Zauberer, dann tötet es dich.«

Das erstaunliche Wissen des Fahrers über Hexerei und Zauberer schien sein Begriffsvermögen für Zahlen vollkommen ausgelöscht zu haben, denn er rechnete zum Fahrpreis von dreitausend Leone einen Fährpreis von tausendzweihundert Leone und kam auf fünftausendvierhundert Leone, nicht gerechnet die Kosten für die Dienste des Reiseassistenten, des Gepäckträgers und des Taxiunterhändlers sowie das Geld, das der Fahrer angeblich bezahlt hatte, damit die Fähre sie schneller übersetzte. All diese Ausgaben zählte er ausführlich auf, um sodann großzügig darauf zu verzichten, denn er war ein freigebiger Mensch, Vater von neun hungrigen Kindern und hatte ein Herz für Weiße.

Nach einem bitteren Wortwechsel, in dessen Verlauf Boone alles über sämtliche Unglücksfälle erfuhr, die den Fahrer und seine weitverzweigte Familie je heimgesucht hatten, zahlte er dreitausendfünfhundert Leone für die Taxifahrt, inklusive Fähre, und wurde vor einer Ladenfront abgesetzt, an der im ersten Stock ein Schild mit der Aufschrift »United States Peace Corps« angebracht war. Der einzige Eingang war durch einen Blinden mit einer schwarzen Sonnenbrille versperrt, der ein weißes Käppchen und ein langes, weites Gewand trug. Der Mann streckte Boone seinen Becher entgegen und sagte: »Weißer Mann. Pies Kor. Gib mir Kleingeld.«

»Der Taxifahrer hat mir mein ganzes Geld abgenommen«, sagte Boone. »Außerdem: Wenn Sie blind sind, woher wissen Sie dann, daß ich weiß bin?«

»Afrikaner fährt kein Taxi zum Pies Kor«, sagte der Blinde lachend. »Ich weiß. Du weißt auch? Du kannst Krio? Du kannst nicht Krio? Dann spreche ich englisch. Du hast nicht Sielone-Geld? Amerika-Geld viel besser als Sielone-Geld. Viel besser! Also, gib mir Kleingeld. Gib mir Amerika-Kleingeld.«

Boone steckte einen abgegriffenen Dollarschein in den Becher.

»Ich sag Gott Dank«, plapperte der Blinde und betastete mit flinken Fingern den Geldschein. »Dein Frauen werden viel Kinder haben, und die werden auch viel Kinder haben. Du wirst sterben mit ein Lächeln auf dem Gesicht, in den Armen von deine Kinderkinder. Sie werden dich in Schlaf singen mit Liedern von deine große Taten. Gott wird immer über dir sein, weil du hast mir geholfen. Gott hat mich blind gemacht, aber er hat mir die Kraft gegeben zu sehen, was kommt. Darum weiß ich, daß alles, was ich dir sage, wahr ist. Ich sag das in Gottes Namen, und Gott soll meine Leber rausreißen und meine Haare brennen lassen, wenn alles, was ich gesagt hab, nicht wahr ist.«

Boone wußte die Grandiosität des Segens zu würdigen, den der Blinde ihm gegeben hatte, und folgte Hinweisschildern durch eine Gasse zwischen zwei Läden zum Hintereingang eines leicht schief stehenden Holzhauses. Er stieg eine im Zickzack verlaufende Metalltreppe hinauf, öffnete eine mit durchlöchertem Moskitogitter bespannte Tür und trat in einen großen, mit Aktenschränken unterteilten Raum, unter dessen Decke sich Ventilatoren drehten.

An einem Tisch, der so aufgestellt war, daß Informationssuchende dort landen mußten, saß eine Frau um die Vierzig. Boone stellte sich ihr vor und sagte ihr den Grund für sein Kommen.

»Sie sind den ganzen Weg von Indiana gekommen?« fragte sie.

»Ich war gerade in Paris, als ich davon erfahren habe«, erklärte Boone. »Michaels Mutter hat mir geschrieben.«

Die Frau schüttelte bekümmert den Kopf. »Wir haben am Wochenende mit ihr gesprochen«, sagte sie. »Ich kann mir vorstellen, wieviel Sorgen Sie sich um Michael machen, aber ich glaube nicht, daß Sie hier etwas tun können. Das Peace Corps, die amerikanische Botschaft, die Leute von USAID, die kanadischen, holländischen und deutschen Entwicklungshilfeorganisationen – alle suchen nach Michael Killigan. Und diese Leute kennen das Land. Sie kennen die Mende. Sie kennen Michael Killigan und seine Freunde, und sie wissen, wo er sich normalerweise aufhält. Niemandem ist mehr daran gelegen, diese Sache aufzuklären, als dem Peace Corps und der amerikanischen Botschaft. Wenn jemand ihn finden kann, dann sie.«

Sie spitzte die Lippen und reichte ihm ein postkartengroßes Foto von Michael. Er sah magerer aus, als Boone ihn in Erinnerung hatte, trug ein besticktes afrikanisches Gewand und saß auf der Veranda einer Lehmhütte, umgeben von zwanzig oder dreißig Dorfbewohnern aller Altersstufen. Die Afrikaner blickten feierlich, als wüßten sie, daß dieser Augenblick für immer auf Film festgehalten werden würde. Killigans Gesichtsausdruck lag irgendwo zwischen einer Grimasse und einem schiefen Grinsen.

»Darf ich fragen, woher Sie dieses Foto haben?«

»Sie wollen das auch wissen, was?« sagte die Frau. »Plötzlich fragt jeder nach Fotos. Letzten Freitag kam einer von Killigans Dienern, ein gewisser Moussa Soundso, zum Peace-Corps-Büro in Bo und wollte zum Direktor. Man sagte ihm, daß der Direktor sein Büro in Freetown hat. Der Junge sagte, er hätte Fotos, die er dem Direktor, aber nur ihm, zeigen wollte. Der Leiter in Bo konnte ihn schließlich überreden, ihm eins der Fotos zu geben, indem er dem Jungen sagte, daß man Killigan damit vielleicht finden könnte. Anfang dieser Woche melden sich die Leute von der Botschaft und wollen den Diener und die Fotos und sind sauer, weil wir ihn haben gehenlassen. Ein schöner Schlamassel«, sagte sie und starrte trübsinnig auf das Foto. »In den vergangenen Jahren haben wir freiwillige Mitarbeiter durch Krankheiten oder Schlangenbisse verloren, aber so etwas wie das hier ist noch nie vorgekommen. Unsere Leute verschwinden nicht einfach aus ihren Dörfern.«

»Mein Visum gilt für drei Monate«, sagte Boone. »Ich könnte

mich doch auch ein bißchen umsehen. Ich könnte nach Bo oder in Killigans Dorf fahren und bei der Suche nach ihm oder seinem Diener helfen.«

Die Frau schüttelte bekümmert den Kopf. »Wenn Sie allein in den Busch fahren, werden Sie sehr schnell sehr frustriert sein«, sagte sie. »Und danach werden Sie krank. Weil Sie kein freiwilliger Mitarbeiter sind, kann das Peace Corps Sie nicht medizinisch versorgen. Damit bleibt Ihnen dann nur die Medizin der Eingeborenen, und die ist schlimmer als gar keine.«

»Ich habe genug Chloroquin für drei Monate«, sagte Boone, »und ich bin gegen Gelbfieber, Cholera und Typhus geimpft.«

»Nicht schlecht«, sagte die Frau. »Dann gehen Sie mal runter zu Dr. Kallon und lassen sich seine Übersicht über die zweihundertvierzig anderen Tropenkrankheiten zeigen, von denen Sie blind werden oder sterben können oder mit denen Sie drei Monate im Bett liegen und hinterher einen bleibenden Nieren-, Leber- oder Herzschaden haben. Fragen Sie ihn nach Bilharziose, Flußblindheit, Frambösie, Schlafkrankheit, Giardiasis, Schwarzwasserfieber, Hepatitis, Lepra und Elephantiasis. Was Ihre Malariatabletten betrifft, so sind fünfundachtzig Prozent der Malariaparasiten in Äquatorialafrika inzwischen dagegen immun, unter anderem auch die Unterart *falciparum*, von der Sie zerebrale Malaria bekommen und sterben können. Wir sagen unseren Leuten inzwischen, daß sie auf jeden Fall Malaria kriegen werden, wenn sie eine Zeitlang im Busch leben – die Frage ist nur, welche Art und wie oft.«

Sie steckte zwei Aktendeckel in einen Ziehharmonikaordner und lächelte traurig. »Ich will Sie nicht entmutigen, aber selbst mit der richtigen Vorbereitung und medizinischer Versorgung ist das Leben im Busch eine ungesunde und gefährliche Sache. Außerdem sind bald Wahlen, und das bedeutet für gewöhnlich Unruhe oder besser: Unruhen. Aus Liberia kommen Flüchtlinge, und einige Rebellengruppen haben sie bis nach Sierra Leone verfolgt. Nicht gerade ein idealer Zeitpunkt, um im Busch herumzuspazieren.«

»Wie lange sind Sie schon hier?« fragte Boone.

»Drei Jahre«, antwortete die Frau.

»Und Sie haben sich gut gehalten«, sagte er, in der Hoffnung, sie möge das als Kompliment auffassen und ihm die Information geben, um die er sie bitten wollte.

»Aber ich lebe nicht im Busch, sondern in Freetown«, sagte sie. »Wenn ich krank werde, kann ich zu einem Arzt gehen, der in Amerika studiert hat.«

»Und wenn ich krank werde, kann ich mir ein Flugticket nach Hause kaufen«, sagte Boone.

Die Frau grinste und zog eine Nagelfeile hervor. »Ich sehe schon, Sie kennen sich im Busch bestens aus. Bis dahin, wo Sie hinwollen, dauert die Fahrt mit dem *podah-podah*, mit dem Buschtaxi, mindestens zehn Stunden. Ein *podah-podah* ist ein Toyota-Lieferwagen, der vierzig Afrikaner und zwei Tonnen Fracht befördert, und die Hälfte der Strecke besteht aus Straßen, die man in Indiana für unpassierbar halten würde. Um das zu überstehen, muß man in guter Verfassung sein – wenn Sie krank sind, sterben Sie unterwegs, und dann muß die amerikanische Botschaft Sie als Luftfracht zurückschicken.«

»Und wie kommen Ihre Leute nach Freetown, wenn sie krank sind?« fragte Boone.

»Tja, zunächst mal dauert es mindestens zwei Tage, bis wir davon erfahren, und dann noch mal zwei Tage, bis wir dort sind. Dann packen wir sie in einen klimatisierten Landrover und bringen sie her. Auch das ist ein Luxus, in dessen Genuß Sie nicht kommen würden – schließlich sind Sie ja kein freiwilliger Mitarbeiter.«

»Was müßte ich denn tun, um einer zu werden?«

»Zurück nach Amerika fahren und die Anträge ausfüllen«, antwortete sie. »Das Peace Corps nimmt keine Anträge entgegen, die im Gastland gestellt werden.«

»Aber so schlimm kann es nicht sein«, wandte Boone ein. »Die Leute leben doch seit Tausenden von Jahren hier.«

»Sie leben und sie sterben«, sagte die Frau. »Im Busch beträgt die durchschnittliche Lebenserwartung neununddreißig Jahre. Die Säuglingssterblichkeit liegt bei fünfzehn Prozent. Als die Engländer sich hier niederließen, fragte man sich in Freetown morgens zur Begrüßung: ›Wie viele sind letzte Nacht gestorben?‹ Bei ihnen hieß Sierra Leone das ›Grab des weißen Mannes‹. Der katholische Missionsdienst hat in den ersten fünfundzwanzig

Jahren seiner Tätigkeit in diesem Land hundertneun Missionare verloren. Einmal wurden im Januar sechs katholische Priester geschickt. Im Juni waren sie alle tot. Ich kann Ihnen nur raten, in Freetown zu bleiben und nicht in den Busch zu gehen, um nach Michael Killigan zu suchen.«

»Jetzt bin ich hier«, sagte Boone, »und ich werde erst wieder zurückfahren, wenn ich ihn gefunden habe. Ich werde in Freetown bleiben, bis ich weiß, wo ich anfangen muß, ihn zu suchen, und wenn das irgendwo im Busch ist, dann werde ich dorthin gehen. Ich will von Ihnen nur wissen, wie ich zu Killigans Dorf komme, wo er zuletzt gesehen worden ist, und vielleicht noch, mit wem er meistens zusammen war.«

»Das kann ich dir verraten«, sagte eine Stimme hinter ihm.

Boone fuhr herum und sah eine riesige Gestalt in einem gebatikten Hemd, die die Tür zum Büro ausfüllte. Zottiges Haar und ein dichter Bart verdeckten das Gesicht des Mannes, so daß man nur die braunen Augen unter den buschigen Brauen erkennen konnte.

»Sam Lewis«, sagte der Mann und streckte Boone eine Hand mit dicken Fingern entgegen. Er trug einen bronzenen Armreif, und an seinem kräftigen Arm war kein Gramm Fett. »Landwirtschaft. Meine Station liegt direkt bei Pujehun.«

»Boone Westfall«, sagte Boone. Seine Handfläche rieb sich an den knorrigen Schwielen von Lewis' Hand, und er konnte einen Blick auf den beeindruckenden Armreif werfen: zwei Bronzeeidechsen, die durch das dichte Gestrüpp der Haare auf Lewis' Arm aneinander vorbeikrochen und sich mit verschlungenen Greifschwänzen aus Bronze festklammerten.

»Hält Fieber ab«, sagte Lewis, der Boones neugierigen Blick bemerkt hatte, grinsend. »Seit ich diese Mehzin trag, krieg ich kein Fieba mehr«, fuhr er fort und verfiel in das melodische Krio, das auch der Taxifahrer gesprochen hatte.

Das Telefon klingelte. Die Frau am Schreibtisch nahm den Hörer ab.

»Killigan hat von dir gesprochen«, sagte Lewis. »Ihr wolltet zusammen eine Reise machen, nicht?«

»Das hatten wir vor«, antwortete Boone und lächelte grimmig, »bis Killigan verschwunden ist.«

»Diese Leute hier können dir nicht helfen«, sagte Lewis laut mit einer ausladenden, wegwerfenden Geste, die das ganze Büro einschloß. »Die kennen sich im Busch nicht aus. Die leben alle in Freetown. Und außerdem besitzen sie ein enormes kulturelles Feingefühl: Sie wissen ganz genau, wie die Dinge sein sollten, haben aber keinen Schimmer, wie sie wirklich sind.«

»Ich muß wissen, wie man zu Killigans Dorf kommt«, sagte Boone.

Lewis winkte der Frau am Tisch zu, sagte: »Ich nehme ihn mit« und schob Boone zur Tür hinaus.

»Ich bin unterwegs zu meinem monatlichen Eiweißschub«, erklärte er. »Komm mit und iß ein bißchen *pu-mui*-Essen.«

»*Pu* was?«

»*Pu-mui*«, sagte Lewis. »*Pu-mui* ist das Mende-Wort für ›Weißer‹ oder ›Europäer‹. Wenn du im Gebiet der Mende in den Busch gehst, rufen dir die Kinder von morgens bis abends ›*pu-mui*‹ nach, bis es dir mächtig zum Hals raushängt. Es gibt ein Restaurant in Freetown, in dem man Brathähnchen und Pommes kriegt. In einem anderen gibt's sogar Kuhfleisch.«

»Kuhfleisch?«

»Sobald du aus Freetown raus bist«, sagte Lewis, »kann das ›Fleisch‹, das man dir vorsetzt, von allen möglichen Tieren stammen. Meistens von Waldantilopen oder von großen Meerschweinchen, die man ›Grasschneider‹ nennt. Sie schmecken ähnlich wie Eichhörnchen. Hast du schon mal Eichhörnchen gegessen?«

Boone verzog das Gesicht.

»Wenn du genau wissen willst, was du ißt, mußt du fragen, ob es Kuhfleisch ist.«

»Okay. Kuhfleisch«, wiederholte Boone.

»Und dann lügen sie dir ins Gesicht und sagen dir, daß es das beste Kuhfleisch ist, das du je gegessen hast.«

Der blinde Bettler auf dem Bürgersteig hatte gerade eine freiwillige Mitarbeiterin abgefangen.

»Ich sag Gott Dank. Dein Mann wird ein große Farm haben, und du wirst viel Kinder haben, und die werden auch viel Kinder haben. Du wirst sterben mit ein Lächeln auf dein Gesicht, in den Armen von deine Kinderkinder. Sie werden dich in Schlaf singen mit Liedern von ihrer Lieblingsgroßmutter. Gott wird immer über dir sein, weil du hast mir geholfen. Gott hat mich blind gemacht, aber er hat mir die Kraft gegeben zu sehen, was kommt. Darum weiß ich, daß alles, was ich dir sage, wahr ist. Ich sag das in Gottes Namen, und Gott soll mein Herz rausreißen, und meine Feinde sollen auf meinem Grab tanzen, wenn alles, was ich gesagt hab, nicht wahr ist.«

»Morgen, Pa«, sagte Lewis im Vorbeigehen.

»Morgen, Mastah«, antwortete der Bettler. »Alles gesund?«

»Ich sag Gott Dank«, erwiderte Lewis. »Und du?«

»Alles gut. Wie geht der Tag?«

»Ich fall hin, ich steh auf«, sagte Lewis.

»Hier auch so«, sagte der Bettler. »Wir sehen uns spätermal. Und dann gibst du mir Kleingeld.«

»Wir sehen uns spätermal«, sagte Lewis.

»Das war deine erste Lektion in Krio«, fuhr er fort. »Als die Engländer im achtzehnten Jahrhundert ganze Schiffe voll befreiter Sklaven hier abgeladen haben, hatten diese neuen Siedler keine gemeinsame Sprache. Es waren Afrikaner aus verschiedenen Stämmen, Jamaikaner, Sklaven, die es nach London verschlagen hatte, nachdem die Sklaverei 1772 in England abgeschafft worden war, amerikanische Sklaven, die im Unabhängigkeitskrieg nach Neuschottland geflohen waren. Sie mußten sich aus den Brocken Englisch, Portugiesisch, Spanisch, Yoruba, Französisch und anderen Sprachen, die gerade des Weges kamen, eine gemeinsame Sprache zurechtbasteln. Begrüßungen und Segenssprüche sind äußerst wichtig. Die mußt du lernen. Versuch nicht, irgendein Gespräch anzufangen, ohne die Leute begrüßt zu haben. Frag sie, wie es ihnen geht, wie es ihrer Familie geht, wie der Tag ist, und dann sag, was du willst. Die amerikanische Angewohnheit, gleich zur Sache zu kommen, gilt hier als sehr unhöflich.«

Das Restaurant war ein dunkler Raum mit viel Holz, der nur von einer Jukebox erhellt wurde. Sie spielte fünfundzwanzig Jahre alte Platten: Kinks, Beatles, Velvet Underground, Moody Blues. Lewis bestellte vier Biere und zwei Teller Hähnchen mit Pommes frites. Er leckte sich die Lippen und beugte sich genießerisch über die schlaffen Pommes und sein zähes, mit einer dicken

Schicht aus altem Fett bedecktes Hähnchen. Boone fand das Essen weit schlimmer als den Fast-food-Fraß, den er sich an den Buden in der Rue de la Huchette gekauft hatte, und stocherte zwischen Schlucken von seinem Bier darin herum.

»Iß auf«, sagte Lewis und spülte einen Mundvoll Pommes frites mit einer halben Flasche Bier hinunter. »Im Busch gibt's nur Reis mit Sauce. Reisfraß. Und kein kaltes Bier, weil es keinen Strom und keine Kühlschränke gibt. Nur warmes Guinness.«

Boone würgte noch ein paar Pommes hinunter und fragte sich, wie Reisfraß wohl schmecken mochte, wenn es Leute gab, die für einen Teller Bratfett und fritierte Knorpel und Knochen den weiten Weg nach Freetown auf sich nahmen. Im Verlauf der Mahlzeit erfuhr er, daß für Lewis das Ende seiner zweijährigen Dienstzeit im Peace Corps in Sicht war und daß er in diesen zwei Jahren dreimal Tripper, zweimal Hepatitis und einmal warm geduscht hatte.

»Es ist ein Land so ganz nach meinem Geschmack«, sagte Lewis. »Es funktioniert mit Bestechung (auf Krio heißt das ›*masmas*‹, in den Amtsstuben sagt man ›was Süßes‹), Diebstahl, Zauberei und Juju. Neunzehnhunderteinundachtzig lag der Umrechnungskurs bei einem Leone für einen Dollar. Inzwischen kriegt man hundert Leone für einen Dollar. Du kannst ein Vermögen verdienen, wenn du auf den schwarzen Märkten an der Grenze mit drei verschiedenen Währungen spekulierst. Als ich vor zwei Jahren herkam, kostete ein kaltes Star fünfzig Leone. Jetzt kostet ein warmes zweihundert. Früher konnte ich vor den Bars in Lumley Beach für ein Frühstück und fünfzig Cent Taxigeld eine Frau aufgabeln. Inzwischen haben sie allesamt Krankheiten und verlangen ein Abendessen, zweihundert Leone für die Nacht, Frühstück und das Fahrgeld fürs Taxi. Einmal im Monat muß die Brauerei schließen, und mindestens einmal pro Nacht fällt in Freetown der Strom aus. ›Besser nicht gibt‹, heißt es auf Krio. Es gibt nichts Gutes.«

»Hört sich an wie Killigans Briefe«, sagte Boone. »Aber er hat immer gesagt, den Unterschied machen die Menschen. Daß die Armut und die Verzweiflung sie nur noch großmütiger machen. Und daß er seine Dienstzeit nur wegen der Leute hier verlängert hat.«

Lewis zog die Oberlippe hoch und schnippte nach der Kellnerin.

»Das ist genau der Punkt, wo sich unsere Wege getrennt haben«, sagte er und sah Boone scharf an. »Dein Freund hat zuviel Zeit in seinem Dorf und zuwenig Zeit mit anderen *pu-mui* verbracht. Er hat die Zivilisation vergessen und angefangen zu denken, daß diese Leute edle Wilde oder so ein Scheiß sind.«

»Was meinst du damit?« fragte Boone, beunruhigt über den Ekel, den er auf einmal in Lewis' Stimme hörte.

Lewis klopfte mit der Bierflasche auf den Tisch. »Wenn ein freiwilliger Mitarbeiter mir erzählt, daß an der Eingeborenenmedizin vielleicht doch was dran ist oder daß der Busch in Wirklichkeit ein Garten Eden ist, weiß ich, daß er von jetzt an auf allen vieren geht und nicht besser ist als irgendein Tier.«

Boone sah sich nervös um und stellte fest, daß die Jukebox Lewis übertönt hatte.

»Versteh mich nicht falsch«, sagte Lewis in einem Ton, der verriet, daß es ihm völlig gleichgültig war, ob man ihn mißverstand. »Ich gehe auch mal ganz gern auf allen vieren, aber am nächsten Morgen schicke ich die Frau nach Hause, übe mich wieder im aufrechten Gang, spreche wieder Englisch und esse wieder mit Messer, Gabel und Löffel. Das hat überhaupt nichts mit Rasse zu tun. Es hat nichts mit der Hautfarbe zu tun. Es hat nichts mit Genen oder Abstammung oder Darwinismus zu tun. Es ist viel simpler: Im Busch leben nur Tiere. Wenn Menschen im Busch leben, werden sie zu Tieren. Zu Tieren, die sprechen können.«

Boone zupfte an dem Etikett auf seiner Bierflasche und fragte sich, ob Lewis' Bitterkeit je in offene Wut umschlug.

»Es ist ein tolles Land«, sagte Lewis und nahm einen Schluck von seinem Star. »Wo sonst sieht man Bettler, Leprakranke, Huren, Krüppel und verhungernde Kinder inmitten von soviel exotischer Schönheit und so vielen Bodenschätzen? Ich bin seit fast zwei Jahren hier, und ich kann beschwören, daß mich mindestens einmal am Tag jemand angebettelt hat. Nach sorgfältiger Erwägung bin ich zu dem Schluß gekommen, daß Hunger den Charakter bildet. Am Anfang hab ich die Hälfte von meinen hundertfünfzig Dollar im Monat an Hungernde verschenkt oder an Leute, die sterbenskrank waren, weil sie sich keine Antibiotika oder Elektrolyte leisten konnten. In Null Komma nichts kamen jeden Tag zwanzig, dreißig Leute und hielten die Hand auf. Ihre Kinder werden sterben, ihre Bäuche sind leer, sie haben schlimm Fieba, sie haben kein Geld für Medizin, oder ›Mehzin‹, wie es auf Krio heißt. Ich habe ein System entwickelt, mit dem ich potentielle Almosenempfänger aussortieren kann. Erwachsene Aussätzige, denen mindestens sieben Finger fehlen, kriegen was von dem zartbesaiteten weißen Mann, ebenso wie blinde Leprakranke, blinde Polioopfer mit Kindern, Leute ohne Arme und Beine und Mütter, die Blut spucken. Sobald ich einen von diesen Mitbürgern aus der Abteilung ›Erwachsener in schlechter Verfassung‹ vor mir habe, sehe ich mir ihn an und entscheide, ob sein Gebrechen zehn Cent oder einen Dollar wert ist. Aber nur während der Öffnungszeit der Banken – danach schließe ich die Kasse und gebe keinem auch nur zehn Cent, es sei denn, so ein Bündel Haut und Knochen legt sich vor meinen Füßen zum Sterben nieder, und dann komme ich meistens zu dem Schluß, daß er sowieso schon so gut wie tot ist und ich mein Geld besser den Lebenden gebe. Star-Bier!« brüllte Lewis, packte ein paar leere Flaschen und schlug sie aneinander, um die Kellnerin auf sich aufmerksam zu machen.

»Ab und zu kommt einer und erzählt mir, daß sein Vater in irgendeinem gottverlassenen Dorf achtzig Meilen im Busch ›sterben will‹. Daß er vor Sonnenuntergang mit einer *pu-mui*-Medizin dort sein muß, sonst stirbt der Alte an einem Schlangenbiß oder an Schwarzwasserfieber oder Flußblindheit oder Lungenentzündung. Manchmal werfen sie sich vor mir auf die Knie und lassen Tränen in den Staub tropfen und betteln mich um Geld für die Medizin und die Fahrt mit dem Lastwagen an – sechs, sieben Dollar vielleicht. Ein Tageslohn jedenfalls. Mindestens der Hälfte dieser Leute sage ich, sie sollen verschwinden. Und am nächsten Tag erfahre ich dann, daß die Geschichte gestimmt hat und der alte Knacker tatsächlich in der Nacht gestorben ist. Aber dann gebe ich einem lungenkranken, rachitischen alten Furz zwanzig Dollar und muß feststellen, daß er das Geld nicht für Medikamente gegen Tuberkulose oder Rachitis ausgegeben, sondern in einen Kasten Guinness investiert hat und verkatert in einer Hängematte liegt. Nach ein paar Monaten sah ich mich gezwungen, diesen Leuten mit ihren eigenen Sprüchen zu begegnen. ›Was machen?‹ hab ich sie gefragt, auf Krio, wie ein alter Pa. ›Was kann man schon tun?‹ Und so ist es ja auch: Wenn ich für jeden alten Knacker, der in Westafrika an einem Schlangenbiß abkratzt, die Medizin bezahlen würde, müßte ich morgen nach Hause fliegen, und das Krankenhaus könnte ein für allemal dichtmachen. Kriegen wir jetzt endlich Star-Bier?« brüllte Lewis noch einmal und schlug zwei leere Flaschen aneinander.

»Und dann das Klima«, setzte er die Unterhaltung fort. »Von Juli bis September ersäuft man in Regen, vierundzwanzig Stunden am Tag. Es gießt wie aus Eimern. Kinder und Vieh werden davongespült. Im Januar gibt es dann kein Trinkwasser mehr. Man muß den Leuten fünfundzwanzig Cent geben, damit sie fünf Meilen laufen und einem einen Eimer Sumpfwasser holen. Als ich in Bo war, hatte ich hinter dem Haus einen Wassertank auf Pfählen, und jede Woche kamen ein paar Leute von der deutschen Station und haben ihn mir gefüllt. Die Leute aus dem Dorf haben sich mit Töpfen unter den Tank gesetzt, um die Tropfen aufzufangen, die durch die Nähte sickerten. Ich war nett zu ihnen und hab sie nicht weggejagt. Ich hab erst Steine nach ihnen geworfen, als sie anfingen, an den Pfählen hochzuklettern und ihre Eimer ins Wasser zu tauchen. Das hat mich wirklich aufgeregt, weil mindestens die Hälfte dieser Eimer eben noch in warmer Ziegenscheiße gestanden hatten. Am Anfang der Trockenzeit hab ich mit Steinen geworfen, und eine Zeitlang hat das ganz gut gewirkt. Aber gegen Ende der Trockenzeit, als die nächste Wasserstelle – und zwar mit Sumpfwasser – gut fünf Meilen entfernt war, war die Vorstellung von einem Eimer mit frischem, kühlem Wasser für sie so verlockend, daß sie fanden, das wäre ein paar Steine wert. Also mußte ich den Stock nehmen, den ich hinter der Tür stehen hatte, und sie wie Vieh verscheuchen.

Von Hygiene oder Trinkwasser wollen sie nichts hören. Für sie ist das alles Hokuspokus. Wenn das Wasser schlecht wird, dann weil irgendeine Hexe in den Wechseljahren, während alle geschlafen haben, den Brunnen verhext hat. Für sie haben dreckige Eimer damit soviel zu tun wie der Untergang des Römischen Reiches. Gesundheit ist mehr oder weniger eine Frage der Natur und der Zauberei. Verkrüppelte Kinder sind ›Teufelsgeister‹, die sich in das Dorf einschleichen wollen, also werden sie von den alten Frauen der Sande getötet und verbrannt. Und am anderen Ende des Lebens sind die Alten, die krank werden, sich hinlegen und innerhalb von einer Woche sterben. Es ist ein tolles Land.«

»Du hast gesagt, daß Killigan zuviel Zeit in seinem Dorf verbracht hat«, unterbrach ihn Boone, der diese Tirade langsam leid war.

»Wenn man bei den Tieren im Busch lebt, geht man bald selbst auf allen vieren und kommt nicht mehr hoch«, sagte Lewis und starrte finster seine Bierflasche an, als habe er Boones Anwesenheit völlig vergessen.

Die Kellnerin, ein Krio-Mädchen mit einem Kopftuch, ging an ihrem Tisch vorbei.

»Heh, Pa!« rief Lewis dem Besitzer zu, der hinter der Theke stand. »Hast du kein Bedienung, die wo weiß, was sie machen muß?«

Die Kellnerin schnalzte mit der Zunge.

»Ich weiß beaucoup, was ich machen muß«, sagte sie. »Zu was nervst du mich?«

»Ich nerv dich nicht«, knurrte Lewis. »Ich will bloß Star-Bier.«

»Du willst Star-Bier beaucoup«, sagte sie, »aber kann ich nicht bringen.«

»Du schnalzt mit der Zunge? Du hast kein Respekt vor mir?«

»Das sagst *du*«, erwiderte sie.

»Nein, das weiß ich«, sagte Lewis. »Zu was ärgerst du mich?«

»Von was kommt was«, sagte sie.

»Ah«, rief er, »auf die afrikanische Art. Sprichwörter.«

»Gleich bringt gleich.«

»Wenn du mit Asche wirfst«, sagte Lewis, »wird Asche dir folgen.«

»Wenn du ein Kuh anbindest«, gab sie zurück, »frißt kein Gras. Wenn weißer Mann sich hinsetzt, kriegt noch lange kein Bier.«

»Pa, jetzt aber, krieg ich ein Bedienung, die wo weiß, was sie machen muß?«

Der Besitzer kam hinter der Theke hervor, schob das Mädchen beiseite und brachte Lewis und Boone zwei Flaschen Bier.

Lewis sah dem Mädchen finster nach. »Siehst du, was ich meine? Ein so simples Konzept wie Bedienung ist ihnen völlig fremd. Es ist etwas, worüber man sich herumstreiten muß. Jedenfalls, wo war ich ...? Ach, ja, eines Tages hat dein Freund Lamin Kaikai – er benutzte lieber seinen afrikanischen Namen –, eines Tages hat Killigan mir also erzählt, daß er einen Medizinmann bezahlt hat, damit er über sein Haus eine Donnermedizin legt. Und das nächste, was ich hörte, war, daß er bei Aruna Sisay herumhing.«

»Wer ist Haruna Sisay?« unterbrach ihn Boone.

»Aruna Sisay«, wiederholte Lewis. »Ich bringe dich morgen zu ihm. Mal sehen, ob er uns erklären kann, was mit deinem Freund passiert ist. Wenn er's nicht weiß, kann er's bestimmt herauskriegen. Und wenn du ihn lange und fest genug am Arsch leckst und so tust, als wäre er eine Art höheres Wesen, weil er sich in einen Mende verwandelt hat, läßt er sich vielleicht dazu herab, dir zu sagen, wo du mit der Suche anfangen sollst.«

»Spricht er Englisch?« fragte Boone.

»Er ist Amerikaner«, antwortete Lewis. »Vielmehr war er mal Amerikaner. Er ist ein Weißer, aber Afrikaner. Er hat drei afrikanische Frauen und spricht fließend Mende. Er kann sogar das tiefe Mende, die Vätersprache, die nur die alten Pas sprechen. Im Busch nennen sie ihn den weißen Mende. Er ist vor langer Zeit mit einem Stipendium für anthropologische Feldforschungen hergekommen und einfach geblieben. Mit Weißen spricht er nur noch, wenn sie Mende mit ihm reden und sich ihm auf die afrikanische Art nähern, mit Geschenken und Respektbezeigungen. Deshalb mochte Sisay deinen Freund: Killigan hat sich die Mühe gemacht, Mende zu lernen. Wenn er hört, daß du ein Freund von Killigan bist, spricht er vielleicht englisch mit dir. Ich würde mich allerdings nicht darauf verlassen.«

»Dann sprechen die Mende also noch etwas anderes als Krio?« fragte Boone.

»Krio ist die Sprache, die in Freetown gesprochen wird«, erklärte Lewis. »Und es wird auf dem Markt gesprochen, wenn zwei Leute aus verschiedenen Stämmen um einen Becher Reis feilschen. Es gibt hier achtzehn Stämme und achtzehn verschiedene Sprachen, und dabei ist das Land etwas kleiner als South Carolina. Wenn die Leute miteinander reden wollen, sprechen sie Krio. Die Karten wurden von Europäern gezeichnet, und denen war es scheißegal, ob die Stämme in irgendeinem Land dieselbe Sprache hatten oder sich gegenseitig umbrachten. Die beiden größten Stämme sind die Temne im Norden und die Mende im Süden und Südosten. Da, wo du hinwillst, spricht man Mende. Aber du wirst gut zurechtkommen, wenn du ein bißchen Krio lernst.«

»Und du glaubst, daß dieser Aruna Sisay vielleicht weiß, was mit Killigan passiert ist?«

»Vielleicht«, sagte Lewis. »Aber wie gesagt: Er ist Afrikaner, und das heißt, daß man ihm nicht trauen kann. Du mußt versuchen, Informationen aus ihm herauszuholen, aber ihm keine zu geben. So überlebt man in diesem Teil der Welt. Stell Fragen, hör zu, aber sag nichts. Er steht in Verbindung mit irgendwelchen Geheimgesellschaften, wie alle anderen, und wenn es ihm nützt, wird er dich anlügen und deine Informationen an die Poro-Gesellschaft weitergeben. Lügen ist hierzulande eine Form von höflicher Konversation. Man findet Lügen völlig in Ordnung, sofern man dadurch irgendein Geheimnis beschützt, und *alles* ist ein Geheimnis – Hexerei, böse Medizin, Flüche aussprechen, Flüche aufheben, Sex, Politik, die Poro-Gesellschaft. Alles ist geheim. Wenn du versuchst, irgend etwas darüber herauszukriegen, bekommst du nur Lügen zu hören.«

»Was ist die Poro-Gesellschaft?« fragte Boone.

»Die Geheimgesellschaft der Männer«, sagte Lewis. »Ein Mittelding zwischen Pfadfindern und Freimaurern. Die jungen Männer werden in die Gesellschaft der Erwachsenen aufgenommen und zu Kriegern gemacht, obwohl sie heutzutage eher Bauern oder Bergleute oder Regierungsangestellte werden. Einmal im Jahr kommt der Poro-Teufel ins Dorf. Er trägt eine Maske aus Palmbast, an der ein paar Spiegel und Amulette befestigt sind. Der Teufel bläst in ein Kuhhorn, über dessen Öffnung eine Eidechsenhaut gespannt ist. Die Frauen und Kinder rennen davon und verbergen ihre Gesichter in den Hütten. Wenn eine Frau sich in einem der Spiegel an der Maske sieht, wird sie unfruchtbar. Der Teufel holt die jungen Männer zusammen und nimmt sie für ungefähr einen Monat mit in den Busch, wo die Alten ihnen neue Namen und die Stammesnarben geben. Die Narben auf dem Rücken stammen angeblich vom Poro-Geist, der sie wie ein Python verschlingt und von ihren Familien trennt. Die Narben an den Schläfen erscheinen angeblich, wenn die jungen Männer den Poro-Geist zum erstenmal sehen. Später bringt der Geist sie als Männer mit neuen Namen in ihre Dörfer zurück. Der Geist hat ein Maul, einen Bauch und eine Vagina. Er frißt Kinder und gebärt Männer. Was draußen im Poro-Busch passiert, wirst du nie erfahren, denn es ist äußerst geheim. Während der Zeremonien werden Hühner als Opfergaben geschlachtet, und wenn das Messer ihnen den Hals abschneidet, warnt man die jungen Männer, daß ihnen dasselbe blüht, wenn sie irgendwelche Poro-Geheimnisse verraten. Bei anderen Zeremonien bekommen die jungen Männer Reis, und man sagt ihnen, daß sie an diesem Reis ersticken werden, wenn sie je über die Poro-Geheimnisse sprechen. Wenn du etwas über Poro erfahren willst, kannst du nur Leute fragen, die *nicht* initiiert worden sind. Und dann hörst du nur Gerüchte und die Anekdoten, die Missionare und Anthropologen gesammelt haben.«

Lewis trank sein Bier aus.

»Es muß ziemlich rauh zugehen«, sagte er, »denn hin und wieder kommt einer der jungen Männer nicht zurück. Ein Alter geht zum Haus der Mutter und wirft vor ihr einen Topf auf den Boden. Dann sagt er: ›Du hast uns gesagt, wir sollen Töpfe machen. Deiner ist leider zerbrochen.‹ Mehr nicht. Es wird nie mehr über den Jungen gesprochen. Es wird nicht getrauert. Er ist einfach verschwunden.«

Lewis lehnte sich in seinem Stuhl zurück und machte sich über einen Teller mit halb geschmolzener Eiscreme her. »Wie gesagt«, bemerkte er mit einem kleinen, freudlosen Lachen, »Tiere, die sprechen können.«

Boone fand Lewis' Ansichten bedenklicher als die geschilderten Rituale, doch er wollte nicht riskieren, seinen einzigen Führer in den Busch vor den Kopf zu stoßen.

»Damit du vorgewarnt bist: Du wirst in Moiwos Gebiet gehen müssen«, sagte Lewis. »Und außerdem gibt es, wie du ja weißt, bald Wahlen.«

»Moiwo?« fragte Boone.

»Moiwo ist der Section Chief«, sagte Lewis. »Er ist in England und Amerika zur Schule gegangen, und als er nach Sierra Leone zurückkehrte, hatte er einen Plan. Im vorigen Regime war sein Vater Finanzminister. Er selbst schaufelt sich Entwicklungshilfegelder in die Taschen und gibt es für Frauen und Autos aus. Es gibt ein altes Krio-Sprichwort: ›Affen arbeiten, Paviane essen.‹ Moiwo ist ein Pavian. Seine Affen arbeiten den ganzen Tag für ihn, und er sitzt da und ißt. Er ist die afrikanische Form des starken Mannes. Hinterhältig wie ein mexikanischer Bandit. Jetzt hat er sich in den Kopf gesetzt, Paramount Chief zu werden, und die Wahlen stehen bevor, und darum hat er sich mit böser Medizin und Geheimgesellschaften eingelassen. Im Poro-Klub steht er eindeutig ganz oben.«

»Wenn niemand über Poro spricht, wie kommt es dann, daß du soviel darüber weißt?« fragte Boone.

»Das meiste weiß ich von Michael Killigan«, antwortete Lewis. »Er hatte einen Missionar aus der Gegend von Kenema kennengelernt, der eine Menge über Poro wußte. Killigan kam zurück mit Geschichten über Teufelstänzer, die sich die Zungen abschnitten, auf Tellern herumgehen ließen und dann wieder in den Mund steckten. Oder über Hemden aus Zauberstoff, durch die keine Kugel dringen konnte. Tolle Lagerfeuergeschichten, bis er anfing, daran zu glauben. Und nachdem er aufgenommen worden war, kriegte man kein Wort mehr aus ihm heraus.«

»Aus wem?« wollte Boone wissen. »Und nachdem wer aufgenommen worden war? Der Missionar?«

»Killigan«, sagte Lewis und lächelte. Dann wischte er das Lächeln mit dem Handrücken weg. »Killigan wurde initiiert, und von da an war er genauso zugeknöpft wie alle anderen. Einmal hab ich seine Narben gesehen. Wir bauten bei Sumbuya eine Brücke, und er zog sein Hemd aus. Bei einem Weißen hatte ich das noch nie gesehen. Die Narben waren fast violett. Später, in Bo, hab ich ihn danach gefragt. Er ist einfach aufgestanden und hat mich in der Kneipe sitzenlassen. So wie ein Hund, der mit einem anderen Hund aus einer Regenrinne getrunken hat, einfach weitertrabt. Von da an wußte jeder Bescheid. Man brauchte in einer Bar, in einem Rasthaus, in einem Restaurant nur das Wort ›Poro‹ zu sagen, und Michael Killigan stand auf und ging raus.«

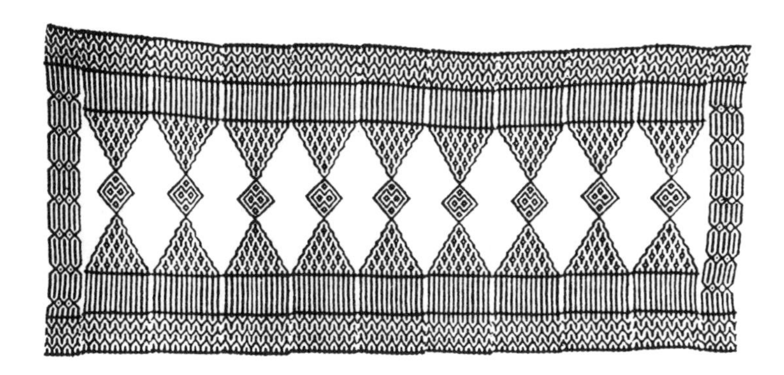

4

Randall nahm das schwarze Bündel mit nach Hause und öffnete die Schachtel gemeinsam mit seiner Frau auf dem Küchentisch. Gemeinsam lasen sie die letzten drei Briefe, die Michael ihnen geschrieben hatte, doch nirgends war erwähnt, daß er irgendwelche Kunstgegenstände schicken wollte.

»Meinst du, das hat was zu bedeuten?« fragte er sie, zeigte auf das Bündel und rümpfte die Nase. »Ist es vielleicht von jemandem, der weiß, was mit Michael passiert ist? Ist es eine Art Botschaft? Irgendwas Böses? Meinst du, das soll uns irgend etwas tun? Oder daß man Michael etwas damit getan hat?«

Marjorie schüttelte müde den Kopf, nicht weil sie eine Meinung über das schwarze Ei hatte, sondern weil sie die Methode ihres Mannes durchschaute. Er war ein Mensch, der von Ängsten beherrscht wurde. Im Beruf machte ihn das zu einem erfolgreichen Perfektionisten, zu Hause aber war er eine unerträgliche Nervensäge. Seine Lieblingsmethode, um in Zeiten von Krisen seinen Seelenfrieden wiederzufinden, bestand darin, seine Frau zu erschrecken und all seine Ängste wie gefährliche Köter auf sie zu hetzen, und ihre Aufgabe war es dann, sie eine nach der anderen zu beruhigen und als gezähmte, schläfrige Hündchen zurückzuschicken. Er war wie ein Kind, das sich nur Reiche des Schreckens mit bösartigen Herrschern vorstellen konnte, und sie mußte diese Vorstellungen dann wegstreicheln und ihm versichern, daß so etwas nie geschehen werde.

»Vielleicht ist es vergiftet. Oder irgendeine Art von übernatürlicher Waffe. So was wie die Handgranate eines Zauberers. Sollen wir es auswickeln und nachsehen, ob eine Spinne oder eine Schlange drin ist?«

Sie war mit ihren eigenen unaussprechlichen Ängsten beschäftigt und hätte am liebsten einen Diener eingestellt, der sich mit ihrem Mann über die Höhen und Tiefen des Lebens unterhielt.

»Du machst dir Sorgen«, sagte er, »sonst würdest du mir sagen, ich soll mir keine Sorgen machen. Du findest, ich sollte mir Sorgen machen, stimmt's?«

Er kam zu dem Schluß, daß die verkniffene Beherrschtheit seiner Frau nur eine Fassade für ihre innere Hysterie war. Die letzte wirkliche Tragödie in ihrem Leben war eine Fehlgeburt vor fast fünfzehn Jahren gewesen – ein Trauma, das eindeutig in den weiblichen Bereich gehörte. Sie hatte die ganze Sache tadellos verarbeitet und nicht zugelassen, daß ihre innere Aufgewühltheit ihn auch nur im mindesten von der brillanten Abwicklung der bis dahin umfangreichsten Sanierung nach Paragraph 11 in Süd-Indiana ablenkte. Doch Michaels Verschwinden war im Vergleich dazu eine echte Katastrophe und obendrein etwas, das nur Randall mit Hilfe seiner Kontakte in Washington und New York zu einem guten Ende bringen konnte.

»Du machst dir große Sorgen, stimmt's?« sagte er. »Es gibt so etwas wie Rechtsverwirkung durch Schweigen«, fuhr er beinahe fröhlich fort. »Ich will nicht ins Detail gehen, aber in gewissen Situationen wäre ich berechtigt, aus deinem Schweigen zu schließen, daß du mir zustimmst, und später hättest du dann dein Recht auf Widerspruch verwirkt. Du bist ganz krank vor Sorgen, nicht? Und du findest, daß ich mir ebenfalls Sorgen machen sollte.«

»Warum räumst du dieses Zeug nicht endlich weg?« sagte sie und schob ihm die Schachtel zu.

Randall ging mit dem Ding nach oben und stellte es in seinem Ankleidezimmer ganz oben in den Schrank, in das Fach mit den Waffen. Doch zuvor packte er es noch einmal aus und betrachtete es im Licht. Es schien leise zu pulsieren. Die Struktur der Oberfläche und das Muster der Stoffstreifen schienen fast unmerklich zu wabern. Die Röhre sah aus, als wäre sie mit Blut getränkt und dann in einem Ofen gebrannt worden. Wenn dieses Ding irgendeine Art von Omen war, dachte er, dann mußte er es behalten, bis er jemanden fand, der die Botschaft zu deuten verstand.

Als er am nächsten Morgen aufstand, warteten auf ihn zwei Aufgaben, die seinen ganzen Einsatz forderten: Er war der beste Konkursanwalt im Siebten Gerichtsbezirk, und er war ein verzweifelter Vater, der sich in einen hartnäckigen, international operierenden Privatdetektiv verwandelt hatte. Bis zum Mittag zog er in seinen Konkursfällen die üblichen Fäden und erledigte die Arbeit eines ganzen Tages, so daß er den ganzen Nachmittag mit Washington telefonieren konnte. Am dritten Tag ließ er Mack Informationen über das Peace Corps in Sierra Leone, die dortige Botschaft sowie alle Leute im Außenministerium einholen, die in Freetown Einfluß nehmen konnten. Am Ende der Woche hatte er mit jedem wichtigen Mitarbeiter im Ministerium und im Peace Corps gesprochen, der ihn noch durchstellen ließ.

Die mitfühlenden Assistenten von Senatoren und Abgeordneten, die Botschafter und Botschaftssekretäre und Ministerialbeamten hatten ihm nichts weiter zu bieten als beruhigende Nichtigkeiten und weitschweifige Schilderungen der Schritte, die unternommen wurden, vermieden aber krampfhaft, ihm zu sagen, wie wenig tatsächlich dabei herauskam. Die Telefongespräche gaben ihm die Illusion, er könne, wenn er die Tragödie nur oft genug den Leuten am anderen Ende der Leitung schilderte, seine Angst und Sorge nach außen projizieren, wo sie dann auf eine handliche Größe zusammenschrumpfen und schließlich nichts weiter sein würden als irgendein ernstes Problem, das sich durch viel harte Arbeit beseitigen ließ. Er hangelte sich in Bereiche der Macht, die ihm neu waren, ließ seine juristischen und politischen Verbindungen spielen und suchte nach einem fähigen Menschen, der in der Lage war, als Gegenleistung für einen Barscheck oder eine internationale Geldanweisung diese Krise an seiner Stelle zu meistern.

Schließlich vermittelte Swanson ihm einen Kontakt mit dem amerikanischen Botschafter in Freetown, der eine Art Häuptling namens Idrissa Moiwo hinzuzog, einen Afrikaner, der in England und Amerika zur Schule gegangen war. Nach Auskunft des Botschafters war Moiwo der kommende Mann und im Begriff, zu etwas gewählt zu werden, das sich »Paramount Chief« nannte. Er war es, dem der Distrikt Pujehun unterstellt war, und er versicherte Randall persönlich, daß er nicht ruhen werde, bis Michael Killigan gefunden sei. Kaum hatte Randall den Brief von Michaels Diener an die Botschaft gefaxt, da hatte Häuptling Moiwo die Fahndung auf den Jungen und die mysteriösen Fotos ausgeweitet.

»Wenn wir diese Fotos erst gefunden haben, dann haben wir vielleicht den Schlüssel zu diesem Rätsel«, hatte Moiwo gesagt.

»Da ist noch etwas, was Sie wissen sollten«, sagte der Botschafter. »Anscheinend ist es nicht das erste Mal, daß Ihr Sohn verschwunden ist.«

»Es ist das erste Mal, von dem ich weiß«, sagte Randall vorsichtig.

»Offenbar ist Ihr Sohn vor ungefähr sechs Monaten in eine von diesen geheimen Stammesgesellschaften aufgenommen worden«, sagte der Botschafter. »Hat er Ihnen davon erzählt?«

»Er ist in einen *Stamm* eingetreten? Was soll das heißen? Wollen Sie damit sagen, daß er jetzt denkt, er ist ein Afrikaner?«

»Er ist in die Geheimgesellschaft der Männer des Mende-Stamms aufgenommen worden. Sie heißt Poro-Gesellschaft. Die Initiationsriten dauern länger als einen Monat. Als uns die Gerüchte zu Ohren kamen, haben wir uns bei den Peace-Corps-Leuten, denen er unterstellt war, erkundigt und herausgefunden, daß er, wie die Leute in seinem Dorf sagten, seit über einem Monat ›nicht zu finden‹ sei, weil er im Busch war und initiiert wurde. Das Peace Corps will mit diesem Poro und dem ganzen übernatürlichen Zeug nichts zu tun haben. Als der Gebietsdirektor Ihren Sohn schließlich fand, hatte er die Stammesnarben. Poro-Narben vermutlich, aber wer weiß das schon? Darüber sprechen die Dorfbewohner nicht mit Weißen.«

»Narben?«

»Kleine Einschnitte an den Schläfen. Und ein Muster aus Punkten auf dem Rücken.«

»Großartig«, sagte Randall und stellte sich seinen Sohn vor, wie er in einem Anzug von Hart, Schaffner & Marx und einer dynamischen Krawatte am Vorabend einer gerichtlichen Anhörung über einen Sanierungsplan die Verhandlungen mit den ungesicherten Gläubigern leitete ... mit *Stammesnarben* an den Schläfen!

»Was ist mit diesen Fotos?« sagte Randall, um möglichst schnell vom Mitverschulden seines Sohnes abzulenken. »Sie sagten, sie könnten etwas mit seinem Verschwinden zu tun haben.«

»In diesem Teil der Welt können Kameras Probleme verursachen«, sagte der Häuptling. »Afrikaner lieben Fotoapparate und möchten immer gern fotografiert werden, aber nur, wenn sie das Bild behalten dürfen. Sie haben Angst, daß ein Teil ihrer Seele in falsche Hände geraten könnte. Manche der Alten sagen, daß man sein Leben verkürzt, wenn man sich fotografieren läßt.«

Der Botschafter faxte Randall zur Erläuterung die offizielle Warnung der Botschaft an amerikanische Touristen, keine Fotos zu machen:

Sitten und Gebräuche

Anläßlich von Festen treten kostümierte Gruppen von »Teufelstänzern« auf. Gewöhnlich sind diese Teufelstänzer auf den Hauptstraßen oder in bestimmten Vierteln der Stadt zu sehen. Es gibt »gute« und »böse« Teufel. Ein böser Teufel kann zuweilen gewalttätig werden und auch die anderen Tänzer in seiner Gruppe zur Gewalt anstacheln. Wenn Sie auf eine Gruppe von Teufelstänzern treffen, weichen Sie nach Möglichkeit in eine andere Straße aus. Wenn Sie im Auto unterwegs sind und nicht ausweichen können, verriegeln Sie die Türen, schließen Sie die Fenster und fahren Sie langsam durch die Gruppe.

MACHEN SIE KEINE FOTOS!

Der Häuptling schien jedoch zuversichtlich, daß man den Diener und die Fotos finden werde. Und hier endlich war ein Mensch, der Randalls Sprache sprach: Geld werde hilfreich sein, sagte Moiwo unverblümt, denn dann werde er ein geländegängiges Fahrzeug kaufen können, um die Suche zu leiten, und so in der Lage sein, den Dorfbewohnern Randall Killigans Großzügigkeit vor Augen zu führen. Vielleicht könne man sogar eine Belohnung für brauchbare Informationen aussetzen.

Randall wies ihm telegrafisch Geld an und folgte dem Rat des Botschafters, der ihm versicherte, angesichts der Revolution in Liberia und der Unruhen wegen der bevorstehenden Wahlen sei es nicht sinnvoll, nach Freetown zu kommen. Der Botschafter versprach, Randall anzurufen, sobald neue Nachrichten vorlägen, und es ihn sogleich wissen zu lassen, wenn seine Anwesenheit vor Ort von Nutzen sein könne.

Nach drei Tagen beharrlicher Telefongespräche mit Washington ließ Randall sich in seinem Sessel zurücksinken und starrte vor sich hin. Stundenlang hatte er mit irgendwelchen Leuten in Freetown diskutiert, stundenlang hatte er hinter irgendwelchen Politikern hertelefoniert, und noch immer gab es keinen einzigen Hinweis darauf, wohin sein Sohn verschwunden war.

Als er Marjorie von Michaels Stammesnarben und seiner Initiation erzählte, blieb sie vollkommen gelassen, was er als Anzeichen dafür ansah, daß sie infolge dieser Katastrophe geistig verfiel. Sie gingen zu Bett, konnten aber nicht schlafen und debattierten darüber, ob Randall nach Sierra Leone fliegen und persönlich mit dem Botschafter sprechen sollte. Schließlich nickte Marjorie ein, während Randall noch gegen Mitternacht wach im Bett lag und bei dem Gedanken an Stammesnarben und geheime Stammesgesellschaften mit den Zähnen knirschte.

Er nahm ein heißes Bad und las die neueste Ausgabe von *Forbes*. Danach suchte und fand er die Schlaftabletten seiner Frau, schüttelte zwei der kleinen blauen Kapseln in seine Hand und starrte sie an. *Warum nehme ich Schlaftabletten?* fragte er sich und sah sich dabei zu, wie er Pillen schluckte, die er noch nie geschluckt hatte. Die Angst nahm ihm fast den Atem. Wenn er sich zwang zu schlafen, würde er für die Arbeit, die morgen auf ihn wartete, vielleicht einen klaren Kopf haben.

Im Bett fiel er schließlich in eine Art Halbschlaf, aus dem er hochfuhr, wenn sein Herz einen Schlag lang aussetzte oder wenn ihm der Bericht des Beamten im Außenministerium einfiel und er davon träumte, wie sein Sohn durch den Busch schlich und nach den Seelen von Zauberern gierte.

Etwas später hörte er ein lautes, beunruhigendes Geräusch und wachte schweißgebadet auf. Sein Herz hämmerte, und der Digitalwecker brannte eine rote 3:34 in die Finsternis neben seinem Bett. Randall versuchte herauszufinden, woher das Geräusch kam, und blickte zum Lichtschimmer des großen Erkerfensters. Was er dort sah, war ... vielleicht nur eine Nebenwirkung der Schlaftabletten.

Er sah oder träumte, daß eine Fledermaus im Schlafzimmer war. Eine riesige Fledermaus. Er sah sie im matten Schein des Nachtlichts in der Ecke, so undeutlich, daß er sich fragte, ob mit seinem Kopf noch alles stimmte. Zunächst kam er zu dem Schluß, daß er wohl halluzinierte, denn das Ding war so groß: Es hatte eine Flügelspannweite von über einem Meter und verdunkelte das Erkerfenster. Er spürte fast, wie sein Ohr sich der flatternden Erscheinung entgegenwölbte und sich anstrengte, das Rascheln lederiger Flügel zu hören.

Im nächsten Augenblick ertönte ein ohrenbetäubendes *Twock!* Es klang, als hätte jemand mit einem Stück Holz auf ein Schallbrett geschlagen. Dann noch einmal *Twock!*, schrecklich nahe jetzt und so laut, daß er fühlte, wie die Schallwellen über sein Gesicht strömten.

Randall kroch in das Ankleidezimmer und holte einen Tennisschläger. (Jemand hatte ihm mal gesagt, wenn man eine Fledermaus erlegen wolle, sei das die beste Waffe.) Dann kroch er zur Schlafzimmertür, schob den Arm an der Wand hinauf zum Schalter und knipste das Licht an. Urplötzlich erstrahlte der Raum im grellen Licht der Deckenlampe mit ihren vier Sechzig-Watt-Birnen.

Die Fledermaus schoß direkt über ihm vorbei, so nah, daß er einen schrecklichen Augenblick lang die gewaltigen gefingerten Flügel, den behaarten Rumpf, das kreischende Gesicht sehen konnte, bevor er entsetzt die Augen schloß. Sie hatte das Gesicht eines Hundes oder kleinen Pferdes mit einer grauenhaften wulstigen Schnauze und Lippen, die mit Warzen oder Geschwüren übersät waren. Die Augen waren große, unschuldig blickende schwarze Teiche, die ihn verwundert anstarrten, als habe dieses Wesen seinerseits Zweifel an Randalls Existenz.

Randall duckte sich und kniff die Augen zusammen, doch er sah das Bild dieses grotesken Kopfes noch immer deutlich vor sich. Wieder hörte er das leise Rascheln der Flügel, ein lächerlich feines Geräusch im Vergleich zu der furchterregenden Erscheinung und dem unerhört lauten *Twock!*, das den ganzen Raum erfüllt hatte.

Er schlug die Arme über den Kopf, damit das Biest sich nicht in seinen Haaren verfing. Als er aufsah, war es verschwunden.

Rückblickend betrachtet hätte er lieber Marjorie wecken und sie warnen sollen, daß eine Fledermaus im Zimmer sei und daß er das Licht anschalten und sie töten werde. Nun wachte sie auf und war erschrocken und verärgert. Sie hatte die Fledermaus nicht gesehen. Sie sah nur ihren Mann, der in Unterhosen, einen Tennisschläger in der Hand, schreiend dastand und aussah, als hätte er den dreiköpfigen Hund gesehen, der das Tor zur Hölle bewacht.

Die Nachbarn hatten sein Geschrei oder das *Twock!* der Fledermaus oder beides gehört und die Polizei benachrichtigt. Die Polizisten konnten die Fledermaus nirgends finden. Sie hörten geduldig zu, als Randall ihnen ausführlich beschrieb, wie groß das Tier gewesen war und daß es eine Flügelspannweite von gut einem Meter und ein gräßliches Pferdegesicht gehabt habe. Einmal ertappte er sie dabei, daß sie sich zuzwinkerten, doch davon abgesehen waren sie respektvoll und höflich. Sie versuchten ihn zu beruhigen, indem sie sagten, Fledermäuse sähen immer größer aus, als sie in Wirklichkeit seien. Sie waren wie er der Meinung, daß es nichts Häßlicheres gebe als das Gesicht einer Fledermaus. Sie sagten, es sei nicht ungewöhnlich, daß einzelne Vögel, Fledermäuse, Eichhörnchen oder andere Nagetiere sich in ein Haus verirrten, doch wenn sie hineingefunden hätten, fänden sie meist auch wieder ihren Weg hinaus. Wahrscheinlich, sagten sie, sei das Tier längst weg, und er solle sich keine Sorgen machen.

Doch er machte sich Sorgen. Er legte sich wieder ins Bett und wartete. Er hoffte beinahe, daß das Ding wiederauftauchte, denn er wollte wissen, ob er es wirklich gesehen hatte. Konnte ein sonst normaler, hochintelligenter, disziplinierter, erfolgreicher Anwalt mitten in der Nacht aufwachen und *sich einbilden*, ein geflügeltes Wesen in allen gräßlichen Einzelheiten zu sehen? Gewiß, er hatte geschlafen. Gewiß, er hatte zwei von Marjories Schlaftabletten genommen – etwas, was er noch nie zuvor getan hatte. Vielleicht war das Tier irgendwie ins Haus eingedrungen und hatte nur durch eine Lichtspiegelung oder infolge eines Kurzschlusses in Randalls dahinrasender Phantasie fünfmal größer *ausgesehen*.

Er hatte keine Ahnung, woher es gekommen und wohin es verschwunden war. Geisteskrankheit war wohl auszuschließen ... oder nicht? Konnte eine Stoffwechselstörung, ein chemisches Ungleichgewicht im Gehirn, eine mikroelektronische Entladung oder ein atypischer Anfall sich in einer plötzlichen, intensiven Halluzination äußern und dann spurlos verschwinden? Nein, es gab ja eine Spur. Alles sah ... heller, frischer aus. Alles wirkte beinah feucht, und die Oberfläche der Dinge schien vollkommen glatt zu sein und vor Farbe nur so zu strotzen.

Am nächsten Tag versank Randall in Lethargie. Immer wieder nickte er ein und schreckte angstgeschüttelt hoch. Wurde sein Sohn von Rebellen gefangengehalten? Wurde er gefoltert? War er bereits tot? Mußte er Schmerzen leiden? Litt er, Randall, an einer Geisteskrankheit? Stand er unter Schock? War diese Fledermauserscheinung das erste Anzeichen einer ernsthaften Krankheit?

Sein Herzrhythmus wurde schneller und schneller, bis ein Rasen daraus geworden war, und dabei standen auf Randalls Terminkalender nur ein paar weniger wichtige Anhörungen. Wenn die Welt dem Willen eines intelligenten Wesens gehorchte, dann besaß es einen bösartigen Sinn für Humor, denn es hatte Randall Killigan, den Feldherrn der Konkursverfahren, mit dem Herzen eines neurasthenischen Hypochonders ausgestattet. Er haßte sein Herz. Am liebsten hätte er es gegen das Herz eines Kriegers eingetauscht – in eines, das ihn nicht am Tag vor der Schlacht mit Rhythmusstörungen beunruhigte. Er wünschte sich das Herz des *Challenger*-Astronauten, den er im Fernsehen gesehen hatte und der fünfzehn Sekunden vor dem Take-off einen Puls von vierundsechzig gehabt hatte. Statt dessen hatte er eine schlecht funktionierende Pumpe, die hier und da aussetzte und dann hämmernd losraste, als wollte sie verlorenes Blut wettmachen. Manchmal wachte er nachts davon auf. Wenn er einen Prozeß führte – ganz gleich, ob er eine Woche oder zwei Monate dauerte –, konnte er den Finger an sein Handgelenk legen und brauchte nie länger als eine Minute zu warten, bis die Welt stillstand, weil sein Herz für einen Schlag aussetzte.

Sein ehemaliger Kommilitone Howard Bean, ein angesehener

Neurochirurg, hatte ihm gesagt, diese Aussetzer seien harmlose Herzrhythmusstörungen. In den vergangenen Jahren hatte Randall seinen Freund mehrmals im Indiana University Hospital aufgesucht, und zwar nicht nur wegen seines Herzens, sondern auch wegen einer ganzen Reihe von störenden Symptomen, die ausgerechnet zu der Zeit auftraten, als Randall begann, sich im Siebten Gerichtsbezirk einen Namen zu machen. Bean hatte ihn zu einem Herzspezialisten geschickt, der ihn zu einem Lungenspezialisten geschickt hatte, damit dieser seine Herzfunktion untersuchte ... Die Symptome seien auf Streß zurückzuführen, sagten sie. Eine medikamentöse Behandlung sei nicht erforderlich; er solle sich aber mehr schonen.

Randall hatte den Ärzten gesagt, sie sollten sich ein dümmeres Opfer für ihre Quacksalbereien suchen. Er glaubte ihnen kein Wort. Die Episode bestätigte seinen Verdacht, daß Ärzte – wie alle anderen – den fast unwiderstehlichen Drang hatten, genau das zu finden, wonach sie gesucht hatten. Die Behauptung, der plötzliche Streß sei für seine Herzrhythmusstörungen verantwortlich, war idiotisch. Ebensogut hätten sie einem Krebspatienten sagen können, seine Krankheit rühre daher, daß er zeit seines Lebens zuviel Wasser getrunken habe. Seit Randalls erstem Tag auf der Universität war Streß sein Leben gewesen. Streß unterschied den Krieger von unreifen Jungen und Mädchen. Streß war das, was sich ausbreitete, als der Dekan der juristischen Fakultät zu Randall und den etwa zweihundert anderen jungen, intelligenten, analfixierten und äußerst ehrgeizigen Erstsemestern sprach und ihnen sagte, wenn sie nach ihrem Studium einen guten Job und viel Geld haben wollten, sollten sie sich unendliche Mühe geben, absolut sicher zu sein, daß sie *alle* zu den besten zehn Prozent ihres Jahrgangs gehörten. Streß war das Funkeln in ihren Augen und die langsam dämmernde Erkenntnis, daß sie, auch wenn sie lediglich mit Papier und Büchern und Schreibutensilien bewaffnet waren und nur in Seminar- und Bibliotheksräumen aufeinandertrafen, neunzig Prozent ihres Jahrgangs eliminieren mußten, ohne sichtbare Spuren an den Leichen zu hinterlassen. Unter diesen extremen Bedingungen stellte Randall der Krieger bald fest, daß sein Intellekt eine hervorragend funktionierende Waffe war.

Und die Universität war der reinste Streß-Kindergarten, denn danach traten die wirklich intelligenten, total analfixierten, wahnwitzig ehrgeizigen Studenten, die es tatsächlich geschafft hatten, zu den besten zehn Prozent ihres Jahrgangs zu gehören, in große Kanzleien ein, um jede Menge Geld zu verdienen. Dort wiesen die Seniorpartner diese intellektuellen Elitekämpfer darauf hin, daß sie sich, wenn sie innerhalb von zehn Jahren zu Partnern gemacht werden und im Geld schwimmen wollten, unendliche Mühe geben sollten, absolut sicher zu sein, daß sie *alle* zu den besten zehn Prozent der Mitarbeiter gehörten. *Das* war Streß.

Randall mußte lachen: Ausgerechnet Ärzte wollten *ihn* über Streß belehren? Die brauchten sich doch bloß für Medizin einzuschreiben, und vier Jahre später wartete ein Posten als Assistenzarzt auf sie. Und unter welchem Druck mußten sie schon arbeiten? Wenn sie Mist bauten, gab irgendein pensionierter Busfahrer auf dem OP-Tisch den Löffel ab, bevor eine höhere Krankenhausrechnung zusammenkam. Und das sollte Streß sein? Wenn Randall Mist baute, konnten in einer zweistündigen Gerichtsverhandlung ganze Finanzimperien zusammenbrechen. Kapitalsammelstellen würden die Aktien seines Mandanten links liegenlassen und ihn fertigmachen, wenn sie Wind davon bekamen, daß der vorbereitete Sanierungsplan einen Fehler enthielt. Das war Streß! Und dafür dankte er Gott, denn wie hätte man sonst die wirklich hervorragenden von den bloß guten Anwälten unterscheiden sollen?

Weil Randall die meisten Ärzte haßte, ging er, wenn er krank war, oft zu seinem alten Freund Bean, der die Untersuchungstermine auf die Sonntage legte, die einzigen freien Tage in Randalls Terminkalender. Die anderen Ärzte waren nicht so entgegenkommend. Sein Hausarzt, sein Kardiologe, sein Gastroenterologe und sein Orthopäde waren der Meinung, Randall sei ein hysterischer Hypochonder, was er natürlich nicht war. Diese Ärzte waren Patienten gewöhnt, die nicht auf ihre Gesundheit achteten. Ihre Patienten waren lahmarschige Arbeitertypen, die es *genossen*, krank zu sein, weil sie dann nicht arbeiten mußten und zu Hause bleiben konnten. Randall dagegen war gezwungen, seine Gesundheit gut im Auge zu behalten, denn seine außergewöhnliche Karriere ließ ihm nur wenig Zeit für Abwechslungen. Schon der Verdacht auf eine ernsthafte Krankheit konnte seine Leistungsfähigkeit vor einem Konkursgericht beeinträchtigen, und darum schien es ihm besser, jeden Verdacht auszuräumen, bevor er überhaupt entstehen konnte. Wie die Abteilung, der er vorstand, hatte auch sein Körper schlank, produktiv und rentabel zu sein – Durchhänger oder Krankheiten hatten da nichts zu suchen. Die inneren Organe waren wie Angestellte: Sie hatten zuverlässig und belastbar zu sein. Jedes Symptom, jedes Nachlassen der Leistung mußte umgehend untersucht, behandelt und eliminiert werden.

Dr. Howard Bean war Chefarzt der neurologischen Abteilung am Indiana University Hospital. Er hatte eine eckige, stahlgefaßte Brille, die drahtige Figur eines Langstreckenläufers und die unerschütterliche Miene eines Wissenschaftlers, den es amüsierte, daß der Rest der Menschheit die meisten Entscheidungen auf Phobien und andere durch keinerlei verläßliche Daten gestützte Annahmen gründete. Beans Spezialgebiet war die Erforschung von Magnetfeldern im Gehirn und ihre Anwendung bei der Gehirnchirurgie. Die Forschungsgelder der National Institutes of Health flossen reichlich, und er brannte darauf, den neuen Superleitfähigkeits-Quanteninterferenzdetektor – den sogenannten SQUID-Scanner – auszuprobieren. Er hatte sich diesen Tag für Forschungsarbeiten reserviert, und darum trug er Jeans und einen weißen Laborkittel. Eine Sprechstunde war nicht vorgesehen. Er hatte gerade eine freiwillige Testperson für den Scanner vorbereitet und einige Kollegen gebeten, ihm zu helfen, als seine Sekretärin ihm meldete, sein Freund Randall Killigan sei in der Klinik und wolle ihn sprechen.

Howard war daran gewöhnt, daß Randall sich hilfesuchend an ihn wandte, wenn er Angst um seine Gesundheit hatte – es war schon ein fast komischer Standard-Sketch –, aber das geschah meist in Form spätnächtlicher Telefongespräche, bei denen Bean als geduldiger, vertrauter Freund fungierte. Bisher hatten sich Randalls Besuche auf Sonntagnachmittage beschränkt.

Randall war ein guter Freund, und Bean fand ihn äußerst komisch. Er war das klassische Beispiel eines hochintelligenten

Menschen, der fast ausschließlich irrationale Ziele verfolgte und von seinen Verschrobenheiten, Fetischen und ritualistischen Verhaltensweisen beinahe erdrückt wurde. Das war allerdings ein verbreitetes Manko intelligenter Laien: Ihre beklagenswert mangelhafte Ausbildung in Mathematik und den Naturwissenschaften gestattete es ihnen, an Lotterien, Haferkleie und die Rechte der Tiere zu glauben. Das meiste von dem, was Bean über das Rechtssystem wußte, hatte er von Randall. Für Bean bestand der Prozeß der Rechtsfindung hauptsächlich aus dem Deklamieren von Beschwörungen und altehrwürdigen Zauberformeln, die man in etwas fand, was »Präzedenzfall« genannt wurde, und die vorgetragen oder in Form von Dokumenten den Richtern vorgelegt wurden, die sodann entweder in die magischen Worte einstimmten oder aber ihren eigenen Zauberspruch aufsagten, der den Bann der Anwälte brach.

Doch die ironische Mischung von Widersprüchen, die Randall, den Anwalt, zu einem amüsanten Freund machte, bewirkte auch, daß Randall, der Patient, ein höchst unamüsanter Mensch war, der eine panische Angst vor Röntgenstrahlen, der Strahlung eines Computertomographen und allen Arten von Mikrowellen und elektromagnetischen Feldern hatte. Das war eine weitverbreitete irrationale Furcht, die sich gewöhnlich recht leicht überwinden ließ, nur daß sie bei Randall, dem Patienten, übertroffen wurde durch eine noch panischere Angst vor Krebs und er nur dann wirklich beruhigt war, wenn man ihn durch den Scanner geschickt hatte und ihm Bilder zeigen konnte, die eindeutig bewiesen, daß er keinen Krebs hatte. Ein oder zwei Monate nach einer solchen Untersuchung erschien Randall, der Patient, erneut, weil er Angst hatte, die Strahlung des Scanners könnte eine Zelle angeregt haben zu mutieren, und nur eine weitere Scanner-Untersuchung oder ein anderes, weniger gefährliches Diagnoseverfahren ihn davon überzeugen konnte, daß er nicht von Krebs zerfressen wurde.

Bean fand Randall in seinem Wartezimmer, wo er einer Vermittlerin der Telefongesellschaft, die ein Konferenzgespräch mit vier Teilnehmern hatte zusammenbrechen lassen, Schimpfworte in den Hörer brüllte. Als sie ins Sprechzimmer gingen, hatte der Patient seine Fassung wiedergefunden, jedenfalls so weit, daß die

Adern an Stirn und Hals, wie Bean feststellte, nicht mehr hervortraten und nur noch die Hauptvenen zu sehen waren.

»Ich will nicht lange herumreden«, sagte Randall mit gepreßter Stimme. »Gestern nacht habe ich wahrscheinlich irgendwelche ernsten Symptome gehabt.«

»Ach komm, Randall«, sagte Bean. Er setzte sich und legte die Füße auf die Untersuchungsliege. »Nicht schon wieder das Herz. Wir stecken dich zweimal pro Jahr in die Tretmühle! Ich muß den Leuten das Eineinhalbfache zahlen, damit sie am Sonntagnachmittag herkommen.«

»Scheiße, Howard!« rief Randall. »Wer erledigt für so gut wie nichts die Steuern für dich und deine Partner? Wer hat deinen Partnerschaftsvertrag aufgesetzt? Wer hat den Ehevertrag ausgearbeitet, durch den deine erste Scheidung über die Bühne gehen konnte, ohne daß du einen Cent zu zahlen brauchtest?«

Bean breitete resigniert die Arme aus. »Ich kann nicht jedesmal, wenn du Sodbrennen hast, einen solchen Test mit dir durchziehen, Randy. Die Versicherung macht mir die Hölle heiß, und das aus gutem Grund: DIR FEHLT ÜBERHAUPT NICHTS! Geh in deine Kanzlei und bring Leute vor Gericht. Nein, besser: Mach Urlaub. Such dir ein Hobby, das nichts mit Waffen oder Kampfsport zu tun hat und bei dem du keine Leute am Telefon beschimpfen kannst.«

»Was ist mit Computerspielen?« fragte Randall. »Zum Beispiel mit ›Panzerkommandant‹. Wäre das ein Hobby? Ich liebe ›Panzerkommandant‹.«

»Zuviel Streß«, sagte Bean. »Eine Panzerbrigade zu kommandieren ist nicht entspannend genug. Ich hab dir mal zugesehen. Du siehst aus, als wolltest du mit dem Joystick Schlangen erschlagen.«

»Hör zu, Howard, diesmal meine ich es wirklich ernst. Ich glaube, mit mir ist etwas passiert.«

»Was? Ist es wieder der Rücken? Ich hab dir doch gesagt, daß die Scanner-Aufnahmen, die Röntgenbilder und die Lumbaluntersuchungen allesamt negativ waren. Ich weiß, du hast irgendwo gelesen, daß Krebs oft mit Schmerzen im unteren Rückenbereich beginnt. Aber du bist noch und noch gescannt worden, und außer mangelndem Rückgrat war da nichts.«

»Es ist nicht mein Rücken. Und es ist auch nicht mein Herz.«

»Wieder mal der Magen? Gastroskopie, Gastroduodenoskopie, Rektoskopie, Bariumeinlauf, ERCP – wir haben alles gemacht. Du bist sauber! Du hast keine Geschwüre. Aber wenn du noch ein, zwei Jahre so weitermachst, kriegst du sie. Wenn du dich stark genug konzentrierst, kannst du sie vielleicht durch *Willensanstrengung* kriegen.«

»Es ist nicht mein Magen«, sagte Randall.

»Deine Zähne? Trägst du beim Schlafen keinen Beißschutz mehr? Das ist ein hervorragendes Beispiel dafür, wie du funktionierst. Anfangs hattest du Schmerzen im Kiefer. Du hast geschworen, daß das Metastasen eines Mandelkrebsgeschwürs waren. Wir haben dich gescannt: Nichts. Die Schmerzen im Kiefer waren immer noch da. Wir haben dich zu einem Zahnarzt geschickt, und der hat dich an einen Kieferorthopäden überwiesen. Weißt du noch, warum? Weißt du noch, was der Kieferorthopäde gesagt hat? ›Der mit Abstand schlimmste Fall von nächtlichem Zähneknirschen, der mir in meiner siebenunddreißigjährigen Praxis untergekommen ist.‹ Sein erster Eindruck war, daß du deine Backenzähne mit einer groben Feile bearbeitet hattest.«

»Meine Zähne sind in Ordnung«, schrie Randall, »und ich trage diesen verdammten Beißschutz jede Nacht!«

Bean stellte die Füße auf den Boden und drehte sich so, daß er seinen Freund gerade ansah.

»Hör zu, Randy, hör mir ausnahmsweise mal zu. Du stehst unter einem unerhörten Streß. Du arbeitest zuviel. Von morgens bis abends beschimpfst du Leute am Telefon. Jedesmal, wenn ich dich anrufe, beschimpfst du auf der anderen Leitung irgend jemand. Hast du dir mal zugehört? Laß bei Gelegenheit mal dein Diktiergerät mitlaufen. Untersuchungen haben gezeigt, daß Leute, die den ganzen Tag ins Telefon fluchen, übermäßig viel Gallenflüssigkeit absondern, und das macht sie gallig und reizbar. Soll ich dir mal Robert Burtons *Anatomie der Melancholie* leihen? Du hast doch sicher schon mal von den vier Körpersäften und der Humoralpathologie gehört, oder? Hör auf meinen Rat: Leg dir ein bißchen Humor zu und geh wieder an deine Arbeit. All dieses Fluchen, all diese Beschimpfungen führen nur dazu, daß die Leute dich nicht mögen. Es macht dich melancholisch, mürrisch, phlegmatisch und cholerisch, manche würden sagen, zu einem absoluten Kotzbrocken! Das wiederum erzeugt noch mehr Streß, und in kürzester Zeit wimmelt es nur so von Streßhennen, die überall Streßeier legen und noch mehr Streß ausbrüten. Such dir irgendeine entspannende Beschäftigung. Ich weiß, daß du fernsehen idiotisch findest, also geh angeln.«

Das war ein Dauerwitz zwischen diesen beiden Männern, die nicht einmal genug Zeit hatten, eine Angelrute aus einem Katalog zu bestellen, geschweige denn, einen ganzen Tag mit ihren Handys in einem Boot auf einem Tümpel herumzusitzen und so zu tun, als hätten zwölf Dosen Bier eine entspannende Wirkung auf sie gehabt.

»Ich bin sicher, daß es sich um ein Symptom handelt«, sagte Randall. »Ich habe so etwas noch nie erlebt.«

»Na gut«, sagte Bean und zog einen Block heran. »Du willst das also durchziehen. Ja, sieht so aus. Also: Wo hast du Schmerzen?«

»Ich wollte, ich hätte welche«, sagte Randall, »aber ich hab keine. Ich habe etwas gesehen. Ich glaube, es war eine Art Halluzination. Ich bin fast sicher, daß ich wach war, als ich es gesehen habe.«

»Fast sicher?« fragte Bean und grinste schief. »War das nachts, und du hast mit geschlossenen Augen im Bett gelegen, mit den Zähnen geknirscht und irgendwelche Leute beschimpft?«

»Ich war wach«, sagte Randall. »Ich glaube, ich bin von einem lauten Geräusch aufgewacht. Dann sah ich eine riesige Fledermaus, die um die Schlafzimmerlampe kreiste. Niemand sonst hat sie gesehen, und danach war sie verschwunden.«

»Du brauchst keinen Arzt«, sagte Bean, »sondern einen Kammerjäger.«

»Wir haben am nächsten Tag einen kommen lassen«, sagte Randall. »Er konnte keine Fledermaus finden. Kein Anzeichen für Fledermäuse auf dem Dachboden. Kein Anzeichen dafür, daß eine eingedrungen sein könnte.«

Bean seufzte tief. »Randall, Fledermäuse verirren sich manchmal in Häuser. Als wir in unser Haus gezogen sind, hatten wir auch mal eine im Schlafzimmer.«

»Wie groß war deine Fledermaus?« fragte Randall.

»Wie groß? Wie eine Fledermaus eben. Wie eine Maus mit Flügeln.«

Randall stützte den Kopf in die Hände. »Das ist es ja. Die, die ich gesehen habe, war so groß wie ein *Hund* mit Flügeln. Groß. Riesig!«

»Ihr habt doch einen Deckenventilator im Schlafzimmer, nicht? Das wird's gewesen sein. Die Flügel des Ventilators haben im Licht des Mondes oder bei der Nachtbeleuchtung wie Fledermausflügel ausgesehen.«

Randall sah seinem Freund ins Gesicht und schluckte. »Howard, ich hab unter einer Lampe mit vier Sechzig-Watt-Birnen gestanden und dem Ding ins Gesicht gesehen«, sagte er langsam. »Das war kein Schatten. Das war lebendig, verstehst du? So wirklich wie du und ich. Es war gräßlich, wie etwas aus Afrika.«

Er rieb sich mit der Hand über das Gesicht. »Ich hab fast Angst, weiterzuerzählen. Was ist, wenn das alles nicht wirklich war? Wenn ich mir etwas derart Häßliches bloß *eingebildet* habe? Es hatte dicke Lippen mit Geschwüren oder irgendwelchen Tumoren. Es hatte Finger an den Flügeln. Es hatte riesige, schwarze, feuchte Augen. Ich glaube, ich hab mein eigenes Spiegelbild darin gesehen.«

Beans Kinn klappte herunter.

»Kann man sich aus heiterem Himmel so etwas einbilden?« fragte Randall. Seine Stimme klang verzweifelt. »Gibt es so was wie plötzliche, lebhafte Halluzinationen? Ohne Grund? Aus dem Nichts? Und danach ist alles wieder normal?«

»Hast du noch andere Halluzinationen gehabt?« fragte Bean.

»Nein«, sagte Randall schnell. »Ich habe diese eine Fledermaus gesehen. Aber seitdem«, sagte er gedankenverloren und sah auf die Wand über Beans Kopf, »seitdem hat alles so einen Schimmer. Alles ist irgendwie ... heller. Kannst du dir darunter was vorstellen? Alles ist ... farbiger und irgendwie ... schöner.« Er starrte ins Leere und versuchte, sich seine Wahrnehmung zu vergegenwärtigen. »Es ist fast so, als würde ich mehr sehen. Kann es passieren, daß die Pupille geöffnet bleibt und zuviel Licht einläßt? So daß alles heller ist?«

Bean sah seinen Freund an.

»Hör zu, Howie, ich will dieses Ding vergessen können. Gib

mir eine Erklärung, damit ich nicht mehr daran zu denken brauche. Hast du schon mal von einem solchen Fall gehört?«

»Vielleicht«, sagte Bean ernst. »Meistens ist vorher eine Geisteskrankheit aufgetreten, besonders in einem Fall wie deinem.« Er lächelte. »Schizophrenie oder einen psychotischen Schub können wir wohl ausschließen. Plötzliche, lebhafte Halluzinationen sind sehr ungewöhnlich. Sehr ungewöhnlich, aber es gibt sie.«

»Dann hast du also schon mal gehört, daß einem normalen Menschen so etwas passiert ist?« rief Randall.

»Es kommt sehr selten vor.«

»Was ist das?« fragte Randall flehend. »Wodurch wird es hervorgerufen?«

Bean schüttelte den Kopf, als habe er es sich plötzlich anders überlegt. »Laß uns lieber abwarten. Es könnte eine Stoffwechselstörung sein, es könnte auch etwas Psychisches sein. Laß uns abwarten, ob es noch einmal auftritt.«

»Nein«, sagte Randall. »Sag mir, was du davon hältst.«

Bean zog seinen Terminkalender zu sich heran. »Paß auf, das hier ist nichts anderes als das, was wir immer machen. Sonst überweise ich dich immer an einen Spezialisten, der die eigentliche Untersuchung vornimmt, stimmt's? Das hier hat vielleicht – *vielleicht* – eine neurologische Ursache, und darum schicke ich dich zu einer unserer Neurologinnen. Kapiert? Du wirst also zu Carolyn Gillis gehen, und sie wird entscheiden, was weiter geschehen soll.«

Randall sprang auf. »Auf keinen Fall. Kommt überhaupt nicht in Frage. Du glaubst also, es ist was Neurologisches. Dann wirst du mir auf der Stelle sagen, was es sein könnte, und bevor ich gehe, machen wir eine Untersuchung.«

Bean klappte den Terminkalender zu.

»Na gut«, sagte er und ging zur Tür. »Dann geh in die radiologische Abteilung und laß eine MRI-Tomographie machen. Jetzt.«

Randall erbleichte und starrte ihn an.

»Moment mal«, sagte er. »Wozu eine Tomographie?«

»Was soll das heißen?« sagte Bean. »Warum wir zweimal pro Jahr eine Tomographie von dir machen? Damit wir dir sagen können, daß da nichts ist. Darum.«

»Aber du sagst doch immer, daß eine Tomographie eigentlich gar nicht *nötig* ist«, sagte Randall argwöhnisch. »Du betonst doch immer, daß ich so etwas gar nicht brauche und daß du mir dein Haus schenkst, wenn da irgendwas sein sollte.«

»Da ist auch nichts«, sagte Bean. »Aber ich will *sagen* können, daß da nichts ist, und ich will eine Tomographie, die das belegt.«

Fünfundvierzig Minuten später schoben zwei Techniker in weißen Laborkitteln Randall in eine lange, glatte Röhre. Er sagte sich immer wieder, daß er nur harmloser Magnetstrahlung ausgesetzt war, doch er hatte den Verdacht, daß diese Strahlen Verwandte der krebserregenden elektromagnetischen Felder waren, wie sie in der Nähe von Hochspannungsleitungen auftraten, und er spürte geradezu, wie unter dieser Strahlung tief in ihm Tumore wuchsen wie Tulpenzwiebeln, die in der warmen Sonne keimten.

In dieser Röhre kam er sich vor wie Ramses II., den man zu früh in seinen Sarg gelegt hatte. Dann hörte er ein Sirren und hatte das Gefühl, als wäre er die Achse eines Rades oder der Zylinder eines Projektors in einem Planetarium, als würde er von einem großen, allwissenden Wesen umkreist, das tief in ihn hineinsah, in Bereiche, die noch kein Mensch je erblickt hatte, wohin noch nie ein Lichtstrahl gefallen war, als würde er in zellophandünne Scheibchen geschnitten, die dann von Wissenschaftlern an Farbmonitoren analysiert wurden.

Wieder zurück im Sprechzimmer, ging er ruhelos auf und ab und versuchte, einen Artikel über die Speicherverwaltung von Computern zu lesen. Bean trat ein. Er machte ein unbehagliches Gesicht.

»Was?« fragte Randall.

»Es ist nicht eindeutig«, antwortete Bean und sah ihn nicht an.

»Das ist neu«, sagte Randall mit stockender Stimme. »Was ist nicht eindeutig?«

»Da ist etwas.« Bean hielt inne. »Ich will mich präzise ausdrücken: Da *könnte* etwas sein, aber *wenn* da etwas ist, wissen wir nicht, was es ist.«

Randall ließ sich auf einen Stuhl fallen. In seiner Brust hüpfte etwas, und das Hämmern, das darauf folgte, trieb Hitzewellen über sein Gesicht.

»Es gibt keinen Grund zur Beunruhigung«, sagte Bean ruhig und sah Randall in die Augen. »Nicht solange wir nicht weitere Untersuchungen gemacht haben und tatsächlich etwas identifizieren.«

»Aber was haben sie gesehen?« fragte Randall entsetzt.

»Die Leute in der Radiologie nennen so etwas UHO. Ein unidentifiziertes helles Objekt. Die Bilder von deiner MRI-Tomographie zeigen ein helles Leuchten in der weißen Substanz. Aber es ist unspezifisch. Sie wissen nicht, was es ist. Es könnte alles mögliche sein, und darum werden wir nach dem Ausschlußverfahren vorgehen und bestimmte Untersuchungen vornehmen.«

»Was für Untersuchungen?«

»Ein CT, ein Angiogramm, eine Lumbalpunktion, eine Myelographie, vielleicht eine Positronemissionstomographie ... Aber das hat Zeit bis morgen.«

»Hervorragend!« rief Randall. »Dann kann ich also mit meinem hellen Leuchten im Kopf nach Hause gehen und mich die ganze Nacht im Bett herumwälzen. Was *glauben* sie denn, was es ist? Was sind diese Dinger, diese UHOs, denn meistens? Und wie stellt es dieses leuchtende Objekt an, daß ich eine Fledermaus sehe?«

»Wenn du ein normaler Patient wärst«, sagte Bean, »würde ich dir gar nichts sagen, bevor ich alle Daten hätte. Die Lage dieser Anomalie könnte – *könnte* – darauf hindeuten, daß es sich um eine pedunkuläre Halluzinose handelt.«

»Und das wäre?« fragte Randall und hielt den Atem an.

»Selten. Sehr selten. Im Grunde ist ja alles sehr selten. Das Wissen, wie selten die Krankheit ist, die man hat, ist allerdings meist nur ein schwacher Trost. Du hast aber wahrscheinlich gar nichts.«

»Was ist das? Woher kommt es? Ist es ein Virus oder was?«

»Das Hauptsymptom einer pedunkulären Halluzinose sind spontane, intensive Halluzinationen, die sich in überdeutlicher Klarheit präsentieren. Sie wird hervorgerufen durch einen Schlaganfall oder eine Schädigung der Pedunculi cerebri, des Mittelhirns in der Nähe des Hirnstamms, und das war ja auch die Stelle, wo der Radiologe das helle Objekt in der weißen Substanz, das UHO, gesehen hat.«

»Durch einen Schlaganfall!« Wieder hatte Randalls Herz

einen Aussetzer, gefolgt vom typischen Hämmern. »Ich hab aber keinen Schlaganfall gehabt!«

»Das wollen wir hoffen«, sagte Bean mit einem Lächeln, das beinah tröstlich war.

»Und ich bin auch nicht beschädigt. Mit mir ist nichts passiert. Keine Verletzung, gar nichts.«

»›Schädigung‹ ist ein weiter medizinischer Begriff«, sagte Bean, »der sich auf viele Funktionsstörungen des Mittelhirns beziehen kann: Enzephalitis, Läsionen, Kraniopharyngeome ... Eine Schädigung kann alles mögliche bezeichnen – einen Infarkt, einen Schlag auf den Kopf, eine Läsion, ein ... Neoplasma.«

»Was?« sagte Randall. »Was ist das?«

»Ein Infarkt?«

»Neoplasma, du Arschloch!« schrie Randall. »Was ist ein Neoplasma? Und dieses Ding, das auf ›ome‹ endet.«

»Ein Neoplasma ist eine ... Gewebsneubildung«, sagte Bean. »Du solltest nicht in Panik geraten. Bis wir genaue Daten haben, ist das alles reine Spekulation ...«

»Gewebsneubildung«, sagte Randall mit versagender Stimme. »Ich glaube, ich verstehe dich nicht. Erklär mir das gefälligst!«

»Die meisten Gewebsneubildungen sind gutartig«, sagte Bean. »Nun ja, nicht die meisten, aber viele. Na gut, im Gehirn sind *manche* Gewebsneubildungen gutartig.«

Plötzlich fiel Randall etwas ein. Er fuhr hoch. Bean lehnte sich zurück.

»Du hast mir mal eine komische Geschichte erzählt. Auf irgendeiner Weihnachtsfeier«, sagte Randall und starrte an die Wand über Beans Kopf, als wäre seine Erinnerung das Panoramabild einer Bergkette.

»Irgend jemand hat erzählt, daß sein Vater irgendwas mit dem Herzen hatte. Es war ein Herzanfall, und er beschwerte sich über den Herzspezialisten, weil der dieses Wort nicht gebrauchte. Der Spezialist sprach immer von ›Koronarinsuffizienz‹, und keiner wußte, was das sein sollte. Du hast diesen Arzt in Schutz genommen, indem du gesagt hast, es sei äußerst wichtig, einen Herzpatienten zu beruhigen. Nach der Feier sind wir in deinem Wagen nach Hause gefahren, und du hast gesagt: ›Diese Idioten! Sie erwarten von einem Herzspezialisten, daß er einen Herzanfall einen Herzanfall nennt. Ich sehe den Patienten direkt vor mir.‹ Du hast dir an die Brust gegriffen, und wir haben beide gelacht. Du hast gesagt: ›Doktor, was ist los mit mir?‹ Und dann: ›Mit Ihnen? Ganz einfach: Sie haben einen Herzanfall. Bleiben Sie ganz ruhig.‹

Und dasselbe machst du jetzt bei mir, stimmt's? Es ist kein Tumor, sondern eine Gewebsneubildung oder was auch immer. Es ist kein Schlaganfall, sondern eine Pedikulose oder so. Verdammt noch mal, was glaubst du, daß es ist? Sag's mir!«

»Du gerätst in Panik, weil es eine sehr kleine Wahrscheinlichkeit gibt, daß es sich um eine bösartige Wucherung oder einen strukturellen Defekt handelt«, sagte Bean. »Ich glaube immer noch, daß es Zufall war, eine einmalige Ausgeburt deiner Phantasie, hervorgerufen durch emotionalen Streß. Und daß das UHO ein falscher Befund ist. Das glaube ich.«

Randall beugte sich ruckartig vor. »Erzähl mir bloß nichts von Streß«, sagte er und knirschte mit den Zähnen. »Streß macht mich high, verstehst du? Streß sorgt dafür, daß ich Testosteron und Endorphine ausschütte. Futter für mein Gehirn, verstehst du? Ich steh drauf, mir jeden Tag eine Dosis davon zu verpassen, kapiert?«

»Ich kenne dich, seit du sechzehn bist«, sagte Bean. »Du brauchst mir nicht deine ganze Geschichte zu erzählen. Ich will dir nur sagen, daß du, wie wir alle, älter wirst und daß Streß, wenn man älter wird, komische Auswirkungen haben kann.«

»Ja«, sagte Randall mit einem bösartigen Grinsen, »sehr komische Auswirkungen. Das ist wahrscheinlich der Grund, warum ich soviel lache. Ihr Typen haltet doch alle zusammen. Ihr sagt dem Patienten nie die ganze Wahrheit. Ich kenne das. Ich lüge meine Mandanten doch auch dauernd an. Die Wahrheit würde sie umbringen!«

»Ich habe dir genau das gesagt, was mir der Radiologe gesagt hat.«

»Aber klar. Das hätte ich zu gerne gehört. ›Sieht wie ein Tumor aus, aber der Patient ist Anwalt – also sollten wir lieber ganz sicher sein, bevor wir ihm irgendwas von Krebs erzählen.‹«

»Er hat nichts dergleichen gesagt«, widersprach Bean. »Ich

hab genau dieselben Worte gebraucht wie die Leute in der Radiologie. Auf deiner MRI-Tomographie ist ein unidentifiziertes helles Objekt zu sehen, und darüber wissen wir erst dann mehr, wenn wir weitere Tests gemacht haben.«

»Genau«, sagte Randall und verdrehte die Augen.

»Na gut«, sagte Bean unvermittelt, »das kann man ja klären. Ich rufe jetzt den Radiologen an. Du wirst ihn mögen – er flucht gern und ausgiebig. Er hat sich schon eine Reihe Magengeschwüre zusammengeflucht. Du wirst unverfälschte Informationen von einem echten Experten bekommen, vom Randall Killigan der Radiologie.«

Er drückte einen Knopf auf seinem Telefon. Aus dem Lautsprecher sagte eine Stimme: »Zentrale.«

»Radiologie«, sagte Bean.

Sie hörten den Rufton und dann eine Stimme, die »Radiologische Abteilung« sagte.

»Hier ist Bean. Ist Ray noch da?«

»Einen Augenblick, bitte.«

»Dr. Rheingold.«

»Ray, hier ist Bean. Es geht um den Patienten Killigan. Bei dem MRI, das Sie heute nachmittag gemacht haben – was haben Sie da gefunden?«

»Bean? Ich hab erst vor einer halben Stunde mit Ihnen gesprochen. Lassen Sie mich in Ruhe. Ich hab Ihnen doch gesagt, was hier unten los ist. Mein Sohn hat heute Geburtstag, und ich bin immer noch nicht zu Hause. Ich hab Ihnen das Ergebnis doch schon gegeben.«

»Sagen Sie's mir noch mal«, sagte Bean mit einem Grinsen. »Ich kann meine Notizen nicht finden.«

Ein tiefer Seufzer ließ den Lautsprecher rauschen. »Bean, ich glaube, Sie sollten sich mal mit einem eigenartigen Phänomen befassen, das sich bei allen Menschen außer Gehirnchirurgen findet. Man nennt es *Gedächtnis*. Ich hab Ihnen vor nicht mal einer Dreiviertelstunde den MRI-Befund durchgegeben: Es ist ein UHO. Ein hyperdichtes Signal in der T-2-Phase, und zwar in der weißen Substanz, beim rechten Mittelhirntegmentum und dem Pedunculus cerebri. Erinnern Sie sich? Ich hab den Bericht diktiert. Er wird gerade getippt. In einer Stunde haben Sie ihn, dann können Sie's nachlesen, falls Sie es bis dahin wieder vergessen haben. Sie wissen doch noch, was ein UHO ist? Ein unidentifiziertes helles Objekt. Ein helles Leuchten in der weißen Substanz, um genau zu sein. Und wir sind hier im Indiana University Medical Center. Meine Mitarbeiter und ich stehen Ihnen stets zu Diensten. Es war ein Vergnügen, mit Ihnen und Ihren Mitarbeitern zusammenzuarbeiten, und ich möchte Ihnen noch einmal für die Überweisung dieses höchst lohnenden, äh ... interessanten Falles danken. Ich muß jetzt gehen, Bean, aber ich hoffe, meine Mitarbeiter und ich werden Ihnen auch in Zukunft behilflich sein können.«

»Nur eins noch«, sagte Bean und sah Randall an. »Glauben Sie, daß es bösartig ist?«

»Ob ich was ...? Habe ich was von bösartig gesagt? Ich hab gesagt, es ist ein helles Leuchten in der weißen Substanz. Ein UHO, ein unidentifiziertes helles Objekt. Aber in Ihrem Fall geht es vielleicht um ein unidentifiziertes, hoffnungslos retardiertes und abgestumpftes Objekt, nämlich um Ihr Gehirn, Bean.«

»Aber es *könnte* doch bösartig sein.«

Der Lautsprecher blieb für einen Augenblick stumm.

»Bean, ich nehme an, Sie sitzen in einem von Sonnenlicht durchfluteten Raum und sehen vielleicht aus dem Fenster auf Bäume, durch die der Herbstwind streicht. Ich sitze seit heute morgen um halb sechs in einem fensterlosen Raum im Tiefgeschoß und sehe mir die Geister in den Körpern anderer Leute an. Macht ihr da oben Cocktailstunde oder was? Der entscheidende Buchstabe in der Abkürzung ›UHO‹ ist U. Das heißt ›unidentifiziert‹. Unidentifiziert ist ein komplexer, ungenauer medizinischer Begriff und bedeutet, daß wir nicht wissen, was es ist. Es könnte gar nichts sein. Es könnte eine arteriovenöse Mißbildung sein oder ein Infarkt oder eine bösartige Wucherung oder ein gutartiges Meningiom oder eine Zyste oder ein Splitter von einer Handgranate, die damals in Mylai explodiert ist, oder ein neuer Computerchip von Intel, der dem Burschen eingepflanzt worden ist, damit er telefonieren kann, ohne immer ein Handy mit sich herumzuschleppen. ICH WEISS NICHT, WAS ES IST. Und wollen Sie wissen, warum ich es nicht weiß? WEIL ES UNIDENTIFIZIERT IST – DARUM. Es könnte ein Serviettenring sein. Es könnten meinetwegen auch Cäsars sterbliche Überreste sein. Nein, warten Sie – es sind die sterblichen Überreste von Brutus. Oder vielleicht doch eher ein Knochensplitter vom Schädel des behandelnden Gehirnchirurgen, der infolge eines zerebralvaskulären Vorfalls explodiert ist und das Gehirn des guten Dr. Bean im ganzen Sprechzimmer verteilt hat. Vielleicht kommt bei weiteren Tests heraus, daß es der Heilige Gral ist. Oder ein Teil von Aladins Wunderlampe. Was weiß ich?

Aber ich möchte noch einmal die Gelegenheit ergreifen, Ihnen ganz herzlich für die Überweisung dieses überaus interessanten Falles zu danken und Sie darauf aufmerksam zu machen, daß unsere Abteilung seit neuestem über einen Positronemissionstomographen verfügt, so daß wir Ihnen mit modernster Technologie zur Seite stehen können. Bitte wenden Sie sich an mich oder meine Mitarbeiter, wenn Sie wieder einen so lohnenden, äh ... interessanten Fall haben. Und noch einmal ganz herzlichen Dank.«

Bean schaltete den Lautsprecher aus und sah seinen Freund an.

»Im Gespräch mit Patienten ist Dr. Rheingold sehr viel ziviler«, sagte er, »aber ich hatte das Gefühl, daß du ihm nicht trauen würdest. Du hast ihn gehört. Da könnte etwas sein, aber wir wissen nicht, was es ist. Wir müssen weitere Untersuchungen vornehmen.«

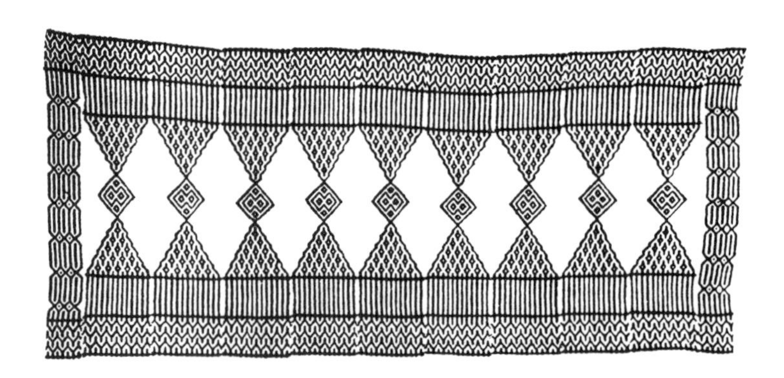

5

Vor dem Restaurant packten Kinder Boone und seinen betrunkenen Begleiter an den Taschen und zerrten sie zu den Verkaufsständen und Matten auf dem Bürgersteig, wo ihre Mütter und Schwestern in weiten Gewändern und mit Kopftüchern saßen und Fleischspießchen und Ananasscheiben, Schmuck und Plastiksandalen, Erdnüsse und gebratene Bananen verkauften. Weiße Männer, die nach Alkohol rochen, hatten die Angewohnheit, mit Geld um sich zu werfen. Boone spürte die Aufregung der Kinder: Sie wußten, wenn sie nur das richtige Wort sagten, würden diese großen weißen Männer sie mit Geld überschütten. Manchmal gaben diese Dummköpfe einen drei- oder vierfachen Monatslohn für eine Schnitzerei, die nicht einmal ein krankes Huhn wert war.

Selbst nach dem opulenten Mahl im Restaurant verspürte Lewis offenbar Lust auf das Angebot der Imbißstände und feilschte mit zehnjährigen Mädchen um die Happen, die sie verkauften.

»Zehn Leone? Zu teuer, sag ich. Geh bißchen runter.«

»Ah, ich verkauf ganzen Tag schon so, Mastah. Ich kann nicht runtergehn.«

»Ich geb fünf Leone«, sagte er. »Gib mir das Süßzeug da für fünf.«

»Noch zwei Leone mehr. Du bist ein Habmann. Deine Augen sind zu trocken.«

Nachdem sie sich noch ein paar Bissen in den Mund gestopft hatten, wankten sie auf der Suche nach einem Taxi zum Kreisverkehr. Busse, aus deren glaslosen Fenstern schwarze Menschen hingen, fuhren vorbei und verbreiteten afrikanische und Reggae-Musik. Auf dem Trittbrett eines jeden Busses stand ein Junge, der sich mit einer Hand am Gepäckträger festhielt und das Ziel ausrief: »Wilbahfoss! Wilbahfoss! Wilbahfoss!«

Im letzten Jahrhundert, erklärte Lewis, hatten die Bergdörfer zwei Namen gehabt, einen englischen und einen afrikanischen, und als diese Dörfer zu Vororten von Freetown geworden waren, hatten sich die englischen Namen durchgesetzt: Wilberforce, Leicester, Regent, Gloucester, Leopold, Charlotte, Bathurst, York.

Sie nahmen ein Taxi zum Gästehaus des Peace Corps. Es lag hoch oben in den mit Palmen und Mahagonibäumen bewachsenen Hügeln. Lange, kurvige Straßen wanden sich die steilen Hänge hinauf. Hier oben hatten sich ursprünglich die Briten niedergelassen, um den moskitoverseuchten Marschen an der Küste und den armutverseuchten Slums von East Street und Kroo Town zu entfliehen. Als die Briten abgezogen waren, hatten europäische Bergwerksdirektoren, reiche libanesische Kaufleute, sierraleonische Minister und Angehörige der amerikanischen Botschaft und der Entwicklungshilfeorganisationen diese Viertel übernommen und noch mehr weiß gekalkte, mit Mauern und Toren gesicherte Häuser gebaut, vor denen alte Krio-Pas in ihren Hängematten dösten und die Audi und Mercedes bewachten. Laut Lewis waren diese Anwesen mit Legionen von Dienstboten ausgestattet, die sich um Garten, Haus und Kinder der reichen Leute kümmerten.

»Arbeitskraft«, sagte Lewis, »ist das Billigste, was du hier kaufen kannst. Billiger als Palmöl, Kakao, Kaffee oder die anderen Agrarprodukte, die für den Export bestimmt sind. Du kannst einen Erwachsenen einstellen, der zwölf Stunden täglich arbeitet, und das kostet dich nicht mehr als das Schulgeld seiner Kinder.

Für hundert Dollar im Monat kriegst du eine ganze Dienerschaft, die dein Essen kocht, deine Wäsche wäscht, deine Kinder versorgt und dein Haus bewacht. Wenn du eine Firma aufmachst, kannst du für drei Dollar am Tag gute Arbeiter mit starken Rücken bekommen, die die Baumstümpfe auf deiner Farm mit Buschmessern ausgraben oder in schlangenverseuchten Sümpfen nach Diamanten suchen. Wenn deine Belegschaft durch Schlangen oder Krankheiten dezimiert ist, gehst du einfach in die Dörfer und wirbst eine neue an.«

Während er redete, stellte der Fahrer die Zündung ab und ließ das Taxi auf der abschüssigen Straße rollen, wobei er Fußgängern und geparkten Wagen auswich. Am Ende des Gefälles ließ er den Motor wieder an und fuhr die Steigung auf der anderen Seite hinauf.

»Spart Benzin«, erklärte Lewis, »aber für die Bremsen ist es das reine Gift, auch wenn die nur im absoluten Notfall gebraucht werden. Wenn erst mal Benzin verbrannt worden ist, um den Karren in Fahrt zu bringen, will man die schöne Energie nicht verschwenden, indem man auf die Bremse tritt. Die meisten Taxis haben gar kein Bremspedal. Du legst dein Leben in die Hand des Fahrers.«

»Weiße legen ihr Leben nicht in die Hand vom Fahrer«, sagte der Fahrer plötzlich. »Fahrer legt sein Leben in die Hand von Weißen, istnichso?«

Nach einer viertelstündigen Fahrt in die Hügel rollte das Taxi in die Auffahrt des Gästehauses des Peace Corps. Der Fahrer war sicher ein Bruder des Taxifahrers, der Boone vom Flughafen in die Stadt gebracht hatte, denn er konnte besser feilschen als fahren. Er forderte umgerechnet einen Dollar fünfundsiebzig – Lewis bot vierzig Cent. Nach fünf Minuten intensiver Verhandlungen bewegte sich der Preis irgendwo zwischen neunzig Cent und einem Dollar zehn, je nachdem, ob man es – ein heftig umkämpfter Streitpunkt – als üblich ansah, für jeden weiteren Passagier mehr zu berechnen. Schließlich beschimpften sich die beiden und brachen den Gedankenaustausch bei hundert Leone, also einem Dollar, ab. Boone widerstand der Versuchung, sich nach dem üblichen Preis für eine Fahrt vom Flughafen in die Stadt zu erkundigen.

»Das ganze Theater für sechzig Cent?« fragte er.

»Es geht dabei nicht ums Geld, sondern ums Prinzip«, sagte Lewis. »Einen Weißen versuchen sie immer über den Tisch zu ziehen.«

Das Gästehaus lag auf einem kleinen Plateau, das mit Hilfe von Steinen und Büschen gestaltet war. Unter herrlichen Palmen waren Steingärten angelegt. Eine leise Brise trug einen Geruch nach Salz herbei, wiegte die Palmwedel und öffnete kleine Durchblicke auf das blaue Meer. Geckos kamen aus Spalten gekrochen und verschwanden wieder darin. Ihre Haut hatte die Struktur von Sandpapier und sah aus wie gefärbtes Glas. Sie reckten mit nervöser Neugier den Kopf und beobachteten die weißen Männer erst mit einem, dann mit dem anderen Auge, bevor sie davonstoben in einem Wirbel changierender Farben, die sie zu verströmen schienen und deren Nachbild in der Luft hing wie ein Regenbogen im Nebel.

Draußen herrschte Urlaubswetter, doch das Innere des Gästehauses bot nichts, was an Urlaub erinnerte. Die Wände bestanden aus gekalktem Beton und waren fleckig vom Rost der Fenstergitter und des zerrissenen Fliegendrahts. Ein Deckenventilator drehte sich eiernd in einem Lager, dessen Kugeln in ihrem Käfig klapperten. Geckos hingen, reglos bis auf die kleinen, pulsierenden Lungen, kopfunter an den Deckenbalken; ihre schwarzen, vorstehenden Augen starrten, als wären diese Echsen domestizierte Wasserspeier, deren Aufgabe es war, Eindringlinge zu vertreiben.

Ein alter Pa, der offenbar gerade ein kleines Nickerchen gemacht hatte, erschien und zeigte erst Lewis und dann Boone ihre Zimmer. Das von Boone enthielt eine ranzig riechende Matratze ohne Rahmen oder Bettgestell. Darüber war ein löchriges Moskitonetz drapiert. Vor dem vergitterten Fenster hing bewegungslos ein zerfetzter Vorhang. Die Luft war erfüllt vom Gestank der Matratze, und die Luftfeuchtigkeit war so hoch, daß sie kurz davor war, zu kondensieren. *Nicht halb so nett wie das Hotel Berlioz*, dachte Boone und sehnte sich nach den kühlen Oktobermorgen, die er faulenzend in Gesellschaft der Toten verbracht hatte.

In der Nacht klopfte es mehrmals an der Tür, und er hörte die Stimmen von Mädchen: »Pies Kor, willst du ein Freundin? Huhu, Pies Kor, willst du ein Freundin?«

Anscheinend hatte Lewis sie eingelassen. Eine magere junge Frau in einem schmutzigen Kleid trat an sein Bett.

»Pies Kor«, sagte sie, »willst du ein Freundin?«

Ihre Augen glänzten, und ihr Haar war mit roten Plastikklammern zu kleinen Büscheln zusammengebunden.

»Nein«, sagte er und sah zu, wie sie sich auf die Matratze setzte.

»Wo is dein Frau?« fragte sie.

»Ich habe keine Frau.«

»Du hast kein Frau? Ich, ich hab kein Mann. Ich will dein Freundin sein.«

Ihr linker Backenknochen und ihre Nase schienen einmal gebrochen worden zu sein. An der Seite ihres Halses war eine wulstige Narbe von der Größe und der Farbe eines Blutegels. Boone ließ den Blick von ihren glänzenden Augen zum Ausschnitt ihres Kleides wandern, wo er unter der Höhlung ihres Schlüsselbeins schlaffe Hängebrüste erahnte.

»Ich will keine Freundin«, sagte Boone.

Sie sah auf ihren Ausschnitt und strich mit einem Finger über die Narbe. »Auch schmutziges Wasser kann Feuer aus«, sagte sie.

»Was?« sagte Boone. Es war ihm peinlich, daß sie seinen taxierenden Blick bemerkt hatte.

»Auch schmutziges Wasser kann Feuer aus«, wiederholte sie.

Er wandte den Kopf ab. »Ich weiß nicht, was das heißen soll«, sagte er. »Ich hab kein Geld.«

Nebenan wurde gekichert. Dann hörte er Lewis etwas rufen und die Frau, die bei ihm war, lachen.

»Das ist ein Krio-Sprichwort«, rief Lewis. »Auch schmutziges Wasser kann ein Feuer löschen. Du mußt dich mit dem behelfen, was du hast. Etwas ist besser als gar nichts. Du kannst nicht immer haben, was du willst. Du bist feiner Mann«, sagte er, verfiel wieder in Krio und kicherte mit seiner Gefährtin. »Du hast viel Masse Geld, also gib davon und mach Sex mit dem süßen Mädchen. Aber zieh deinen Regenmantel an – man kann nie wissen, was sie haben.«

Die Frau hob das Moskitonetz und kroch neben Boone ins Bett.

Er konnte Lewis glucksen hören. »Fein Mann sagt, hat kein Geld. Große Lüge! *Botobata*!«

»*Botobata*«, wiederholte seine Gefährtin kichernd.
»Was ist *botobata?*« fragte Boone mißtrauisch.
»Unsinn!« rief Lewis. »Quatsch! Blödsinn! Stuß! Blech! Humbug! Fidelfadel! Dudeldödel! Botobata!«
Noch mehr Gelächter.
»Fein Mann sagt, hat kein Geld«, sagte Lewis' Gefährtin, schnalzte mit der Zunge und kicherte. »Ah, pah, glaub ich nicht. *Botobata*!«
»Unfug!« sagte Lewis. »Schnickschnack! Quark! Krampf! Kalter Kaffee! Ballawatsch! Mumpitz! Kokolores! Bockmist!«
Eine atemlose Pause. »*Botobata!*« riefen dann beide im Chor, brachen wieder in schallendes Gelächter aus und klopften auf die Matratze.
Nach fünf Minuten riskierte Boone einen Blick über die Schulter und sah, daß die Frau neben ihm schlief. Etwas später hörte er Lewis grunzen.
»Ja«, sagte er, »das ist gut. Sehr gut. Morgen gibts beaucoup Brot und Malade.«
Bei Tagesanbruch brachte ein alter Pa in zerrissenen Shorts und einer Safarijacke ein Tablett mit Brot, einem Schüsselchen Margarine, etwas Marmelade und einer Kanne Kaffee in Boones Zimmer. Bei näherem Hinsehen erwies sich das Brot als alt und angeschimmelt, die Margarine als gelb gefärbtes Fett, die Marmelade als durchsichtiges Pektin-Gelee und der Kaffee als heißes Wasser, in das jemand ein paar Löffel gemahlene Kaffeebohnen gerührt hatte. Die Geckos hatten die ganze Nacht Insekten vertilgt und erledigten noch ein paar Mücken, die sich vor ihr Maul verirrten, bevor sie sich ins Dachgebälk zurückzogen. Boone ließ die Frau schlafen, trug das Tablett zu einem Tisch im Gemeinschaftsraum und tauchte das schimmlige Brot in das braune Wasser.
Nach ein paar Minuten trat die Frau an seinen Tisch. Bei Tageslicht sah sie noch magerer aus.
»Gibst du was für mich?« fragte sie und streckte die Hand aus. »Ich kein Geld.«
Boone gab ihr zweihundert Leone. Sie steckte ein Stück Brot in die Tasche, ein zweites in den Mund und ging.
In der Dusche gaben sowohl der Warm- als auch der Kaltwas-

serhahn nur eiskaltes Wasser her. Boone biß die Zähne zusammen und verließ das Bad, ohne sich ganz gewaschen zu haben.

Nach Boone ging Lewis hinein und verbrachte fünfzehn Minuten unter der arktischen Dusche, wobei er zufrieden *Roland the Headless Thompson Gunner* von Warren Zevon sang.

Nach dem Frühstück brachte ein Taxi sie zurück nach Freetown und setzte sie an dem riesigen Kapokbaum ab. Der Baum, erklärte Lewis, sei ein Wahrzeichen, und zwar schon seit der Landung der Portugiesen. In seinem Schatten sei mit Sklaven gehandelt worden. Dann sah er seinen Schützling verschmitzt an und sagte: »Wie findest du die Umhänge, die an den Ästen hängen? Schön, nicht?«

»Genau«, sagte Boone. »Umhänge.«

»Na gut«, sagte Lewis. »Du hast kein vier Augen.«

Sie gingen zu einem Lastwagenparkplatz neben einem Markt, wo sie sogleich von einer Horde von Kindern bedrängt wurden, die ihnen von Kuchen und Kaugummi bis zu Schmuck, Nagelscheren und Schlüsselanhängern alles mögliche verkaufen wollten.

»Hast du eine Brieftasche?« fragte Lewis.

»Einen Geldgürtel«, antwortete Boone.

»Gratuliere. Erfahrene Reisende haben einen Geldgürtel. *Pumui* mit Portmoneh werden gediebt«, sagte Lewis in breitem Krio. »In Sierra Leone gibt es die besten Taschendiebe der Welt. Mir ist mal eine Brieftasche aus der zugeknöpften Tasche einer Armeehose gestohlen worden. Freiwilligen Mitarbeiterinnen ist mitten auf dem Markt Geld aus dem BH geklaut worden. Wenn du in einem Zimmer schläfst, dessen Fenster vergittert ist, klauen die dir dein Hemd mit einer Angelrute und einem Haken. Diebe sind Berühmtheiten, sie werden gefeiert, weil sie so schlau und wagemutig sind – solange sie nicht erwischt werden. *Wenn* sie aber geschnappt werden, dann gnade ihnen Gott.«

»Was passiert dann mit ihnen?«

»Das ist kein schöner Anblick«, sagte Lewis. »Daneben sieht ein Boxkampf wie ein gesitteter Tanztee aus.«

Das *podah-podah* nach Pujehun war ein kleiner japanischer Pritschenwagen, dessen mit Holzbänken ausgestattete Ladefläche mit Wellblech überdacht war. Darüber war ein Gepäckträger angebracht. Auf den Türen prangten Porträts von Bob

Marley, und auf der Klappe der Ladefläche stand LIVELY UP YOUSELF. Die Reifen waren so glatt wie der Lehm der Straße, und Boone hatte wenig Hoffnung, daß zwischen den beiden so etwas wie Haftung zustande kommen würde.

Lewis stritt sich mit dem Fahrer, weil der ihnen den doppelten Preis berechnen wollte. Lewis behauptete, das versuche er nur, weil sie Weiße seien, wohingegen der Fahrer sagte, das Ganze sei bloß ein dummes Mißverständnis. Der Fahrer gab ein Zeichen, und man begann mit dem Beladen. Boone folgte ein paar Afrikanern auf die Ladefläche und setzte sich auf eine Bank, die so glatt wie ein Knochen war.

Er entdeckte bei sich eine latente Klaustrophobie, als der Fahrer zehn bis zwölf weitere Erwachsene mit ebenso vielen Kindern, Ziegen und Hühnern zum Wagen führte und auf den Bänken Platz nehmen ließ. Die Frauen trugen gebatikte Gara-Gewänder und Kopftücher, die Kinder nichts außer kleinen Lederbeuteln mit »Medizin«, die mit Schnur um Arme und Taille gebunden waren. Manche hatten riesige Nabelbrüche, bei denen die Bruchsäcke wie Bananen aus den Bauchnabeln sprossen.

Als sämtliche Personen auf dem Wagen saßen, wurde weiter eingeladen: Bündel von borstigen Maniokwurzeln, Körbe voll Kolanüssen, Jutesäcke, ein geflochtener Käfig mit zwei Hühnern (»Fedavieh«, sagte die Besitzerin, als sie Boone den Käfig reichte, den er dann auf der Ladefläche abstellte), noch eine Ziege (diese hier war räudig und hatte abgebrochene Hörner und ein blindes, weißes Auge, das weit vorstand), ein Korb voll getrocknetem Fisch *(»bonga«)*, eine bauchige Flasche Benzin, fünf Liter orangefarbenes Palmöl, ein Kasten Guinness-Flaschen voll Kerosin, die mit Wachspapier verschlossen waren, ein paar Fünfzig-Pfund-Säcke Reis, ein Kanister Motorenöl, eine Rolle Maschendraht, Kochtöpfe mit noch mehr getrocknetem Fisch, ein Ballen grober Stoff, noch eine bauchige Flasche Palmöl, ein Bündel Zweige von einem Busch, den Boone nicht kannte, ein Werkzeugkasten, ein abgefahrener Ersatzreifen, bei dem an einer Kante das Gewebe zu sehen war, noch mehr Kinder, die so lange weitergereicht wurden, bis sie bei irgendwelchen Verwandten gelandet waren, vier Zaunpfosten, eine Rolle Packdraht, ein Sack Zement, eine rostige Kaffeekanne, in der ein Knäuel Bindfaden steckte, ein Beutel voll

Plastiksandalen und drei tote Hühner (»totes Fedavieh«), die mit den Füßen an einem Stock festgebunden waren.

Kaum waren all diese Menschen und Gepäckstücke verladen worden, da wurden zahllose weiche Bündel und Beutel auf die Ladefläche gereicht und von den Passagieren in alle verfügbaren Spalten und Hohlräume gestopft, bis der Lieferwagen so vollgepackt war wie ein Golfball. Wenn alle gleichzeitig tief Luft holten, dachte Boone, würde sich das Wellblech nach außen beulen.

Inzwischen wurde der Gepäckträger über der Ladefläche zweieinhalb Meter hoch mit Säcken voll Reis und Erdnüssen, Körben voll Kakaobohnen, weiteren Stoffballen und Rollen von Bastgeflecht beladen. Jungen zwischen zehn und sechzehn Jahren – Lewis nannte sie *bobos* – halfen beim Aufladen, als Gegenleistung für einen billigeren Fahrpreis und einen Platz hoch oben auf dem aufgetürmten Gepäck. Boone fragte sich, ob es da oben nicht vielleicht sicherer war, denn immerhin konnte man, sollte das Fahrzeug umkippen, von dort abspringen.

Die Passagiere ertrugen das umständliche Beladen mit Geduld. Eine ältere Frau verwickelte Lewis in ein Gespräch und nickte dabei in Boones Richtung. Er konnte nur die Worte »*pu-mui*«, »Bauch«, »Dünnscheiß« und »Kinder« verstehen. Alle Passagiere, einschließlich Lewis, brachen in lautes Gelächter aus.

»Was ist los?« fragte Boone. Als er zum Sprechen Luft holte, verschoben sich einige Bündel.

»Sie sagt, sie hofft, daß du nicht auch so ein *pu-mui* bist, der Dünnschiß hat wie ein kleines Kind, denn sonst werden wir den ganzen Morgen lang andauernd anhalten und aus- und einladen müssen. Anscheinend hatte der letzte *pu-mui*, mit dem sie gefahren ist, Durchfall und mußte alle paar Kilometer aussteigen, in den Busch gehen und seinen Darm leerlaufen lassen.«

Boone stellte sich vor, was für eine Arbeit es sein würde, das hintere Ende des Pritschenwagens zu entladen, bis die anderen Passagiere so weit beiseite rücken konnten, daß eine Öffnung entstand, durch die ein Erwachsener aussteigen konnte. Er erschauerte vor der Größe dieser Aufgabe und des logistischen Talents, das erforderlich wäre, um das dreidimensionale Puzzle der Gepäckstücke auseinanderzunehmen und wieder zusammenzusetzen.

»Sie sagt, daß Weiße die Bäuche von kleinen Kindern haben und daß sie andauernd Fieber, Durchfall oder Kopfschmerzen haben. Sie will wissen, ob die Weißen im Lande Pu auch immer krank im Bett liegen und wie sie es schaffen, so krank zu sein, wo sie so viele starke Medizinen und Zaubermaschinen haben.«

Nach der Abfahrt verfielen die Passagiere in einen Stupor, der eine Folge der Kombination aus Hitze, Überfüllung, Schock, Schweiß, Lärm und menschlichen und tierischen Ausdünstungen war. Jede Steigung quälte sich der Wagen mit zwanzig Kilometern pro Stunde hinauf, wobei der Zwei-Liter-Motor aus Aluminium brüllte und aufheulte, ohne daß der Wagen schneller wurde. Nur die dicke stinkende Rauchwolke, die aus dem Auspuff quoll und auf die Ladefläche zog, wurde noch dicker. Die dann folgende Fahrt bergab wurde untermalt vom schrillen Kreischen der belaglosen Bremsen, dem Krachen der Ladefläche, wenn das Fahrzeug über eine Bodenwelle fuhr, und dem Knirschen der verschweißten Gepäckträgerrohre. Jedesmal wenn der Wagen auf zwei Rädern schlingerte, schrien die *bobos* hoch oben auf dem Berg von Gepäckstücken vor Angst und Entzücken.

Gegen Mittag war das Innere des *podah-podah* eine verschwitzte Sauna. Menschen und Tiere erkannten instinktiv, daß dieser Ort lebensfeindlich war, und reagierten darauf, indem sie in ein künstliches Koma fielen. Jeder von ihnen, auch Boones Begleiter, schien die Kunst der Selbsthypnose gemeistert zu haben. Boone versuchte es ebenfalls, schreckte aber jedesmal hoch, wenn ein Kind schrie oder ein Tier auf die Ladefläche schiß.

Schweiß rann in seinen Schoß, verdunstete und ließ einen klebrigen Film zurück. Die Unebenheiten der verwitterten Lehmstraße übertrugen sich ungedämpft auf seine Beckenknochen, als wäre die Bank, auf der er saß, direkt an der Achse befestigt. Mit einemmal verspürte er an den Schienbeinen einen unerträglichen Juckreiz; der Impuls war so stark, daß er sich sicher blutig gekratzt hätte, doch er war von schwitzenden Afrikanern eingekeilt und konnte sich nicht rühren.

Die halbblinde Ziege hatte den Kopf zwischen dem Käfig mit den Hühnern und einem Jutesack hindurchgeschoben, musterte den weißen Mann mit ihrem trüben Auge und meckerte ihn an.

Das Auge – so weiß wie Milch und doch in allen Farben schimmernd wie eine Perle – hypnotisierte ihn. Die Ziege blinzelte, und ein blaßblaues Häutchen schob sich über das Auge. Während Boone deprimiert vor sich hin starrte, bekam das Auge der Ziege einen bösen Glanz, und ihr Meckern wurde drängend und ausdrucksvoll und klang fast so moduliert wie menschliche Worte. In einer Trance aus Hitze, Erschöpfung und körperlichem Elend sah Boone in das geschwollene, changierende Auge und lauschte auf das Meckern, als spräche das Auge oder die Ziege oder ein böser Geist in der Ziege in einer alten, geheimen Sprache zu ihm. *Du bist ein Tier wie ich*, sagte die Ziege. *Du hast in einer klimatisierten Küche von einem Tisch mit Plastikoberfläche gegessen. Damit ist es jetzt vorbei. Willkommen im Reich der Wildnis, weißes Jüngelchen. Mach's dir gemütlich. Vielleicht können wir dir ein Auge wie meins verpassen.*

Die Ziege meckerte satanisch und stieß dann, in dem Versuch, ihrem Ärger Luft zu machen, mit dem Kopf nach ein paar Kindern. Ein Junge, der auf der Ladefläche hockte, schimpfte sie aus, drehte sie dann mit einem geübten Griff auf den Rücken und band ihre Beine mit einer Schnur zusammen. Er grinste schief, schob einige Beine beiseite und stieß das Tier unter eine Bank.

Durch die Ritzen in den Seitenwänden sah Boone einen fremden Planeten, auf den eine unbefestigte rote Straße wie ein Bindfaden in ein Meer aus Chlorophyll geworfen worden war. Etwa alle halbe Stunde riefen der Fahrer und die drei *bobos*, die im Fahrerhaus saßen: »Fleisch! Fleisch!«, worauf der Wagen auf der ausgefahrenen Straße heftig schwankte und kniehohe Tiere knapp vor dem *podah-podah* in den Busch rannten. Es waren Ducker – Waldantilopen von der Größe eines Cockerspaniels – oder jene fetten Nagetiere, die man »Grasschneider« nannte. Boone dachte, der Fahrer weiche aus, um die Tiere nicht zu überfahren, bis er wieder einmal den Ruf »Fleisch!« hörte und spürte, wie die an seinem Becken festgeschweißte Achse über einen weichen Buckel holperte. Der Fahrer hielt an, lief in die Richtung, aus der sie gekommen waren, und kehrte mit dem Kadaver einer Waldantilope zurück. Er schwang ihn hin und her und rief triumphierend: »Fleisch!« Einer der *bobos* stieg ab, band die Hinterbeine des Tieres zusammen und reichte es den anderen hinauf.

In den Dörfern an der Straße sah Boone schwarze Haut und braune Erde, sah Gebäude aus Lehm und pflanzlichen Materialien, das Ganze umzingelt von undurchdringlichem Grün. Die Menschen waren aus der Erde ans Licht der Sonne gestiegen, hatten etwas von dem Grün gerodet und Hütten mit Blechdächern gebaut, in denen sie lebten. Abgesehen vom allgegenwärtigen Grün des Buschs tauchte Farbe nur in der Kleidung auf. Die Gara-Gewänder, die Umhänge und Kopftücher, die Lappas, mit denen die Kleinkinder auf den Rücken der Frauen festgebunden wurden, waren ein einziger gebatikter Aufruhr aus Farben und Mustern.

Nach neun Stunden waren Boones Gelenke fest eingerastet, und die Blutzirkulation endete an seiner Taille. Kurz vor Sonnenuntergang rief Lewis etwas nach vorne zum Fahrer, und der Wagen wurde langsamer.

»An der Kreuzung steigst du aus«, sagte Lewis, »und folgst dem schmalen Weg etwa eine Meile weit. Du wirst Leute treffen, die von der Feldarbeit nach Hause gehen. Wenn du sie siehst, sagst du: ›*Cusheo, paddy.*‹ Das heißt: ›Hallo, Freund.‹«

Boone unterdrückte ein Gefühl der Panik. »Ich dachte, du würdest mitkommen.«

»Wenn ich mich mit dir dort blicken lasse«, sagte Lewis, »kann es sein, daß Sisay uns beiden sagt, wir sollen verschwinden, aber wenn du allein und hilflos zu ihm kommst und sagst, daß du ein Freund von Michael Killigan bist, wird er dich nicht abweisen. Wenn du meinen Namen nicht erwähnst«, riet er Boone, »hast du es leichter.«

»*Cusheo, paddy*«, wiederholte Boone.

»*Cusheo!*« riefen die anderen Passagiere lachend. »Alles gesund?«

»Gut«, sagte Lewis. »Und dann sagst du: ›Ich kann nicht Krio. Zeig mir, wo wohnt der weiße Mende-Mann Aruna Sisay.‹«

Boone wiederholte die Worte, worauf die Passagiere in schallendes Gelächter ausbrachen.

»Sag einfach: ›Wo Aruna Sisay?‹« riet Lewis ihm. »Wenn du einen Platz zum Wohnen brauchst, stell dich morgen früh an die Kreuzung und warte auf ein *podah-podah*, das nach Süden fährt. Sag dem Fahrer, daß du nach Pujehun willst.«

Er sprach kurz mit einer der Frauen.

»Du hast gerade das gefleckte Huhn in dem Korb rechts neben dir gekauft«, teilte er Boone mit. »Und außerdem drei Kolanüsse. Wenn du aussteigst, gib ihr vierhundert Leone. Gib das Huhn und die Nüsse Aruna Sisay. Geh nie zum Haus eines Afrikaners, ohne ihm ein Geschenk mitzubringen.«

An der Kreuzung luden die *bobos* so viel Gepäck ab, daß ein Loch für den *pu-mui* entstand. Boone konnte kaum die Beine bewegen, doch irgendwie schaffte er es, die Frau zu bezahlen, und nahm das Huhn in dem geflochtenen Käfig und drei rötliche, glatte, nierenförmige Kolanüsse, so groß wie Walnüsse, in Empfang. Die *bobos* reichten ihm seinen Rucksack herunter. Die Ziege mit den Geieraugen meckerte ihm von ihrem Platz unter der Bank einen Abschiedsgruß zu, und die Passagiere riefen: *»Cusheo, paddy!«*

Als das *podah-podah* sich wieder in Bewegung setzte, rief Lewis ihm zu: »Bleib im Dorf! Geh nicht in den Busch!«

Boone bückte sich, um seinen Rucksack und die Geschenke aufzuheben, und zuckte zusammen, als er eine Stimme hörte.

»Mistah West Fall«, sagte die Stimme und teilte seinen Namen in zwei Teile.

Keine fünf Meter von ihm entfernt stand ein Junge. Entweder hatte Boone ihn nicht kommen sehen – was angesichts der Entfernung des Weges von der Straße unwahrscheinlich war –, oder der Junge war erschienen wie eine Fata Morgana.

Er sah aus, als sei er knapp zehn Jahre alt. Der Schlitz seiner schmutzigen Shorts war zugenäht, und der Bund warf an beiden Seiten Falten, weil die Gürtelschlaufen zusammengerafft waren, um die Hose enger zu machen. Der eine staubgraue Fuß stand auf dem anderen. Der Junge hatte einen dünnen Arm über den Kopf gelegt und kratzte sich träge am Ohr. Er drehte sich hin und her, ohne die Füße zu bewegen. Sobald Boone ihm in die großen Augen sah, wandte er den Blick ab.

»Mistah West Fall«, sagte er noch einmal.

Boone war sprachlos.

»Mistah Aruna sagt, soll kommen.«

Bevor Boone antworten konnte, ging der Junge neben seinem Gepäck in die Hocke und stand, den Rucksack auf dem Kopf balancierend, wieder auf.

»Laß mich das tragen«, sagte Boone. »Das ist zu schwer für dich.« Doch der Junge entfernte sich bereits. Er hielt den Oberkörper ganz aufrecht, während er auf dünnen Beinen einem ausgewaschenen, ansteigenden Pfad in den Busch folgte.

Binnen kurzem führte der Pfad durch einen Tunnel aus Blättern und Stämmen, über dem borstige Lianen, so dick wie die Seile einer Hängebrücke, hingen. Die Geräusche wurden von der Luftfeuchtigkeit verschluckt, als wären sie in einem Zimmer mit dickem Teppich und schweren Vorhängen, so daß nur ihr Keuchen und der dumpfe Klang ihrer Schritte zu hören war. Boone hatte das Gefühl, daß das Gekreisch und Geschnatter von Vögeln und anderen Tieren ihnen immer ein kleines Stück vorauseilte, bis ihm bewußt wurde, daß die Tiere überall waren und sie nur kurz vor und nach dieser Störung durch die Menschen verstummten. Hin und wieder hörte er hinter dem undurchdringlichen Vorhang des Waldes rechts und links ein leises Rascheln, doch er ignorierte das und folgte seinem kleinen Führer.

Nach einer Viertelstunde begegneten sie Frauen und Kindern, die von Seitenpfaden her von der Feldarbeit nach Hause gingen. Wenig später hatte Boone ein Gefolge aus Kindern, die Eimer und Schüsseln auf den Köpfen balancierten und mit hohen Stimmen »*Pu-mui! Pu-mui!*« riefen. Er hob den Arm, um ihnen zuzuwinken, doch sie versteckten sich hinter den Röcken der Frauen und kicherten ängstlich. Als er den Arm sinken ließ und weiterging, hörte er, wie sie sich von hinten anschlichen und sich gegenseitig aufforderten, ihn zu berühren.

Schließlich mündete der Tunnel in eine weite, von hohen Palmen umgebene Lichtung. Lehmhütten mit Strohdächern und kleine Häuser aus gekalktem Beton standen in Gruppen um staubige, ineinander übergehende Gemeinschaftshöfe.

Trotz des schweren Rucksacks trabte der Junge leichtfüßig voraus und führte Boone durch eine Reihe von Höfen aus gestampftem Lehm. Eine Frau in einem Lappa zerstieß Reis in einem ausgehöhlten Baumstumpf. Ziegen und Hühner wichen ihnen aus, und Kinder liefen herbei und sahen ihnen nach.

Als Boone den ersten Hof betrat, begrüßte ihn Rockmusik, doch in diesem Durcheinander aus Hütten konnte er nicht feststellen, woher sie kam. Bevor ihm der Titel des Stücks einfiel, sah er ein orangefarbenes Frisbee über die strohgedeckten Dächer fliegen, und ein Junge in einem T-Shirt mit dem Aufdruck »University of Wisconsin« kam aus einem der angrenzenden Höfe gerannt. Er holte das Frisbee ein, fing es zehn Zentimeter über dem Boden auf und warf es mit einem gekonnten Rückhandwurf über die Dächer zurück.

Im Vorbeigehen konnte Boone Blicke in die benachbarten Höfe werfen. Die Musik wurde lauter. Er folgte seinem Führer an zwei Hütten vorbei, gefertigt aus geflochtenen, mit Lehm verschmierten Matten, in einen weiteren sonnenbeschienenen Hof, wo auf einem Pfosten ein riesiger Lautsprecher angebracht war. Mitten im Dorf Nymuhun in Sierra Leone, dreißig Kilometer südöstlich der westafrikanischen Stadt Bo, hörte Boone die Grateful Dead den Refrain von *Cumberland Blues* spielen.

Er hatte Schwierigkeiten, Jerry Garcias Banjoläufe zu der Szene in diesem Hof in Beziehung zu setzen, wo er beinah über ein nacktes Kind gestolpert wäre, das Lederamulette trug und Hühner von einem Stück betoniertem Boden verscheuchte, auf dem Kakaobohnen in der Sonne trockneten. Zahnlose alte Mas mit Kopftüchern starrten ihn aus den Schatten von Lehmveranden an. Auf einer Schwelle saß eine Mutter und gab ihrem Kind die Brust, während im Staub zu ihren Füßen ein zweites Kind plärrte.

Sein Führer ging am Lautsprecher vorbei zur Veranda eines L-förmigen Hauses am hinteren Ende des Hofes. Die eine gekalkte Mauer des L war mit einer exakten Kopie des rosengekrönten Skeletts vom Cover des Grateful-Dead-Albums *Skull & Roses* bemalt, auf der anderen prangte der ebenso exakt wiedergegebene, aus Rosen geflochtene Kranz von *American Beauty*. Über einer roten Tür hing ein Netz mit einem Stück Bambus, und darunter stand in schwarzen Großbuchstaben: »Deadheads, vereinigt euch!«

Die rote Tür öffnete sich, und ein behaarter blonder Mann in karierten Bermudashorts, einem T-Shirt mit dem Aufdruck »University of Wisconsin« und Turnschuhen schlenderte, die Hände in den Taschen, auf die Veranda. Die Kleider saßen lose, denn er war hager, und wenn nicht das Blitzen seiner Augen, die Farbe seiner Wangen und die kräftigen Muskeln seines Oberkörpers gewesen wären, hätte er beinah krank gewirkt. Um den Hals trug er eine beeindruckende Kette aus Kaurimuscheln, Tierzähnen und Knochen sowie an einem Riemen einen Lederbeutel. Auf seinen Schläfen waren als Stammeszeichen Fächer aus kurzen Narben zu sehen, die sich nach vorne hin öffneten.

»Entschuldigung«, sagte Boone, »ich suche die Universität von Wisconsin.«

»Wir stehen mit dieser Institution nicht mehr in Verbindung«, sagte der Mann lächelnd, und die blauen Augen hinter der randlosen Brille zwinkerten.

»Boone Westfall«, sagte Boone und schüttelte ihm die Hand.

»Aruna Sisay«, sagte der Mann. »Wir können aber voller Stolz sagen, daß wir jedes Bild und jeden Slogan auf T-Shirts aus hundert Prozent Baumwolle drucken, solange die T-Shirts kostenlos zur Verfügung gestellt werden«, fügte er hinzu und sah an sich herunter.

»Das ist für dich«, sagte Boone und hielt ihm den Flechtkäfig mit dem Huhn und die Kolanüsse hin.

»Nur mit der Rechten«, sagte Sisay, verzog das Gesicht und sah auf die Kolanüsse in Boones linker Hand.

»Was?« fragte Boone. Er stellte den Käfig ab und nahm die Nüsse in die Rechte.

»Geschenke sind wichtig, aber du mußt immer daran denken, daß du sie mit rechts überreichst. In diesem Teil der Welt dient die linke Hand ausschließlich dazu, sich den Hintern abzuwischen. Berühre nie jemand mit der linken Hand. Berühre nie deinen Mund, dein Gesicht oder irgendwelche Gerätschaften mit der linken Hand.«

Boone überreichte ihm erst das Huhn und dann die Kolanüsse. Er hatte nichts gegen dieses Ritual, denn er fand es irgendwie originell, andererseits jedoch hatte er nicht vor, sich diese Regel besonders gut einzuprägen.

»Wenn du einem Ältesten oder einer anderen wichtigen Person die Hand schüttelst, darfst du mit der Linken dein rechtes Handgelenk umfassen«, fuhr Sisay fort. »Damit bringst du deinen Respekt zum Ausdruck, etwa so, wie wenn du jemand mit beiden Händen die Hand schüttelst.«

Gruppen von Kindern standen am Rand des Hofes, und das

geflüsterte »*Pu-mui*« wurde langsam zu einem gemurmelten Chor.

»Bis zum Sonnenuntergang bleiben wir lieber drinnen«, sagte Sisay und deutete auf das Haus. »Hier ist dein Zimmer«, sagte er und öffnete die Tür zu einem separaten Raum, dessen eine Wand eine der Begrenzungen des Anwesens darstellte. »Jedenfalls für heute nacht.«

Das Zimmer war ein dunkles Rechteck mit einem von niedrigen Balken gestützten Dach. Ein quadratisches Fenster ohne Moskitogitter und verschlossenen, mit einem Haken gesicherten Läden ging auf den Hof. An der Stirnwand lag eine dicke Matratze, und den größten Teil der Längswand nahm ein Tisch ein, auf dem eine Sturmlaterne stand. Er ließ den beiden Männern gerade so viel Platz, daß sie sich umdrehen und wieder hinausgehen konnten.

Eine andere Tür führte von der Veranda in den eigentlichen Wohnbereich, der hinter der Wand mit dem von Rosen umrankten Schädel lag. Boone trat in ein sauberes, bescheidenes Zimmer, das wie eine Bibliothek oder ein Arbeitsraum eingerichtet, aber zusätzlich mit einem Bett und geflochtenen Stühlen ausgestattet war. Ein Regal enthielt Geschirr und Besteck.

»Meine Frauen und Kinder leben in einem anderen Hof«, sagte Sisay.

Boone überhörte höflich den auf die Frauen bezogenen Plural und sah sich um. »Bücher«, sagte er und spähte um eine Ecke in einen verdunkelten Raum, in dem lange, gefüllte Regale standen. »Eine ganze Menge Bücher.« Als seine Augen sich an das Dämmerlicht gewöhnt hatten, konnte er schimmelnde Einbände erkennen. Die Rücken der gebundenen Bücher vermoderten, und die Taschenbücher waren Klumpen aus verfärbter Papiermasse mit gerundeten Ecken.

»Meine Bücher sind verschimmelt oder von Ratten und Kakerlaken gefressen worden«, sagte Sisay. »Ich kann nicht behaupten, daß ich sie vermisse. Was von ihnen übrig ist, findest du auf dem Klo. Bedien dich. Ich tu's auch. Wenn ich eine gute Geschichte hören will, gehe ich abends zur *baffa*, wenn ein Geschichtenerzähler die Leute unterhält. Die erzählen bessere Geschichten, als du in Büchern finden kannst. Ein und dieselbe Geschichte ist jedesmal anders, weil sie von jemand anders erzählt wird oder weil die Zuhörer in einer anderen Stimmung sind. Das Publikum macht nämlich bei der Geschichte mit.«

»Eine Menge Literatur über Anthropologie«, sagte Boone, der sich noch immer die Bücherregale ansah und einige der Titel hatte entziffern können.

»Ich war Doktorand«, sagte Sisay. »Ich bin hierhergekommen, um die Mende zu studieren.« Er bot Boone mit einer Geste einen der Flechtstühle an und setzte sich im Schneidersitz auf den gestampften Boden. »Ich hab die Anthropologie schon vor einiger Zeit aufgegeben. Du wirst bald feststellen, daß es für einen Weißen unmöglich ist, die Mende zu studieren, weil sie ständig damit beschäftigt sind, dich zu studieren. Vielleicht werde ich eines Tages nach Amerika zurückkehren und seine wilden, grausamen, unbeschreiblich gierigen Einwohner studieren, aber bis jetzt habe ich noch nicht den Mut dazu.«

Boone konnte nicht sagen, wo Sisays Selbstironie endete und seine Verwunderung über den Rest der Welt begann.

Sisay spielte mit dem Beutel, den er um den Hals trug. »Meine Lévi-Strauss-Bücher habe ich vor ein paar Jahren den Dorfbewohnern geschenkt. Teile der *Strukturellen Anthropologie* sind in so weit entfernten Orten wie Sulima an der liberianischen Grenze aufgetaucht. Dort werden die Seiten immer noch benutzt, um Fünf-Cent-Portionen Erdnüsse einzuwickeln. In Kenema faltet ein *mori* – das ist eine Art Medizinmann – einzelne Seiten von Lévi-Strauss' *Totemismus* zu kleinen Quadraten und näht sie in Lederbeutel, die er um Taillen, Handgelenke und Knöchel von Kindern bindet. So sind sie vor Hexen geschützt, die sich nachts in Fliegende Hunde, Eulen und Pythons verwandeln und die Gliedmaßen kleiner Kinder verschlingen, was zu Lähmungen führt. Ich nehme an, du hast gedacht, daß Kinderlähmung durch ein Virus hervorgerufen wird«, sagte er mit einem schmalen Lächeln. »Der Fulamann an der Landstraße wickelt seine Kolanüsse in Seiten aus *Ein Blick aus der Ferne*. Es wird buchstäblich nichts weggeworfen. Hier gibt es kein Abfallproblem, weil es keinen Abfall gibt. Außer Menschenleben wird nichts verschwendet. Nur *pu-muis* werfen Dinge weg. Wenn ein *pu-mui* seine Erdnüsse gegessen hat und die Buchseite wegwirft, steht garantiert ein Dorfbewohner hinter ihm, der das wertvolle Papier aufhebt, um etwas anderes darin einzuwickeln.«

Boones Ungeduld gewann die Oberhand, und er beschloß, wenigstens zu versuchen, die Aufmerksamkeit dieses seltsamen Kauzes auf das anstehende Problem zu lenken. »Eigentlich bin ich gekommen ...« begann er.

»Ich weiß, warum du gekommen bist«, sagte Sisay. »Du suchst nach Lamin Kaikai. Du bist bei der amerikanischen Botschaft oder dem Peace Corps gewesen. Die haben dir wahrscheinlich erzählt, daß das ganze Land im Chaos versinkt und daß die Entwicklungshilfeorganisationen und Botschaften noch weniger als sonst wissen, was im Busch passiert. Sie haben dir gesagt, daß die Gangster aus Liberia bewaffnete Vorstöße in den Süden von Sierra Leone unternehmen und daß das Land von Flüchtlingen und Söldnern wimmelt. Sie haben dir erklärt, was in Wahlzeiten hier los ist. Vielleicht haben sie dir sogar von Idrissa Moiwo, unserem Section Chief, erzählt, von seinen Wahlkampfmethoden und seinem verbissenen Kampf mit Kabba Lundo, der seit fünfzig Jahren das Amt des Paramount Chief innehat. Und dann hat dir jemand von mir erzählt. Aber das muß jemand gewesen sein, der im Busch lebt, denn alle Weißen in Freetown, die von mir gehört haben, halten mich für einen Verrückten oder Exzentriker. Es muß also ein Peace-Corps-Mitarbeiter gewesen sein, der lange genug hier ist, um zu wissen, daß die privaten und staatlichen Hilfsorganisationen keine Ahnung vom Leben im Busch haben. Wahrscheinlich jemand, dessen Dienstzeit fast um ist. Wahrscheinlich jemand aus dem Distrikt Pujehun oder Bo, denn dort haben sie von mir gehört. Ich vermute, entweder war es Sam Lewis aus Pujehun oder Kent Garrison aus Bo. Nein, Garrison nicht – der hätte dich zu seinem Freund geschickt, dem Sprecher des Paramount Chief im Distrikt Bo. Also war's Lewis, und er hat dich nicht begleitet, weil er weiß, daß ich ihn nicht länger als fünf Minuten hier hätte bleiben lassen. Er hat dir gesagt, daß ich deinen Freund kenne und Mende spreche.«

»Der weiße Mende«, sagte Boone. »Er hat gesagt, du hättest vielleicht Informationen, die das Peace Corps und die Regierung nicht hätten. Informationen von den Leuten hier.«

»›Information‹ ist ein weißes Wort«, sagte Sisay. »Informationen bekommst du in der amerikanischen Botschaft, wo vollgefressene weiße Typen in Anzügen vor Computermonitoren sitzen. Ein Afrikaner würde völlig zu Recht annehmen, daß die *pu-muis* in der Botschaft nur über eine Sache etwas wissen: Computermonitore. Wenn du es schaffst, an den hochnäsigen Idioten mit den geschorenen Köpfen vorbeizukommen, die hinter Panzerglas sitzen und den Türöffner bedienen, darfst du mit jemand von der Information sprechen.«

Im Zwielicht sah Boone Sisay höhnisch grinsen, und ihm wurde klar, daß er schon wieder bei einem Misanthropen gelandet war. Lewis haßte Afrikaner. Dieser Typ hier haßte Amerikaner, und das war ein Charakterzug, der bei Boones Versuch, seinen Freund zu finden, wohl nicht sehr hilfreich sein würde.

»Du brauchst keine Informationen. Du brauchst *Wissen*. Du brauchst eine *Vision*. Diese Art von Wissen kriegst du nicht, indem du mal eben für eine Woche herkommst und ein paar Fragen stellst. Wenn du in diesem Teil von Afrika etwas in Erfahrung bringen willst, mußt du einen Suchmann bezahlen. Das ist ein Wahrsager«, fuhr er fort, »der Priester, Psychologe und Hellseher in einem ist. Was meinst du wohl, wie ich gewußt habe, daß du kommst?« fragte er grinsend.

»Ich nehme an, du hast eine Kristallkugel«, sagte Boone.

Sisay schüttelte den Kopf. »Steine. Der Suchmann hat die Steine befragt, und die haben gesagt, daß du kommst.«

»Na gut«, sagte Boone. »Und wie findet man einen solchen Suchmann?« Er beschloß, diesen Typen bei Laune zu halten. Insgeheim war er zu dem Schluß gekommen, daß Sisay in seinen Deadhead-Tagen einen Trip zuviel geworfen hatte.

»Mit Geld«, sagte Sisay. »Du mußt sie ausprobieren, bis du einen gefunden hast, der kein Scharlatan ist und weiß, was er tut. Ein einfacher Test ist, etwas zu verstecken, wo es nicht so leicht gefunden werden kann. Dann sagst du dem Suchmann, daß er es finden soll. Manche können es dir sagen, ohne auch nur den Raum zu verlassen, aber die sind teuer. Außerdem dauert es, denn du mußt einen guten Suchmann vielleicht aus dem Landesinneren holen lassen, und das heißt, daß du einen Boten schicken und auf Antwort warten mußt. Und dann mußt du warten, bis du einen Termin kriegst. Man nennt das einen westafrikanischen

Ruftermin, abgekürzt WART. Hier schlagen die Menschen nicht die Zeit tot – die Zeit schlägt die Menschen tot. Besonders die *pu-mui.*«

»Die Weißen«, sagte Boone.

Sisay ging zu einem abgedeckten Eimer und nahm den Deckel ab. Er schöpfte Wasser in zwei Becher und reichte einen davon Boone.

»Das ist *eine* Übersetzung«, sagte er. »Aber die erklärt nicht, warum die Mende afroamerikanische Peace-Corps-Mitarbeiter *pu-mui* nennen und ungewöhnlich wenig mit ihnen zu tun haben wollen. Wenn Gruppen von schwarzen Amerikanern in bunten, afrikanischen Kleidern und mit einer Ausgabe von *Roots* unter dem Arm nach Sierra Leone kommen, werden sie so herzlich empfangen wie verlorene Brüder und Schwestern – solange sie in Freetown bleiben und nur mit Sierraleonern vom Kultusministerium zu tun haben. Aber wenn sie dann in die Dörfer gehen, begrüßt man sie kühl als *pu-mui* mit schwarzer Haut. Die einsamsten Menschen, denen man in Sierra Leone begegnet, sind die schwarzen Entwicklungshelfer in den Dörfern.

›*Pu*‹ bedeutet ›weiß‹ oder ›modern‹ oder ›europäisch‹, aber es bezeichnet weniger eine Hautfarbe als eine Einstellung. ›*Mui*‹ bedeutet ›Person‹. Manche sagen aber, daß ›*pu*‹ im alten oder ›tiefen‹ Mende ›hinzufügen‹ oder ›sich aneignen‹ bedeutet, und das ist das, was Amerikaner und Europäer am besten können. Darum übersetzen manche *pu-mui* mit ›gieriger Mensch‹ oder ›egoistischer Mensch‹. Für die Mende sind du und ich *pu-mui.* Wir eignen uns ständig und mühelos neue und bessere Besitztümer an, angeblich weil wir Zugang zu mächtiger Medizin haben.«

Dieser Bursche hat seinen Beruf hinter sich, in Amerika, gelassen, dachte Boone. *Wie viele solcher Vorlesungen hat er gehört, und was ist dabei herausgekommen?*

»Ich schätze, daß du mehr Geld in Form von Reiseschecks bei dir hast, als die meisten dieser Leute in ihrem ganzen Leben verdienen.«

Toll, dachte Boone. *Gleich wird er mich fragen, wieviel Geld ich dabeihabe.*

»Stell dir vor, was für Stielaugen du machen würdest, wenn

jemand dich in Amerika besuchen und mehr Geld aus der Brieftasche ziehen würde, als du in drei Jahren verdienst.«

Das könnte ziemlich wenig Geld sein, je nachdem, wie viele Jahre ich mir diese Geschichten über die schreckliche Armut der Mende noch anhören muß.

»So fühlen sich diese Leute, wenn sie von Weißen hören, die sich für siebenhundert Dollar ein Flugticket kaufen. Das ist unvorstellbar. Drei Jahreseinkommen für ein Flugticket! Selbst die Diamantenschürfer verdienen im Durchschnitt nur umgerechnet drei- oder vierhundert Dollar im Jahr, und die sind wirklich reich.«

Sisay trank aus seiner Tasse. Boone sah in seine.

»Ist das Wasser ... sauber?« fragte er.

»Nein«, sagte Sisay, »aber daran kannst du nichts ändern. Sei in den ersten Wochen ein bißchen vorsichtig. Du wirst vier- oder fünfmal krank werden, du wirst einen bis zwei Monate lang Durchfall haben, und dann werdet du und die Parasiten zu einer glücklichen Symbiose finden.«

»Monate? Ich habe nicht vor, monatelang zu bleiben«, sagte Boone. Er fand, er könne von Glück sagen, wenn er in einem Land wie diesem überhaupt einen Monat überlebte.

»Wart's ab«, sagte Sisay und grinste. »Du kannst ein oder zwei Nächte mein Gast sein, aber wenn du länger bleiben willst, werden wir einiges regeln müssen.«

Boone beeilte sich einzuwenden, er wolle Sisay in keiner Weise zur Last fallen.

Sisay winkte ab. »Es geht nicht darum, ob du mir zur Last fällst«, sagte er. »Wenn du hierbleiben willst, brauchst du einen Vater und einen Namen.«

»Einen Vater?«

»Und einen afrikanischen Namen. Du wirst schnell feststellen, daß du jetzt zu einer Gemeinschaft gehörst. Du wirst sehr wenig Zeit allein verbringen, und den Rest der Zeit werden sich alle im Dorf um deine Angelegenheiten kümmern – und umgekehrt.«

In eine Familie einzutreten und die Tage in erzwungener Geselligkeit mit lächelnden Eingeborenen zu vertändeln war nicht ganz das, was Boone sich vorgestellt hatte, aber immerhin würde ihm das vielleicht ermöglichen, seine neuen »Verwandten« als Helfer einzuspannen.

»Ohne Namen und Vater hast du keine echte soziale Identität. Die Dorfbewohner können dich nicht einordnen. Wessen Sohn bist du? Wer ist für dich verantwortlich? An wen sollen sich die Leute mit Lob oder Beschwerden wenden? Ohne Familie bist du nur ein beunruhigendes Rätselwesen, eine weiße Schachfigur, die sich in den Kasten mit den Damesteinen verirrt hat. Es wird mindestens zwei Monate dauern, deinen Freund zu finden, es sei denn, er taucht von selbst wieder auf. Ich werde die Namensgebungszeremonie vorbereiten.«

In diesen Breiten ist es ganz unnötig, irgendwelche Entscheidungen zu treffen, dachte Boone. *Dieser gute Geist hier wird sich um alles kümmern, wenn ich ihn nur lasse.*

»Wie kommst du darauf, daß es so lange dauern wird?« fragte er. »Hast du denn eine Ahnung, was passiert ist?«

»Ich bin nicht sicher, was passiert ist«, sagte Sisay, »aber in diesem Land kann man sich darauf verlassen, daß es in so einem Fall entweder um Politik oder um Zauberei geht – wahrscheinlich um beides. Es gibt nicht nur Ärger im Süden, wo bewaffnete Rebellen aus Liberia Überfälle machen, sondern es stehen auch Wahlen bevor, und in solchen Zeiten bricht im ganzen Land Angst und manchmal auch Gewalt aus, weil die Möglichkeit besteht, daß die Macht in andere Hände übergeht. Bestimmte Geheimgesellschaften ergreifen Maßnahmen, um sich *Macht* zu sichern, und damit meine ich eine Art Substanz, die von Medizinmännern gesammelt und benutzt werden kann. Mitglieder dieser geheimen und illegalen Gesellschaften – der Paviangesellschaft und der Leopardengesellschaft – verwandeln sich angeblich in Tiere – in Pavianmenschen oder Leopardenmenschen – und suchen nach Menschen, die sie opfern könnten. Aus dem Fleisch dieser Opfer werden starke Zaubermittel und Fetische hergestellt. Aber die Medizin muß immer wieder ›gestärkt‹ oder ›gefüttert‹ werden, sonst verliert sie ihre Kraft. Das geht schon seit dem letzten Jahrhundert so, wahrscheinlich sogar noch länger. Die Engländer haben etwa alle zehn Jahre aufgeräumt und in Freetown die Mitglieder der Pavian- und Leopardengesellschaften vor Gericht gestellt. Anschließend wurden sie öffentlich gehängt. Hinzu kommt noch, daß vor Wahlen die Zauberei wie eine Seuche um sich greift, weil jeder seinen Gegner verhexen läßt, um einen Vorteil über ihn zu gewinnen. Wenn ein Zauberspruch losgelassen worden ist und das Opfer davon erfährt, muß als Schutz sofort ein Gegenzauber aktiviert werden, und so geht es immer weiter.«

LSD, dachte Boone. *Jede Menge LSD und jede Menge Fieberträume. Danach hat sich dieser Typ wahrscheinlich in eine Frau verliebt, die an diesen Hokuspokus glaubt. Irgendwer oder irgendwas hat seinen Geist verwirrt.*

Boone blinzelte, öffnete den Mund und stellte eine Frage. »Du meinst, die Leute ... *glauben* an dieses Zeug?«

»Natürlich«, sagte Sisay.

»Und die Leute praktizieren ganz offen Zauberei?«

»Zauberei gibt es hier überall«, sagte Sisay, »auch wenn sie eigentlich verboten ist. Aber man schützt sich ganz offen vor Zauberei, und das ist legal – und klug.«

Er zeigte auf die Balken über der Tür zur Veranda. Über dem Türsturz war ein kleines rotes Netz gespannt, in dem ein Stück Bambusrohr lag.

»Dieses Netz heißt *kondo-bomei*, Hexennetz. Zauberer und Hexen, die versuchen, das Haus zu betreten, werden darin gefangen. Das Bambusrohr heißt *kondo-gbandei*, Hexengewehr. Es erschießt den Zauberer oder die Hexe und tötet sie.«

»Und du glaubst daran?« fragte Boone mit einem halben Lachen.

»Ich glaube an gar nichts«, sagte Sisay. Er klang sehr überzeugt. »Mich interessieren nur Ergebnisse. Du brauchst dir über das *kondo-gbandei* keine Gedanken zu machen«, sagte er, zeigte auf das Netz und schenkte Boone ein eisiges Lächeln, »es sei denn, du bist ein Zauberer.«

»Genau«, sagte Boone. »Ich bin ein Zauberer« – er spürte Sisays Blick, und dieser Blick gefiel ihm gar nicht –, »und du bist vermutlich Merlin.«

»Weiße wollen meist wissen, ob an Zauberei ›etwas dran‹ ist«, sagte Sisay. »Was immer das heißen soll. Sie meinen, daß an der Naturwissenschaft irgendwie ›etwas dran‹ ist, und dabei vergessen sie, daß der Westen sein ganzes Vertrauen in die Naturwissenschaft setzt, nicht weil etwas dran ist, sondern weil sie funktioniert. Wen interessiert schon, wieviel an ihr dran ist, solange sie dafür sorgt, daß der Wagen läuft und es im Haus schön warm ist? Wen interessiert schon, wieviel an Zauberei dran ist, solange sie deine Feinde vernichtet und deine Ernte schützt? Ich kann dir versichern, daß Zauberei hierzulande funktioniert.«

»Dann ist Killigan also von Politikern oder Zauberern entführt worden?«

»Ich habe gesagt, daß es entweder um Politik oder um Zauberei oder um beides geht«, sagte Sisay. »Und du hast noch nichts von deinem Wasser getrunken.«

Boone starrte in seinen Becher. »Ganz egal, wie lange es dauert, bis ich Killigan gefunden habe – ich glaube, ich werde bei meinen Wassertabletten bleiben«, sagte er.

»Da wirst du Probleme kriegen. In meinem Haus kannst du tun, was du willst, aber du wirst auch herumreisen müssen. Du wirst bei anderen Leuten zu Gast sein, und es wäre der Gipfel der Unhöflichkeit, das Wasser abzulehnen, das dein Gastgeber dir anbietet. Ein Mende wird das nicht begreifen können. Wenn du darauf bestehst, sein Wasser zu reinigen, deutest du damit an, daß du glaubst, dieses Wasser sei durch Zauberei ungenießbar geworden, denn Zauberei ist ja, wie wir alle wissen, die häufigste Ursache für Krankheiten, die durch Wasser übertragen werden. Stell dir vor, du lädst in Amerika Gäste zum Essen ein, und die fragen dich, ob du etwas dagegen hast, wenn sie das, was da auf den Tisch kommt, vorher reinigen. Wie würdest du das finden?«

»Tja, aber was soll ich denn sonst tun?« fragte Boone. »Absichtlich krank werden?«

Sisay musterte ihn von Kopf bis Fuß. »Du hast genug Geld. Du mußt es dir leisten können, dich selbst und einen Haufen Parasiten zu ernähren, sofern die sich entschließen sollten, bei dir einzuziehen. Außerdem würde es dir ganz gut tun, ein paar Pfund zu verlieren. Findest du es nicht ein bißchen ungehörig, Übergewicht zu haben, wenn du in einen Teil der Welt reist, wo die Leute verhungern? Ich meine: Was für ein Gefühl ist es, in einem Land herumzuspazieren, wo alle von Hunger bedroht sind, und zu wissen, daß du aus einem Land kommst, wo es von dicken Leuten wimmelt, die abnehmen wollen? Mir fällt sogar ein noch besserer Grund ein, warum du abnehmen solltest: Als die Rebellen drüben in Liberia die Macht übernommen haben, wurden alle dicken Leute erschossen, und zwar weil man annahm, daß jeder, der dick war, für die Regierung gearbeitet hatte. In diesem Teil der Welt ist dieser Verdacht wohl nicht ganz aus der Luft gegriffen.«

Boone betrachtete seinen Bauch. »Bevor ich abgereist bin, habe ich mich vom Vertrauensarzt untersuchen lassen. Für meine Größe ist mein Gewicht völlig normal.«

»Was drüben normal ist, nennt man hier Übergewicht«, sagte Sisay geringschätzig. »Was Killigans Aufenthaltsort betrifft, so gibt es noch eine Möglichkeit, über die wir noch gar nicht gesprochen haben. Ich weiß, daß du gekommen bist, um ihn zu finden, aber hast du schon mal darüber nachgedacht, ob er überhaupt gefunden werden will?«

»Was meinst du damit?« fragte Boone. »Daß er sich versteckt?«

»Mal angenommen, er wollte wirklich verschwinden. Es gibt jede Menge Orte, die man nur auf Buschwegen erreichen kann und wo die Leute noch schreiend davonlaufen, wenn sie einen Weißen sehen.«

»Vor wem sollte er sich verstecken wollen?«

»Vor tatsächlichen oder eingebildeten Feinden. Ich habe angefangen, mir Sorgen um ihn zu machen. Er war dabei ... ich nehme an, du würdest sagen: ›abzugleiten‹. Zu afrikanisch zu werden«, fügte er mit einem Lächeln hinzu. »Das behauptet man jedenfalls immer noch von mir. Je öfter er versuchte, zwischen den Dorfbewohnern und den Hilfsorganisationen und dem Peace Corps zu vermitteln, desto mehr wurde er in die örtliche Politik hineingezogen, und desto weniger gefielen ihm die Weißen. Er war in einer Zwickmühle. Das Peace Corps verbietet ausdrücklich jede politische Betätigung, aber die Hilfsorganisationen und die von ihnen finanzierten staatlichen Stellen gaben ihm immer mehr Macht, weil er ein so seltenes Wesen war: ein Weißer, der fließend Mende sprach. Er war in den Dörfern und im Busch ebenso zu Hause wie in der Welt der weißen Hilfsorganisationen, wo es Geld, viel Geld, und viel Korruption gibt. Zu afrikanisch zu sein ist wahrscheinlich nicht so gefährlich, wie zu ehrlich zu sein. Wenn die Holländer hundert Säcke Zement von Bo nach Makeni schicken, damit dort eine Brücke gebaut wird, kann man sicher sein, daß nur sechzig oder siebzig ankommen und daß der Beamte in Makeni den Empfang ohne weiteres bestätigt und die fehlenden Säcke bei ... gewissen einflußreichen Leuten landen.

Als Killigan anfing, bei solchen Projekten mitzuarbeiten, stellte er seine eigenen Leute an die Baustelle und ließ sie zählen, und wenn nicht hundert Säcke Zement ankamen, machte er ein großes Geschrei, fand den Verantwortlichen und feuerte ihn. Und jedesmal wenn er ein Projekt erfolgreich geplant und fertiggestellt hatte, stieg er in der Achtung der Leute. Sein Ruf verbreitete sich. Aber gewisse einflußreiche Leute warteten vergeblich auf ihre Zementsäcke.«

»Das ist eine schöne Theorie«, sagte Boone, »aber ich habe Informationen, die besagen, daß das Dorf, in dem er lebte, von Hexen oder Pavianmenschen oder so überfallen worden ist.«

»In seinem Dorf gab es eine Beerdigung«, sagte Sisay. »Der Überfall könnte etwas mit der Wahl zu tun haben. Vielleicht wollte man Kabba Lundo, den Paramount Chief, der ebenfalls in Ndevehun lebt, einschüchtern. Oder das Chaos ist ausgebrochen, weil ein *ndogbojusui* gesichtet worden war.«

»Ein was?«

»Ein Dog-bo-ju-schwi«, sagte Sisay langsam und betont. »Ein Buschteufel. Morgen werde ich mit dir zu Pa Gigba gehen. Er ist in Ndevehun gewesen, als das alles passiert ist. Ich weiß nicht, wieviel er uns erzählen wird, aber ich weiß, daß er da war. Und es stimmt: Es sind Pavianmenschen gesehen worden, und das nicht nur in Killigans Dorf. Wie ich schon sagte: Bald sind Wahlen.«

»Hexen, Pavianmenschen und jetzt auch noch Buschteufel«, seufzte Boone. »Gibt es noch andere Wesen, von denen du mir nichts gesagt hast?«

»Amerikaner«, sagte Sisay, ohne die Miene zu verziehen. »Libanesen. Engländer. Deutsche. Die Diamantenschürfer. Die Mörder, denen die Diamantenminen gehören. Das sind die schrecklichsten Wesen im Busch. Im Vergleich zu ihnen ist ein Buschteufel gar nichts.«

»Okay«, sagte Boone, »ich habe verstanden. Aber ich bin nicht hier, um die westliche Zivilisation zu reformieren. Ich suche meinen besten Freund. Was ist ein Buschteufel?«

»Was ist ein normaler Teufel?« fragte Sisay mit einem kleinen, spöttischen Grinsen. »Ein *ndogbojusui* ist ein Geist, der tagsüber auf dem Gipfel eines Berges wohnt und nachts durch den Busch streift, auf der Suche nach verirrten Jägern oder Wanderern, die dumm genug sind, nachts allein unterwegs zu sein. Wie die meisten Geister und Teufel sind *ndogbojusui* weiß«, sagte er und machte eine fast unmerkliche Pause. »Ein Buschteufel hat meist weiße Haare und einen langen weißen Bart, aber er kann seine Gestalt nach Belieben verändern. Er versucht, Reisende vom Weg abzubringen, indem er ihnen Fragen stellt oder sie auf andere Weise in den Busch lockt. Wer ihm folgt, ist für immer verloren. Manche Anthropologen vermuten, daß die Buschteufel ursprünglich Portugiesen waren, die Jäger oder Reisende ›verführt‹ haben, mit ihnen zu gehen, um sie dann im Hafen von Freetown als Sklaven zu verkaufen.«

»Dieses mythologische Zeug ist interessant, und wenn ich hier wäre, um Urlaub zu machen, könnte ich stundenlang zuhören«, sagte Boone, »aber auf diese Weise erfahre ich nie, wo mein Freund Killigan ist.«

»Das nicht«, sagte Sisay, »aber es könnte dich davor bewahren, verlorenzugehen. Du bist anscheinend viel zu ungeduldig, um irgend etwas über den Busch zu lernen, also werde ich's kurz machen: Geh nachts nicht in den Busch. Nie. Aus keinem wie auch immer gearteten Grund. Plane deine Tagesmärsche so, daß du lange vor Sonnenuntergang in einem Dorf bist. Selbst tagsüber mußt du im Busch auf der Hut sein. Trau keinem, der allein unterwegs ist. Wenn du auf einen Jäger oder Reisenden triffst, der allein ist, dann sei höflich, aber halte Abstand. Sprich nicht mit ihm und folge ihm nicht. Iß nichts, was er dir anbietet. Wenn du einer schönen Frau begegnest, dann berühre sie nicht und nimm keine Geschenke von ihr an. Hast du das verstanden? Dieser Urwald ist nicht wie die Wälder oder die Wildnis in Amerika. Es ist kein Ort –«

»Ich nehme an, mit den *ndogbojusui* erklärt man sich hier das Verschwinden von Leuten«, fiel Boone ihm ins Wort. Er war davon überzeugt, daß Lewis ihn zu einem psychotischen Deadhead geschickt hatte. »Wie ich schon sagte: Das ist interessant, aber ich muß wissen, ob Killigan sich verlaufen hat oder ob er entführt worden ist oder ob er... verletzt ist. Ich habe einen Brief von einem seiner Diener«, sagte er. Plötzlich fiel ihm ein, was Lewis ihm in jenem Restaurant in Freetown geraten hatte: *Trau ihm nicht. Stell Fragen, hör zu, aber sag nichts. So überlebt man in diesem Teil der Welt.* »Ich meine, ich habe einen Brief von einem seiner Diener gelesen. Killigans Mutter hat ihn mir in Paris gezeigt. Er schrieb von böser Medizin und Zauberern, die in das Dorf kamen, als Killigan nicht da war«, sagte er und beschloß, die Erwähnung der Fotos fürs erste für sich zu behalten. »Der Brief war von Moussa –«

»Moussa Kamara«, unterbrach ihn Sisay. »Pa Gigba ist Moussa Kamaras Onkel, und Gigba war, wie gesagt, in Killigans Dorf, als dieser Zwischenfall passiert ist.«

»Na, prima. Wir können zuerst mit Gigba sprechen«, sagte Boone, »aber danach will ich zu Killigans Dorf gehen, mit diesem Moussa reden und von dort aus weitersuchen.«

»Du kannst nach Ndevehun gehen, wenn du willst«, sagte Sisay, »aber du wirst nicht mit Moussa Kamara reden.«

»Das ist wahrscheinlich verboten«, sagte Boone sarkastisch. »Oder er ist ein Zauberer oder ein Buschteufel.«

»Nach dem, was der Section Chief unserem Dorfhäuptling hat sagen lassen, ist Moussa Kamara tot. Man hat ihn vor einer Woche außerhalb von Ndevehun gefunden. Er hing an einem Kapokbaum. Jemand hat ihm den Bauch aufgeschlitzt und rote Pfefferschoten hineingestopft. Sein Mund war zugenäht, und darin war ein lebender Gecko.«

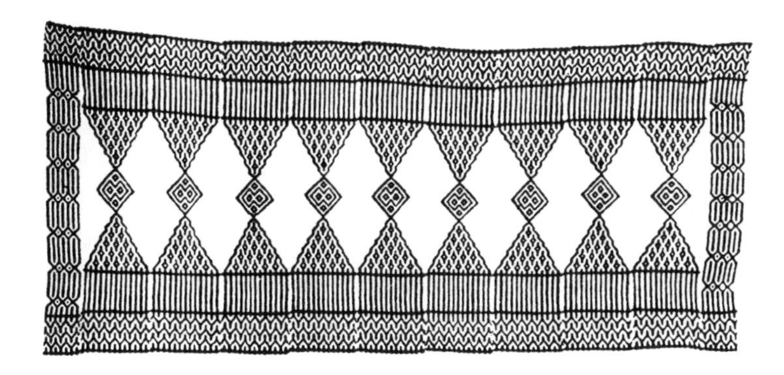

6

Wie die weißen Menschen in die Welt kamen

Vor langer, langer Zeit lebte ein Mann, der hatte zwei Frauen. Eines Tages kam seine große Frau zu ihm und sagte, sie könne es nicht mehr ertragen, mit seiner neuen Frau auf demselben Acker zu arbeiten. Die große Frau wollte ihren eigenen Acker haben. Um den Frieden zwischen seinen Frauen zu bewahren, ging der Mann und suchte Land, das seine Frauen bestellen könnten. Er ging bis nach England. Dort kaufte er einen riesigen Acker aus *pu-mui*-Land, wickelte ihn in eine Zeitung und trug ihn auf dem Kopf heim zu seinen Frauen.

Der Mann teilte das Land in zwei Äcker: einen für die große Frau und einen für die neue Frau. Obwohl er sich Mühe gab, es nicht merken zu lassen, war ihm die neue Frau lieber als die große Frau. Die neue Frau war jung, und ihre Brüste waren rund und voller Milch. Jeder im Dorf wußte, daß die neue Frau eine »Liebesfrau« war, denn der Mann hatte von ihren Eltern so gut wie nichts bekommen. Der Mann verbrachte viel Zeit damit, den Acker der neuen Frau mit seinem Buschmesser zu roden, und rodete den Acker der großen Frau nur dann, wenn das Land so überwuchert war, daß man es nicht bestellen konnte.

Die große Frau wurde eifersüchtig. Als der Mann seinen Frauen Reis zum Aussäen gab, sagte die große Frau zu der neuen Frau, sie müsse den Reis vor dem Säen kochen und in der Sonne trocknen. Das tat die neue

Frau, aber trotzdem wuchs der gekochte Reis und trug große Ähren. Die große Frau knirschte vor Wut mit den Zähnen. Sie ging zu einer Bande von Hexen und gab ihnen Geschenke, damit sie den Acker der neuen Frau mit einem Fluch belegten. Sie und die anderen Hexen verwandelten sich in die großen Nagetiere, die man im Mende-Land »Grasschneider« nennt, und fraßen den Reis der neuen Frau auf. Jede Nacht gingen die große Frau und die Hexen zu dem Acker, legten ihre Menschenhaut ab, versteckten sie in einem See am Rand des Ackers, zogen Grasschneiderhäute über und fraßen den Reis der neuen Frau.
»Menschenhaut vorbei, Grasschneiderhaut herbei!« sangen die Hexen.
Jeden Morgen fand die neue Frau ihre Reisfelder verwüstet, und schließlich ging sie zu einem Suchmann und fragte ihn, wer der Übeltäter sei. Der Suchmann befragte die Steine und sagte ihr, daß die große Frau und ihre Hexenbande sich jede Nacht in Grasschneider verwandelten und den Reis der neuen Frau fraßen.
»Wenn das aufhören soll«, sagte der Suchmann, »mußt du zwanzig Säcke Pfeffer kaufen. Trage die Pfeffersäcke zum See am Rand deines Ackers, mahle den Pfeffer und schütte ihn in den See.« Die neue Frau tat, wie er gesagt hatte.
In derselben Nacht führte die große Frau die Grasschneiderbande zum Acker der neuen Frau. Sie versteckten ihre Menschenhaut im gepfefferten See, legten die Grasschneiderhäute an und fraßen sich die ganze Nacht lang am Reis satt. Im ersten Licht des Tages kehrten sie zum See zurück, holten die Menschenhäute aus dem Wasser und legten sie an.
»Grasschneiderhaut vorbei, Menschenhaut herbei!« sangen sie.
Bald begann der Pfeffer zu brennen. Die Menschenhäute standen in Flammen, und die große Frau rief: »Menschenhaut vorbei! Menschenhaut vorbei!«
Am Morgen, als die neue Frau und die anderen Frauen aus dem Dorf zum See am Rand des Ackers kamen, fanden sie die große Frau und ihre Hexenbande. Sie hatten den Bauch voller Reis. Vor ihnen lagen ihre Menschenhäute, und alles, was von ihnen geblieben war, waren ihre dicklichen weißen Körper.
Diese Hexen ohne Haut waren die ersten weißen Menschen. Von ihnen stammen alle Weißen ab.

Jenisa watete in den Fluß und breitete die Kleider ihrer Familie auf einem flachen Waschfelsen aus. Neben ihr standen ihre Mitfrauen Amida und Mariamu knietief in der Strömung, die Schaumblasen der Palmölseife vorbeitrug. Ihre Unterhaltung wurde von ihrem leisen, angestrengten Grunzen und dem Klatschen und Gurgeln der eingeseiften Wäschestücke auf den Steinen unterbrochen. Die Sonne war hinter die Palmen gesunken, und Jenisa hörte die Rufe und Lieder der Leute, die von den Feldern im Busch nach Hause zurückkehrten. Die langen Schatten der Mango- und Kapokbäume reckten sich zu beiden Seiten des Felsens, auf dem die Frauen die Kleider wuschen, über das Wasser. Das Summen riesiger fleischfressender Fliegen und das Zwitschern der Vögel hallten in dem Tunnel aus Bäumen, die sich über den Fluß neigten, wider. Schlammiges Wasser floß in verschlungenen Wirbeln über den Waschfelsen und verzweigte sich zu weißen Rinnsalen, die Seifenblasen und Schaum davontrugen.

Amida und Mariamu beklagten sich darüber, wie Yotta, die Große Frau ihres gemeinsamen Mannes, des mächtigen Section Chief Idrissa Moiwo, die Arbeit für den Tag aufgeteilt hatte. Sie machten sich lustig über ihren dicken Hintern (das Krio-Wort dafür war »Mitte«) und den Geruch ihrer Genitalien, ihrer »Teile«.

»Ai O!« sagte Amida. »Was Große Frau Yotta dick ist! Ihr Mitte sieht aus wie von Buschkuh.«

»Ja wirklich«, sagte Mariamu. »Und ihr Teile riechen wie fauler Fisch. Möcht wissen, was sie tut bei Nacht. Sie wascht ihr Mitte mit Seif und Sand und riecht immer noch ganz ranzig.«

»Wenn ich denke«, fügte Jenisa hinzu, »daß sie will, daß wir ihr Hosen waschen. Ich kann nicht machen. Das Fischgestank geht in die Haut und geht nicht raus. Ich weiß nicht, was die Frau hat gemacht, damit sie heirat.«

»Die Leut sagen, sie war fein-fein vorher. Ihr Haut war fein, ihr Gesicht war fein. Aber seit sie gemacht *wowo* mit den häßlich Tanzteufel Kongoli, ist sie zum Fürchten. Ihr Nase ist platt wie ein Kuchen.«

»Ich hab auch gehört. Sie hat gehabt ein Freund, wo sich hat selbs nicht gewascht. Ihr kennt den gelben Pa, wo hat verkauft das halb-halb Zeug?«

»Pa Mustapha?«

»Genau er.«

»O Gottenhimmel. Der Pa ist so schmutzig wie nur was. Alle Kinder machen Spott darum. Oh, er ist schmutzig!«

»Aber Yotta ist gleich mit ihn. Mastah und Missus Stink!«

Sie lachten bitter und stellten sich vor, daß sie mit ihren Waschsteinen nicht die Wäsche, sondern Yotta schlugen, bis Mariamu sah, daß Fati, Yottas Tochter und Spionin, sich näherte.

Jenisa, Amida und Mariamu haßten Yotta, und Fati haßte sie ebenfalls. Wenn es jedoch in ihre Pläne paßte, verriet Fati ihrer Mutter alles, was die anderen über sie gesagt hatten. Dann rächte Yotta sich, indem sie Gerüchte über die Männer verbreitete, mit denen die Nebenfrauen schliefen, und Vermutungen anstellte, warum ihre Kinder entweder starben oder schlecht erzogen waren, wohingegen ihre eigenen Kinder zu vorbildlichen Mitgliedern der Stammesgemeinschaft heranwuchsen, die ihre Mutter achteten und ihrem Vater dienten. Yottas Geschichten wurden den Nebenfrauen hinterbracht, die dann ihrerseits auf Yottas Untreue hinwiesen und über die wahren Gründe spekulierten, warum sie Lügen über sie verbreitete. Die Gerüchte wurden durch die *mawes* getragen, sie verbreiteten sich an den Ufern der Flüsse, in denen die Wäsche gewaschen wurde, sie reisten mit den Frauen, die auf ihren Köpfen Lasten von den abgelegeneren Höfen zum Markt transportierten.

Auf Krio heißt diese Art von bösartigen, verleumderischen Gerüchten *congosa*; sie zielt darauf ab, die Herzen zu vergiften und bitteren Streit zu säen. Wenn die Männer sich Klatsch erzählten, hieß das »Dorfplanung« oder »hängende Köpfe«, auch wenn der Inhalt der Gespräche, abgesehen von einer deutlich betonten Profitorientierung, genau der gleiche war.

Jenisa ging auf die andere Seite des Waschfelsens, damit ihr länger werdender Schatten nicht auf eine tiefere Stelle des Flusses fiel. Wenn sie nicht achtgab, würde eine Schildkröte oder, schlimmer noch, ein Krokodil ihren Schatten verschlingen. Erst vor kurzem hatte ihre gute Freundin Amida tief unten in diesem Fluß einen *njaloi* gesehen, einen Geist mit einem funkelnden Stein mitten auf der Stirn. Sie war von dem Licht, das sich in diesem Stein gebrochen hatte, geblendet worden, und der Geist hatte sie gerufen und ihr versprochen, er werde sie zu einer Höhle bringen, wo riesige Schätze aufgetürmt seien. Tagelang hatte das ganze Dorf aufgeregt darüber gesprochen, und nachts hatte Amidas Tante auf der *baffa* im Licht einer Sturmlaterne wieder einmal erzählt, wie ihr, als sie als kleines Mädchen mit ihrer Mutter im Fluß gebadet habe, ein Wassergeist, ein *tingowei*, erschienen sei, und zwar in Form einer langen goldenen Kette, die auf einem Felsen gelegen habe. Während sie die Kette bewunderte, habe der *tingowei* ihren Schatten gestohlen. Die Tante sagte, ohne ihren Schatten sei ihr sogleich schwindlig geworden, und sie sei ins Wasser gefallen. Der Geist habe sie davongezerrt und in eine Höhle voller Schätze gebracht, wo ein böser weißer Geist gewartet habe, ein so schreckliches Wesen, daß sie es nicht schildern wolle, denn wenn ihre Beschreibung zu gut sei, werde jeder, der sie gehört habe, diese grauenhafte Erscheinung nie mehr vergessen können. Der Geist habe versprochen, ihr Städte voller Schätze zu schenken, wenn sie Dinge tun wolle, die so furchtbar gewesen seien, daß jemand, dem man davon erzählt habe, nie mehr jemandem werde vertrauen können, der in menschlicher Gestalt daherkomme. Erst eine starke Medizin habe bewirkt, daß sie dieses entsetzliche Erlebnis habe vergessen können.

Der Fluß war ein gefährlicher Ort. Er war von Nixen, Wassergeistern und unberechenbaren Dämonen bewohnt, die nichts lieber taten, als Menschen in den Wahnsinn zu treiben oder sie mit einem Fluch zu belegen und ins Unglück zu stürzen. Zum Fluß ging man nur in Gruppen, und auch dann nur, um zu baden oder Wäsche zu waschen.

Als Fati sich zu ihnen gesellte, brachte sie die Neuigkeit mit, es sei ein weißer Fremder gekommen. Diese Nachricht verbreitete sich in den Hütten und *mawes* wie die Schwingungen in einer zarten Spinnwebe, die irgendwo berührt worden ist.

»Ein weißer Fremder ist gekommt«, sagte Fati.

Weil Amida und Jenisa fast im selben Alter waren wie Fati, verhielten sie sich wie Schwestern, wie Töchter von Yotta. Mariamu, die zweite Frau ihres gemeinsamen Mannes, war älter als sie.

»Von woher kommt der weiße Mann her?« fragte Jenisa.

»Ich glaub, sie sagen, von Amrika. Und jetz von Freetown«, antwortete Fati. »Ich hab nicht gesehn. Ich hab mein Wasch gewaschen, als ich höre, daß er gekommt ist, grad vorhin.«

»Und zu was ist er nach hier gekommt?« fragte Amida und zwinkerte Jenisa zu.

»Sie sagen, er ist gekommt, um Pies-Kor-Mann zu finden. Der Pies-Kor-Mann ist *wakka-wakka*. Keiner sieht ihn. Er ist einfach verrückt. Das ist Ärger beaucoup. Loch im Dach. Besser nicht gibt.«

»Ist kein Ruhe im Land. Die Rebellen kommen von Liberia mit Blut an der Hand und bringen schlechte Mehzin nach Salone.«

Als sie hörte, daß ein weißer Mann gekommen sei, schlug Jenisas Herz schneller, und sie ließ Amida an ihrer Aufregung teilhaben, indem sie ihren wissenden Blick erwiderte. Amida war Jenisas Vertraute und wußte, daß ein Suchmann ihrer Freundin gesagt hatte, ein weißer Fremder werde ins Dorf kommen und ihr ein Geschenk geben, das ihr Leben verändern werde. Das hatte Jenisa die Hoffnung gegeben, ihr Leben voller Sorgen und Verzweiflung werde sich bald zum Besseren wenden. Sie war zwanzig und hatte noch immer keine Kinder. Das Leben als junge, schöne neue Frau des Section Chief Moiwo, um das man sie beneidet hatte, war zum Alptraum einer Mende-Frau geworden: Sie hatte zwei Kinder bei der Geburt verloren, und Ngewo, der Mende-Gott, hatte es nicht eilig, ihr neue zu schicken.

Ihr ganzes bisheriges Leben war Vorbereitung auf Kinder gewesen, und nun hatte sie keine. Als Jenisa noch ein kleines Mädchen gewesen war, hatte ihre Mutter sie beiseite genommen und ihr gesagt, ihr Vater sei so stolz auf sie, daß er beschlossen habe, sie dem Section Chief Moiwo zur Frau zu geben, einem Mann, dessen Felder so groß waren, daß er das ganze Dorf hätte ernähren können. Sie werde auch zur Schule gehen, denn Moiwo habe Schulen in England und Amerika besucht und wolle eine kluge, gebildete neue Frau. Und so hatte sie schon als kleines Mädchen im Anwesen von Moiwo gelebt, und Yotta, seine Große Frau, hatte sich um sie gekümmert und sie erzogen. Sie hatte Yotta gehorcht, obwohl diese grausam gewesen war, aus Eifersucht auf das hübsche Mädchen, das eines Tages die neue Frau ihres Mannes sein würde. Voller Freude und begierig, eine Frau zu werden, war Jenisa in die Sande-Gesellschaft, die Geheimgesellschaft der Frauen, eingetreten. Im Sande-Busch, einem besonderen, abgeschiedenen Ort nicht weit vom Dorf, war sie von der Frau, deren Namen sie jetzt trug, unterrichtet worden. Sie war mit ihren Schwestern und Cousinen zum Sande-Busch gegangen und hatte ihren Kindernamen und ihr kindliches Verhalten abgelegt. Alles, was an einen Mann erinnerte, war von ihren Teilen entfernt worden, und sie war als Jenisa, die schönste und gebildetste Frau des Dorfes, wiedergeboren worden und geschmückt und in ihren besten Kleidern in das Dorf eingezogen. Ihre Haut war mit duftendem Öl eingerieben gewesen und hatte geglänzt. Das ganze Dorf hatte ihr Geschenke gegeben, und sie hatte stolz für die bewundernden Alten gesungen und getanzt.

Bevor ihr männliches Teil abgeschnitten worden war, hatten die alten Frauen ihr das Auge eines Fisches gezeigt, und ihre Sande-Mutter hatte ihr immer wieder gesagt: »Sei dieser Fisch und schwimme tief unter den Schmerz.« Die Trommeln hatten geschlagen, und in ihren Ohren hatte das Blut gerauscht, und ihre Großmütter hatten das kleine Stück Männlichkeit abgeschnitten. Der Schmerz war irgendwo weit über ihr gewesen. Sie hatte ihn mit Leichtigkeit und Stolz ertragen, wie sie es gelernt hatte, und den größten Augenblick ihres Lebens genossen. Nun war sie mit ihren Schwestern vereint, eine reine Frau, bereit für Heirat und Geburt. Schon bevor sie vom Sande-Busch zurückgekehrt war, hatten die alten Frauen im Dorf bekanntgegeben, daß sie die Beste in ihrer Klasse gewesen war, die Tochter eines großen Mannes und einem Section Chief versprochen.

Im Sande-Busch hatte sie gelernt, wie sie ihrem Mann dienen mußte. Sie war in der Kunst unterwiesen worden, einen Mann zu lieben, Kinder zu bekommen, zu weben, zu tanzen und Musik zu machen. Sie hatte gelernt, daß ihre Liebe zu ihrem Mann immer uneingeschränkt, aber nicht bedingungslos sein mußte. Denn auch ihr Mann, hatten die alten Frauen gesagt, mußte seine Frauen uneingeschränkt lieben und sie achten. Wenn er das nicht tat, wenn er sie je schlecht behandelte, hatten die alten Sande-Frauen Mittel, ihn zur Räson zu bringen. Sie konnten sich bei den großen Männern der Poro-Gesellschaft beklagen oder – wenn das nichts half – diesen schlechten Männern Mißbildungen der Genitalien anhexen. So durfte zum Beispiel kein Mann sehen, was im Sande-Busch geschah. Die tollkühnen Männer, welche die Rituale dennoch belauschten, entwickelten schreckliche Monstrositäten: Wasserbrüche, Elephantiasis, gewaltig angeschwollene Hoden.

Bald nachdem ihr Mann sie zu seiner Frau gemacht hatte, hörte

Jenisa zu ihrem Entzücken Gerüchte, sie sei seine »Liebesfrau«. Obwohl die Heirat sowohl für ihren Vater als auch für Moiwo praktische Vorteile hatte, behaupteten die Frauen des Dorfes, der Section Chief hätte sie auch dann genommen, wenn ihre Eltern nichts vorzuweisen gehabt hätten, denn sie sei jung und klug und sehr schön. Mit jedem Tag wuchs Yottas Eifersucht, doch Jenisa gelang es, taktvoll und bescheiden zu sein. Sie hatte früh gelernt, daß die meisten Frauen neidisch auf sie waren, weil sie schön und klug war. Yottas Mißgunst war lediglich ausgeprägter, weil sie nicht nur die Große Frau, sondern auch die am meisten geliebte Frau ihres Mannes sein wollte. Jenisa zollte Yotta den Respekt, der der Großen Frau zukam, aber sie wußte Moiwos Vernarrtheit in seine neue junge Frau gut zu nutzen.

Wenn Moiwo sie bestieg, um ihr ein Kind zu machen, empfand sie keine Lust, aber es gefiel ihr, die Verhältnisse auf dem Hof zu beeinflussen, indem sie ihm gewisse Dinge ins Ohr flüsterte. Jedesmal wenn Yotta irgendeine lachhafte Regel erfand und durchsetzte, um den jungen Frauen das Leben schwerzumachen, stellte Jenisa fest, daß ein Flüstern genügte, um diese Regel aufzuheben. Wenn sie ein neues Kleid oder eine Vergünstigung wollte, reichte eine leise Andeutung. Mehr als alles andere wünschte sie sich ein Kind, denn das würde ihren Vater stolz und ihren Mann noch glücklicher machen. Aber nach dem ersten Jahr, in dem ihr Mann sie jedesmal begehrt hatte, wenn die Reihe an ihr gewesen war, ließ er sie nicht mehr kommen, oder er ließ sie kommen, schlief aber nicht mit ihr, sondern sprach von der Arbeit auf dem Hof, von Verwandtschaftsbeziehungen, die gepflegt, und Feldern, die bestellt werden mußten. Die alten Sande-Frauen fanden, das sei normal. Ihre Sande-Mutter sagte, die Liebe eines Mannes sei wie ein großer Stein, der mit mächtigem Platschen in den Fluß falle, doch die Liebe einer Frau sei wie ein starker, stetiger Strom. Jenisa war fleißig und flirtete mit jungen Männern, um sich die Zeit zu vertreiben. Sie wußte, daß sie jeden der jungen Männer im Dorf dazu bringen konnte, sie zu lieben, wenn er ihr gefiel, aber sie wartete noch auf den Richtigen.

Sie klatschte wieder Wäsche auf den Waschfelsen und merkte, daß ihre Gedanken davontrieben wie die Seifenblasen auf dem Fluß.

Ihre Mitfrauen lachten, schlugen die Wäsche, beklagten sich über Yottas Tyrannei und arbeiteten.

Alle ihre Mitfrauen hatten Liebhaber, denn ihr Mann hatte fünf Frauen in zwei Dörfern und war ständig unterwegs: in ein anderes Dorf, nach Freetown oder sogar nach Amerika, und es war deutlich, daß er so viele Söhne und Töchter wie möglich haben wollte – die ersteren als Arbeiter auf seinen Feldern und die letzteren als Mittel, um durch Heiraten noch mehr Land in seinen Besitz zu bringen. Es hatte auch den Anschein, daß es ihm gleichgültig war, *wie* diese Kinder entstanden, solange er eine Entschädigung in Form von Geld oder Arbeit bekam.

Doch Jenisa hatte beschlossen, daß ihr Liebhaber, wenn sie sich je einen nehmen sollte, jemand Besonderes sein sollte – nicht einer von den Versagern, mit denen ihre Mitfrauen sich zufriedengaben. Yottas Liebhaber war Pa Mustapha – »Mastah Stink« –, und über ihn lachte das ganze Dorf, weil er sich nie wusch. Mariamus Liebhaber konnte kaum noch sehen, weil er Flußblindheit hatte. Amida hatte zwei junge Liebhaber, die beide Fußballspieler waren und sich ständig stritten und Palmwein tranken.

Jenisa wartete, und eines Tages lernte sie einen weißen Peace-Corps-Mann kennen. Er hieß Mistah Michael, aber sein Mende-Name war Lamin Kaikai, und er kam in das Dorf, um etwas mit Mistah Aruna Sisay zu besprechen. Was für ein Liebhaber! Schnell hatte sie herausgefunden, daß dieser *pu-mui* mit den Taschen voller Geld weder Frauen noch Kinder hatte! Er brauchte keine Frauen und Kinder, die auf seinen Feldern arbeiteten. Er brauchte keine Felder, denn er hatte überall auf der Welt Bankkonten voll Geld! Die Haut dieses Lamin Kaikai leuchtete wie die Sonne, und er hatte einen schönen Körper. Er war ein »Sportsmann« und trug Zauberschuhe, mit denen er so schnell wie der Wind war. Doch selbst wenn die Dorfjungen verlangten, daß er die Schuhe auszog, bevor er gegen sie antrat, gewann er jedesmal, wahrscheinlich durch eine andere verborgene Medizin. Seine Taschen waren voller Medizinen, die ihn und die, die er liebte, vor allem Übel bewahrten und mit allen Annehmlichkeiten des Lebens ausstatteten.

Und obwohl er ein *pu-mui* war, sprach er Jenisas Sprache und liebte ihr Volk, und ihr Volk liebte ihn. Schon bei der ersten Begegnung wußte sie, daß sie ihn haben konnte, denn er bewunderte ganz offen ihre Bildung, und sie spürte seine Augen auf ihrer Haut. Er neckte sie, und sie neckte ihn ebenfalls. Sie stand auf ihrer Veranda, als er ein spöttisches Mende-Sprichwort sagte, und sie konterte prompt mit einem besseren, vor allen Leuten.

Er kam immer wieder, um mit Mistah Sisay zu sprechen, aber einmal fand sie Lamin allein auf der Veranda. Sie wollte die schönen gelben Haare auf seinen Armen berühren und fragte ihn, warum afrikanische Frauen immer das Haar auf den Armen von *pu-mui*-Männern berühren wollten.

»Weil es sie schwanger macht«, sagte Lamin lachend und machte ein komisches Gesicht.

»Schwanger mit was?« fragte sie und war wieder schlagfertiger als er. »Mit einem weißen Waldschwein?«

Sie lachten beide, und sie strich das Haar auf seinem Arm glatt.

»Ich würde gern sehen, wie dieses gelbe Haar im Mondlicht aussieht«, sagte sie, und in dieser Nacht sah sie es.

Drei Wochen später war sie die glücklichste Mende-Frau in Sierra Leone, denn sie wußte, daß sie ein Kind von dem *pu-mui* bekam. Und was für ein Kind das sein würde! Jede Frau im Dorf würde sie beneiden, und selbst ihr Mann, dachte sie, würde wahrscheinlich entzückt sein, denn sie war ja in seinem Haus aufgewachsen und hatte gesehen, daß die Frauen dort liebten, wen sie wollten. Die Männer im Dorf stellten nicht allzu viele Fragen über die verdächtigen Schwangerschaften ihrer Frauen – jeder nahm einfach an, daß sie die Früchte der Lenden ihrer Männer waren. Jenisa wurde zu spät bewußt, daß diese Annahme unmöglich war, wenn sie ein Mischlingskind bekam. Doch das Kind kam tot zur Welt, und ihr Mann bekam einen furchtbaren Wutanfall, als er erfuhr, daß seine junge Liebesfrau wegen eines uneingestandenen Ehebruchs ein Kind verloren hatte.

Ein zweites Kind lebte nur zwei Tage, dann wurde es im Schlaf von einer Hexe getötet. Als das erste tot geboren war, nahm Jenisa einen Splitter und steckte ihn unter den kleinen Finger der linken Hand des Kindes, damit sie, wenn ihr zweites Kind mit einer Narbe an dieser Stelle geboren wurde, wußte, daß es ein Hexenkind war, das versuchte, ein zweites Mal auf die Welt zu kommen. Beim zweiten Kind hatte sie eine schwere Geburt, und die alten Sande-Frauen sagten ihr, das Kind komme wahrscheinlich wegen eines uneingestandenen Ehebruchs nicht heraus. Und wenn kein Ehebruch schuld war, dann eine Hexe, die das Kind im Bauch festhielt. Sie schleppten Jenisa in der Geburtshütte herum. Sie schlugen mit Stöcken auf ihren Bauch, sie schlugen die Hexe und beschimpften sie. Schließlich meinten sie, keine Hexe könne solche Schläge aushalten. Entweder habe Jenisa einen Ehebruch begangen, den sie ihrem Mann nicht gebeichtet habe, oder ein *hale-nyamubla*, ein böser Medizinmann, ein Jujumann, habe ein angebrütetes Hühnerei in einem Ameisenhügel vergraben, um einen Fluch über sie zu legen. Dadurch wäre sie »in den Block gesperrt«; sie würde das Kind nicht gebären können und selbst sterben. Ihre einzige Hoffnung, sagten die alten Sande-Frauen, liege in einem Geständnis und der Möglichkeit, daß ihre Schwierigkeiten von einem Ehebruch stammten.

Jenisa wagte es nicht, den Namen ihres Liebhabers zu nennen. Ihr Mann besaß viele starke, verbotene Medizinen und setzte sie hemmungslos ein, um seine Feinde zu vernichten. Anstatt also zu gestehen, daß sie mit Lamin geschlafen hatte, sagte sie den Sande-Frauen, daß sie mit Vande, dem Sohn von Pa Gigba, geschlafen hatte, und irgendwie stimmte das auch; sie hatte einmal mit ihm geschlafen, aber das war vor ihrer Hochzeit gewesen.

Ein paar Minuten nach diesem Geständnis wurde das Kind geboren. Jenisa hatte Angst, die Farbe könne sie verraten, aber seine Haut war dunkel, obgleich sie wußte, daß es Lamins Kind war. Es starb noch vor der Namensgebung, noch bevor Jenisa am dritten Tag mit ihm in die Morgensonne treten, auf seine Stirn spucken und sagen konnte: »Sei nach mir benannt und in allen Dingen wie ich.«

Sie wickelte den winzigen Leichnam in Blätter, setzte sich auf einen Hügel aus Erde, die unter einem Bananenbaum ausgehoben worden war, und schob das Kind rückwärts in das Grab, um nicht mit dem Geist in Berührung zu kommen, der es vielleicht getötet hatte. Sie weinte nicht, denn ihre Großmutter hatte ihr gesagt, daß die Tränen einer Mutter um ihr Kind seine Haut verbrühen würden. Gott gibt, Gott nimmt. Dieses Kind hatte kein Mensch werden sollen.

Die Sande-Frauen sagten, die Hexe müsse in der Nacht gekommen sein und das Kind von innen aufgefressen haben. Sie schüttelten den Kopf und schnalzten mit der Zunge und fragten sich, wie eine junge Frau nach all der guten Ausbildung in der Sande-Gesellschaft so dumm sein konnte, ein Kind zur Welt zu bringen, ohne ihrem Mann vorher einen Ehebruch zu gestehen.

Am Abend des dritten Tages nach dem Tod des Kindes ging der Ausrufer durch das Dorf und verkündete: »Hört alle zu! Hört alle zu! Der Mann, der mit der jungen Frau von Section Chief Moiwo schläft, soll sich melden, sonst wird er verflucht. Wenn er sich bis morgen nicht gemeldet hat, wird eine starke Medizin ihn finden und bestrafen. Seine Hoden werden schrumpfen wie Kakaoschoten in der Sonne! Seine Leber wird zu Staub zerfallen! Wenn er versucht zu schlafen, wird sein Herz aufhören zu schlagen! Wenn er versucht, auf dem Wasser zu fahren, werden Geister sein Boot zum Kentern bringen und ihn ertränken! Wenn er seine Frau umarmen will, wird er eine Leiche umarmen! Wenn er in den Busch geht, werden Schlangen ihn beißen, und ein Python wird ihn erwürgen! Wenn er versucht, etwas zu denken oder zu sagen, wird sein Geist so wirr sein, daß er verrückt werden wird! Das sind die Flüche, die über den Mann gelegt werden, der mit der jungen Frau von Section Chief Moiwo schläft, wenn er sich nicht meldet und die Frauenbeschädigung zugibt.«

Nach dieser Ankündigung meldeten sich Amidas zwei Liebhaber und später der protestierende Vande, der schwor, er habe Jenisa seit ihrer Hochzeit nicht mehr angerührt, und bestürzt war, als der Suchmann ihn beschuldigte und behauptete, er wisse über Vandes Frauenbeschädigung genau Bescheid. Bis zum frühen Morgen saßen Männer aus allen Familien auf dem *barri*, betranken sich mit Palmwein und hielten ein klassisches westafrikanisches Palaver über die angemessenen Strafen ab, die die drei Übeltäter treffen sollten. Schließlich kam man zu dem Urteil, daß alle drei viele Monate lang auf Moiwos Feldern arbeiten sollten, um ihre hohen Geldstrafen abzugelten. Vande floh nach Freetown. Einer von Amidas Liebhabern sagte ihr bei einem ihrer geheimen Treffen, er werde für alle Zeit auf Moiwos Feldern arbeiten, wenn er Amida dafür jede Nacht in den Armen halten könne.

Jenisa hatte Angst, durch Hexerei oder böse Medizin auch das nächste Kind zu verlieren, denn ihr geheimer Liebhaber hatte sich nicht offenbart, und der Fluch war losgelassen worden. Was, wenn dieser Fluch sie oder ihn fand und ein neues Unglück heraufbeschwor? Dann erfuhr sie, daß ihr Liebhaber bei seinem Dorf Ndevehun einen *ndogbojusui* in den Busch verfolgt habe und verschwunden sei. Man sagte, er sei verrückt geworden, wie es bei weißen Männern eben manchmal geschehe, aber das glaubte sie nicht.

Warum gab es soviel Böses in der Welt? Wenn ihre Ahnen über sie wachten, warum ließen sie dann diese furchtbaren Dinge geschehen? Hatte sie etwas getan, was sie beleidigt hatte? Hatte irgend jemand in ihrer Familie es versäumt, die vorgeschriebenen Opfer und Gaben darzubringen, oder auf andere Weise Mißachtung gezeigt? Vielleicht waren die Ahnen hungrig, weil sie ihnen nicht genug Speisen angeboten hatte. An diesem Ehebruch konnte es nicht liegen. Andere Frauen hatten drei, vier, fünf oder mehr gesunde Kinder, ohne alle Schwierigkeiten. Auch sie hatten Liebhaber, denn sie waren die dritten oder vierten Frauen alter Männer, und doch konnten sie ihren Männern gesunde Söhne und Töchter vorweisen.

Die Ahnen hätten sich für sie verwenden und Ngewo, den Vater aller Mende, bitten sollen, er möge ihr helfen, starke, gesunde Kinder zu bekommen, und sie mit Nahrung segnen, damit sie ihre Kinder auch ernähren konnte. Statt dessen erlaubte Ngewo irgendwelchen Hexen, ihr die Kinder wegzunehmen und ihr Herz mit bitterem Schmerz zu erfüllen. Amida hatte gehört, wie Yotta, die große Frau, andere Frauen im Dorf gefragt hatte, ob sie sich vorstellen könnten, daß Jenisa selbst eine Hexe sei, denn immerhin habe sie schon zwei Kinder verloren. Wenn das noch einmal geschah, würde man das praktisch als Beweis ansehen, daß Hexerei im Spiel war, und Jenisa wäre die Hauptverdächtige. Jedermann wußte, daß eine Hexe ihre Bande mit frischen Neugeborenen versorgen mußte, und manchmal waren das sogar ihre eigenen.

Um die Ursache des Übels, das sie befallen hatte, zu finden, hatte Jenisa seit Monaten gespart und von dem Geld für das Palmöl, das sie verkaufte, Penny um Penny auf die Seite gelegt und in einem Beutel unter ihrem Bett verwahrt. Damit hatte sie einen sehr mächtigen Suchmann bezahlt, der Steine auf einem Brett hin und her geschoben und Kaurimuscheln geworfen hatte. Der Suchmann hatte ihr gesagt, daß eine Frau aus ihrem Dorf – eine Witwe, die nicht wieder geheiratet und nach dem Tod ihres Mannes nicht die vorgeschriebenen Reinigungsrituale vorgenommen habe – einen Fluch über sie gesprochen habe. Jenisa wußte sofort, wer ihre Feindin war.

Die Frau hieß Luba. Ihr Mann war in der letzten Regenzeit von einer Palme gefallen und gestorben. Eine Speikobra hatte auf der Palme auf ihn gewartet, ihn mit ihrem giftigen Speichel geblendet und dann ins Gesicht gebissen, und die Männer im Dorf sagten, er habe im Fallen »Luba!« gerufen, den Namen seiner großen Frau, und sei gestorben, als er auf den Boden aufgeschlagen war.

Als Mende und als eine der drei Frauen, die der Mann gehabt hatte, mußte Luba von ihm reingewaschen werden, bevor sie wieder heiraten oder mit einem Mann schlafen durfte. Das Wasser, mit dem man die Fußsohlen des Toten gewaschen hatte, wurde aufbewahrt. Luba und die anderen Witwen wurden vom Rest des Dorfes abgesondert und durften niemanden sehen und mit niemandem sprechen. Drei Tage nach dem Tod des Mannes goß eine alte Frau das Waschwasser vor seinem Haus auf den Boden und verrührte es mit der Erde zu Schlamm. Luba und die anderen Witwen wurden herbeigeholt. Die alte Frau ergriff sie nacheinander an den Haaren und zerrte sie durch das Haus. Eine andere alte Frau folgte ihr und trieb die Witwen vor sich her. Vor dem Eingang angekommen, knieten die Frauen nieder, beugten sich tief über den Schlamm und schrien ihrem Mann zu: »Mann, ich bin in Schwierigkeiten!« Dann verschmierte man den Schlamm auf den Körpern der trauernden Witwen und hängte ihnen Körbe um. Freunde legten Geschenke in die Körbe, und die Brüder des Toten, die eine der Witwen heiraten wollten, gaben ihr ein besonders großes Geschenk. Doch Luba erhielt nur symbolische Gaben, und keiner der Brüder machte ihr ein großes Geschenk. Jeder wußte, daß keiner der Brüder Luba haben wollte.

Luba und die anderen Witwen gingen mit der alten Frau in den Busch, wo jede ihren Kopf an einen Bananenbaum lehnte. Die alte Frau fällte den Baum mit einem Mörserstößel und bereitete eine Mahlzeit aus gekochten Bananen, die sie abends aßen. Wieder wurden Luba und die anderen mit Schlamm eingeschmiert, und dann zogen sie Lumpen an, damit der Geist ihres Mannes sie nicht mehr begehrte. Andere Frauen leisteten ihnen Gesellschaft, damit sie in dieser Nacht nicht schliefen, denn dann konnte der Geist ihres Mannes in sie fahren, um bei ihnen zu bleiben.

Am nächsten Tag gingen Luba und die anderen zum Fluß und wuschen das letzte ab, was zu ihrem Mann gehörte: den Staub von seinen Fußsohlen. Sie sollten nun vierzig Tage auf dem Hof ihres verstorbenen Mannes bleiben. Man schor sie kahl, und die Schwestern des Toten beschimpften sie und sagten ihrem toten Bruder, er müsse ein Dummkopf sein, wenn er wegen so verdorbenen, häßlichen Frauen in der Welt bleiben wolle.

Doch es waren noch keine zehn Tage vergangen, da hörte man schon Gerüchte, Luba habe sich nachts vom Hof geschlichen und im Busch mit Sherrif, einem der Brüder des Toten, geschlafen. Dann erzählte man sich, sie habe, ebenfalls im Busch, mit Alimami, einem anderen Bruder des Toten, geschlafen. Mit geschorenem Kopf und schmutzigen, zerlumpten Kleidern hatte sie die Brüder ihres Mannes verführt, auf dem Land, das ihre Väter bebaut hatten. Sie brachte Schande über sich selbst und verhexte die Brüder ihres toten Mannes, so daß sie die Familienfelder und die Frau ihres Bruders entehrt hatten. Auf den Äckern wollte nichts mehr gedeihen, doch Luba kümmerte das nicht. Sie trachtete nur noch danach, alle in den Schmutz zu ziehen, die glaubten, besser als sie zu sein: *Ihr habt mich nicht genug begehrt, um ein großes Geschenk in meinen Beerdigungskorb zu legen, aber ihr habt mit mir geschlafen, als euer Bruder noch keine zehn Tage tot war. Ihr habt euren Samen auf dem Land vergossen, das eure Familien ernährt.*

Auch daß Lubas teuflische Verführungskünste ihren Mann vielleicht hinderten, den Fluß zu überqueren und das Dorf mit dem weißen Sand zu erreichen, kümmerte sie nicht. Ihre Verworfenheit war stärker als jeder ruhelose Geist.

Jetzt lebte Luba allein in einem Schuppen. Sie trug noch immer Lumpen und rasierte sich den Schädel. Die Dorfkinder behaupteten, sie hätten gesehen, wie Luba sich in einen Leoparden verwandelt und im Busch hinter den Latrinen versteckt habe. In mondlosen Nächten konnten sie Lubas orangefarbene Augen in der Finsternis schweben sehen. Die Großmütter sagten den Kindern, wenn sie diesen Augen in den Busch folgten, würden sie für immer verloren sein. Die Augen würden immer kurz vor ihnen leuchten, bis sie sich plötzlich in einem weglosen, ewigen Busch wiederfinden würden, und dann würde ein Buschteufel sie überlisten, oder eine Hexe würde sich in Gestalt irgendeines Tieres auf sie stürzen, sie lähmen, das Blut aus ihrem Hals saugen und sie von innen her auffressen.

Sobald der Suchmann Jenisa von Lubas Fluch erzählt hatte, ergaben das Chaos und die Tragödien in ihrem Leben mit einemmal einen schrecklichen Sinn. Ein Fluch! Die alten Sande-Frauen hatten recht gehabt. Jenisa hatte zwar Ehebruch begangen, aber es war der Fluch ihrer Feindin gewesen, der ihre Kinder getötet und Schwierigkeiten, Trauer und Tod in ihr Leben getragen hatte.

Es war sinnlos, sich zu fragen, warum Luba den Fluch ausgesprochen und sie in den Block gesperrt hatte. Ebensogut hätte man sich fragen können, warum Treiberameisen Menschen beißen. Eine Frau, die während der Trauerzeit die Brüder ihres toten Mannes im Busch verführte, war zu allem fähig. Lubas Verworfenheit hatte ihren Mann wahrscheinlich zu jenem bösen Ort immerwährenden Hungers verdammt, wo die Toten die unfruchtbare Erde mit ihren Ellenbogen pflügten und in wilder Verzweiflung an ihren eigenen Knien nagten. Wenn es so wäre, dann würde Luba laut lachen. Wahrscheinlich sprach eine solche Frau Flüche, damit sie jauchzen konnte, wenn sie andere Menschen leiden sah.

Jenisa brauchte Schutz. Sie brauchte eine starke Medizin, um ihre Widersacherin zu töten. Sie borgte sich große Summen und befragte immer wieder den Suchmann. Sie hatte so viele Fragen. War Luba eine Hexe? Manche sagten ja. Manche sagten, ihr Mann habe, als er von dem Baum fiel, ihren Namen geschrien, weil er sie in der Speikobra erkannt habe. Was für einen Fluch hatte Luba über sie gesprochen? Womöglich reichte ein einfacher Schutz nicht aus; Jenisa mußte ihre Feindin mit einem stärkeren Fluch angreifen und vernichten. Aber wenn es Jenisa gelang, Luba mit einer starken Medizin zu töten, würde das auch den Fluch aufheben? Diese Art von böser Medizin war verboten. Wie konnte man sie anwenden, ohne daß andere davon erfuhren?

Sollte sie ihrem Mann von Luba und dem, was der Suchmann herausgefunden hatte, erzählen? Doch ihr Mann war in England und Amerika erzogen worden. Er wurde sehr wütend, wenn seine Frauen Geld für Suchmänner und Medizinmänner ausgaben. Er glaubte an die weiße Medizin, die sehr wirkungsvoll war, wenn es um von Gott gesandte Nöte ging, die aber versagte, wenn man Schutz vor Flüchen und Hexerei brauchte.

Sie hatte Geschichten von mächtigen Hexenjägern aus dem Norden gehört, die eine geständige Hexe gefesselt und in den Busch getragen hatten. Sie hatten ein flaches Grab ausgehoben und die Hexe mit Steinen und Abfall lebendig begraben. Doch der Schatten der Hexe war zurückgekehrt und hatte das Dorf heimgesucht. Die Hexe war, solange sie an ihre irdische Gestalt gebunden gewesen war, weit weniger gefährlich gewesen als ihr Schatten. Der lebendige menschliche Körper war die Heimstatt, der Käfig des Schattens. Wenn der menschliche Körper getötet wurde, konnte der Schatten entweichen und nur von Hexenfindern gefangen und getötet werden. Sobald der Schatten der Hexe frei gewesen war, hatte er sich an den Menschen gerächt, indem er durch das Dorf geflogen war und sich auf die Gesichter der Schlafenden gesetzt hatte. Die Hexenjäger waren noch einmal gerufen worden, und diesmal hatte ein mächtiger Hexenfinder den Schatten der Hexe in einer Eidechse entdeckt und fest in einen Lederbeutel eingebunden. Diese Rituale waren zwar sehr wirksam, kosteten aber mehr Geld, als Jenisa je gesehen hatte.

Der Suchmann sagte Jenisa, wenn sie Lubas Fluch aufheben wolle, müsse sie eine Mahlzeit für einen weißen Fremden kochen, der ihr dafür ein Geschenk geben werde. Er wies Jenisa an, das Geschenk des weißen Fremden zu ihm zu bringen, damit er eine sehr starke und gefährliche Medizin daraus machen könne, die ihre Feindin töten werde.

Jenisa legte ihren Stein auf den Waschfelsen, strich über das Horn einer Waldantilope, das sie an einer Lederschnur um den Hals trug, und betete. Sie erinnerte sich an die Geschichte, die ihr Vater ihr erzählt hatte, als er ihr das mit Medizin gefüllte Horn gegeben und ihr eingeschärft hatte, nie das Fleisch der *mbende*, der Waldantilope, zu essen. Ihr Urgroßvater – einer der *kekeni*, der Ahnen, die bei Opfern und Gebeten angerufen wurden – hatte in diesem Fluß gebadet, als ein Krokodil ihn gepackt und in eine Höhle in der Uferböschung geschleppt hatte. Der Urgroßvater hatte diese Höhle nicht verlassen können, weil vor dem Eingang eine Wand aus Wasser herniederrauschte und jeder, der auf diesem Weg hätte entkommen wollen, ertrunken wäre. Das Krokodil hatte den Urgroßvater in der Höhle gelassen und war zu seiner Familie gegangen, um ihr von dem leckeren Menschenfleisch zu erzählen, das es zum Abendessen geben werde. Doch auf der Böschung über der Höhle hatte gerade eine Waldantilope ihr Junges geboren. Ihre Schmerzen waren so stark gewesen, daß sie immer wieder aufgestampft hatte, und schließlich war einer ihrer Hufe durch die Decke der Höhle gebrochen. Der Urgroßvater hatte das Loch erweitert und war aus der Höhle geklettert. Danach hatte er seine Familie zur Uferböschung geführt und gesagt: »Seht, ich wäre beinahe von Krokodilen gefressen worden, aber eine Waldantilope hat mich gerettet. Die Waldantilopen sind von nun an unsere Brüder und Schwestern, und wir müssen ihnen ihre Freundschaft vergelten, indem wir nie wieder ihr Fleisch essen.«

Am nächsten Morgen war Jenisa mit ihrer Familie zum Gebetsplatz am Fuß eines Kapokbaums gegangen. Der Gebetsmann war gekommen und hatte im Namen der Familie zu den Ahnen gesprochen. Jenisas Vater hatte ein gekochtes Huhn und eine Schüssel Reis dargeboten.

»O Väter und Großväter, seht die große Schüssel, die wir euch gebracht haben. Haltet eure Hände über uns. Schützt unsere Frauen und Kinder. Schützt unsere Chiefs. Bewahrt uns vor Bösem. Zu viele Kinder sind gestorben, bevor ihre Mütter sie im Arm halten konnten. Unsere kleinen *bobos* werden von Schlangen gebissen. Andere Menschen sind im Fluß ertrunken. Wir bitten euch, uns vor solchem Unglück zu beschützen. Wacht über uns. Seht die große Schüssel mit wohlschmeckendem Essen, die wir euch gebracht haben.«

Der Gebetsmann hatte Wasser auf den Boden gegossen. »Väter und Großväter, hier ist Wasser, damit ihr euch die Hände waschen könnt. Jetzt kommt und eßt euren Reis.«

Der Gebetsmann hatte auf einem Bananenblatt Portionen des Essens mit rotem Palmöl vermischt und das Blatt auf einen geweihten Stein gelegt.

O Väter und Großväter, betete Jenisa und drehte das mit Medizin gefüllte Horn zwischen den Fingern, *mögen meine Gedanken euch erreichen. Beschützt meinen Liebhaber. Beschützt meinen Mann. Beschützt mich vor meiner Feindin und gebt mir gesunde Kinder.*

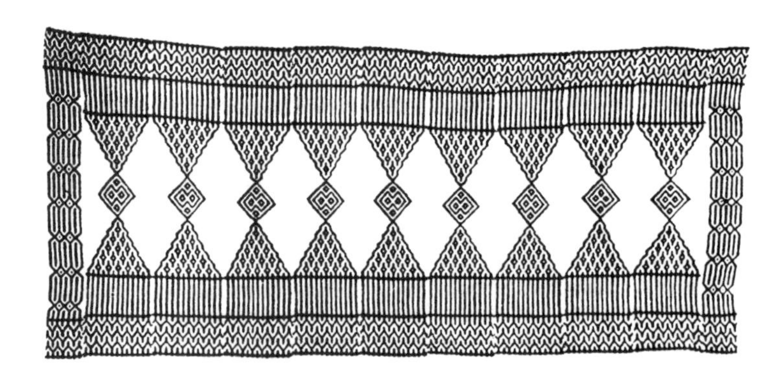

7

Randall verbrachte eine schlaflose Nacht damit, über das unidentifizierte helle Objekt in seiner weißen Substanz nachzudenken. Die Terminologie erschien ihm fast astrophysikalisch, nur daß sie einen inneren Raum beschrieb, nämlich seinen. Um acht Uhr morgens sollten die Tests fortgesetzt werden. In der Zwischenzeit wurde von ihm erwartet, daß er nach Hause ging, das helle Objekt in seinem Gehirn vergaß und schlief. Genau. Während Bean und Rheingold und die anderen Ärzte von steuerfreien Rentenpapieren träumten, starrte Randall an die Decke, knirschte mit den Zähnen und war sicher, daß sein Gehirntumor unablässig metastatische Keime in seine Blutbahn ausstreute. Er verspürte den fast unwiderstehlichen Drang, einen Komplett-Backup aller seiner Programme und Dateien auf eine Datenkassette vorzunehmen, die vierhundert Megabyte komprimierter Daten speichern konnte. Die Kassette paßte in seine Brusttasche – vielleicht konnte er sie ja mitnehmen.

Er wartete darauf, daß die Fledermaus sich noch einmal zeigte, ja er hoffte fast, sie würde es tun, damit er sie sich genauer ansehen konnte. Andererseits: Wozu sollte das gut sein? Ganz gleich, wie es sich verhielt – er hatte Grund zur Sorge. Wenn es in seiner weißen Substanz ein helles Objekt gab, dann handelte es sich wahrscheinlich um einen Gehirntumor, der ihn innerhalb eines halben Jahres töten würde. Wenn das helle Objekt jedoch nur ein Meßfehler und er selbst organisch völlig in Ordnung war, dann war er ein Opfer seiner eigenen Phantasie. In diesem Fall würde er den Rest seines Lebens darauf warten, daß die nächste, noch verrücktere, noch intimere Halluzination über ihn herfiel und den Rest der Welt ausblendete. Er würde nachts in die Dunkelheit starren und riesige, widerwärtige Fledermäuse aus dem Nichts erscheinen sehen.

Um vier Uhr morgens rief er Macks Apparat bei Sterling an und hinterließ eine Nachricht: »Eben hat mich der Präsident von Nimrod Products von irgendwo in Kalifornien angerufen. Er ist ein Freund und außerdem unser Mandant. Seine Frau hat etwas, das sich pedunkuläre Halluzinose nennt. Seine Familie läßt ihr Vermögen von der Chefetage verwalten. Schwingen Sie sich an den Computer und besorgen Sie mir medizinisches Zeug über pedunkuläre Halluzinose. Lassen Sie's auf meine persönliche Rechnung setzen – die Zeit gebe ich dann später ein.«

Um acht Uhr erschien er wieder in der radiologischen Abteilung der Universitätsklinik und nannte einer Angestellten hinter einem Schiebefenster seinen Namen. Sie reichte ihm einen großen Pappbecher mit Kontrastlösung und zeigte auf eine mit Kunstleder bezogene Bank auf dem Korridor. Randall hielt sich die Nase zu und trank das Zeug, obgleich er sicher war, daß Metalldetektoren ansprechen und Geigerzähler wie wild losknarzen würden, wenn er in ihre Nähe kam.

Normalerweise bedienten die Techniker den Tomographen und gaben den Ärzten die Filme. Das hieß jedoch, daß Randall oft warten mußte, bis ein Radiologe den Befund ausgewertet und an Randalls Arzt weitergeleitet hatte, der das Ergebnis schließlich Bean mitteilte. Diesmal hatte Randall darauf bestanden, daß Bean zusammen mit einem Radiologen am Tomographen saß, so daß die beiden nach der ganzen Prozedur aus ihrem Kämmerchen kommen und ihm sagen konnten, was sie gesehen hatten.

Die angesetzte Zeit rückte näher und verstrich, ohne daß Bean aufgetaucht wäre. Randall wartete. Er spürte einen riesigen Tumor in seinem Gehirn wachsen, der einen starken Druck, Zorn auf Bean und die Techniker sowie verzweifelte Angst erzeugte. Schließlich erschien ein Techniker und sagte, Dr. Bean stecke mit seinem Operationsteam bis zu den Ellbogen in irgendeinem Gehirn und es sei eine Reihe von Komplikationen eingetreten. Bean lasse Randall sagen, er solle sich untersuchen lassen und dann das Ergebnis abwarten wie alle anderen auch.

Zwei Techniker holten Randall von seiner Kunstleder-Bank ab. Wenn sie von dem UHO wußten, ließen sie sich jedenfalls nichts anmerken. Sie halfen ihm auf eine Liege, an deren Kopfende sich eine Apparatur von zweieinhalb Metern Durchmesser befand, mit einem Loch in der Mitte, durch das die Liege und der Patient geschoben werden konnten. Zuvor spritzten sie ihm eine radioaktive Flüssigkeit in den Arm.

»Noch mehr Farblösung – das gibt einen besseren Kontrast«, sagten sie und lächelten.

»Völlig harmlos.« Sie trugen Schutzbrillen, Bleischürzen und schwarze Gummihandschuhe.

»Keine Sorge.« Sie saßen in einer Kammer mit einem Meter dicken Bleiwänden und sprachen in ein Mikrophon.

»Das ist weniger Strahlung als bei einem Sonnenbrand.« Bei Hautkrebspatienten mußten sie auf diese beruhigende Floskel vermutlich verzichten.

Gewöhnlich stritt Randall mit den Technikern darüber, wieviel Kontrastmittel er trinken mußte und wieviel radioaktive Lösung sie ihm spritzen durften, doch diesmal ließ er alles geduldig über sich ergehen. Sie richteten seinen Kopf in dem Apparat aus und eilten wieder in ihre Kammer. Ein rotes Lämpchen blinkte, und die Liege schob sich langsam und präzise Stück für Stück weiter in den runden Rachen hinein. Er hörte das Sirren einer gewaltigen Hydraulik, unterbrochen nur von einem leisen Klicken, wenn Strahlung freigesetzt wurde. Er konnte einen der Monitore in der Kammer sehen: die farbige Abbildung eines Längsschnittes durch einen Körper – wahrscheinlich durch seinen Körper. Zwei Köpfe über weißen Laborkitteln beugten sich darüber.

Nach zwanzig Minuten kamen die beiden Techniker aus der Kammer.

»Sie haben sich das auf den Monitoren angesehen, stimmt's?« fragte Randall.

»Ja«, sagten sie. »Haben wir.«

»Und ...?« stammelte er. »Was ... was haben Sie gesehen?«

Sogleich waren ihre Gesichter vollkommen ausdruckslos.

»Wir dürfen Ihnen keinen Befund geben«, sagte der eine.

»Ihr Arzt wird Ihnen den Befund mitteilen«, sagte der andere. »Wir sind keine Ärzte. Wir dürfen die Ergebnisse nicht bewerten oder interpretieren. Wir machen bloß die Untersuchung und schicken die Videoaufzeichnung zum Radiologen, der dann –«

»*Das weiß ich*«, sagte Randall und biß die Zähne zusammen. »Aber Sie wissen ganz genau, ob da irgendwas positiv oder negativ oder was auch immer war«, fuhr er fort und schenkte ihnen ein demütiges Lächeln, das in ihren vollkommen ausdruckslosen Gesichtern keinerlei Echo fand.

»Tut uns leid«, sagten sie vollkommen ausdruckslos.

»Das kann ich mir vorstellen«, knurrte Randall.

Obwohl ihre Miene sich nicht im mindesten verändert hatte, war Randall mit einemmal davon überzeugt, daß sie auf dem Monitor einen riesigen Gehirntumor in leuchtenden Farben gesehen hatten und ihm nur nichts davon sagen wollten. Na klar. Seit Jahren sahen diese Burschen mindestens einmal pro Woche auf ihren Monitoren Tumore aufleuchten wie feindliche Raumschiffe aus den Tiefen des Alls. Sie hatten diese Nummer schon Hunderte Male durchgezogen. Tritt aus deinem Kämmerchen, setz ein ausdrucksloses Gesicht auf und versuch nicht daran zu denken, daß du mit jemandem sprichst, der nicht weiß, daß er in einem halben Jahr tot sein wird.

Als er hinausging und die Tür hinter sich schloß, spürte Randall, daß sie hinter ihm den Kopf schüttelten. Er ging den Flur hinunter und stellte sich vor, wie sie wieder in ihre Kammer gingen, um die Videoaufnahme noch einmal abzuspielen. *Hast du gesehen, wie groß das Ding war?* sagte einer wahrscheinlich gerade. *Der steht schon mit einem Fuß im Grab!*

Die nächste Untersuchung sollte in Beans Behandlungszimmer stattfinden: eine Lumbalpunktion. Auf den Gängen begegneten ihm Menschen, die ihr Schicksal bereits kannten. Ein junges Paar beugte sich strahlend über ein Ultraschallbild ihres Kindes. Eine

Mutter und ein Vater zogen mit versteinerten Gesichtern ein kahlköpfiges kleines Mädchen hinter sich her. Ein Schlaganfallopfer saß zuckend in einem Rollstuhl.

Zwei Schwestern bereiteten ihn für seine erste Lumbalpunktion vor. Er war einerseits dankbar für diese weitere Quelle der Information über seinen Zustand, andererseits aber fürchtete er etwaige nachteilige Auswirkungen, zum Beispiel wenn eine falsch gesetzte Nadel sein Rückenmark zerriß. Das stechende Gefühl begann am unteren Ende des Rückgrats und kroch langsam bis hinauf zum Nacken. Danach konnte er zwar gehen, aber seine Zehen kribbelten, wahrscheinlich weil die Nadel irgendwo einen Nerv oder so getroffen hatte. Vielleicht konservierten ihn aber auch all diese Farb- und Kontrastlösungen, die sie ihm verpaßt hatten, wie einen Frosch in Formaldehyd.

Im Vorzimmer erfuhr er von der Sekretärin, daß Bean seit sechs Uhr morgens in einer Notoperation an einem Aneurysma sei. Ein sehr komplizierter Fall. Könne noch Stunden dauern.

»Könnten Sie nicht unten anrufen und nach dem Tomographiebefund fragen?« bat Randall. Er hatte das Gefühl, daß er gleich in Tränen ausbrechen, Blut kotzen, elektrische Funken sprühen oder Strahlung freisetzen, auf eine ganz neue Art explodieren würde, denn er hatte noch nie solche Angst gehabt.

»Tut mir leid«, sagte sie. »Den Befund darf nur ein Arzt mitteilen. Strenge Regel. Keine Ausnahmen.«

»Aber mein Arzt ist in einer Operation«, sagte Randall und schluckte die aufsteigende Übelkeit hinunter. »Vielleicht dauert die noch den ganzen Tag, und so kann ich nicht ... Ich will wissen, ob alles in Ordnung ist, damit ich wieder an die Arbeit gehen kann.«

»Tut mir leid«, sagte sie, und ihr Blick verriet, daß es ihr nicht im geringsten leid tat. »Regeln sind Regeln. Und Sie werden jetzt ein großer Junge sein und sich an sie halten.«

Randall kaute eine Dreiviertelstunde an seinen Fingernägeln, bis Bean erschien und ihn ins Sprechzimmer führte.

»Wo bist du gewesen?« schrie Randall.

»Willst du das wirklich wissen?« fragte Bean. »Man nennt es einen Stillstand. Wir haben einen zweiundfünfzigjährigen Aneurysmapatienten auf Eis gelegt, sein Herz abgeklemmt, ihn an eine

Pumpe gehängt, sein Blut gekühlt, sein Gehirn auf fünfzehn Grad gebracht, damit wir es aufmachen und sein Aneurysma zusammenziehen konnten, ohne daß er uns auf dem Tisch verblutete. Ein gekühltes Gehirn braucht weniger Sauerstoff und Blut als ein warmes, und darum haben wir für zehn bis zwanzig Minuten einfach alles unterbrochen. Nachdem wir das Aneurysma beseitigt hatten, haben wir sein Herz wieder an die Hauptadern angeschlossen, ihm einen Elektroschock verpaßt und wie verrückt gebetet, daß das Ding anspringt. Eigentlich eine Routinesache, aber bevor du dich groß aufregst, möchte ich darauf hinweisen, daß dieser Patient mich vielleicht für ganz kurze Zeit dringender gebraucht hat als du.«

»Okay, okay – ich weiß, ich bin egoistisch. Also: Was ist auf der Tomographie zu sehen?«

»Der angiographische Befund ist negativ«, sagte Bean. »Also ist es keine arteriovenöse Mißbildung.«

»Scheiß auf arteriovenös«, rief Randall. »Ich will wissen: Ist es ein Tumor oder nicht?«

»Ich weiß es nicht«, sagte Bean sanft. »Für eine CT sitzt es zu tief. Wir werden noch eine MRI-Tomographie machen, aber in neun von zehn Fällen kriegt man bloß wieder irgendein UHO, aber nichts Neues.«

»Und was ist mit der Rückenmarksflüssigkeit?«

Bean seufzte. »Erhöhte Eiweißwerte«, sagte er.

»Und das bedeutet?«

»Es ist nicht spezifisch«, sagte Bean, rutschte im Sessel herum und wippte nervös mit dem Bein. »Könnte durch eine Infektion hervorgerufen sein ... oder ... durch eine Läsion ...«

»Oder durch einen Tumor, so groß wie ein Asteroid«, sagte Randall. »Du kannst die Scheiße nicht vom Klopapier unterscheiden, was?« schrie er. Er sprang auf, marschierte auf und ab und starrte seinen Freund böse an. »Und jetzt? Noch mehr Untersuchungen, nehme ich an.«

»Wahrscheinlich nicht«, sagte Bean ruhig. »Hör zu: Du hast *mich* zu deinem behandelnden Arzt gemacht. Ich versuche, objektiv zu sein und das zu tun, was ich tun würde, wenn du irgendeiner meiner Patienten wärst. Wenn du mit meiner Behandlung nicht einverstanden bist, dann geh doch zu Carolyn.«

»Ich bin nicht irgendein Patient!« schrie Randall und marschierte noch ein bißchen auf und ab. »Was soll ich jetzt machen? Nach Hause gehen und die Sache vergessen? Über das Müllproblem nachdenken oder so?«

»Meistens muß man einfach abwarten«, sagte Bean beschwörend. »Achte auf irgendwelche Symptome, und wenn sich irgend etwas tut, sind wir sofort zur Stelle. Eine Infektion wird normalerweise besser und verschwindet.«

»Und ein Tumor?« krächzte Randall.

»Wird normalerweise größer, bis wir ihn irgendwann sehen können oder bis er Symptome hervorruft.«

»Wie zum Beispiel schreckliche Kopfschmerzen?« sagte Randall. »Oder daß man alles doppelt sieht? Immerhin hat man dann die Gewähr, daß man nicht mehr lange zu leiden haben wird, stimmt's?«

»Paß auf«, sagte Bean. »Denk mal darüber nach: Du arbeitest neunzig Stunden die Woche. Na gut, das ist normal. Dann verschwindet dein Junge in Afrika. Du kannst nicht schlafen. Du nimmst ein paar Schlaftabletten, und zwei Stunden später wachst du auf und siehst etwas, das im ersten Augenblick sehr merkwürdig aussieht, aber dann ist es weg. Für mich klingt das nach einer einmaligen, hypnagogischen Halluzination. Schlimmstenfalls nach einem ungewöhnlichen Vorfall im Hinterhauptlappen. Es wird wahrscheinlich nie wieder auftreten. Ich an deiner Stelle würde versuchen, mich zu erinnern, ob ich *etwas* gesehen habe, das unter den Umständen nur anders als sonst aussah. Ich sage dir das nicht als Gehirnchirurg, sondern als dein Freund.«

Randall schlug die Hände vor das Gesicht.

»Geh zurück an deine Arbeit«, sagte Bean. »Denk mal über das nach, was ich dir gesagt habe. Sprich mit Marjorie darüber. Und wenn du mit mir reden willst, dann ruf mich an, egal um welche Uhrzeit, okay?«

Randall durchquerte eilig die Eingangshalle des Sterling-Gebäudes, wie er es immer tat: ohne irgend jemanden zu grüßen, es sei denn, er gehörte zu dem Ausschuß, der über die Vergütungen entschied. Er schaltete seinen Computer an und rief eine blinkende Meldung seiner Sekretärin ab. Es handelte sich um eine Liste von

Leuten mit Konkursproblemen, die er anrufen sollte, sowie um eine Nachricht von Senator Swanson, der den Namen und die Telefonnummer eines gewissen Warren Holmes hinterlassen hatte, desselben Beamten, der Randall am Tag nach Michaels Verschwinden angerufen hatte.

Randall drückte auf den Knopf an seiner Telefonanlage, der ihn mit Mack verband.

»Sir«, sagte Mack mit einem herablassenden leisen Kichern.

»Rufen Sie den Expertenservice an, den wir unter Vertrag haben«, sagte Randall. »Ich brauche einen Spezialisten für Fledermäuse.«

»Für was?«

»Fledermäuse. Geflügelte, nachtaktive Säugetiere«, sagte Randall. »Das Ultraschallzeug interessiert mich nicht. Ich will was über die verschiedenen Arten von Fledermäusen wissen. Ob sie jemals Geräusche von sich geben, die Menschen hören können. Wo sie leben. Wie groß sie werden können. Was die größte Art ist und so weiter.«

»Morphologie«, sagte Mack. »Ich wette, es gibt irgendwo einen Spezialisten für die Morphologie der Fledermäuse.«

»Was auch immer. Sagen Sie ihm, wir haben einen Fall, in dem wir vielleicht auf ihn zurückgreifen müssen. Rufen Sie ihn an und verbinden Sie mich mit ihm. Noch heute.«

»Mr. Bilksteen auf vier. Beach Cove«, sagte seine Sekretärin über die Gegensprechanlage.

Normalerweise war Randall für Kreaturen wie Bilksteen nicht zu sprechen, doch mit einemmal verspürte er ein sentimentales Verlangen nach dem vertrauten Vergnügen, einen Anwalt der Gegenseite in den Hintern zu treten.

»Bilksteen«, sagte Randall, drückte mit dem Breitschwert auf die Freisprechtaste und lehnte sich in seinem Drehsessel zurück.

»Nehmen Sie den Hörer ab, Sie Schweinehund«, sagte Bilksteen bitter.

»Leben Sie noch?« fragte Randall. »Jemand hat mir erzählt, daß er Sie neulich in der Hölle gesehen hat, wo Sie mit dem Teufel Whisky on the Rocks getrunken haben. Ich hab gedacht, Sie sind tot. Tut mir leid, daß ich Sie auf Lautsprecher stellen muß, aber ich habe beide Hände voll. Ich überprüfe gerade eine Rechnung an die Comco Bank, für diesen lächerlichen Antrag auf Aufhebung des Vollstreckungsaufschubs, über den wir vor ein paar Tagen gesprochen haben. Einen Moment, bitte.«

Ein Bürobote überreichte Randall die Firmenzeitung; Randall schob sie mit dem Schwert in den Rachen des Bären.

»Warten Sie«, sagte Randall. »Jetzt will ich mir diese Rechnung doch mal genauer ansehen. Oh, die ist ja für den Beach-Cove-Fall! Ist das nicht Ihr Fall, Bilk?«

»Wenn Ihnen irgend etwas heilig ist«, sagte Bilksteen, »wenn Ihnen irgend etwas heilig ist, das Ihnen gestattet, anderen Menschen zu helfen, dann bitte ich Sie ... mir ein Angebot, *irgendein* Angebot zu machen, mit dem ich zu den Kommanditoren gehen kann. Auch wenn sie es unter keinen Umständen annehmen können. Machen Sie mir ein Angebot. Dann hätte ich wenigstens *etwas* vorzuweisen ... und könnte mir ein bißchen Selbstachtung bewahren.«

»Sie meinen, ich soll Ihnen einen Gefallen tun?« fragte Randall. »Betteln Sie mich bitte nicht an, davon kriege ich Herzbeschwerden. Ihnen einen Gefallen zu tun wäre nicht im Interesse meiner Mandantin. Ich bekomme meine Schecks von Comco, nicht von Beach Cove, und ich hoffe, Sie hatten nicht vor, mir ebenfalls Geld anzubieten.«

»Sie sind derjenige, der in die Hölle gehört«, sagte Bilksteen.

»Wollen Sie mir mit Vergeltung im Jenseits drohen? Hier geht es um Konkurse. Reißen Sie sich zusammen, Mann. Und wenn Sie sich zusammengerissen haben und sich immer noch schämen, sich bei einem Konkursverfahren blicken zu lassen, dann versuchen Sie's doch mal mit diesen neuen japanischen Managementtechniken, die so gut für die Firmenkultur und so weiter sein sollen. Ein vielversprechender Anfang wäre, sich vor dem Gerichtsgebäude den Bauch aufzuschlitzen, um Ihre abgrundtiefe Unfähigkeit als Konkursanwalt zu sühnen.«

»Ich meine es ernst«, bat Bilksteen. »Machen Sie ein Angebot. Irgendein Angebot.«

»Ich setze diesen Anruf gleich mit auf die Rechnung«, erwiderte Randall, »und wir nähern uns der zweiten Einheit honorarfähiger Zeit.«

»Wenn Sie mich verachten«, sagte Bilksteen, »dann denken Sie doch wenigstens an die Kommanditoren. Einige von ihnen haben in diese Sache Geld gesteckt, das eigentlich für die Ausbildung ihrer Kinder gedacht war.«

Randall unterbrach die Verbindung und wählte die Nummer von Warren Holmes, der laut der elektronischen Nachricht irgendeine Art von Kulturbürokrat im Außenministerium war. Er hangelte sich durch den üblichen Hindernisparcours aus Anrufbeantwortern und verfluchte sich, weil er diese Sache nicht seiner Sekretärin übergeben hatte.

Schließlich erreichte er Holmes, der ihr erstes Gespräch erwähnte und sich noch einmal vorstellte: Er sei ein guter Freund von Senator Swanson, bereit und willens, auf jede nur mögliche Weise zu helfen, insbesondere wenn Randall Fragen zu den Sitten und Gebräuchen der Eingeborenen in Sierra Leone habe – und darum sei es offenbar gegangen, als Mrs. Killigan Senator Swanson angerufen habe. Randall hörte mit halbem Ohr zu, als Holmes versuchte, ihn mit seinen Qualifikationen zu beeindrucken.

»Ich bin eigentlich Naturwissenschaftler«, sagte er, »aber dann habe ich zur Anthropologie übergewechselt und bin schließlich in den diplomatischen Dienst eingetreten. Ich hatte fast zehn Jahre lang verschiedene Posten an Botschaften in Afrika inne. Senator Swanson sagte, Sie hätten Fragen zum Thema Hexerei.«

»Meine Frau meint, es sei da vielleicht Hexerei im Spiel, irgendeine Art von Juju oder Gris-gris oder wie immer man das nennt. Wir haben einen Brief vom Diener unseres Sohnes bekommen, in dem er von Zauberern und Buschteufeln schreibt. Was wissen Sie über dies übernatürliche Zeug?«

»Tja, Mr. Killigan«, sagte Holmes mit einem höflichen kleinen Seufzer, »diese Frage zu beantworten würde einige Zeit beanspruchen. Das ist nicht so leicht. Bevor ich Ihnen etwas von Zauberei erzähle, muß ich Ihnen erklären, wie der Geist eines Afrikaners arbeitet.«

»Wenn ein Verständnis des afrikanischen Geistes mir hilft, meinen Sohn zu finden«, sagte Randall, »dann bin ich ganz Ohr.«

»Ich hatte mal einen Posten in Ouagadougou«, fuhr Holmes

fort. »Im ehemaligen Obervolta. Heute heißt es Burkina Faso oder so. Ich habe diese Menschen jahrelang studiert. Sie sind Primitive. Sie begreifen die Dinge nicht so, wie wir sie begreifen. Wenn etwas Außergewöhnliches passiert, müssen sie eine Erklärung dafür erfinden.«

»Weil sie abergläubisch sind«, warf Randall hilfsbereit ein.

»Genau. Einmal habe ich ein paar Wochen lang in einem Dorf gelebt. Während ich dort war, wurde ein Mann verrückt. Er fing an, nachts Dinge zu sehen und zu schreien, er aß nichts mehr, und wenn er etwas sagte, dann war es vollkommen sinnloses Zeug. Die Dorfbewohner wollten mir weismachen, daß im Bauch des Mannes eine Hexe saß, die sich nach und nach seiner Seele bemächtigte.« Holmes lachte spöttisch. »Sie glauben tatsächlich, daß ein bestimmtes Wesen oder eine bestimmte Kraft in einen Menschen eindringen und seine Persönlichkeit in Besitz nehmen kann. Sie kapieren einfach nicht, daß dieses Universum vollkommen rationalen Naturgesetzen gehorcht. Statt dessen erfinden sie aus dem Stegreif ihre eigenen Erklärungen.«

»Du liebe Zeit«, sagte Randall und fragte sich insgeheim, was diesen Mann nachts zum Schreien gebracht haben mochte.

»Sie kapieren einfach nicht, daß der Verrückte wahrscheinlich bloß eine ganz normale akute Hebephrenie mit einer lithiumresistenten bipolaren Komponente hat, vermutlich hervorgerufen durch eine synaptische Dysfunktion der Zirbeldrüse, die erhöhte Serotoninwerte und eine proportional vergrößerte Stimulation der Neurorezeptoren im Hippocampus und des Corpus amygdaloideum bewirkt. Verstehen Sie, was ich meine?«

Randall versuchte sich immer noch vorzustellen, wie sich wohl jemand verhielt, dessen Persönlichkeit von einer Kraft oder einem Wesen in Besitz genommen wurde. Ob er sich dieser Kraft überhaupt bewußt war?

»Natürlich verstehe ich, was Sie meinen«, knurrte er. »Ein Fall für den Psychiater. Oder den Neurologen oder wen auch immer.«

»Genau. Und warum wissen Afrikaner nicht, wie Menschen verrückt werden können? Weil sie nichts von Stoffwechselstörungen und den chemischen Prozessen im Gehirn wissen. Weil sie keine Positronenemissionstomographen haben, keine Superleitfähigkeitsquanteninterferenzdetektoren, keine computergesteuerte Einzelphotonemissionstomographie. Klingt das etwa nach Hexerei? Natürlich nicht. Das ist Wissenschaft. Da weiß man, was man hat.«

Randall hörte gar nicht richtig hin. Wie, fragte er sich, würde sich ein solches Wesen, eine solche Kraft bemerkbar machen?

»Was können Sie mir noch sagen?« fragte er gereizt.

»Das ist noch nicht mal die Hälfte«, sagte Holmes. »Sie glauben, daß die ganze Welt von unsichtbaren Geistern bevölkert ist und daß diese Geister mit ihnen auf ihrem Land leben, ihnen im Traum erscheinen und alles beeinflussen, was im Dorf passiert. Sie glauben, daß sie in einer Art Kraftfeld leben und träumen, in dem es nur so wimmelt von Dämonen, Hexen, Teufeln, Geistern, Zauberern und zornigen Ahnen. Alle eigenartigen oder bemerkenswerten Stellen, alle großen oder seltsamen Objekte oder Wesen – Tiere, Bäume, Wasserfälle, geweihte Orte – können einen Geist oder eine Hexe beherbergen. Können Sie sich das vorstellen? Sie sind so ignorant und abergläubisch, daß sie nicht merken, daß in Wirklichkeit alles aus Molekülen besteht, die wiederum aus Elektronen, My-Mesonen und Neutrinos zusammengesetzt sind und mit Protonen, Neutronen, Pi-Mesonen, Mesonen, Baryonen, Kaonen und Hadronen um einen Atomkern kreisen, und daß das alles durch Gluonen zusammengehalten wird und letztlich aus Quarks in allen Farben und Formen gemacht ist: aus Up Quarks und Down Quarks, Top Quarks und Bottom Quarks, Anti Quarks und Strange Quarks, Spiegelbild-Quarks und Charmed Quarks. Verstehen Sie, was ich meine?«

»Natürlich«, sagte Randall. »Physik.«

»Genau. Selbstverständlich hat noch niemand diese Partikel im landläufigen Sinne des Wortes ›gesehen‹, aber wir *wissen*, daß sie da sind, denn wir haben sie mit anderen Elementarteilchen beschossen und gewisse indirekte Reaktionen festgestellt ... und wie nicht anders zu erwarten, entspricht das Verhalten dieser Partikel genau den vollkommen rationalen Gesetzen der Physik. Ist das etwa Hexerei? Nein, gottlob nicht! Das ist Quantenmechanik und solide genug, um ein Haus darauf zu bauen. Sollen diese Afrikaner also ruhig weiter denken, daß Geister für alles verantwortlich sind – wir wissen es besser, stimmt's?«

»Stimmt«, sagte Randall.

»Sehen Sie, der Unterschied zwischen uns und ihnen ist, daß sie sich jedesmal, wenn etwas Außergewöhnliches geschieht, eine Erklärung ausdenken müssen. Dann greifen sie auf Geschichten, Mythen, alte Legenden zurück. Wir wissen, daß es nichts Außergewöhnliches gibt, weil irgendwo irgend jemand eine vollkommen rationale Erklärung für das, was geschehen ist, hat und wir darum keine Geschichten erfinden müssen. Und ehrlich gesagt: das läßt mich besser schlafen.«

»Mich auch«, sagte Randall.

»Sie glauben, daß ein großer Geist namens Ngewo, der in einer Höhle lebte, die Welt und alle Männer, Frauen und Tiere erschaffen hat. Wir dagegen haben wissenschaftlich gesichertes Wissen. Wir *wissen*, daß das Universum aus einem unendlich dichten Körnchen Masse entstanden ist, das vor ungefähr hundert Milliarden Jahren in einem Urknall explodiert ist. Also, wenn ich zwischen einer Geschichte von einem Geist in einer Höhle und der Theorie von einem unendlich dichten, vor Milliarden Jahren explodierten Körnchen Masse wählen müßte, bräuchte ich nicht lange zu überlegen, für welche ich mich entscheide.«

»Logisch«, sagte Randall.

Auf der Sprechanlage blinkte der Knopf von Macks Apparat.

»Danke für die Informationen«, sagte Randall. »Ich werde meiner Sekretärin oder meiner Frau sagen, daß sie Ihnen den Brief von dem Diener faxen soll. Dann könnten Sie sich mal die Beschreibung der Zauberer, die ins Dorf gekommen sind, ansehen.«

»Mit Vergnügen«, sagte Holmes.

Randall stellte Holmes zu seiner Sekretärin durch und gab ihr die Anweisung, sich seine Faxnummer zu notieren, Marjorie anzurufen und ihr zu sagen, sie solle Holmes den Brief des Dieners faxen. Dann drückte er den Knopf auf der Sprechanlage.

»Ja?« sagte er.

»Batman auf Leitung drei«, sagte Mack. »University of California in San Diego. Sein Name ist Dr. Veldkamp, Doktor der Zoologie, Spezialist für Sie wissen schon was. Er spricht nicht viel Englisch. Das meiste, was er sagt, ist Latein, bis er das Wort ›Geld‹ hört. Ich hab ihm gesagt, daß wir vielleicht einen Gutachter zum Thema Fledermäuse brauchen und daß Sie ein Anwalt mit einigen Fragen über Fledermäuse sind. Er hat gesagt, er ist bereit, mit Ihnen zu sprechen, wenn er pro Stunde dasselbe kriegt wie Sie.«

»Verbinden Sie mich mit ihm.«

Mack stellte durch und legte auf.

»Guten Tag, Professor Veldkamp«, sagte Randall aufgeräumt. »Ich nehme an, mein Assistent hat Ihnen schon gesagt, worum es geht. Es ist ein sehr eigenartiger Fall, aber in meinen über zwanzig Jahren als Anwalt habe ich schon alle möglichen Gutachter gehört, also warum nicht mal einen über Fledermäuse?«

»Ich hoffe, ich kann Ihnen helfen«, sagte Veldkamp. »Mr. Saplinger hat mir Ihre Adresse gegeben, so daß ich Ihnen einen Lebenslauf und eine Liste meiner Veröffentlichungen schicken kann. Ich bin außerdem Autor zweier Bücher: *Die Ökologie des Zwergepaulettenflughundes* und *Morphologie der Fledermäuse*. Ich habe unter Dr. Blanford an der University of Chicago studiert.«

»Wunderbar. Sie sind genau der Mann, den wir gesucht haben. Die Sache ist die: Wir haben hier einen Mandanten, der eine Menge Geld loswerden will. Eine *Menge* Geld. Wenn Sie sich mit den Fledermaus-Fachausdrücken zurückhalten, halte ich mich mit juristischen Fachausdrücken zurück. Dieser reiche Mann – nennen wir ihn einfach Midas – hat uns beauftragt, eine Reihe von großen, komplexen Vermögensverwaltungen aufzubauen. Aber einer seiner potentiellen Erben – nennen wir ihn Harry – versucht, Midas und uns daran zu hindern, das Geld wegzugeben, und sagt, daß Midas geschäftsunfähig ist. Daß er meschugge ist. Und einer der Gründe, warum Harry das sagt, ist, daß Midas behauptet, er habe eines Nachts eine große Fledermaus gesehen. Eine *riesige* Fledermaus. Midas schwört, daß das Ding eine Flügelspannweite von mindestens einem Meter zwanzig hatte. Wirklich groß also. Ich habe nun schon eine ganze Menge überspannte Mandanten gehabt, die mir alle möglichen schwachsinnigen Geschichten erzählt haben, aber noch nie einen mit einer Fledermausgeschichte, und darum frage ich Sie: Gibt es Fledermäuse mit einer Flügelspannweite, so breit wie ein Volkswagen?«

»Natürlich«, sagte Veldkamp. »Die Spannweite von Flattertieren reicht von fünf Zentimetern, das ist die Größe eines Schmetterlings, bis zu fast zwei Metern, das ist etwa die Armspanne eines erwachsenen Menschen. Sie wiegen zwischen zwei Gramm und zwölfhundert Gramm. Aber wo hat ... äh ... Midas diese Fledermaus gesehen?«

»In seinem Schlafzimmer«, sagte Randall, »und zwar mitten in der Nacht. Aber er konnte sie ziemlich gut sehen, weil er das Licht angeschaltet und versucht hat, sie mit einem Tennisschläger zu erschlagen.«

»Ich meine, in welchem Teil der Welt war das? In welchem Land?«

»Spielt das eine Rolle?«

»Nein«, gestand Veldkamp ein, »vielleicht spielt das keine Rolle. Vielleicht sind Fledermäuse überall gleich, genau wie die Gesetze. Es spielt keine Rolle, ob man in Madagaskar oder in Marin County lebt – die Fledermäuse und die Strafzettel für verbotenes Parken sind dieselben, stimmt's?« Er lachte leise. »Die größte nordamerikanische Fledermaus ist die Mastiff-Fledermaus, *Molossida eumops*, mit einer Flügelspannweite von etwa fünfzig Zentimetern. Wenn Midas zufällig gerade Urlaub bei den Kannibalen in Papua-Neuguinea gemacht hat, könnte er einen Flugfuchs oder *Pteropus* gesehen haben. Der hätte schon eher die Größe, von der Sie gesprochen haben, nämlich einen Meter fünfzig bis zwei Meter Spannweite. Sobald die Spannweite größer ist als sechzig Zentimeter, kann es sich eigentlich nur um einen Altwelt-Flughund handeln. Dann kann es nur um *Megachiroptera* gehen, im Gegensatz zu *Microchiroptera.*«

»Im Zeugenstand sollten Sie keine lateinischen Ausdrücke gebrauchen«, unterbrach Randall ihn. »Die Geschworenen können das nicht ausstehen.«

»Um Altwelt-Flughunde. Sie sind in Eurasien, Australien und Afrika verbreitet. Es sind große, früchtefressende Flattertiere, im Gegensatz zu den Neuwelt-Flughunden, die viel kleiner sind und sich von ihnen auch in anderer Hinsicht unterscheiden. Viele Zoologen vermuten, daß die großen Altwelt-Flughunde vollkommen andere Vorfahren haben als die übrigen Fledermäuse, denn die großen Flughunde benutzen meist keine Echolokation.«

»Echo ...?«

»Echolokation«, wiederholte der Professor. »Sie gebrauchen kein Sonar, um zu jagen und sich zu orientieren. Flughunde haben große Augen. Die meisten senden nicht die Ultraschalltöne aus, von denen Sie wahrscheinlich gehört haben.«

»Dann machen Flughunde also keine Geräusche?« fragte Randall. »Denn diese ...«

»Das habe ich nicht gesagt«, unterbrach Veldkamp ihn. »Fledermäuse machen Geräusche, die das menschliche Ohr wahrnehmen kann, hauptsächlich Quietsch- und Zirplaute. Aber die Echolokation erfolgt fast ausschließlich mit Hilfe von Ultraschall, von Geräuschen also, die wir nicht hören können. Auf diese Weise können Fledermäuse ›sehen‹.«

»Das weiß ich«, sagte Randall. »Aber diese Fledermaus hat einen lauten, fast trommelartigen Ton ausgestoßen, eindeutig hörbar – jedenfalls behauptet das Midas. Wie große Kastagnetten oder so. Es hat sich angehört wie ein lautes *Twock*, sagt Midas. Das ist ein weiterer Grund, warum Harry der Meinung ist, daß Midas meschugge ist. Harry sagt, daß Fledermäuse nur Geräusche machen, die Menschen nicht hören können, und wenn Midas sagt, er habe gehört, daß eine Fledermaus ein lautes *Twock* gemacht hat, bedeutet das natürlich, daß er zu meschugge ist, um über sein Geld verfügen zu dürfen. Daß er zwar keinen Vogel, aber sozusagen eine Fledermaus hat.«

»Manche Flughunde stoßen laute, niederfrequente Töne aus, die das menschliche Ohr wahrnehmen kann«, sagte Veldkamp. »Das *Twock* deutet auf eine ganz besondere Art von Flughunden hin – nach dem, was Sie sagen, wahrscheinlich auf einen *Hypsignathus monstrosus*. Die sind nämlich bekannt für ihre laute Stimme. Sehr interessante Tiere. Sie sind ziemlich groß, ernähren sich von Früchten und haben eine Flügelspannweite von über einem Meter. Man nennt sie auch Hammerkopfflughund oder Pferdekopfflughund.«

»Ja!« sagte Randall fast etwas zu begeistert. »Das Ding sah aus wie ein Pferde- oder Hundekopf mit Flügeln!«

»Es hat eine grotesk verformte Schnauze mit geschwollenen Lippen, die mit warzenartigen Auswüchsen bedeckt sind.«

»Genau!« rief Randall. »Das war sie ... Ich meine, so hat Midas sie beschrieben.«

»Der Hammerkopfflughund hat einen großen, gut ausgebildeten Kehlkopf – eigentlich fast schon ein Schallbrett –, mit dem er dieses charakteristische *Twock*-Geräusch machen kann.«

»Richtig! Dann ist er also nicht verrückt«, sagte Randall. »Er hat bloß einen *Hypsig*-soundso im Haus gehabt.«

»Wenn es ein Flughund mit einer Flügelspannweite von über sechzig Zentimetern war, lebt dieser Midas in Asien, Australien oder Afrika«, sagte Veldkamp. »Wenn er einen *Hypsignathus* oder Hammerkopfflughund in seinem Haus gesehen hat, dann lebt er in Afrika. In Zentral- oder Westafrika.«

Randall schluckte. »Er lebt in Indianapolis.«

Wieder lachte Veldkamp leise. »Ich würde gern als Gutachter für Sie auftreten, Mr. Killigan, aber ich fürchte, es gibt keine Möglichkeit, eine Jury davon zu überzeugen, daß ein geistig gesunder Mensch einen Altwelt-Flughund mit einer Flügelspannweite von einem Meter fünfzig in seinem Schlafzimmer in Indianapolis gesehen haben könnte, es sei denn, er hat ihn selbst dorthin gebracht.«

»Ich verstehe«, sagte Randall und starrte in das Meeresblau seines Monitors. »Vielleicht sollte ich Midas anrufen und ihn noch einmal zu den Maßen und ... ein paar anderen Einzelheiten befragen. Womöglich nimmt er regelmäßig Medikamente oder so.«

»Vielleicht«, sagte Veldkamp. »Wenn er dabei bleiben will, daß er das Tier in Indiana gesehen hat, sollten Sie ihn auf dreißig bis maximal fünfzig Zentimeter herunterhandeln. Und, noch wichtiger: Er soll dieses laute *Twock*-Geräusch schnell vergessen. Das würde nämlich bedeuten, daß er einen Flughund aus Westafrika gesehen hat.«

»Ich werde auf Sie zurückkommen«, sagte Randall.

Sobald er die Verbindung unterbrochen hatte, kam der nächste Anruf.

»Ich habe diesen Medizinkram für Nimrod, den Sie angefordert haben«, sagte Mack.

»Nimrod?« fragte Randall verwirrt.

»Die Frau des Präsidenten«, sagte Mack. »Ich hab's hier auf meinem Schreibtisch. Ich nehme an, sie hat Halluzinationen und kann nachts nicht schlafen.«

»Lesen Sie vor«, sagte Randall.

»*Annals of Neurology*, Mai 1990. ›Pedunkuläre Halluzinose in Verbindung mit einem isolierten Infarkt der Substantia nigra pars reticulata.‹« Mack hielt inne und lachte leise. »Die Rechnung wird ihr nicht gefallen, das kann ich Ihnen jetzt schon sagen. In der Medizin ist es genauso wie vor Gericht: Je mehr Latein, desto höher die Rechnung.«

»Weiter«, donnerte Randall.

»Hier ist noch ein Artikel. *Neurology*, Oktober 1983. ›Pedunkuläre Halluzinationen infolge einer Druckverletzung des Hirnstamms‹. Pedunkuläre Halluzinationen sind lebhafte, farbige Bilder von Menschen, Tieren, Pflanzen, Szenerien oder geometrischen Figuren, die gewöhnlich in Verbindung mit vaskulären oder infektiösen Läsionen des Hirnstamms auftreten.

Im Artikel in den *Annals* wird die Geschichte der Krankheit beschrieben. Früher dachte man, es handle sich um einen dissoziierten Schlafzustand, bei dem die visuellen Halluzinationen lediglich Träume seien, die in einem relativen Wachzustand abliefen. Ein gewisser Van Bogaert oder so vertritt die Meinung, pedunkuläre Halluzinose sei eine Auflösung des Ego, verbunden mit dem Verlust der Fähigkeit, zwischen Einbildung und äußerer Realität zu unterscheiden. Hallo?« sagte Mack.

»Ich bin noch da«, antwortete Randall und spürte, wie sein Ego sich auflöste und durch seine Einbildung hindurch in die äußere Realität tropfte.

»Wenn sie also pedunkuläre Halluzinose hat, dann leidet sie entweder an einer vaskulären oder an einer infektiösen Funktionsstörung oder an einem Craniopharyngiom, also einem Tumor der...«

»Welche Untersuchungsmethoden werden angewendet, um herauszufinden, was diese Halluzinationen verursacht?« fragte Randall, der im Augenblick nichts von Tumoren hören wollte.

»Hauptsächlich CTs und MRI-Tomographien«, sagte Mack. »Bevor die erfunden waren, mußte man meistens die Autopsie abwarten. Soweit ich es übersehen kann, weiß niemand wirklich, wie oder warum Funktionsstörungen des Mittelhirns Schlafstörungen und visuelle Halluzinationen hervorrufen. Da kann einer nicht schlafen, intensive visuelle Halluzinationen treten auf, und wenn der Typ ein halbes Jahr später gestorben ist und sie seinen Schädel aufmachen und auskratzen, finden sie eine Beschädigung des Mittelhirns.«

Modemlämpchen blinkten, und Nachrichten huschten über Randalls Monitor. Er erkannte das Logo seines Börsenmaklers, gefolgt von den Zeilen: »Gratuliere! Merck steigt konstant weiter um 6½.«

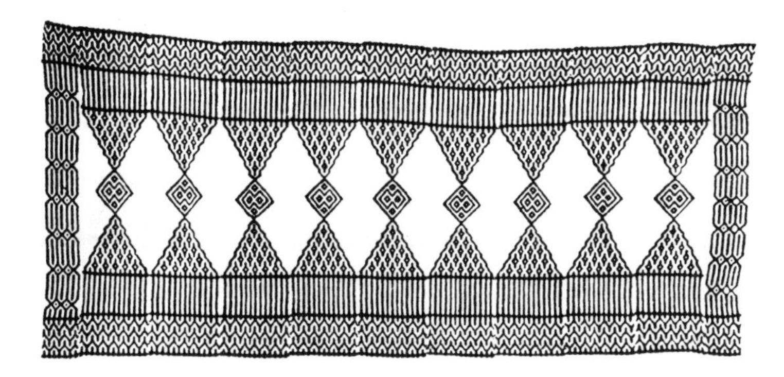

8

Boone erwachte aus einem Schlaf, der so tief und dumpf wie der Tod war. Er lag, umhüllt von der knochenbleichen Wolke seines Moskitonetzes, unter seinem schweißnassen Schlafsack und war wund vom groben Bezug der Matratze. Hatte er wirklich einen Mann schreien hören, oder hatte er das nur geträumt?

»ALLAHU AKBAR! ALLAHU AKBAR! ALLAHU AKBAR!«

Unterlegt mit Trommelschlägen, rief eine Stimme die Vokale mit der Klangfülle eines Dorfausrufers in die vormorgendliche Stille. Auf Sisays Seite der Wand regte sich etwas.

»Sisay«, sagte Boone und hoffte, daß seine Stimme es über die Betonmauer und unter dem mit Wellblech gedecktem Dach hindurch in Sisays Zimmer schaffte und dabei den Lärm dort draußen übertönte. »Da schreit einer. Vielleicht ein Notfall oder so. Ist irgendwas nicht in Ordnung?«

»Nur mit dir nicht«, sagte Sisay. »Es ist Morgen, und du liegst noch im Bett.«

»Aber dieses Geschrei«, sagte Boone. »Was hat das zu bedeuten? Wieviel Uhr ist es überhaupt?«

»Ich sehe schon: Du bist ein echter Globetrotter«, antwortete Sisay spöttisch. »In den letzten tausenddreihundert Jahren hat die halbe Weltbevölkerung fünfmal am Tag ›Allahu akbar‹ gehört, und du kennst diesen Ruf nicht einmal.«

»Ich bin aus Indiana«, protestierte Boone. »Du weißt schon – einer von diesen amerikanischen High-School-Absolventen, die Afrika nicht auf einer Weltkarte finden können.«

»Der Dorfmuezzin füllt seine Lungen mit dem gewaltigen Atem Allahs und ruft die Menschen zum Morgengebet. Er sagt dir auf arabisch, daß Gott groß ist. Das wäre jedenfalls eine mögliche Übersetzung. Eine andere lautet: ›Gott ist der Mächtigste‹. Als ich hier neu war, habe ich mal einen alten Pa gebeten, mir ›Allahu akbar‹ zu übersetzen. Er sagte, es bedeutet: ›Gott ist sehr, sehr groß‹.«

»Wieviel Uhr ist es?«

»Es ist Morgen.«

»ALLAHU AKBAR! ALLAHU AKBAR! ALLAHU AKBAR!«

Diesmal waren die Schreie so laut, daß Boones offene, leere Aluminiumschüssel mitschwang und ein dissonantes, antiphonisches Stöhnen von sich gab.

»Du kannst dich glücklich schätzen«, sagte Sisay. »In vielen Dörfern benutzen sie ein batteriebetriebenes Megaphon, um den Menschen zu sagen, wie groß Gott ist.«

Nebenan schlurften Sandalen über geflochtene Matten.

»Ich bin in einer halben Stunde zurück«, sagte Sisay und ließ die Fliegengittertür hinter sich zufallen.

Boone drehte sich auf seiner Matratze herum und hörte, wie Sisay andere Dorfbewohner auf dem Weg zum Gebet begrüßte.

»Morgen, Mistah Aruna. Alles gesund?«

»Ich sag Gott Dank«, erwiderte Sisay.

»Und der *pu-mui*-Fremde geht nicht zum Gebet am Morgen?« fragte einer.

»Er kommt von Amerika«, erklärte Sisay. »Die Leute in Amerika beten nicht.« Und dann fuhr er, mit lauter Stimme und, wie Boone schien, zu seinem Fenster gewandt, fort: »In Amerika betet man zu Fernsehern und Video-Display-Terminals.«

»Vi-dio-dis-pleh-tö-mi-nels«, wiederholte eine Stimme.

»Zu was ist Fähn-se-er?« fragte eine andere.

»Um Menschen dumm zu machen«, antwortete Sisay. »Um zu machen die Augen groß und den Kopf klein. Um zu viel gierig zu machen. Um dich zu machen zu ein einziges großes gieriges Auge. So ist das.«

»Allahu Akbar! Allahu Akbar! Allahu Akbar!«

Kaum hatte der Muezzin aufgehört, da döste Boone wieder ein und träumte von mit Kapuzen verhüllten, rufenden Gestalten, die auf Minaretten standen. Dann hörte er so etwas wie den gellenden Schrei einer Seele in Dantes siebtem Kreis der Hölle, wo die Grausamen und Gewalttätigen in einem Fluß aus kochendem Blut stehen und an ihrem eigenen Fleisch nagen. *Und was ist das jetzt wieder?* fragte er sich. Er war bereits in der Nacht von einem »Palaver« geweckt worden, bei dem es laut Sisay um einen Fall von Frauenbeschädigung gegangen war. Einige junge Männer aus dem Dorf hatten mit zwei jungen Frauen des Section Chief geschlafen, und somit stand dem Chief eine ordentliche Entschädigung zu. Die eigentlichen Vergehen hatten vor einiger Zeit stattgefunden, doch gestern hatten sich Moiwos Vertreter und die jungen Männer mit ihren Großfamilien auf dem benachbarten *barri* eingefunden und die halbe Nacht damit verbracht, über die angemessene Dauer der Arbeit zu verhandeln, die die Übeltäter zu leisten haben würden.

Auch die Geckos hatten ihn den größten Teil der Nacht wachgehalten. Die Geckos, die er in Freetown gesehen hatte, gehörten offenbar zu einer urbanen, domestizierten Unterart, wohingegen diese Dorfgeckos weit aggressiver waren. Sie liefen nachts rasselnd auf der Unterseite des Wellblechdachs entlang – saurierhafte, marodierende Krieger, die ihr eigenes Gewicht an Insekten verschlangen. Und jetzt, im ersten Tageslicht, konnte Boone sie in grüner und orangefarbener Kriegsbemalung sehen, wenn sie wie leuchtende Blitze über die Decke stoben und gnadenlos unter den Insekten wüteten, die Mäuler verkrustet von den Überresten ihrer nächtlichen Beute.

Wieder hörte er das von Angst und Qual durchdrungene Höllengeschrei. *Hähne*, dachte er plötzlich. *Da schreien Hähne.* Allerdings nicht irgendwelche Hähne. Nicht die »Old MacDonald had a farm«-Rasse, die einfach »Kikerikii« machte. Nein, diese kreischenden Stimmen waren so alt wie die Welt, und in ihnen lag die Angst, die den Morgen des ersten und des letzten Tages begleitete. Im Dämmer von Boones halbwachem Bewußtsein bekamen die Hähne menschliche Stimmen und stimmten einen schaurigen Wechselgesang an. »Heut ist das Ende der Welt!« erscholl das rauhe Klagegeschrei einer verlorenen Seele aus einer Kehle, die noch vor Sonnenuntergang durchgeschnitten werden würde. »Heut ist das Ende der Welt!« schrie ein anderer mit derselben Qual, die jene Nacht erfüllt hatte, in der Christus von Petrus dreimal verleugnet worden war. »Nie von dem gehört!« wiederholte ein anderer dreimal und krächzte dabei wie ein todgeweihter Wellensittich in einem eingestürzten Bergwerksstollen. »Wer ist der denn?« rief ein brünstiger Hahn, bestieg eine Henne und pickte sie in den Hals, bis sie blutete. Es war der Schrei der Natur, die den Namen Gottes mißbrauchte und sich in einer Raserei des Hungers selbst verschlang.

Kaum hatten die Hähne aufgehört, da übernahmen ein Dutzend Kleinkinder mit hungrigen Bäuchen die Geräuschkulisse und brüllten ein Rondo aus markerschütternden Schreien nach Milch aus den Brüsten von Müttern, die es offenbar nicht sehr eilig hatten, darauf zu reagieren. Boone lauschte dem Geplapper von Frauen und Kindern in den angrenzenden Höfen. Ihre Stimmen verwoben sich wie Fäden zu einem gemeinschaftlichen Klangteppich, wobei bestimmte Sippen deutlich erkennbare akustische Muster einbrachten. Links von Boone stritten sich ein Mann und eine Frau, zu seiner Rechten stritten sich mehrere Frauen über ein schreiendes Kind. Dahinter sang ein kleiner Junge Lieder für seine Geschwister. Das Brüllen des Kindes verwandelte sich in Husten, der aufgeregtes Geschnatter der anwesenden Frauen auslöste.

Im Hof vor Boones Fenster hatten sich kleine Kinder mit Tabletts versammelt und priesen ihre Waren an.

»Ich hab süß Sesamkekse.«

»Ich hab fein Kolanüsse.«

»Süß Orangen hier. Drei für fünf Cent. Mehr nicht.«

Er hörte Sandalen auf der Veranda schlurfen und dann ein Quietschen und das Klappern eines Topfhenkels.

»Kong, kong«, sagte eine weibliche Stimme an der Tür zu Sisays Behausung.

Boone öffnete die Tür und sah sich einer jungen Frau gegenüber, die einen Topf, einen Teller mit Keksen und zwei Blechbecher trug.

»Ist das Kaffee?« fragte er hoffnungsvoll.

»Kaffee beaucoup«, sagte sie und stellte den Topf und die Becher auf der kniehohen Betonmauer der Veranda ab. »Und fein Kekse«, fügte sie hinzu und stellte auch den Teller mit dem gebratenen Gebäck auf die Mauer. Sie war rundlich, hatte aber eine gute Figur und bewegte sich mit Grazie. Er sah ihr zu, während sie den Kaffee einschenkte.

»Wie heißt dein Name?« fragte sie mit einem Grinsen, sah über die Schulter und ertappte ihn bei einem bewundernden Blick.

»Boone«, sagte er. »Boone Westfall.«

»Wo kommst du hierher?«

»Bitte?« sagte Boone.

Sie lächelte entschuldigend und legte die Hand vor den Mund. Dann richtete sie sich auf, nahm die Haltung eines Kindes an, das eine auswendig gelernte Schullektion wiederholt, und sagte in sorgfältig akzentuiertem Englisch: »Wo kommst du her?«

»Amerika.«

»Ich Name Jenisa«, sagte sie. »Ich bin junge Frau von Section Chief Moiwo. Er sagt, ich soll gehen mit dies Essen, um dich willkommen in Salone.«

»Sag ihm, ich danke ihm sehr. Ich möchte ihn sehr gern kennenlernen. Lebt er hier, in diesem Dorf?«

»Er ist ein großer Mann«, sagte sie. »Er hat viel Häuser. Manchmal er bleibt hier. Manchmal er bleibt in Ndevehun. Manchmal er bleibt in Freetown. Manchmal er bleibt in Bo. Aber jetzt ist Wahlzeit gekommen. Er geht *wakka-wakka*, redet für Wahlen. Er will gehn und sich Paramount Chief machen. Er nicht hier für ein paar Zeit. So ist das.«

Ihr Blick wanderte von Boone zu seinem Rucksack.

»Wo ist dein Frau?«

»Ich habe keine Frau.«

»Das ist ein Lüg beaucoup«, sagte sie. »Du hast Frau beaucoup in Amrika.«

»Nein, ich habe keine Frau. Ich bin nicht verheiratet.«

»Glaubst du, ich bin dumm? Willst du waschen mein Gesicht? Du hast Frau beaucoup in Amrika. Zu was tun bist du gekommen?«

»Ich suche nach meinem Freund Michael Killigan. Er ist Mitarbeiter beim Peace Corps.«

»Pies Kor«, wiederholte sie. »Ich kenne. Sie sagen, er kommt von Ndevehun.«

»Und was ist mit ihm passiert?«

»Ich weiß nicht. Keiner sieht ihn. Sie sagen, er ist alackey.«

»Alackey?« fragte Boone.

»Verrückt. Er rennt weg. Sie sagen, er nicht mehr in Ndevehun. Keiner sieht ihn. Gibt nur Böses in Ndevehun.«

»Was kannst du mir über *hale*-Medizin sagen?« fragte Boone.

»*Hale*?« sagte sie und goß braunes Wasser in einen der Becher. »Das ist Medizin. Was für *hale*?«

»Zum Beispiel das *hale*, das die Zauberer und Buschteufel gebrauchen.«

Sie wandte den Blick ab. »Ich weiß nicht«, sagte sie und stellte den Topf scheppernd auf das Tablett. »Ich weiß nicht.«

Sie sah hinüber zu dem Tisch mit der Sturmlaterne und einigen persönlichen Dingen, die Boone dort abgelegt hatte.

»Was ist das?« fragte sie und nahm einen Moskitostift in die Hand.

»Das ist ein Moskitostift«, antwortete er und betrachtete sie abermals bewundernd. »Er hält Moskitos ab.« Als er die Faszination in ihren Augen sah, fuhr er fort: »Möchtest du ihn haben?«

»Kann ich haben?« fragte sie eifrig.

»Klar. Und vielleicht könntest du was für mich tun.«

»Was?« fragte sie.

»Manche sagen, daß Zauberer oder Buschteufel in das Dorf meines Freundes gekommen sind und ihm irgend etwas mit *hale* getan haben oder ihn in den Busch verschleppt haben. Hast du gehört, daß so etwas schon mal vorgekommen ist?«

»Ich versteh nicht. Ich weiß nicht.« Sie ließ den Stift in ihrem Gewand verschwinden und wischte sich die Hände ab. »Gibt nur Böses«, sagte sie und wurde unruhig. »Ich geh.« Sie legte die Hand auf den Türgriff und zeigte ihm ihr rundes, schwarzes Mende-Gesicht. Ihre Nasenflügel bebten leise, und in einem Augenwinkel glänzte eine Träne.

»Könntest du dich für mich umhören und herausfinden, ob

einem Weißen schon einmal so etwas passiert ist?« fragte Boone. »Und vielleicht auch, wo diese Zauberer und Teufel sich verstecken oder zusammenkommen?«

»Ich versteh nicht«, antwortete sie, und ihre Augen weiteten sich. »Ich kann nicht gut reden. Ich geh.«

Sie bog um die Ecke der Veranda und verschwand im benachbarten Hof.

Anscheinend bestand die Kaffeezubereitung in ganz Sierra Leone darin, daß man das Pulver in einen Topf mit Wasser gab, das man zum Kochen brachte. Es war dem Kaffeetrinker überlassen, das heiße Wasser so vorsichtig zu trinken, daß der Satz in der Tasse blieb. Boone griff nach einem Keks und entdeckte unter dem Gebäck einen kleinen, verschlossenen Umschlag. Auf Wasserzeichenpapier stand in ordentlichen, mit einem Füller geschriebenen Buchstaben folgende Nachricht:

> Wir können Ihnen helfen, Ihren Bruder zu finden, wenn Sie die Medizin füttern. Erzählen Sie *niemandem* von diesem Brief, bevor wir miteinander gesprochen haben. Ich werde mit Ihnen Kontakt aufnehmen.
>
> Idrissa Moiwo
> Section Chief

Boone hörte die Männer vom Gebet zurückkehren. Er steckte den Brief in die Tasche und aß noch einen Keks. Für einen kurzen Augenblick konnte er Sisays Stimme erkennen, doch dann ging sie im Schreien der Haustiere, im Scheppern von Gerätschaften auf Stein und im anhaltenden Husten und Gebrüll der Nachbarkinder unter. Er war erleichtert, seinen Gastgeber zu sehen.

»Diese Babys«, sagte Boone und verzog das Gesicht, »sind die krank oder was?«

»Ganz schön laut, was? Und willst du wissen, warum? Also, um es kurz zu machen: Wir hören sechs Kinder, die sich die Lunge aus dem Hals brüllen. Nach der Statistik brüllt eins, weil es vor seinem ersten Geburtstag an Unterernährung oder Durchfall sterben wird. Ein anderes schafft es bei gleichen Bedingungen über das erste Jahr hinaus, stirbt aber vor seinem fünften Geburtstag an irgend etwas anderem. Die anderen vier schreien, weil sie wütend sind über die Aussicht, ihre Zeit als Kleinkinder damit zu verbringen, an leeren Brüsten zu saugen, in Lehmhütten schier zu verschmachten und dem Todesröcheln ihrer Vettern und Cousinen zuzuhören.«

Sisay legte den Kopf schräg und lauschte dem Schreien und Husten. »Im Augenblick aber hören wir, glaube ich, wie Fatmata und ihre Schwester Nyanda den kleinen Borboh mit Maniokbrei vollstopfen. Einer Mende-Mutter wird beigebracht, daß sie ihr Kind mit Gewalt stopfen muß, bis sein Bauch ›hart‹ ist, was immer das heißen soll. Eine idiotische Sitte, aber die Frauen schwören darauf. In meinem ersten Jahr hier hat ein Kind nach einer solchen Prozedur ›plötzlich aufgehört zu atmen‹. Zwischen seinem Tod und dem Stopfen mit Maniokbrei bestand natürlich nicht der geringste Zusammenhang.«

Das Husten und Würgen ging weiter, unterbrochen nur von gequälten Schreien des Kindes, wenn es zwischendurch einmal Luft bekam.

»Und das läßt du einfach zu?« fragte Boone und bemühte sich nicht, seine Empörung zu verbergen.

»Nein«, sagte Sisay. »Ich hab versucht, ihnen klarzumachen, daß das eine ausgesprochen schlechte Ernährungsweise ist. Ich hab ihnen gesagt, daß Babys beim Stopfen ersticken können und daß ich nicht weiß, welchen Nutzen es haben sollte, einem Kleinkind das Essen in die Kehle zu drücken.«

»Und?«

»Sie haben mich ignoriert. Was kann ein weißer Mann schon über die Aufzucht von Mende-Kindern im Busch wissen?«

Das Kind hustete und spuckte, es würgte, rang nach Luft und stieß einen Schrei aus, worauf die Frauen wieder aufgeregt schnatterten. Vermutlich erörterten sie die beste Technik für das Stopfen von Kleinkindern.

»Ich halte das nicht aus«, sagte Boone. »Ich muß etwas unternehmen.«

»Das macht mich nervös«, sagte Sisay. »Das ist immer der Augenblick, in dem Weiße am gefährlichsten sind: wenn sie versuchen, die Lebensbedingungen der Afrikaner zu ›verbessern‹. Wenn Weiße Afrikaner versklaven oder berauben wollen, wissen die Afrikaner meistens, was sie zu tun haben. Sie haben jahrhundertelang mit Sklavenhändlern, Invasoren und Plünderern zu tun gehabt. Oft wurde der Bedarf, den die Welt an Sklaven hatte, dadurch gedeckt, daß man seine Feinde zusammentrieb und an die Sklavenhändler verkaufte. Aber wenn Weiße mit ihrem Geld und ihrem ›Know-how‹ kommen und die Lebensbedingungen ›verbessern‹ wollen, wird es wirklich fatal. Warum können Weiße nicht einfach Besucher sein? Warum müssen sie sich immer einmischen? Es ist, als wärst du bei jemandem zum Abendessen eingeladen und würdest darauf bestehen, daß während deines kurzen Besuchs alle Möbel im Haus entsprechend deinem Geschmack umgestellt werden.«

Das Kind würgte und hustete heftig.

»Aber du kannst doch nicht seelenruhig hier sitzen und ein Kind ersticken lassen!«

»Ich kann«, sagte Sisay. »Du kannst es vielleicht nicht. Vielleicht solltest du hingehen und sehen, was du erreichen kannst. Ein paar Peace-Corps-Mitarbeiterinnen im Süden haben versucht, etwas daran zu ändern. Wie die meisten Weißen kamen sie sich wie eine Art Kulturpolizei vor. Sie waren ziemlich empört über das, was die alten Sande-Frauen den Mädchen als Werte vermittelten: die vorgeschriebene Klitorisbeschneidung bei den Initiationsritualen, die Zwangsernährung der Kleinkinder, die Polygamie, die schwere körperliche Arbeit, die die Frauen leisten, während die Männer Palmwein trinken und spielen. Die Mitarbeiterinnen boten den Dorffrauen medizinische Behandlung an und versuchten sie davon zu überzeugen, daß die alten Frauen Komplizinnen einer uralten Verschwörung der Männer seien, die dazu diene, die Frauen zu erniedrigen und zu versklaven. Die Peace-Corps-Frauen verkündeten, die Initiation in die Sande-Gesellschaft, der die Mädchen mit großer Aufregung und Freude entgegensehen, bestehe aus Gehirnwäsche und Verstümmelung der Genitalien und solle die Frauen in willige Sklavinnen der Männer verwandeln.

Die Antwort der Mende-Frauen war in etwa: ›Vielen Dank, daß ihr uns eure Meinung dargelegt habt, aber wir machen das nun schon seit Tausenden von Jahren so und brauchen keinen Rat von euch, was wir mit unseren Körpern tun sollen.‹ Ein Argument, sollte man meinen, dem sich diese *pu-mui*-Frauen nicht verschließen konnten. Aber nichts da: Sie verdoppelten ihre kulturchauvinistischen Anstrengungen und taten alles, um während ihres Besuches die Möbel umzustellen.

Einige von ihnen machten tatsächlich Fortschritte. Damit meine ich: Ein paar der gebildeteren Frauen begannen wenigstens, ihnen zuzuhören ... bis es sich herumsprach.«

»Bis sich was herumsprach?«

»Jemand machte den Fehler, einer der Frauen vom Recht auf Abtreibung zu erzählen, und damit war alles vorbei. Das nächstemal, als die Mitarbeiterinnen medizinische Behandlung anboten, stand eine Sande-Frau auf und sagte ungefähr folgendes: ›Diese *pu-mui*-Frauen wollen euch weismachen, daß die Initiation schlecht und schädlich ist, daß wir unseren Männern verbieten sollen, mehr als eine Frau zu haben, und daß wir unsere Kinder nicht mit Gewalt füttern sollen. Aber stellt euch vor: In Amerika läßt man die Medizinmänner gesunde Kinder aus dem Bauch ihrer Mütter schneiden und wirft die Babys dann weg. Und die wollen zivilisiert sein?‹

Soviel zu diesem Projekt. Die Mitarbeiterinnen mußten anderswo eingesetzt werden, denn die Dorffrauen dachten, die *pu-mui*-Frauen seien Hexen, die ihnen mit List ihre Kinder stehlen wollten, um sie in den Busch zu schleppen und aufzufressen.«

Noch mehr Husten, Würgen, Spucken.

»Wenn zwei Kulturen aufeinandertreffen, ist nichts mehr einfach«, sagte Sisay. »Darum meinen viele Leute, Afrika wäre besser dran, wenn du und deine Landsleute einfach ... verschwinden und euer Geld und eure ›guten Absichten‹ mitnehmen würdet.«

»Kong, kong«, ertönte es von der Tür her. Diesmal war es eine männliche Stimme.

Zwei Männer in weiten Gewändern und Käppchen traten ein. Sisay stellte sie vor, und jeder überreichte Boone eine Kolanuß, die ihm, wie sie sagten, während seines Aufenthalts in Sierra Leone Glück bringen sollten. Nachdem man eine gute halbe Stunde lang Grüße ausgetauscht hatte, gingen die Männer ihres Weges. Boone biß in eine Kolanuß. Sie war so fest wie eine unreife Macadamianuß und schmeckte derart bitter, daß alle Feuchtigkeit aus seinem Mund zu verschwinden schien.

»Was zum Teufel ist das?« fragte Boone mit angewiderter Miene.

»Die Kolanuß enthält Koffein, Nikotin und Aspirin. Man überreicht sie als Begrüßungs- oder Abschiedsgeschenk, und man nimmt sie auch als Medizin, aber in erster Linie dient sie als anregendes Mittel: Hungernde können weiterarbeiten, auch wenn nichts zu essen da ist, und Teufelstänzer tanzen die ganze Nacht hindurch in den nächsten Tag hinein. Du hast einen zu großen Bissen genommen. Ein viel kleineres Stückchen peppt einen schon ganz schön auf.«

»Das schmeckt wie eine Macadamianuß, die in Terpentin eingelegt war.«

Sisay setzte sich auf den Boden und nahm einen kleinen Bissen.

»Es gibt noch mehr Ärger im Dorf«, sagte er. »Mama Saso hat gestern nacht ein Zwillingspaar tot zur Welt gebracht, und das wird die Dinge hier für eine Weile sehr heikel machen. Die Geburt dieser Zwillinge ist in einem Traum angekündigt worden, aber nun sind sie tot. Zwillinge haben besondere kultische Kräfte. Sie können die Zukunft vorhersagen und die Familie vor Hexen beschützen. Jetzt werden die Leute natürlich sagen, daß die Hexen die Kinder gefressen haben, bevor sie geboren wurden.«

»Woran sind die Hexen eigentlich nicht schuld?« fragte Boone.

»Die Mende ertragen fast jeden Schicksalsschlag mit stoischem Gemüt«, sagte Sisay, »aber wenn eine besonders hohe Zahl von Kindern stirbt, werden meistens Hexen dafür verantwortlich gemacht.«

Er ging zum Wassereimer und schenkte zwei Becher ein.

Das Nervtötendste an seinem Gastgeber, fand Boone, war die Tatsache, daß er es betont vermied, etwas Abfälliges über irgendeine Sitte der Eingeborenen zu sagen, vor allem, wenn es um Hexerei oder dieses barbarische Stopfen von Kleinkindern ging. Er zeigte auch Respekt vor der Medizin der Eingeborenen, obwohl Lewis doch gesagt hatte, die Behandlung von Schlangenbissen beispielsweise sei nicht annähernd so wirkungsvoll wie die Gegengifte, die in den Krankenhäusern verabreicht würden.

Boone war plötzlich müde – vielleicht weil die Wirkung der Kolanuß abgeklungen war – und überlegte, ob er sich für ein kleines Vormittagsnickerchen in sein Zimmer zurückziehen sollte.

»Ich habe mich um die Namensgebungszeremonie gekümmert«, sagte Sisay und riß ihn aus seinen Träumen von ungestörter Ruhe. »Du mußt ein Geschenk für deinen Vater mitbringen. Hast du in deinem riesigen amerikanischen Rucksack Zigaretten, ein T-Shirt oder irgend etwas anderes, das du deinem Vater schenken könntest?«

»Keine Zigaretten«, sagte Boone, »aber ein paar Pfeifen.«

»Das ideale Geschenk«, sagte Sisay. »Und das ist kein Zufall. Deine Ahnen haben dich erwartet.«

Boone wühlte grummelnd in seinen Sachen und fand, daß dieses unablässige Beschenken wichtiger Menschen, die plötzlich mit ihm verwandt sein wollten, schnell den Reiz des Neuen verlor. Um dem ein Ende zu machen, würde er entschieden auftreten müssen, am besten in den Mund seines Gastgebers, wenn der mal wieder eine seiner Reden schwang. Die ganze kulturelle Geschichte dieses Dorfes wurde vor ihm ausgebreitet, und darüber vergingen Stunden und Tage – fast schon zwei Tage! In Amerika war ein Vermißter ein Notfall. Doch hier gab es Wichtigeres – zum Beispiel, so zu tun, als wäre man mit jemandem verwandt, den man noch nie im Leben gesehen hatte.

Boone suchte die älteste seiner drei Pfeifen heraus und steckte einen kleinen Beutel gräßlichen französischen Tabak ein.

Er folgte seinem Gastgeber durch das Labyrinth der Höfe, in denen der normale Arbeitstag seinen Gang ging. Frauen, von denen manche ihre Kinder umgebunden hatten, stampften zu dritt oder zu viert Reis, indem sie zweieinhalb Meter lange Stößel hoben und in einen aus einem Baumstumpf geschnitzten Mörser fallen ließen. Sie bewegten sich so gleichmäßig und rhythmisch, als wären sie menschliche Pumpen, und sangen zum Stampfen von Holz auf Reis auf Holz. Andere trennten die Spreu von den Körnern, indem sie den zerstampften Reis mit Sieben in die Luft warfen, so daß die aufgeplatzten Hülsen in der Morgenbrise davonflogen wie Insektenflügel. Ein kleines Kind mit einem Spitzbart aus bläulicher Muttermilch zappelte auf dem Schoß seiner Mutter herum und zerrte an ihren schlaffen Brüsten wie ein Säufer an zwei verschlossenen Schnapsflaschen. Ein nackter Junge bewachte aufmerksam eine Betonplatte, auf der Kakaobohnen trockneten, und verscheuchte neugierige Hühner mit Steinen. Boone erfuhr später, daß der Eifer des Jungen von der Aussicht auf eine Mahlzeit rührte, wenn er seine Arbeit gut machte, daß er aber heute abend nichts zu essen bekommen würde, wenn seine Mutter Hühner zwischen den Kakaobohnen sah.

Boone schlenderte zu einer Gruppe Frauen, die Reis stampften, und grüßte ein mageres Großmütterchen, das aussah, als würde die Anstrengung, den schweren Stößel zu heben, es noch vor Mittag dahinraffen.

Sie lachte und lächelte, bis er die Hand auf den Stößel legte und sich anbot, ihr die Arbeit eine Weile abzunehmen.

Blankes Entsetzen stand auf ihrem Gesicht, und sie rief ihre Verwandten, um sie an ihrer offensichtlichen Verärgerung teilhaben zu lassen.

Boone stieß ein paarmal zu, um ihnen zu zeigen, worum es ihm ging.

Sie sperrten die Münder auf. Sie kreischten. Sie starrten mit vor ungläubigem Schrecken weit aufgerissenen Augen. Die alte Frau schrie und funkelte ihn bösartig an. Sie war gekränkt und wütend. Es war, als wollte sie ihm ins Gesicht spucken, als hätte er sie gefragt, ob sie mit ihm schlafen wolle oder ob sie zusehen wolle, wenn er aufs Klo ging.

Die Frauen kamen rasch zu dem Schluß, daß sie – *pu-mui*-Gast hin oder her – die Sache selbst in die Hand nehmen mußten. Zwei von ihnen entrissen ihm den Stößel, und die anderen schubsten ihn fort, schrien ihn an und riefen nach Sisay, er solle besser auf seinen Besucher achtgeben.

»Was machst du denn da?« fragte Sisay und zerrte ihn fort.

»Ich wollte ihr bloß helfen«, sagte Boone und schüttelte Sisays Hand ab. »Sie sah müde und verschwitzt und zu alt für diese Arbeit aus.«

Hinter ihnen standen die Frauen im Kreis, zeigten mit den Fingern auf ihn und riefen die Nachbarn aus ihren Häusern herbei, um ihnen vom unerhörten Benehmen dieses *pu-mui* zu erzählen.

»Reis stampfen ist Frauenarbeit«, sagte Sisay. »Jetzt halten sie dich für verrückt. Und dann hast du den Stößel auch noch mit der linken Hand angefaßt!«

»Ich wollte ihr bloß helfen«, verteidigte sich Boone.

»Das war ein Fehler«, erwiderte Sisay. »Ein Mann, der Frauenarbeit macht, ist hier etwa so willkommen wie in Amerika ein

Mann, der Frauenkleider trägt. Du hättest einen besseren ersten Eindruck gemacht, wenn du in einem Negligé aus deinem Zimmer gekommen wärst. Jetzt werden sie sagen, daß du nach dem Stößel gegriffen hast, weil du keinen Penis hast.«

Sein Gastgeber schien wirklich erregt, doch Boone kümmerte das alles immer weniger. Binnen kurzem würde er das Dorf verlassen, um diesen Moiwo zu finden und zu erfahren, was es mit diesem »die Medizin füttern« auf sich hatte. Im Augenblick aber folgte er seinem Gastgeber um Brunnen herum durch Höfe und schattige *baffas*, winkte den Leuten zu und hoffte, daß die Namensgebungszeremonie kurz sein würde. Uralte, ausgezehrte Frauen hockten auf Veranden und verscheuchten die Fliegen von ihrem Gesicht, während kleine Kinder ihren Großmüttern Zöpfe flochten und die von den Vorfahren überlieferten Lieder hörten. Ein alter Pa drehte einen seiner letzten Zähne heraus, hielt ihn zwischen den Fingerspitzen wie eine blutige Emaillebrosche und betrachtete ihn nachdenklich. Eine hinfällige Frau saß, die Arme um die angezogenen Beine geschlungen, allein in einem dunklen, schattigen Winkel und hustete leise vor sich hin. Als sie den weißen Männern auf Mende etwas zurief, sah Boone nacktes Zahnfleisch, das von Kolanüssen orange verfärbt war. Sie winkte ihnen mit einer fingerlosen Hand, einem Stumpf mit glatten, gerundeten Stummeln, wo die Finger hätten sein sollen.

Sisay grüßte sie, zuckte mit den Schultern, deutete auf Boone und sagte im Weitergehen etwas auf Mende.

»Was wollte sie?« fragte Boone.

»Medizin«, antwortete Sisay. »Die Alten denken alle, daß du Schnupftabak und Medizin hast, weil du weiß bist. Ab und zu wird einer dir den ganzen Tag folgen und jeden, den du besucht hast, fragen, ob du ihm Schnupftabak geschenkt hast. Die alten Großmütter lieben Schnupftabak. Die Engländer haben ihn verteilt wie Bonbons.«

»Was ist mit ihr passiert? Wo gibt es hier eine Maschine, die ihre Hand so zurichten könnte?«

»Hände«, sagte Sisay. »Mehrzahl. Ganz einfach: Lepra. Hier gibt es keine Maschinen. Kein Gas, keine Elektrizität. Dafür aber jede Menge Krankheiten.«

Bevor Lewis in Freetown von Lepra gesprochen hatte, war

Boone der Meinung gewesen, diese Krankheit sei zusammen mit den Wagenrennen beim Untergang des Römischen Reiches verschwunden, doch es war ihm peinlich, sein Unwissen zu zeigen.

»Ich weiß, was du denkst«, sagte Sisay. »In der dritten Welt ist Lepra noch ziemlich verbreitet, aber man hört nicht mehr viel darüber, weil Weiße sie nicht kriegen. Man braucht dunkle, schmutzige, überfüllte Unterkünfte. Neun Menschen in einem Raum, zusammen mit Hühnern, Ziegen und ein paar Kindern. Es gibt hier auch häufig Polio, Keuchhusten, Masern und ein Dutzend andere Krankheiten, die dort, wo du herkommst, ausgerottet sind. Du wirst wahrscheinlich keine von ihnen bekommen, aber keine Sorge: Die Malaria wird dich erwischen, ganz gleich, ob du dein Chloroquin nimmst oder nicht. Du kannst dich darauf verlassen. In Westafrika ist Malaria das, was woanders eine Erkältung ist.«

»Und wie schlimm ist das?« fragte Boone.

»Ich weiß nicht, ob es an dem hohen Fieber liegt oder an dem Chloroquin, das man dagegen nimmt«, sagte Sisay, »aber man sieht Dinge ... Zum Beispiel das Innere seiner Seele. Beim erstenmal ist es am schlimmsten. Dir wird so heiß sein, daß man Eier auf dir braten kann.«

»Ich nehme was zur Vorbeugung«, sagte Boone. »Das müßte mich ein, zwei Wochen lang schützen.«

»Vielleicht macht das Zeug deine Fieberträume ein kleines bißchen freundlicher«, sagte Sisay mit einem unangenehmen Lächeln, »aber schützen wird es dich nicht.«

Sie traten in einen Hof, der in einiger Entfernung von Sisays Haus lag, und Sisay klopfte an die Tür.

»Kong, kong«, sagte er. »Mistah Aruna ist gekommt, damit der Fremde ein Namen kriegt.«

Ein Mann in einem sauberen Safarihemd, dazupassender Hose und Sandalen begrüßte sie und stellte sich als der Dorflehrer vor. Er führte sie in einen großen Raum, der wegen der verschlossenen Fensterläden dunkel war. In einer Ecke brannte ein Kochfeuer, und zehn oder zwölf Matratzen waren an den Wänden entlang verteilt. Kleine Vorhänge und aufgestapelte Kisten und Truhen ermöglichten ein wenig Privatsphäre. Von den Dachbalken hingen Bündel und Beutel, Buschmesser und rostige Ackergeräte. An einer Wand prangte auf einem Kalender für das Jahr 1957 ein Bild des schneebedeckten Grand Teton; an einer anderen Wand packte Ronald Reagan auf einem Plakat aus den frühen vierziger Jahren eine Stange Chesterfields in Geschenkpapier ein und rauchte dabei eine Zigarette. »Ich schenke allen meinen Freunden eine Stange Chesterfields ... Kennen Sie ein besseres Weihnachtsgeschenk?« fragte Ron. Gleich daneben hing ein Bild eines afrikanischen Paares, das sich verliebt in die Augen sah und ein Glas Guinness Stout teilte. Der Gesichtsausdruck der Frau zielte darauf ab, jedem Mann, ohne Ansehen von Rasse, Hautfarbe oder Religionszugehörigkeit, für zwei Flaschen Guinness Stout einen Tageslohn aus der Tasche zu ziehen.

Die drei Männer setzten sich auf den harten Lehmboden. Der Lehrer fragte Boone kurz nach dem Grund für seinen Besuch und schenkte dann aus einem braunen Krug etwas, was wie schmutziges Spülwasser aussah, in vier Becher. Eine mit einem Kopftuch und einem Lappa bekleidete Frau trat aus dem Schatten und gab Reis und Sauce auf drei Teller. Der Lehrer nahm den Topf und löffelte etwas Reis auf ein Blatt von der Größe eines Tellers, das er, zusammen mit einem Schüsselchen voll Wasser, beiseite stellte. Er schloß die Augen und sagte etwas auf Mende, wobei er einen der Becher mit dem Spülwasser langsam auf den Boden goß.

»Was macht er da?« fragte Boone.

»Die Ahnen versammeln sich, um deine Namensgebung zu feiern«, sagte Sisay.

Boone spähte nach rechts und links in die Schatten. »Seine Ahnen oder meine Ahnen?«

»Deine amerikanischen Ahnen leben in Indiana«, sagte Sisay, »und sie wollen wahrscheinlich schon längst nichts mehr mit dir zu tun haben, denn du ehrst sie nicht und gibst ihnen kein Essen. Heute versammeln sich deine afrikanischen Ahnen, um dich als neues Mitglied in die Familie aufzunehmen und an diesem Essen teilzuhaben.«

»Diese Ahnen, die sich hier versammeln«, sagte Boone und sah sich noch einmal in der Hütte um, »sind doch tot, oder nicht? Also essen und trinken sie nicht wirklich, oder? Ich meine, das ist doch wohl rein symbolisch, nicht?«

Der Lehrer lachte. »Wenn die Ahnen nicht wirklich essen und trinken würden, dann würden wir bestimmt kein gutes Essen und guten Palmwein an sie verschwenden.«

Sisay und der Lehrer schüttelten über die unendliche Dummheit der Weißen den Kopf.

»Der Lehrer stellt Essen bereit und bringt ein Trankopfer dar. Der Reis ist in rotem Palmöl und ohne Pfeffer gekocht worden. Die Toten hassen Pfeffer. Der Lehrer spricht zu den Ahnen. Wenn sie für dich eintreten und unseren Vater Ngewo bitten, über dich zu wachen und dir zu helfen, deinen Bruder zu finden, wirst du zurückkehren und ihnen einen großen Topf mit süßem Hochlandreis und ein gekochtes Huhn darbringen.«

Der Lehrer reichte Boone und Sisay einen Becher mit Spülwasser. Sisay und der Lehrer tranken. Boone starrte in den Becher.

Der Lehrer gibt mir einen Schierlingstrunk, dachte Boone und ahmte in Gedanken Sisays feierlich getragene Sprechweise nach.

»Palmwein«, sagte Sisay.

»Ist er ...?«

»Warum tust du nicht eine von deinen Wasserreinigungstabletten rein, bevor du ihn trinkst?« fragte Sisay sarkastisch. »Wenn du das tust, kannst du allerdings gleich packen und mit dem nächsten *podah-podah* zu Sam Lewis nach Pujehun fahren.«

Boone fand diese Idee gar nicht so schlecht. Er tat, als nähme er einen großen Schluck, und lächelte breit, obgleich er feststellte, daß das Zeug nicht nur wie Spülwasser aussah, sondern auch so schmeckte.

Sisay stellte seinen Becher beiseite und erhob sich. »Nur du allein darfst als erster deinen neuen Namen hören. Ich werde draußen warten.«

Sobald Sisay die Hütte verlassen hatte, reichte der Lehrer Boone einen zweiten Becher Palmwein. »Dein Name ist Gutawa Sisay«, sagte er feierlich. »Du bist der Sohn von Pa Ansumana Sisay und der Bruder von Mistah Aruna Sisay. *Hota gama hota ta mamaloi mia*. Der Fremde eines Fremden ist der Enkel des Gastgebers. Ich habe gebetet, daß unsere Fürbitten und Opfer Ngewo erreichen. Ich habe gebetet, daß sie Kenei Amadu und Kenei Nduawo und all unsere Ahnen erreichen, die den Fluß überquert haben und in Ngewos Schoß ruhen. Von heute an wirst du nie mehr allein sein. Ob du in dieser Welt umherreist oder ob du jenseits des Flusses in dem Dorf des weißen Sandes bist – die Ahnen werden immer bei dir sein. Sie werden über dich wachen. Wenn du schläfst, werden sie dir im Traum erscheinen. Wenn du leidest, werden sie deine Gebete erhören. Wenn du in Not bist und Ngewos Hilfe brauchst, werden sie bei Ihm für dich eintreten. Wenn du hungrig bist, werden sie dafür sorgen, daß deine Felder Früchte tragen und Fische in dein Netz schwimmen. Wenn du Schmerzen hast, werden sie dich stark machen und dich lehren, die Schmerzen zu ertragen. Wenn du Angst hast, werden sie dir Mut machen. Und wenn du allein auf dem Totenbett liegst und an dein schönes Leben voller Tanz und gutem Essen zurückdenkst, werden sie bei dir sein. Sie werden dich empfangen, wenn du über den Fluß übersetzt und zu dem Dorf des weißen Sandes gehst, wo du für immer im Schoß von Ngewo leben wirst.«

Der Lehrer schenkte Palmwein nach und rief: »Mistah Aruna! Komm sehen, daß dein Bruder Gutawa Sisay ist gekommt!«

Sisay erschien in der Tür und sagte zu dem Lehrer etwas auf Mende, worauf dieser sich sogleich erhob. Dann wandte er sich an Boone und sagte: »Steh auf. Dein Vater kommt.«

Sisay trat zurück, winkte Boone und erinnerte ihn daran, als Geste des Respekts sein rechtes Handgelenk mit der linken Hand zu umfassen.

Im Gegenlicht erschien eine Gestalt in einem kurzärmligen Gewand, die kaum die Tür ausfüllte, an der Boone und Sisay sich hatten bücken müssen. Pa Ansumana Sisay betrat den Raum mit den Bewegungen eines alten Mannes, der es noch immer gewohnt war, seinen Willen zu bekommen. Er begrüßte den Lehrer und die weißen Männer in ruhigem, melodischem Mende und registrierte Boones beidhändige Begrüßung mit einem fröhlichen Grunzen und einem anerkennenden Nicken in Richtung Sisay. Ein fadenscheiniges Käppchen saß lose auf seiner Glatze, und verwitterte Zähne hielten eine Tonpfeife. Im Feuerschein war sein Gesicht wie ein geschnitztes Bildnis, gezeichnet von den Elementen und nie behandelten Hautkrankheiten. Die Augen saßen in kleinen, dunklen Höhlen über einer knolligen Nase, so breit wie die eines Ochsen.

Dieses Gesicht hätte das einer Statue sein können, die

auf einem Postament oder an einer Säule hoch oben in einer Kathedrale stand und deren Züge vom Künstler meisterhaft überbetont worden waren. Worte waren überflüssig. Junge Sterbliche mochten Worte brauchen – Pa Ansumana mußte nur den imposanten Kopf heben, der so schwarz und verwittert war wie ein Stück Obsidian. Dieser Kopf sagte: Ich habe sieben Jahrzehnte voller Hexerei, Politik, Cholera, Überschwemmungen, Dürren, Militärputsche, Hungersnöte, Stammeskriege, Mißernten, Gerichtsverfahren, Geldstrafen, Familienstreitigkeiten, Durchfall, Stürze von Palmen, Unruhen, Steuern, fauligen Wassers, korrupter Paramount Chiefs, Armut, Diebstähle, tödlicher Flüche, Treiberameisen, Geheimgesellschaften, Gelbfieber, Regierungsbeamte, Leoparden, weißer Minenspekulanten, Darmparasiten, Engländer, Schlangenbisse, chronischer Malaria und Buschteufel überlebt ... Und du? Was hast du getan?

Sein Alter ließ jeden wissen, daß er es hier mit einem Naturereignis und einem starken Menschen zu tun hatte, der in einem Land, in dem die meisten vor ihrem vierzigsten Lebensjahr starben, über ungeheure Widrigkeiten triumphiert hatte. Seine Feinde waren alle tot, und ihre Schulden an ihn waren von ihren Nachkommen beglichen worden. Er hatte längst einen zweiten Satz von sechs Frauen mit ebenso vielen Feldern, die von Legionen von Kindern und Enkeln und Geliebten seiner jungen Frauen bewirtschaftet wurden. Sie alle schuldeten Pa Ansumana Gefolgschaft. Flüche prallten an ihm ab wie Gummigeschosse aus Spielzeugpistolen. Er wußte mehr über Hexerei als die Hexen, mehr über Geheimgesellschaften als ihre Anführer, mehr über den Busch als die Buschteufel. Wenn ein Brunnen durch Zauberei oder schlechte sanitäre Bedingungen vergiftet war und ganze Sippen mit Fieber und Durchfall darniederlagen, wenn Kinder starben und robuste Diamantenschürfer ganze Tage in den Latrinen verbrachten, rülpste Pa Ansumana bloß, rieb sich den Bauch, nahm sein Buschmesser und sah auf seinen Feldern nach dem Rechten.

»Dies ist dein Vater«, sagte Sisay. »Er ist dein Vater, weil er mein Vater ist und du mein Fremder bist. Darum bist du jetzt mein kleiner Bruder. Michael Killigan ist ein guter Mensch und ein guter Freund. Sein Freund ist mein Bruder. Aber ich muß dich warnen: Du darfst nie etwas tun, das Schande über mich oder meinen Vater bringt. Hast du mich verstanden?«

Boone nickte und fragte sich, was wohl mit ihm geschehen würde, wenn er unabsichtlich Schande über Sisay oder Pa Ansumana brachte.

Pa Ansumana sah blinzelnd zu seinem neuen Sohn auf und sagte: »*Nyandengo!*«

Boone überreichte die Pfeife und den Tabak, und die Augen seines Vaters leuchteten auf.

»*Nyandengo!*« Dann sagte er auf Mende noch mehr zu Sisay.

Anschließend drehte Pa Ansumana sich um, hob die Arme und hielt die Hände über Boones Kopf. Boone hob den Blick und sah hervortretende Adern und knotige Muskeln, überzogen von einer faltigen schwarzen Haut, die so ledrig war wie die einer Schildkröte. Er verspürte den Impuls, niederzuknien oder sich zu verbeugen, als Pa Ansumana mit der Selbstverständlichkeit eines alttestamentarischen Propheten, der Jahwe anrief, den Gott Ngewo beschwor und seinem neuen Sohn seinen Segen gab.

»*Ngewo i bi mahugbe.*
Ngewo i bi lamagbate panda.
Ngewo i bi yama gole.
Ngewo i bi go a ndileli nya hangoi hu.
Ngewo i bi go a ndevu hu guha.
Ngewo i bi go a ndenga.
Ngewo i bi go a gbotoa.«

»Möge Gott dich schützen«, übersetzte Sisay. »Möge Gott dir sichere Schritte, das heißt eine gute Reise, geben. Möge Gott dich auf dem rechten Wege halten. Möge Gott dir ein reines Gesicht, das heißt Glück, geben. Möge Gott dir nach meinem Tod Frieden geben. Möge Gott dir ein langes Leben geben. Möge Gott dir Kinder geben. Möge Gott dir viele Wohltaten geben.«

Boone fühlte sich mit einemmal verwandelt, und er war überzeugt, daß dieser Mann die Macht besaß, ihn zu segnen und vor Gott für ihn einzutreten.

»Er sagt, daß du ein guter Sohn bist und daß ich dich gut unterwiesen habe und daß dies ein sehr schönes Geschenk ist, das

das Herz eines jeden Vaters mit Stolz erfüllen würde. Er ist sehr glücklich, daß du hier bist und sein Sohn sein willst.«

»Sag ihm, daß ich glücklich bin und mich geehrt fühle, sein Sohn sein zu dürfen«, sagte Boone.

Die Nachricht von Boones neuem afrikanischem Namen verbreitete sich schnell, und seine Nachbarn brannten darauf, ihn auszuprobieren. Wohin er auch ging, rief man ihm von den Veranden zu: »Tag, Mistah Gutawa. Alles gesund?«

Wenn er auf Krio antwortete, er sage Gott Dank, lachten sie und schlugen sich auf die Schenkel.

Eine Gruppe Jugendlicher erschien vor Sisays Haus und nannte ihn »Mastah Gutawa«, was sein demokratisches amerikanisches Bewußtsein gegen den Strich bürstete. Sie wollten sein Zimmer fegen, seine Kleider waschen, ihm Wasser zum Baden und Trinken holen und sein Essen kochen. Unter ihnen erkannte er die Frau namens Jenisa, die ihm am Morgen Kaffee und Kekse gebracht hatte.

Voller Stolz ließ er sie wissen, daß er keine Hilfe brauche, da er sehr gut imstande sei, selbst für sich zu sorgen. Er sei nicht einer der weißen Männer, die Afrikaner niedere Arbeiten verrichten lassen wollten, und er habe nicht die Absicht, sie zu seinen Dienern zu machen. Einer der Jungen begriff den Kern von Boones Aussage und übersetzte für seine Kameraden. In ihren Gesichtern spiegelten sich Kummer und Enttäuschung.

»Mastah? Du willst nicht, daß wir für dich Arbeit machen?«

»Ich bin nicht euer Master«, sagte Boone. »Versteht ihr? Ich bin ein Mensch wie ihr. Kein Master.«

Sie sahen einander bestürzt an.

»Mastah, wir kapier nicht, was du sagst.«

»Ich bin nicht euer Master«, wiederholte er. »Versteht ihr?«

»Ja, Mastah«, sagten sie traurig.

»Nein, ihr versteht mich nicht«, sagte er, mittlerweile ebenso verzweifelt wie sie. »Ich bin nicht euer Master. Nennt mich nicht Master.«

»Ja, Mastah«, antworteten sie im Chor.

Er breitete resigniert die Arme aus. Sie ließen den Kopf hängen und gingen enttäuscht murmelnd davon.

Sisay, der alles von seiner Veranda beobachtet hatte, schüttelte den Kopf. Seine Mundwinkel waren, wie schon so oft, mißbilligend nach unten gezogen.

»Gratuliere«, sagte er. »Du hast gerade sechs Kindern, deren Pas ungefähr zweihundert Dollar im Jahr verdienen, zu verstehen gegeben, daß sie von dem Geld, das dir aus den Taschen quillt, nichts bekommen werden.«

»Aber sie wollten meine Diener sein!« protestierte Boone. »Sie haben mich ›Master‹ genannt.«

»Du kannst nicht hier leben, ohne ein bißchen von deinem Geld in Umlauf zu bringen. Du bist ein Millionär. Genieß es. Laß andere an deinem Reichtum teilhaben. Für fünfundzwanzig Cent macht einer dein Zimmer sauber. In der Trockenzeit geht ein anderer für zehn Cent zwei Meilen weit, um dir einen Eimer Wasser zu holen, damit du dich waschen kannst. Für fünfzig Cent kocht und serviert dir einer dein Essen. Es gibt hier keinen, der dich dafür bewundert, daß du keine Diener anstellst. Man wird dich nur für unglaublich geizig halten, für einen Habmann, wie es auf Krio heißt.«

»Aber ich will keine Diener«, wandte Boone ein. »Ich will gar nicht bedient werden.«

»Stell dir vor, du bist eine große Firma«, sagte Sisay und erhob sich aus seiner Hängematte. »Du kannst nicht neben einem Dorf eine Fabrik bauen und keinen aus dem Dorf einstellen. Das funktioniert einfach nicht. Denk mal darüber nach, Mistah Gutawa Sisay, wenn du jetzt zu deinen Nachbarn gehst und nach deinem Freund fragst.«

Er hob das Huhn, das Boone ihm mitgebracht hatte, und einen Sack Zwiebeln auf. »Huhn«, sagte er und reichte es Boone. »*Yabbas*«, sagte er und drückte ihm den Sack Zwiebeln in die Hand. »Pa Gigba ist von der Feldarbeit zurück. An dem Tag, als Michael Killigan verschwunden ist, war er in dem Dorf, um an einer Beerdigung teilzunehmen. Nimm die *sambas* und komm mit.«

Die Abenddämmerung senkte sich über das Dorf. Die Lautsprecher dröhnten wieder, diesmal *Sugar Magnolia*. Sisay führte Boone durch einen benachbarten Hof und an einem Brunnen und einem mit Stroh gedeckten Pavillon vorbei in einen anderen Hof, wo sie zu einer Hütte gingen, deren Türöffnung mit einem Stück Segeltuch verhängt war.

Sisay rief auf Mende etwas hinein, und von drinnen erklang eine Antwort. Ein paar Kinder schoben den Stoff zur Seite und starrten Boone an. »*Pu-mui! Pu-mui!*«

Sisay sagte noch etwas auf Mende, und eine männliche Stimme antwortete. Aufgeregt plappernde Frauen und Kinder traten aus der Hütte. Sisay hielt den Vorhang auf und winkte Boone hinein.

Drinnen herrschte ein von einer Kerosinlampe beleuchtetes Chaos: Boone sah gackernde Hühner, noch mehr nackte Kinder, einen Hund, schmutzige Teller in einem Eimer und zusammengerollte Matratzen. An den Deckenbalken hingen Habseligkeiten und Gerätschaften. Die Lampe warf die aufgeblähten Schatten von Personen und Gegenständen an die Lehmwände.

Ein alter Pa mit einer weißen Zipfelmütze und einem Bart-Simpson-T-Shirt erhob sich von seinem Platz im Schatten und stand in gebückter Haltung unter den niedrigen Deckenbalken, um Boone die Hand zu schütteln. Er sagte etwas auf Mende. Boone nickte und lächelte.

Geckos jagten in den Winkeln Kakerlaken, Hühner jagten die Geckos, eine alte Ma jagte die Hühner, und die Nahrungskette schloß sich zu einem Kreis, als eine Kakerlake in eine unbeaufsichtigte Schüssel mit Reis kroch.

»Gib ihm die *sambas*«, sagte Sisay und lächelte Pa Gigba an.

Boone überreichte das Huhn und dann die Zwiebeln und achtete dabei darauf, nur die rechte Hand zu benutzen.

»*Nyandengo!*« rief Pa Gigba und entblößte schiefe Zähne und graues Zahnfleisch. »Süße *yabbas*!«

»Pa Gigba ist vor ein paar Wochen nach Ndevehun gereist, in das Dorf, in dem Lamin Kaikai gelebt hat«, sagte Sisay. »Er wollte an der Beerdigung seiner Nichte teilnehmen und hat Michael Killigan gesehen, bevor er verschwunden ist.«

Pa Gigba sagte etwas auf Mende und deutete auf eine Stelle am Boden. Er schob mit dem Fuß einen Bund Bananen beiseite und sagte etwas zu einem kleinen Kind, das dort saß. Das Kind beugte den Kopf und schlurfte hinaus.

Sisay hockte sich hin, und Boone ließ sich unbeholfen nieder. Er kreuzte lieber nicht die Beine, denn er fürchtete, daß ihm ein Kind oder ein Huhn auf den Schoß springen könnte.

Sisay und Gigba tauschten Höflichkeiten aus und erkundigten

sich eine gute halbe Stunde lang nach dem Wohlergehen ihrer Angehörigen. Boone seufzte laut, musterte das Innere der Hütte und fragte sich, ob es wohl unhöflich wäre, sein Schweizer Armeemesser hervorzuholen und sich die Fingernägel zu schneiden.

Schließlich hörte er die Worte »Mistah Lamin« und »Ndevehun«.

»*Sabu gbiina*«, sagte Gigba ängstlich. »Kaikai nicht da. Besser nicht gibt.«

»Was?« fragte Boone barsch. »Kaikai ist Killigans afrikanischer Name, stimmt's?«

»Oh«, sagte Sisay sarkastisch. »Ich dachte, du hättest Pa Gigba unterbrochen, um dich nach seiner Familie zu erkundigen. Ich dachte, du wolltest ihn fragen, ob es seinen Frauen, Söhnen und Töchtern gutgeht und wie es dieses Jahr um die Ernte steht, aber ich hätte es besser wissen müssen.«

»Mein bester Freund ist verschwunden und wahrscheinlich in irgendwelchen Schwierigkeiten«, sagte Boone mit gezwungenem Lächeln. »Ich bin hier, weil ich ihn finden will. Weiß dieser Bursche etwas oder nicht?«

Sisay holte tief Luft und sah ihn böse an.

»Vielleicht sollte ich den Leuten sagen, sie sollen alles stehen- und liegenlassen. Sie sollen die Buschmesser weglegen, ihre kranken Kinder in den Hütten sterben lassen, die Ernte vergessen und sich auf dem *barri* versammeln, damit wir alle uns der einzigen Aufgabe widmen können, die für das Wohlergehen des Dorfes von wirklicher Bedeutung ist: *den Freund des pu-mui zu finden!*«

Pa Gigba zupfte an einem Zehennagel, als sei es ihm peinlich, Zeuge eines Streites zwischen zwei *pu-mui* zu sein.

»Wenn wir Michael Killigan finden, werde ich ihm als allererstes auftragen, dir Manieren beizubringen! ›*Sabu gbiina*‹ ist Mende«, erklärte Sisay. »›Besser nicht gibt‹ ist Krio. Beides hat dieselbe Bedeutung. Etwas Besseres – also etwas Gutes – ist nicht da, nichts Gutes ist da. Und ja, Kaikai ist Killigans afrikanischer Name.« Sisay sah wieder Pa Gigba an. »Er sagt, Killigan ist nicht da, nichts Gutes ist da. Nur schlechte Nachrichten. Nur Böses.«

»Inwiefern böse?« fragte Boone.

Sisay gab die Frage weiter.

»*Ndogbojusui*«, sagte Pa Gigba. »*Hale nyamubla, honei, ndile-mui. Koliblah.*«

Sisay wartete auf weitere Erklärungen, doch Pa Gigba schwieg. Er starrte auf seine Füße und sah nur einmal zu Sisay auf, in der Hoffnung, daß die Weißen nun zufrieden waren und das Gespräch ein Ende gefunden hatte.

Sisay sprach Boone die Worte langsam vor. »Wie ich dir bereits erklärt habe: ›*Dog-bo-ju-schwi*‹ bedeutet ›Buschteufel‹. ›*Ha-le*‹ ist ›Medizin‹, ›*nya-mu-blah*‹ ist ›schlecht‹ oder ›böse‹, also ›böse Medizin‹. ›*Ho-nei*‹ heißt ›Hexengeist‹, und ›*ndi-le-mui*‹ ist eine Hexe oder ein Zauberer, der die Gestalt einer anderen Person oder eines Tieres annehmen kann. ›*Ko-lib-lah*‹ sind Leopardenmenschen oder Pavianmenschen, also Menschen, die sich in Tiere verwandeln können.«

Sisay wandte sich wieder an Pa Gigba und wiederholte die Mende-Worte.

Der alte Pa bot Sisay und Boone einen schmutzigen Esso-Ölkanister und zwei Becher an. Wieder schenkte Sisay etwas ein, das wie Spülwasser aussah, reichte Boone einen der Becher und füllte einen dritten für Pa Gigba. Ohne nachzudenken, warf Boone einen prüfenden Blick in den Palmwein, denn er hatte geglaubt zu sehen, daß ein Fremdkörper aus dem Kanister in seinen Becher geflossen war. Er roch etwas Säuerliches und rümpfte die Nase.

»Wenn du noch einmal so ein Gesicht machst«, sagte Sisay ohne den leisesten Anflug von Freundlichkeit, »kannst du dich allein durchschlagen.«

Er warf ihm einen so giftigen Blick zu, daß Boone beinahe erschrak. »Pa Gigba hat dafür sein Leben riskiert«, fuhr Sisay fort. »Er ist auf eine Palme geklettert, um diesen Palmwein zu machen, den er seinen Gästen anbietet. Wenn man dreißig Meter über dem Boden ist, kann es einem passieren, daß man dort oben von einer Mamba erwartet wird. Das hier ist Palmwein. Trink ihn und genieß ihn, sonst beleidigst du deinen Gastgeber und bringst Schande über mich.«

Boone war es plötzlich leid, daß man ihm ständig sagte, wie er zu essen und zu trinken, wen er als Diener einzustellen, wie er andere zu begrüßen, wann er aufzustehen und wem er was für Geschenke zu geben hatte. Er beschloß, mit dem nächsten *podah-*

podah zu Killigans Dorf zu fahren und eigene Nachforschungen anzustellen. Und wenn er dort nicht willkommen sein sollte, würde er zu Sam Lewis nach Pujehun gehen. Er war jedoch inzwischen fast sicher, daß Pa Gigba etwas über Killigans Verschwinden wußte, und darum trank er das Zeug und streckte den Becher für eine neue Füllung aus.

»Haben all diese schlimmen Sachen etwas mit Killigans Verschwinden zu tun?« fragte er, biß die Zähne zusammen und prostete Pa Gigba zu.

Pa Gigba zuckte die Schultern, trank und hielt Sisay seinen Becher hin.

»Er weiß nichts über böse Medizin oder Hexen«, sagte Sisay.

Pa Gigba unterbrach ihn und zuckte abermals in einer Geste der Hilflosigkeit mit nach oben gekehrten Händen die Schultern.

»Er weiß absolut nichts über solche Dinge«, fuhr Sisay fort. »Er kennt auch niemanden, der etwas darüber wissen könnte. Er kann uns nicht sagen, was in dem Dorf passiert ist, außer daß es nichts Gutes war.«

Boone sah den alten Mann unverwandt an, doch dieser wollte seinen Blick offenbar nicht erwidern, jedenfalls nicht, solange es um Hexen und böse Medizin ging.

»Kann er uns denn nicht wenigstens sagen, ob diese ganze Hexengeschichte etwas mit Killigans Verschwinden zu tun hat?«

Sisay sagte etwas auf Mende. Pa Gigba schüttelte den Kopf und starrte zu Boden.

»Er weiß nichts«, sagte Sisay.

»Blödsinn«, sagte Boone. »Er sieht aus wie ein Achtkläßler, der mit einem Joint erwischt worden ist und seine Taschen leeren soll.«

»Du benimmst dich wie ein *pu-mui*«, sagte Sisay scharf, und die Art, wie er den Mund verzog, ließ erkennen, daß diese Bemerkung kein Kompliment war. »Du kannst aus dieser Sache etwas lernen, vorausgesetzt, du ziehst deine Zweihundert-Dollar-Wanderschuhe aus und gehst ein, zwei Tage barfuß.«

Pa Gigba schenkte ihm Palmwein nach.

»Ich habe eine afrikanische Geschichte für dich«, sagte Sisay mit unterdrückter Verachtung. »Die Krios nennen diese Geschichten *paluibles*. Wenn dein Sinn dafür noch nicht völlig durch das Fernsehen zerstört ist, kannst du daraus vielleicht etwas lernen.«

Sisay richtete sich auf und hockte sich bequemer hin. »Ein Jäger verfolgte ein Wild durch den Busch, als er mit dem Zeh gegen einen menschlichen Schädel stieß, der halb in die Erde eingesunken war. ›Was ist das?‹ rief der Jäger. ›Wie bist du hierhergekommen?‹

›Ich bin hier, weil ich geredet habe‹, antwortete der Schädel geheimnisvoll.

Der Jäger wunderte sich und rannte zurück zum Dorf, wo er allen, denen er begegnete, von dem sprechenden Schädel erzählte. Nach einer Weile hörte der Chief davon und befahl dem Jäger, ihn zu dem Schädel zu führen. Der Jäger ging mit dem Chief in den Busch, fand den Schädel und fragte ihn: ›Wie bist du hierhergekommen?‹

Der Schädel antwortete nicht. Der Jäger stieß mit dem Zeh gegen den Schädel und sagte: ›Was ist das? Wie bist du hierhergekommen?‹ Wieder antwortete der Schädel nicht. Der Chief wurde sehr zornig, bezichtigte den Jäger der Lüge und befahl seinen Männern, ihm auf der Stelle den Kopf abzuschlagen.

Als das blutige Werk vollendet und der Chief gegangen war, sprach der Schädel wieder. ›Wie bist du hierhergekommen?‹ fragte er den Schädel des Jägers.

›Ich bin hier, weil ich geredet habe‹, antwortete der Jäger.«

Sisay stellte seinen Becher vor sich auf den Boden.

»Wenn man über Hexerei spricht, kann es schnell passieren, daß man der Hexerei beschuldigt wird. Das gilt auch für *pumui*«, sagte er mit einem gleichgültigen, beunruhigenden Blick. Boone hatte plötzlich das Gefühl, daß Sisay nicht eingreifen würde, falls man einen jungen Mann aus Indiana fälschlich der Hexerei bezichtigen sollte.

»Dieser Mann hat durch Hexerei Kinder verloren. Hexen haben zwei Jahre lang Treiberameisen durch sein Haus wandern lassen. Er hat einen Graben um das Haus gezogen und ihn mit Gift und Kerosin gefüllt – das hat ihn ungefähr soviel Geld gekostet, wie er in zwei Jahren verdient. Aber nichts konnte die Ameisen aufhalten. Sie haben einfach Brücken aus ihren Toten gebaut und sind weiter durch sein Haus marschiert. Jemand hat eine Medizin namens *tilei* gemacht, die gegen seine Frau gerichtet war, und diese Medizin hat ihr die Nase zerfressen. *Ngelegba* – ›Donnermedizin‹ – hat das Haus seines Vaters zerstört, weil der bei der Wahl zum Paramount Chief den falschen Kandidaten unterstützt hat. Und jetzt kommst du und willst etwas über Hexerei erfahren?

Wenn du wissen willst, was mit Michael Killigan passiert ist, mußt du eine Menge Geduld haben. Diese Menschen haben viele Geheimnisse, von denen auch ich die meisten nicht kenne, und ich lebe jetzt schon vierzehn Jahre hier. Bilde dir nicht ein, daß du angerannt kommen und in einer Woche mal eben eine Kultur erforschen kannst, die sich ihre Geheimnisse über Tausende von Jahren bewahrt hat. Du wirst mit leeren Händen heimfahren.«

»Darf ich eine Frage stellen?« sagte Boone ungeduldig. »Reden wir hier von Hexen oder von Buschteufeln, und gibt es da überhaupt einen Unterschied?«

Sisay übersetzte und wollte dann etwas zu Boone sagen, doch der alte Pa unterbrach ihn und erzählte auf Mende eine Geschichte.

»Als er ein junger Mann war«, übersetzte Sisay, »ging er einmal mit seinem Vater im Busch auf die Jagd. Die Abenddämmerung kam, und sie verliefen sich bei der Verfolgung einer verwundeten Waldantilope. Ein *ndogbojusui*, ein alter Mann mit gelbem Haar und weißer Haut wie du, erschien vor ihnen auf dem Pfad. Zuerst dachten sie, es sei der Geist eines Ahnen, aber dann sprach er sie an und sagte: ›Wo kommt ihr hierher?‹ Da wußten sie, daß es ein *ndogbojusui* war, denn er hatte weiße Haut und begrüßte sie nicht nach Mende-Sitte, sondern indem er ihnen Fragen stellte, und das ist die Methode, wie ein *ndogbojusui* die Gedanken seiner Opfer erforscht. Pa Gigbas Vater hatte ihm oft erzählt, wie man auf die Fragen eines *ndogbojusui* reagieren muß: Man darf nie verraten, was man denkt, sondern muß unbeirrbar das Gegenteil sagen und den *ndogbojusui* mit seinen eigenen Waffen schlagen. Wenn der *ndogbojusui* auch nur für einen einzigen Augenblick die Oberhand gewinnt, wird er sein Opfer verführen, ihm in den Busch zu folgen, und dann ist diese Seele für immer verloren. ›Wo kommt ihr hierher?‹ wiederholte der *ndogbojusui*. ›Wir tun grade vom Mond hierherkommen‹, sagte der Vater. ›Wie holt ihr Wasser aus dem Brunnen?‹ fragte der *ndogbojusui.* ›Mit ein Netz‹, sagte der Vater. ›Wie macht ihr Sex mit ein Frau?‹ fragte der *ndogbojusui.* ›Mit ein Grashalm‹, sagte der Vater. Da stampfte der *ndogbojusui* mit dem Fuß auf und verschwand.«

»Jetzt wissen wir ja wenigstens, daß er sich mit Buschteufeln auskennt«, bemerkte Boone mit einem Seitenblick auf seinen Dolmetscher. Er hatte das idiotische Gefühl, daß seine Fragen lediglich Anlaß für langatmige Geschichten waren, die kaum etwas mit dem angesprochenen Thema zu tun hatten.

Der alte Pa sah von Boone zu Sisay und wieder zu Boone. Sisay beugte sich vor, betastete den Medizinbeutel an seinem Hals und redete leise und eindringlich auf den Pa ein.

Pa Gigba erhob sich langsam, ging zum Türvorhang und sah auf den Hof. Dann sagte er etwas auf Mende und ging hinaus.

»Er untersucht das Haus«, sagte Sisay, »und sieht nach, ob sich als Flughunde getarnte Hexen zwischen den Balken versteckt haben, um zu lauschen.«

Boone fand, daß in erster Linie der Geisteszustand der Bewohner untersucht werden sollte. Er konnte sich nicht entscheiden, ob es besser war, sie bei Laune zu halten, oder einfach zu gehen.

Pa Gigba kehrte zurück, nahm seinen Platz wieder ein und begann leise zu sprechen.

Wenn er innehielt, übersetzte Sisay, was er gesagt hatte.

»Was er uns jetzt erzählen wird, hat er von anderen erfahren, die gesehen haben, was geschehen ist. Abgesehen von dem, was er gehört hat, weiß er nichts von dem, was vorgefallen ist.«

Der alte Pa erhob sich abermals und spähte durch den Spalt zwischen dem Vorhang und dem Türrahmen aus Lehm. Dann setzte er sich wieder und sprach mit gedämpfter, eindringlicher Stimme.

»In dem Dorf sind ganz plötzlich zwei Kinder gestorben«, übersetzte Sisay, »und der Schmied und ein Marabut hatten den Verdacht, daß Hexerei dahintersteckte. Ein paar Tage später, als die Familien noch trauerten, wurde eine Hexe im Dorf gesehen. Sie kam in Gestalt eines jungen Mädchens und sagte, sie sei aus Pujehun gekommen, um bei der Beerdigung dabeizusein. Später an jenem Tag sah jemand, wie die Frau ein Kleidungsstück an sich nahm, das einem der Dorfbewohner gehörte, wahrscheinlich um Macht über den Besitzer zu gewinnen. Der Mann sah, wie die Frau das Kleidungsstück und andere Dinge im Busch versteckte. Er ging sogleich zum Chief und erzählte ihm von dem verdächtigen Verhalten der Frau. Als der Chief und zwei Älteste nachsahen, fanden sie eine Schlange, die in einem Eimer voll Blut schwamm, und daneben einen Haufen Steine – genauso viele, wie es Hütten im Dorf gab.«

Sisay hielt inne, und Pa Gigba sah wieder von Boone zu Sisay, der nickte und etwas auf Mende sagte.

»Die Dorfbewohner schlugen Alarm und jagten die Frau, doch auf einem Pfad außerhalb des Dorfes blieb sie plötzlich stehen und sah zurück auf ihre Verfolger und das Dorf. In ihren Augen brannte die Sonne. Zwei Hütten gingen in Flammen auf, und die Frau entkam in den Busch. Als die Feuer gelöscht waren, folgten die Dorfbewohner dem Pfad, auf dem die Hexe geflohen war, und fanden gleich außerhalb des Dorfes die frische Haut eines riesigen Pythons.«

Pa Gigba fuhr fort und wechselte dabei zwischen Mende und Krio. Sisay übersetzte seine bedrückten Worte.

»Der Mann, der dem Chief von der jungen Frau erzählt hatte, wurde bald darauf gelähmt und starb. Die meisten glaubten, daß irgend jemand unklugerweise die Hexe getötet hatte. Die Nachbarn des Mannes sagten, der Schatten der toten Hexe habe sich auf das Gesicht des Mannes gelegt, während er schlief. Als er erwachte, war er gelähmt. Er schrie und konnte nichts dagegen tun, daß die Hexe ihn erstickte.

Die Familie des Mannes gab dem *ngua-mui* – dem Hexenprüfer – die Erlaubnis, die Eingeweide zu untersuchen. Die Milz wurde entfernt und in einen Eimer mit Wasser gelegt, das mit Kräutern vermischt war. Sie sank auf den Boden des Eimers, womit bewiesen war, daß der Geist einer Hexe in den Mann gefahren war und ihn getötet hatte. Der Mann wurde unter einem Haufen Steine begraben, und ein angespitzter Pfahl wurde durch den Leichnam getrieben, um den Geist daran zu hindern, umherzuschweifen und noch mehr Menschen Schaden zuzufügen, aber wie so oft kehrte der Schatten der toten Hexe immer wieder zurück und verbreitete Angst und Schrecken im Dorf.«

»Aber was ist mit Killigan?« fragte Boone, der wieder das idiotische Gefühl hatte, daß diese Leute nicht imstande waren, beim Thema zu bleiben, und daß jedes Gespräch wie ein Spaziergang durch den Busch war.

»Killigan war zu dieser Zeit nicht im Dorf, aber sein Haus wurde ausgeraubt. Pa Gigba weiß nicht, wer der Täter war. Auch andere Häuser wurden ausgeraubt, und darum ist es schwer zu sagen, ob sich diese Tat gegen Killigan gerichtet hat.«

Pa Gigba erhob sich erneut. Er verließ die Hütte, und Boone hörte ihn draußen herumschleichen. Er kehrte zurück, setzte sich und flüsterte Sisay etwas auf Mende zu.

»Sein Neffe, Moussa Kamara, hat Fotos, die Killigan aufgenommen hat. Böse Männer wollen diese Fotos haben.«

Der alte Mann berührte Sisays Arm und legte einen Finger an die Lippen. Er wandte sich an Boone und sprach beschwörend auf ihn ein.

»Was sagt er?« wollte Boone wissen.

»Es ...« Sisay hielt inne. »Es geht um die Fotos, glaube ich. Ich bin nicht sicher.«

»Fotos von wem?« fragte Boone. »Was ist darauf zu sehen?«

Pa Gigba verzog das Gesicht, stöhnte und hielt sich die Ohren zu.

»Er weiß es nicht. Er kann es nicht sagen.«

Der alte Pa sah Boone ernst in die Augen. Er sprach eine ganze Weile auf ihn ein, als wolle er ihm versichern, daß er ihm helfen könne und daß alles gut werden würde.

»Was hat er gesagt?« fragte Boone.

»Er sagt, daß er nicht weiß, wo dein Bruder ist«, sagte Sisay. »Er kann es nicht sagen.«

Boone fand, daß die Übersetzung sehr viel kürzer war als das, was der Alte gesagt hatte, und daß sie nicht zu Pa Gigbas Gesichtsausdruck paßte. Doch Sisay, der schon den allerkleinsten Verstoß gegen die Etikette übelzunehmen schien, würde Boone bestimmt aus dem Dorf jagen, wenn dieser daran zweifelte, daß sein Gastgeber Mende richtig beherrschte.

»Frag ihn, ob er vielleicht eine Ahnung hat, wo mein Bruder sein könnte oder was ihm zugestoßen ist.«

Sisay sagte etwas, das mehr wie eine Feststellung als wie eine Frage klang.

Der alte Pa schüttelte energisch den Kopf, als bereue er es jetzt, sie überhaupt in sein Haus gelassen zu haben.

»Das Gespräch ist beendet«, sagte Sisay.

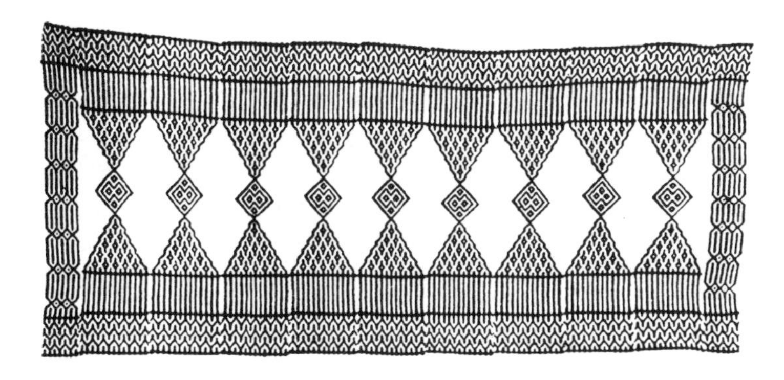

9

Boones Reise zu Killigans Dorf mußte wegen eines Sturmtiefs aufgeschoben werden, das mit der Heftigkeit eines tropischen Wolkenbruchs durch seine Eingeweide tobte. Seinen vierten Tag in Afrika verbrachte er tief im Inneren einer entlegenen, unkartografierten äquatorialen Latrine mit der Erforschung der dunklen Inkontinenz.

Es war ein Schuppen aus mit Lehm beworfenem Geflecht, der eine Tür aus rohen Brettern und kein Fenster hatte und zu einer langen Reihe von mit Blech gedeckten Latrinen gehörte, die sich etwa zwanzig Meter vom Rand des Dorfes in den Busch hinein erstreckte. Jeder Hof oder *mawe* hatte seine eigene, nach den Anweisungen im Peace-Corps-Handbuch gebaute Latrine. Der Boden bestand aus gestampftem Lehm, auf dem eine niedrige hölzerne Plattform mit einem unregelmäßigen dunklen Loch in der Mitte errichtet war. Sisay hatte ihm die Latrine gezeigt und betont, wie wichtig es sei, den Deckel – eine runde Holzscheibe mit einem Griff – wieder aufzulegen, damit die Fliegen den Kot nicht durch das ganze Dorf trugen. Zu beiden Seiten des Lochs hatten die Füße der Benutzer das Holz glattgescheuert, so daß es glänzte. Durch Ritzen in den Wänden fielen Sonnenstrahlen in den Raum und beleuchteten Staubkörner – oder vielleicht Protozoen –, die, begleitet von starken Gerüchen, in der Suppe der westafrikanischen Luftfeuchtigkeit schwammen.

Als Boone sich zum erstenmal über das Loch hockte und hinuntersah, erkannte er, daß seine Psychologieprofessoren recht gehabt hatten mit ihrer Behauptung, es gebe einen schicksalhaften, unterschwelligen Zusammenhang zwischen Kot und Tod. Die Latrine verströmte eine Atmosphäre, die nicht weniger ehrfurchtgebietend war als die einer Grabstätte oder eines Altars. Aus dem Loch stieg noch etwas anderes als Gestank. War es ein Geräusch? Ein Vibrieren unterhalb der Wahrnehmungsschwelle. Das eifrige Summen der Kryptozoen, die Scheiße wieder in Erde verwandelten? Oder hörte er bloß die Sätze der Symphonie in seinen Gedärmen?

Auf einer Seite der hölzernen Plattform lag ein Stoß alter Ausgaben des *Guardian*, einer Zeitung, die auf dünnem Papier ausgewählte Artikel aus *Le Monde* und *Washington Post* brachte. Außerdem gab es mehrere Stapel mit zerfledderten Büchern aus Sisays in Auflösung begriffener Bibliothek. Sie hatten keine Rükken mehr, und ganze Passagen waren herausgerissen und mit anderen vermischt worden. Boone fand ein paar Seiten Rilke zwischen Teilen eines Reiseführers durch Mali, er stellte fest, daß Hemingway sich mit einer Sammlung von Aufsätzen über internationale Beziehungen gemein gemacht hatte, er stieß auf Kierkegaard, eine Anleitung zur Montage von Handpumpen für Brunnen, auf Thomas Pynchon, Frazers *Goldenen Zweig*, Kurt Vonnegut, Gaston Bachelard und auf das Gesundheits-Handbuch des Peace Corps – und das alles war nun Klopapier, und manches eignete sich besser als anderes. Säurefreies Papier war wischfest, aber zu glatt, während die schimmelnden Taschenbücher ein weicheres, saugfähigeres Papier hergaben. Offenbar war dies auch die einhellige Meinung der anderen Bewohner von Sisays Hof, denn die Taschenbücher wurden schnell verbraucht, wogegen einige gebundene Bücher praktisch unberührt geblieben waren.

Doch der *Guardian* war ganz eindeutig die erste Wahl, und nach einigen Experimenten merkte Boone auch, warum. Diese Zeitung bot nicht nur saugfähiges, nicht zu glattes Papier, sondern auch faszinierende Einblicke in Ereignisse, die zehn Jahre zurücklagen. Während Boones Gedärme große Mengen kostbarer Flüssigkeit aus seinem Körper entließen, las er von britischen Erfolgen auf den Falklandinseln oder von heldenhaften Attacken der Contras auf Frauen und Kinder in Nicaragua. Während er auf den nächsten Knoten in seinem Bauch wartete, erfuhr er alles über Jimmy Carters moralisches Äquivalent zum Krieg, die Freilassung der Geiseln in Teheran und die Verheißungen einer angebotsorientierten Wirtschaft. Doch schließlich ging die Geschichte denselben Weg wie der Durchfall, und Boone erhob sich, machte einen Schritt in Richtung Tür und spürte, wie sich ein neuer Knoten in seinem Gedärm bildete. Resigniert hockte er sich wieder über das schwarze Loch, nahm eine weitere Ausgabe des *Guardian* zur Hand und lauschte, zwischen Krämpfen und peristaltischen Konvulsionen leise fluchend, dem Plitschen und Platschen der Scheiße, die in der chthonischen Finsternis unter ihm landete.

Wenn Scheiße und Tod etwas gemein hatten, dann mußte es irgendwo dort unten in diesem dunklen Loch sein – ein unsichtbarer Schnittpunkt von Skatologie und Eschatologie, wo Saprophyten ein Festmahl bereitet war, wo Mensch und Mist einander begegneten, wo der *Homo sapiens* sich in *Humus saturatus* verwandelte, wo Hirn, Herz und Knochen von der Erde verschluckt und wieder in Mineralien und Elemente zerlegt wurden.

Er nahm eine Seite Bachelard. Zu steif. Die Poesie der Scheiße. Vielleicht waren Menschen nichts weiter als organische Kompostierer, biologische Abfallumwandler, dazu bestimmt, die Umwandlung pflanzlicher und tierischer Materie in Erde zu beschleunigen. Blätter faulen schneller, wenn man sie zerkleinert.

Boone verspürte den westlichen Drang, die Ursache der Störung zu benennen. War es eine Lambliose? Amöbenruhr? Irgendeine unbekannte, unklassifizierte Mikrobenart? Vielleicht war es Cholera. In diesem Fall würde er bald keine Sorgen mehr haben.

Nachdem er im Lauf eines Nachmittags achtmal zur Latrine gegangen war, beklagte er sich bei Sisay über die Schwierigkeit, ohne Sitzgelegenheit in ein Loch zu scheißen, doch laut Sisay, der keinerlei Mitleid bekundete, war für Boone die Zeit gekommen, für ein Leben in antiseptischen amerikanischen Küchen und Badezimmern zu büßen. Sterilisierte Nahrungsmittel und gechlortes Wasser hatten seinen Organismus zu einer hilflosen Beute selbst der harmlosesten Bakterien der dritten Welt gemacht. Es würde ihm nichts anderes übrigbleiben, als seine Abwehrkräfte auf die altmodische Art zu stärken. Selbst diese Krankheit schien Boones und Amerikas Schuld zu sein – dem afrikanischen Klima jedenfalls war nichts vorzuwerfen.

»Ich nehme an, dir passiert das nicht mehr«, sagte Boone. »Du bist immun oder hast dich angepaßt oder was auch immer.«

»Im ersten Jahr war ich andauernd krank«, gab Sisay zu, »aber jetzt passiert mir das nur noch, wenn ich nach Amerika fahre. Nach fünf Jahren hier bin ich für etwa eine Woche hingefahren. Ich stand in irgendeiner Küche in Rochester, New York, und sah, wie meine Freunde tellerweise Essensreste in den Müllschlucker warfen. Ich kotzte die ganze Anrichte voll. Ich hatte ganz vergessen, wie es aussieht, wenn gutes, leckeres Essen weggeworfen wird. Es ist, als würde man einem widerwärtig betrunkenen Milliardär zusehen, der vor den Augen von Bettlern Hundert-Dollar-Scheine verbrennt.

Am nächsten Tag beschloß ich, mich auf die Veranda meiner Mutter zu setzen und ein bißchen amerikanisches Dorfleben in mich aufzunehmen, einfach um mich an das zu erinnern, was ich hinter mir gelassen hatte. Es war ein Samstag. Der Nachbar meiner Mutter, ein wohlerzogener, mit Gewicht gesegneter, vertikal gehandikapter Buchhalter namens Dave, fuhr einen Laubbläser, einen Rasenmäher, einen Schredder, einen Mulcher, einen Kantenschneider und einen Unkrautjäter auf. Er arbeitete den ganzen Tag, machte einen ungeheuren Lärm, er schnitt und stutzte und versprühte giftige Substanzen auf einem winzigen Stück Land, das nichts Eßbares, sondern bloß Gras hervorbrachte. Der Rest der Welt verbrachte diesen Tag im Sumpfwasser und versuchte, der Erde ein paar Händevoll Reis abzugewinnen, aber Dave saß mit einem kühlen Bier auf seiner Veranda und bewunderte seinen chemischen Rasen. Es war zum Kotzen, kann ich dir sagen. Ich mußte zurück nach Afrika.«

Sisay schlug lediglich eine andere Technik vor. Er hockte sich, die Füße platt auf dem Boden, auf die Fersen und breitete mit einer »Siehst du? Freihändig!«-Geste die Arme aus. »Nach ein paar Wochen Übung ist diese Haltung wirklich sehr bequem. Du wirst in nächster Zeit allerdings zu schwach sein, um neue Muskeln zu entwickeln, also solltest du es vielleicht hiermit versuchen.«

Er nahm einen seiner Stühle mit gerader Rückenlehne und entfernte die Sitzfläche, so daß nur der Rahmen übrigblieb. »Ich glaube, du solltest ein, zwei Tage auf der Latrine bleiben. Wozu immer hin- und herlaufen? Verbring ein paar Tage da drinnen und lerne dich gründlich kennen.«

Aus einem Päckchen mit dem Aufdruck UNICEF schüttete er Elektrolytsalz in einen Plastikkrug mit Wasser und gab ihn Boone zusammen mit dem Stuhl. »Wenn es dunkel wird, solltest du allerdings wieder reinkommen«, sagte er. »Es gibt da eine Hexe, die sich in Gestalt eines Leoparden bei den Latrinen herumtreibt. Mit der möchtest du sicher keine Bekanntschaft machen.«

Boone beobachtete noch ein anderes beunruhigendes Phänomen, das sich in Form von Geschwüren an Armen und Beinen manifestierte. Er zeigte sie Sisay, der den Kopf schüttelte und bemerkte: »Tropische Entzündungen. Du hast an deinen Moskitostichen gekratzt.«

»Tut das nicht jeder?« entgegnete Boone.

Er hatte (zu spät) eine Reihe von klaffenden Löchern in seinem Moskitonetz entdeckt – Löcher, die so groß waren, daß sie eine Art Moskitofalle geschaffen hatten, denn die Tiere fanden hinein, aber nicht mehr hinaus. So konnten sie die ganze Nacht hindurch sein Blut saugen und Gott weiß was für Krankheiten auf ihn übertragen. Wenn er sie morgens fand, waren sie dick wie Zecken und hielten in den Falten des Moskitonetzes ein Verdauungsnickerchen. Jeder Moskito, den er erschlug, hinterließ einen Fleck aus Boones Blut. Dann hatte er, ohne weiter nachzudenken und wie er es in seiner Heimat gelernt hatte, an den Stichen gekratzt, und die juckenden Beulen waren zu kleinen Wunden geworden. Wenn in Amerika die Haut verletzt wurde, bildete sich ein Schorf, und die Verletzung war innerhalb weniger Tage verheilt. Doch das galt für die USA, wo alles so steril ist, daß man von jedem Boden essen oder im Badezimmer eine Herzoperation durchführen kann, weil die Oberflächen so lange mit Reinigungs- und Desinfektionsmitteln behandelt worden sind, bis nur noch ein erfrischender medizinischer Geruch bleibt. Das Schlimmste, dem Wunden in Amerika ausgesetzt werden, sind Photonen aus einem Fernsehgerät.

In Westafrika aber funktionierte das nicht. Wenn man hier an einem Moskitostich kratzte, entstand ein Loch in der Schutzhülle der Haut, durch das sein Inneres mit einer kontaminierten Substanz namens Luft in Berührung kam. In Westafrika besteht Luft zu neun Zehnteln aus Feuchtigkeit und wimmelt von schwebenden Mikroben, die nur darauf warten, ihre Zellwände in einen geschwächten weißen Organismus zu graben. Innerhalb von drei Tagen waren aus den winzigen Pünktchen eiternde, schwärende, klaffende Löcher, so groß wie Fünfzig-Cent-Münzen, geworden. Boone hatte jede Menge Rötungen, Schwellungen und Schmerzen.

»Eiweiß ist in diesen Breiten ausgesprochen knapp«, sagte Sisay. »Du solltest es nicht verschwenden, um unnötige Löcher zu flicken.«

Er fuhr fort, die einzige Möglichkeit, den Prozeß dieser Kraterbildung aufzuhalten, bestehe darin, zweimal täglich Wasser abzukochen, die Wunden damit zu säubern und sie mit Wasserstoffsuperoxyd und antiseptischen Mitteln zu behandeln. Das erforderte einen Gang zum Fulamann des Dorfes, der in einer Bude, so groß wie eine Telefonzelle, eine Kombination aus Apotheke, Kramladen, Eisenwarenladen und Kerosindepot betrieb. Nachdem sie die nötigen Medikamente gekauft hatten, machte Sisay eine kurze Führung durch die in der Umgebung liegenden Felder.

Boone folgte ihm. Seine Beinmuskeln zuckten, und Hitzewallungen gingen schmerzhaft durch seine offenen Wunden.

Unterwegs begegneten sie einem alten Pa, der mit einer Lederpeitsche auf einen kleinen Zwerg aus Stein einschlug. Er fluchte und schimpfte in einer Sprache, die, wie Sisay behauptete, niemand verstand oder je gehört hatte. Hin und wieder versetzte der Pa dem Ding mit aller Kraft einen Tritt, worauf er umherhüpfte, seinen Zeh umklammerte, vor Schmerz heulte und dem Zwerg wütende Blicke zuwarf, als hätte dieser ihn hinterrücks mit seinem steinernen Arm geschlagen.

»Das ist Pa Usman und sein *nomoloi*«, erklärte Sisay. »Seit

Menschengedenken haben die Mende-Bauern auf ihren Feldern diese prähistorischen Zwergenfiguren aus Speckstein ausgegraben. Es sind Darstellungen der *tumbusia*, der Geister der Zwerge, die dieses Land vor den Mende bebaut haben. Weil sie die ursprünglichen Besitzer waren, sind sie neidisch auf die jetzigen Besitzer, und manchmal rächen sie sich, indem sie die angebauten Pflanzen daran hindern zu wachsen. Dann muß der Bauer den im Grunde ängstlichen *nomoloi* durch Drohungen oder Schmeicheleien dazu bringen, ihm zu helfen. Manchmal nimmt der *nomoloi* die Opfer an, und dann bewacht er die Ernte und sorgt dafür, daß Ungeziefer, Diebe und Hexen das Land nicht betreten, aber manchmal ist der *nomoloi* störrisch, weigert sich, irgendwelche Gaben anzunehmen, und macht alle Versuche zunichte, etwas anzubauen. Dann muß man ihn schlagen, und genau das tut Pa Usman gerade.«

Als sie näher kamen, trat Pa Usman erneut nach dem Zwerg, hüpfte heulend umher, warf der Figur haßerfüllte Blicke zu und schrie sie mit abgehackten Worten an. Er trug eine Wollmütze, die auf seinem Kopf saß, als ob er sie morgens in die Luft werfen und sich dann darunter stellen würde. Sie schien aus zwei Lagen zu bestehen, und in jeder dieser Lagen klafften große Löcher, die sich jedoch nicht zu überschneiden schienen, so daß Pa Usmans Kopf dennoch bedeckt war. Der zierende Wollball, der solche Mützen krönt, hatte längst schon allen Halt verloren und hing nur noch an einem zarten Fädchen, das elastisch genug war, um den Ball kurz über dem Ohr des Pas hüpfen zu lassen.

»Tag, Pa«, rief Sisay.

Pa Usman gab harte, gutturale Laute von sich und zeigte auf den Zwerg, wobei er Sisay und Boone einen unverhüllt verachtungsvollen Blick zuwarf. Er beendete seine Schimpfkanonade, indem er den Zwerg mit dickflüssigem Kolanußbrei bespuckte und ihm einen kräftigen Tritt versetzte. Sein Gesicht verzog sich schmerzhaft und ungläubig, als stellte er schockiert fest, daß er sich erneut am Zeh verletzt hatte und daß es der steinerne Zwerg irgendwie geschafft hatte, ihn zu schlagen.

Sein Hemd war aus einem Moskitonetz gemacht und hatte am Rücken große Löcher. Er trug zu große Shorts, die im Schritt aufgerissen waren, so daß sie wie ein Lendenschurz oder ein kurzer, mit einem Reißverschluß versehener Rock an ihm herunterhingen. An der Taille waren sie mit einem Strick zusammengeschnürt.

Er hob die Lederpeitsche auf, zeigte sie dem Zwerg und stieß kehlige, drohende Laute aus.

»Pa Usman ist ... anders«, sagte Sisay, während sie zusahen, wie der alte Mann auf den Zwerg eindrosch. »Ich finde, er geht in seiner Beziehung zu seinem *nomoloi* ein bißchen zu weit. Er trägt ihn in einer Schachtel herum, füttert ihn, schimpft mit ihm wie mit einem ungezogenen Kind, und nachts betet er zu ihm. Bis vor kurzem hat er ihm vor dem Zubettgehen Coca-Cola serviert, das man – warm, natürlich – beim Fulamann bekommen kann, und hatte großen Erfolg damit.«

Pa Usman ließ die Peitsche fallen und zeigte auf den Zwerg. Schweiß rann an seinem knotigen Arm entlang und tropfte von der Fingerspitze.

»Er lebt allein in einer Hütte, die ganz aus Wellblech gemacht ist«, sagte Sisay. »Die anderen glauben, daß die Hitze darin sein Gehirn gebacken und ihn verrückt gemacht hat. Aber sie geben ihm immer noch etwas zu essen, wenn seine Ernte schlecht war.«

Pa Usman zeigte wieder auf den Zwerg und nickte den weißen Männern zufrieden zu, wie um zu bestätigen, daß er dem Ding endlich seine Lektion verpaßt habe. Dann versetzte er ihm einen letzten Tritt und riß die Augen, während er auf einem Fuß um den *nomoloi* herumhüpfte, in ungläubiger Verwunderung auf.

»Was sagt er?« fragte Boone. Er wünschte, er könnte dem alten Pa die Füße fesseln und ihm den Verlust seiner Zehen ersparen.

»Das weiß kein Mensch«, antwortete Sisay. »Er ist ein Mende. Er war es immer und wird es immer sein. Aber vor einiger Zeit ist seine Frau an einem Fieber gestorben, und da fing er an, in einer Sprache zu sprechen, die niemand versteht. Es ist nicht Mende, nicht Temne, nicht Koranko, nicht tiefes Mende ... Keiner versteht, was er sagt. Außer vielleicht sein *nomoloi*.«

Sisay ging mit Boone zurück zum Dorf und zeigte ihm, was er gegen die tropischen Entzündungen tun konnte. Die erste Lektion behandelte die Technik des Eimerbads, die Methode des weißen Mannes, sich zu waschen: »Wie duscht man mit einem Eimer Wasser?« Sisay führte ihn zu einem kleinen Verschlag am

Rand des Hofes und gab ihm einen Eimer Wasser, einen Becher und ein Stück Seife. Zunächst mußte er sich befeuchten: einen Becher für den Kopf, zwei für den Rumpf (einen für vorn, einen für hinten), je einen Becher für die Arme, einen für die »Teile«, einen Becher für jedes Bein. Danach gründlich einseifen und mit derselben Anzahl Becher abspülen. Das machte sechzehn Becher, also vier Liter Brunnenwasser.

Die Afrikaner badeten in Flüssen, wo sie Schistosomata aufnahmen, eine Parasitenform, die in Süßwasserschnecken heranreift und auf die Gelegenheit wartet, sich in einem menschlichen Wirt einzurichten. Dort machte sie es sich dann zwischen Hakenwürmern, Peitschenwürmern, Fadenwürmern, Bandwürmern, Amöben, Leberegeln, Trichinen, Spirochäten, Plasmoden, Mykobakterien und vielen anderen Parasiten gemütlich, die Menschen in warmen, feuchten Klimata bewohnen und in wilde, von Organismen wimmelnde Planeten verwandeln. Diese Parasiten nehmen jedoch kluge Rücksicht auf ihre Umwelt: Gewöhnlich töten sie den Menschen, den sie befallen haben, nicht ganz, sondern lassen ihrem lethargischen Wirt gerade so viel Blut und Nährstoffe, daß er für etwas zu essen sorgen und in der Hängematte schlafen kann, während sie durch Blutbahnen und Gedärme wuseln und es sich schmecken lassen. In Amerika werden die Menschen normalerweise erst dann zu Wurmfutter, wenn sie gestorben sind; in Afrika sind die Würmer schneller und stecken ihre Claims schon lange vor dem großen Tag ab.

Auf dem Weg zur Latrine – unter dem einen Arm trug er den verstümmelten Stuhl, unter dem anderen den Krug mit Elektrolytlösung – mußte Boone an mehreren Familien vorbei, die sich um Kochfeuer versammelt hatten. Einige probierten seinen neuen Namen aus, und er antwortete mit den Mende-Grußformeln, die Sisay ihm beigebracht hatte.

Jeder gebräuchliche Mende-Ausdruck hatte eine Entsprechung auf Krio, und Sisay hatte sorgfältig beide Versionen der häufigsten Begrüßungen, Segenssprüche und Bitten um Hilfe übersetzt. Der gängigste Gruß war: »Alles gesund?« Die Antwort darauf – »Ich sag Gott Dank« – konnte man in Sierra Leone stündlich tausendemal hören. »Alles gesund?« hieß auf Mende: »*Bo bi gahun*«, und die Antwort lautete: »*Kaye ii Ngewo ma*« – »Gott trifft keine

Schuld« oder wörtlich: »Gott hat keinen Rost«. Auch dieser Satz wurde täglich dutzendemal von jedem Mende gebraucht und drückte aus: »Gott erhält mich gesund« oder »Ich bin der lebende Beweis für Gottes Güte«.

Boone kam weit mit »*Kaye ii Ngewo ma*«. Ganz gleich, was irgend jemand zu ihm sagte – er antwortete immer »*Kaye ii Ngewo ma*«. Die Reaktion der Grüppchen von Zuhörern war jedesmal ungläubige Heiterkeit, gefolgt von Rufen wie: »Ai O!« und Schenkelklatschen. *Zu komisch. Noch ein weißer Mann, der versucht, Mende zu sprechen.*

Doch als die Leute ihn mit Stuhl und Krug zur Latrine wanken sahen, wußten sie, daß er Dünnscheiß hatte, und niemand erkundigte sich, ob alles gesund sei (denn man hörte nicht gern, daß Gott doch ein wenig Rost hatte). Statt dessen sagten sie: »*Oh sha*«, eine Beileidsbekundung, die Anteilnahme, ja geradezu Mitleid mit dem Kranken auszudrücken schien.

»*Oh sha*«, riefen die Kinder auf den Schößen ihrer Mütter leise, wenn sie vom gastrointestinalen Mißgeschick des *pu-mui* hörten.

»*Oh sha*«, sagten die jungen Frauen und Mütter. »Mistah Gutawa hat Dünnscheiß. Gibt nicht Mehzin, wo hilft ihm. Fühlt nicht besser.«

»*Oh sha*«, sagten die zahnlosen Großmütter. »Armer Mistah Gutawa hat Dünnscheiß wie klein Kind. Hat ihn gepackt, bis nicht mehr essen kann.«

»*Oh sha*, Mistah Gutawa. Gott soll helfen!«

Als der Abend sich über das Dorf senkte, erschien Boone die Latrine schon wie eine zweite Heimat. Da waren sein Zimmer neben Sisays Räumen und die Veranda, wo die Dorfbewohner ihm kurze Besuche abstatteten und wo er mit Kindern spielte, Bananen aß und Babys schreien hörte, und dann war da sein Scheißhaus, in dem er den größten Teil des Tages auf dem Stuhl ohne Sitzfläche verbrachte und von der Dysenterie geschüttelt wurde.

Er war mittlerweile innig vertraut mit den geflochtenen und mit Lehm beworfenen Wänden der Latrine und kannte das Wespennest unter dem Dach, die Schatten der dünnen Dachbalken, den abgerundeten Spalt zwischen den Brettern, durch den Kakerlaken kamen und gingen, und die etwas größere Ritze, vor der eine riesige, aber wohlerzogene Spinne ihr Netz gespannt hatte. Er kannte die subtilen Abstufungen der Erdfarben an verschiedenen Teilen der Wand, wo offenbar Lehm von einem anderen Ort oder einer anderen Jahreszeit verwendet worden war, er kannte alle Nuancen dieser Örtlichkeit, die er ebenso gründlich kennenlernte, wie ein Gefangener die Stimmungen und Launen seines Folterers oder ein Invalide die Risse in der Decke über seinem Bett kennenlernt.

Er vertrieb sich die Zeit damit, Treiberameisen und verletzte Kakerlaken an die Spinne zu verfüttern, und war fasziniert von der gnadenlosen Effizienz, mit der sie ihre Beute einspann, ein Gift injizierte, das die Innereien ihres Opfers verflüssigte, und es aussaugte. Er nippte an dem Plastikkrug mit Wasser und zündete eine Kerze an, um den Raum gemütlicher zu machen und für seine Nachtwache auf der Latrine ein Leselicht zu haben.

Er hatte genügend Zeit, um darüber nachzudenken, wie er eigentlich in diese Situation gekommen war. Seine Motive waren edel genug gewesen, aber vielleicht hatte er die falsche Methode gewählt. Wie sollte er Killigan – oder irgendeinem anderen – helfen können, wenn er auf einer Latrine festsaß und darauf wartete, von tropischen Parasiten umgebracht zu werden? Vielleicht hätte er mehr bewirken können, wenn er in Freetown oder gar in Amerika geblieben wäre. Warum ließ er sich von einem Ex-Deadhead sagen, was er zu tun und zu lassen hatte? Mußte er wirklich afrikanische Methoden anwenden? Nach dem, was er bisher gesehen hatte, basierten die ausschließlich auf Aberglauben der unberechenbarsten Art, auf Flüchen, Zaubern und Tabus, die keinerlei erkennbare Funktion oder Bedeutung zu haben schienen. Was konnte es schon bringen, einen Suchmann zu befragen? Was war gewonnen, wenn er in diesem Dorf blieb und sich von einem radikalen Exilamerikaner mit drei Frauen und einer heftigen Abneigung gegen Weiße herumkommandieren ließ?

Jeder Knoten in seinem Bauch, jedes Zittern vor Übelkeit, jeder ungezielt herausspritzende Fäkalienstrahl nahm ihm Flüssigkeit, Nährstoffe, Kraft und Hoffnung. Er riß eine Seite aus *Paths Toward a Clearing* von Michael Jackson und las bei Kerzenlicht:

> Das traditionelle afrikanische Denken neigt dazu, das Unbewußte als ein Kraftfeld *außerhalb* des unmittelbaren Bewußtseins zu konstruieren. Es ist nicht so sehr ein geistiger als vielmehr ein räumlicher Bereich, das unerforschliche Reich der Nacht und der Wildnis, das von Buschgeistern, Hexen, Zauberern und Feinden bevölkert ist.

Er wurde immer schwächer. Er spürte seinen Puls in den geschwollenen Kratern um die Entzündungen. Seine Kniesehnen zuckten (wahrscheinlich aus Flüssigkeitsmangel), seine Kopfhaut war schweißüberströmt, und sein Arschloch auf dem Stuhlgerippe über dem schwarzen Loch stand in Flammen. Dies war keine Gegend, in der er von anderen abhängig sein wollte. Er hatte genug gesehen, um zu wissen, daß die Leute hierzulande die Angewohnheit hatten, mit den Schultern zu zucken, wenn Krankheit und Tod unter ihren Nachbarn wüteten. Er hatte mehr als einmal gehört: »Er will so sterben«, wenn von einem Kranken oder einem hinfälligen Alten die Rede war. Es war eine leichthin gemachte Bemerkung, im selben Ton, wie ein Amerikaner etwa gesagt hätte: »Er will zum Einkaufszentrum fahren.«

Der Tod war so willkürlich wie die Anordnung der Lehmhütten, so allgegenwärtig wie Scheißhaufen, so unbedeutend wie ein Moskitostich. Er war so schnell wie eine Mamba, so langsam wie das Wachstum von Tuberkeln in der Lunge.

Boone stellte sich vor, wie er sterbend auf einer Strohmatratze lag, umringt von alten Pas, die sich am Kopf kratzten, während Sisay ihm sagte, er solle noch ein, zwei Stunden warten, bis der Medizinmann das Signal des Rufgerätes hörte. Nicht mehr lange, und er würde wieder anfangen zu beten – ein weiteres Anzeichen dafür, daß die Dinge schlecht standen. *Gott ist sehr groß. Sehr, sehr groß*, hoffte er. *Groß genug, um all dies und noch mehr von mir zu nehmen. Groß genug, um meinen besten Freund vor Rebellen und Jujumännern oder korrupten Beamten, die ihre Zementsäcke wollen, zu beschützen.*

Sobald Boone sein Zimmer oder die Latrine verließ, war er mit den Dorfbewohnern zusammen, oder vielmehr sie mit ihm. Jeden Morgen trat er aus seinem quasiprivaten Zimmer und watete in einen Strom, einen Sumpf, einen Mangrovenwald aus Menschen, und für den Rest des Tages war er nicht mehr allein. Wenn er in sein Zimmer ging, erschienen freundliche Gesichter an seinem Fenster und riefen: »*Pu-mui! Pu-mui!*« Wenn er in der Hängematte einnickte, war er beim Aufwachen umringt von kleinen afrikanischen Köpfen, die »*Pu-mui! Pu-mui!*« zirpten. Wenn er irgend etwas aus seinem Rucksack nahm, wurde es sofort herumgereicht, untersucht und kommentiert. Und dann kamen die Fragen.

»Was ist das?«

»Wie ist es gemacht?«

»Wofür ist es da?«

»Wieviel kostet es?«

Nur auf der Latrine und nachts im Bett war er allein, den Rest des Tages verbrachte er in der ständigen und unerbittlichen Gesellschaft anderer, und diese anderen respektierten den Wunsch nach Alleinsein nicht, weil ihnen dieser Begriff unbekannt war. Auch Sisay war nie allein, doch er hieß jede Gesellschaft willkommen und verbrachte den Tag damit, zu singen, zu lachen und Sprichwörter zum besten zu geben. Wenn Sisay mit anderen aus dem Dorf sprach, verschwand die säuerliche Weltverdrossenheit aus seiner Stimme; sein Gesicht erwachte zum Leben, und seine Augen leuchteten. Er widmete sich voll und ganz seinem Gegenüber, ganz gleich, ob es sich um ein Kleinkind oder einen senilen Greis handelte. Eine Konversation war etwas, das man in England führte. Eine Diskussion war etwas, das man mit Weißen hatte. Was Sisay mit seiner ausgedehnten Familie teilte, waren Neckereien, Witze, Geschichten, Späße, Beleidigungen, haltlose Übertreibungen, Sprichwörter und Krio-Gleichnisse. Die Mende johlten, schüttelten einander und brüllten vor Lachen. Ganz gleich, wie oft sie es schon erlebt hatten – sie konnten einfach nicht glauben, daß ein weißer Mann solche Dinge mit ihrer Sprache tun konnte. Mit Ausnahme weniger berühmter Missionare hatte es noch nie einen Weißen gegeben, der so viel von den Mende, ihrer Sprache und ihrer Lebensart hielt, daß er bei ihnen bleiben und unter ihnen leben wollte.

Ob er schlagfertiger war als ein schlagfertiger Ältester oder ob er seinerseits von einem zwölfjährigen Diamantenschürfer auf den Arm genommen wurde – nie ließ er den Ball fallen. Immer gab er dem Witz eine neue Wendung, notfalls auf seine eigenen

Kosten, nur um die ironische Farce in Gang zu halten. Wenn Sisay versuchte, das Dorf zu verlassen, dauerte es immer ein bis zwei Stunden, bis er auch nur den Weg erreicht hatte, denn er mußte bei jeder Gruppe auf jeder Veranda stehenbleiben und ein Schwätzchen halten. Fast immer war es ein Hin und Her von Mende-Witzen. Die meisten Gespräche bestanden aus Scherzen, Segenssprüchen und Sprichwörtern.

Wenn du einen großen Schwanz hast, mußt du es dem Schneider sagen, bevor er deine Hosen näht.

Steck nicht jemandem den Finger in den Mund und schlag ihn dann auf den Kopf.

Liebe ist wie das Fett in der Suppe: Sie schmeckt nur, wenn sie heiß ist.

Eine Henne, die Küken hat, springt nicht über ein Feuer.

Liebe ist wie ein Ei – wenn du sie genießen willst, darfst du nicht zu hart und nicht zu zaghaft zugreifen.

Mit einem Finger kann man keine Laus fangen.

Nichts ging über einen guten Spaß, einen Bluff, einen Witz, ein Wortspiel – es war eine nationale Leidenschaft. Abends schien die Lieblingsunterhaltung der Menschen aus Wettstreiten in Schlagfertigkeit zu bestehen: Zwei gewitzte Spaßvögel tauschten Beleidigungen aus und zogen dann vor einem Publikum, das jeden verbalen Stoß, jede Parade und Riposte mit Lachen oder Rufen quittierte, übereinander her. Der Wettstreit war entschieden, wenn einer der beiden eine so glänzende Reprise gelandet hatte, daß die Zuhörer vor Lachen brüllten und sein Gegner sprachlos war.

Boone lachte mit, auch wenn er längst nicht genug Krio verstand, um alles, was gesagt wurde, würdigen zu können. Er begnügte sich damit zuzusehen, wie ein scheinbarer Streit im wilden Gelächter und Schenkelklopfen einer wachsenden Menge von Zuschauern endete. Alles in allem kam er sich vor, als wäre er der reservierteste, ungeselligste und unzugänglichste Mensch der Welt. Ein emotionaler Ochse. Sie neckten sich, lachten und küßten sich, wünschten einander von morgens bis abends Gottes Segen. Und Boone sah zu, erhob sich mühsam und ging zu seiner Latrine.

Hunger ist die beste Sauce, sagt ein Krio-Sprichwort, und trotz der Knoten in seinem Bauch hatte Boone gegen Ende des Tages immer reichlich Hungersauce. Jeden Abend gab es eine große Mahlzeit aus Reis und Sauce, die auf einer gemeinsamen Platte serviert wurde. Boone, Sisay, seine drei Frauen und fünf Kinder sowie etwaige Gäste aßen mit der rechten Hand von dieser Platte. Am ersten Abend hatte Boone gesehen, daß alle ungeniert in den Zähnen stocherten, während sie das Essen verdauten und die entspannte Unterhaltung genossen, und so hatte er mit dem linken Daumennagel gedankenverloren ein Reiskorn zwischen zwei Zähnen entfernt, worauf alle Anwesenden sich abwandten und würgten.

»Du weißt doch, das ist deine Klohand«, hatte Sisay ihn erinnert und sich mit gespieltem Abscheu die Nase zugehalten.

Jeden Abend ließ der Geruch nach Essen oder der Anblick eines dampfenden Topfs, der zum Haus des *pu-mui* getragen wurde, auch die Bettler, die Blinden, die Witwen und Witwer und andere Bedürftige erscheinen. Sie kamen immer zufällig genau dann, wenn man das Essen servierte, und wurden willkommen geheißen, zum Bleiben gebeten und von Sisay und seiner Familie bewirtet. Auch in anderen *mawes* des Dorfes bemerkte Boone, daß das plötzliche Erscheinen eines entfernten Verwandten, der gerade einen Freund besuchte, immer – ganz gleich, wie arm der Gastgeber war oder wie wenig er es sich leisten konnte, einen zusätzlichen Esser zu verköstigen – eine Einladung zum Essen bewirkte, die auch stets angenommen wurde. Sisay hatte ihm gesagt, daß das Essen niemals verweigert wurde, auch wenn der Hausherr fast jedesmal unter der Last, einen zusätzlichen Verwandten bewirten zu müssen, seufzte. Er beschwerte sich bei seinen Verwandten, er beklagte sich bei seiner Frau, dem Chief, den anderen entfernten Verwandten des Bettlers, die ihn ausgerechnet zu ihm geschickt hatten, doch er verweigerte seinem Gast niemals das Essen. Lewis hatte in Freetown bemerkt: »Einem Mende-Mann zu sagen, daß er nicht mehr großzügig mit dem Essen sein soll, ist so, als würde man ihm sagen, er solle nicht mehr lügen: eine unerfüllbare Bitte.«

Der Mann, der dem *mawe* vorstand, teilte das Fleisch auf: Die *pu-mui* bekamen die größten Stücke, zunehmend kleinere Stücke gingen an die anderen Männer, noch kleinere an die Frauen und gar keine an die Kinder. Sobald sie entwöhnt waren und das gewaltsame Stopfen hinter sich hatten, mußten die Kinder bei den Mahlzeiten sehen, wo sie blieben. Es wurde ihnen fast nichts zugeteilt, so daß sie von dem leben mußten, was auf den Boden fiel, in den Töpfen übrigblieb oder ihnen von gutmütigen Erwachsenen überlassen wurde, die im übrigen wenig Neigung zeigten, unproduktive Familienmitglieder durchzufüttern.

Dann gab der Vorstand ein Zeichen, und alles stürzte sich auf das Essen, das gewöhnlich verschwunden war, wenn Boone sich den zweiten Bissen in den Mund stopfte. Er hatte die schreckliche Angewohnheit, sein Essen gründlich zu kauen und mit Zunge und Zähnen sorgfältig nach Knochenstücken, Knorpeln oder Sehnen zu suchen. Schließlich merkte man, daß er so hilflos wie ein Kind war, erbarmte sich seiner und teilte vor dem Essen einen kleinen Teil der Platte für ihn ab; dann schlang man das Essen hinunter und starrte ärgerlich auf die für Boone reservierte Portion, die dieser langsam aufaß.

Das Geheimnis, hatte Sisay ihm gesagt, bestand darin, zu schlucken, ohne zu kauen oder zum Atmen innezuhalten, und auf diese Weise in den entscheidenden ersten drei Minuten soviel wie möglich hinunterzuschlingen. Nach der anfänglichen Hektik gelangte man meist zu einer stillschweigenden Übereinkunft über die weitere Aufteilung des Essens und konnte ein wenig verschnaufen.

Nach dem Essen besuchte Boone seine Latrine. Bei Einbruch der Dunkelheit wankte er zurück zu Sisays Haus und rollte sich in seinem Schlafsack fiebrig und zitternd auf dem Boden zusammen.

»*Oh sha*«, sagte Sisay.

»Leck mich«, gab Boone zurück. »Entweder liegt es am Wasser oder am Palmwein.«

»Weder noch«, sagte Sisay. »Es liegt an deinem empfindlichen Magen-Darm-Trakt. Du hättest ja nicht in das pralle Menschenleben eintauchen müssen. Du hättest ja auch in Amerika bleiben können, wo fünf Prozent der Weltbevölkerung fünfundsiebzig Prozent der Ressourcen verbrauchen.«

Sie wurden von Gästen unterbrochen, darunter Pa Ansumana, der Dowda und Alfa, zwei seiner Enkel, mitgebracht hatte. Die

Enkel brachten ihr Mitgefühl zum Ausdruck und beschrieben ihrem Großvater, welches Übel Boone betroffen hatte. Pa Ansumana bestätigte mit einem Grunzen, daß er verstanden hatte, und zeigte Boone seinen gebeugten Arm und eine Faust, als wollte er sagen: »Sei stark, oder du bist mein Sohn nicht mehr.«

Boone beschloß, sich aufrecht hinzusetzen.

Die beiden Enkel holten einen Stoß *National Geographic Magazines* aus der Bibliothek und begannen sie durchzublättern. Offenbar war dies ein Ritual, das sich jeden Abend wiederholte. Die jungen Männer kamen nach der Feldarbeit oder dem Diamantenschürfen vorbei, blätterten in alten Zeitschriften und zeigten Sisay Fotos, die dieser dann auf Mende oder Krio erklärte.

Die Männer steckten sich Pfeifen an. Sisay stellte einen Aschenbecher aus Ton bereit, in dem einige von Boones gebrauchten Pfeifenreinigern lagen.

»Zu was ist das hier?« fragte einer der Enkel und nahm einen der schwarz verschmierten Reiniger in die Hand.

»Um die Pfeife sauberzumachen«, sagte Boone und machte die entsprechende Geste.

Dowda begutachtete den Pfeifenreiniger eingehend. »Ich verstehe«, sagte er. »Und wie macht man das hier sauber« – er hielt den Pfeifenreiniger hoch –, »wenn man die Pfeife saubergemacht hat?« Er rollte ihn zwischen Fingern und Daumenballen und zeigte Boone, daß der Teer die Finger verklebte.

Boone lächelte nachsichtig und erklärte ihm, Pfeifenreiniger seien nur zum einmaligen Gebrauch bestimmt und würden danach weggeworfen.

Nachdem man ihnen das übersetzt hatte, beugten sich Pa Ansumana und sein Enkel über den Pfeifenreiniger, begutachteten ihn noch eingehender und wischten sich hin und wieder die Finger an Boones Schlafsack ab. Sie erörterten die Sache auf Mende, und der junge Diamantenschürfer reinigte seine Pfeife und hielt sie dann gegen das Licht des Feuers. Schließlich schien Pa Ansumana begriffen zu haben. In seinen Augen erschien ein Lächeln, eine Art Freude über diese Absurdität, diese sinnlose Extravaganz: Ein so sorgfältig gearbeitetes Werkzeug wurde von einer Maschine jenseits vieler Ozeane mit Kunststoffborsten und saugfähigen Fasern bestückt, um es dem flüchtigen, luxuriösen Zweck zuzuführen, eine einzige Pfeife ein einziges Mal damit zu reinigen, und es anschließend wegzuwerfen.

Großvater und Enkel schüttelten den Kopf, tauschten sich murmelnd untereinander aus und wandten sich dann wieder an Boone. Betont ernst fragte der Enkel: »Warum?«

Boone merkte, daß die beiden kurz davor waren, den Schluß zu ziehen, daß ein Mann, der sich den Luxus leisten konnte, sorgfältig gearbeitete, mit Maschinen hergestellte Pfeifenreiniger einfach wegzuwerfen, vermutlich über ganze Königreiche, zwölf Frauen, drei Güter, Armeen von Dienern und einen ganzen Rucksack voll äußerst starker Medizin verfügte.

»Tja«, sagte Boone, »es ist zu schwierig, einen Pfeifenreiniger zu reinigen, und die Maschine macht sie sehr billig. Sie sind zum Wegwerfen *gedacht.*«

»Wieviel?« fragte Dowda.

»Wieviel was?«

»Wieviel kostet Pfeifenreiniger?«

»Man kann sie nicht einzeln kaufen«, sagte Boone und tat, als wäre er ein Kaufmann, der einzelne Pfeifenreiniger an erwartungsvoll Schlange stehende Kunden verkaufte. »Man kauft ein ganzes Päckchen ... ein Bündel.« Er zeigte ihnen ein Päckchen Pfeifenreiniger.

»Wieviel kostet Päckchen?« wollte der junge Mann wissen.

Boone rechnete einen Dollar neunundsechzig in Leones um und nannte das Ergebnis.

Wieder begann ein aufgeregter Gedankenaustausch zwischen Dowda und Pa Ansumana.

»Was sagen sie?« fragte Boone.

Sisay seufzte. »Dowda hat seinem Großvater erzählt, daß man mit einem Tageslohn zwei Päckchen Pfeifenreiniger kaufen kann, und jetzt versuchen sie auszurechnen, wieviel ein Pfeifenreiniger kostet. So ähnlich wie diese Sportreporter, die einem vorrechnen, was Michael Jordan pro Spielminute oder pro Freiwurf verdient.«

Pa Ansumana schmunzelte, schüttelte den Kopf und sagte etwas auf Mende.

»Was hat er gesagt?« fragte Boone.

»Er sagt, man sieht alles, wenn man nur lange genug lebt.«

»Was macht der?« fragte einer der jungen Männer und zeigte Sisay ein Foto von einem Mann in einem Anzug, der sich einen aluminiumbeschichteten, fächerförmigen Reflektor unter das Kinn hielt, damit sein Gesicht schneller braun wurde. Die Bildunterschrift lautete: »Pendler in Manhattan gönnen sich an einer Bushaltestelle ein kurzes Sonnenbad.«

Die Erklärung erfolgte auf Krio und dauerte fast zwanzig Minuten. Der Reflektor und sein Zweck mußten erläutert werden, ebenso wie die Tatsache, daß ein weißer Mann seine Haut dunkler machen wollte, indem er sie der Sonne aussetzte. Das dauerte seine Zeit, denn sie fanden, daß ein Weißer verrückt sein müßte, um schwarz sein zu wollen, und darum mußte er halb verrückt sein, um braun sein zu wollen.

Während Sisay sprach, erhob sich draußen ein noch lauterer Lärm als in Boones erster Nacht im Dorf, als man das Palaver wegen der Frauenbeschädigung abgehalten hatte. Sisay erstarrte, und sein übliches schiefes Lächeln gefror zu einer Grimasse, die Boone verriet, daß dies kein gewöhnliches Dorfpalaver war. Er und seine Gäste erhoben sich vom Boden, um die Menge zu empfangen, bevor sie die Tür erreichte. Boone hörte, daß man Sisays Namen rief, er hörte die Klageschreie der Frauen und die wütenden Rufe der Männer.

Sisay öffnete die Tür. Es war eine mondlose Nacht, und der Hof wurde nur von den blakenden Lichtern der aufgehängten Sturmlaternen beleuchtet. Menschen drängten die Treppe zur Veranda herauf und schrien auf Mende und Krio. Kinder versteckten sich hinter den kniehohen Mauern des Hofs oder den Lappas ihrer Mütter. Alte Pas riefen sich über den Lärm hinweg etwas zu und hatten in ihrer Panik alle Würde verloren.

Boone suchte in der Menge nach einem Fokus und fand keinen, bis sie sich teilte und drei Männer einen leblosen Körper herbeitrugen. Ihnen folgte ein Gefesselter, der von zwei kräftigen Männern eskortiert wurde. Zähne und Knochen von Tieren, Beutelchen und Munitionsgürtel hingen ihm um Hals und Schultern.

Der Mann wurde vor Sisay gebracht, als sollte er Zeugnis ablegen, und den Toten legte man, mit einem Stein unter dem Kopf, zu seinen Füßen nieder. Als die Träger zurücktraten, ging angesichts des Toten ein Stöhnen durch die Menge.

Das Geheul der Frauen zerriß die Nacht, während die Männer fortfuhren zu streiten. Einige schienen den Gefangenen anzuklagen, andere ihn zu verteidigen.

Ein Schauder kroch über Boones Rücken, und seine Nackenhaare sträubten sich, als er das Gesicht des alten Pa Gigba und das blutige Bart-Simpson-T-Shirt erkannte, das jetzt bis zum Hals hochgerutscht war. Das war der Pa, der an dem Tag, als Killigan verschwunden war, in Ndevehun gewesen war. Fast genau in der Mitte seiner Stirn war ein von Pulver versengtes und mit geronnenem Blut verstopftes Loch. Wo sein rechtes Ohr gewesen war, war nun eine flache Mulde, in der sich Blutklümpchen, frisches Blut und Lymphflüssigkeit mischten.

Es war der erste Tote, den Boone je gesehen hatte.

»Tod ist gekommt!« schrie eine Frau. »Tod ist gekommt! Tod ist gekommt!« schrien Frauen und Kinder. Einige warfen sich zu Boden und verbargen voll Angst und Schrecken ihre Gesichter.

»Du hast diesen Mann mit dies Gewehr geschossen, istnichtso?« schrie ein Mann und zeigte dem Jäger ein Gewehr.

»Ich hab ein Leopard geschossen«, widersprach der Jäger mit der Heftigkeit eines Mannes, der sein Leben verteidigt. »Section Chief Moiwo hat mich geschickt jagen. Er sagt: ›Lahai, geh los und schieß mir Fleisch.‹ Ich sage: ›Ja, Chief Moiwo, wenn Gott will, ich schieße Fleisch für dich.‹ Chief Moiwo gibt mir zwei Patron, wie immer, und ich geh in Busch. Da sehe ich ein Leopard. Er springt nach mir, gerade als der Abend kommt. Er springt ganz wild, weil er will mich fressen.«

»Ein Lüge!« rief ein Mann und ging auf den Jäger los. »Das ist ein Lüge! Du lügst!«

Mit einem Ruck befreite der Jäger den rechten Arm aus dem Griff seines Bewachers und öffnete im Licht der Sturmlaternen seine blutverschmierte Faust. »Ist kein Lüge! Hier! Seht das! Ist kein Lüge!« Er streckte die Hand aus und zeigte der Menge das dreieckige, pelzige Ohr einer Raubkatze. »Ich schneide das Ohr, bevor der Mann sich wieder verwandelt. Ich hab ein Zauberer getötet! Er ist im Busch gegangen als Leopard. Ich töte ihn, und er verwandelt sich wieder. Ich hab gesehn!« rief der Mann und zeigte auf seine Augen. »Mein Augen sehn genau! Als ich schneide das Ohr, verwandelt er sich wieder in ein Mensch.«

Die Menge verlief sich. Frauen klagten, Kinder hielten sich die Augen zu und schrien in die Nacht, Gruppen von Männern schlurften mit hängenden Köpfen langsam davon und murmelten düstere Prophezeiungen über Zauberei im Dorf.

Pa Ansumana ging die Stufen der Veranda hinunter und sah den Jäger über Pa Gigbas Leichnam hinweg an. Er streckte die Hand aus und sagte etwas auf Mende. Der Jäger legte das Leopardenohr – ein zerdrücktes Stück Haut und Pelz, das an der Schnittstelle schwarz verkrustet war – in Pa Ansumanas Hand. Der alte Mann ließ sich auf ein Knie nieder und hielt das Ohr an die Wunde an Pa Gigbas Kopf, wo zwischen den dunklen Klumpen von geronnenem Blut noch immer hellrote Tropfen hervorquollen.

Er gab dem Jäger das Leopardenohr zurück, nahm einem der Männer eine Laterne ab und hielt sie über den Leichnam, um ihn genauer untersuchen zu können.

Auch Boone hatte den toten Mann genau betrachtet. Eine Angst oder aber die ersten Vorboten einer schwereren Krankheit, die sich wie ein Sturm am Rand seines Bewußtseins zusammenbraute, ließen ihn erzittern. Die Nachtluft schien wie ein kalter Fieberhauch durch ihn hindurchzustreichen und machte ihm eine Gänsehaut. Er war sicher zu schnell aufgestanden, als der Aufruhr begonnen hatte, und dann hatte er sich von der Hysterie der Menge anstecken lassen. Das Blut hämmerte in seinen Augen und ließ alles vibrieren, als er zusah, wie Licht und Schatten auf dem Gesicht des Toten tanzten. Es war, als wäre dieses Gesicht eine Maske, die in den Schädel hineinsank, als würde sie zu einer Tierschnauze zusammenschrumpfen.

Er streckte einen Arm aus und taumelte. Lichtpunkte wimmelten wie Maden in dem pelzigen schwarzen Ring, der sein Gesichtsfeld verengte. Danach erinnerte er sich nur noch, wie Männer, die Mende sprachen, ihn unter den Armen gepackt hatten, bevor sein Kopf nach hinten sackte und ihn Schwärze umgab.

Als er zu sich kam, lag er in Sisays Zimmer in seinem Schlafsack.

»Wenn du morgen kräftig genug bist, um zu reisen, solltest du das tun«, sagte Sisay eindringlich. »Das ist eine böse Sache. Das Dorf ist in Aufruhr. Erst Mama Sasos Zwillinge, und jetzt das! Es wird eine Untersuchung geben. Man wird an Pa Gigbas Leiche nach Hinweisen auf Hexerei suchen. Der Hexenprüfer wird den Bauch aufschneiden, die Milz entfernen und sie in einen Eimer Wasser legen, das mit besonderen Kräutern vermischt ist. Wenn sie oben schwimmt, war Pa Gigba kein Zauberer, und man wird dem Jäger nicht glauben. Dann wird man ihn wegen Mord vor dem Paramount Chief anklagen. Wenn die Milz auf den Boden sinkt, dann hat der Jäger die Wahrheit gesagt – dann war Pa Gigba ein Zauberer, und du und ich, wir sind dann ernsthaft in Gefahr«, sagte er und sah Boone fest in die Augen.

»Hexen und Zauberer sind nach ihrem Tod noch mächtiger als vorher«, fuhr er fort. »Aber wahrscheinlich wird die Milz weder oben schwimmen noch untergehen, sondern sich irgendwo in der Mitte halten, und das bedeutet, daß etwas Böses da war, ihn aber nicht ganz beherrschte.«

Boones Augen wurden immer größer. Er schüttelte empört den Kopf.

»Die alten Pas werden im *barri* tagelang beraten, was zu tun ist. Wenn Pa Gigba kein Zauberer war, wird es eine Beerdigung geben. All das wird durch die Anwesenheit eines weißen Fremden nur kompliziert, und darum solltest du dich auf den Weg machen, wenn du dazu in der Lage bist.«

»Das werde ich«, sagte Boone, richtete sich auf und stützte sich auf einen Ellbogen.

»Morgen ist der letzte Freitag im Monat, und das ist der Zahltag für die Peace-Corps-Leute«, erklärte Sisay. »Alle Mitarbeiter, die es im südlichen Distrikt gibt, werden sich auf ihr Motorrad setzen und nach Bo fahren, um sich ihren Scheck abzuholen. Sie werden alle in den Thirsty Soul Saloon gehen – das ist die Bar, in der sich Weiße am Wochenende betrinken. Mit dem Buschtaxi kannst du in weniger als einer Stunde dort sein. Ich schlage vor, du verbringst das Wochenende in Bo und hörst dich um, ob das Peace Corps etwas herausgefunden hat. Ich möchte es zwar bezweifeln, aber vielleicht stolperst du ja über etwas. Wenn du zurückkommst, wird ein Suchmann für dich hiersein. Ein guter Suchmann. Er heißt Sam-King Kebbie. Er ist ein Schmied aus Kenema. Er ist kein Scharlatan. Er weiß, was er tut.«

»Wo finde ich diesen Section Chief Moiwo?« fragte Boone.

Sisay sah ihn scharf an.

»Was willst du von ihm?« fragte er.

»Nichts«, sagte Boone. »Ich möchte ihn kennenlernen. Vielleicht kann er uns ja helfen – immerhin ist er doch Section Chief.«

»Er ist im Wahlkampf«, sagte Sisay düster. »Er wird dir nicht helfen, es sei denn, du hast eine Menge Geld. In diesem Fall wird er natürlich das Geld nehmen und dir seine Hilfe anbieten. Er ist wahrscheinlich ebenfalls in Bo. Aber ich würde nicht nach ihm suchen. Im Wahlkampf werden die Leute ... merkwürdig.«

»Wenn er mir zufällig über den Weg läuft«, sagte Boone, »werde ich mich ihm vorstellen und abwarten, was passiert.«

»Ich rate dir, ihm nicht über den Weg zu laufen«, sagte Sisay, legte den Kopf schief und lauschte auf einen neuen Streit, der draußen auf dem Hof begann.

In dieser Nacht saß die zahnlose, fingerlose alte Ma, die Boone um Medizin gebeten hatte, mit ihren Enkelkindern, die vom Anblick von Pa Gigbas Leichnam noch immer verängstigt waren und weinten, auf der Veranda. Großmutter Dembe erzählte ihnen, warum Kinder sich in den Schlaf weinen und wie die häßliche Kröte Tod in die Welt kam.

»Jede Nacht sterben wir«, sagte sie, »und jeden Morgen stehen wir von den Toten auf. Jeden Abend weinen kleine Kinder, weil sie spüren, daß die Nacht kommt, daß der Tod kommt. In ihrer Angst winden sie sich wie Schlangen. Manche sind klüger als die anderen, und die klügeren schreien am lautesten, denn sie haben am meisten Angst vor dem Schlaf. Sie haben Angst, daß sie sterben, wenn sie einschlafen, und nie mehr aufwachen. Sie wissen nicht, daß es ihnen am nächsten Morgen bessergehen wird.

Genauso ist es, wenn Menschen wissen, daß sie sterben müssen. Sie haben ein langes Leben gehabt, aber wenn es Zeit ist, zu sterben, schreien und betteln sie und winden sich vor Angst wie Schlangen. Sie haben Angst, daß sie sterben und nie mehr aufwachen werden. Sie haben Angst, daß sie nicht am nächsten Morgen auf der anderen Seite des Flusses in dem Dorf des weißen Sandes aufwachen werden. Und darum weinen Kinder sich in den Schlaf«, sagte Großmutter Dembe.

»Und wie ist die häßliche Kröte Tod in die Welt gekommen?« fragte eines der Kinder.

»Ngewo machte einen Mann und eine Frau«, sagte Großmutter Dembe. »Ngewo gab dem Mann und der Frau alles, was sie wollten. Aber jedesmal, wenn er ihnen etwas gegeben hatte, wollten sie noch mehr: erst Essen, dann Feuer, dann Tiere, dann Werkzeuge, dann Medizin.

Damals suchte die häßliche Kröte Tod die Menschen noch nicht heim. Ngewo schickte seine Diener aus, um die Lebenden zu holen, wenn ihre Zeit um war. Doch eines Tages weigerte sich ein stolzer Mann mitzukommen, obwohl er mehrere Male höflich gebeten wurde. Da schickte Ngewo den Herrn Krankheit, damit er den stolzen Mann packte und schüttelte.

›Herr Krankheit hat mich gepackt, aber ich kann ihn nicht sehen‹, rief der Mann und konnte sich nicht mehr bewegen.

›Du hast lange genug gelebt‹, sagte Herr Krankheit. ›Es ist Zeit für dich zu gehen.‹ Aber der Mann weigerte sich.

Am nächsten Tag schickte Ngewo die häßliche Kröte Tod. Sie sollte den Mann, den Herr Krankheit gepackt hatte, holen. Der Mann starb und wurde begraben.

Aber Herr Krankheit und die häßliche Kröte Tod blieben in der Welt, um die zu holen, die nicht kommen wollen, wenn man sie ruft.«

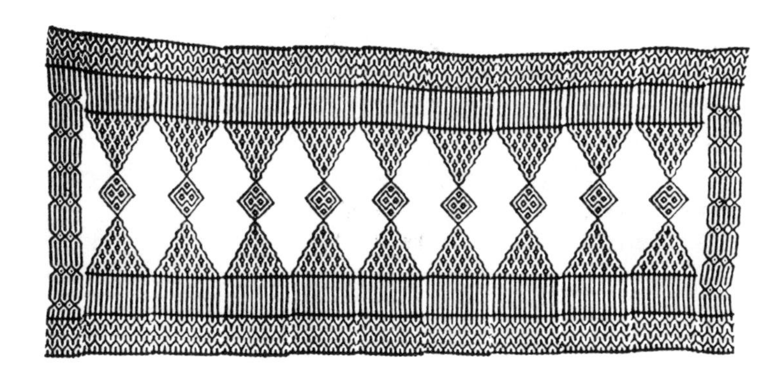

10

Mack rollte einen mit Stapeln von Dokumenten beladenen Aktenwagen herein.

»Hier ist DropCo Steel«, sagte er und wies mit stolzer, großartiger Gebärde auf mehrere einen halben Meter hohe, verschnürte Stöße Papier. »Konkurseröffnungsantrag, vorgeschlagene Dekkung durch eigene Forderungen, Terminliste, Gläubigerverzeichnis, Liste der zwanzig Hauptgläubiger, Erläuterungen. Sobald Sie unterschrieben haben, packe ich alles ein und lasse es mit einem Taxi zustellen.«

Randall nahm ein Dokument von einem der Stapel und blätterte es durch.

»Sie haben heute eine Aushilfssekretärin, stimmt's?« fragte er und musterte die Seite, auf der er unterschreiben sollte.

»Ja«, antwortete Mack. »Sally ist krank. Woher wissen Sie das?«

»Keine Sekretärin in dieser Abteilung würde etwas, das ich unterschreiben soll, auf holzhaltigem Papier ausdrucken. Sagen Sie ihr, sie soll diese Sachen noch einmal auf holzfreiem Papier ausdrucken.«

»Alles?« fragte Mack.

»So können wir das doch wohl nicht ablegen, oder? Sie soll alles noch mal ausdrucken. Und sagen Sie ihr, daß ich zwischen Text und Unterschrift vier Leerzeilen will. Hier sind es nur drei«, sagte Randall und deutete auf seinen Namen am Ende des Textes.

Mack schob den Wagen mit hängendem Kopf wieder hinaus.

Ein kurzes Läuten zeigte einen hausinternen Anruf an.

»Killigan«, sagte eine Stimme aus dem Lautsprecher, »Stone. Ich bin hier unten im Kommandobunker und arbeite am Swintex-Fall. Ich habe mich bis zum Hals in Paragraph 507 eingegraben. Und da fiel mir ein Firmenausflug ein. Wir waren damals beide voll wie zwei Strandhaubitzen, aber ich erinnere mich, daß Sie mir erzählt haben, Thomas von Aquin müßte als Konkursanwalt zurückkommen, damit jemand wirklich verstehen und nachvollziehen könnte, was Sie mit Paragraph 507 einem Gläubiger antun könnten. Sie haben damals am Magnetron- oder am Megalink-Fall gearbeitet. Ich glaube, das wurde im südlichen Distrikt vor Richter Baxter verhandelt.«

»Magnalink«, sagte Randall mit einem nostalgischen Lächeln. »Die haben auf den Knien gelegen und um Gnade gebettelt.«

Stone lachte. »Sie haben damals gesagt, Sie hätten eine Möglichkeit gefunden, einem ungesicherten Gläubiger das Fell über die Ohren zu ziehen, so daß nichts weiter übrigbleibt als das Nervensystem und die lebenswichtigen Organe.« Er kicherte. »Der Gläubiger bleibt dabei am Leben, haben Sie gesagt. Er behält das Bewußtsein, kann aber nur noch schreien, bis der Tod eintritt.«

»Magnalink«, sagte Randall. »Das war ein Mordsspaß!«

»Ich muß wissen, wie Sie das gemacht haben«, sagte Stone. »Zu meiner Gegenpartei gehört einer, der es nicht anders haben will. Ich will ihm den Schädel einschlagen, aber er muß am Leben bleiben, damit ich ihn benutzen kann, um den anderen Gläubigern in seiner Gruppe die Flötentöne beizubringen.«

»Sehen Sie im Magnalink-Verzeichnis nach«, sagte Randall. »Ich glaube, das ist im Netzwerk auf dem F-Laufwerk. Lassen Sie sich die Dokumente zur Festsetzung der Konkurstabelle ausdrucken. Inzwischen stellen Sie sich vor, daß Paragraph 1129 die Sonne und Paragraph 507 der Mond ist. Wenn Sie die beiden in eine Linie bringen, kommt es zu einer Verfinsterung, und es gibt das, was die Astronomen eine Penumbra nennen, einen Halbschatten. Das ist das, was Sie brauchen. Lesen Sie, und rufen Sie mich noch mal an, dann erkläre ich es Ihnen. Dieser Typ wird durch ein Loch in seinem Hals atmen, bevor er auch nur ahnt, was ihn erwischt hat.«

»Danke, Boss«, sagte Stone.

»Erzählen Sie's ruhig herum«, sagte Randall. »Am besten dem Präsidenten von Swintex. Sie haben eine Schwestergesellschaft in Chicago, die dabei ist, den Bach runterzugehen. Wir könnten das Material verwenden. Sagen Sie ihm, daß er einen Haufen Honorar gespart hat, weil wir auf die Magnalink-Unterlagen zurückgreifen konnten.«

Randall legte auf und fragte sich wehmütig, warum nicht das ganze Leben so einfach und lohnend sein konnte wie eine florierende Konkursanwaltskanzlei, in der die internen Prozesse ungehindert abliefen. Doch solche beruflichen Erfolgserlebnisse waren selten geworden und nicht von Dauer. Die Abteilung krachte unter dem sonst immer bewältigten Chaos in den Fugen. Die Angst vor einem Tumor, die Zeit für die Untersuchungen, die Anrufe in Washington – all das wirkte sich negativ auf Randalls Konzentration und Leistung aus. Seine karriereförderndsten Fälle befanden sich zumindest zeitweise in den Händen von Juniorpartnern und Mitarbeitern. Wenn er denen tatsächlich vertraute, konnte das nur zu einer Katastrophe führen. Wenn ein Untergebener sich gegen ihn wandte, konnten Fehler gemacht werden (er gebrauchte das Politiker-Passiv), und es könnte durchsickern, daß Randall sich nicht so intensiv wie sonst um seine Fälle kümmerte, sondern andere den größten Teil der Arbeit tun ließ. Daß er sich den anderen Partnern anvertraute, verbot sich von selbst. Er hatte früh gelernt, seine wahren Gedanken zu verbergen und nie eine Schwäche zu zeigen. Wenn er angegriffen wurde, beharrte er eigensinnig auf seiner Meinung und verstand es, seine Gegner mit ihren eigenen Mitteln zu schlagen.

Das Verwaltungskomitee hatte einen Bericht erhalten, in dem es hieß, Randall werde langsam unzuverlässig; mindestens ein wichtiger Mandant habe durchblicken lassen, man werde sich nach einem anderen Anwalt umsehen, der über die gleiche Kompetenz, aber mehr Beständigkeit in Stimmung und Auftreten verfüge. Das war, wie Randall wußte, eine erfundene Geschichte, wahrscheinlich in die Welt gesetzt von einem, der insgeheim an seinem Stuhl sägte. Der Kern der Sache war die Art von Mist, die eine Kuh machte, die Mist gefressen hatte. Jemand hatte es auf ihn abgesehen und versuchte den Eindruck zu erwecken, Randall lasse sich durch gewisse Ereignisse in seinem Privatleben ablenken. Das bezog sich auf ein ungeschriebenes Gesetz, das auf etwaige Schwächen und die Unfähigkeit, sich mit Leib und Seele der Kanzlei zu verschreiben, abzielte. Randall beschloß, es sei an der Zeit, das Gerücht in die Welt zu setzen, er werde die Kanzlei mit einem Stamm von Sterling-Kriegern verlassen, wenn das Komitee ihn nicht in Ruhe ließ und er sich nicht auf die Schlachten vor den Konkursgerichten konzentrieren konnte.

Unterdessen entwickelte sich Afrika zu einem immer größeren Kontinent, der immer mehr von Randalls Zeit in Anspruch nahm und in seinem Leistungsprofil die Kurve der nicht honorarfähigen Zeit nach oben schnellen ließ. Er stand in engem Kontakt mit dem amerikanischen Botschafter in Freetown, der wiederum von Zeit zu Zeit mit dem Section Chief und Empfänger von Randalls Schecks in Verbindung stand. Dieser Moiwo schien ziemlich sicher zu sein, daß Michael lebte und sich irgendwo im Busch in einen Zauberkult von Magiern oder Wahrsagern initiieren ließ, in irgendeinen mystischen Hokuspokus, welcher der Beschreibung nach haargenau zu seinem Sohn paßte. Es gab berechtigte Hoffnungen, daß Michael heil wiederauftauchen würde, was allerdings nicht hieß, daß er außer Gefahr war. Es war immer ein Risiko, sich mit dieser Art von Zauberei einzulassen, hatten die Leute von der Botschaft gesagt, und ganz besonders in Zeiten des Wahlkampfs.

Zu Hause war es noch schlimmer als in der Kanzlei. Marjorie verstand die Erklärungen des Section Chief, Michael befinde sich möglicherweise in Sicherheit, als Erhörung der Gebete, für die sie einem Kloster Geld gespendet hatte. Ihr Glaube an die Kraft von Gebeten war so groß, daß sie maßgeschneiderte Fürbitten bei Expertinnen bestellt hatte, bei Nonnen also, bei Eingeweihten, die ihr Leben damit verbrachten, sich mit Hingabe der Verehrung Gottes zu widmen. Diese Frauen hatten der Welt mit achtzehn Jahren den Rücken gekehrt und allen irdischen Dingen entsagt. Randall erinnerte sich aus seiner katholischen Jugendzeit an sie.

Sie waren heilig und voll der Gnaden und gaben Gott ihre ungeteilte Aufmerksamkeit. In ihrer Gegenwart verlor selbst Randall, der ungläubige Katholik, für einen Augenblick sein Vertrauen darauf, daß das einzige, auf das man sich in Zeiten einer Krise verlassen konnte, Geld war. Diese Frauen waren tatsächlich sehr eigenartige Wesen, denn sie glaubten felsenfest an etwas, das im ganzen Handelsgesetzbuch nirgendwo erwähnt wurde. Sie waren hochspezialisiert. Wenn es die Sache wert war, konnten diese Nonnen Gott am Ärmel zupfen und Ihm etwas in Sein geneigtes Ohr flüstern.

Er sah das Betgeld, als seine monatliche Kontoübersicht per Modem über den Monitor flimmerte und in den benutzerdefinierten Kategorien der Software für die Buchführung der persönlichen Finanzen verschwand. Als er Marjorie nach Einzelheiten fragte, erfuhr er, daß die Gebete allesamt für Michael bestimmt waren – kein einziges davon sollte ihn selbst vor einem möglichen Gehirntumor beschützen. Warum? Sie glaube nicht, daß er einen Gehirntumor habe, erklärte sie. Sie gab sogar offen zu, daß sie ihn für einen Hypochonder hielt.

Wie gemein! Mit zunehmendem Alter wurde sie biestig, und er entdeckte eine ganze Reihe geistiger und seelischer Mängel an ihr. Dabei hatte er sich schon mit ihren Klagen abgefunden, daß er in letzter Zeit fast unerträglich sei, daß er wüte und tobe und von einer Sorge zur nächsten hetze, daß er nach den Tomographien und Michaels Verschwinden in Panik geraten sei – sie hatte von »seelischer Verdüsterung« gesprochen. Er argumentierte mit seiner lautesten und besten Stimme und zählte ihr seine besonderen medizinischen Bedürfnisse eines nach dem anderen auf. Doch als er geendet hatte, führte sie ihn zum Schreibtisch, wo sie die Korrespondenz mit der Krankenversicherung ausgebreitet hatte, und fragte ihn ganz lieb und freundlich, ob er mit ihr zu einem Psychiater gehen wolle, zu einem Arzt, den ein Freund der Familie ihr empfohlen habe. Randall beschloß, sie zu beschwichtigen, und willigte ein. Er fand, auf diese Weise könne er ihr helfen, sich damit auseinanderzusetzen, daß sie selber professionelle Hilfe dringend nötig hatte.

In der Praxis dieses Arztes stellte sich heraus, daß dieser gar kein Arzt, sondern bloß Doktor der Psychologie war. Randall sah auf die Uhr, und ihm wurde bewußt, daß er in diesem kleinen Raum eine geschlagene Stunde mit seiner Frau und einem gönnerhaften Schleimscheißer in Rollkragenpullover und Sportjackett würde verbringen müssen. Der gute Doktor warf mit Ausdrücken wie »Beziehungsdynamik« und »dysfunktionale Kodependenz« um sich – Ausdrücke, die Randall sogleich als »honorarfähige« Worte identifizierte, für deren Erklärung ein Stundenlohn berechnet wurde. Was glaubte dieser geistig hochgezüchtete Clown, der sein Geld mit Nicken verdiente, eigentlich, womit Randall seinen Tag herumbrachte? Randall merkte, daß Dr. Schleimscheißer ganz erpicht darauf war, Eheprobleme zu finden, denn dann konnte er sie an einen Eheberater überweisen, an dessen Honorar er prozentual beteiligt war.

Nachdem er eine Dreiviertelstunde um den Brei herumgeredet hatte, bekannte dieser verkrachte Akademiker Farbe und zog ein Messer aus dem Strumpf.

»Marjorie macht sich große Sorgen um Ihre Gesundheit und Ihr seelisches Gleichgewicht«, sagte er. »Ich glaube, das ist einer der Gründe, warum sie wollte, daß Sie sie begleiten.«

Schleimscheißer lächelte so breit, daß man die Arbeit seines Zahnarztes bewundern konnte. Er neigte den Kopf und sah zu Randall auf. Die Güte und Selbstlosigkeit des guten Doktors bedrohten Randalls Luftraum. Wenn all diese aufrichtige Sorge erst einmal anfing, ihm vom Gesicht zu tropfen, wäre es vielleicht ganz gut, einen großen Teller parat zu haben. Randall hielt seine Brieftasche fest.

»Manche der Ereignisse, über die Sie und Marjorie hier gesprochen haben, vermitteln mir den Eindruck, daß Sie es – verständlicherweise – schwierig finden, das Verschwinden Ihres Sohnes zu verarbeiten«, sagte Schleimscheißer. »Niemand wirft Ihnen vor, daß Sie Angst und Verlustgefühle haben. Ja, eigentlich wäre es sogar unnatürlich, wenn dies *keine* schwere Zeit für Sie wäre. Manchmal äußern sich Angst und Streß auf unvorhersehbare Weise. Manchmal entwickelt die Angst ein Eigenleben, und der Betroffene legt eine angstbesessene Gedankenflucht an den Tag, die für den Partner sehr belastend sein kann. Benutzen Sie Alkohol, um Streß abzubauen?«

Marjorie wich Randalls plötzlichem, vernichtendem Blick aus.

Das Ganze war ein Mordversuch. Der Schleimscheißer war ein gekaufter Killer, und Marjorie bezahlte ihn mit Randalls Geld.

»Aus Sorge um Sie«, fuhr Schleimscheißer fort, »hat Marjorie mir auch gesagt, Sie hätten in letzter Zeit mehr gesundheitliche Beschwerden als sonst und es habe eine kurze Episode nächtlicher Desorientierung gegeben.«

Damit stand Randall mit einemmal am Rand des Abgrunds offenen Verrats. *So läuft das also*, dachte er und war verwundert wie immer, wenn irgend jemand noch niedrigere Beweggründe hatte, als er, der König der Zyniker, angenommen hatte. *Ihre Frau hat mir gesagt, daß Sie verrückt sind, und mich gebeten, Ihnen zu helfen* – das war es, was dieser Amateur letzten Endes zum Ausdruck brachte. Der Bursche ließ sich dafür bezahlen, daß er in Randalls Privatleben herumschnüffelte. Ein »Doktor«, der geradezu darum bettelte, verklagt zu werden. Lag hier nicht eine sittenwidrige Anwerbung vor, die nach Interessenkonflikt roch? Randall verspürte plötzlich den dringenden Wunsch, die Kinder dieses Kerls auf der Straße stehen zu sehen, wo sie den Tag beklagten, an dem ihr Papa seinen Fuß auf Randall Killigans Schatten gesetzt hatte.

Er wäre fast explodiert, als er daran dachte, daß in diesem Augenblick wahrscheinlich irgendeine Vorzimmerdame seine Krankenversicherungskarte ins Lesegerät steckte. Ihm lag einiges auf der Zunge, aber er war schlau genug, den Mund zu halten. Er hatte eine unvermittelte Vision von einer Scheidungsverhandlung, in der Schleimscheißer, diesmal in Anzug und Krawatte, in den Zeugenstand trat. Ein Hinterhalt! Die Strauchdiebe erschienen auf den Hügeln ringsum – sie waren auf Munition aus, und wenn er sich nicht vorsah, würde die ihm aus dem Mund und genau in ihren Schoß fallen. Die Anstrengung brachte ihn schier um, aber er bewahrte die Ruhe.

Zum Abschied schickte Schleimscheißer ihm noch eine Salve hinterher, indem er geschickt noch einmal auf die »Gedankenflucht« zu sprechen kam, die, wie er beteuerte, durch den richtigen Einsatz geeigneter Medikamente gelindert werden könne.

Randall biß sich auf die Zunge und entwarf in Gedanken einen Brief, den er abschicken würde, wenn er außer Reichweite der feindlichen Artillerie war:

Sehr geehrter Herr Lagerpsychologe!

Zu unserer einzigen Begegnung und Ihrem armseligen Versuch, mit Hilfe des parapsychologischen, pseudowissenschaftlichen Gelalles, das Sie als psychologische Beratung ausgeben, an mein Geld zu kommen, habe ich drei wichtige Anmerkungen zu machen:

1. Sie verdienen 35000 $ im Jahr.
2. Ich verdiene 500000 $ im Jahr.
3. Einer von uns beiden hat nicht alle Tassen im Schrank.

Mit freundlichen Grüßen
Randall Killigan

Diese Sache mit der Gedankenflucht war für Randall etwas Neues, oder jedenfalls dachte er das, bis er diesen Clown fragte, was das denn eigentlich sei. Schleimscheißer beschrieb Gedankenflucht als einen »ermüdenden Redeschwall, der mit lediglich oberflächlichem assoziativem Zusammenhang ziellos von einem Thema zum anderen schweift«.

Randall sah seine Frau an und wartete geduldig auf weitere Erläuterungen.

»Und das ist alles?« fragte er schließlich. »Ein ermüdender Redeschwall mit oberflächlichem assoziativem Zusammenhang?« Wieder sah er seine Frau an. »Ich möchte Sie mal was fragen, Doktor: Sind Sie verheiratet? Wenn ja, haben Sie dann mal versucht, die Zeitung zu lesen, während Sie mit Ihrer Frau telefonieren? *Das* ist ein ermüdender Redeschwall mit oberflächlichem assoziativem Zusammenhang.«

Randall fuhr kopfschüttelnd nach Hause. Wieder einmal war er verwundert, für was für einen Mumpitz die Leute Stundenhonorare bezahlten. Mußte er denn wirklich einen ganzen Nachmittag verlieren und einen Transaktionsanalytiker bezahlen, damit der ihm etwas über Gedankenflucht erzählte? Er hatte gute Lust, einen eigenen Killer anzuheuern, damit der mal Marjories geistige Gesundheit unter die Lupe nahm. Seit dem Tag, an dem er sie kennengelernt hatte, waren ihre Gedanken herumgetaumelt wie losgerissene Drachen im Sturm. Um *Gedankenflucht* also machten sie sich Sorgen? Tja, wenn sie darauf aus waren, die Gedanken einzufangen, die in Marjories Kopf herumwirbelten, würden sie wohl einen Schwarm Jagdfalken und jede Menge

Werkzeug und Maschendraht brauchen! Er brauchte ihr ja nur eine simple Frage zu stellen, und schon stoben ihre Gedanken davon und erschreckten sich gegenseitig wie Vögel, die nichts miteinander zu tun haben wollten, und das war, wie der gute Doktor sicher bestätigen würde, für den Partner sehr belastend.

Er konnte sich eine solche Geistesverfassung nicht einmal vorstellen. Seine Gedanken waren geradlinig und geordnet.

Am Abend legte er den Kopf auf das Kissen, schloß die Augen und lauschte, während sie ihre Gedanken wie verrückt durch den Luftraum um seinen Kopf navigierte. Vor seinem geistigen Auge konnte er jedes einzelne dieser grellen, aufgeplusterten Vögelchen die Flügel ausbreiten und abheben sehen: eine Amsel, ein Rotschwänzchen, einen Kuckuck, eine Meise, ein Bläßhuhn, einen Wendehals, einen Wiedehopf, eine Graugans, einen Dodo, einen Reiher, einen Alk, einen Steinschmätzer, eine Ralle, eine Spottdrossel, einen Gimpel, einen Unglückshäher, eine Blauracke ... Versprengte Grüppchen verteilten sich über den Himmel, stoben in wirbelnden Ketten, in sich auflösenden Spiralen auseinander, brachen ihre Formationen auf und bildeten neue – es war ein einziger rasender, panischer, unstrukturierter Stimulus. Spatzen stürzten in unschuldiger Kopflosigkeit davon, Truthähne hoben schwerfällig von der Startbahn ab, Pfauen ließen ihre beeindruckenden Farbfanfaren erschallen. Taubenschwärme kreisten schwirrend um Kirchtürme, ließen sich auf den abgeschrägten Rändern von Glocken nieder, füllten mit raschelndem Wispern die Glockenstühle, wo an den Maßwerken schlafende Fledermäuse hingen, grinsend wie Wasserspeier, und auf die Nacht warteten, wenn sie ausschwärmen, ihre knochigen, geflügelten Klauen in das Haar von Verrückten graben und mit hochfrequenten, schauerlichen Schreien Insekten aufspüren würden ... mit so schrillen Schreien, daß nur Verrückte sie hören konnten. Fledermäuse, die in Spalten, Fissuren, Furchen, Ritzen, Schlitzen schliefen ... Fledermäuse in Kirchenkuppeln. Fledermäuse, die Guano auf die Spandrillen, auf die Buntglasfenster und Strebebogen, auf die fünf klassischen Stile und sogar auf die edlen Statuen schissen.

Randall gähnte und klopfte sein Kopfkissen zurecht. *Ich bin jedenfalls nicht verrückt*, dachte er. *Wenigstens einer von uns beiden läßt seine Gedanken nicht wie Vogelschwärme herumfliegen.*

Man müßte schon eine ziemlich große Meise haben, um so etwas wie Gedankenflucht zu entwickeln. Doch am Rand seiner Gedanken war immer die Fledermaus. Sie war fast zu einem Teil seiner Persönlichkeit geworden. Er konnte nicht mehr als aufrechter, entschlossener Krieger vor den Obersten Konkursrichter des südlichen Bezirks von Indiana treten, weil eine Stimme ganz hinten in seinem Kopf sagte: »Euer Ehren, vor Ihnen steht keine der Wahrheit verpflichtete Gerichtspartei, kein Diener des Wirtschaftsrechts, kein Feldherr des Gerichtssaals, sondern ein Mann, der in seinem Schlafzimmer einen westafrikanischen Flughund mit einer Flügelspanne von einem Meter zwanzig gesehen hat.« Das untergrub unmerklich sein Selbstvertrauen, so wie er auch glaubte, daß illegale Drogen oder geheime sexuelle Perversionen die Leistung sonst fähiger Männer beeinträchtigten, weil diese Leute wußten, daß ihr Leben eine Lüge war: Für ihre Mandanten waren sie Dr. Jeckyll, doch Hyde grinste ihnen immer über die Schulter.

Eine Analyse des Problems brachte ihn nicht weiter. Nachts, wenn seine Frau schlief, betrachtete er es von allen Seiten. Würde das Ding noch einmal kommen, wenn er daran dachte? Er wußte, daß es keine normale, rationale Erklärung für das Erscheinen der Fledermaus gab, und so suchte – oder vielmehr stocherte – er nach anormalen, irrationalen Erklärungen. Entweder sein Geist oder das Universum oder beide hatten eine schreckliche Verirrung hervorgebracht. Kam sie von innen oder von außen? Hatte er das Ding halluziniert? War es die Ausgeburt der Verbindung eines Schlafmittels mit einem Nachtmahr? Hatte das rational bestimmte Universum einen Riß bekommen und ein unerklärliches Monstrum in die Welt gesetzt?

Er spielte mit dem Gedanken, es könnte etwas Übernatürliches geben, doch das war noch beängstigender als ein Gehirntumor. Wenn es übernatürliche Ereignisse gab, so spielten dabei vermutlich übernatürliche Wesen eine Rolle, die außerhalb der Zuständigkeit der Konkursgerichte operierten. Das würde bedeuten, daß es vielleicht ein Leben nach dem Tode gab, möglicherweise sogar ... all die Dinge, die er vergessen hatte, seit er vor etwa vierzig Jahren das Amt des ersten Meßdieners in der St. Dymphna's Cathedral abgegeben hatte. Nach der Grundschule hatte er klugerweise ausschließlich in Naturwissenschaften, Logik und Geld investiert. Wenn er hätte zugeben können, daß die Existenz von Wundern und okkulten Phänomenen zumindest möglich war, wäre es ihm möglich gewesen, das Erscheinen der Fledermaus einer Kraft zuzuschreiben, die außerhalb von ihm stand. So wie die Dinge standen, lenkten Naturwissenschaften und Logik den Verdacht jedoch immer wieder auf ihn selbst. Er war nicht imstande, die materielle Welt so zu reorganisieren, daß sie eine Erklärung für eine westafrikanische Fledermaus in seinem Schlafzimmer lieferte: Die einzige verbleibende Variable in dieser Gleichung war Randall Killigan.

Und wenn Randall Killigan einen Gehirntumor hatte, mußte er unter Umständen noch mehr investieren, und seine Investition könnte sich als fragwürdig erweisen. Seine Chancen würden sehr schlecht sein, und derart schlechte Chancen ließen in jedem den Spieler erwachen. Er erinnerte sich an den Inhalt, wenn auch nicht den Wortlaut von Pascals Wette, die er allerdings an seine mißliche Situation anpaßte: Selbst eine fünfprozentige Chance, daß es Gott gibt, ist besser als eine dreiprozentige Chance, noch fünf Jahre zu leben. Das brachte ihn darauf, daß er die Zusammensetzung seines Aktienpaketes ändern mußte.

Als Marjorie eingeschlafen war, nahm er das Konkursgesetzbuch von seinem Nachttisch. Immer wenn ein großer Fall vor der Tür stand, wenn eine Festsetzung, eine Aufhebung des Vollstreckungsaufschubs oder irgendeine andere entscheidende Verfahrensfrage verhandelt werden würde, gürtete Randall weder seine Lenden, noch brachte er eine Kriegsbemalung an, sondern bereitete sich vor, indem er spätnachts das Konkursgesetzbuch studierte. Wenn der Lärm und der Rauch der Schlacht sich verzogen hatten, wenn alle anderen zu Bett gegangen waren, wenn seine Gegner sich vom Alkohol hatten schwächen und von Frauen und Kindern hatten ablenken lassen, wenn es absolut still war, vertiefte sich Randall in die Quelle seiner Macht: das Konkursgesetzbuch.

Bei jedem Konkursverfahren, ganz gleich, um wieviel Geld es ging, stritten die Parteien letztlich um die Auslegung jener sechs oder sieben Paragraphen, die für die Aufteilung der Vermögenswerte in diesem besonderen Fall von entscheidender Bedeutung waren. Randall kannte die meisten dieser Paragraphen auswendig, aber er hatte zu Beginn seiner Karriere eine Entdeckung gemacht: Wenn er am Vorabend der Schlacht diese entscheidenden Passagen immer wieder las, sie zehn-, zwanzigmal, bis spät in die Nacht und in den frühen Morgen durcharbeitete, stieß er oft auf eine neue Beziehung zwischen ihnen, auf ein neues Stück juristischer Geschichte, auf eine obskure, aber kreative Anmerkung zu einem bestimmten Absatz, auf irgendeine Kleinigkeit, die wiederum die in dem Absatz formulierte Bestimmung und ihre Beziehung zu den anderen Bestimmungen im betreffenden Paragraphen und letztlich die Beziehung des ganzen Paragraphen zu den anderen Paragraphen und dem ganzen Gesetzbuch beeinflußte, was dann zu einer anderen Theorie des Falles führte – und im Handumdrehen hatte er, fast wie durch Zauberei, eine vollkommen neue Methode entdeckt, wie er die Gegner seines Mandanten vernichten und die Werte wiedererlangen konnte, die man sich durch die Zusicherung der Rückzahlung in betrügerischer Absicht erschlichen hatte.

Randall war der Magister Ludi, und das Gesetzbuch war sein Glasperlenspiel. Jeder kannte die Paragraphen und die Bestimmungen in den Absätzen, doch nur die Meister verstanden die *Beziehungen* zwischen ihnen. Wenn ein eifriger junger Mitarbeiter in sein Büro gestürmt kam, ganz aus dem Häuschen, weil er irgendeine neue Interpretation einer Bestimmung gefunden hatte, die zu bedeuten schien, daß demnächst gewaltige Summen auf die Konten ihres Mandanten fließen würden, lehnte Randall sich gern in seinem Sessel zurück und lachte. »Nicht schlecht, junger Mann«, sagte er dann, »aber werfen Sie doch mal einen Blick auf Paragraph 507. Er steht in deutlichem Widerspruch zu Ihrer Theorie, und im Gesetzbuch gibt es keine Widersprüche. Es ist von Tausenden von Anwälten und Juristen durchgearbeitet worden, die über große Summen zu befinden hatten und die Bestimmungen interpretiert und durch Ergänzungen modifiziert haben, bis eine perfekte Symmetrie gegeben war. Lesen Sie Paragraph 507, und dann unterhalten wir uns.«

Bewaffnet mit diesen spätnächtlichen juristischen Offenbarungen, zerstörte Randall das Leben betrügerischer Schuldner. Selbstverständlich versuchte er, alles Eigentum, dessen er habhaft werden konnte, in den Besitz seines Mandanten, der Bank, zurückzuführen. Selbstverständlich setzte er seinen Gegnern so hart zu, daß sie mit vor der Brust verkrampften Händen in die Notaufnahme gebracht werden mußten. Durchschnittsmenschen, die ihr Leben vor dem Fernseher verbrachten, hielten Randall für böse oder geldgierig oder beides. Aber wenn man den Schuldnern erlaubte, ihr Versprechen zu brechen und die Banken um ihr Geld zu betrügen, würden die Banken bald kein Geld mehr haben, das sie verleihen könnten! Niemand würde einen Kredit bekommen können! Doch das begriffen diese Menschen nicht. Sie begriffen nicht, wie die Welt funktionierte, weil das Fernsehen sie verhext hatte und weil sie zu faul waren, um die grundlegenden Tatsachen des Handelsrechts zu verstehen.

Wenn Randall im Gerichtssaal stand, war die Welt einfach und manichäisch. Gläubiger waren geschäftsmäßige, gesetzestreue Institutionen, die Schuldnern gegen das Versprechen, die Summe mit den vereinbarten Zinsen zurückzuzahlen, Geld liehen. Der Schuldner hatte aus freien Stücken in die Rückzahlungsbedingungen eingewilligt und Schriftstücke, Verträge und persönliche Bürgschaften unterschrieben. Und dann sagte der Schuldner eines Tages: »Ich hab's mir anders überlegt. Ich breche mein Versprechen. Ich werde das Geld nicht zurückzahlen.«

Einst vertrauten die Menschen einander. Es gab so etwas wie Ehre. Es gab kein Geld und keine Gesetze, sondern nur das Wort eines Mannes. Man sagte: »Du hast mein Wort darauf« oder: »Er steht zu seinem Wort.« Doch dann wurde die Gesellschaft immer größer, und die arglosen, wohlmeinenden Bürger konnten nicht jeden, mit dem sie Geschäfte machten, wirklich kennen. Darum entwickelten sie das System der anonymen Bürgschaft, die ein Symbol des Vertrauens war. Die Menschen verließen sich nicht mehr auf Versprechen und Gefälligkeiten, sondern auf Geld. Und wenn Geld den Platz von Versprechen und Gefälligkeiten eingenommen hat, was sind dann säumige Schuldner? Es sind Menschen, die aus Eigennutz ihre Versprechen und die Symbole des guten Glaubens mit Füßen treten. Sie haben *Schulden*, gewöhnlich weil es ihnen gelungen ist, andere zu betrügen. Sie gehen zur Bank, nehmen mit Freuden unser Geld, unsere guten Absichten, unseren guten Glauben und verschwenden all das für selbstsüchtige und unprofitable Unternehmungen. Und sind sie zerknirscht, weil sie unseren guten Glauben schamlos ausgenutzt haben? Wollen sie ihr Versprechen, ihre Schulden zu begleichen, einhalten? Nein. Sie vergelten uns unseren guten Glauben, unsere guten Absichten, indem sie lügen und betrügen, indem sie täuschen und Bilanzen frisieren, indem sie ungedeckte Schecks ausstellen und das ganze auf Treu und Glauben basierende System untergraben. Und wer bezahlt das alles?

Selbstverständlich war die Rede etwas anders formuliert, wenn Randall den Schuldner vertrat.

Während ihm das alles durch den Kopf ging, bemerkte er, daß die Tür des Ankleidezimmers halb offenstand. Das Licht in dem Zimmer ging automatisch an, wenn die Tür geöffnet wurde, und so war es auch jetzt eingeschaltet und warf einen blassen, gelblichen Schimmer auf seine dicht gedrängten, leeren Kleider. Wer würde diese Kleider tragen, wenn sich das helle Objekt als Gehirntumor erwies? Er starrte an die Wand und stellte sich vor, wie Marjorie bei seiner Beerdigung aus reinem Selbstmitleid weinen würde, als er einen Schatten wie einen Film vor der weißen Tapete vorbeifliegen sah. Hatte er sich das eingebildet? Er hörte ein leises Klopfen. Ein Tropfen fiel auf den Holzboden, dann noch einer – es bildete sich ein einfacher Rhythmus. Ohne jeden Grund hatte er plötzlich die Worte dieses Fledermaus-Professors Veldkamp im Ohr, der leise lachend gesagt hatte: *Ich fürchte, es gibt keine Möglichkeit, eine Jury davon zu überzeugen, daß ein geistig gesunder Mensch einen Altwelt-Flughund mit einer Flügelspannweite von einem Meter fünfzig in seinem Schlafzimmer in Indianapolis gesehen haben könnte, es sei denn, er hat ihn selbst dorthin gebracht.*

Randall reagierte schnell, achtete jedoch darauf, den Feind in seinem Bett nicht zu wecken. Sein Herz hüpfte und raste auf Hochtouren, als er die Tür des Ankleidezimmers weit aufriß, bereit, sich zu ducken, sollte irgend etwas herausfliegen. Nichts geschah. Er ging hinein, zog, das Licht im Rücken, die Schachtel hervor und hielt sie in seinen Schatten. Er stellte sie auf eine niedrige Bank, griff hinein und nahm das Bündel in die Hand.

Er schrie nicht. Er schnappte keuchend nach Luft, als seine Finger in eine klebrige Masse eintauchten. Er ließ die Schachtel fallen, hielt das Bündel hoch ins Licht und sah, wie frisches Blut in Rinnsalen über seine Hände, seine Unterarme und auf den Boden floß, auf den er die Tropfen hatte fallen hören. Er atmete schnell und stoßweise durch die Zähne und starrte das blutige Bündel an. Mehr als das Blut fürchtete er, daß sich ein Schrei seiner Kehle entringen und seine Frau ihn im Ankleidezimmer finden könnte, wo er ein trockenes Bündel aus Lumpen in den Händen hielt und von privaten Halluzinationen in Anspruch genommen war. *Und was dann?*

Er legte das klebrige Bündel wieder in die Schachtel und wischte die Blutlache mit ein paar Papiertaschentüchern auf, die er anschließend auf der Toilette hinunterspülte. Dann wusch er sich die zitternden Hände und sah zu, wie das rosafarbene Wasser sich im Becken sammelte und im schwarzen Abflußloch verschwand.

Nicht einmal Bean würde hiervon ein Wort hören. Visuelle Halluzinationen von Fledermäusen, vielleicht. Aber taktile, akustische Halluzinationen? Sogar olfaktorische Halluzinationen? Das Ding verbreitete nämlich in Wellen einen infernalischen Gestank: Es roch nach Tod, verfaultem Blut und modernden Dollarscheinen. Wenn er diese Breipackung aus der Hölle – ob sie nun real war oder nicht – seiner Frau oder Bean oder irgendeinem anderen zeigte, war das ein Eingeständnis, daß er den Verstand verloren hatte, das begriff er instinktiv. Wenn das Ding real war, würde man denken, daß er es selbst angefertigt hatte. Wenn es nicht real war, dann mußte es eine weitere grauenhafte Erscheinung sein, die nur er sehen konnte.

Er brauchte einen Beweis, daß das hier nicht ebenfalls eine Ausgeburt seiner überspannten Phantasie war. Bevor er weitere Schritte unternahm, brauchte er eine objektive Analyse der Bestandteile dieses Dings. Eine Laboruntersuchung – das war es! Unvoreingenommene Wissenschaftler sollten es untersuchen und ihm sagen, was es war. Mack würde wissen, wohin man es schicken mußte. Die Kanzlei hatte Verträge mit Labors, die bei Haftungsstreitigkeiten Tests vornahmen.

Und wenn dabei herauskam, daß es ein Bündel aus alten afrikanischen Lumpen war? Wenn Beans Untersuchungen ergaben, daß Randall einen privaten Alptraum sah und erlebte, einen halluzinatorischen Solipsismus, der eine Folge neurologischer Störungen war? Vielleicht waren diese Halluzinationen so etwas wie die Aura vor einem Anfall.

Etwas Wirkliches geschah, aber es geschah nur ihm. Vielleicht war es das helle Objekt, das sich tiefer in sein Gehirn eingrub.

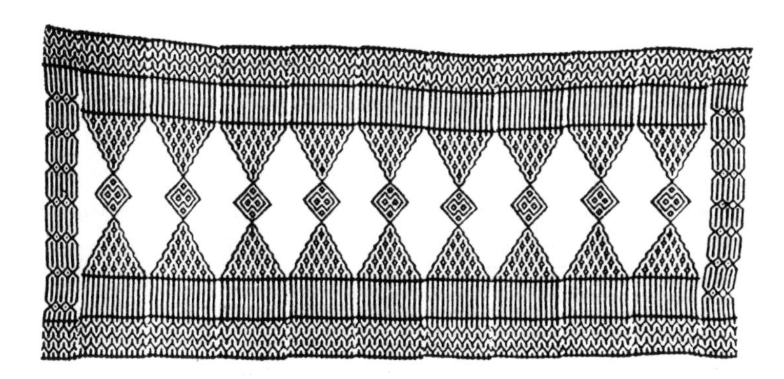

11

Bo – der Name bedeutete »Töpferlehm« – war die Hauptstadt des Mende-Landes und lag im südlichen Mittelteil von Sierra Leone, etwa gleich weit entfernt von Freetown an der Westküste und der Grenze zu Liberia im Osten. Neben einer inzwischen stillgelegten Eisenbahnlinie, die einst das Hinterland mit Freetown und dem Rest der Welt verbunden hatte, wuchs die Stadt aus dem Nichts. Seit der damalige Präsident Mitte der sechziger Jahre beschlossen hatte, das Land brauche keine Eisenbahn, waren die verrosteten, überwucherten Gleise ein Denkmal für das Scheitern menschlichen Strebens in einem Land, einem Kontinent, der unter Kolonialismus, Zauberei, politischen Katastrophen und Korruption zu leiden hat.

Auch ohne die Eisenbahn war Bo mit vierzigtausend Einwohnern die drittgrößte Stadt in Sierra Leone. Sie bestand größtenteils aus staubigen Straßen und Hütten, in denen Schneider auf das Pedal ihrer Nähmaschine traten, Fulamänner und andere kleine Händler Streichhölzer, Zigaretten und Aspirin verkauften, Besitzerinnen von Imbißläden Teller voll Reis mit Sauce servierten und Barbesitzer abgestandenes Bier aus kerosinbetriebenen Kühlschränken verkauften. Die Straßen mündeten in Kreisverkehre mit kleinen Märkten oder Lastwagenparkplätzen und verloren sich dann wieder im Durcheinander aus windschiefen Hütten und mit Blech gedeckten Arkaden. Taxis waren unterwegs, bergab und, wo immer es möglich war, mit abgestelltem Motor. Auf den staubigen Seitenstreifen gingen im Gänsemarsch Frauen und Kinder, die auf den Köpfen Eimer und Lasten trugen, Ziegen führten und dem vorbeifahrenden weißen Mann *»pu-mui«* nachriefen.

Was Sisay als »Buschtaxi« bezeichnete, war, wie sich herausstellte, nichts anderes als der erste Wagen oder Lastwagen, der einen verhandlungswilligen Fahrer und Platz für einen Passagier hatte. Boone brauchte sich nur an die Straße zu stellen und die gewölbte Hand mit der Fläche nach oben auszustrecken, was in Sierra Leone soviel bedeutete wie: *Nimm mich mit – ich bezahle.* Es dauerte keine halbe Stunde, und er saß neben einem Regierungsangestellten, der so schnell Krio sprach und so viele Sprichwörter und idiomatische Ausdrücke gebrauchte, daß eine Unterhaltung unmöglich war. Da er kein Mende war, ignorierte er Boones häufiges *»Kaye ii Ngewo ma«* höflich. Sie fuhren in einem Schweigen dahin, das nur gelegentlich von einem verbalen Ausbruch des Fahrers unterbrochen wurde, worauf Boone verlegen die Schultern zuckte und jeder der beiden verärgert darüber war, daß der andere kein normales Englisch verstand. Verglichen mit dem *podah-podah* war dieses Buschtaxi jedoch luxuriös. Boone stieg an der Kreuzung Damballa Road und Fenton Road aus, gegenüber dem florierenden libanesischen Markt und direkt vor einem Etablissement, in dem Peace-Corps-Mitarbeiter Stammgäste waren, seit Präsident Kennedy sie in den sechziger Jahren nach Sierra Leone geschickt hatte.

Die Front des Thirsty Soul Saloon bestand aus einer Theke, die auf eine betonierte, überdachte und an drei Seiten offene Veranda ging, auf der lange Bänke und Tische aus Fässern mit darübergelegten Brettern standen. Die Gäste waren Weiße: Peace-Corps- und USAID-Mitarbeiter, Entwicklungshelfer aus Europa, englische, holländische und kanadische Angestellte von Hilfsorganisationen und der eine oder andere Diamantenprospektor, obwohl die eigentlich mehr die Kasinos, Diskos und Hotels an den Stränden von Freetown bevorzugten. Hin und wieder kam ein schwarzer Afrikaner herein – ein Regierungsangestellter oder ein untergeordneter Mitarbeiter in einer der Hilfsorganisationen –, der willens war, einen Wochenlohn für ein Besäufnis mit Weißen auf den Kopf zu hauen, die doppelt soviel tranken wie er und dafür weniger als die Hälfte ihres Tageslohns ausgeben mußten.

Früher war der Saloon praktisch eine Freiluftkneipe gewesen. Weiße kamen, um ihre Leber zu begießen und einander ihr *pu-mui*-Leid zu klagen: Da ging es um kalte Erfrischungsgetränke, trinkbares Wasser, Klimaanlagen, Malariatabletten, anständigen Tabak, Rindfleisch, Seife und Toilettenpapier. Doch die Zugänglichkeit des Saloons führte zu einem Phänomen, das unter Weißen als »Bettlerplage« bekannt war. Wenn die *pu-mui* zusammenkamen und ihre Stimmbänder ölten, versammelten sich Bettler und hungrige Kinder vor dem Saloon und standen mager und reglos unter den offenen Arkaden. Manchmal riefen sie leise, manchmal zischten sie, wie es Araber tun, um die Aufmerksamkeit der Weißen zu erregen, ohne sie zu verärgern.

»He, *paddy*, gib mir zehn Cent.«

»Oh, weißer Mann, sieh mein Bauch. Ist nichts zu essen da.«

Sie hoben beschwörend die Augenbrauen oder zeigten auf gelähmte Glieder und fehlende Finger, sie husteten demonstrativ in blutverschmierte Lumpen oder zeigten den Gästen leere Medikamentenfläschchen, die ohne eine milde Gabe nicht wieder würden gefüllt werden können. Wenn der Nachmittag in den Abend überging und der Geräuschpegel anstieg, mußten die Bettler natürlich näher kommen, wenn sie nicht durch den Lärm und das schwindende Licht und die immer stumpferen Sinne der Gäste ausgeschlossen werden wollten. Bald berührten sie die Weißen am Ellbogen oder warfen sich verzweifelt zu ihren Füßen nieder, wodurch sie den Kellnerinnen den Weg versperrten und ganz allgemein den Fluß von Star-Bier und die freie Entfaltung der Wirtschaft behinderten.

Der Besitzer, ein Krio mit einer Mende-Mutter, von der er sein kriegerisches Temperament geerbt hatte, konnte nicht ständig Bettler mit Fußtritten hinausbefördern oder sie mit einem alten Golfschläger vor sich hertreiben, den ihm ein weißer Gast zu ebendiesem Zweck geschenkt hatte, und darum spannte er schließlich schweren Maschendraht vor die Arkaden, so daß das Gesindel auf Abstand gehalten wurde, die Weißen in Ruhe trinken konnten und der Thirsty Soul Saloon nur noch einen Eingang hatte, den er von der Bar aus überwachen konnte. Dennoch drängten sich in den vergitterten Arkaden immer noch Bettler mit Hosen, die von Schnüren gehalten wurden und aus deren Schlitzen die Reißverschlüsse gerissen waren, mit schmutzigen T-Shirts und zerfetzten Mützen. Ihre Münder wirkten wie sprechende Wunden, in die zerbrochene Zähne gestreut waren. Sie krochen am Zaun auf und ab, machten durch Gesten auf ihre Bedürftigkeit aufmerksam und versuchten die Lieder und das Gelächter der Weißen mit ihren Bitten um Leone zu übertönen.

Gelegentlich kam der Besitzer heraus und leerte einen Eimer Wasser über sie aus.

Boone ging an einer Reihe Geländemotorräder vorbei und trat auf die Veranda, wo sich junge Leute in gebatikten afrikanischen Hemden drängten. Sie saßen trinkend in Gruppen zusammen und schrien sich über die behelfsmäßigen Tische hinweg an. Boone war erstaunt, Sam Lewis an einem der Tische sitzen zu sehen, vor sich einen Schreibblock und einen von leeren Bierflaschen umringten Teller mit Essen.

Lewis winkte ihm nonchalant zu und schien nicht im mindesten überrascht, ihn zu sehen.

»Komisch, wie sich Weiße in diesem Land ständig über den Weg laufen«, sagte er und ließ einen Hühnerknochen auf den Reis und das Palmöl auf seinem Teller fallen. »Setz dich und trink was«, sagte er und deutete auf den Platz ihm gegenüber. »Oder schieb dir was zwischen die Zähne, wenn du willst«, fügte er hinzu und schob den Teller in Boones Richtung.

Boones Gedärme hatten sich noch nicht von den ausgedehnten Aufenthalten auf der Latrine erholt und reagierten auf den Gedanken an Essen mit heftigem Zucken und Gasblasenbildung. Er vermutete, daß er für den Rest seines Aufenthaltes in Sierra Leone immer sehr darauf achten würde, wie weit es bis zur nächsten Latrine war.

»Was ist das?« fragte er und zeigte auf den Block.

»Ich höre bald auf«, sagte Lewis und schrieb weiter. »Ich glaube zwar, daß ich einen Job bei ein paar libanesischen

Schmu ... äh, Diamantenschürfern an Land ziehen kann, bei den Brüdern Shahadi in Koidu im Distrikt Kono, aber ich will mir alle Optionen offenhalten. Soweit ich weiß, sind die Aussichten auf Arbeit in Amerika eher düster, und viele Peace-Corps-Mitarbeiter sind erst mal monatelang arbeitslos. Darum schreibe ich jetzt schon an potentielle Arbeitgeber, für den Fall, daß aus dem Diamantenjob nichts wird. Dieser Brief hier wird auch in unserem Informationsblatt für die Mitarbeiter im Distrikt Bo abgedruckt werden, als Musterbewerbung für Peace-Corps-Leute, die in Amerika einen Job suchen. Hier«, sagte er und schob Boone die frisch beschriebenen bier- und schweißfleckigen Notizblockseiten zu. »Lies und sag mir, was du davon hältst.«

Samuel B. Lewis
United States Peace Corps
Pujehun
Sierra Leone

Herrn Generaldirektor U. R. Grasping
Crapulent Manufacturing Corp.
1212 Mammon Drive
Porcine, Wisconsin
USA

Bewerbung um eine Stelle bei Crapulent Manufacturing

Sehr geehrter Mr. Grasping!
Wie Sie meinem Lebenslauf entnehmen können, habe ich Verhaltenspsychologie studiert und mit einem Diplom abgeschlossen, bevor ich in das Peace Corps eintrat, wo ich seit fast zwei Jahren als landwirtschaftlicher Berater tätig bin. Sie könnten versucht sein, hieraus zu schließen, daß die einzigen praktischen Kenntnisse, die ich mir in dieser Zeit angeeignet habe, den Anbau von Reis in Sumpfgebieten betreffen. Zugegeben: Ich weiß nicht, wie es in der amerikanischen Geschäftswelt zugeht, und habe keine Ahnung von den Apparaten, die von Crapulent Manufacturing hergestellt werden. Ich habe jedoch ausgiebige Erfahrungen im Umgang mit gierigen, rücksichtslosen Menschen, die dumm wie Bohnenstroh sind und ausschließlich an ihrem eigenen Wohlergehen interessiert sind, und das macht mich, wie ich glaube, hervorragend geeignet für eine Position in Ihrer Firma.

Immerhin habe ich in den letzten zwei Jahren nicht schlecht gelebt, und das in einem der ärmsten Länder der Welt. Wenn ich imstande bin, aus Leuten mit einem durchschnittlichen Jahreseinkommen von etwa zweihundertvierzig Dollar Lebensmittel, sexuelle Gefälligkeiten, Edelsteine und Mineralien, illegale Drogen und Geld herauszuholen, was kann ich dann erst aus Ihren Kunden herausholen? Ich habe einen flexiblen Sinn für Humor, bin höflich, verbindlich und pünktlich, vertrage gehörige Mengen Alkohol und kann sehr gut mit anderen zusammenarbeiten, besonders mit attraktiven jungen Frauen.
Im Verlauf meiner Reisen habe ich ein sehr reges Interesse für die Fortpflanzungsriten von Frauen entwickelt. Ich habe mir Kenntnisse zahlreicher subtropischer weiblicher Sprachen angeeignet und kann mich mit gutaussehenden Frauen aus vielen Ländern und Kulturen fließend unterhalten. Ich bin mir zwar bewußt, daß dies keine direkte Qualifikation darstellt, aber diese meine Fähigkeit gehört zu jenen nicht greifbaren Dingen, die zum Erscheinungsbild und guten Ruf Ihrer Firma beitragen werden, sobald ich mit all den jungen weiblichen Angestellten gesprochen haben werde, deren Männer diese Sprache nicht beherrschen, wenn Sie verstehen, was ich meine. Wenn Sie nicht verstehen, was ich meine, lassen Sie mich sagen, daß es hierbei um Lebensqualität, Unternehmenskultur und die Verbesserung des Arbeitsklimas geht.
Ich bin ein regelrechter Ausbund an Willenskraft und Selbstdisziplin, was sich daran ablesen läßt, daß ich gewohnheitsmäßig alle bekannten Drogen genommen habe, ohne je Probleme mit Sucht oder Abhängigkeit gehabt zu haben. Ich halte eine strikte Diät und einen geregelten Tagesplan ein, ich höre jede Nacht um Punkt zwölf Uhr auf zu trinken und krieche am nächsten Morgen pünktlich aus dem Bett.
Obwohl ich sehr hart arbeite, bin ich dem Familienleben ganz und gar nicht abgeneigt. Ich habe Dutzende von Kindern in vielen afrikanischen Ländern und diversen Bundesstaaten der USA, ganz zu schweigen von Zwillingen in Thailand, die einem achtundvierzigstündigen Aufenthalt in Bangkok entstammen. Nichts war mir wichtiger als die Mütter dieser Kinder. Obgleich ich mein Äußerstes für die Firma geben werde, kann ich Ihnen also versichern, daß ich mich immer aktiv am Gemeinschaftsleben beteiligen und weiterhin Vater vieler noch ungeborener Kinder sein werde.
Ich würde mich freuen, meine nicht unbeträchtlichen Talente in den Dienst von Crapulent Manufacturing stellen zu dürfen, und erwarte mit Spannung Ihre Antwort.

Mit freundlichen Grüßen
Samuel B. Lewis

»Meine Handschrift ist nicht besonders«, sagte Lewis, »aber ich werde den Brief von einem der Büromädels hier in Bo abtippen lassen. Findest du ihn zu stark?« fragte er und nahm mit besorgt gerunzelter Stirn einen Schluck Bier. »Ich kann mein Licht nicht unter den Scheffel stellen, aber ich will auch nicht unbescheiden erscheinen.«

»Ich finde, du hast dich treffend beschrieben«, sagte Boone.

»Hier«, sagte Lewis und schob ihm den Teller mit Haut, Knochen und Fett hin. »Nimm dir was von dem Huhn.«

Boone suchte nach einem Stück Fleisch, das noch nicht angebissen war, und entdeckte, halb unter Reis und Palmöl verborgen, ein Hühnerbein.

»Ich muß dich allerdings warnen«, sagte Lewis. »Es ist ein Experiment. Meine Köchin hat mir das Ding heute morgen gebracht. Es ist von einer Schlange gebissen worden. Frag mich nicht, von was für einer – das wußte meine Köchin auch nicht. Wir wissen nur, daß das Huhn von einer Schlange gebissen wurde und gestorben ist. Ich hab's hierher mitgebracht, und sie haben es mir gebraten. Was meinst du: Kann man ein Huhn essen, das an einem Schlangenbiß eingegangen ist?«

»Ich weiß nicht«, gestand Boone.

»Ich auch nicht. Aber wir werden's bald wissen. Ich hab nämlich gerade das ganze Vieh verspeist.«

»Warum hast du nicht einen der Dorfbewohner gefragt?«

»Einen Dorfbewohner? Soll das ein Witz sein? Eher würde ich ihn fragen, ob ich mein Geld in Aktien oder Staatsanleihen anlegen soll.«

Boone legte das Hühnerbein diskret wieder an seine Stelle.

»Nein danke«, murmelte er.

»Schmeckt aber sehr gut«, sagte Lewis, riß das Fleisch mit zwei Bissen vom Knochen und spülte es mit einer halben Flasche Bier hinunter.

Plötzlich richtete er sich mit einem Ruck kerzengerade auf und packte sich an die Kehle. Seine Augen traten hervor, und in seinem aufgerissenen Mund sah Boone Stücke von Hühnerfleisch. Peace-Corps-Mitarbeiter an den Nachbartischen drehten sich um und glotzten.

»Das ist das Schlangengift!« schrie Lewis. »Es wirkt noch!

Schnell! Bevor ich sterbe, steht mir eine letzte Frau, äh, ein letzter Wunsch zu.«

Die anderen Gäste brachen in Gelächter aus und warfen mit Kronkorken nach Lewis.

»Also, Leute, was ist?« rief Lewis. »Was haltet ihr davon, wenn wir uns jetzt betrinken und über unsere Gefühle sprechen? Star-Bier!«

Boone beschloß, die Tiefen seiner gereizten Gedärme mit einem kalten Star-Bier auszuloten. Lewis ließ sich mit zwei anderen Peace-Corps-Mitarbeitern auf einen Wettkampf im Kronkorkenwerfen ein. Gewinner sollte sein, wer einen leeren Kerosinkanister auf vierzig Schritt Entfernung treffen konnte. Die Wetten wurden abgeschlossen und das Geld auf den Tisch gelegt.

Dunkle Finger klammerten sich an den Maschendraht. Man hörte schweres Atmen beim Anblick von so viel Geld, das durch den Wurf eines einzigen Kronkorkens gewonnen oder verloren werden würde.

»Mastah, bitte gib mir zehn Cent, bitte.«

»Weißer Mann, bitte. Ist nichts zu essen da. Mein Frau hat Fieber und will so sterben. Ist nichts zu essen da für die Kinder. Ich bitte Gott, gib mir fünf Leone, nicht mehr.«

Lewis warf einen Kronkorken, verfehlte den Kerosinkanister, trank ein halbes Star Bier und schob seinem Gegner das Geld zu. Er warf einen Blick auf die Bettler, die sich an das Gitter klammerten.

»Heute nur Männer? Wo sind die Frauenbettler? Gib mir paar Frauenbettler, bitte. Gib mir paar schön Augen Frauenbettler, Pa, ja?«

Das brachte Lewis verschärfte Verweise von den anderen Weißen ein. Die Frauen unter ihnen betrachteten ihn mit unverhülltem Ekel.

»Vergiß die Frauenbettler, Pa«, sagte Lewis und strahlte die Peace-Corps-Mitarbeiterinnen an. »Diese *pu-mui*-Mädels sehen aus, daß sie mich viel mögen. Mußt du sehen! Sie wollen, daß ich soll ihr Freund sein.«

Lewis gab noch eine Runde aus und stellte Boone zehn oder zwölf andere Weiße vor, amerikanische Entwicklungshelfer, die sich auf etwas vorbereiteten, das sie »*pu-mui*-Nacht« nannten.

Wenn die Geschichten, die Boone über *pu-mui*-Nächte zu hören bekam, auch nur annähernd stimmten, handelte es sich um eine Mischung aus Saturnalien und Schlachtfest.

Boone lernte Joe aus Duluth, Bill aus Phoenix, Mary aus Tacoma und Helen und Frank aus Billings kennen – die als Peace-Corps-Ehepaar herübergekommen waren und sich innerhalb von sechs Monaten hatten scheiden lassen –, außerdem Harry aus Minneapolis und Pete von irgendwo in New Jersey... ein buntes Durcheinander von jungen Weißen in bestickten afrikanischen Hemden, amerikanischen Shorts und Plastiksandalen. Sie sprachen einander mit ihren afrikanischen Namen an und vermischten kalifornischen Alternativ- und Post-Punk-Surf-Slang mit Mende- und Krio-Ausdrücken. »Total ausgeleuchtet« klang ziemlich eigenartig neben »Besser nicht gibt« und »Gibt kein Frieden im Land«.

Jeder wußte von Killigans Verschwinden, aber niemand hatte auch nur gerüchteweise gehört, was mit ihm geschehen sein mochte, und niemand bot Boone einen Rat an, wie er seinen Freund finden könnte. Wenn einer aufstand, um sich ins Getümmel zu stürzen, gab Lewis Boone eine kurze Charakterskizze.

»Das ist Frank Nation«, sagte er, »früher bekannt als Frank und Helen.« Er zeigte auf einen ausgezehrten Mann mit Haarausfall, der kaum dreißig Jahre alt war und bereits vom Alter gebeugt und von einem Leben voller Sorgen verbittert zu sein schien.

»Früher war er mit Helen verheiratet, das ist die Schnepfe im Jeansrock da drüben«, fuhr Lewis fort und wies mit dem Kinn auf eine nicht unattraktive, wenn auch etwas starkknochige Brünette. »Die mit den prallen, selbstgebastelten Dingern, die ungebändigt in ihrem gebatikten T-Shirt herumbaumeln. Sie hat sich von Frank scheiden lassen, und wenn du mal in ihren ausgedehnten Sendebereich kommst, wird sie dir mit vielen, vielen Dezibel sagen, warum. Nachdem sie in ihr Dorf gegangen waren, muß sie Frank festgebunden und mit ihrem stimmaktivierten Trepanationsbohrer ein bißchen Gehirnchirurgie an ihm betrieben haben. Als der arme Kerl endlich von ihr loskam, sah er aus, als hätte man ihm eine Lobotomie verpaßt.«

Drei Planken weiter redete Helen auf einen englischen Entwicklungshelfer ein. Ihre Stimme übertönte mit Leichtigkeit den Lärm der Gäste und das Flehen der Bettler. Boone brauchte nur einen Satz zu hören, um zu wissen, daß Helen ein Mensch war, wie er Schopenhauer vorgeschwebt hatte, als er schrieb, die Menge des Lärms, den jemand aushalten könne, sei umgekehrt proportional zu seiner geistigen Kapazität.

»Sie sieht ganz nett aus, aber bei ihr beißt du auf Granit, und wenn du dich noch so sehr ins Zeug legst. Sie ist hier, weil sie die dritte Welt erleben will. Sie ist damit beschäftigt, ein Dorf zu entdecken, das nicht existiert hat, bis sie kam, um es zu erleben und ihm eine tiefe Bedeutung zu geben. Sie ist eine Verfechterin des Multikulturalismus und haßt tote weiße Männer, weil sie Frauen jahrhundertelang erniedrigt und versklavt haben. Die Geschichte der westlichen Zivilisation beginnt ziemlich genau mit dem Tag ihrer Geburt. Was vorher an Kunst, Geschichte, Musik, Literatur und Philosophie geschaffen wurde, ist in Wirklichkeit nur das Erbe einer uralten Verschwörung weißer männlicher Tiere, die zusammen mit den Dinosauriern die Erde unsicher machten und damit beschäftigt waren, Kriege zu führen, sich zu betrinken und Frauen zu erniedrigen und zu versklaven. Sie hört sich lieber eine Spastiker-Band aus dem Urwald an, die auf rostigen Sägen herumhaut, als Musik von Mozart oder Elvis Costello. Sie glaubt, wenn es nicht diese weißen Männer gäbe, die sich gegen die Wahrheit und die Schönheit der dritten Welt verschworen haben und Frauen erniedrigen und versklaven, würden unsere Kinder etwas über Bob Marley und Gloria Steinem lernen anstatt über Kant und Beethoven. In ein paar hundert Jahren werden langhaarige Musiker in der Wiener Philharmonie sitzen, ihre Violinen und Cellos stimmen und mit *No Woman, No Cry* losfetzen, und anstatt zu lesen, was Plato über die Seele zu sagen hatte, wird man Glorias unsterbliche Einsichten über Selbstachtung auswendig lernen.

Helen wollte mit der westlichen Zivilisation noch mal von vorn anfangen, und zwar diesmal mit der bis dahin fehlenden radikal-feministischen Komponente. Sie fing an, indem sie Frank heiratete, damit sie ihn bei Diskussionen über die natürliche Überlegenheit der Frau als Hauptbeweisstück auffahren konnte. Alles, was ein Mann kann, kann sie noch besser. Zum

Beispiel ihren Mann erniedrigen und versklaven. Hat da jemand was von ›grotesk‹ gesagt? Sieh dir den Kerl an! Muß man da noch ein Wort über Männer verlieren? Was für eine gotterbärmliche Kreatur – ein Produkt seiner Ängste und Unzulänglichkeiten! Willst du ihm selbst eine reinhauen oder lieber zusehen, wie Helen es tut?

Sie hat eine Vision«, fuhr Lewis fort. »Ich bin in meinem ganzen Leben noch nie einem so klarsichtigen Menschen begegnet. Sie hat die grundlegende Wahrheit erkannt: daß Männer Tiere und Frauen Reptilien sind. Ich stimme voll und ganz mit ihr überein, und seit Monaten flehe ich sie jeden Freitagabend an, mit mir ins Gästehaus zu gehen, wenn dieser Laden hier schließt, und mich zu erniedrigen und zu versklaven, aber sie will nichts davon hören.«

Lewis und Boone nahmen einen Schluck Star-Bier und äugten noch ein bißchen zu Helen hinüber.

»Nach Helen hat Frank alles Urteilsvermögen verloren«, sagte Lewis. »Zuerst stürzte er sich kopfüber in das Leben im Busch. Anschließend beging er den Fehler, sich in ein Mädchen aus seinem Dorf zu verlieben und sie in einer Stammeszeremonie zu heiraten. Dann versuchte er sie nach Amerika mitzunehmen. Lieber Gott im Himmel, dieses Mädchen war noch nicht mal in Freetown gewesen, und dieser Idiot wollte sie seinen Eltern in Manhattan vorstellen – und ich meine nicht Manhattan, Kansas, sondern Manhattan, New York. Danach wollte er sich mit ihr in Iowa oder Missouri oder Kansas niederlassen, irgendwo, wo das Leben ruhig und nicht zu schnell für sie sein würde. Er hat wirklich geglaubt, das könnte klappen. Wie gesagt, sein Gehirn war zu lange bestimmten Frequenzen ausgesetzt und ist ein bißchen beschädigt.

Der Lärm und das Chaos in Freetown brachten seine junge Frau fast um. Mit ihr zum Flughafen in Lungi zu fahren war etwa so, als würde man eine verdammte Seele an den Haaren durch das Tor zur Hölle schleifen. Sie dachte, die Häuser ständen in Flammen, weil die Sonne sich in den Fenstern spiegelte. Sie dachte, daß die Menschen, die durch die Straßen wimmelten, einen Krieg gegeneinander führten und sich gleich auf sie stürzen würden. Am Flughafen gab Frank ihr Beruhigungstabletten, und so verschlief sie den größten Teil des Fluges, aber als sie aufwachte, war sie in La Guardia und verfiel in Schock.

Achtundvierzig Stunden später waren Frank und seine afrikanische Frau wieder in ihrem Dorf. Jetzt sieht Frank aus wie einer, der sich in den Arsch beißt und in der Abgeschiedenheit seiner Lehmhütte gern mal den Kopf an die Wand haut. Er lebt auf einem halben Hektar Hölle mit vier Dutzend afrikanischen Verwandten, die wie Blutegel an ihm hängen, und wird langsam verrückt. Warte nur, bis er dir von seinen ›Forschungen‹ erzählt«, sagte Lewis und machte mit den Fingern Anführungszeichen. In seinem Ton schwang eine Mischung aus Mitleid und Verachtung mit. »Der arme Kerl hat den Appetit verloren. Er trinkt nicht mal mehr Bier. Er könnte doch wenigstens mal nach Amerika fahren und sich die Schrauben im Kopf nachziehen lassen.«

»Vielleicht gefällt ihm dieses Leben«, sagte Boone und sah Frank trübsinnig auf seinen Teller mit Reis und Sauce starren.

»Richtig«, sagte Lewis. »Darum hat er ja auch dieses strahlende Lächeln.«

Am Eingang des Saloon entstand Unruhe: Verschiedene Straßenhändler drängten herein. Der Besitzer ließ zwei Mädchen mit Erdnüssen, eine Frau mit einem Teller, auf dem Kuchenstücke lagen, und einen verkrüppelten Bettler ein, der sich auf einem mit Rollen versehenen Stück Sperrholz fortbewegte.

»Der lange, dünne Typ mit dem roten Bart an dem anderen Tisch ist Bill Sutter aus Phoenix«, fuhr Lewis fort. »Er ist Anthropologe und studiert Hungersnöte. Ein echter Katastrophen-Fan. Er fährt in Gegenden, wo es Dürren und Hungersnöte gibt, und sammelt Daten über die physiologischen Prozesse, die mit dem Hungertod einhergehen. Man kennt ihn in allen Dörfern. Ständig beugt er sich über Sterbende, nimmt ihnen Blutproben ab und notiert die letzten Lebenszeichen. Er sammelt auch Blutproben von aussterbenden Stämmen, damit ihr genetischer Code von zukünftigen Genforschern untersucht werden kann. Er erinnert mich an diese Missionare, die Verdurstende getauft haben. Er hat eine Menge Geld, aber er gibt es nur für Instrumente aus, die er zum Sammeln und Analysieren der Daten über die Muster und Verlaufsformen des Hungertodes braucht.

Neben ihm sitzt Otto«, sagte Lewis und zeigte auf einen untersetzten, rotgesichtigen Mann in Khakikleidung, der einen Halbkreis aus leeren Bierflaschen vor sich aufgebaut hatte. »Er ist vom deutschen Entwicklungsdienst und unterwegs zum Sewa, wo er eine Brücke wieder aufbauen will, die schon zweimal abgerissen worden ist. Vor ungefähr drei Jahren ist ihm aufgefallen, daß die Leute dort sich und ihre Waren mit einer Seilfähre über den Fluß transportierten, und er fand, eine Brücke würde ihnen das Leben wesentlich erleichtern. Natürlich konnte er kein Mende und kaum Krio, aber das wenige, was er verstand, schien darauf hinzudeuten, daß die Dorfbewohner ebenfalls fanden, eine Brücke würde ihnen das Leben wesentlich erleichtern. Also beantragte Otto das Geld für die Brücke, und das wurde auch bewilligt, denn wie der Zufall es wollte, würde es eine Brücke den Holzgesellschaften und den Betreibern von Rutil-, Bauxit- und Diamantminen wesentlich erleichtern, ihr Gerät vor Ort zu bringen.

Die Leute sagten ihm nicht, daß eine Brücke ihnen das Leben zwar wesentlich erleichtern würde und sie auch sehr wohl in der Lage waren, selbst eine zu bauen, daß sie das aber nicht taten, weil eine Brücke es auch einem besonders berüchtigten Buschteufel wesentlich erleichtern würde, den Fluß bei Nacht zu überqueren und die Dörfer am Ostufer des Sewa zu terrorisieren. Nach Einbruch der Dunkelheit verkehrte die Fähre nicht mehr, und so konnte der Buschteufel nachts nicht über den Fluß – bis Otto seine Brücke baute.

Die Leute waren viel zu höflich und hatten viel zuviel Respekt vor der Weisheit der *pu-mui*, um Otto zu widersprechen oder ihn an seinem Projekt zu hindern. Sie ließen ihn also sein wichtiges Vorhaben zu Ende bringen und die Brücke einen Tag nach seiner Abreise einstürzen. Ein Jahr später war er wieder da, diesmal um die Leute zuerst zu *erziehen* und dann die Brücke zu bauen. Und nach wochenlangem Kopfnicken zu den Worten des Dolmetschers, der die sozialen und wirtschaftlichen Vorteile einer Brücke über den Sewa erläuterte, und noch mehr Kopfnicken, als der Dolmetscher erklärte, daß Buschteufel Fabelwesen sind, die dem Fortschritt und dem Wohlstand nicht im Wege stehen dürfen, waren sich alle einig, daß diese Brücke eine sehr vernünftige Sache wäre.

Drei Monate später hatte Otto seine zweite Brücke fertig. Zwei

Tage nach seiner Abreise ließen die Dorfbewohner sie einstürzen. Auf eindringliche Fragen gestanden sie, daß sie mit allem, was der *pu-mui* gesagt hatte, einverstanden gewesen seien. Außerdem sei er so aufrichtig und aufopfernd gewesen, daß sie ihn die Brücke hätten bauen lassen, denn sie hätten gesehen, wieviel ihm dieses Projekt bedeutete, und es nicht übers Herz gebracht, ihm diesen Traum zu zerstören. Was war denn auch dabei, wenn er eine Brücke baute? Wahrscheinlich würde er in das Land Pu zurückkehren und nie erfahren, daß man seine Brücke wieder abgerissen hatte. Hatten sie nicht das gleiche für den *pu-mui* getan, der unbedingt mitten in einem nicht gekennzeichneten Friedhof einen Brunnen bohren wollte? War es nicht einfacher gewesen, ihn den Brunnen anlegen zu lassen und dann nicht zu benutzen?«

Weitere weiße Entwicklungshelfer strömten in den Thirsty Soul Saloon, und weitere Bettler zierten den Maschendraht. Die Gespräche an den Tischen wurden durch Ströme von Star-Bier in Gang gehalten, die es den Freiwilligen erlaubten, ihre Sorge über »diese Geschichte mit Killigan« zum Ausdruck zu bringen. Am besten ließ sich mit der dadurch geweckten Angst umgehen, wenn man sagte, so etwas habe es noch nie gegeben und höchstwahrscheinlich habe Killigan sich auf Politik eingelassen, was Peace-Corps-Mitarbeitern ebenso streng verboten war wie Drogen. Drogenmißbrauch war leichter zu definieren als politische Aktivitäten, und obgleich jedes Jahr einige Entwicklungshelfer nach Hause geschickt wurden, weil sie nigerianisches Marihuana gekauft oder verkauft hatten, war in letzter Zeit niemand wegen politischer Aktivitäten hinausgeworfen worden, und infolgedessen wußte man nicht so recht, wie dieser Tatbestand zu umschreiben war. Politische Aktivitäten gehörten zu den Dingen, die der Peace-Corps-Direktor für Sierra Leone sofort erkannte, ohne sie definieren zu müssen, so wie gewisse Richter am Obersten Bundesgericht nicht willens oder in der Lage waren, Pornographie zu definieren, und sich statt dessen auf die Bemerkung beschränkten: »Ich erkenne sie, wenn ich sie sehe.«

Auch Überfälle durch liberianische Rebellen wurden in Erwägung gezogen. Fünfzig Jahre nachdem die Engländer befreite Sklaven in ihre Heimat zurückgebracht hatten, indem sie sie nach Sierra Leone schafften, versuchten befreite amerikanische Sklaven weiter südlich dasselbe und gründeten 1822 Liberia. Die Hauptstadt Monrovia wurde nach dem amerikanischen Präsidenten James Monroe benannt, und es gelang Amerika, seinen Einfluß auch weiterhin geltend zu machen, so daß Liberia zu einem amerikanischen Vorposten wurde und später zum Hauptsitz der Afrika-Abteilung von »Voice of America«. Selbst die Währung – der Dollar – war amerikanisch, und die Wirtschaft des Landes wurde von großen amerikanischen Gummi-, Holz- und Bergbaugesellschaften beherrscht. Der größte Grundbesitzer und Arbeitgeber war Firestone. Die Regierung Reagan hatte den ehemaligen Präsidenten Samuel K. Doe, ein Mitglied des Krahn-Stamms, wie üblich mit Entwicklungshilfegeldern geschmiert, aber Doe liebte Krieg und Blutvergießen mehr als Geld. Er war tief in Hexerei und böse Medizin verstrickt. Einmal überreichte er William Webster, dem Direktor der CIA, einen Beutel mit Zauberstaub. (Was Webster mit dem Zeug gemacht hatte, war nicht in Erfahrung zu bringen, aber man vermutete, daß er es bei seiner Präsidentschaftskandidatur 1996 einsetzen würde.)

Nachdem ein Armeekommandeur vom Stamm der Gio ihn hatte stürzen wollen, ließ Doe dem Rebellen öffentlich den Bauch aufschlitzen. Dann schickte er seine Krahn-Soldaten in die Gio-Dörfer, wo sie als Revanche mit Maschinengewehren und Bajonetten wahllos Zivilisten abschlachteten. Das Massaker löste einen Stammeskrieg aus, der noch immer in ganz Liberia tobte und es dem berüchtigten Charles Taylor erlaubte, mitten im Land einen eigenen Staat zu schaffen. Taylor verfügte über eine eigene Armee aus Halbwüchsigen, die automatische Waffen trugen. Er hatte eine eigene Währung ausgegeben und besaß die Macht, amerikanischen und europäischen Gesellschaften Schutz und Zugang zu den Minen zu verkaufen.

Harry aus Minnesota war kürzlich aus Liberia gekommen und hatte die Rebellen an den Straßensperren gesehen: fünfzehnjährige *bobos*, die mit Schnellfeuergewehren herumfuchtelten. In den Gräben neben der Straße hatten Leichenteile gelegen. Zivilisten vom Stamm der Krahn waren verhört und anschließend in Hütten zu beiden Seiten der Straßensperren erschossen worden.

Killigans Dorf lag weiter nördlich, als die Rebellen je vorgedrungen waren, doch sie wurden von Woche zu Woche aggressiver. Killigan war an mindestens einem Hilfsprogramm für Krahn-Flüchtlinge beteiligt gewesen, und man fürchtete, daß bei einem Überfall auf diese Flüchtlinge auch einer ihrer Wohltäter verschleppt worden war.

Der Gedanke daran, daß sein Freund vielleicht von jugendlichen Rebellen verhört wurde, erfüllte Boone mit Angst und Übelkeit, die er mit mehr Star-Bier bekämpfte. Er war kurz davor, zu dem Schluß zu kommen, daß er im äußeren Kreis der Hölle gelandet war und ihm nichts anderes übrigblieb, als aus dem Fluß Lethe zu trinken und sich in eine Pfahlmuschel an den stygischen Kais von Westafrika zu verwandeln.

Einige Peace-Corps-Leute fanden das liberianische Szenario viel zu weit hergeholt und vermuteten, daß Killigan sierraleonischen Machenschaften zum Opfer gefallen war, weil er in eine der zahlreichen Intrigen und gewaltsamen Auseinandersetzungen gestolpert war, die während des Wahlkampfs im ganzen Land gang und gäbe waren. Es gab Spekulationen, daß er sich irgendwie in den Diamantenschmuggel eingemischt hatte, das lukrativste Geschäft im ganzen Land, das von kriminellen Banden und korrupten Politikern organisiert wurde. Innenminister hielten die Hand auf und drückten beide Augen zu, sofern man ihnen nur genug Devisen gab. Wenn die Diamanten, nach denen man im Distrikt Kono unter Tage grub, auf offiziellem Weg exportiert worden wären, hätte Sierra Leone eines der reichsten Länder Afrikas sein können. Statt dessen wurden sie über kaum kontrollierte Grenzen geschmuggelt, brachten dem Staat nichts und bescherten einigen korrupten Beamten volle Taschen.

Die Schmugglertheorie vertrat auch Lewis, der, wie Boone zugeben mußte, einen fast unfehlbaren Blick für die niedrigen Beweggründe einer Handlung besaß, doch bevor er seine Gedanken weiter ausführen konnte, mußte er hinters Haus gehen, um die vielen Biere wieder loszuwerden.

Frank Nation schlurfte herbei, um Boone Gesellschaft zu leisten und sich (wie Boone später vermutete) an einem ahnungslosen Opfer festzubeißen. Der hagere junge Mann mit den hängenden Schultern setzte sich gegenüber von Boone und starrte in seine Cola.

»Sam hat mir erzählt, daß du in einem Dorf im Norden lebst«, sagte Boone, der fand, daß eine lockere Unterhaltung vielleicht die beste Politik war.

Frank hob langsam den Blick und sah ihn aus Augen an, die tief in den Höhlen eines fleischfarbenen Schädels zu liegen schienen.

»Früher war ich beim Peace Corps, und dann mußte ich aus bestimmten Gründen im Land bleiben«, sagte er. »Also arbeite ich jetzt für ein paar Doktoranden, die sich mit Entwicklungshilfe beschäftigen, und erledige für sie die Feldforschungen.«

»Und auf welchem Gebiet?« fragte Boone. Er tat sein Bestes, um zu verhindern, daß Frank wie ein Geist in seine Colaflasche zurückkehrte.

»Ursprünge und Gründe der Armut in der dritten Welt.«

»Interessant«, sagte Boone, während Frank den Blick wieder tief in seine warme Cola senkte. »Ist das für eine wissenschaftliche Arbeit oder eine Dissertation?«

»Eine wissenschaftliche Arbeit über was?« fragte Frank und sah ruckartig auf, als hätte Boone ihm die lächerlichste Frage in der Geschichte der westlichen Zivilisation gestellt.

»Ich weiß nicht«, sagte Boone. »Ich dachte nur ...«

»Was soll man darüber schon schreiben?« fragte Frank und erwartete wirklich eine Antwort. »Was soll man darüber sagen? Ich kann all meine Forschungen und Schlüsse in einem einzigen Satz zusammenfassen.«

Boone sah sich unter den *pu-mui*-Gästen nach etwas Bemerkenswertem um, denn Franks Ton und sein fanatischer Blick gaben ihm das Gefühl, es sei besser, sowenig wie möglich über seine Forschungen zu wissen.

»Die Menschen in der ersten Welt essen die Kinder der dritten Welt jeden Abend zum Abendessen«, sagte Frank und starrte Boone an, als erwarte er eine Kritik dieser Behauptung.

»Das ist ein ... ungewöhnlicher Gedanke«, sagte Boone. »Aber ich weiß nicht, was das bedeuten soll.«

»Kannibalismus«, sagte Frank. »Du bist, was du ißt – aber sie sind nichts, weil wir ihnen alles wegessen. Darum essen wir sie.«

»Aber ...« wandte Boone ein.

»Schon mal was von der Zirbeldrüse gehört?«

»Der was?« fragte Boone und starrte in zwei sendungsbewußt leuchtende Augen.

»Der Zirbeldrüse«, wiederholte Frank. »Das ist eine kleine, konische Drüse am hinteren Abschnitt des Zwischenhirns. Im Mittelalter behaupteten die Wissenschaftler, daß sie der Sitz der Seele ist. Etwas später sagten sie, daß es das verkümmerte dritte Auge ist. Dann sagten sie, daß es eine endokrine Drüse ist. Bald werden sie sagen, daß sie alles drei zusammen ist.«

Ein leichtes Schwindelgefühl überkam Boone. Entweder war Franks geistige Zerrüttung ansteckend, oder das Star-Bier tat seine Wirkung. Er hielt nach Lewis Ausschau und fragte sich, wie viele aberwitzige Behauptungen Frank noch auf Lager haben mochte.

»Früher war das Sehen ein aktiver Sinn«, erklärte Frank. »Die Zirbeldrüse sandte eigene innere Strahlen aus, die zusammen mit dem Sonnenlicht die ganze Welt wie einen Teppich schimmern ließen – erleuchtet von einem Licht, das aus dem Sitz der Seele kam. Dann wurde das Fernsehen erfunden, und das Übermaß von künstlichem Licht ließ die Zirbeldrüse verkümmern. So haben wir die Fähigkeit verloren, die Natur im Licht unserer eigenen inneren Strahlen zu sehen. Und darum können nur noch die sogenannten primitiven Völker die Geisterwelt sehen, denn sie haben noch aktive Zirbeldrüsen.«

»Ich verstehe«, sagte Boone.

»Bist du mal nachts im Busch gewesen?« fragte Frank, als sei das eine Voraussetzung für ein Verständnis seiner Theorie.

»Ich schon«, sagte er, ohne eine Antwort abzuwarten. »Aber das ist nichts, worüber man sprechen kann. Du würdest mir sowieso nicht glauben.«

»Probier's doch mal«, sagte Boone.

»Geh mal nachts in den Busch. Wenn du keine Seele hast, wirst du nichts sehen können. Der Mond wird dir nichts nützen. Du kannst nur etwas sehen, wenn du deinen eigenen inneren Lichtstrahl hast. Das ist eine Methode, um herauszufinden, ob deine Zirbeldrüse noch funktioniert.«

»Nimmst du regelmäßig... Ich meine, betreibst du regelmäßige Forschungen?«

Boone sah, daß Lewis an der Bar ein Bouquet Bierflaschen packte. Die Rettung nahte.

»Also, Jungs«, sagte Lewis, »ihr löst wahrscheinlich gerade die

Probleme der ersten, zweiten, dritten und vierten Welt – und ich hab für jede davon eine Flasche Bier. Aber sieh dich vor«, sagte er zu Boone. »In diesem Teil der Welt sollte man es nicht übertreiben. Wenn du drüben in Amerika ein paar zuviel gekippt hast, kannst du in ein schönes, sauberes, klimatisiertes Klo gehen und in das große weiße Telefon sprechen. Hier mußt du dich vor ein Loch im Boden knien und hoffen, daß du nicht das Gleichgewicht verlierst.«

Er verteilte das Bier und hob seine Flasche zur Decke. Frank schlurfte davon und suchte nach einem neuen Opfer. Boone sah zu, wie die Bettler am Maschendraht hochkletterten.

»Was hat Sisay dir geraten?« fragte Lewis, sobald sie allein am Tisch saßen.

»Wenn ich wieder im Dorf bin, soll ich einen Suchmann befragen. Irgendeinen Medizinmann aus Kenema, der mir helfen soll, Michael Killigan zu finden.«

»Einen Wahrsager«, sagte Lewis und trank nachdenklich einen Schluck Bier. »Diese Wahrsager und Suchmänner sind Amateurastrologen im Vergleich zu den Medizinmännern, die Sisay holt, wenn er in Schwierigkeiten ist. Was tut er? Will er dich verarschen? Frag ihn nach Donnermedizin. Ich bin sicher, wenn einer von diesen Donnerjungs in Killigans Dorf kommen und verkünden würde, daß er Donnermedizin auf jeden losläßt, der etwas weiß, aber nichts sagt, würden sie auf Händen und Knien aus dem Busch gekrochen kommen. Ich kann es nicht fassen, daß er mit so einem billigen Wahrsager daherkommt. Frag ihn nach echter Medizin. Nach der bösen Sorte. Frag ihn zum Beispiel mal, was er in dem Beutel an seinem Hals hat. Frag ihn, warum er im Busch lebt, anstatt zurück nach Amerika zu gehen.«

»Soweit ich es beurteilen kann, gefällt ihm das Leben im Dorf. Er ist glücklich.«

»Klar ist er glücklich. Er ist so glücklich, daß er sich jeden Morgen in den Arm kneifen muß«, sagte Lewis und verzog verächtlich den Mund.

»Was ist so schlimm daran, daß er im Busch glücklich ist?«

»Ich will dir mal was erklären«, sagte Lewis. »Du sagst, er ist glücklich. Du und ich, wir sind zivilisierte Menschen. Wir verstehen uns, oder? Es ist mir egal, wie lange er hier gelebt hat – er ist immer noch ein Amerikaner, stimmt's? Er ist ein Amerikaner, und außerdem ist er glücklich, richtig? Was verrät uns das? Er sitzt nicht vor dem Fernseher und sieht sich das Super-Bowl-Spiel oder die NBA Playoffs an. Also bedeutet es, daß er entweder jede Menge Gelegenheit zum Vögeln hat oder Geld scheffelt.«

Boone zuckte die Schultern und sagte: »Nicht unbedingt.«

»Was soll das heißen – nicht unbedingt? Nimmt er etwa Drogen?«

»Nicht daß ich wüßte. Ich glaube, er ist einfach sehr glücklich hier.«

»Wenn er *sehr* glücklich ist, heißt das, daß er jede Menge Gelegenheit zum Vögeln hat *und* Geld scheffelt, was vielleicht auch erklärt, warum er es so schön findet, in einem von Schlangen wimmelnden, unerträglich heißen Land voller Parasiten und mit gräßlichem Essen zu leben. Na gut, er ist also *sehr* glücklich. Warum? Weil er Macht hat, darum. Das halbe Land hört auf sein Kommando. Er steckt bis über beide Ohren in diesem Poro-Hokuspokus. Hast du seine Narben gesehen? Hast du den Beutel an seinem Hals gesehen? Der ist wahrscheinlich voller Schlangenköpfe und Leichenteile. Er ist ein Hecht im Karpfenteich. Ich werde dir sagen, warum es ihm hier so gut gefällt: Er hat drei Frauen und eine Menge Land. Er hat eine ganze Armee von Leuten, die für ihn auf seinen Feldern arbeiten. Er braucht nichts weiter zu tun, als ab und zu einen Spaziergang zu machen und den Niggern zuzuwinken, die für ihn die Sklavenarbeit tun. Er gibt mächtig damit an, daß er der amerikanischen Gier abgeschworen hat und das Leben eines einfachen Bauern führt. *Botobata*. Der Typ ist auf dem Machttrip. Ein mächtiger Mann. Ganz oben. Er hat prima Verbindungen.

Versetz dich in seine Lage. Mal angenommen, du hast dich entschlossen, in den Busch zu gehen und dich dort niederzulassen. Laß uns ein bißchen rechnen. Du hast wahrscheinlich ein paar Tausend in Travellerschecks. Du kannst ein Vier-Zimmer-Haus mit Hof für ungefähr hundertzwanzig Dollar im Jahr mieten. Land kannst du nicht kaufen. Das kann niemand, denn das Land gehört den Ahnen. Aber du kannst soviel Land pachten, wie du bewirtschaften kannst, für zehn Dollar pro Hektar. Eine Frau kannst du für fünfunddreißig Dollar kriegen, eine *gute* Frau für fünfzig. Und eine wirklich gute – große Möpse, gesund, jung und schön eng und gut erzogen – für unter hundert. Und ›gut erzogen‹ heißt hier, daß sie tut, was du ihr sagst, verstehst du? Du bezahlst ihrer Familie hundert Dollar, und das bedeutet, daß sie dir für den Rest ihres Lebens dienen muß. Sie kann sich nicht von dir scheiden lassen, es sei denn, du verprügelst sie zu oft in der Öffentlichkeit. In deinen vier Wänden kannst du sie bewußtlos schlagen, aber nicht vor ihrer Familie. Ich kann mich nicht genau erinnern, aber es hat irgendwas mit Ehre zu tun.

Aber das ist noch lange nicht alles. Stell dir vor: Du kannst so viele Frauen kaufen, wie du willst! Nehmen wir mal an, du hast vier Frauen: Fatmata, Adima, Sallay und Fatu. Nehmen wir an, du willst, daß Fatmata freitags abends den Riemen streicht, und samstags soll Adima auf Händen und Knien kriechen und bellen wie ein Hund. Kein Problem! Sonntags bläst Sallay auf der Flöte und summt dazu ›Star-Spangled Banner‹, und montags läßt Fatu sich von hinten nehmen und lächelt dabei. Kein Problem! Und wenn dir danach ist, kannst du sie alle in Palmöl baden und so tun, als wärst du eine Achse, die in einem Lager aus acht Titten hin und her rattert. Du verstehst, was ich meine?«

»Du bist widerwärtig«, sagte Boone und verzog angeekelt das Gesicht.

»Ich weiß«, sagte Lewis. »Und du leistest mir selbstlos Gesellschaft, um mir zu zeigen, wie ich ein besserer Mensch werden kann. Gut – während du also in deinem trauten Heim Körpersäfte verspritzt, arbeiten Horden von großen, starken Afrikanern auf deinen Feldern oder durchsieben Sumpfschlamm und suchen nach Diamanten. Warum? Weil du weiß bist und Geld hast! Kapierst du es langsam? Das hier ist kein Vorort irgendwo in Indiana. Frauen sind Leibeigene. Vieh. Wilde Tiere. Die Leute hier sind hungrige, ungebildete Ignoranten, die Gott danken, wenn sie dir für fünf Cent die Füße waschen dürfen. Du bist der Mastah, kapiert? Du bist ein Herr, und daran kannst du nichts ändern. Und wenn du versuchst, so zu tun, als ob du kein Herr wärst, sind diese Bettler weder geschmeichelt noch beeindruckt, und es geht ihnen auch kein Licht auf. Nein, dein bizarres Verhalten verärgert und schockiert sie, ganz zu schweigen davon, daß sie stinksauer sind, weil du ihnen nichts von deinem Geld gibst.«

»Du bist mehr als widerwärtig«, sagte Boone.

»Ich weiß. Und der Gedanke, daß ich einen tugendhaften Menschen wie dich verführen könnte, vom rechten Weg abzuweichen, erfüllt mich mit beinah unerträglichem Schmerz.«

»Wenn alle so wären wie du, würde sich hier nie etwas ändern. Dann würden diese Leute für immer Sklaven bleiben.«

»Wer zwingt sie dazu? Wenn ihre Lebensweise deine westlichen Vorstellungen von menschlicher Würde beleidigt, dann fahr doch nach Hause. In Amerika wären sie alle frei, stimmt's? Sie dürften in einer heruntergekommenen Mietskaserne in East St. Louis hausen und sich Oprah Winfrey in einem Fernseher ansehen, den sie noch abstottern müssen – in sechzig Monatsraten à neununddreißig Dollar neunundneunzig.

Du gehst von der Annahme aus, daß du erstens etwas ändern kannst und zweitens diesen Leuten etwas Besseres zu bieten hast. Klar – für dich ist es etwas Besseres, denn du bist damit aufgewachsen. Das ist so, als würde man einen Fisch fragen, ob er gerne Beine hätte, damit er an Land herumspazieren kann. Du kannst diesen Leuten nichts über deine Lebensweise beibringen. Du kannst keinen amerikanischen Vorposten errichten und erwarten, daß sie Einkaufszentren bauen und Pizzas ausliefern und sich gegenseitig verklagen, nur weil das die Lebensweise ist, mit der du und deinesgleichen sich auskennen. Aber betrachte es mal von der guten Seite: Sobald du aus Freetown heraus bist, gibt es kein Fernsehen mehr. Kein bißchen. Soviel zum Thema Fortschritt. Diese Leute haben nie auch nur eine einzige Stunde damit verschwendet, sich Lichtpünktchen auf einer rechteckigen Scheibe anzusehen. Es gibt auch keine Bücher. Soll doch der Rest der Welt herumsitzen und kleine schwarze Zeichen auf weißem Papier anstarren – hier gibt es zuviel Arbeit. Die Leute sind zu sehr mit Ackerbau und Vögeln beschäftigt.«

»Ich glaube, ihr habt beide eine Schraube locker«, sagte Boone. »Sisay erzählt mir von Buschteufeln und Hexen, und du erzählst mir von Donner und Medizinbeuteln. Und wie üblich kann mir keiner sagen, was dieser Aberglaube mit Killigans Verschwinden zu tun hat.«

»Da kann ich dir helfen«, sagte Lewis. »Aber was ich dir sage, wird dir nicht gefallen.«

Er rief dem Besitzer zu, er solle noch zwei Star-Bier bringen. Boone hatte das ungute Gefühl, daß Lewis ihm ein Beruhigungsmittel verpassen wollte, bevor er ihm die schlechte Nachricht mitteilte.

»Moiwo«, sagte Lewis. »Ich hab mich mal ein bißchen umgehört.«

»Der Name fällt immer wieder«, sagte Boone und dachte an die junge Frau, die ihm den Kaffee gebracht hatte, und an den Zettel.

»Du weißt doch: ›Affen arbeiten, Paviane essen.‹ Und jetzt ist Wahlkampf, und Moiwo interessiert sich für Körperteile, wenn du verstehst, was ich meine. Ritueller Kannibalismus. Und aus den Resten macht man die stärkste Medizin im ganzen Land. Manche sagen, daß er mit den Pavianmenschen gesprochen hat.«

»Toll«, sagte Boone. »Noch mehr Fabelwesen. Was genau ist ein Pavianmensch?«

»Ich nenne sie Affenmenschen«, sagte Lewis. »Sie tauchen kurz vor Wahlen auf und suchen Opfer, mit denen sie ihre Medizin füttern können. Afrikanische Gangster, die sich mit Schimpansenköpfen und -häuten verkleiden.«

»Ich denke, es sind Paviane.«

»Das sind sie auch. Das Krio-Wort für ›Schimpanse‹ ist ›Pavian‹.«

»Ach so«, sagte Boone und trank stirnrunzelnd einen Schluck Bier. »Und wie nennen sie Paviane?«

»Gorillas«, sagte Lewis. Er warf einen Kronkorken und traf den Kerosinkanister, den er zuvor zweimal verfehlt hatte. »Das Krio-Wort für ›Pavian‹ ist ›Gorilla‹.«

»Tja, dann ...«

»Es gibt hier keine Gorillas«, erklärte Lewis. »In ganz Westafrika gibt es keine Gorillas. Wir sind die einzigen großen Affen weit und breit.«

»Wenn wir alle diese Teufel und Hexen und Pavianmenschen einfangen und in einem Zoo ausstellen könnten, würden wir ein Heidengeld verdienen.«

»Dein Freund ist Moiwo in die Quere gekommen«, sagte Lewis. »Das weiß jeder. Nicht daß Moiwo einem Weißen in aller Öffentlichkeit etwas antun würde. Aber schaurig wird es, wenn man sich vorstellt, daß dein Freund Moiwo in die Quere gekommen ist und der Häuptling beschlossen hat, Hexen- oder Pavianmedizin zu benutzen. Das wäre ...« Lewis hielt inne, holte Luft und sah Boone ernst an. »Böse. Sehr böse. Schlimmer als Donnermedizin. Vielleicht sogar schlimmer als Hexerei und *ndilei.*«

»Darüber hab ich was gelesen«, sagte Boone. »In einem Buch über die Mende, das ich in Paris gefunden habe. Was ist *ndilei* eigentlich genau?«

»*Ndilei* ist ein Bündel Lumpen oder Tierhäute, in dem ein Stück rote Keramik namens *tingoi* steckt. Das Ganze wird im Haus von jemand versteckt oder vergraben und verwandelt sich später in eine Fledermaus oder eine Würgeschlange ... Es ist *böse* Medizin. Frag Sisay nach *ndilei*, oder frag ihn nach ...« Lewis beugte sich zu ihm und flüsterte: »*Bofima.*« Seine Lippen öffneten sich zu einem schmalen, bösen Schlitz. »Ja, frag ihn danach. Mal sehen, was er über *bofima* zu sagen hat.«

Am Nachbartisch schaltete jemand einen Kassettenrekorder mit *pu-mui*-Musik ein, und die Klänge von *Once In A Lifetime* von den Talking Heads erfüllten den Thirsty Soul Saloon.

Lewis fuhr herum und warf einen Kronkorken nach dem Übeltäter.

»Ich will mich hier unterhalten«, rief er, um den Gesang zu übertönen.

Ein Diamantenschürfer beugte sich über den Tisch und winkte Lewis. »Da warten ein paar Mädchen auf uns«, sagte er und zeigte auf den Eingang, wo lächelnde junge Frauen in Lappas zischten und den weißen Männern zuwinkten. »Wie viele willst du?«

»Was soll das heißen: ›Wie viele willst du‹?« brüllte Lewis. Er hatte Bierschaum auf den Lippen. »So viele, wie in die Hölle passen und vom Teufel auf einen Drink eingeladen werden! Treib sie zusammen! Wir zahlen die Frachtkosten! Wenn es mit der Inflation mal so weit ist, daß ich mir überlegen muß, wie viele Frauen pro Nacht ich mir leisten kann, ist es Zeit, das Land zu verlassen!«

Jemand stellte die Talking Heads wieder lauter.

Ein gellender Schrei ertönte und brachte die Musik, das Klirren der Flaschen und das Summen der Gespräche verstummen.

»WARUM LASST IHR WIDERLICHEN SCHWEINE DIESE ARMEN

FRAUEN NICHT IN RUHE!!« Die Stimme klang wie die einer Rachegöttin, die nach langem Flug direkt aus der Hölle eben erst hier angekommen war.

Es war Helen. Sie war aufgesprungen, dürstend nach Männerblut.

Lewis erhob sich, torkelte auf sie zu und machte ausladende Gesten, als wollte er sie zum Tanzen auffordern.

»Helen«, nuschelte er, »mein Schatz, mein Goldstück, meine Süße. Du hast mich mißverstanden. Ich bin Feminist. Ich trete für die Rechte dieser Frauen ein! Hier geht es um *freie Wahl*, Helen! Du brauchst mir nicht zu sagen, wie wichtig das ist. Wir haben doch schon früher darüber gesprochen«, sagte er und schwenkte seine Bierflasche, »daß diese Frauen das Recht haben, über ihren Körper zu bestimmen. Sie haben das Recht zu bestimmen, ob und wann sie Kinder haben wollen, ohne irgendeine Einmischung von meiner oder deiner Seite, richtig?«

Lewis ging schwankend zum Eingang und führte eine der Prostituierten in den Thirsty Soul Saloon. Die Frau sah sich nach ihren Kolleginnen um und lachte.

Lewis geleitete sie zum Kopfende von Helens Tisch und sagte: »Abend, Missy. Wo ist dein Mann?«

»Ich hab nicht kein Mann«, sagte die Frau.

»Du hast kein Mann? Ich hab kein Frau. Zu was kommst du her?«

Die Frau lächelte und sah wieder zum Eingang. »Ich komm her, dein Freundin zu sein.«

»Ahh!« sagte Lewis und zwinkerte ihr zu. »Du willst mein Freundin sein?«

»Ja. Ich will viel Freundin sein. Wir gehen?« fragte sie und streckte die Hand aus.

»Wart ein klein Moment, Missy«, sagte er. »Was passiert, wenn du mein Freundin bist und dabei kommt ein Baby raus?«

Die Frau hielt sich die Hand vor den Mund und lächelte. »Ich will gern ein klein Baby«, sagte sie kichernd.

»Danke sehr, Missy!« rief Lewis. »Keine weiteren Fragen. Ich komme gleich nach.«

Er führte die Frau zurück zum Eingang und tänzelte an Helen vorbei.

»Es geht um etwas anderes, du Schwein«, sagte sie, »und das weißt du auch.«

»Du hast recht, Helen, es geht um etwas anderes. In deinem Fall geht es um dein Recht, über deinen Körper zu bestimmen, und in ihrem Fall geht es um ihr Recht, über ihren Körper zu bestimmen. Das ist etwas anderes.«

Helen warf Geld auf den Tisch und ging hinaus.

»Glücklicherweise, liebe Landsleute«, sagte Lewis mit erhobener Stimme, damit Helen ihn auf dem Weg zu ihrem Geländemotorrad hören konnte, »sind wir hier in einem Land, in dem die Verfügungsgewalt dieser Frau über ihren Körper durch keine Gesetze eingeschränkt ist. Wenn also jemand eine Videokamera dabeihat, soll er sie mitbringen, und dann werden wir sehen, ob sie von ihrem Selbstbestimmungsrecht Gebrauch macht und bereit ist, bei einem erstklassigen Porno mitzuspielen.«

Es wurde mehr Bier gebracht. Lewis setzte sich und klopfte mit einer Flasche auf den Tisch.

»Wie war ich?« fragte er. Aus einem Mundwinkel lief ihm Speichel.

Eine Menschenmenge kam die Tikongo Road hinaufgerannt. Die Leute lachten und klatschten und eilten einem mit Uniformierten besetzten Jeep voraus.

»Nun sieh dir das an«, sagte Lewis. »Die Leute im Dorf haben mich immer gewarnt, wenn man eine Geschichte von einer Schlange erzählt und sie beim Namen nennt, dann hört sie auf den Ruf und kommt angekrochen.«

»Wer ist das?« fragte Boone.

»Section Chief Moiwo und sein Hofstaat«, sagte Lewis. »Du wirst keine Mühe haben, ihn zu erkennen. Achte einfach auf den, für den immer am meisten Essen abfällt.«

Boone stand auf und spähte über die Bettler hinweg, die zischten und gestikulierten, um seinen Blick auf sich zu lenken.

Moiwo trug Khakishorts und stand auf Beinen, die aussahen wie die eines wohlgenährten Elefanten. Er winkte und lächelte, und sein Safarianzug spannte sich über seinen Bauch. Er hatte eine mit goldenen Kordeln verzierte Polizeimütze tief in die Stirn gezogen und trug eine schwarz gefaßte Sonnenbrille, die seine Augen vor der Sonne und der Welt verbarg. Sein übergroßer Kopf schien unregelmäßig geschwollen zu sein, als wäre die Haut über den Schädel gespannt und mit Fett gepolstert worden, so daß sein Gesicht eigenartige Beulen und Ausbuchtungen bekommen hatte. Beim Lächeln entblößte er makellos weiße Zähne. Er machte ausladende Gesten und sprach in ein Megaphon. Goldene, mit Edelsteinen besetzte Ringe blitzten im Sonnenlicht.

»Wahlkampf«, sagte Lewis.

Andere uniformierte Männer standen auf den Trittbrettern des Jeeps und spähten wie nervöse Geheimdienstmänner in die Menge. Schließlich hob einer von ihnen den Arm. Mehrere andere taten dasselbe. Sie begannen aufgeregt zu sprechen und zeigten in die immer größer werdende Menge.

Auf der anderen Seite des Maschendrahts, dort, wo die Männer hinzeigten, entstand Unruhe. Der Tisch eines Straßenhändlers fiel scheppernd um, die Kuchenverkäuferin und die Mädchen mit den Erdnüssen bargen ihre Waren in Schüsseln und Schürzen und schützten sie vor dem sich anbahnenden Tumult. Menschen aller Altersgruppen drängten sich auf der Kreuzung, wo einige in einen hitzigen Streit geraten waren.

»Diebmann!« rief plötzlich jemand von den Läden gegenüber dem Saloon in die Richtung, in die Moiwos Männer zeigten. »Diebmann!«

Ein junger Mann sprang vom Jeep, rannte an der Veranda des Saloon vorbei und hielt nur lange genug inne, um den Gästen »Diebmann!« zuzurufen. Ein zweiter, in Lumpen gekleideter junger Mann kletterte mit einem verhängten Vogelkäfig aus dem Jeep und gesellte sich zu den Straßenhändlern am Eingang des Saloon.

Ein Schrei stieg aus einer Traube von Menschen auf, die einen jungen Mann gepackt hatten und ihn schlugen und traten.

»Hmmm«, sagte Lewis und drehte die beschlagene Bierflasche zwischen den Fingern. »Sieht so aus, als hätten Moiwos Leute einen Dieb entdeckt. Jetzt kriegst du was geboten.«

»Diebmann!«

Eine alte Ma, die, wie Boone vermutete, das Opfer des Diebstahls war, schlug mit einer Porzellanschüssel auf den Kopf des Diebes ein. Als er die Schläge abwehren wollte, hielten die Männer rechts und links von ihm seine Arme fest. Mehrere andere stießen den Dieb und seine Bewacher hin und her und gaben ihm, wenn er in Reichweite kam, einen Faustschlag auf ein Ohr oder ein Auge.

»Diebmann!« riefen die kleinen Kinder, die zwischen den Beinen der Erwachsenen umherkrochen und dem Dieb gegen die Schienbeine traten oder mit einem Stock nach ihm stachen.

Die weißen Entwicklungshelfer im Saloon standen auf, schlenderten zu den jetzt verlassenen Arkaden an der Straßenfront des Saloon und betrachteten das Spektakel mit dem halbherzigen Interesse von Footballfans, die sich ein zweitklassiges Baseballspiel ansehen.

Lewis rührte sich nicht von seinem Platz.

Boone war halb aufgestanden und sah, wie der Dieb zu Boden fiel und in der Menge verschwand.

»Werden sie ihn umbringen?« fragte er und versuchte, so nonchalant zu sein wie alle anderen.

»Manchmal tun sie das«, antwortete Lewis und gähnte, »aber meistens nicht. Es kommt darauf an, was er versucht hat zu klauen und ob er schon mal erwischt worden ist. Wenn er ein Wiederholungstäter ist, werden sie ihn wahrscheinlich so verprügeln, daß er aussieht, als wäre er tot, aber noch atmet. Manchmal stellt so einer sich tot, weil er weiß, daß es keinen Spaß macht, einen toten Dieb zu verprügeln. Dann kommt die Polizei und steckt ihn ins Gefängnis. Wenn in seiner Familie jemand ist, der Geld hat, besticht er die Polizisten, und zwei, drei Tage später wird der Dieb auf ungeklärte Weise aus dem Gefängnis fliehen. Wenn seine Familie kein Geld hat, verprügeln ihn die Polizisten aus Wut und purer Langeweile so lange, bis er tot ist.«

Einen Augenblick lang fragte sich Boone, was er wohl bewirken konnte, wenn er hinausging und versuchte, der Menge Einhalt zu gebieten, doch die steigerte sich jetzt in Raserei hinein und war so groß, daß es ihm nicht gelungen wäre, zum Zentrum des Geschehens vorzudringen. Außerdem hätte ihn bei diesem tosenden Lärm niemand gehört.

Man zerrte den Dieb wieder auf die Füße und hielt seine Arme und Beine fest, was die Furchtsameren unter den Zuschauern ermutigte, vorzuspringen und die Schläge anzubringen, die sie vorher nicht gewagt hatten auszuteilen. In Kürze war ein Ring entstanden, der beinah wie eine ländliche Tanzrunde aussah, nur daß die Teilnehmer wutverzerrte Gesichter hatten und sich mit den Armen bei ihren Nachbarn abstützten, damit sie mit voller Wucht zutreten konnten.

»Es ist ein tolles Land«, sagte Lewis. »Blitzschnelle Gerechtigkeit. Keine Rechtsanwälte, keine Richter, keine Verschwendung von Steuergeldern.«

»Blitzschnelle Grausamkeit«, sagte Boone.

Ein Lastwagen, dessen Ladefläche mit Holzlatten und Stacheldraht eingezäunt war, bahnte sich hupend einen Weg durch die Menge, drängte die Schaulustigen beiseite und hielt vor dem Saloon. Zwei Uniformierte stiegen von der Ladefläche, rollten den reglosen Dieb auf den Bauch, fesselten ihm Arme und Beine und hoben ihn über die Latten, wo er von zwei anderen Polizisten in Empfang genommen wurde, die ihn wie einen Sandsack auf die Ladefläche fallen ließen. Wieder hupte der Wagen und fuhr langsam durch die sich zerstreuende Menge.

Der Besitzer des Saloon schob die beiden Mädchen mit den Erdnüssen und die Kuchenverkäuferin hinaus und ließ eine Frau, die Straßschmuck verkaufte, und den Jungen mit dem Vogelkäfig ein.

»Die Sache mit der Medizin«, sagte Boone, dem noch immer ganz schlecht war von dem, was sich gerade abgespielt hatte, »habe ich nicht ganz kapiert.«

Lewis verschwamm vor Boones Augen. »Es gibt zwei Arten von Medizin«, sagte er mit schwerer Zunge, »legale und illegale. Die mächtigste legale Medizin ist Donnermedizin. Du kannst dir von einem Medizinmann Donnermedizin über dein Haus legen lassen, damit es vor Dieben geschützt ist und jeder weiß, daß er tot umfallen wird, wenn er sich an deinem Eigentum vergreift. Das ist legal, aber teuer, und außerdem muß der Paramount Chief dabeisein, um sicherzustellen, daß alles ordnungsgemäß verläuft und die Medizin sich nicht gegen Unschuldige richtet. Wenn du es mit illegaler Medizin zu tun hast, kannst du nur etwas ausrichten, wenn du was hast, was schlimmer ist als das, was der andere hat. Die mächtigste illegale Medizin ist *bofima*. Aber das ist eine gefährliche Sache, denn den *bofima* kannst du nur benutzen, wenn er dir *gehört*, und sobald er einem gehört, entwickelt er eine Art

Beziehung zu seinem Besitzer. Der Besitzer muß ihn ab und zu ›füttern‹, um die Macht ›wiederaufzufrischen‹. Manchmal gerät sie allerdings außer Kontrolle.«

»Was frißt diese Medizin?« fragte Boone.

»Menschliches Fett«, sagte Lewis. »*Bofima* ist ein Beutel mit Haut von Handflächen, Fußsohlen und Stirn, am besten von einem noch lebenden Opfer. Dazu ein Stück Stoff von einer menstruierenden Frau, etwas Staub von einem Ort, wo sich oft große Menschenmengen versammeln, eine Nadel, ein Stück Hühnerdraht, ein Stück Seil von einer Falle, aus der ein Tier entkommen ist, und was noch alles im Kochbuch für Paviane steht. Das ist *bofima*. Aber wie gesagt: Er wirkt nur so lange, bis er wieder gefüttert werden muß.«

»Und was kann man mit einem *bofima* machen?«

»Alles, was man will«, sagte Lewis, »denn sobald die Leute davon hören, bekommen sie eine Heidenangst und bieten dem Besitzer jede Menge Geld und alle möglichen Privilegien, um der Macht dieser Medizin zu entgehen. Aber abgesehen davon, daß sie es einem ermöglicht, seine Feinde zu verfluchen und zu verhexen, kann man sich von ihr auch führen lassen, wenn man vor schwierigen oder gefährlichen Situationen steht, zum Beispiel vor der Wahl in ein hohes Amt. An dem Beutel sind sieben Schnüre befestigt, an denen Haken festgeknotet sind. Man wirft den Beutel in einer mondlosen Nacht in den Busch und zieht ihn langsam wieder heraus. Der Oberpavianmensch deutet dann die Kraft, die man dazu aufwenden muß, und untersucht die Dinge, die sich in den Haken verfangen haben, und die ganze Gruppe richtet sich nach dieser Prophezeiung. Jedes neue Mitglied muß für das nächste Opfer sorgen, mit dem der *bofima* gefüttert wird.«

»Hat Killigan dir von *bofima* erzählt, wie er dir von der Poro-Gesellschaft erzählt hat?«

»Nein«, sagte Lewis und sah in seine Bierflasche. »Ich hatte letztes Jahr in der Gegend von Makeni ein bißchen Ärger. Ziemlich bösen Ärger, und ...«

»Du hast einen *bofima* benutzt?«

»Nur einmal. Ich hab ihn von einem anderen bekommen, und bevor er wieder gefüttert werden mußte, hab ich ihn ohne schlimme Auswirkungen unschädlich gemacht.«

»Hast du ihn befragt, indem du ihn in den Busch geworfen hast?«

»Nicht wirklich«, sagte Lewis. »Einer von den Männern, die auf den Projektfarmen arbeiten, hat versucht, mich zu vergiften. Zweimal. Wegen einer Forderung für eine angebliche Frauenbeschädigung, die ich nicht bezahlt habe. Beim zweitenmal mußte ich für drei Wochen zur Behandlung nach Amerika geschafft werden. Er hat eine der Frauen aus der Familie meiner Köchin dazu gebracht, ein Insektenvernichtungsmittel in die Sauce zu tun. Und du weißt ja, wie scharf das Zeug ist – man würde nicht mal Zyankali rausschmecken. Ich war wochenlang kurz davor, den Löffel abzugeben.«

»Dann hast du den *bofima* benutzt, um dich ... zu rächen?«

»Was hättest du getan? Ich hab das Dreckschwein getötet. Innere Blutungen. Genau das, was ich bestellt hatte. Sie haben ihn mir auf einer Bahre gebracht. Er blutete aus allen Körperöffnungen. Herrgott, es kam ihm sogar aus den Augen. Er lebte gerade noch lange genug, um allen zu sagen, daß ich ihn mit böser Medizin umgebracht hatte, und das war mir ganz recht, denn seitdem hat keiner mehr versucht, mich zu vergiften.«

Nach der kurzen Ablenkung durch die Ergreifung des Diebes kehrten die Bettler zu den Arkaden zurück und flehten die weißen Gäste um Geld und Aufmerksamkeit an. Der *bobo* mit dem Vogelkäfig verhandelte am Nachbartisch in breitem Krio mit ein paar Entwicklungshelfern. Lewis war so tief in Star-Bier eingetaucht, daß er in Kürze Flossen und Sauerstoffmaske brauchen würde. Er warf den Bettlern finstere Blicke zu und scheuchte sie fort.

Der *bobo* kam an Lewis' und Boones Tisch und stellte den Vogelkäfig zwischen sie.

»Wir wollen keine exotischen Vögel«, sagte Lewis.

Der Junge war in Lumpen gekleidet und trug ein Käppchen. Seine Zähne waren von Kolanußpaste orangefarben verfärbt, und ein Auge war infolge von Flußblindheit völlig weiß.

Er sagte etwas zu Lewis.

»Hah!« rief der. »Den Spruch kannte ich noch nicht. Er sagt, in dem Käfig hat er eine menschliche Seele, die er uns für bescheidene fünfhundert Leone zeigen will.«

Boone merkte, daß sich unter dem verhüllenden Tuch etwas bewegte. Der Junge zeigte lächelnd die Zähne und redete auf Lewis ein.

»Er sagt, in dem Käfig ist die Seele eines Zwillings, der seinen Vater nicht richtig beerdigt und sein Andenken nicht geehrt hat. Als der Zwilling starb, flog seine Seele durch den Busch und suchte das Grab seines Vaters, konnte es aber natürlich nicht finden, denn der Zwilling hatte den Vater ja nicht richtig beerdigt und das Grab nicht besucht und auch nicht Essen oder Trankopfer dargebracht.«

Wieder lächelte der Junge, und das weiße Auge schien in seiner Höhle zu rollen und einen bläulichen Schimmer zu bekommen.

»Wenn du die eine Hälfte zahlst, übernehme ich die andere«, sagte Lewis. »Das sind ungefähr fünf Dollar.«

»Okay«, sagte Boone und sah, daß der Käfig erbebte.

Mit der grandiosen Gebärde eines Zauberers zog der Junge das Tuch herunter. Im Käfig war etwas, was wie ein kleines, von weißem Fell eingehülltes menschliches Skelett aussah. Es hatte wächserne, gefingerte Flügel, die es gespreizt hatte, und klammerte sich mit Krallen an den Gitterstäben fest. Die weißen Flügel saßen an einem fast durchscheinend bleichen, blau geäderten Körper. Auch der Kopf war ganz und gar weiß, mit großen, ovalen, perlgrau gefurchten Ohren. Die Schnauze sah aus wic cinc gerippte Muschel aus knochenweißem Knorpel, und das rosafarbene Maul mit den kleinen spitzen Zähnen war zu einem scharfen, stummen Schrei aufgerissen.

»Das ist keine verdammte Seele«, rief Lewis. »Das ist eine Albino-Fledermaus. Hab ich schon mal gesehen. Die Seele eines Zwillings – daß ich nicht lache! Aus dem Geschäft wird nichts.«

Der Junge protestierte laut, streckte die Hand aus und verlangte das versprochene Geld, erst von Lewis, dann von Boone.

»Gib ihm nichts«, sagte Lewis. »Hör zu, *bobo*, ich bin kein Austauschstudent, der mal für ein Wochenende von Freetown hergekommen ist. Verdammt noch mal, ich bin seit zwei Jahren hier, zu lange, um mich von einem *bobo* mit einer Fledermaus in einem Vogelkäfig verarschen zu lassen. Raus!«

Der Besitzer eilte mit seinem Golfschläger herbei und drohte dem Jungen, der seinen Käfig nahm und Lewis und Boone anschrie. Er sah mit seinem gesunden Auge erst Lewis und dann Boone böse an und spuckte Worte vor den weißen Männern aus.

»Scheiße!« rief Lewis mit gespieltem Entsetzen. »Jetzt haben wir wirklich Ärger am Hals. Er spricht einen westafrikanischen Fluch über uns. Das macht mir wirklich große Angst. Ja, genau: Wenn wir durch den Busch reisen, werden wir nie an unser Ziel gelangen, und wenn wir etwas essen wollen, werden wir daran ersticken – hab ich alles schon zehnmal gehört. Paß auf«, rief er, »wie wär's damit: Fick dich ins Knie! Das ist ein *pu-mui*-Fluch für dich, du kleines Arschloch!«

Der Besitzer trieb den Jungen mitsamt seinem wieder zugedeckten Käfig zum Eingang und drohte ihm mit dem Golfschläger.

»Ich könnte schwören, das war einer von Moiwos *bobos*«, sagte Lewis. »Ich bin ganz sicher. Wieso versucht der, Weiße übers Ohr zu hauen?«

Die Bettler rüttelten mit neuer Energie an dem Maschendraht vor dem Thirsty Soul Saloon. Sie hatten gesehen, wie für einen Blick auf eine weiße Fledermaus um ein Haar fünfhundert Leone bezahlt worden wären, und die waren jetzt zu haben: Es war überflüssiges Geld, das Löcher in die Taschen skrupelloser *pu-mui*-Geschäftemacher brannte.

Lewis schlug wütend auf den Tisch.

»Könnte ich wohl mal fünf Minuten lang meine Ruhe haben?« rief er und warf einen Kronkorken gegen das Gitter. »Sieben Tage die Woche lebe ich in einer Lehmhütte und höre mir das ewige Gejammer der Armut, der Verzweiflung, der Dummheit, des unglaublichsten Aberglaubens, des Elends und des Unglücks an. Und einmal, nur einmal pro Woche komme ich in dieses bescheidene Etablissement, um ein paar kurze Stunden mit meinen Landsleuten zu verbringen, Trankopfer darzubringen und an unserem gemeinsamen Erbe teilzuhaben.«

Die anderen Gäste verstummten, nur hier und da war ein leises Lachen zu hören. Der Chor der Bettler wurde zu einem flehentlichen Murmeln.

»In Amerika gibt es einen Ausdruck dafür«, rief Lewis. »Man nennt es Eindringen in die Privatsphäre. Und genau das tut ihr: Ihr dringt in meine Privatsphäre ein. Dieser Platz, auf dem ich hier sitze und versuche, mich ein bißchen zu amüsieren, ist meine

Privatsphäre, und ihr dringt darin ein. Ihr seid Eindringlinge und legt ein eindringendes und eindringliches Benehmen an den Tag. Der Herr sagt, die Armen sind immer unter uns gewesen, aber müssen sie unbedingt in meine Privatsphäre eindringen? Müssen sie mich Tag und Nacht um Geld anbetteln? Und wenn ich wieder in Amerika bin und den Fernseher einschalte, dann seid ihr wahrscheinlich schon wieder da und hungert in meinem Wohnzimmer herum! Und wißt ihr, was ich dann mache? Ich schalte um! Wollt ihr wissen, warum? Weil ich euch nicht sehen will! Ich habe keinen Hunger, und ich will mir auch nicht vorstellen, wie es wäre, Hunger zu haben. Also verpißt euch!

Darf ich mir vielleicht ein kleines Stück Land reservieren? Nur ein paar Quadratmeter oder so? Ich nenne es Klein-Amerika. Meint ihr, ich könnte einmal pro Woche zur *pu-mui*-Nacht in den Thirsty Soul Saloon kommen, in das Klein-Amerika, das ich mir gebastelt habe, und mich zurücklehnen und mich für ein paar Stunden entspannen? Ist das zuviel verlangt? Anscheinend. Was für eine Zumutung! Bettler dringen von allen Seiten auf mich ein! Haut ab! Ja, ich habe Geld, und wißt ihr was? Ihr kriegt nichts davon.

Wißt ihr, was ihr braucht? Anständiges Training und ein besseres Frühstück. Ich rede nicht von höherer Lebenserwartung – das ist auf diesem Scheißkontinent sowieso praktisch unmöglich. Nein, ich rede von einem besseren Lebensgefühl. Wenn ihr joggen, mehr Obst und Gemüse und weniger Fett essen und euch mehr um euer inneres Kind kümmern würdet, hättet ihr alle ein besseres Lebensgefühl. Ich rede hier von Selbstachtung!«

»Mastah, ich versteh nicht, von was Achtung du redest. Gib mir zehn Cent, bitte. Mein Frau hat Fieber, mein Kinder gibt nichts zu essen. Ich bitte Gott, Mastah, gib mir ein klein Geld.«

»Ihr glaubt wahrscheinlich, ihr habt es schwer, was?« rief Lewis. »Okay, die Frau ist krank, die Kinder haben nichts zu essen. Erzähl mir was Neues! Wie würde es euch gefallen, im Armenviertel einer amerikanischen Stadt zu leben? Manche dort haben bloß einen Schwarzweißfernseher. Alle anderen haben einen Farbfernseher. Wie findet ihr das?«

»Mastah, ich versteh nicht Farbfähnseer. Gib mir zehn Cent, bitte.«

»Genau, du verstehst nicht«, sagte Lewis. »Du weißt gar nicht, wie gut du es hast!«

Wieder verschwamm alles vor Boones Augen, und ihm drehte sich schier der Magen um. Das war entweder ein Vorbote des nächsten Durchfalls oder eine Reaktion auf Lewis' Sinn für Humor. Gerade als er aufstehen und zum Gästehaus gehen wollte, um sich schlafen zu legen, kam der Besitzer zu ihm und zeigte auf den Eingang zum Thirsty Soul Saloon.

Eine Erdnußverkäuferin hielt ihm einen Zettel entgegen. Boone ging zu ihr und kniete sich neben ihr hin.

»Moussa ist kein Diebmann«, sagte sie, und in ihren Augen glänzten große Tränen. »Er sagt, ich soll dies Papier Mistah Gutawa Sisay geben.«

»Wer?« fragte Boone und berührte sie am Ellbogen.

»Moussa Kamara«, sagte sie. »Sie haben ihn geschlagen, weil er ein Diebmann ist, aber er ist kein Diebmann. Er kommt hier, weil er dir dies Papier geben will. Er ist nie ein Diebmann. Der Pavianmann Moiwo lügt und sagt, Moussa ist ein Diebmann. Aber Moussa ist kein Diebmann.«

»Lewis!« rief Boone.

Lewis kam herbeigetorkelt, und gemeinsam gingen sie mit dem Mädchen ins Freie, wo es ruhiger war. Lewis und sie sprachen lange Zeit auf Krio miteinander. Schließlich nahm er den Zettel und gab ihn Boone.

»Sie sagt, der Mann war Moussa Kamara, Killigans Diener.« Lewis verzog das Gesicht und konnte sich nur mit Mühe auf den Beinen halten. »Er wollte mit dir sprechen. Sie sagt, Moiwos Leute hätten nur behauptet, daß er ein Dieb ist, damit die ganze Stadt ihn totprügelt.«

»Moussa Kamara ist tot«, sagte Boone.

»Ich weiß«, sagte Lewis. »Ich hab ja neben dir gesessen.«

»Nein, das kann nicht Moussa Kamara gewesen sein. Er ist vor ein paar Wochen umgebracht worden. Sisay hat gesagt, man hat ihn an einem Baum bei Killigans Dorf aufgehängt und mit Pfefferschoten ausgestopft. In seinem Mund war ein lebender Gecko eingenäht.«

Lewis beugte sich hinunter und sprach weiter mit dem Mädchen.

»Sie sagt, daß der Mann, der gerade als Diebmann zu Tode geprügelt worden ist, Moussa Kamara war und daß er hier war, um mit dir zu sprechen. Als er merkte, daß Moiwos Leute ihn gesehen hatten, versuchte er zu fliehen, aber sie riefen ›Diebmann‹, und so hat ihn die Menge erwischt.«

Lewis gab dem Mädchen Geld und stellte weitere Fragen.

Boone faltete den Zettel auseinander und trat in das Licht, das aus dem Thirsty Soul Saloon auf die Straße fiel. In der Handschrift, die er überall erkannt hätte, stand da eine Nachricht, die ihn mit Hoffnung und zugleich mit tiefer Verzweiflung erfüllte:

> Dieser *bobo* ist mein Diener Moussa Kamara. Er wird dich zu mir bringen. Hör auf niemand anders. Vertrau niemandem. Erzähl niemandem von diesem Brief. Sag niemandem, wohin du gehst. Paß auf, daß dir niemand folgt.
>
> M.K.

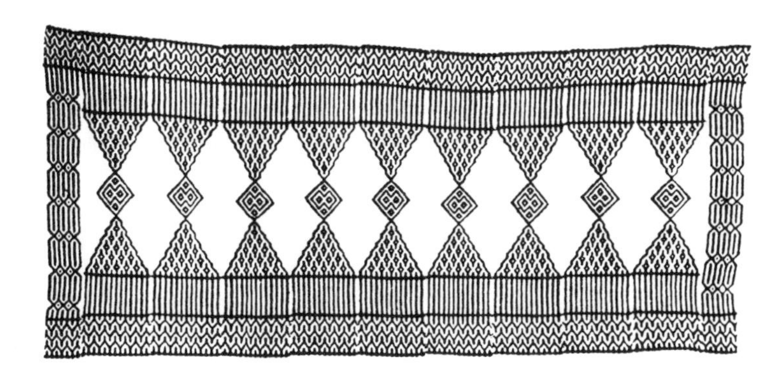

12

Randall stand früher auf als Schleimscheißers Verbündete und ging in den Vorgarten, um die *New York Times* zu holen. In seinem Kopf hallten pulsierend Visionen des blutigen Bündels wider. Was Schlaf hätte sein sollen, war nichts weiter gewesen als ein Wechsel zwischen Alpträumen im Schlaf und Alpträumen im Wachen. Ohne weiter darüber nachzudenken, hatte er sein ganzes Leben lang angenommen, daß es eine äußere Welt der Dinge und eine innere Welt des Geistes gab, und dazwischen, hatte er geglaubt, waren seine Augen. Jetzt lösten sich die Grenzen auf. Entweder quoll ihm seine Phantasie aus den Augen und erfüllte die äußere Welt mit Phantomen, oder aber Ausgeburten der Natur flogen durch die weit geöffneten Fenster seiner Seele herein und ergriffen von ihm Besitz.

Auf seinem Weg hinaus war er halb darauf gefaßt, wie ein Astronaut zu schweben oder alle Uhren im Haus schmelzen zu sehen. Der himmelblaue Umschlag der *New York Times* lag an dem gewohnten Platz neben dem Silberahorn. Vielleicht würde die Schlagzeile lauten: »Blutiges Bündel entsetzt und verwirrt prominenten Anwalt«.

Er las die Zeitung am Küchentisch und versuchte, sich an das

Vaterunser zu erinnern, landete jedoch immer beim »Gegrüßt seist Du, Maria«. Er überschlug den Wirtschaftsteil, ignorierte eine Anzeige für Damenunterwäsche und las statt dessen einen Artikel über Lumpensammler auf den Straßen von Kalkutta, die ihren Lebensunterhalt damit verdienten, den ganzen Tag die Müllhalden nach Papier und Plastik abzusuchen, das sie bündelweise für wenige Pennies an Zwischenhändler verkauften. Eine Frau in einem Sari hockte mit ihren zwei Kindern auf einem Stück Beton – sie starrten den Betrachter mit seelenvollen, müden Augen an.

Jetzt, da auch er Verzweiflung kennengelernt hatte, fühlte Randall sich ihnen plötzlich verwandt. Er fragte sich, ob er bereit wäre, unter solchen Bedingungen zu leben, wenn dafür sein Sohn gesund zurückkehrte oder er selbst keinen Gehirntumor hätte oder die Welt wieder stabil und berechenbar würde. Er kam zu dem Schluß, daß es nur eine Frage der Zeit war, bis sein Sohn – wenn er je wiederauftauchte – von den Obdachlosen in Kalkutta hören und davonlaufen würde, um ihr Leben zu teilen. Er versuchte sich vorzustellen, wie er selbst, befreit von allen Tumoren, vor seinem Erdloch in Kalkutta hocken würde.

Vielleicht konnten Gebete helfen. Vielleicht sollte er die Daumen drücken, sich bekreuzigen, Salz über die Schulter werfen und auf Holz klopfen. Vielleicht sollte er sich zu Boden werfen und auf Händen und Knien herumkriechen, für den Fall, daß es irgendein übernatürliches Wesen gab, das über das Universum gebot, Randalls Erniedrigung bemerkte und ihm ein wenig Barmherzigkeit zukommen ließ.

Wenn er einen Gehirntumor hatte, würde es höchstwahrscheinlich innerhalb eines Jahres mit ihm vorbei sein, ganz zu schweigen von seinen Chancen, zum Vorsitzenden des American Institute of Bankruptcy Lawyers gewählt zu werden.

Vielleicht sollte er nicht weiter über Formalitäten nachdenken und einfach zur Kirche gehen. St. Dymphna war keine drei Blocks entfernt. *Gibt es eigentlich noch eine tägliche Messe? Geht da überhaupt noch einer hin?* Aber selbst wenn es keine tägliche Messe mehr gab, konnte er sich vor dem Altar dieses fremd gewordenen Tempels niederwerfen – ein zurückgekehrter Meßdiener, der versuchte, sich an die Grammatik des Gebets zu erinnern, der den Bodensatz seiner Gedanken auskratzte und Gott um die Kraft anflehte, das, was ihm widerfuhr, zu ertragen.

Das Hauptportal der Kathedrale war verschlossen, und so schlug Randall den Kragen seines Mantels hoch und machte sich auf den weiten Weg um das Hauptschiff herum und Rollstuhlrampen hinauf und hinunter zum Seiteneingang und in das himmelwärts strebende Innere der Kirche. Sie war im neugotischen Stil gebaut, jenem Stil, der den Besucher dazu anhielt, den Kopf in den Nacken zu legen und den Blick zum Himmel zu erheben. Licht und harmonische Schatten erfüllten die Kreuzrippengewölbe und schufen Muster, die beinah so schön waren wie die innere Struktur des Konkursgesetzbuchs oder die symmetrisch gefingerten Flügel einer Fledermaus.

Vor siebenundzwanzig Jahren hatte Pater Macaunahay den Brautleuten Randall Steven Killigan und Marjorie Cecilia Newstead das heilige Sakrament der Ehe gespendet. Während der Zeremonie hatte Randall den Blick zu den Kreuzbogen wandern lassen, die von den roten Fenstern des Querschiffs zart rosa getönt waren, und daran gedacht, daß sich nichts geändert hatte seit seiner Firmung, seit seiner Erstkommunion, seit seiner Zeit als Meßdiener, als er mindestens einmal täglich bei der Messe und zusätzlich bei Hochzeiten assistiert hatte. Das Gebäude war auf unnachgiebige, unheimliche Weise noch immer so, wie er es damals verlassen hatte, und roch noch immer nach Bienenwachs und Weihrauch – Gerüche, die sich vierzig Jahre lang gehalten hatten.

Randall Killigan in der Kirche! Vielleicht war es möglich, hellwach zu sein und zugleich zu träumen. Vielleicht war diese Kirche gar nicht wirklich, vielleicht existierte sie nur in seinem Kopf – was auch erklären würde, warum sie sich nicht verändert hatte. Wahrscheinlich hätte er die Treppe hinter der Sakristei hinaufsteigen und sich im höhlenartigen, mit Marmor ausgekleideten Obergeschoß mit den Schränken aus Rosenholz wiederfinden können, in denen vermutlich noch immer Soutanen und Chorhemden hingen, wo Betstühle standen, auf denen er mit gesenktem Kopf seine lateinischen Antworten geübt hatte: »*Confiteor Deo omnipotenti...*« Die verzierte Balustrade aus Marmor, an der er bei seiner Erstkommunion gekniet hatte, teilte den Altarraum vom Hauptschiff. Und da war die kleine Messingtür, durch die er bei seiner Firmung zum Altar gegangen war – der Beginn seiner natürlichen Entwicklung vom Soldaten Gottes zum Konkursanwalt.

Alles war fast genauso, wie es immer gewesen war, und es würde immer so bleiben, auch wenn er mit Sechzig wieder hierherkäme, um seine Mutter zu beerdigen oder seine Ehe annullieren zu lassen. Am Tag des Jüngsten Gerichts würde er diese Kirche wahrscheinlich so vorfinden, wie sie jetzt war. Er würde von einer Donnerstimme aus dem Grab gerufen und vor die Kanzel zitiert werden, wo er seine Sünden gegen die Mensch-heit vor einer Gemeinde aus Freunden, Verwandten, Anwälten und Richtern würde bekennen müssen. Vielleicht würde ein Erzengel auf der Kanzel stehen und Randall Steven Killigan befehlen, den versammelten Seelen seine Konkursanträge laut vorzulesen.

»Kannst du uns ein bißchen mehr über die Finanzierung auf dem Wege der Grundstücksbelastung erzählen?« würde der Engel sagen. »Das würden wir gern ganz genau wissen.«

Sein nächster Gedanke war: *Wo sind die Leute?* Als er noch Meßdiener gewesen war, hatten sich zur Frühmesse immer mindestens hundert Gläubige eingefunden, doch hier verloren sich nur etwa zehn oder zwölf alte Leute in der hallenden Weite des Hauptschiffs: Die Männer hatten kahle Köpfe und Gehstöcke, die Frauen krumme Rücken und gefärbte Haare. Allesamt sahen sie so aus, als würden sie nächste Woche vielleicht nicht mehr kommen können.

Altersfleckige Gesichter und Köpfe mit hautfarbenen Hörgeräten wandten sich ihm kurz zu, als er vorbeiging. Mit höflichen Blicken und einem kleinen Lächeln zeigten sie ihm, daß sie wußten, warum er gekommen war: Er war – konnten sie es seinem Gesicht ablesen? – von einer persönlichen Tragödie betroffen, von Krebs, vom Verlust eines geliebten Menschen. Warum sonst sollte ein äußerlich gesunder Mann mittleren Alters in einem maßgeschneiderten Anzug an einem Dienstag zur Sechs-Uhr-Messe kommen? Andererseits: Wenn die Kirche nicht wirklich war, dann waren die Wesen, die hier herumstanden, bloß Erscheinungen aus seinen Träumen, spektrale Inkarnationen seiner Ängste und Impulse, gesichtslose Autoritätsfiguren, ehemalige Geliebte, Freunde, die er unter mildernden Umständen betrogen hatte, sein Sohn, seine Frau ... Seine Großeltern. Lehrer, die etwas Besseres von ihm erwartet hatten.

Er spürte, daß er auffiel, weil ihn niemand kannte und weil er das einzige Mitglied dieser Gemeinde war, das unter Fünfundsechzig und noch in der Lage war, gefahrlos einen Dosenöffner zu bedienen. Auch der Priester mußte ihn als jemanden erkennen, der noch nie zur Messe gekommen war. Vielleicht konnte Randall nachher mit ihm sprechen. So weit also war es mit ihm gekommen: Er wollte mit einem Priester sprechen. Was verdiente so ein Bursche? Armut? Keuschheit? Gehorsam? Einen Platz zum Schlafen, Scotch umsonst und den Respekt der Gemeinde, und das alles im Tausch dafür, daß er den Gläubigen predigte und Dinge sagte, die sie ohnehin wußten, aber nicht ganz glauben wollten. Es war der Job dieses Priesters, mit Leuten wie Randall zu sprechen, mit Leuten, die dabei waren, den Boden unter den Füßen zu verlieren.

Er kniete nieder, beugte den Kopf und versuchte zu beten. Dann hörte er, daß alle sich erhoben, und der Priester – ein Mann, den Randall noch nie zuvor gesehen hatte (unbewußt hatte er Pater Macaunahay erwartet) – begann: »Im Namen des Vaters und des Sohnes und des Heiligen Geistes.«

Randall sagte im Chor mit den anderen »Amen« und kam sich sogleich vor wie ein Betrüger.

Er stellte sich vor, daß die ganze Gemeinde sein Amen gehört und an seinem zittrigen Ton und der unsicheren Intonation gemerkt hatte, daß dies das Amen eines Mannes war, der zum letztenmal bei seiner Hochzeit vor siebenundzwanzig Jahren in einer Messe gewesen war.

Der Priester hatte Übergewicht. Aus irgendeinem Grund hätte Randall es lieber gesehen, wenn er barfuß gewesen wäre und ein härenes Gewand getragen hätte, wenn er ein hagerer, sanfter, ruheloser Mann mit großen, feuchten Augen gewesen wäre, der immer kurz davor war, Visionen zu haben, und sich von Heuschrecken und Honig ernährte. Randall wünschte sich einen Mystiker, einen verständnisvollen Lehrer, der ihm die Hand auf den Kopf legen und seine rasende Angst bannen und sie vielleicht in eine Herde von Klägeranwälten fahren lassen würde, die dann den Hügel hinunterstürmen und sich im Fluß ertränken könnten.

Statt dessen war dieser Priester beleibt und gewichtig und sprach mit der Unerschütterlichkeit eines Notars von der Liebe Gottes.

Dann begann er zusammen mit der Gemeinde zu beten:

»Ich bekenne Gott, dem Allmächtigen,
und allen Brüdern und Schwestern,
daß ich gesündigt habe durch meine Schuld,
in Gedanken und Worten,
in dem, was ich getan habe, und in dem, was ich unterlassen habe …«

Natürlich konnte sich Randall nicht an das Gebet erinnern. Und er konnte es auch nicht im Gebetbuch finden, weil es nicht mehr das *Confiteor* hieß, und so murmelte er vor sich hin und nuschelte und brummte die Worte, so daß sie ungefähr so klangen wie das Gebet. Wieder glitt sein Blick an den Bündeln von Pilastern weit hinauf zu den Gewölben, bis ein Gähnen ihm Tränen der Erschöpfung in die Augen trieb, so daß alles verschwamm.

Der Mann, der ein paar Meter weiter in derselben Reihe stand, hatte eine beunruhigende Ähnlichkeit mit Randalls seligem Großvater. Randall hatte plötzlich die Ahnung, daß er kommen und ihm die Stelle im Gebetbuch zeigen würde. Mit einem gütigen Lächeln würde er in Randalls Buch blättern und die richtige Seite aufschlagen. Dort würde in den verzierten Initialen einer illuminierten Handschrift stehen: DIES IST KEIN TRAUM.

»Ehre sei Gott in der Höhe
und Friede auf Erden den Menschen Seiner Gnade.
O Herr, Du himmlischer König,
allmächtiger Gott und Vater,
wir beten Dich an, wir danken Dir,
wir preisen Dich in Deiner Herrlichkeit.«

Vielleicht würden einige Mitglieder der Gemeinde sich in Gruppen von zweien oder dreien zusammenfinden, den Konkursanwalt mit tiefem Mißfallen mustern und ihn für die Ungeheuer verabscheuen, die er in seiner Seele genährt hatte, raubgierige

Wesen, die er gezüchtet und dann auf die Welt losgelassen hatte. Die Leute wollten möglichst weiten Abstand zu ihm halten und doch nah genug sein, um zu sehen, was für ein Mann das war, der über das Unglück anderer derart frohlockte ...

Der Priester begann, aus der Schrift zu lesen:

> *»Zu derselben Stunde traten die Jünger zu Jesus und sprachen: Wer ist doch der Größte im Himmelreich? Jesus rief ein Kind zu sich und stellte es mitten unter sie und sprach: Wahrlich, ich sage euch: Wenn ihr nicht umkehret und werdet wie die Kinder, so werdet ihr nicht ins Himmelreich kommen. Wer nun sich selbst erniedrigt wie dieses Kind, der ist der Größte im Himmelreich. Sehet zu, daß ihr nicht jemand von diesen Kleinen verachtet. Denn ich sage euch: Ihre Engel im Himmel sehen allezeit das Angesicht meines Vaters im Himmel.«*

Kehrt um und werdet wie die Kinder, dachte Randall. Starker Tobak. Er konnte sich ziemlich gut vorstellen, was mit Klein Randall passieren würde, wenn er in einer banalen vermögensrechtlichen Streitigkeit, in der der Schuldner und seine Frau persönlich hafteten, die Bank vertrat, die hinter dem Haus, dem Wagen, dem Konto, den Wertpapieren, dem Kinderspielzeug im Garten her war... und allen den guten Rat gab, sie sollten umkehren und werden wie die Kinder.

»Wir müssen uns lieben und einander vertrauen«, würde er vielleicht sagen. »Sind wir denn nicht alle Brüder und Schwestern?«

»Ihr haltet ihn fest«, würde einer der anderen Anwälte sagen, »und ich zieh ihm das Fell über die Ohren.«

Alles, was von ihm übrigbliebe, wären Magensteine in den Bäuchen seiner Gegner. Ritueller Kannibalismus. Das Ritual des Anwaltsopfers. Er würde irgendwo auf einen Altar gebunden werden und hören können, wie die anderen verschiedene Methoden erörterten: »Meint ihr, wir kriegen sein Herz so schnell heraus, daß es noch ein paarmal zuckt, bevor es aufhört zu schlagen?«

Demut und Nächstenliebe kamen nicht in Frage. Vor Gericht

konnte Randall seinen Nächsten ebensowenig lieben, wie Hektor Achilles vor Trojas Toren hätte küssen und fragen können, ob sie nicht mal gemeinsam im weindunklen Meer baden sollten, während im Osten die rosenfingrige Morgenröte ... Nein, wenn ihm nur einmal, und sei es nur für einen Augenblick, der Begriff »Barmherzigkeit« durch den Kopf gehen sollte, würde sein Kopf durch den Gerichtssaal rollen, und irgendein anderer Krieger des Gesetzbuchs würde sich rittlings auf die sterblichen Überreste des Besiegten setzen, seine Hände in Randalls Blut tauchen und den Triumphschrei erklingen lassen.

Die Predigt des Priesters unterbrach Randalls Gedanken. Er stand lächelnd, die Daumen in die gegürtete Alba gesteckt, auf der Kanzel, sah auf die Gemeinde herab und ließ seinen Blick schließlich auf Randall Steven Killigan ruhen.

Er weiß Bescheid, dachte Randall.

»Ihr müßt *umkehren*«, sagte der Priester und breitete die Arme aus, als wollte er die Gläubigen an die Brust drücken. »Ihr müßt umkehren und werden wie die Kinder. *Erniedrigt* euch! Die meisten von uns erwarten vom Wort Gottes Trost und Verständnis. Wir möchten unser Leben lieber verstehen als es ändern. Sein Leben zu ändern braucht Zeit. Wir würden lieber über biblische Binsenwahrheiten nachdenken, über Dinge, zu denen wir nicken und die wir mit nach Hause nehmen können. ›Es ist genau so, wie ich dachte. Ich hab's ja schon immer gewußt.‹ Aber diesmal ist die Botschaft eine andere, und sie lautet: *Kehr um*. Erniedrige dich. Werde wie ein kleines Kind, voller Ehrfurcht und Verwunderung.«

Kehr um? Seit vierzig Jahren schlug er sich nun mit Hilfe des Denkens durch die Wildnis des Lebens. Die Wege und Verästelungen, die ihn hierhergebracht hatten, waren so vielfältig und komplex wie die Nervenbahnen in seinem Gehirn. An jedem Kreuzweg hatte er eine Wahl getroffen, und jede Wahl war zu einem Teil seiner selbst geworden – als könnte man, wenn man auf eine bestimmte Weise lebte, die Synapsenstruktur des Gehirns, ja vielleicht sogar die Zusammensetzung der Seele verändern, so daß im Jenseits die Seele eines Berufsspielers tatsächlich anders als die von Mutter Teresa aussah und auch anders als die eines Konkursanwalts.

Da er sich für das Leben eines Konkurskriegers entschieden hatte, konnte er nun bestimmte Gedanken denken, andere dagegen nicht. Ganz ohne Nachdenken hatte er es mit seiner Selbstdisziplin zu weit getrieben und einen Zustand erreicht, aus dem es kein Zurück mehr gab. Glück und Seelenfrieden beispielsweise waren unmöglich, wenn er pro Jahr nicht mindestens zweitausendzweihundert Stunden in Rechnung stellte. Selbst wenn ihm ein Engel des Herrn den Tod seines Sohnes, den Ehebruch seiner Frau und seine eigene selbstverschuldete ewige Verdammnis gezeigt hätte, wenn er ihm vor Augen geführt hätte, von welchen Entscheidungen er sich an den Scheidewegen des Lebens hatte leiten lassen, wäre er nicht imstande gewesen, umzukehren und sich zu verändern.

Er hatte keine Ahnung, woher diese Gedanken kamen. Er wußte nur, daß sie Zeichen von Schwäche waren, von einer möglichen geistigen Labilität, einer organischen Störung, vielleicht einem Neoplasma oder einem anderen hellen Objekt in seiner weißen Masse. Wenn er dieses Problem nicht bald löste, mußte er befürchten, daß die unablässige, obsessive Angst das chemische Gleichgewicht in seinem Gehirn auf Dauer veränderte. Vielleicht würde er eines Tages aufwachen und die Fähigkeit besitzen, die hochfrequenten Radarschreie von Fledermäusen zu hören. Bald darauf würde er anfangen, entscheidende Fehler zu machen. Er würde ein bedeutendes Konkursverfahren versieben, und der Mandant würde wütend aus der Kanzlei stürmen. Ein Jahr später würde er keine Mandanten mehr haben. *»Er war mal der beste Konkursanwalt im Siebten Gerichtsbezirk«*, würde man sagen, *»aber dann ging's auf einmal bergab mit ihm. Es hieß, er habe persönliche Probleme. Bei Trinkern stellt sich ja immer die Frage nach der Henne und nach dem Ei, aber ich glaube, er hat damals einen Sohn verloren, seinen einzigen Sohn.«*

Randall konzentrierte sich wieder auf die Predigt.

»Diejenigen unter uns, die Eltern sind, haben eine genaue Vorstellung davon, was es heißt, wie ein Kind zu werden«, sagte der Priester. »Auch wir waren einmal Kinder. Und nun sind wir Mütter und Väter, Großmütter und Großväter. Und wie sehr wir unsere Kinder lieben! Nicht mehr als unseren Ehepartner, aber mit einer anderen, gleichermaßen großen Liebe. Und wenn diese

Liebe erwidert wird, empfinden wir eine Freude und ein Glück, wie es nur Mütter und Väter empfinden können.

Aber was, wenn diese Liebe nicht erwidert wird? Wenn unser Sohn, unsere Tochter sich in Haß oder Selbstsucht von uns abwendet? Wie bitter werden dann unsere Herzen! Denn dann werden wir wie der Hirte, von dem Jesus spricht, der Hirte, der neunundneunzig Schafe hatte und sie verließ, um ein einziges verirrtes Schaf zu finden und zu retten ... Stellt euch euren Schmerz vor, wenn euer Kind euch zurückstößt. Oder vielleicht ist eines eurer Kinder einmal schwer krank gewesen und war in Lebensgefahr. Wie verzweifelt und hilflos ihr da wart! Wie erstickt von Bitternis und der Angst, euer geliebtes Kind für immer zu verlieren!

Stellen wir uns nun in unseren Herzen den Schmerz der Liebe vor, die wir für unser Kind empfinden, wenn es sich verirrt oder im Zorn von uns abgewendet hat. So fühlt sich unser Vater im Himmel jedesmal, wenn ihr euch von Ihm abwendet oder im Zorn zu euren Brüdern und Schwestern auf der Erde sprecht oder ihre Schwäche und Unwissenheit ausnutzt. Ihr stoßt euren Vater im Himmel zurück und zeigt Ihm nur euren Haß und eure Selbstsucht!«

Hatte er vor ein paar Nächten eine Fledermaus, eine riesige Fledermaus, gesehen? Mit eigenen Augen, im Licht von vier Glühbirnen, in seinem eigenen Schlafzimmer? Hatte er letzte Nacht eine blutige Laune der Natur in den Händen gehalten? Und hörte er jetzt eine Predigt, die ganz offensichtlich für ihn geschrieben war? Wieder sah Randall hinauf zu den himmelwärts strebenden Gewölben, die jetzt in das pastellfarbene Licht der Morgensonne getaucht waren, deren Strahlen durch die Buntglasfenster fielen, vielleicht durch die Nordfenster, wie der Heilige Geist auf Bildern von gotischen Kathedralen.

In der achten Klasse hatte ihm seine Lehrerin – eine verschrumpelte, bösartige Nonne mit Zähnen, die wie der Mundschutz eines Footballspielers aussahen – gesagt, das Universum sei ein einziges großes Wunder, ein einziger großer Ausdruck von Gottes Willen, als hätte Gott ausgeatmet, und das Universum sei in einem Sturm spektakulärer kosmischer Ereignisse hervorgewirbelt. Aber weil die Menschen lebten, atmeten, äßen und jeden Tag von morgens bis abends das Wunder sähen, dächten sie, das alles sei der normale Gang der Dinge. Sie könnten die Welt nicht mehr mit den Augen des ersten Menschen betrachten. (Stell dir vor, was der erste Mensch gesehen hat! Und er hatte nicht mal Worte, um es zu erfassen!) Alles sei durch Vorurteile und Erwartungen verdorben. Die Menschen glaubten, die Welt sei jenen armseligen Gesetzen und Theoremen unterworfen, die sie ihr übergestülpt hätten. Bald seien Wunder nicht mehr etwas Unerklärliches, sondern nur noch etwas Unerwartetes gewesen – und doch sei letztlich nichts wirklich erklärlich. Das hatte sie gesagt. Und selbst wenn die Menschen die Schöpfung mit den Augen des ersten Menschen betrachten könnten, würde ihr Herzschlag sich (wie Rilkes Donner) erheben und sie töten.

Randall war nur deshalb hier, weil er den Gedanken nicht ertragen konnte, daß das Verschwinden seines Sohnes nur ein weiterer Zufall in einem Universum aus kollidierenden Molekülen war. Seine eigenen Wahrnehmungen hatten ihn so verängstigt, daß er bei den Schwachen Zuflucht gesucht hatte. Er regredierte in ein früheres Stadium psychischer Entwicklung. Irgendwie katholisch. Sobald die guten Nonnen die grundlegenden Komponenten installiert hatten, gab es, ganz gleich, wie oft er sich umpolte, immer wieder bestimmte Phantom-Schaltkreise, die ständig irgendwelche religiöse Impulse transportierten, und kryptopsychische Drähtchen, die extrem empfindlich auf die leiseste … Erschütterung oder Störung reagierten, auf Todesfälle, auf Kummer, auf lebensgefährliche Krankheiten …, und eine Rückorientierung zu ritualisierten Verarbeitungsmechanismen bewirkten …

»Wir glauben an den einen Gott,
den Vater, den Allmächtigen,
der alles geschaffen hat, Himmel und Erde,
die sichtbare und die unsichtbare Welt.«

Randall fand dieses Gebet unter der Überschrift *Glaubensbekenntnis*. Vor langer Zeit hatte er es als das *Credo* gelernt. Er las es mit sentimentalen Erinnerungen an seine Schulzeit.

»Gott von Gott, Licht vom Licht, wahrer Gott vom wahren Gott, gezeugt, nicht geschaffen, eines Wesens mit dem Vater.«

Vielleicht würde der Tag des Gerichts wie eine Befragung der Gläubiger nach Paragraph 2004 in einem Sanierungsverfahren nach Artikel 11 sein. Vielleicht war er dabei, geistig abzubauen. Darum hatte er wohl auch Zuflucht zu Gebeten, nächtlichen Halluzinationen und anderen Symptomen geistiger Labilität genommen.

»Am dritten Tage ist er auferstanden nach der Schrift
und aufgefahren in den Himmel.
Er sitzt zur Rechten des Vaters
und wird wiederkommen in Herrlichkeit,
zu richten die Lebenden und die Toten,
und seiner Herrschaft wird kein Ende sein.«

Der Priester begann mit einer Litanei von Gebeten für verschiedene Mitglieder der Gemeinde und verschiedene Anliegen, unter besonderer Berücksichtigung derjenigen, die der Kirche den zehnten Teil ihres Einkommens gespendet hatten.

»Und wir beten zu Dir, o Herr«, fügte der Priester feierlich hinzu, »für unseren Präsidenten. Wir wissen nicht, wie es um ihn steht, doch wir bitten Dich um seine baldige Genesung.«

Was ist mit dem Präsidenten passiert? hätte Randall beinah laut gefragt. Der Präsident war im Ausland, das wußte er. Er war mit einer Abordnung amerikanischer Uhrenhersteller auf die andere Seite der Weltkugel geflogen. Sie waren allesamt in der Schweiz und forderten, die Schweizer sollten amerikanische Uhren kaufen, anstatt unfairerweise Schweizer Uhren an amerikanische Kunden zu verkaufen und sich zu weigern, den Schweizer Markt für amerikanische Uhren zu öffnen. Randall hatte den Präsidenten in den Sechs-Uhr-Nachrichten gesehen, wo er sich, zusammen mit einigen amerikanischen Uhrenherstellern, höchst entrüstet an die Öffentlichkeit gewandt hatte. »Dies ist ein Paradebeispiel für unfaire Handelspraktiken«, hatte der Präsident gesagt. »Amerikaner kaufen Schweizer Qualitätsuhren, doch die Schweizer weigern sich, im Gegenzug amerikanische Uhren zu kaufen, obwohl amerikanische Uhren preislich durchaus konkurrieren können.«

Randall hatte die *New York Times* gelesen, doch irgend etwas mußte nach dem Druck der überregionalen Ausgabe geschehen sein. Er unterdrückte den Impuls, sich über zwei leere Kirchenbänke zu beugen und einer ältlichen Frau auf die Schulter zu tippen, in der schwachen Hoffnung, daß sie mit ihrem ständig fiependen Hörgerät die Nachrichten gehört hatte.

Der Präsident war herzkrank. Er hatte sicher einen Anfall gehabt. Das war es! Ein Herzanfall – das war die logischste Erklärung! Merck! In zwei Stunden eröffnete die New Yorker Börse, und die Kurse würden eine rasante Talfahrt in die Hölle beginnen. Vielleicht konnte er hinausschleichen und seinen Börsenmakler zu Hause anrufen. Vielleicht konnte er Optionen kaufen, um seine Position zu sichern, ein hübsches Sortiment von Optionen. Vielleicht konnte er einen kleinen Leerverkauf machen. Würde das leichter oder schwerer sein als der Versuch, seine Pakete zu verkaufen? Wenn er versuchte, sie zu verkaufen, würde es keine Käufer geben, und er würde sie erst loswerden, wenn der Kurs um dreißig Prozent gefallen war. Nein, es war besser, Optionen zu kaufen und auf einen Kursverfall zu setzen.

Konnte er noch tiefer sinken? In einer Zeit wie dieser an Geld zu denken! Er sollte einfach auf Gott vertrauen, fiel ihm ein, und er beruhigte sich. Immerhin war er in einer Kirche. Gott würde die Hand über ihn, seine Merck-Aktien und seinen Sohn halten. Was, wenn er ein Lumpensammler in Kalkutta wäre? Was, wenn er einen Gehirntumor hatte? Würde er sich dann auch Sorgen um die Merck-Aktien machen? Natürlich würde er das, denn wenn seine Zeit gekommen war, würden seine Frau und sein Sohn alles Geld brauchen, das sie bekommen konnten. Dann würden keine fetten Schecks von der Kanzlei mehr kommen. Aber das wußte Gott, oder nicht? Gott würde sich darum kümmern.

Vielleicht fiel Randall wieder ein, wie man betete. Ja. Er sollte einfach ... loslassen und auf Gott vertrauen. Einfach wieder ... wie ein Kind werden. Sich in die Gnade des himmlischen Vaters begeben.

Vielleicht ein kleiner Leerverkauf? Nein, auf keinen Fall. Wer würde schon dumm genug sein, sich auf ein solches Geschäft einzulassen?

»Und so, Vater, bitten wir Dich:
Heilige unsere Gaben durch Deinen Geist,
damit sie uns werden Leib und Blut
Deines Sohnes, unseres Herrn Jesus Christus ...«

Vielleicht würde Gott ihm helfen, seinen Sohn zu finden, wenn er alle Merck-Aktien verkaufte und das Geld den Armen gab.

»Denn in der Nacht, da er verraten wurde,
nahm er das Brot und sagte Dank,
brach es, reichte es seinen Jüngern und sprach:
Nehmet und esset alle davon:
Das ist mein Leib,
der für euch hingegeben wird.«

Wie oft hatte er als Meßdiener in diesem Augenblick der Wandlung mit dem Glöckchen geläutet? Jetzt war kein Glöckchen zu hören. Es gab keine Meßdiener. Heute waren die Jungen wahrscheinlich allesamt Mitglieder in einer Straßengang. Sie gingen zu Rockkonzerten, wußten alles über Sex, Gewalt und Alkohol und kümmerten sich nicht um die Wandlung.

Nehmet und esset alle davon, wiederholte Randall in Gedanken. Er kam sich vor wie jemand aus einem fremden Land, der noch nie zur Messe gegangen ist, ja der noch nie davon *gehört* hat. Mit einemmal erschien ihm die Kommunion wie ein primitives, atavistisches Ritual. Er stellte sich vor, wie es sich anhören würde, wenn ein amerikanischer Katholik es ihm erklärte: *Es ist wie ein Opfer, eine Darbringung. Aber es ist auch ein Mysterium. Der Priester verwandelt das Brot und den Wein in den Leib und das Blut von Jesus Christus. Dann essen wir den Leib und trinken das Blut. Das Brot und der Wein sind aber nicht einfach Symbole, sondern werden tatsächlich zum Leib und Blut Christi. Trans ... Transmutation? Nein. Transsubstantiation. Ja, so heißt es. Es gibt noch ein Wort, das bedeutet, daß man Gott ißt. Theo ... Theophanie? Nein, das bezeichnet eine mystische Erfahrung. Theophagie, das war es. Es bedeutet, daß man Gott in einer heiligen Handlung ißt. Klingt wie der Titel einer Seminararbeit:* Die zentrale Rolle des Essens bei Opferritualen. *Das gab es bei primitiven Völkern, die dadurch die Macht erlangen wollten, die bei den Katholiken »Gnade« heißt ... Moment mal*, dachte Randall und unterbrach seine gedanklichen Erklärungen. Christus war auch ein Mensch gewesen. Er hatte mit anderen Menschen an einem Tisch gesessen und das Brot gebrochen. Eßt meinen Leib. Trinkt mein Blut. Er hatte anderen Menschen gesagt, sie sollten seinen Leib nehmen und essen. Das war nicht Theophagie, das war ... Randalls Gedanken hatten einen Kreis beschrieben und waren wieder bei seinem Sohn angelangt, der wahrscheinlich von Kannibalen durch den Busch gejagt wurde, von Heiden in Lendenschurzen, die ihre Nase mit Knochen durchbohrt hatten. Warum hatte sein Sohn nicht einfach zu Hause bleiben und Jura studieren können? Andererseits: Was, wenn Michael Jura studiert hätte und nicht unter den besten zehn Prozent seines Jahrgangs gewesen wäre? Im Vergleich dazu war Kannibalismus vielleicht nicht mal das Schlimmste ...

»Ebenso nahm er nach dem Mahl den Kelch,
dankte wiederum,
reichte ihn seinen Jüngern und sprach:
Nehmet und trinket alle daraus:
Das ist der Kelch des neuen und ewigen Bundes,
mein Blut, das für euch und alle vergossen wird
zur Vergebung der Sünden.
Tut dies zu meinem Gedächtnis.«

Randall beschloß, die Kommunion zu riskieren, auch wenn er wußte, daß er eine Todsünde beging, wenn er nicht absolut überzeugt war, den Leib Christi zu essen. Er würde keine *Symbole* des Leibes und Blutes Christi essen, wie die heidnischen Episkopalkirchler glaubten. Nein, das Brot und der Wein wurden tatsächlich in den Leib und das Blut unseres Herrn Jesus Christus *verwandelt*. Nicht in den historischen Jesus, aber dennoch in seine Person. Randall erinnerte sich, daß er das aus tiefstem Herzen geglaubt hatte, und er meinte, er könne sich auch jetzt dazu bringen – wenn es ihm nur half, alles wieder in den Griff zu bekommen.

Er eilte nach vorn, um einer der ersten in der Schlange zu sein.

Nur zwei ältere Frauen standen zwischen ihm und der Stelle, wo der Priester stehen und Brotstücke als Leib Christi und Kelche mit Wein als Blut Christi austeilen würde. Randall sagte sich, daß bestimmt keine dieser Frauen irgendwelche tödlichen Viren hatte und er ohne Gefahr den Kelch des neuen und ewigen Bundes mit ihnen teilen konnte.

»Der Leib Christi«, sagte der Priester und legte die Hostie in Randalls Hand.

»Amen«, sagte Randall und fragte sich, wann sie aufgehört hatten, den Gläubigen die Hostie in den Mund zu legen. Er erinnerte sich nämlich, daß es eine Sünde gewesen war, sie zu berühren. Einmal, als Junge, hatte er das unabsichtlich getan und den ausgestreckten Finger tagelang angestarrt, weil er befürchtete, er werde verdorren. Wahrscheinlich hatte man die Methode für die Austeilung der Hostien ändern müssen, nachdem die Meßdiener zu Straßengangs und in Rockgruppen abgewandert waren. Es war einfach niemand mehr da, der einem den silbernen Hostienteller unter das Kinn hielt.

»Das Blut Christi«, sagte ein Laienhelfer, wischte den Rand des Kelches ab und reichte ihn Randall.

»Amen«, sagte Randall. Er wußte die hygienischen Bemühungen des Helfers zu schätzen und war, so früh am Morgen, überrascht über den Geschmack des Weins.

Randall kniete nieder, beugte den Kopf und betete, daß man seinen Sohn fand. Daß er keinen Gehirntumor hatte. Daß es eine vollkommen harmlose Erklärung für die nächtlichen Erscheinungen gab. Daß Gott Marjorie dazu überredete, sich nicht gegen ihn zu stellen. Daß Gott den Präsidenten gesund erhielt. Oder, falls das nicht gewährt wurde, daß die Börsenkurse nicht abstürzten, oder, falls das auch nicht gewährt wurde, daß Merck wunderbarerweise nicht wie alle anderen abstürzte. Oder daß es ihm, falls das alles nicht gewährt wurde, gelang, einen Auftrag für eine ganze Reihe Leerverkäufe und Optionen zu plazieren, um seine Merck-Anteile zu schützen, und in diesem Fall würden seine Gebete etwas spezifischer sein müssen, denn dann würde er darum bitten, daß Merck steil in den Keller ging, sich anschließend so lange stabilisierte, bis Randall seine Leerverkäufe tätigen konnte, und schließlich wieder über den gegenwärtigen Stand stieg, so daß er seine Optionen gewinnbringend verkaufen konnte.

Darum bitten wir Dich durch Christus, unseren Herrn.

Doch würde Gott, wenn Er all dies hörte, über Randalls vorrangige Beschäftigung mit Geld erzürnt und enttäuscht sein? Würde Er beleidigt sein, weil die Messe Randall an Kannibalismus erinnert hatte? Vielleicht fand Gott das auch witzig. Wahrscheinlich nicht. Lachen war des Teufels. Es war erst nach dem Sündenfall erfunden worden. Gott konnte nicht lachen. Soweit Randall sich erinnerte, stand nirgendwo in der Bibel: »Gott lachte und sagte: ›Also, das ist das Witzigste, das ich je gehört habe!‹« Die Bibel war voll von verzweifelten Halbirren, Spatzenhirnen, Idioten, Steuereintreibern, Betrügern und begriffsstutzigen Fischern. Auf jeder Seite fand sich mindestens eine blödsinnige Bemerkung eines einfältigen Apostels, aber nirgendwo stand: »Jesus lachte und sagte: ›Ach was, Quatsch, Petrus! Los, spring mal ins Tote Meer!‹« Vielleicht konnte Gott nicht lachen, weil für Ihn alles einen Sinn ergab. Kein Unsinn, keine Ironie, keine Absurditäten, keine Widersprüche ... Für Gott war auch Groucho Marx bloß ein Mensch, der mit seinem Mund irgendwelche Geräusche machte. Kein verschmitztes, göttliches Lächeln, kein amüsiertes Schnauben. Es verging kein Tag, an dem Er nicht dachte: *Das ist überhaupt nicht komisch.*

»Laßt uns für einen Augenblick innehalten«, sagte der Priester. »Wir wollen über die Liebe des Herrn nachdenken und sie in unser Herz einlassen, denn wenn wir das tun können, wird sie jeder Sekunde unseres kurzen Lebens einen göttlichen Sinn verleihen: Seine Diener zu sein.«

Das stimmte, Randall spürte es. Der übergewichtige Priester sagte die Wahrheit. Durch seine Tätigkeit als Konkursanwalt diente Randall indirekt Gott. Indem er für die korrekte Anwendung des amerikanischen Konkursrechtes sorgte, half Randall mit, die Welt stabil und gerecht zu machen. Denn das Konkursrecht war ja nichts anderes als ein Mittel, um gescheiterte Unternehmungen zu annullieren, etwaige Aktiva entsprechend den strengen Gesetzen jenen Gläubigern zuzusprechen, die den legitimsten Anspruch darauf hatten, und dem Schuldner die Möglichkeit zu geben, noch einmal von vorn anzufangen. Kongreß und Präsident hatten dieses Gesetzeswerk beschlossen, und Randalls Aufgabe war es, seinen Mandanten zu ihrem Recht zu verhelfen und dafür zu sorgen, daß betrügerische Schuldner gefaßt und bestraft wurden. Würde Gott Betrug tolerieren? Auf keinen Fall! Gott haßte Betrüger und Geldwechsler. Und Randall diente Gott, indem er dafür sorgte, daß betrügerische Schuldner im Diesseits und Jenseits für ihre Missetaten büßten. Er hätte ebensogut ein Missionar sein und Lob und Preis für das Gute, das er der Welt erwies, einheimsen können.

Randall würde Gott dienen, indem er so viel Geld anhäufte, daß seine Enkelkinder, auf Privatschulen und im Bewußtsein Seiner Liebe erzogen, dereinst Zeugnis von der Liebe Christi ablegen konnten.

»Gehet hin in Frieden.«

»Dank sei Gott, dem Herrn.«

Gestärkt und im Bewußtsein, der göttlichen Gnade teilhaftig zu sein, war Randall wieder bereit, seiner Arbeit nachzugehen, die darin bestand, über hinterlassene Kleider das Los zu werfen.

Auf seinem Weg hinaus kam er an drei hölzernen Kabinen vorbei, die er sogleich als Beichtstühle erkannte. Dort hatte er als Achtjähriger gekniet, seine Sünden gebeichtet und mutig seine Verbrechen gegen die Menschlichkeit bekannt: daß er gelogen oder seine Schwester geschlagen hatte.

Randall bemerkte ein kleines grünes Licht über der Tür für den Geistlichen. Es sah aus wie das Bereitschaftslicht an einem großen elektrischen Apparat. Dort drinnen saß ein Priester und wartete darauf, Beichten zu hören.

Kurz entschlossen öffnete Randall eine Tür und fand drinnen die vertraute, mit rotem Leder bezogene Kniebank, die vertraute Kabine aus Zedernholz, kaum größer als ein aufrecht stehender Sarg, nur daß sie nicht mit Satin, sondern mit Samt ausgeschlagen war, und den vertrauten dunkelroten Vorhang vor dem Schiebefenster, das geschlossen war, wenn der Priester die Beichte eines Sünders in der anderen Kabine hörte.

Randall trat ein, schloß die Tür, kniete im Dunkeln nieder und starrte auf den schwach erkennbaren Vorhang. Das Schiebefenster wurde geöffnet.

»Segne mich, Vater, denn ich habe gesündigt«, sagte Randall.

Er sprach die Worte, fast ohne sich daran zu erinnern. »Meine letzte Beichte ist ... ungefähr vierzig Jahre her. Ich weiß schon gar nicht mehr genau, wie lange.«

Er hielt inne und hörte, wie der Priester sich räusperte.

»Ich kann mich auch nicht genau daran erinnern, was ich sagen muß«, fuhr Randall fort, »aber ich bin in Schwierigkeiten, und ich glaube, mein Sohn ist in Schwierigkeiten, und ich brauche wahrscheinlich Hilfe ...«

»Möchtest du dich mit Gott versöhnen?« fragte der Priester. Seine Stimme war brüchig und mitfühlend.

»Ja«, sagte Randall. »Ich glaube schon, aber was die Sakramente betrifft, bin ich ein bißchen unsicher. Ich glaube, ich brauche bloß Hilfe, weil ich so ...«

»Hast du den Vorsatz, deine Sünden vor mir und vor Gott zu beichten?« fragte der alte Priester leise.

Vorsatz? dachte Randall und staunte wieder einmal über die naive Einfalt, mit der Laien Worte gebrauchten, die mit komplexen juristischen Implikationen befrachtet waren. *Vorsatz* war eine wichtige Vorbedingung für *Betrug*, das magische Wort in Konkursverhandlungen. *Vorsätzlicher* Betrug löschte alle Aktiva aus, er verwehrte den Zugang zu sicheren Häfen, machte einen Schutz durch die Gesetze unmöglich und wurde bestraft. Habe ich den *Vorsatz*, meine Sünden vor dir und vor Gott zu beichten? Darf ich, bevor ich antworte, um eine Definition bestimmter Begriffe bitten?

»Ich glaube schon«, sagte Randall und fragte sich insgeheim, ob die Regel, die Missetätern einen Anspruch auf Entschädigung versagte, auch für seine Bitte um Gottes Hilfe galt.

»Was sind deine Sünden?« fragte der Priester.

»Ich bin mir nicht ganz sicher, wie die Gebote lauten, und darum weiß ich nicht, an welche ich mich ... vielleicht nicht gehalten habe. Ist da in den letzten Jahrzehnten was geändert worden?«

»Liebst du Gott?«

»Ja, das tue ich«, sagte Randall. »Ich glaube schon. Bis vor kurzem habe ich nicht soviel darüber nachgedacht. Aber kaum hatte ich angefangen, mich mit dem Gedanken zu beschäftigen, da dachte ich so bei mir, daß ich Gott, wenn Er existiert, was Er wahrscheinlich ja tut, wohl irgendwie liebe. Und wenn es auch nur eine kleine Chance gibt, daß Er mir helfen könnte ... brauche ich Seine Hilfe.«

»Liebst du deinen Nächsten?«

»Meinen Nächsten?« fragte Randall. »Sie meinen, andere Menschen? Liebe ich andere Menschen? Ja, ich glaube schon – wenn es erlaubt ist. Ich meine, man kann zum Beispiel doch nicht hingehen und die Gegenpartei lieben, oder? Das wäre ein Verstoß gegen die Standesregeln, weil es nicht im Interesse meines Mandanten wäre. Aber ganz allgemein und theoretisch würde ich sagen, ja, ich liebe andere Menschen, innerhalb bestimmter Grenzen natürlich und sofern es im Einklang mit verschiedenen Gesetzen, Bestimmungen und Verfahrensregeln steht. Dieses Ding mit der Liebe«, fuhr er fort. »Ich weiß, daß das ein Langzeitprojekt ist, aber mein Problem ist eher dringend. Mein Sohn ist in Afrika verschollen. Mein einziger Sohn, und ich ... na ja, es könnte sein, daß ich eine sehr schwere Krankheit habe. Einen Gehirntumor. Vielleicht muß ich sterben, und wenn nicht, dann ist es etwas Psychisches. Dann werde ich vielleicht verrückt. Mir passieren ... mysteriöse Dinge.«

»Du hast Angst«, sagte der Priester.

Randall hielt den Atem an und unterdrückte ein heftiges Gefühl, das auszubrechen und ihn lächerlich zu machen drohte.

»Ja«, gestand er und hörte trotzdem, daß seine Stimme brach. Es war Zeit zu gehen. Vor einem Priester zu weinen war noch demütigender als ein Gehirntumor. Bald würde er zusammenbrechen und in den Seligpreisungen Trost suchen. *Macht nichts, wenn du schwach und arm im Geiste bist, denn es bedeutet, daß du selig bist!*

»Angst vor dem Tod«, sagte der Priester. »Niemand kann das allein ertragen.«

Ein schwacher Lichtstrahl fiel durch den Vorhang auf Randalls Hand. Er bewegte die Finger, betrachtete sie und fragte sich, wie sie wohl aussehen würden, wenn sie einem toten Mann gehörten, dessen Augen nur noch leere Höhlen waren.

»Du wirst nicht allein sein«, sagte der Priester. »Was auch immer mit dir oder deinem Sohn geschieht – Gott der Herr wird mit dir sein. Und wenn Er dich zu sich ruft, wird nur dein Körper vergehen. Deine Seele wird bei Ihm sein ... wenn du den Glauben hast.«

»Den Glauben«, wiederholte Randall. »Den Glauben an ...«

»An Gott«, sagte der Priester geduldig, »an die Auferstehung des Leibes und das ewige Leben.«

Wenn er eine Seele besaß, dann war Randall sich nicht sicher, ob er überhaupt wollte, daß sie ihn überlebte, es sei denn, er behielt die Kontrolle über sie, als eine Art Testamentsvollstrecker, vielleicht mit einer Vollmacht ausgestattet. Würde seine Seele den toten Körper umschweben und sich Erinnerungen hingeben? Würde sie panisch in eine ewige, selbstverfertigte Hölle fliehen? Würde sie zur Beerdigung kommen und sich an den bebenden Busen der Frauen, die ihn geliebt hatten, ergötzen? Oder in den Äther entschwinden, zu den untergeordneten Seelen derer, die nie Jura oder Medizin studiert hatten? Würde eine Seele unter diesen Umständen Zugang zu den neuesten Updates über Gesetzesänderungen und Konkursmeldungen haben?

Und wie würde es im Jenseits sein? Welche Bereiche seines Innenlebens würden überleben? Vielleicht war das Leben nach dem Tode nicht anders als das Leben vor dem Tode. Vielleicht waren die Gesetze im Jenseits noch komplexer als hier, mit Fallgeschichten und Präzedenzfällen, die bis in die Ewigkeit zurückreichten. Bei computergestützten Recherchen würde er auf Parallelautoritäten aus anderen Galaxien zurückgreifen können. Er würde in alle Ewigkeit die Software gewaltiger Computer auf den neuesten Stand bringen können, eine Software, die ihm alle Informationen im ganzen Universum verschaffen könnte, weil sie in der Lage wäre, unendlich komplexe Begriffe und Sachverhalte aufzufinden.

Vielleicht würde es in alle Ewigkeit Konkursverfahren geben, und er würde in alle Ewigkeit der beste Konkursanwalt des Universums sein, einsam und unangefochten, von allen gefürchtet, nicht willens, sich den Vergnügungen des Jenseits hinzugeben, denn das könnte seine Konzentration und seine makellose Technik beeinträchtigen.

Doch ihm war klar, daß das trügerische Hoffnungen waren. Der Tod würde das Ende seiner Karriere sein. Er spürte, wie das unidentifizierte helle Objekt in seiner weißen Masse sich eifrig vergrößerte. Die Zellen teilten sich mit tödlicher geometrischer

Progression. Der Tumor stieß Zellkolonien aus, die sich in seiner Lunge, seiner Leber, seinen Knochen festsetzten ...

Ob er tatsächlich einen Gehirntumor hatte oder nicht – ihm blieb nur noch eine begrenzte Zeit. Sie war in den Sekunden bemessen, die ihn von seinem Tod trennten. Er konnte sie damit verbringen, Kriege im Konkursgericht auszutragen, seinen Sohn zu suchen, ein warmes Bad zu nehmen, Kekse zu essen ... oder zu beten.

»Pater, ich ... habe Angst, ich könnte sterben«, flüsterte er. »Ich glaube, ich will wissen, was ich jetzt tun soll.«

Der Priester seufzte leise. »Zunächst mußt du eine umfassende Beichte ablegen«, sagte er. »Danach werden wir gemeinsam beten.«

»Was soll ich beichten?« fragte Randall. »Ich habe niemanden umgebracht oder Ehebruch begangen oder so, und darum ... ich meine ...«

»Hast du vorsätzlich jemandem *Schaden zugefügt*?« fragte der Priester.

Natürlich, dachte Randall, *das ist ja schließlich mein Job!*

»Nein«, sagte er. »Nur bei Konkursverhandlungen. Und nur, wenn die Gegenpartei zuerst versucht hat, meinem Mandanten Schaden zuzufügen. Das ist Notwehr, würde ich sagen.«

»Ich bin sicher, du kannst deinen Mandanten helfen, ohne anderen Menschen Schaden zuzufügen«, sagte der Priester. »Oder nicht?«

Klar, dachte Randall. *Und eine Jazzmesse hätte wahrscheinlich die Belagerung von Leningrad beendet.*

Wie sollte er die erbarmungslose Grausamkeit der Auseinandersetzung um eine Entschädigungsforderung einem alten Mann vermitteln, der den ganzen Tag in einer Kiste saß und Leuten zuhörte, die ihre Sünden bejammerten?

»Ja, wahrscheinlich«, sagte er.

»Wenn du deine Talente einsetzt, um anderen zu helfen, dienst du dem Herrn. Wenn du sie aber einsetzt, um anderen Schaden zuzufügen, wendest du dich von Gott ab, und das ist das Wesen der Sünde. Erinnere dich also an Gelegenheiten, bei denen du deine Talente eingesetzt hast, um anderen Schaden zuzufügen, denn das sind die Sünden, die du beichten solltest.«

Jetzt? dachte Randall. *Wieviel Zeit haben wir denn? Eine Definition von »Schaden zufügen« wäre ganz hilfreich.*

Vielleicht konnte er die Sache beschleunigen, indem er eine beträchtliche, abzugsfähige Spende anbot.

Randall hüstelte. »Mir fällt keine bestimmte Gelegenheit ein, Pater, aber ich sehe, was Sie meinen. Ich sollte versuchen, anderen Menschen mehr zu *helfen.*«

»Ja«, sagte der Priester. »Finde Jesus in deinem Nächsten.«

»Mm-mm.«

»Dann wird der Tod seinen Schrecken verlieren.«

Wieder dieses Wort. Randall fiel ein, daß nach dem Bundesgesetz über die Beweisregeln, Paragraph 804 (b)(2), im Fall einer Person, die glaubt, ihr Tod stehe unmittelbar bevor, die Aussage dieser Person über Ursache und Umstände ihres vermeintlich bevorstehenden Todes nicht gegen die Regeln über den Beweis vom Hörensagen verstieß. Mit anderen Worten: Wenn Randall, unmittelbar vor seinem Tod oder unmittelbar bevor er zu sterben *glaubte*, sagte: »Dieser Gehirntumor bringt mich um«, dann war diese Aussage ein zulässiges Beweismittel, auch wenn der Aussagende, Randall Killigan, längst tot war.

Aber was soll's!? ging es ihm plötzlich durch den Kopf, und er mußte gegen Tränen ankämpfen. *Wen kümmert das?* Er würde tot sein! All dieses Wissen würde sechs Fuß unter dem Erdboden in der Schale seines grinsenden Schädels zu grauem Pudding verfaulen. Vierzig Jahre Lesen. Fünfundzwanzig Jahre honorarfähiger Zeit. Futsch! Fünfundzwanzig mal dreihundertfünfundsechzig mal zwölf minus ein paar Wochen Urlaub. Mindestens hunderttausend Stunden. Futsch!

Randall schluckte trotzdem, um das Zittern in seiner Stimme zu unterdrücken. »Pater«, sagte er, »ich bin jetzt bereit zu beten.«

Der muffige Geruch von Zedernholz und altem Samt. Wieder der Lichtstrahl auf seiner ihm fremden Hand. Stille. Ein Säuseln. Atmen. Luft, die durch einen Spalt strich.

»Pater?« Randall hörte nur das schwache Atemgeräusch. *Der Wind bläst, wo er will*, fiel ihm plötzlich ein, *und du hörst sein Sausen wohl, aber du weißt nicht, woher er kommt und wohin er fährt. So ist ein jeglicher, der aus dem Geist geboren ist.*

»Pater?«

Auf der anderen Seite des dunkelroten Vorhangs ließ ein zartes Schnarchen das Gaumensegel des alten Mannes erbeben.

Randall, allein in der samtigen Finsternis, erschauerte. Was, wenn es jetzt, in diesem Augenblick, geschah? Er würde nie wissen, wie nahe er einer Beichte gekommen war, weil der letzte, an den er sich um Hilfe gewandt hatte, sein Beichtvater, eingenickt war! Was, wenn der Tod ihn in diesem Augenblick ereilte? Und Randall, das verhinderte Beichtkind, ein Samen oder eine verkapselte Seele in einem finsteren Rohr war? Die Luft würde angesaugt werden, und er würde hinabgezogen werden in die Eingeweide ewiger Nacht, weit, weit hinab, wo sein Körper dann auferstehen und ins Nichts geworfen werden würde. Seine Hände und Finger, seine Muskeln und Nerven würden jedes Gefühl verlieren und in der flüssigen Schwärze schmelzen. Seine Augen würden von Finsternis verschlossen sein, sie würden in dem sinnlosen Versuch, etwas zu sehen, aufquellen und platzen.

Anfangs würde er vielleicht froh sein, daß sein Geist überlebt zu haben schien. Aber was war mit seiner legendären Gier nach Wissen und Information? In der Finsternis gab es keinen Lesestoff. Sein Gesetzbuch, sein *Wall Street Journal*, seine *New York Times*, sein *Forbes* – alles weg! Nur die Druckerschwärze war noch da. Sie war irgendwie von all diesen Seiten getropft und hatte sich mit der unendlichen Finsternis vereinigt. Sein Intellekt würde sich in körperlosen Appetit verwandeln, der nach Nahrung suchte und die Tiefen sonnenloser Ozeane mit dem Sieb der Vernunft nach etwas – irgend etwas! – durchstreifte, das sich verschlingen ließ. Dann eben kein Gesetzbuch – nur irgend etwas, das ihm ein kurzes Vergnügen verschaffte. Zum Beispiel ein Flugblatt, das auf Sonderpreise in einem Lebensmittelgeschäft in einem anderen Jahrhundert hinwies, oder die Rückseite einer chinesischen Müslipackung. Und eine Kerze, damit er es lesen konnte.

Statt dessen würde er nur sich selbst und das Bewußtsein seiner selbst haben und in dem stillen Ozean des Nichts treiben und strampeln. In einem letzten Verzweiflungsakt würde seine Phantasie sich umkrempeln und einen Raum erschaffen, in dem er denken konnte, einen Raum mit schwarzen Wänden, ausgestattet lediglich mit Erinnerungen an den Sekundenbruchteil, der sein irdisches Leben gewesen war. In der Trostlosigkeit absoluter Einsamkeit würden seine Erinnerungen sich infolge zu häufigen Gebrauchs durch seinen Intellekt eine nach der anderen auflösen, und die Bestandteile würden durch das Gitter des Siebs ...

Auf der anderen Seite des Schiebefensters schnarchte der Priester leise. Randall hörte es und starrte voller Verachtung vor sich hin.

Katholische Ammenmärchen! Phantombilder, paläopsychische Eruptionen! Er mußte sich zusammenreißen! Was, wenn ihn jemand filmte, ihn, den besten Konkursanwalt im Siebten Bezirk, wie er die Hände rang und in einer Holzkiste vor sich hin schluchzte? Es war alles nur eine organische Dysfunktion. Es mußte so sein! Und wenn nicht ... Nun gut. Er würde es tragen wie ein Mann! Wenn der Tod kam, würde er ihm in seinen Stiefeln entgegentreten, im Gerichtssaal. Man würde sich die Geschichte erzählen, wie er, drei Monate nachdem die Ärzte ihm eröffnet hatten, er habe noch drei Monate zu leben, mit einer Streitaxt in den Gerichtssaal getreten war, seinem Gegner den Schädel gespalten und das Gehirn im Triumph in seine Aktentasche gegossen hatte! Im Tod, würde man sagen, war er noch schrecklicher!

Die Legende würde ihn überleben!

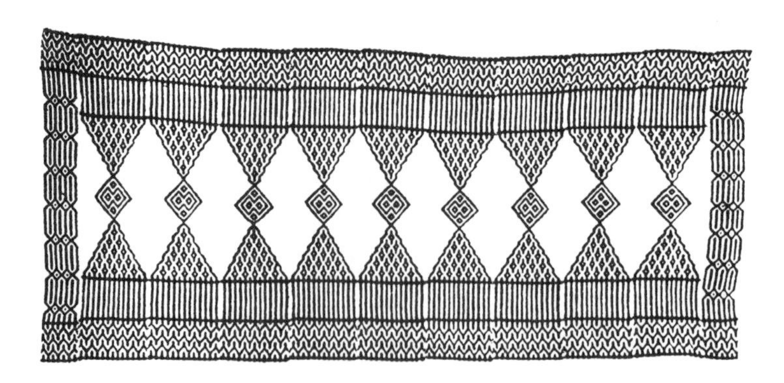

13

Jenisa lag in ihrem Bett, knirschte vor Angst mit den Zähnen und lauschte auf das Geräusch der Flügel, die die Nacht peitschten, und des Windes, der durch Lubas Zähne pfiff: Luba hatte sich in eine Fledermaus verwandelt und kreiste, auf der Suche nach Kindern, die sie fressen könnte, über dem Dorf. Luba und die anderen Hexen aus ihrer Bande flatterten zwischen den Giebeln der Häuser und stießen das laute *Krau-au-au-auk* der Hexenvögel aus, die nach frischem Säuglingsblut gieren. Jenisa hörte Luba und ihre Bande von nächtlichen Aasfressern; sie *wußte*, daß Luba eine Hexe war, aber vor diesem Gedanken wich sie in panischer Angst zurück. Wenn Luba eine Hexe war, dann würde sie, wie jedermann wußte, sofort jeden Verdacht spüren, den jemand, und sei es ein Fremder, gegen sie hegte, und sie würde alle etwaigen Ankläger töten, bevor sie sie entlarven konnten.

Statt dessen versuchte Jenisa nur an die Kleider zu denken, die sie morgen waschen mußte, an Yotta, die große Frau, die fett und häßlich war und wie eine Buschkuh roch, an das Palmöl, das sie morgen an der Straße verkaufen würde, an ihre Mutter, die Fieber hatte und ihre Hilfe brauchte, und wenn es sein mußte, dachte sie sogar an ihren Mann, der sie schon seit vielen Wochen nicht mehr holen ließ, um das Bett mit ihm zu teilen, und daran, daß er wahrscheinlich wütend war, weil die Sande-Frauen gesagt hatten, sie habe ihre zwei Kinder infolge von Ehebruch und vielleicht sogar Hexerei verloren; sie dachte an die beiden Mädchen, mit denen sie am dritten Tag nach der Geburt vor die Hütte hätte treten können, um zu sagen: »Sei nach mir benannt und in allen Dingen wie ich«, und die sie so gut gelehrt hätte, zu lieben und zu leiden, ohne sich über Mühsalen oder Schmerzen zu beklagen, und sie dachte an ihren *pu-mui*-Liebesmann, der irgendwo im Busch verschollen war. Sie dachte an alles mögliche, um nicht den einen Gedanken zu denken, der alle anderen verfolgte wie ein nachts durch den Busch schleichender Leopard.

Vielleicht spürte Luba die Hexe bereits, welche Gefahr ihr von den nur halb formulierten Vermutungen drohte, die Jenisas Gedanken nachjagten. Vielleicht wußte Luba, was Jenisa heute morgen gespürt hatte, als sie Wasser vom Brunnen geholt hatte: die Übelkeit, die sich in Wellen in ihrem Bauch ausgebreitet hatte, die Hitzewallung in der morgendlichen Kühle. Sie war überglücklich, daß sie ihrem Mann endlich einen Sohn oder eine Tochter schenken würde, und zugleich hatte sie schreckliche Angst, Luba könnte von ihrem Zustand erfahren und das Kind auffressen, bevor es geboren werden konnte.

Gestern erst hatte Jenisa sich mit Luba wegen eines Stücks Palmölseife gestritten, das sie am Waschplatz liegenlassen hatte. Es war Jenisas Seife, aber Luba hatte behauptet, sie gehöre ihr.

Als die anderen Frauen herbeigekommen waren, um bei dem Streit zuzusehen, hatte Luba – die wie immer in Lumpen gekleidet war und ihren rasierten Schädel mit Asche verschmiert hatte – die Seife auf den Boden geworfen und gerufen: »Dann nimm sie doch, ich will sie ja gar nicht haben!« und war davongegangen.

»Du hast auch gar kein Recht, sie haben zu wollen!« hatte Jenisa ihr nachgerufen und gleich darauf ihre Kühnheit bereut.

Luba kehrte um und stapfte zurück zu dem Stück Seife, das jetzt im Sand lag. Sie starrte Jenisa in die Augen, und ein böses Lächeln erschien auf ihrem Gesicht.

»Ich finde, wir sollten deine Seife dem Hexenprüfer geben, der die Toten für die Beerdigung zurechtmacht.«

Alle waren entsetzt. Was mochte das bedeuten? Luba war offenbar nicht nur böse, sondern auch verrückt.

»Ich brauche keine Seife«, rief sie und reckte die schmutzigen Arme aus den Fetzen ihres Baumwollkleides.

»Aber du«, sagte sie grinsend, »du brauchst Seife!« Sie ruderte mit den Armen und lachte, als die anderen Frauen nach Luft schnappten und zurückfuhren. »Bald«, sagte sie und starrte über die Baumwipfel des Buschs, wo der Rest ihrer Bande wahrscheinlich in Gestalt von Tieren umherstreifte, »bald werde ich von der Frau träumen, deren Seife dem Hexenprüfer gehört.«

Jenisa ging sofort zu ihrer Hütte im *mawe*. Sie überzeugte sich davon, daß die Hexennetze über den Türen hingen und die Hexengewehre an Ort und Stelle waren. Dann ließ sie sich verzweifelt auf ihre Matratze sinken. Eine kleine Weile konnte sie Luba vielleicht noch mit Hexengewehren oder Gebeten in Schach halten, aber bald würde sie die Gestalt irgendeines Tieres annehmen und in Jenisas Hütte kommen, um sich mit ihrem Hexenkörper auf ihr Gesicht zu setzen und sie zu ersticken oder um noch eines ihrer Kinder zu fressen, bevor es geboren war.

Jenisas einzige Hoffnung war die Medizin. Sie hatte das Geschenk des fremden Weißen dem Jujumann gegeben, wie der Suchmann es ihr gesagt hatte. Der Jujumann hatte den kleinen Stift mit Moskitomedizin in seinen Beutel gelegt und sie dann lange befragt, welche Art von Medizin er für sie in die Welt bringen sollte. Wollte sie sich nur vor Lubas bösen Kräften schützen, oder wollte sie die Urheberin ihres Kummers verletzen oder vernichten? Wollte sie sich schützen, oder wollte sie vernichten?

»Vernichten«, hatte Jenisa mit zusammengebissenen Zähnen gesagt. »Sie hat meine Kinder gefressen, und dann hat sie sich den Mund abgewischt und gelacht.«

»Die Medizin, die ich für dich machen werde, ist verboten«, hatte der Jujumann gesagt. »Ich würde eine solche Medizin niemals für mich selbst herstellen oder einen solchen Fluch über jemanden sprechen, ganz gleich, was er mir angetan hat. Aber diese Frau hat dir das Herz zerrissen, deine Träume zerstört und deine Kinder getötet. Wer kann über das Ungeheuer, das deine Kinder auf dem Gewissen hat, richten? Wer kennt die Qualen, die du ertragen mußt, wenn du morgens erwachst und weißt, daß zwei hübsche Kinder voll Liebe und Lebenslust zu deinen Füßen spielen könnten, wenn Luba in ihrer Bosheit sie nicht getötet hätte? Du allein kannst entscheiden, was getan werden soll. Du hast mir Geld gegeben für mein Vertrauen und meine Fähigkeiten. Ich werde die Medizin machen und dir geben, aber ich will nicht wissen, was du mit diesem bösen Ding machen wirst. Das weißt nur du allein. Du darfst zu niemandem darüber sprechen. Aber du wirst dich vor deinen Ahnen und vor Ngewo verantworten müssen.«

Ein paar Tage später traf sich der Jujumann nachts im Busch mit ihr und übergab ihr ein kleines schwarzes Bündel, in dessen Spitze die *pu-mui*-Medizin wie ein Schnabel steckte. Er wollte nicht wissen, ob oder wann sie die Medizin gebrauchen wollte, aber wenn sie ihre Feindin vernichten wolle, müsse sie sich etwas besorgen, das Luba gehöre – ein Kleidungsstück oder eine Haarsträhne –, und es, zusammen mit der Medizin, in der Nähe vergraben. Wenn ihre Feindin eine Hexe sei, werde die Medizin den Hexenschatten, wenn er das nächstemal zu einem nächtlichen Streifzug durch den Busch aufbreche, verfolgen und töten. Wenn der Schatten nicht zurückkehre, werde der menschliche Körper das Bewußtsein verlieren und sterben.

Viele befürchteten, daß all die Todesfälle im Dorf von Hexen verursacht waren, aber niemand wagte darüber zu sprechen. Aus Angst vor Rache sprach Jenisa nicht einmal mit Amida, ihrer besten Freundin, darüber. Jenisa wußte, daß Luba eine Hexe war, und Amida wußte es ebenfalls. Jedermann wußte, daß Luba die Hexe die Kinder im Dorf auffraß, doch niemand wagte es, sie zu beschuldigen, nicht einmal im vertrauten Kreis, denn jeder fürchtete, daß Luba in der Nacht kommen und sich auf sein Gesicht setzen und ihn ersticken würde.

In der Nacht bevor der Jäger Pa Gigba erschossen hatte, waren Mama Sasos Zwillinge bei der Geburt gestorben. Ihre Geburt war Mama Saso in einem Traum angekündigt worden, in dem sie zum Waschen an den Fluß ging und zwei ineinander verschlungene Schlangen sah, die den Waschfelsen umkreisten. Monatelang hatte man Reis und Hühnerfleisch als Opfergaben an Altären aus Termitenhügeln dargebracht, an denen Zwillinge verehrt wurden. Ein älterer Zwilling aus einem anderen Dorf wurde geholt, damit er an den Altären betete. Der Zwilling hatte Jenisa gesagt, Ngewo erschaffe zwei Arten von Menschen: Zwillinge und alle anderen. Zwillinge besäßen die Gabe, die Zukunft vorauszusagen, Krankheiten zu heilen, ganze Dörfer vor Zauberei zu beschützen und für reiche Reisernten zu sorgen.

Doch Mama Sasos Zwillinge würden diese Kräfte nie besitzen oder sie anwenden, um ihren Eltern Gesundheit und Wohlstand zu sichern. Sie waren tot. Vor einer Woche war das kleine Kind von Fatmata, die in dem *mawe* in der Nähe des Färberhofes lebte, plötzlich gestorben. Und eine Woche davor war ein anderes Kind gestorben. Jenisas Kinder waren gestorben. Amida hatte ein Kind verloren. Mariamu, Mutter von drei kräftigen Söhnen und zwei Töchtern, hatte unerklärlicherweise ihren kleinen Borboh verloren. Und jetzt war auch noch Pa Gigba tot.

Die Frauen sprachen mit ihren Männern, die Männer sprachen mit den alten Pas, und die alten Pas gingen zu Pa Ansumana und dem Chief. Pa Ansumana und der Chief gingen zu Kabba Lundo, dem Paramount Chief, der einen Stab trug, an dessen Spitze das britische Staatswappen in Messing angebracht war, und seinen Bezirk von einem hölzernen Thron aus regierte, den die Engländer 1961 seinem Vater geschenkt hatten.

Pa Ansumana und der Paramount Chief hatten ein langes Leben hinter sich. Sie wußten, daß Hexen und Zauberer vor allem in Dörfern vorkamen, in denen Mißtrauen, Angst und Verzweiflung herrschten. Es war sinnlos zu fragen, ob Hexen und Zauberer für Todesfälle und Katastrophen verantwortlich waren oder ob die Todesfälle und Katastrophen die Herzen der Menschen so sehr mit Angst erfüllten, daß diese ein Opfer böser Mächte wurden. Irgendwie mußte dieser Kreis durchbrochen werden, bevor noch mehr Pläne geschmiedet wurden und noch mehr Not entstand. Wenn nach mehreren Tragödien erst einmal die Hysterie das Dorf erfaßt hatte, kümmerten sich die Mütter kaum noch um die Kinder. Wozu denn auch? Warum sollte man ein krankes Kind pflegen? Wenn die Hexen es von innen heraus auffraßen, konnte keine Medizin, keine kräftigende Nahrung mehr helfen. Pa Ansumana und Kabba Lundo hatten erlebt, wie böse Zauberei etwa alle zehn Jahre ausbrach, und wenn ein Dorf erst einmal in ihren Bann geraten war, konnte nur ein Hexenfinder die Menschen von ihrer Angst befreien.

Luba spähte über den Hof in einen *mawe* voller Kinder, die sie nur zu gerne gefressen hätte. Ihre Mutter, Mama Amida, hatte überall in der Hütte Hexennetze und Hexengewehre aufgehängt und hielt aus Angst vor Luba den Türvorhang geschlossen. Luba lachte und kicherte hysterisch über die rührenden Versuche, sich vor Mächten zu schützen, die gewaltiger waren, als diese braven Menschen je ermessen konnten.

Luba sah, wie sie sich in ihrem *mawe* zusammendrängten. »Wir sind Familien«, sagten sie. »Wir haben einander. Das ist ganz sicher das höchste Gut.« Luba hatte keine Familie. Sie lebte allein; ihre Nachbarn fanden, dieser Zustand sei so abnorm und widernatürlich, daß nur ein böser, verdorbener Mensch ihn ertragen könne, ohne zu sterben. »Wir sind glücklich«, sagten ihre Nachbarn. »Wir lieben einander. Wir leben mit unseren Familien. Wir leben nicht allein im Dunkeln wie ...« Ihre Hochnäsigkeit, ihre Zufriedenheit mit dem jämmerlichen Lohn ihrer Mühsalen, ihre armselige Freude über die Fortschritte ihrer Kinder machten Luba ganz krank. Sie alle hatten ein warmes Plätzchen im Schoß ihrer Familie, sie waren gesegnet mit geliebten Kindern und geehrten Eltern.

Aber es genügte ihnen nicht, glücklich zu sein. Sie brauchten Luba, um sie zu hassen. Sie hatten sie ausgewählt, weil sie allein lebte und niemanden hatte, der sie beschützte. Diejenigen, die keine Familie hatten, die alt oder gebrechlich waren und allein lebten, die niemanden hatten, der ihren Platz einnehmen würde – sie waren die Hassenswerten. Sie mußten wirklich böse und verdorben sein, denn wie sollte man sonst allein, ohne einen anderen Menschen, in seiner Hütte sitzen? Nur ein entarteter Mensch war dazu fähig, jemand, der einen großen Haß auf glückliche Familien haben mußte.

Alle hatten sich gegen Luba gestellt, sie ausgeschlossen, hatten ihr Lumpen und einen Schuppen neben dem Haus ihres Mannes gegeben. Und nachdem sie sich von ihr abgewandt hatten, nach vielen Stunden der Angst und Einsamkeit, war sie zum erstenmal in ihr Inneres hinabgetaucht und hatte dort eine Welt, ein ganzes Universum entdeckt, von dem sie bis dahin nichts gewußt hatte. Sie hatte festgestellt, daß sie ihre Träume lenken, nachts fliegen, ihre Gestalt verändern und durch den Busch streifen konnte. Sie entdeckte, daß nachts im Busch alles, *alles* möglich war. Für sie galten keine Regeln mehr. Sie konnte Kinder fressen, wann immer sie Lust darauf verspürte, sie konnte die Väter verführen und die Mütter ersticken. Die Tage waren langweilig. Doch wenn die Nacht hereinbrach, schloß Luba die Augen und war frei.

Sie malte mit einem spitzen Stock Muster auf ihre Haut. Sie wusch sich nie, damit sie all ihre herrlichen Gerüche genießen konnte. Sie entdeckte diese Düfte nach und nach – starke Aromen, die mit jedem Tag durchdringender und vielfältiger wurden. Worin bestand der Unterschied zwischen einem Duft und einem Gestank, zwischen einer Blume und einem Unkraut, zwischen einem Diamanten und irgendeinem anderen Stein? Nur darin, daß andere sagten, das eine sei wertvoll und das andere wertlos. Doch Luba hatte gesehen, daß alles gleich war: Nichts war besser als irgend etwas anderes; nur das Denken machte es wertvoller. Luba schwitzte in ihrem Schuppen und entdeckte bald, daß die Gerüche ihres Körpers weit interessanter waren, als es die Gesellschaft anderer je gewesen war. Was waren Menschen anderes als Maschinen, die Treibstoff brauchten, sei es in Form von Nahrung, mit der sie sich die Bäuche füllten, sei es in Form von Bewunderung durch andere, mit der sie ihr dumpfes Streben nach Zugehörigkeit befriedigten? Was hatte sie ihnen schon zu sagen? Sie konnte über ihre armseligen Eitelkeiten nur lachen. Warum haßten sie sie? Weil sie ihre Gedanken lesen konnte. Sie wußten, daß Luba ihre Herzen kannte.

Wenn die Leute im Dorf nichts mit ihr zu tun haben wollten, würde sie eben bei den Tieren im Busch leben. Wenn sie lachte, stoben Fledermäuse aus ihrem Mund und flogen durch den Busch, wo sie ihr Lachen aufnahmen und es in weitem Umkreis verbreiteten, bis die Nacht von ihrem Hexenkreischen widerhallte. Wenn sie wütend war, wuchsen ihrem Zorn Zähne und Krallen, und er kroch in Gestalt eines mächtigen Leoparden aus ihr heraus, um im Busch auf einem Ast über einem Weg einem Menschen aufzulauern, den er verschlingen konnte.

Luba saß in ihrem Schuppen. Sie hatte den Kopf auf die Knie gelegt und kicherte glücklich in sich hinein. Sie hatte von mehreren toten Kindern im Dorf Jormu gehört und versuchte sich an ihre Träume zu erinnern, denn sie fragte sich, ob ihre Hexengestalt sie dorthin getragen hatte. Sie rülpste zufrieden, und das Kinderblut in ihrem Bauch, das sie während ihrer nächtlichen Streifzüge getrunken hatte, machte sie schläfrig. Jetzt war sie an der Reihe zu lachen. Sie, die in Lumpen gekleidet war und in einem Schuppen lebte, hatte die Macht, ganze Dörfer in Angst und Schrecken zu versetzen. Sie ließ sie für ihre Sünden büßen. Die mächtigsten Chiefs und Medizinmänner waren machtlos gegen sie!

Sie schloß die Augen, dachte an die Freuden ihrer nächtlichen Streifzüge und lächelte. Sie sammelte das Böse und den Haß, mit dem ihre Nachbarn sie überschüttet hatten, in einem großen Hexenkessel und goß es nachts über ihren Köpfen aus. Sie war ein tiefes, dunkles Sammelbecken für die Gehässigkeit der anderen, erschaffen nach ihrem Bild, und wenn sie sich darin gespiegelt sahen, haßten sie Luba noch mehr. Die toten Kinder, die Erstickten, die Gelähmten, die im Dunkel der Nacht vergifteten Brunnen, die vernichteten Ernten, das getrunkene Blut – all dies hatten die Menschen sich nur selbst zuzuschreiben. Sie hatten beschlossen, Luba für ihre eigenen schlechten Taten zu bestrafen. Sie war ihr Gewissen! Hatten die armen kinderlosen Mütter ihr etwas zu sagen? Hatte Luba Mitleid mit ihnen, wenn sie in ihrem Schmerz über den Tod ihrer kleinen Söhne und Töchter die Finger in die Erde gruben? Sie selbst hatten ihre Kinder getötet, gerade so, als hätten sie ihnen ein Messer ins Herz gestoßen. Ihre Väter, Brüder, Söhne, Schwestern, Frauen und Mütter hatten Luba ausgestoßen. Sie hatten sie geradezu dazu getrieben, sich nachts in die Lüfte zu schwingen. Sollten sie die Schuld bei sich selbst suchen!

Sie spürte, wie die Flügel aus ihrer Kehle wuchsen und sich ausbreiteten wie die Kiemen eines Fisches, der in die Nacht hinausschwamm. Sie glitt durch den mondbeschienenen Busch und sah, wie die kleinen Nagetiere in panischer Angst vor ihr flohen. In ihrer menschlichen Gestalt hätte sie gelacht, doch nun sog sie die feuchte Nachtluft tief ein, schrie das Getier dort unten an und lähmte es mit ihrem *Krau-au-auk!* Luba die Hexe ist da, ihr armseliges Gewürm. Wen soll ich fressen? Wer will heute nacht sterben?

Ungeborene Kinder waren ihr am liebsten. Sie waren so zart und saftig und noch nicht von den Händen der Menschen besudelt. Sie konnte sie anbeißen und aussaugen wie ein Ei. Es war süß und köstlich, dieses unschuldige Fleisch und Blut. Und nachdem sie diesen Leckerbissen einmal gekostet hatte, mußte sie mehr und mehr davon fressen, und je mehr sie davon fraß, desto mächtiger wurde sie. Die jämmerlichen Amulette der Frauen konnten gegen Luba nichts ausrichten.

Früher oder später würde sie von einem Hexengewehr erschossen werden oder sich in einem Hexennetz verfangen und verhungern. Aber blieb ihr denn etwas anderes übrig? Sie konnte einsam in ihrem Schuppen sitzen und dem Tod entgegendämmern oder durch die Nacht streifen und – wenigstens eine Zeitlang – Macht über die ganze Welt haben.

Sie rächte sich an ihren Feinden und machte, daß ihr Männer verfielen, die sie am Tag nicht ein zweitesmal angesehen hätten. Männer waren die schwächsten Wesen! Luba brauchte sie nur eben zu berühren, und schon wollten sie mit ihr schlafen, ganz gleich, welche Strafe ihnen drohte. Sie gehorchten ihr, auch wenn sie sie der Hexerei verdächtigten und fürchteten, sie könnte im Augenblick des Höhepunktes die Seele eines Mannes einfangen. Und nachdem sie mit ihnen geschlafen hatte, fraß Luba ihre Kinder.

Sie gab sich große Mühe, so häßlich wie möglich auszusehen. Sie wusch sich nicht. Sie beschmierte sich mit Schlamm. Und trotz ihrer Schmutzigkeit konnte sie Männer verführen. Das erfüllte sie am meisten mit Stolz. Sie berührte sie nur ganz leicht oder ließ sie Dinge tun, die eine Mende-Frau niemals hinnehmen würde, und die Männer fügten sich ihr. Danach, wenn sie ihre Hose hochzogen und sich verlegen zurück ins Dorf schlichen, lachte sie laut. Auf dem Weg zu ihren Familien mußten sich die Männer anhören, wie der Busch vom Gelächter und Spott von Luba der Hexe widerhallte: *»Du wolltest mich zu wenig, um ein großes Geschenk in meinen Beerdigungskorb zu legen, aber jetzt schleichst du nachts durch den Busch und schläfst mit mir im Licht des Mondes! Du vergießt deinen Samen auf dem Land, das deine Familie ernährt! Eines Tages werde ich dich im Land des ewigen Hungers wiedersehen, wo wir gegenseitig an unseren Knien nagen werden!«*

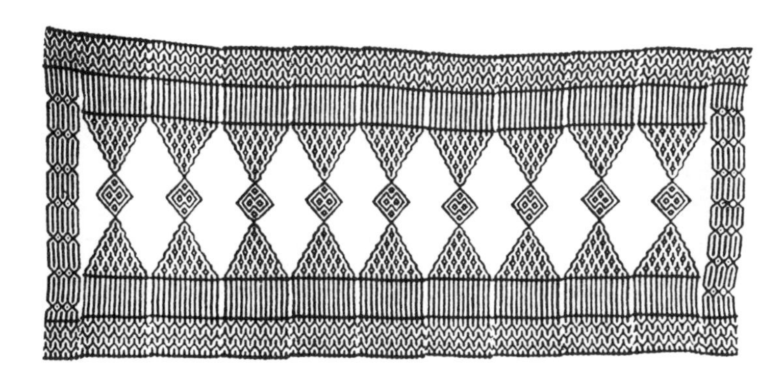

14

Eine Horde Affen, die in einem Mangowäldchen hockte, kreischte Boone an, als er bergauf nach Nymuhun ging. Er wollte seine Sachen holen und sich dann auf den Weg in Killigans Dorf machen. Die Abenddämmerung senkte sich über die wuchernde grüne Hölle rechts und links des Pfades, doch hoch oben im Gewirr der Schlingpflanzen und sich kreuzenden Palmwedel konnte er seine biologischen Ahnen erkennen, die sich auf allen vieren an den Ästen entlanghangelten, ihn anschrien und mit Zweigen und Mangos bewarfen und einander wahrscheinlich vor dem weißen Teufel warnten, der auf den Hinterbeinen ihr Territorium durchquerte. Vielleicht fragten sie sich auch, ob sie es wohl mit ihm aufnehmen könnten, wenn sie sich alle auf einmal auf ihn stürzten.

Das könnte ich sein, wenn es nicht diese zufällige prähistorische Genmutation gegeben hätte, dachte Boone. Wären seine Vorfahren nicht im Dorf, sondern im Busch geboren worden, dann würde er jetzt dort oben herumturnen, die Zähne fletschen, seine Rivalen anschreien, um die begehrteren Weibchen werben und an seiner Karriere als Alpha-Männchen arbeiten. Anstatt auf einem Mangobaum aufzuwachsen, war er aufs College gegangen, und in Indianapolis wartete sein Job als Versicherungssachbearbeiter auf ihn: Er würde auf zwei Beinen in ein hübsches kleines Büro gehen, die Zähne fletschen, seine Rivalen anschreien, um die begehrteren Weibchen werben und an seiner Karriere als Alpha-Männchen arbeiten.

Während er den Pfad zum Dorf hinaufging, überdachte er die Möglichkeiten. Er war in Bo bei der Polizei gewesen, wo man ihm gesagt hatte, Section Chief Moiwo habe Moussa Kamaras Leichnam freundlicherweise zur Familie des Jungen nach Ndevehun gebracht. Boone konnte morgen zu Killigans Dorf fahren, wo man ihn, wie die anderen Freiwilligen in Bo ihm zu verstehen gegeben hatten, als Michaels Bruder empfangen werde und er um eine Audienz bei Paramount Chief Kabba Lundo, Killigans afrikanischem Vater, nachsuchen könnte. Oder er konnte in Sisays Dorf auf Lewis warten, der ihm angeboten hatte, ihn in drei Tagen abzuholen und mit ihm nach Moiwo zu suchen. Boone brannte darauf, eigene Nachforschungen anzustellen, aber er verstand kaum ein Wort Krio und erkannte nur die offensichtlich englischen Wörter, und auch die nur, wenn der andere langsam sprach und irgendwann eine Schule besucht hatte.

Als er an seiner zeitweiligen Behausung angekommen war, brannten in den *mawes* und Höfen bereits die Kochfeuer. Überall lag der geerntete Reis auf Matten, und es wurde gesungen und getanzt: Die Männer und Frauen stampften nach Mende-Art auf der Stelle und schüttelten Armreifen und Rasseln aus getrockneten Samenkapseln. Die Kinder liefen zwischen den Höfen umher, begeistert von der Aussicht auf eine Nacht voller Lieder und Spiele, denn der Mond war aufgegangen.

»Abend, Mistah Gutawa«, riefen die Dorfbewohner. »Alles gesund?«

»Ich sag Gott Dank«, antwortete Boone.

Er lehnte eine Einladung zu einer Partie *warri* ab, die gerade in der *baffa* von Sisays Hof gespielt wurde.

»Mistah Aruna hat Fieber«, sagte ein kleiner Junge und zeigte auf Sisays Haus.

Boone hätte wissen sollen, daß etwas nicht stimmte, denn aus den Lautsprechern dröhnten nicht Sisays geliebte Grateful Dead, sondern afrikanische Klänge: Johnny Clegg and Savouka.

»Kong, kong.«

Boones Gastgeber lag ohne Hemd im Bett und saugte an einem nassen Tuch. Seine schweißnasse Haut schimmerte im Licht der Sturmlaterne. Eine Frau reichte ihm Orangen und tupfte ihn mit feuchten Tüchern ab.

»Das Fieber hat mich«, sagte Sisay mit schwacher Stimme.

Boone, der seinem Gastgeber wütende Vorwürfe hatte machen wollen, weil er ihn falsch unterrichtet und möglicherweise wichtige Informationen über die Poro-Gesellschaft und mächtige Medizinen zurückgehalten hatte, wußte nicht, was er sagen sollte. Sisays Gesicht war eine bleiche, fieberfleckige Grimasse. Er wälzte sich hin und her, atmete flach und tränkte die Laken mit seinem Schweiß.

Boone fiel ein, wie man auf Krio sein Mitgefühl zum Ausdruck brachte. »*Oh sha*«, sagte er. »Soll ich ... einen Arzt holen. Es gibt doch einen in Bo, oder?«

Sisay wandte ihm sein verschwitztes Gesicht zu und grinste. »Ja«, sagte er keuchend, »ich glaube, ich könnte eine Bluttransfusion und vielleicht einen CAT-Scan gebrauchen.« Er lachte bitter und wurde von einem Fieberschauer geschüttelt. »Ich nehme Chloroquin und trinke reichlich. Mehr kann man nicht tun.«

Er saugte an einer Orange und drehte sich auf die Seite. »Du kommst auch noch dran. Das ist in Westafrika so was wie anderswo eine Erkältung, nur daß die *pu-mui* mehr darunter zu leiden scheinen als die Afrikaner. Sieh mich an – das ist harmlos im Vergleich zu dem, wie ein Weißer sich beim erstenmal fühlt.«

»Du hast mir gesagt, daß Moussa Kamara tot ist«, sagte Boone.

»Und dabei war er gar nicht tot«, sagte Sisay und sah Boone mit fiebrigen Augen an. »Tut mir leid. Unser verehrter Chief Bockarie Koroma hat mir gesagt, er habe von Section Chief Moiwo gehört, daß Moussa Kamara außerhalb seines Dorfes an einem Baum aufgehängt gefunden worden sei, genau wie ich es dir erzählt habe. Als du weg warst, habe ich erfahren, daß das nicht stimmte. Ich hab gehört, was in Bo passiert ist.«

Sisay steckte das nasse Tuch in den Mund. Er wälzte sich herum und wurde von einem Schauer geschüttelt. Die Frau wrang die kühlenden Tücher über einem Eimer aus und wischte ihm damit den Schweiß ab.

»Erzähl mir mehr von diesem Moiwo«, sagte Boone. »Seine Frau hat mir in seinem Auftrag etwas zu essen gebracht. Er lebt hier?«

»Er hat Farmen, Häuser und Frauen in mehreren Dörfern und Wohnungen in Bo und Freetown. Er hat in England und Amerika studiert. Dann ist er zurückgekehrt und hat sich selbst dem Volk von Sierra Leone ›zum Geschenk gemacht‹, wie er sich ausdrückt. Darum ist er auch hierher in den Busch gekommen: Er wollte seine Stammeswurzeln festigen, auch wenn er der Sohn eines Ministers war und in Freetown aufgewachsen ist. Er braucht die Unterstützung seines Stammes, denn er hat ein langfristiges Ziel: Präsident Moiwo. Wenn er mit den Temne redet, ist er ein Temne, denn seine Mutter war eine Temne, und sein Vater war so gut wie halb Temne. Wenn er mit den Mende redet, ist er ein Mende, denn sein Vater war ein Mende, und seine Mutter war so gut wie halb Mende. Zunächst wird er versuchen, sich zum Paramount Chief wählen zu lassen, und dann zum Vizepräsidenten und dann ... wer weiß? Vielleicht schafft er es noch auf die Titelseite von *Time*. Er weiß, daß dein Freund vermißt wird. Er tut wahrscheinlich alles, um ihn zu finden, denn das würde ihm jetzt, im Wahlkampf, Popularität einbringen.«

»Es war einer von Moiwos Leuten, der in Bo mit dieser Diebmann-Geschichte angefangen hat«, sagte Boone. Den Zettel erwähnte er nicht. »Ein paar Leute auf der Straße haben gesagt, daß Moussa Kamara kein Dieb war und daß Moiwos Leute ihn zu Unrecht beschuldigten, aber die haben nichts unternommen, als die Menge über ihn herfiel.«

Sisay stöhnte und schüttelte den Kopf. »Wahlkampf«, sagte er. »Warum haben die Weißen Wahlen in Afrika eingeführt? Es war alles so viel leichter, als der Chief, der die meisten starken Krieger hatte, bestimmte, wo es langging. Jetzt wird für den Westen alle fünf Jahre eine Schmierenkomödie mit dem Titel ›Demokratie‹ aufgeführt – sechs Monate Geheimgesellschafts-Intrigen, Zauberei, böse Medizin, Unruhen und Ritualmorde, gefolgt von etwas, was sich ›Wahl‹ nennt. Wenn Moiwo etwas damit zu tun hat, dann geht es um Politik, um die Kontrolle über den Schmuggel und die Diamantminen, um Entwicklungshilfegelder, und es ist böse Medizin.«

»Ich werde mit Moiwo sprechen«, sagte Boone. »Ich bin in Bo zur Polizei gegangen, und die haben mir gesagt, daß Moiwo mit Moussa Kamaras Leichnam in Killigans Dorf gefahren ist.«

»Dann sprich vorher wenigstens noch mit dem Suchmann«, sagte Sisay, »hier, wo ich für dich übersetzen kann. Ich habe auch Pa Ansumana gebeten, herzukommen. Sam-King Kebbie ist hier, der Suchmann aus Kenema, von dem ich dir erzählt habe. Vielleicht sollten wir ihn morgen befragen und uns danach mit Pa Ansumana beraten.«

»Ich hab Lewis in Bo getroffen«, sagte Boone. »Er hielt nicht viel von der Idee, einen Suchmann zu fragen. Er fand, wir sollten jemand finden, der Killigans Dorf mit Donnermedizin bedroht.«

Sisay schüttelte den Kopf. »Lewis ist so weiß«, sagte er und seufzte. »Noch ein *pu-mui*-Gangster, der gekommen ist, um den Schwarzen Kontinent auszuplündern.«

Er saugte an der Orange und trank Wasser aus einer Schöpfkelle, die die Frau ihm an die Lippen hielt.

»Die Leute in Killigans Dorf lieben Michael wie einen Sohn. Sein Verschwinden hat sowieso schon großen Schmerz und viel Schande über sie gebracht. Sie haben den Busch und die umliegenden Dörfer abgesucht. Donnermedizin würde nur noch mehr Aufmerksamkeit auf die Tatsache lenken, daß sie es nicht geschafft haben, ihren Lieblingsweißen wiederzufinden.«

»Aber Lewis redet andauernd von verbotener Medizin, von irgendwelchen Beuteln oder Bündeln, mit denen wir Killigans Feinde, wenn er welche hat, einschüchtern könnten. Vielleicht könnten wir sie zwingen, ihn freizulassen.«

Wieder schüttelte Sisay den Kopf. »Das erste Problem mit verbotener Medizin ist, daß sie *verboten* ist«, sagte er. »Die Gefängnisse hier haben große Ähnlichkeit mit der Hölle, nur die Luftfeuchtigkeit ist höher.«

»Er hat mir von einer Medizin namens *bofima* erzählt, die mit menschlichem Fett gefüttert wird ...«

Sisay zeigte mit dem Finger auf Boone. »*Bofima* ist die am strengsten verbotene Medizin überhaupt. Nur davon zu reden kann dich nach Freetown an den Galgen bringen. Sie ist verboten, asozial und böse. Um die Medizin zu machen, fangen als Leoparden oder Paviane verkleidete Männer einen Menschen und bringen ihn zum Schweigen, indem sie seine Kiefer mit Klammern aus Stahl brechen. Dann nimmt man verschiedene Körperteile des Opfers, um die Medizin zu machen oder zu stärken. Neue Mitglieder oder ahnungslose Wanderer, die zufällig in eine solche Versammlung im Busch stolpern, müssen sich an dem Ritual beteiligen und das nächste Opfer stellen, meistens ein Mitglied ihrer Familie. Wie gesagt, ich würde nicht mal das Wort in den Mund nehmen, es sei denn, du bist darauf aus, eingesperrt und deportiert oder hingerichtet zu werden.«

»Er hat angedeutet, daß du vielleicht mal verbotene Medizin gebraucht hast und mehr darüber weißt, als du sagst.«

»Wenn ich jemals verbotene Medizin gebrauchen sollte, wäre Sam Lewis mein erstes Opfer«, sagte Sisay schwach und schloß angewidert die Augen.

»Er hat auch gesagt, daß du ziemlich weit oben in dieser Poro-Gesellschaft bist«, sagte Boone und hielt inne.

»Dann hat er dir sicher auch gesagt, daß man nach seiner Initiation nicht mit Leuten über Poro-Angelegenheiten sprechen darf, die nicht Mitglieder sind.«

»Das hat er«, sagte Boone.

Sisay warf verärgert die Orange weg.

»Vergiß nicht, daß du ein ›Fremdah‹ bist«, sagte er mit betonter Krio-Aussprache, »und das bedeutet, daß du eigentlich ein Gast bist. Ein Gast, der für eine kurze Zeit mit Männern zusammen ist, die fast alle Mitglied der Männergesellschaft sind, und mit Frauen, die fast alle Mitglied der Frauengesellschaft sind. Beide müssen schwören, das, was sie da tun, geheimzuhalten. Jede Frau, die es wagt, einen heimlichen Blick in eine Poro-Versammlung zu werfen, erleidet den Tod oder eine Fehlgeburt. Und ein Mann, der es wagt, die Sande-Frauen bei einem Initiationsritual oder anderen Dingen zu belauschen, bekommt Elephantiasis oder einen Bruch, so groß wie eine Wassermelone. Ich weiß nicht genau, was einem Weißen passieren würde, der bei einer Poro-Versammlung durch den Busch schleicht, aber ich kann mich mal umhören.«

»Und du darfst auch nicht über Poro-Angelegenheiten sprechen?«

»Nein, natürlich nicht.«

»Weil du ein Mitglied bist.«

»Genau«, sagte Sisay, ohne zu zögern. »Ebenso wie dein afrikanischer Vater und die meisten anderen erwachsenen Männer im Dorf. Aber du bist *kein* Mitglied, und das vergessen deine Nachbarn nie.«

»Ich respektiere ihre Geheimnisse«, sagte Boone, »und ich bin ihnen für ihre Gastfreundschaft dankbar, aber wenn diese Poro-Geschichte irgend etwas mit Killigans Verschwinden zu tun hat, wird mir wohl nichts anderes übrigbleiben, als Nachforschungen anzustellen.«

Sisay antwortete nicht. Boone wartete. Es war ihm gleichgültig, ob sein Gastgeber ihm befahl, das Dorf zu verlassen, oder ihm die Methoden seiner Nachforschung vorwarf.

»Da wir gerade von Umgangsformen sprechen«, sagte Sisay schließlich. »Es gibt da noch eine Frage der Etikette, über die wir sprechen müssen. Du bist seit fast zehn Tagen Gast in diesem Dorf. Die Menschen hier haben dich in ihre Gemeinschaft aufgenommen, aber sie sind sich nicht sicher, ob du dich auch wohl fühlst.«

Boone musterte das im Licht des Feuers schweißglänzende Gesicht seines Gastgebers.

»Mein bester Freund ist verschollen«, sagte er. »Ich bin in einem fremden Land, dessen Sprache ich nicht spreche. Das Klima ist ungesund. Ich habe Durchfall und Entzündungen und bis jetzt keine Spur von meinem Freund. Nein, ich fühle mich nicht wohl.«

»Stimmt«, sagte Sisay, »dein Freund ist verschollen. Ich habe Fieber, und es ist lange her, daß ich meine amerikanische Familie gesehen habe. Vielleicht sehe ich sie nie wieder. Gott gibt jedem eine Last zu tragen. Aber daß jemand ein schweres Unglück erdulden muß, heißt nicht, daß er sich vom Rest des Dorfes abwendet.«

»Ich ertrage mein Unglück also nicht so, wie es sich gehört?« fragte Boone.

»Als du in Bo warst, ist hier viel über Dorfangelegenheiten gesprochen worden. Die Ältesten, unter anderem auch dein afrikanischer Vater, haben im *barri* gesessen und viele Stunden beraten – über den Tod von Pa Gigba, über die plötzlich gestorbenen

Kinder, über die Unruhe, die der Wahlkampf bringt, über deine Suche nach deinem amerikanischen Bruder. Und über dich wurde auch ... gesprochen. Dein Name wurde mehrmals genannt, und damit will ich dich oder dein Benehmen nicht im mindesten kritisieren. Ich sage dir das nur, um dich darauf aufmerksam zu machen, daß dein Verhalten sich auf das Dorf auswirkt. Einige fanden sogar, daß du Unglück mitgebracht hast, auch wenn das von anderen, vor allem von deinem Vater, bestritten wurde.«

»Was willst du damit sagen?« fragte Boone. Dieser Mensch schien etwas andeuten und ihn zugleich beruhigen zu wollen.

»Die Mende reagieren sehr sensibel auf die *soziale* Persönlichkeit eines Menschen. Um dir das zu erklären, muß ich auf die Anthropologie zurückgreifen. In deiner Heimat treten individuelle Persönlichkeiten in Beziehungen mit anderen. Hier, bei den Mende und in den meisten westafrikanischen Dörfern, *sind* deine Beziehungen deine Persönlichkeit. Die Menschen hier sind nie allein. Jemand, der es genießt, allein zu sein, ist suspekt, denn er scheint eine sich abkapselnde, außersoziale Persönlichkeit zu entwickeln.«

»Und was hat das alles mit mir zu tun?« fragte Boone.

»Deine Nachbarn spüren, daß du zu den Menschen gehörst, die es genießen, allein zu sein«, sagte Sisay. »Und sie nehmen es persönlich.«

»Allein?« Boone war plötzlich wütend. Nachdem er alles getan hatte, um ihre unersättliche Neugier auf den Inhalt seines Rucksacks zu befriedigen und ihre dauernden Fragen, wie dieses und jenes im Land Pu gemacht wurde, zu beantworten, nachdem er ihrem beharrlichen Wunsch nachgegeben hatte, ihm bei allem zuzusehen, ob er nun zum Scheißen ging oder ein Buch las, ob er nieste oder sich Schmalz aus den Ohren pulte – nach alldem mußte er sich jetzt anhören, daß er zuviel Zeit allein verbrachte. Geduldig hatte er ihnen gestattet, ständig um ihn zu sein. Er hatte ihren Kindern erlaubt, ihm von morgens bis abends *»pu-mui«* nachzurufen, er hatte sie über die gelben Haare auf seinen Armen streichen lassen, er hatte sie seine Stiefel berühren und seinen Nagelclip bestaunen lassen. Und jetzt das? Man warf ihm Undankbarkeit und Egoismus vor. Er sollte *mehr* Zeit mit ihnen verbringen. Er sollte sich wie sein Gastgeber benehmen, der bei

Tagesanbruch aufstand und anfing, Mende zu sprechen, und dann fortfuhr, Mende zu sprechen, während die Sonne ihre Bahn über den Himmel beschrieb, wobei er nur innehielt, um sich mit Essen vollzustopfen, um danach bis tief in die Nacht Mende zu sprechen.

»In diesem menschlichen Ameisenhaufen kann man keine zwei Sekunden allein sein«, rief er. »Auf der Veranda drängen sich den lieben langen Tag die Menschen, und wenn ich abends in mein Zimmer gehe, kommt die *National Geographic*-Gruppe und will ein Schwätzchen halten. Versteh mich nicht falsch: Ich *mag* diese Leute, aber ich bin jemand, der seine Privatsphäre schätzt.«

»Das ist das Problem«, sagte Sisay trocken. »Leute, die ihre Privatsphäre schätzen, sind in Afrika ... ungewöhnlich. Die meisten Hütten und Häuser bestehen aus einem großen Raum, in dem zehn Personen oder mehr schlafen. Die einzige Möglichkeit, allein zu sein, besteht darin, in den Busch zu gehen. Jäger, Wanderer, Bauern, deren Felder tief im Busch liegen, verbringen einen Teil ihrer Zeit allein. Sie stehen am Rand der Gesellschaft. Einerseits bewundern die Dorfbewohner diese Leute vielleicht, aber andererseits sind sie ihnen auch suspekt, weil sie sich zu mühelos im Busch bewegen und gern allein sind, und das ist etwas, was kein Dorfbewohner verstehen kann.«

»Dann halten sie mich also für asozial?«

»Im Vergleich zu Afrikanern sind alle Amerikaner asozial«, antwortete Sisay. Er hob ärgerlich die Hand. »Du machst mehr Wind darum, als ich wollte. Es ist bloß etwas, dessen du dir bewußt sein solltest. Es wurde darüber gesprochen. Ich habe es dir gesagt. Ende der Geschichte.«

Ende des Aufenthalts, dachte Boone.

»Morgen werden wir mit dem Suchmann sprechen, und danach werden wir uns mit unserem Vater beraten.«

»Ich muß dich warnen«, sagte Boone. »Ich glaube nicht an Wahrsagerei.«

»Es ist keine Wahrsagerei. Du mußt es dir wie eine Schutzmaßnahme vorstellen. Es ist wie eine Versicherung. Hast du nicht gesagt, daß deine Familie im Versicherungsgeschäft ist? Versicherung bedeutet, daß man in der Zukunft nach den wahrscheinlichsten Risiken sucht. Die Statistiker stellen fest, welche das sind, und beschützen dich vor ihnen. Dafür bezahlst du ihnen Geld. Hier in Westafrika ist es genauso. Statistiker lernen ihr Wissen auf dem College, während die Suchmänner ihr Wissen im Traum bekommen, meistens nachdem ihre Ahnen sie besucht haben. Du solltest irgendeinen persönlichen Gegenstand gut verstecken, damit du den Suchmann auf die Probe stellen kannst.«

»Ich habe eine bessere Idee«, sagte Boone. »Ich werde ihm sagen, daß mein Freund irgendwo im Busch ist und er ihn doch bitte finden soll.«

Sisay erschauerte und biß auf das Tuch.

»Kann ich wirklich nichts tun?« fragte Boone.

»Du kannst ein bißchen von dem Elektrolytsalz auflösen«, sagte Sisay mit schwacher Stimme. »Ich werde versuchen zu schlafen. Sollte ich heute nacht schreien und irgendwelche Sachen sehen, mußt du kommen und mich festbinden. Ich weiß nicht, ob's am Chloroquin oder am Fieber oder an beidem liegt, aber Weiße können bei Malaria ziemlich losbrüllen. Stimmen, Gestalten, Halluzinationen... Einmal hab ich *Butch Cassidy und Sundance Kid* gesehen, von Anfang bis Ende. Ohne Videorekorder, ohne Projektor, einfach so. Bloß hohes Fieber und eine starke Dosis Chloroquin. Die Entwicklungshelfer behaupten, das kommt vom Chloroquin. Man nimmt zur Vorbeugung eine Tablette pro Woche, und schon die bewirkt, daß die Träume, wie du vielleicht gemerkt hast, ein bißchen lebhafter werden. Wenn man nachts aufwacht, dauert es länger, bis man weiß, ob man träumt oder wach ist. Sobald du dann wirklich Malaria hast, nimmst du zwei Tabletten als Anfangsdosis und danach alle zwölf Stunden eine weitere. Wenn du deine Visionen nicht vom Fieber bekommst, dann eben von der Anfangsdosis.«

»Wenn ich dich heulen höre«, sagte Boone, »werde ich kommen und dich anbellen.«

Er löste das Elektrolytsalz in Wasser auf, gab es Sisay, ging in sein Zimmer und spürte schon wieder das vertraute Grummeln im Bauch.

Er wartete auf den Schlaf. Die Nacht senkte sich herab, und der Mond erhob sich wie eine leuchtende Orange hinter den Palmen und warf riesige Schatten über den Hof. Boone stieg ächzend aus dem Bett und in seine Plastiksandalen, um die Hütte mit dem Loch im Boden aufzusuchen. Es war wie eine Heimkehr. Er bemerkte, daß seine alte Freundin, die Spinne, in seiner Abwesenheit fleißig gewesen war: Mehrere Kakerlaken waren eingesponnen wie Mumien und zuckten, denn die Spinne hatte sie am Leben gelassen, damit sie frisch blieben. Boone zündete die Sturmlaterne an und versteckte sein Schweizer Armeemesser in einem Spalt über dem Spinnennetz, den er mit einem Lehmklumpen verschloß.

Durch das dunkle Loch unter dem hölzernen Deckel schienen wieder einmal Infraschallgeräusche aus der Unterwelt heraufzusteigen. Vielleicht hatte ihm der Schock einer Reise in die dritte Welt eine gewisse Hellhörigkeit für die Geisterwelt verliehen. Als er den Deckel hochhob und mit seiner Taschenlampe in das Loch leuchtete, erwartete er fast, eine Szene aus einem Bild von Hieronymus Bosch zu sehen.

Boone hatte den Eindruck, daß die Plumpsklos und Latrinen der dritten Welt im Gegensatz zu amerikanischen Toiletten, die von reinen, durchscheinenden Wesen bewacht wurden, wahrscheinlich mit Kreaturen bevölkert waren, die weit finsterere Absichten hatten. Sie glitten irgendwo dort unten umher und klatschten vor Freude in die warzigen Hände, wenn ein Fremder aus der ersten Welt hereinwankte, um eine Ladung Magensäure loszuwerden. Sollte er es wagen, noch einmal in das schwarze Loch zu blicken, würde er sie wahrscheinlich sehen: verwachsene, rattenähnliche Wesen, in Größe und Aussehen Mungos oder unterirdischen Wasserspeiern ähnlich, die in der dunklen Grube wühlten und wie Schnabeltiere irgendwelche Mikroorganismen aus dem Schlamm filterten. Kleine Klokobolde, dachte er plötzlich. Wenn es sie tatsächlich gab, dann trugen sie wahrscheinlich stinkende Lederwämser und -hosen, die mit der Scheiße verschmiert waren, die unter den Brettern der Latrine aufspritzte. Sie hatten wahrscheinlich vorstehende braune Augen, auf denen eine dicke Schleimschicht glänzte, die sie beim Wühlen schützte, und sie konnten in einem Dutzend Sprachen der dritten Welt fluchen. Sie konnten genausoleicht zwischen der sichtbaren und der unsichtbaren Welt hin und her wechseln, wie Boone sich mit einem Laken zudecken konnte. Obgleich sie ein bißchen schwerfällig und nicht annähernd so leichtfüßig wie die europäischen Feen und Elfen waren, schafften sie es, sich immer ein Stück außerhalb der menschlichen Wahrnehmung aufzuhalten. Hin und wieder krochen sie aus ihrem Scheißsumpf, machten sich mit Lötkolben an den Hintern von Reisenden zu schaffen und kicherten, wenn sie Hexagramme, Pentagramme und andere magische oder satanische Zeichen in rote, geschwollene Arschlöcher gravierten.

In amerikanischen Toiletten würde es diesen Klokobolden vielleicht nicht gefallen, denn dort würde ihnen die Nahrungsgrundlage immer wieder durch antiseptische blaue Flüssigkeiten und scharfe Reinigungsmittel entzogen werden. Vielleicht mutierten die Klokobolde in Amerika zu kleinen, adrett gekleideten Kammerdienern und Zofen in gestärkter weißer Tracht, ausgerüstet mit Bürsten, Allzweckreiniger und seidig weichem Klopapier, mit dem sie die verwöhnten Arschlöcher der ersten Welt fünf- oder sechsmal abtupften, bis das letzte Blatt schließlich schneeweiß blieb. Und danach würde das zarte, gesunde Erste-Welt-Arschloch noch mit einem zarten Hauch von Parfüm bestäubt werden.

»Fertig, Meister«, würde die gewissenhafte Erste-Welt-Zofe sagen. »Ihr seid bereit, einen weiteren Tag lang zu essen, was Ihr wollt.«

Boone ging mühsam in die Hocke und spritzte einen dünnflüssigen Strahl hinunter. *Gott ist sehr groß*, betete er. Größer als die bösartigen kleinen Maulwurfswesen, die ihn aus den Schatten dort unten anzischten, größer als die fleischfressenden Fliegen, die ihn umsummten und darauf warteten, ihre Eier unter seiner Haut abzulegen.

Er nahm ein Bündel Blätter zur Hand, die einmal zu einem gebundenen Buch gehört hatten, und stellte fest, daß es sich um das Vorwort zu *Leopardenmenschen: Ein Bericht über die Prozesse gegen Leopardenmenschen vor dem Sondergericht der Britischen Krone* handelte. Irgend jemand – Sisay? – hatte eine Passage mit einer Beschreibung des Buschs angestrichen:

> Ich habe viele Wälder gesehen, doch bin ich nie in einem gewesen, der so unheimlich gewesen wäre wie der sierraleonische Busch. Im Mende-Land ist der Busch nicht hoch – gewöhnlich nicht viel mehr als Gestrüpp –, und die Vegetation ist insgesamt nicht sonderlich üppig, doch

haben sowohl der sierraleonische Busch als auch die Dörfer, die er umgibt, etwas, was einem die Haare zu Berge stehen lassen kann. Vielleicht liegt das an den flachen Hügeln über sumpfigen Tälern oder an den Assoziationen mit dem Sklavenhandel oder an dem Wissen, daß es in diesem Land von Leopardenmenschen wimmelt, doch meines Erachtens ist der Hauptgrund für dieses unheimliche Gefühl das Vorhandensein der zahlreichen halbmenschlichen Schimpansen mit ihrem dämonischen Geschrei. Der Busch schien mir von etwas Übernatürlichem durchdrungen, von einem Geist, der versuchte, die Kluft zwischen Mensch und Tier zu überbrücken. Einige der unheimlichen Geister dieses Landes sind, so glaube ich, in die Menschen eingedrungen, und das erklärt ihre unheimlichen Sitten und Gebräuche. Diese Menschen sind keineswegs primitive Wilde. Ich stellte fest, daß viele von ihnen scharfsinnig und hochintelligent waren, daß sie über außerordentlich viel Humor verfügten und die staunenswerte Fähigkeit besaßen, alles zu verbergen, was sie nicht offenbaren wollten – vermutlich eine Folge der Tatsache, daß Geheimgesellschaften hier seit unzähligen Generationen gang und gäbe sind. Doch abgesehen von den Verstandeskräften, die für die Befriedigung der täglichen Bedürfnisse aufgewendet werden müssen, stellen sie all ihre Geistesgaben in den Dienst von Zauberei, Fetischen und »Medizinen« wie *bofima*. Was sie brauchen, ist ein Ersatz für die dunklen Riten der Geheimgesellschaften, als deren Mitglieder sie sich als Leoparden oder Krokodile verkleiden und ihre Rollen mit solchem Eifer spielen, daß sie ihre Beute nicht nur töten, sondern auch verspeisen. Meines Erachtens besteht die einzige Möglichkeit, die beklagenswerte Verbreitung der Geheimgesellschaften zu bekämpfen, in schulischer Bildung und der Unterweisung in christlicher Lehre, wobei die letztere in besonderem Maße erforderlich ist, um an die Stelle der archaischen Glaubensvorstellungen der Eingeborenen zu treten. Zweifellos werden die energischen Maßnahmen der Regierung und in geringerem Umfang auch die Arbeit des Sonderberichts der Britischen Krone von Erfolg gekrönt sein, doch fürchte ich, daß er zeitlich begrenzt sein wird. Bloße Bestrafung kann keine Abhilfe schaffen; vielmehr muß die Leopardengesellschaft durch weltliche und religiöse Bildung überflüssig gemacht werden.

W. Brandford Griffith

2 Essex Court, Temple, September 1915

Noch während Boone in diese faszinierende Lektüre vertieft war, hörte er plötzlich von der Rückseite der Latrine ein Rascheln, gefolgt von einem Flüstern. Ein Schauer überlief ihn.

»Willst du die Medizin füttern?« zischte eine Stimme hinter ihm.

Er fuhr herum und wäre beinahe mit einem Bein in das Loch getreten. Er suchte die Rückwand der Latrine ab; die Flamme der Laterne flackerte und ließ Schatten über die Lehmwände tanzen. Er spähte durch einige Spalte und glaubte, ein Stück schwarze Haut zu sehen. Eine Wange? Den Unterarm einer Frau?

»Willst du die Medizin füttern?« flüsterte es. Ob die Stimme einem Mann oder einer Frau gehörte, war nicht auszumachen.

Boone zog die Hose hoch, packte die Laterne, ging hinaus und merkte sofort, daß es besser gewesen wäre, sich auf das bleiche Licht des Mondes zu verlassen, denn die Laterne tauchte die Umgebung der Latrine in blendende Helligkeit und verwandelte den Busch in eine Armee kämpfender Schatten. Aus dem Dorf hinter sich hörte er die Lieder der tanzenden Kinder und die afrikanische Musik aus dem Kassettenrekorder.

Er drehte den Docht herunter und wartete darauf, daß sich seine Augen an die Dunkelheit gewöhnten. Vor ihm, so reglos wie der Busch und in einer Entfernung, die er nicht abschätzen konnte, starrten zwei orangefarbene Lichtpunkte in die Nacht, als wären sie Brillengläser, in denen sich ein Feuerschein spiegelte.

»Verpiß dich!« sagte Boone und zischte das Ding unwillkürlich an. Wenn die Augen einer Buschkatze gehörten, konnte er sie vielleicht aufschrecken.

»Verpiß dich!« sagte er noch einmal und zischte wieder.

Er machte einen Schritt vorwärts und merkte, daß er den Weg würde verlassen und sich durch das Gestrüpp würde arbeiten müssen, um zu den Lichtpunkten zu gelangen.

Dann flüsterte das Ding wieder und ließ ihn erstarren.

»Willst du die Medizin füttern?«

»Wer bist du?« flüsterte Boone heiser.

»Willst du die Medizin füttern?«

»Ja«, flüsterte Boone. Vielleicht konnte er dem Wesen, was immer es war, eine andere Antwort entlocken.

»Wenn du mich geheimhältst, werde ich dir zeigen, wie man die Medizin füttert.«

»Sag mir, wie du heißt«, flüsterte Boone und suchte in den Schatten nach einer Gestalt, die seine Augen erfassen konnten.

Das Ding ahmte Boones Intonation nach und zischte spöttisch: »Verpiß dich!« Die orangefarbenen Augen entfernten sich geräuschlos und verschwanden im Busch, ohne daß ein Blatt geraschelt hätte.

Boone kehrte in die Latrine zurück, nahm seine Taschenlampe und riß die Seite, die er gelesen hatte, aus dem zerfledderten Buch. Dann ging er zurück zu Sisay, der noch immer fiebernd auf dem Bett lag. Seine schweißnasse Haut glänzte im Licht einer Sturmlaterne.

»Hast *du* diese Beschreibung des Buschs in Sierra Leone angestrichen?«

Sisay warf einen Blick auf die Buchseite und lächelte erinnerungsselig. »Ja. Ich habe diese Passage noch als Doktorand gelesen, bevor ich herkam. Damals dachte ich, es wäre eine gute Beschreibung des Buschs in Sierra Leone, aber ich hab sie nicht angestrichen. Nachdem ich ein paar Jahre hier gelebt hatte, bin ich noch einmal darauf gestoßen, und da habe ich sie dann angestrichen, weil ich fand, daß es ein gutes Beispiel dafür ist, wie ein Weißer sich daranmacht, Westafrika zu beschreiben, und stattdessen sein eigenes Unbewußtes beschreibt.«

Boone erwachte bei Tagesanbruch vom Klang des »Allahu akbar« und fand Schimmel in seinen Stiefeln. Das Hemd, das er am Abend zuvor zum Trocknen aufgehängt hatte, war feuchter als zuvor. Seine Entzündungen schmerzten, sein Haar war schweißverklebt, und zum zehntenmal wurde ihm bewußt, daß er einem Klima ausgesetzt war, in dem nie etwas trocknete, weder Wunden noch Kleider, Haare, Bauchnabel, Achselhöhlen oder Unterwäsche (sofern man dumm genug war, welche zu tragen).

Sisay, der diesmal das Morgengebet ausließ, hatte sich auf dem Bett aufgesetzt.

»Ich fühle mich viel besser«, sagte er und stützte sich auf einen Ellbogen. »Aber das heißt gar nichts. Das Fieber kommt in Wellen, je nachdem, mit was für einer Malaria-Art der Moskito einen geimpft hat. Manchmal hat man das Glück, mehrere Arten auf einmal zu erwischen.«

»*Oh sha*«, sagte Boone.

Wie um seine Anthropologielektion vom Vorabend zu unterstreichen, begrüßte Sisay eine Gruppe von Besuchern, die sich auf der Veranda versammelt hatten, und rief sie herein, damit sie ihn während der Pause zwischen den Fieberanfällen aufmunterten.

Boone grinste so auffällig wie möglich und widerstand dem Drang, sich in sein Zimmer zurückzuziehen.

Nach dem Frühstück und den Genesungswünschen des halben Dorfes – auch Pa Usman kam mit seinem *nomoloi*, den er eine Cola trinken ließ – erschien der Suchmann mit seinem Assistenten und den für das Ritual erforderlichen Gegenständen. Sam-King Kebbie und sein Helfer stellten sich vor und begannen mit dem üblichen zeremoniellen Brimborium von Begrüßungen und Erkundigungen nach dem Wohlergehen von Ehefrauen, Familien, Äckern und Vieh, von Schilderungen kürzlich unternommener Reisen und Erörterungen der Wirtschaftslage und der bevorstehenden Wahlen. Währenddessen betrachtete Boone mit abwesendem Blick die Gegenstände, die der Suchmann mitgebracht hatte: ein Bündel Stäbchen, eine Matte, einen Beutel mit Kieselsteinen und Reisig und Kräuter für ein kleines Feuer.

Der Helfer trug die traditionellen Hosen, Sandalen und ein Baumwollhemd, dazu ein Käppchen und eine Tonpfeife. Sam-King Kebbie hatte ein gebatiktes Hemd an, das mit islamischen Amuletten besetzt und mit Symbolen bemalt war. Wenn er bemerkte, daß Boone ihn ansah, starrte er sofort ins Leere, und über seine Augen legte sich ein Schleier, als würde ihm eine Offenbarung zuteil.

Der Suchmann, der nur Mende sprach, fragte Sisay, welchen Gegenstand Boone versteckt hatte, und Boone beschrieb sein Schweizer Armeemesser. Dann erkundigte der Suchmann sich nach dem Zweck von Boones Reise und dem Aufenthalt in diesem Dorf, den Boone als angenehm bezeichnete, wenn man von Entzündungen, Durchfall und dem Mangel an gekühltem Bier absah. Er wurde gefragt, welche Schritte er unternommen habe, um seinen Bruder zu finden, und was bei seiner Reise nach Bo herausgekommen sei.

Sam-King und sein Assistent erhoben sich, dankten den beiden Weißen und sagten, sie würden bald mit dem Taschenmesser zurückkehren.

Als sie gegangen waren, fragte Boone seinen großen Bruder: »Gehen diese Leute zur Schule und machen einen Abschluß in Suchwissenschaften oder was?«

»Meistens bekommt ein Suchmann seine Kräfte im Traum, aber er kann auch bei einem anderen Suchmann in die Lehre gehen. Sam-Kings Großvater war ein sehr mächtiger Suchmann und später einer der berühmten Tongo-Spieler, die durch das Land zogen und Kannibalen entlarvten und unschädlich machten. Sein Großvater ließ Verdächtige in jedem Dorf einen Stein in der Hand halten. Dann ging er mit den Steinen zu einem Kapokbaum und betete über ihnen, bis er wußte, welcher Stein von einem Kannibalen gehalten worden war.

Als sein Großvater gestorben war, erschien dem kleinen Sam-King im Traum ein weiblicher Geist und wollte einen Handel mit ihm machen. Sein Großvater hatte ihm alles über Geister beigebracht, und darum wußte Sam-King, daß dieses Gespräch nicht ungefährlich war. Man muß energisch auftreten und sich zum Herrn über den Geist machen, sonst bekommt der Geist Gewalt über einen, macht einen zu seinem Sklaven und fordert gewaltige Opfer, sexuelle Zuwendung und ständige Aufmerksamkeit. Sam-King siegte über den Geist, und der zeigte ihm sieben Reihen von Flußkieseln, die auf einer Matte angeordnet waren. Er zeigte ihm auch die Blätter einer bestimmten Pflanze und sagte ihm, die Steine und die Blätter seien Geschenke seines Großvaters, des Tongo-Spielers.

Am nächsten Tag sammelte Sam-King am Fluß Kieselsteine und streute sie in sieben Reihen auf die Matte. Dann ging er in den Busch und suchte nach den Blättern der Pflanze, die der Geist ihm im Traum gezeigt hatte. Er wusch seine Augen in einem Sud aus diesen Blättern, und seitdem kann er sehen, was die Steine ihm sagen wollen. Die Leute wenden sich an ihn, wenn sie verwirrt oder krank sind, wenn sie Angst haben oder wenn ihnen eine Reise oder eine wichtige Angelegenheit bevorsteht. Sam-King liest dann in den Steinen und empfiehlt ein bestimmtes Opfer, das seinen Klienten vor Übel beschützt oder eine günstige Voraussage Wirklichkeit werden läßt.«

»Und dafür läßt er sich bezahlen«, sagte Boone und verzog das Gesicht.

»Wertvolle Dienstleistungen bekommt man selten ohne Bezahlung«, erwiderte Sisay, »besonders da, wo du herkommst.«

»Und ich wette, seine Voraussagen treffen immer ein«, sagte Boone sarkastisch.

»Kunstfehler gibt es in jedem Beruf«, sagte Sisay. »Was ist, wenn ein Teufel oder eine Hexe oder ein zorniger Ahne aus eigennützigen Gründen in den Prozeß der Weissagung eingreift, vielleicht um den Klienten in die Irre zu führen? Was ist, wenn ein Fluch oder eine Verwünschung die Prophezeiung beeinflußt, ohne daß der Suchmann es merkt? Was ist, wenn das verordnete Opfer das Böse nicht abwehren kann, weil die an dem Opfer Beteiligten sich des Ehebruchs oder der Vernachlässigung ihrer Ahnen schuldig gemacht haben?«

»Wie bequem«, sagte Boone. »Dann ist also nie der Suchmann schuld, sondern immer etwas anderes.«

»Es gibt hierzulande keine Versicherung gegen Kunstfehler«, antwortete Sisay lächelnd.

»Wird er mir sagen können, wer für Michael Killigans Verschwinden verantwortlich ist und ob böse Medizin dahintersteckt?«

»Möglicherweise«, sagte Sisay. »Namen werden fast nie genannt. Meistens beschreibt der Suchmann Personen, die man später erkennt oder die sich schließlich offenbaren.«

»Und wenn, wie dein Busenfreund Lewis vermutet, böse Medizin dahintersteckt, gibt er mir dann einen Gegenzauber oder einen Schutz oder was?«

»Das kommt darauf an, um was für eine Art von verbotener Medizin es sich handelt«, antwortete Sisay. »Wenn es Hexerei ist, schickt Sam-King dich wahrscheinlich zu den *kondobla*, den ›Leuten mit dem Gegenmittel‹. Wenn es nicht Hexerei, sondern böse Medizin ist, wird er dich sehr diskret zu einem *hale nyamubla* schicken, zu einem Jujumann für böse Medizin. Das wäre allerdings, wie gesagt, verbotene Medizin. Wenn einfach eine Verärgerung der Ahnen dahintersteckt, wird er dir selbst ein passendes Opfer empfehlen. Du mußt dir Sam-King wie einen Allgemeinarzt oder Hausarzt vorstellen, der dich, wenn dein Zustand es erfordert, an verschiedene Fachleute überweist.«

Du mußt dir Sam-King als einen Quacksalber oder Handleser

vorstellen, dem Geld tiefe Einblicke in die Zukunft verleiht, dachte Boone.

»Kong, kong«, sagte eine Stimme an der Tür. Der Helfer des Suchmanns trat allein ein, ohne Sisay oder Boone anzusprechen.

»Wo ist mein Taschenmesser?« fragte Boone.

Sisay legte den Finger an die Lippen und runzelte die Stirn.

Der Helfer machte ein kleines Feuer und breitete eine Matte aus, auf die er das Bündel Stäbchen und den Beutel mit den Steinen legte.

In respektvollem Flüsterton stellte Sisay auf Mende eine Frage. Der Helfer nickte knapp.

Sam-King erschien in der Tür und setzte sich an das Feuer. Er legte Kräuter auf die Glut, schloß die Augen und sog den Rauch langsam und tief ein. Nach einigen Minuten begann einer seiner Füße zu zucken. Bald darauf zuckte auch eine Hand. Das Zucken breitete sich durch alle Glieder aus und erfaßte schließlich, schwach zunächst, doch dann immer heftiger, den Rumpf und den Kopf, bis sich Sam-Kings gesamter Körper in anscheinend unwillkürlichen konvulsivischen Krämpfen wand. Der Helfer achtete darauf, daß Sam-King sich nicht an den Möbeln verletzte oder die Füße ins Feuer stieß.

Die Zuckungen ließen langsam nach, und der Suchmann öffnete die Augen und sah ins Leere. Er hob das Bündel Stäbchen auf, kniff ein Auge zu und starrte hinein, als spähte er durch ein Fernrohr. Dann legte er das Bündel beiseite, warf noch mehr Kräuter ins Feuer, atmete den Rauch ein und verfiel in noch heftigere Zuckungen. Wieder spähte er in das Bündel Stäbchen, diesmal mit dem verwunderten Gesichtsausdruck eines Astronomen, der einen neuen Planeten entdeckt hat.

Er ließ das Bündel sinken und rief: »*Koli-bla!*«

Sisay starrte entsetzt Sam-King und dann Boone an.

»Was hat er gesagt?«

Sisay sah wieder zu dem Suchmann, der den Blick verwundert und geistesabwesend ins Leere richtete.

»Pavianmenschen.«

Sam-King begann zu singen und wandte sich der Matte und dem Beutel mit Steinen zu. Er wählte sieben Steine aus, hielt sie Boone hin und sagte etwas auf Mende.

»Nimm die Steine in die rechte Hand«, sagte Sisay, »und konzentriere dich auf das, was du wissen willst.«

Boone tat, was der Suchmann gesagt hatte, und gab ihm die Steine zurück.

Sam-King legte sie in einer Reihe auf die Matte und murmelte und sang dabei vor sich hin. Boone sah Sisay fragend an, doch der schüttelte nur den Kopf.

Sam-King studierte die Steine mindestens eine Viertelstunde lang. Er sang vor sich hin, und gelegentlich sprach er zu den Steinen. Dann schloß er die Augen, und wieder überkamen ihn Zuckungen. Als sie vorbei waren, öffnete er die Augen, starrte an die Wand und begann, mit ausdruckslosem Gesicht und monotoner Stimme zu sprechen.

»Dein Bruder ist im Busch«, übersetzte Sisay. »Er versteckt sich vor bösen Männern. Dein Bruder hat sehr böse Medizin gegen seine Feinde eingesetzt, und jetzt sagen die Männer, die die Medizin bewachen, daß sie gefüttert werden muß. Wenn dein Bruder die Medizin nicht füttert, wird sie sich gegen ihn wenden.«

Sam-King hörte auf zu sprechen. Offenbar hatte er wieder eine Vision.

»Was soll das heißen?« rief Boone aufgebracht. »Was für eine Art von Medizin? Wie soll er sie füttern? Wo *ist* er? Und wie kann ich ihn *finden*? Dafür habe ich schließlich zwanzig Dollar bezahlt. Sag ihm das!«

Sam-King sammelte die Steine ein und legte sie in seine Hand. Er begann wieder zu singen und klopfte mit dem Handrücken leicht auf den Boden wie ein Würfelspieler, der auf den Tisch klopft, um einen glücklichen Wurf zu machen. Wieder wurden die Steine auf die Matte gelegt und studiert. Wieder Zuckungen, Trance, Monolog und Übersetzung.

»Ein wichtiger Mann wird dich um ein Opfer bitten. Eine seiner Frauen wird dich zu einem heiligen Ort bringen, wo das Opfer dargebracht werden soll. Du mußt mit ihr gehen. Wenn du das Opfer nach den Anweisungen darbringst, wird dein Bruder zurückkehren.«

Nachdem er dies verkündet hatte, rollte Sam-King sich auf dem Boden zusammen und schien zu schlafen, nur daß er flüsterte und summte und gelegentlich seufzte und gestikulierte, ohne die

Augen zu öffnen. Nach einigen Minuten setzte er sich langsam auf, als erwache er aus tiefem Schlaf und wisse nicht, wo er war und wie er in Sisays Haus gekommen war.

»Frag ihn, wo ich meinen Bruder jetzt finden kann!« sagte Boone.

»So funktioniert das nicht«, antwortete Sisay. »Wenn er aus der Trance erwacht ist, kann er sich nicht erinnern, was gesagt wurde und was die Steine ihm erzählt haben.«

»Ach, tatsächlich?« rief Boone. »Und ich kann mich nicht mehr an meine zwanzig Dollar erinnern! Sie sind weg!«

Sam-King rieb sich die Augen und schien völlig verwirrt, bis sein Helfer ihm berichtete, was geschehen war. Nach einem kurzen Gespräch erhoben sich die beiden, um zu gehen.

»He«, rief Boone, »was ist mit meinem Taschenmesser?«

Sam-King blieb auf der Schwelle stehen und lächelte Boone an. Er klopfte auf seine Hosentasche, zeigte auf Boones Hose und ging.

Boone spürte etwas Schweres, Glattes in seiner Tasche. Es fiel ihm schwer, seinem Tastsinn zu glauben, und er zog das Taschenmesser hervor, damit er es betrachten konnte. Er sah Sisay von der Seite an und erhielt nur ein schiefes Lächeln.

Irgendwie hatten diese beiden Trickbetrüger sein Messer gefunden und es während der Zeremonie in seine Tasche fabriziert. Und dann waren sie mit seinem Geld abgehauen.

»Wo hattest du es versteckt?« fragte Sisay.

»In der Latrine«, antwortete Boone. »Über dem Spinnennetz. Ich hab es in einen Spalt gesteckt, den ich mit einem Lehmklumpen verstopft habe.«

»Kong, kong«, rief Pa Ansumana, streckte den Kopf zur Tür herein und begrüßte seine Söhne so überschwenglich, als hätten sie sich wochenlang nicht gesehen.

Sisay beschrieb ihm die Sitzung mit dem Suchmann. Erst lachte der alte Mann, dann machte er ein sehr besorgtes Gesicht, und schließlich – die Erzählung endete offenbar mit dem wiedergefundenen Taschenmesser – brach er wieder in Gelächter aus.

Pa Ansumana gluckste, wiegte sich vor und zurück und lachte laut los.

»Was ist daran so komisch?« fragte Boone.

Sisay legte die Hand vor den Mund und erklärte: »Er sagt, ein weißer Mann, der etwas in der Latrine versteckt, ist wie eine Frau, die etwas in der Küche versteckt, oder wie ein Kind, das etwas unter sein Kopfkissen legt. Wo verbringen weiße Männer die meiste Zeit? In der Latrine. Er sagt, wenn du das nächstemal einen Suchmann auf die Probe stellen willst, solltest du dir einen besseren Platz aussuchen als die Latrine, in der du die letzten zehn Tage gesessen hast.«

Pa Ansumana schien nicht im mindesten besorgt über den tragischen Tod von Pa Gigba, Killigans Verschwinden, Sisays Krankheit, die Gerüchte über Hexerei im Dorf oder die Unruhen, die der Wahlkampf mit sich brachte. Er legte die Hand auf Sisays Stirn und tat, als hätte er sich verbrannt: Er blies auf die Finger, schüttelte sie und zwinkerte Boone dabei zu. Schließlich ballte er die Faust und beugte den Arm mit derselben Geste, die er schon Boone gegenüber gemacht hatte: »Sei stark!«

Er setzte sich auf den Boden, zündete seine Pfeife an und machte, wie Sisay sagte, eine Bemerkung über die schwache Konstitution der Weißen und ihre ständigen Unpäßlichkeiten.

»Ich werde ihm alles erzählen«, sagte Sisay. »Von den falschen Nachrichten über Moussa Kamaras Tod, dem Zwischenfall in Bo, der Geschichte, die Pa Gigba uns erzählt hat, bevor er sich in einen Leoparden verwandelt hat und im Busch erschossen wurde, und von Sam-Kings Suche.«

Sisay sprach Mende, wobei er hin und wieder innehielt, um flach zu atmen. Er bemühte sich, seinem Vater keinen Schmerz, keine Schwäche zu zeigen. Pa Ansumana hörte schweigend zu und zog nachdenklich an der Pfeife, die Boone ihm an seinem Namenstag geschenkt hatte. Hin und wieder unterbrach er Sisay mit einer kurzen Frage oder einem leisen Lachen.

»Er ist überzeugt, daß Pa Gigba kein Zauberer war«, sagte Sisay. »Das Leopardenohr, das der Jäger ihm gezeigt hat, war mindestens zwei Tage vor seinem Tod abgeschnitten worden. Pa Gigba ist in seiner menschlichen Gestalt im Busch erschossen worden.«

»Seit zwei Wochen kriege ich allen möglichen Unsinn zu hören«, sagte Boone, »aber niemand wird mich davon überzeugen, daß ein Mensch sich in ein Tier verwandeln kann.«

Als Sisay das übersetzt hatte, zuckte Pa Ansumana bloß freundlich mit den Schultern, als wollte er sagen: »Na und?«, und wartete geduldig auf ein interessanteres Thema.

»Ich bin hierhergekommen«, sagte Boone, »um meinen Bruder zu finden, der im Busch verschollen und vielleicht in großer Gefahr ist.«

Sisay räusperte sich und übersetzte. Boone drehte Däumchen. Pa Ansumana stopfte seine Pfeife mit dem schimmernden *pu-mui*-Pfeifenstopfer, den ihm sein neuer Sohn ebenfalls geschenkt hatte und den er so fleißig benutzte wie einen neuen Besen.

»Er sagt, du wirst deinen Bruder finden, wenn Gott will, daß du ihn findest. Bis dahin, findet er, solltest du aber lernen, über andere Dinge zu sprechen. Du sprichst immer nur über dein Unglück. Und du fragst nie nach dem Unglück anderer.«

»Frag ihn, was er über Moiwo weiß«, sagte Boone. »Bitte«, fügte er der Höflichkeit halber hinzu.

»Er sagt, Moiwo ist ein mächtiger Mann, der viel Land, viele Frauen und die Fähigkeit, *pu-mui*-Bücher zu lesen, besitzt. Männer wie Moiwo hat er erst ein- oder zweimal in seinem Leben gesehen. Sie sind so stark, daß sie fast Zauberer oder göttliche Mächte sind. Aber er sagt, Moiwo ist eine Macht, die sich noch nicht entschieden hat, ob sie gut oder böse sein will. Wie viele andere starke Männer fragt Moiwo sich, ob es wirklich falsch wäre, auf dem Weg zu etwas Gutem etwas Böses zu tun. Ich habe einen Sohn, der manchmal so ist.« Hier errötete Sisay, und es war beinahe, als hätte er übersetzt, ohne zunächst den Sinn zu verstehen.

»Frag ihn, ob er glaubt, daß Moiwo irgend etwas mit Killigans Verschwinden zu tun hat.«

»Er sagt, die Amerikaner und die anderen *pu-mui*-Länder geben Moiwo Geld, weil er ihnen Zugang zu den Diamant- und Erzminen verschafft. Darum hat Moiwo mehr Geld und mehr Männer als Kabba Lundo, der Paramount Chief. Kabba Lundo hat einen Wedel aus einem Elefantenschwanz, den ihm der Chief der Koranko geschenkt hat, und er hat einen Stab mit einer Messingverzierung, den die Engländer seinen Ahnen geschenkt haben, und er trägt ein Gewand, das in Medizin gekocht und mit Mustern bedruckt ist, die eine geheime Bedeutung haben, und an dem man dann *sebeh*, islamische Amulette, angebracht hat – und all das beschützt den Paramount Chief vor bösen Mächten. Er ist in so viel Macht eingehüllt, daß er sich kaum bewegen kann. Pa hat einmal gesehen, wie Kugeln an ihm abgeprallt sind.«

Pa Ansumana hielt inne und stopfte mehr Tabak auf die Asche in seiner Pfeife.

»Aber Kabba Lundo wird alt«, fuhr Sisay fort, als Pa Ansumana weitersprach. »Manche sagen, daß er schwach geworden ist. Manche sagen, daß er die falschen Leute in Freetown unterstützt. Moiwo will Paramount Chief werden, und vielleicht ist seine Zeit wirklich gekommen. Aber manchmal geben alte Männer die Macht nicht so leicht ab. Manchmal halten sie sich nicht durch Stärke, sondern durch List an der Macht, denn alte Männer können äußerst schlau sein. Weil sie älter sind, kennen sie mehr Listen.« Pa Ansumana stopfte seine Pfeife und lächelte zufrieden.

»Dein Bruder lag Kabba Lundo besonders am Herzen. Der Paramount Chief hat ständig versucht, ihn dazu zu bringen, die amerikanischen Geheimgesellschaften zu vergessen und ein Mende zu werden. Wenn dein Bruder Kabba Lundo im Wahlkampf offen unterstützt hat, könnte das Moiwo zornig gemacht haben. Allerdings nicht zornig genug, um einem *pu-mui* ein Leid zu tun – dazu müßte die Sache viel ernster sein. Aber gestern erst hat Pa gehört, daß sich die *pu-mui*, als sie vom Verschwinden deines Bruders erfuhren, mit dem Section Chief Moiwo in Verbindung gesetzt haben, und nicht mit Kabba Lundo, der erst kürzlich von dieser Sache erfahren hat. Das war eine Beleidigung für den Paramount Chief und eine Verbeugung der *pu-mui* vor Moiwo, durch den sie Steine und Erze aus den Minen holen können, ohne dafür Steuern zu bezahlen. Kabba Lundo läßt sie Steuern bezahlen.

Pa Ansumana war vor kurzem bei Kabba Lundo, und zwar wegen der vielen gestorbenen Kinder und der Gerüchte über Zauberei. Er und Kabba Lundo haben eigene Pläne, wie sie deinen Bruder finden und herausbekommen können, ob Moiwo irgend etwas damit zu tun hatte. Du wirst sehen, daß zwei alte Männer schlauer sein können als ein stärkerer junger Mann.«

Pa Ansumana kicherte. Er schien Kabba Lundos und seinen

Plan noch einmal von allen Seiten zu überdenken und sich über dessen Genialität zu freuen.

»Vielleicht war Moiwo bei den Pavianmenschen«, übersetzte Sisay. »Pa Ansumana weiß es nicht, aber es würde ihn nicht überraschen. Wer weiß schon, warum Menschen sich in Tiere verwandeln und ihr Heil in böser Medizin suchen? Möglicherweise verwandelt sich Moiwo in diesem Augenblick in einen Pavian – wahrscheinlich in einen fetten.«

»Frag ihn, ob er schon einmal *selbst* gesehen hat, wie sich ein Mensch in ein Tier oder ein Tier in einen Menschen verwandelt hat«, sagte Boone spöttisch.

Als Sisay die Frage übersetzt hatte, schnaubte Pa Ansumana und blies Asche aus der Pfeife, die gefährlich schwankte, bis seine Zahnstummel sie wieder zu fassen bekamen. Er sagte etwas auf Mende, mit dem Gesichtsausdruck eines U-Bahn-Angestellten aus Brooklyn, der einem Bauern aus Nebraska sagt, in welchen Schlitz er seine Wertmarke werfen muß.

»Zauberer verwandeln sich nur dann in Tiere, wenn sie allein sind«, übersetzte Sisay, »und darum ist es unmöglich, daß jemand sie dabei sieht. Und selbst wenn jemand sehen würde, wie ein Zauberer sich in einen Elefanten oder einen Pavian verwandelt, würde er niemals darüber sprechen oder auch nur zugeben, daß so etwas möglich ist, denn der Zauberer würde den Zeugen sofort töten, noch bevor er das Geheimnis offenbaren könnte.«

»Wie praktisch«, sagte Boone.

Pa Ansumana unterbrach Sisay, bevor er die Antwort übersetzen konnte. Die beiden sprachen Mende, und Sisay zeigte hin und wieder auf Boone und erklärte offenbar, wie skeptisch dieser war.

»Er sagt, du glaubst nicht, daß Menschen sich in Tiere verwandeln können, weil du aus dem Lande Pu kommst. Er hat gehört, daß die Dörfer im *pu-mui*-Land nicht mehr von Busch umgeben sind, so daß die Menschen sich dort nicht mehr in Tiere zu verwandeln brauchen. Die *pu-mui*-Dörfer sind so groß geworden, daß sie den ganzen Busch verschluckt haben, und darum müssen die Tiere im *pu-mui*-Land lernen, sich zu verwandeln, damit sie die Gestalt von Menschen annehmen und in Dörfern leben können, die das ganze Land bedecken.«

Pa Ansumana zog an seiner Pfeife, lachte verschmitzt und sprach weiter.

»Er sagt, die Weißen haben Zauberkisten mit einem Fenster, die Geschichten enthalten, und wenn sie in der Kiste eine Geschichte sehen, dann glauben sie sie, aber wenn jemand ihnen sagt, was er mit eigenen Augen gesehen hat, dann glauben sie ihm nicht.

Er sagt, ich soll dich fragen, ob du wirklich glaubst, daß *pu-mui* auf dem Mond herumspaziert sind, und wenn ja, ob du das mit eigenen Augen gesehen hast. Er selbst glaubt nicht, daß *pu-mui* auf dem Mond herumspaziert sind. Er glaubt, daß das bloß eine der Geschichten ist, die die *pu-mui* durch das Fenster in ihrer Zauberkiste gesehen haben. Als alle darüber sprachen, daß die *pu-mui* angeblich auf dem Mond herumspazierten, gab es eine Bindehautentzündungsepidemie in Sierra Leone. Und bis heute nennen die Leute hier eine Bindehautentzündung ›Apollo‹, weil sie glauben, daß die *pu-mui*, als sie auf dem Mond herumspaziert sind, so viel Mondstaub aufgewirbelt haben, daß die Menschen in Sierra Leone Augenentzündungen bekamen. Pa persönlich glaubt nicht, daß das stimmt, denn er hat lange genug gelebt, um zu wissen, daß es vor langer Zeit, als noch niemand behauptet hat, daß die *pu-mui* auf dem Mond waren, eine noch schlimmere Epidemie gegeben hat.«

»Sag ihm, der Mond ist aus Käse«, unterbrach ihn Boone, »und wenn er sich in eine Kuh verwandelt, kann er beim Darüberspringen ein Stück abbeißen.«

Sisay sah Boone finster an und bedeutete Pa Ansumana, er möge fortfahren.

»Überall in Sierra Leone schneiden die Jäger einem erlegten Tier ein Ohr ab. Wenn sie eine Hexe oder einen Zauberer töten, der in Gestalt eines Tiers durch den Busch schleicht, verwandelt sich das Tier wieder in einen Menschen, und sie werden des Mordes angeklagt. Glaubst du, alle Jäger in Sierra Leone würden ihrer Beute ein Ohr abschneiden, wenn sie nicht wüßten, daß sie vielleicht einen Menschen in Tiergestalt getötet haben?«

»Das ist so, als würde man sagen, Sun Myung Moon muß Gott sein, weil es so viele Moonies gibt«, sagte Boone bissig.

»Als Pa ein junger Mann war«, fuhr Sisay fort, »wurde seine

erste große Frau der Hexerei beschuldigt, weil sie von einer Frau geträumt und den Tod des Sohnes dieser Frau verursacht hatte. Eines Morgens ging er auf eines seiner Felder und sah, daß seine große Frau von einer der Fallen getötet worden war, die sie gemeinsam aufgestellt hatten. Glaubst du, sie wäre dumm genug gewesen, in eine der Schweinefallen zu gehen, die sie selbst aufgestellt hatte? Nein, sie war offenbar in Gestalt eines Buschschweins auf dem Feld herumgelaufen und war in die Falle gegangen und getötet worden, und danach hatte sie sich natürlich wieder in einen Menschen verwandelt.«

Boone stützte seinen müden Kopf in die Hände und schüttelte ihn stöhnend. »Frag ihn – bitte! –, ob er eine Ahnung hat, was mit meinem Bruder passiert ist.«

Pa Ansumana machte eine Bemerkung und lachte mit zusammengebissenen Zähnen.

»Was?« fragte Boone.

»Er sagt, vielleicht hat sich mal wieder ein weißer Mann umgebracht.«

Boone sah seinem Großvater ins Gesicht. Es war von vielen Lachfalten durchzogen, und die Augen funkelten vor Vergnügen. »Wahnsinnig komisch«, sagte Boone.

»Das ist ein Witz für Eingeweihte«, sagte Sisay. »Sei nicht beleidigt. Soweit ich weiß, glauben die Mende nicht an Selbstmord.«

»Du meinst, sie raten den Leuten davon ab, sich umzubringen?« fragte Boone. »Eine vernünftige Politik.«

»Nein«, sagte Sisay, »ich meine, sie glauben nicht, daß jemand sich jemals selbst umgebracht hat. Ich kann es ihnen nicht erklären. Als ich ungefähr ein Jahr hier war, hat ein Peace-Corps-Mitarbeiter im Norden, in Koranko, Selbstmord begangen, und die ganze nördliche Provinz war entsetzt. Die Nachricht verbreitete sich, und bald sprach das ganze Land darüber. Die Männer im Dorf kamen zu mir und lachten laut, weil sie dachten, ich würde ihnen sagen, daß das Ganze ein ausgefeilter *pu-mui*-Scherz war. Was würden sich diese *pu-mui* als nächstes ausdenken? Nicht mal ein *pu-mui* konnte doch so verrückt sein, sich selbst zu töten. Ich versuchte, ihnen zu erklären, daß es nicht so sehr mit Verrücktheit als vielmehr mit Verzweiflung und Depression zu tun hat, aber sie lachten nur.

Ich versuchte es noch einmal, und sie lachten noch mehr. In ihren Augen war ich bloß dabei, diesen bizarren Scherz weiter auszubauen. Warum sollte ein Mann sich selbst umbringen und nicht seinen Feind, der die Verzweiflung durch Betrug oder Hexerei hervorgerufen hat? Das konnten sie nicht verstehen. Das konnten sie nicht glauben. Sie konnten sich überwinden, die Originalität dieser Geschichte anzuerkennen, aber dann fanden sie, es sei an der Zeit zuzugeben, daß sie erfunden war.

Ich habe die halbe Nacht in der Runde im *barri* gesessen und zugehört und geredet. Kein Afrikaner, sagten sie, würde auf den Gedanken kommen, sich umzubringen – um wieviel weniger also ein *pu-mui*, der aus einem Land kommt, wo es überall genug Essen gibt und alle Menschen schön dick, gut genährt und von mächtigen Medizinen beschützt sind. Ich sagte, daß viele Menschen im Lande Pu von Zeit zu Zeit daran denken, sich umzubringen, und daß einige es auch tatsächlich tun und daß es etwas ist, von dem jeder in Amerika schon einmal gehört hat. Ich erzählte ihnen von einem Freund, dessen Kind gestorben war und der daraufhin so traurig wurde, daß er versuchte, sich umzubringen. Er wurde im letzten Augenblick gerettet.

Die Männer sahen sich an und hielten den Atem an, als wollten sie sagen: ›Sollen wir diesem Geschichtenerzähler seine Lügenmärchen durchgehen lassen, oder sollen wir ihn zur Rede stellen?‹ Und dann lachten sie wieder und wollten nichts mehr davon hören.

Und darum heben die Leute in diesem Dorf, wenn sie in einem Gespräch an einem Punkt angelangt sind, wo es keine denkbare Erklärung für das, was geschehen ist, gibt, die Hände und sagen: ›Vielleicht hat sich mal wieder ein weißer Mann umgebracht.‹ Es ist eine Art Dauerwitz. So wie du und ich sagen würden: ›Gottes Wege sind unergründlich ...‹«

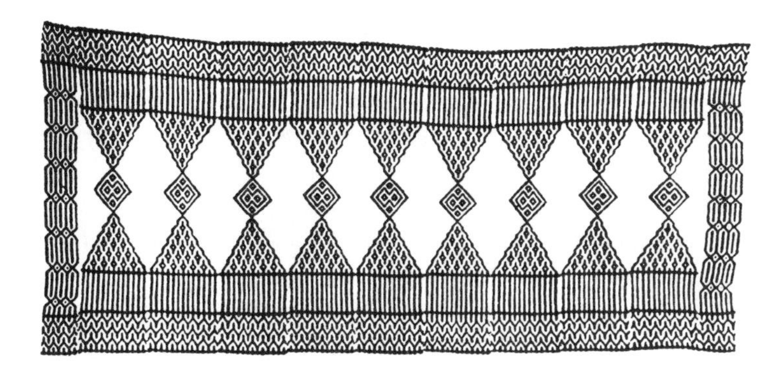

15

Fledermausscheiße«, sagte Mack über die Sprechanlage. »Der Fachausdruck heißt, glaube ich, ›Guano‹. So steht's jedenfalls in dem Laborbericht, den sie uns gerade gefaxt haben. Und die schwarzen Streifen, in die das Zeug eingewickelt war, sind gegerbte Pythonhäute. Das rote Röhrchen besteht aus einer Art Lehm, den es da drüben gibt, und – das ist jetzt ein bißchen komisch – menschlichem Blut. Blutgruppe AB negativ. Sie schreiben, daß diese Blutgruppe sehr selten ist.« Mack kicherte. »Ist das nicht Ihre Blutgruppe?«

»Woher wissen Sie das?« wollte Randall wissen.

»Ich wußte es nicht«, sagte Mack schnell. »Wirklich nicht. Es war ein Witz. Ich wollte bloß einen Witz machen.«

»Ich auch«, sagte Randall. »Ich habe Blutgruppe Null«, log er. »Muß afrikanisches Blut sein.«

»Ja«, sagte Mack.

»Ist das alles? Sonst nichts?«

»Sonst nichts«, sagte Mack. »Fledermausscheiße, Pythonhaut, Lehm und menschliches Blut. Die Leute vom Labor haben gesagt, sie packen es, so gut es geht, wieder zusammen und schicken es an Sie zurück.«

»Blut, Fledermausscheiße und Pythonhaut«, murmelte Randall. »Jemand hat mir Blut und Fledermausscheiße aus Afrika geschickt. Wie sieht's mit unserer Suche nach einem Anthropologen aus, der sich mit diesem Stamm auskennt – wie hieß der noch mal?«

»Die Mende«, sagte Mack. »Er kommt heute von einem Studienurlaub zurück. Ich habe eine genaue Beschreibung des ... Bündels bei einem seiner Doktoranden hinterlassen und ihm gesagt, daß Sie einen Berater oder Experten brauchen. Professor Harris Sawyer, University of Pennsylvania. Und die Comco-Leute warten auf Sie, wegen der Zwangsvollstreckung von Beach Cove.«

Randall ließ sein Notebook auf dem Schreibtisch stehen und ging durch den Korridor zum Konferenzraum A. Einen Augenblick lang fragte er sich, wie es kam, daß er auf dem Boden ging. Was, wenn er seit seiner Geburt die Leute ausschließlich an der Decke hätte gehen sehen? Dann wäre es ausgesprochen eigenartig gewesen, auf dem Boden zu gehen. Was, wenn diese Wände gar nicht fest waren, sondern Laser-Hologramme, die genau wie Tapetenmuster aussahen?

Im Konferenzraum saßen zwei Subalterne von Comco neben dem Chefanwalt der Bank, Mr. Lance Buboe, einem Vorstandsmitglied und alten Freund der Seniorpartner von Randalls Kanzlei. Buboe war in erster Linie für eine fünfundzwanzig Zentimeter lange Strähne bekannt, die knapp über dem linken Ohr wuchs und mit Kamm und Pomade über die schimmernde, rosige Wölbung seines Schädels bis zu seinem rechten Ohr gelegt war. Die Mitarbeiter der Kanzlei nannten ihn Klatschhaar. Klatschhaar und seine Begleiter trugen Krawatten. Randall trug ebenfalls eine Krawatte. Mit einemmal wurde er sich der absoluten Nutzlosigkeit von Krawatten bewußt. Woher kamen die überhaupt? Wer hatte die erste Krawatte getragen? Warum? Waren sie rudimentäre Lätzchen? Symbolische Joche? Haltestricke? Verzierungen? Sie wurden jedenfalls nicht von Leuten getragen, die Wert darauf legten, ihrem Erscheinungsbild einen Farbtupfer zu verleihen. Sollten sie vielleicht zerbrochene Hemdknöpfe verdecken? Was für ein Kostüm hatten sie sich heute angezogen, ohne auch einen Augenblick darüber nachzudenken, warum?

»Da ist er ja«, sagte Buboe mit einem warmen Lächeln und erhob sich. »Dschingis-Khan. Seht ihn euch an, Jungs! Es gibt eine Menge junge, aufstrebende Anwälte, die sich darum schlagen, mit diesem Mann in die Schlacht zu ziehen! Das mit der Aufhebung des Vollstreckungsaufschubs haben Sie fabelhaft gemacht«, sagte Buboe überschwenglich. »Großartige Arbeit. Chuck ist ebenfalls sehr zufrieden«, fügte er hinzu und sah Randall bedeutungsvoll an. »Sehr zufrieden. Und er ist derjenige, der die Mandate in Chicago vergibt.«

»Ich möchte einen Vorschlag machen«, sagte Randall und fragte sich, ob er den Mut hatte, das, was er vorhatte, auch wirklich zu tun. »Es geht um diesen Beach-Cove-Deal.«

»Was gibt es da noch zu bereden?« fragte Buboe. »Dank Ihnen ist der Aufschub aufgehoben. Wir vollstrecken, nehmen diesen Arschlöchern die Anlage weg und verkaufen sie.«

»Ich wollte nur einen Vorschlag machen«, sagte Randall.

Ich bin heute morgen in der Kirche gewesen, konnte er sagen. Er konnte Buboe und seinen Handlangern erzählen, was passiert war. *Sie können es nicht wissen*, konnte er sagen, *aber ich bin vielleicht sehr krank. Es könnte sein, daß ich Krebs habe, einen Gehirntumor. Es könnte sein, daß er mich sehr schnell tötet. Innerhalb von wenigen Monaten. Wenn es kein Krebs ist, dann ist es etwas anderes, was mich ... beschäftigt. Also bin ich in die Kirche gegangen und habe versucht zu beten, weil ich in letzter Zeit so ... verzweifelt gewesen bin. Ich war so hilflos. Ich hatte solche Angst. Das verändert einen Menschen. Ich habe gebetet. Ich habe versucht zu beten – ich hatte einfach keine andere Wahl. Mir blieb nichts anderes übrig. Ich war allein, und ich hatte Angst, daß ich bald tot sein oder vielleicht eine Art Zusammenbruch erleiden könnte. Und nachdem ich angefangen hatte zu beten, kam mir der Gedanke, daß ich, wenn Gott mich weiterleben lassen würde, mehr Gutes tun würde. Ich könnte wenigstens versuchen, mehr Gutes zu tun. Anstatt nach Schlachten zu suchen, könnte ich die Menschen zusammenbringen und ihnen helfen, ihre Streitigkeiten beizulegen. Ich habe mich gefragt, ob Comco wohl bereit wäre, Beach Cove noch eine Chance zu geben.*

Wenn er das tatsächlich sagte, wie lange würde er dann in ihre offenen Münder sehen können? Die Nachricht von Randall Killigans psychotischem Schub würde sich innerhalb einer Stunde in der Kanzlei und den angeschlossenen Firmen herumsprechen. Jeder Anwalt im Haus würde hinter verschlossenen Türen darüber reden, daß Randall ein Bibelfrühstück ausgerichtet und anschließend versucht hatte, die Kanzlei an eine gegnerische Partei auszuliefern. *Holt eine Zwangsjacke! Und Beruhigungsmittel! Wer weiß, was er als nächstes vorhat?*

Und so bewahrte Randall die Fassung und sagte: »Ich wollte nur sichergehen, daß ein Vergleich ausgeschlossen ist.«

»Wenn Sie vorschlagen würden, daß wir uns mit diesen Arschlöchern vergleichen sollten«, sagte Buboe und lachte wiehernd, »würde ich uns einen anderen Anwalt suchen.«

»Und wenn Sie von mir verlangen würden, mit Beach Cove einen Vergleich zu schließen«, sagte Randall heiter, »würde ich mir einen neuen Mandanten suchen. Wie die Dinge liegen, werde ich Bilksteen Nachhilfestunden berechnen und versuchen, einen Posten in der Vermögensverwaltung für ihn zu finden.«

Sobald die Comco-Sache unter Dach und Fach war, stürmte Randall wieder in sein Büro und versuchte, sich zu benehmen wie ein Feldherr. Vielleicht ließ er sich von dieser Tumorgeschichte ein bißchen zu sehr beeinflussen. Vielleicht lief er herum und dachte über das Sterben nach, ohne es zu merken. Vielleicht sollte er eigens einen Fahrer einstellen, der Leute, die ihm in die Quere kamen, über den Haufen fuhr.

Einem per Boten zugestellten Schreiben von einer Kanzlei am anderen Ende der Stadt und einer Telefonnachricht auf dem Monitor entnahm er, daß in der von Richter Baxter geleiteten Verhandlung irgend jemand versuchte, ihn über den Tisch zu ziehen. Die Verhandlung, auf die Randall sich zwei Wochen lang vorbereitet hatte, war vertagt worden, und damit bestand die Möglichkeit, daß der ganze Fall den Bach hinunterging. Er nahm das Gesetzbuch zur Hand und suchte nach einem Paragraphen, den er wie eine Rasierklinge aus dem Schuh ziehen konnte.

Er verfütterte das Schreiben an Benjy und fluchte. *Das kommt dabei heraus, wenn man nur mal eben zum Pinkeln geht: Sie geben's einem von allen Seiten!*

Die Sprechanlage summte. Randall zog wie in alten Zeiten das Schwert und drückte damit auf den blinkenden Knopf.

»Indiana Jones auf Leitung drei«, sagte Mack. »Frisch zurück aus Afrika und bereit, uns zu beraten. Harris Sawyer, Professor der Anthropologie an der University of Pennsylvania.«

Während der Professor sich vorstellte und seine Publikationen aufzählte, zwang Randall sich zur Ruhe und rief sich ins Gedächtnis, daß er mit einem Menschen sprach, der kein Konkursanwalt – ja nicht einmal Anwalt – war, und das bedeutete, daß er diesen Menschen nicht einschüchtern oder vernichten konnte, sondern nett zu ihm sein mußte. Aus jemandem Informationen herauszuholen, indem man nett zu ihm war, kostete mindestens dreimal soviel Zeit wie die einfache Drohung, die Karriere des anderen zu beenden und all sein bewegliches Gut zu pfänden, und das erklärte, warum er mit den Zähnen knirschte und auf die Uhr sah, wenn er gezwungen war, nett zu sein.

»Eine meiner Mandantinnen ist eine reiche, exzentrische Sammlerin. Ihr Name tut hier nichts zur Sache – nennen wir sie einfach Colette. Colette ist mit einem Unternehmer im Im- und Exportgeschäft verheiratet. Nennen wir ihn ... ich weiß nicht, nennen wir ihn Trader Vic. Trader Vic fährt ein paarmal im Jahr nach Afrika und schickt Colette afrikanische Kunstgegenstände, Kleidungsstücke, Schnitzereien und so weiter. Auf seiner letzten Reise ist Trader Vic nach Sierra Leone gefahren, um bei einem Stamm namens Mende Kunstgegenstände zu kaufen. Mein Assistent hat mir gesagt, daß Sie eine Menge über diesen Stamm wissen.«

»Das stimmt«, sagte Sawyer.

»Wir sind, nebenbei gesagt, selbstverständlich bereit, ein angemessenes Beraterhonorar zu zahlen«, sagte Randall. »Jedenfalls, auf dieser letzten Reise zu den Mende ist Trader Vic ... verschwunden. Er ist weg, nicht auffindbar. Kurz darauf bekommt Colette ein Paket aus Freetown in Sierra Leone, und darin ist ein kleines, schwarzes Bündel, etwa so geformt wie ein Ei oder ein kleiner Football, und in einem Ende steckt ein rotes Röhrchen. Das Komische daran ist: Colette ist sicher, daß das Paket nicht von Vic ist, denn die Adresse war nicht in seiner Handschrift, und ihr Name war falsch geschrieben.«

Professor Sawyer räusperte sich. »Jemand vom Stamm der Mende will Ihrer Mandantin etwas antun«, sagte er. »Oder wahrscheinlicher: Jemand will sie töten. Die andere Möglichkeit ist, daß jemand Trader Vic etwas antun will, indem er seiner Frau etwas antut. Das rote Röhrchen heißt *tingoi*; zusammen mit dem schwarzen Bündel heißt es *ndilei* und ist eine starke, böse, verbotene Medizin, die von einer Hexe oder einem Jujumann angefertigt wird und dazu dient, anderen Menschen zu schaden.«

Randalls Kopfhaut prickelte, und sein Herz setzte einen Schlag aus, kam ins Stolpern und raste dann los.

»Warum sollten Hexen oder Jujumänner meine Mandantin verletzen wollen?«

»Ich würde sagen, jemand hat sie dafür bezahlt«, sagte Sawyer. »Nehmen Sie mir den Vergleich nicht übel, aber die Menschen dort, die einen Feind mit Hexerei oder böser Medizin verletzen wollen, nehmen dafür die Dienste eines bösen Medizinmannes oder *hale nyamubla* genauso selbstverständlich in Anspruch, wie ein Amerikaner, der jemand verklagen will, die Dienste eines Anwalts in Anspruch nimmt.«

»*Medizin?*« fragte Randall.

»Ja«, sagte Sawyer, »aber im weiter gefaßten, afrikanischen Sinn von ›Talisman‹ oder ›Amulett‹. Der *ndilei* wird besonders mit Zauberei und ›Hexenzeug‹, wie die Mende es nennen, in Zusammenhang gebracht. Sobald das Bündel in der Nähe oder im Haus des Opfers ist, sucht sich die Person, die es dorthin gebracht hat, eine Nacht aus, in der sie von dem Opfer träumt, und in dieser Nacht verwandelt sich die Medizin in einen Hexengeist in Gestalt eines Flughundes oder eines Pythons und greift das Opfer an.«

»Greift das Opfer an?« fragte Randall mit belegter Stimme. Er atmete schneller, und sein Gesicht war bis zu den Ohren gerötet. »Was könnte das Ding ... hm ... Colette antun?«

»Darüber gibt es verschiedene Meinungen«, sagte Sawyer, »je nachdem, ob das Bündel von einem Zauberer, beziehungsweise von einer Hexe, oder von einem Jujumann stammt. Aber die meisten Mende würden sagen, daß die *ndilei*-Medizin zur gegebenen Zeit ihre Tiergestalt annimmt und dann Blut aus dem Hals oder einem Glied des Opfers saugt. Das Opfer wird später krank oder stirbt, oder eines seiner Glieder wird gelähmt und verkümmert. Die Mende glauben, daß das, was wir ›Polio‹ nennen, durch einen Python verursacht wird, der den Arm oder das Bein eines

Schlafenden verschlungen hat. Meist wird das Opfer aber einfach krank und stirbt einen langsamen Tod. Am beliebtesten scheinen innere Blutungen zu sein, aber möglich sind auch Fieber, gefolgt von Koma, Halluzinationen, Anfälle ...«

»Halluzinationen?« sagte Randall heiser. »Koma?«

»Ja«, sagte Sawyer, »aber Sie müssen bedenken, daß das körperliche Symptome sind, ein Teil der stofflichen Welt. Im spirituellen Bereich hat der Hexengeist die Seele oder *ngafei* seines schlafenden Opfers angegriffen, seine Lebenskraft.«

»Aber, aber ...« sagte Randall und zerrte an seiner Krawatte. »Wenn Colette nun behauptet, daß sie eines Nachts tatsächlich eine Fledermaus gesehen hat, wenn auch vor einiger Zeit, und ... Na ja, ihr ist nichts passiert, ich meine, sie hat keine verkümmerten Glieder oder so ...«

»Sehr beliebt«, unterbrach ihn Sawyer, »ist auch Tuberkulose. In diesem Fall haben der Zauberer oder die Hexe, glaubt man, die Seele des Opfers mit heißem Hexenwasser übergossen, so daß sie Brandblasen bekommt und das Opfer ein brennendes Gefühl wie nach einem heftigen Hustenanfall hat.«

»Hexenwasser?« wiederholte Randall. Er legte die Faust an die Brust und rang nach Luft.

»Aber die stofflichen Manifestationen sind fast nebensächlich, denn das, was passiert, spielt sich, wie gesagt, im Übernatürlichen ab. Der Angriff richtet sich gegen die Seele, die das Gegenstück des Körpers und untrennbar mit ihm verbunden ist. Aber in Afrika *ist* das Übernatürliche zugleich das Stoffliche, und darum wird es wie etwas Stoffliches beschrieben: Die Hexe gibt dem Opfer Hexenfleisch zu essen, oder der Hexengeist frißt den Bauch des Opfers, oder er saugt Blut aus einer Ader, oder ...«

»Blut?« fragte Randall. »Ist das von Bedeutung? Sie haben das vorhin schon einmal erwähnt. Ich meine, Colette hat etwas von Blut gesagt. Ich glaube, sie hat gesagt, daß Blut aus dem Bündel gekommen ist. Hat das etwas zu bedeuten?«

Ein langes Schweigen füllte Randalls Ohr.

»Wenn meine Studenten mir solche Fragen stellen«, sagte Sawyer schließlich, »wende ich die Zwei-Hüte-Methode an: Zuerst setze ich meinen Anthropologenhut auf. Einige Anthropologen, die sich mit den Mende beschäftigt haben, vermuten, daß der *ndilei* mit Blut gefüllte Blasen oder Fläschchen enthält, so daß der Hexenfinder, der den Besitzer der Hexerei beschuldigt, beweisen kann, daß die Medizin benutzt worden ist, um anderen etwas Böses anzutun. Dann setze ich meinen Anthropologenhut ab und meine afrikanische Kappe auf. Als jemand, der vier Jahre in einem Mende-Dorf gelebt hat, würde ich sagen, daß ein *ndilei*, der Blut enthält, bereits seine Tiergestalt angenommen und mindestens ein Opfer angegriffen hat, denn er hat offenbar Blut gesaugt. Wie ich schon sagte: Als Mende würde ich in diesem Fall erwarten, daß das Opfer krank wird und stirbt.«

Randall riß sich die Krawatte ab und warf sie auf den Boden.

»Aber wenn er ... wenn sie ... ich meine, Colette«, stotterte er. Plötzlich hatte er Atembeschwerden. »Selbst wenn sie naiv genug wäre, um dieses abergläubische Zeug ernst zu nehmen ... Ich meine, wenn der Hexengeist in sie gefahren wäre, hätte sie es doch gemerkt, oder?«

Sawyer lachte leise.

»WAS IST DARAN SO VERDAMMT WITZIG?« schrie Randall, warf einen gläsernen Briefbeschwerer – ein Andenken an die Marauder-Sanierung – an die Wand und fegte ein Foto von Marjorie auf ihrem Pferd vom Tisch.

Auf dem Korridor huschten Assistenten und Sekretärinnen vorbei, machten einen weiten Bogen um die offene Tür zu Randalls Büro und rollten, wenn sie außer Reichweite waren, die Augen. *In Deckung! Er hat wieder einen Anfall! Irgend jemand muß ihm in die Quere gekommen sein.*

»Ich wollte nicht respektlos sein, Mr. Killigan«, erklärte Sawyer. »Es hat mich nur amüsiert, daß unser Gespräch ein kniffliges Anthropologenrätsel nach dem anderen berührt und daß diese Rätsel unmöglich in einem einzigen Satz zu erklären sind. Doch außerdem«, fügte er schnell hinzu, »war ich beeindruckt, daß ein Mann Ihres intellektuellen Kalibers instinktiv ebendie Fragen stellt, über die Anthropologen seit Jahrzehnten streiten, ohne eine Lösung zu finden.«

»Und?« sagte Randall. »Also? Wenn ein Hexengeist, wie soll ich sagen, *in sie gefahren* wäre, dann hätte sie es vielleicht nicht gemerkt? Er wäre einfach in ihr und würde sich verstecken oder was? Reden Sie! REDEN SIE! Kichern Sie mir nicht irgendwas von

Rätseln vor! Für Sie ist das Ganze natürlich ein großes Rätsel, aber ich habe eine Mandantin, die wissen will, ob dieses *Ding* ihr irgend etwas angetan hat! Sie ist ziemlich abergläubisch. Ja, sehr abergläubisch. Darum würde ich ihr die ganze Sache am liebsten so erklären, wie ein Afrikaner es täte, damit sie beruhigt ist.«

»Ich glaube kaum, daß die afrikanische Erklärung sie beruhigen würde«, sagte Sawyer, »denn sie kann sich ändern und ist per definitionem geheimnisvoll. Man ist versucht, sich den *honei*, den Hexengeist, in der Gestalt eines Hexenvogels oder eines wilden, fleischfressenden Tieres vorzustellen, also als eine eigenständige fremde Macht, die nachts ihr Unwesen treibt und *außerhalb* ihres Besitzers existiert. Aber für die Mende ist ein Hexengeist auch eine *Erweiterung*, eine Kopie des Besitzers. Ich führe als Beispiel gern Krebs an.«

»Krebs!« rief Randall. »Hexen erzeugen Krebs?«

»Nein, nein«, sagte Sawyer. »Na ja, vielleicht. Aber eigentlich nicht. Das ist nur ein Vergleich aus meinen Seminaren. In unserer Kultur wird Krebs als etwas betrachtet, das einen Menschen von außen angreift, obwohl die meisten Krebsarten aus einer Zellmutation *im Körper des Opfers* entstehen. Es gibt kein Virus, kein Bakterium, das Krebs erzeugt. Krebs *ist* das Opfer selbst, aber er ist auch eine entartete ... *Kraft*, die so lange wächst, bis sie die Macht übernimmt ... und den Menschen tötet.«

»Aber sie stirbt nicht!« widersprach Randall, und ein verzweifeltes Winseln schlich sich in seine Stimme. »Ihr ist nichts passiert. Sie hat kein Hexenfleisch ausgehustet, sie ist nicht in ein Koma gefallen, und sie hat auch nicht Polio bekommen. Ich kann ihr also sagen, wenn dieses Hexending sie angegriffen hat, dann müßte sie es daran merken, daß sie krank wird. Oder?«

»Wenn Sie wissen wollen, ob die Mende glauben, daß der *ndilei* sein Opfer *immer* tötet oder verkrüppelt, ist die Antwort nein.«

»Das will ich auch hoffen«, sagte Randall. »Ich meine, die ganze Sache ist im Grunde doch einfach lächerlich. Ich habe die Frage nur gestellt, weil ich ihr versichern wollte, daß dieses Ding, selbst wenn sie an dieses Hexen- oder Jujuzeug glaubt, sie nicht unbedingt krank machen oder lähmen oder töten muß. Ich kann ihr also sagen, daß nicht mal die Mende das glauben.«

»Das stimmt«, sagte Sawyer. »Denn manchmal fliegt der Hexengeist los, um das Opfer zu töten, entdeckt aber, daß dieser Mensch ein Geistesverwandter ist oder dem Hexengeist als Wirt viel nützlicher wäre.«

»Als Wirt?« wiederholte Randall und fühlte, wie ihm die Kehle eng wurde. »Was meinen Sie damit?«

»Als Hexenwirt«, sagte Sawyer. »Anstatt das Opfer zu töten oder zu verletzen, fährt der Hexengeist in den Bauch des Opfers, macht es sich dort bequem und macht es zu einem Hexenwirt oder Hexenmenschen, einem *honei-mui*. Die beiden verbringen dann den Rest ihres Lebens zusammen. Sie zerstören Felder, fressen Kinder und ernähren sich von den Geistern anderer Menschen.«

Die Menschen in Ndevehun waren daran gewöhnt, daß ungefähr einmal im Monat ein Auto mit einer Lieferung für die Hebamme kam. Unter anderem brachte es Guinness-Bier, das sie nebenbei verkaufte, manchmal auch Aspirin oder, wenn gerade ein Fieber grassierte, vielleicht irgendeine *pu-mui*-Medizin. Doch niemand konnte sich erinnern, daß schon einmal ein echter Arzt die Patienten in den Dörfern aufgesucht hatte. Die Klinik war fünfzehn Meilen entfernt, in Mattru, und dort war es nicht ungewöhnlich, daß man, nachdem man den ganzen Tag in der Sonne Schlange gestanden hatte, am Abend weggeschickt wurde, ohne mit einem Arzt gesprochen zu haben.

Heute aber untersuchte der Missionsarzt, ein Krio aus Freetown, der in England studiert hatte, die Patienten in der Hütte der Hebamme. Alle Frauen des Dorfes hatten sich, allein oder mit ihren Kindern, davor versammelt und unterhielten sich aufgeregt über die Aussicht auf *pu-mui*-Medizin, umsonst und hier im Dorf! Wenn eine Frau aus der Hütte trat, wurde sie von den Wartenden sofort eingehend befragt, welche Symptome sie dem Arzt geschildert und welche Medizin sie erhalten hatte. Den ersten vier hatte der Arzt bloß Tabletten gegeben. Endlich kam eine, die eine Spritze bekommen hatte, und das war, wie alle wußten, die stärkste *pu-mui*-Medizin. Die Frau sagte, sie habe dem Arzt von Fieber, Kopfschmerzen in der Nacht und Übelkeit nach dem Essen erzählt.

Eine nach der anderen gingen die Frauen in der Schlange in die Hütte und klagten über Fieber, Kopfschmerzen in der Nacht und Übelkeit nach dem Essen. Manchmal funktionierte der Trick, und die Patientin verließ die Hütte zufrieden strahlend und drückte einen Wattebausch auf die Stelle, wo die Nadel sie gestochen hatte, doch andere wurden enttäuscht und mußten sich trotz aller Mühen mit Pillen oder Salben begnügen.

Während der Arzt Sprechstunde hielt, kamen zwei Landrover ins Dorf gefahren. Es saßen Afrikaner und *pu-mui* aus Freetown darin. Unter den wichtigen Afrikanern, von denen einige die Epauletten und Uniformmützen verschiedener Ministerien in Freetown trugen, erkannten die Dorfbewohner Section Chief Idrissa Moiwo, dessen Sprecher mit einem Megaphon auf eine Bank im *barri* stieg und eine Ansprache hielt. Der Arzt werde von Mistah Randall Killigan aus Amerika bezahlt. Auch die Medizin sei ein Geschenk von Mistah Randall Killigan, dem Vater von Michael Killigan, der den Dorfbewohnern als Lamin Kaikai bekannt sei. Er sei unlängst aus dem Dorf verschwunden, und sein Vater wolle alles tun, um ihn zu finden. Es werde noch mehr Medizin kommen, beispielsweise Spritzen, Impfungen, Elektrolytlösungen, Babymilch und andere starke *pu-mui*-Medizin. Außerdem werde an einem der Dorfbrunnen eine Pumpe installiert werden, ein Geschenk von Mistah Randall Killigan an die Menschen in diesem Dorf, die, so hoffte man, alle Informationen über den Aufenthaltsort von Lamin Kaikai an ihren Chief oder den Sprecher des Section Chief weitergeben würden, der zwar in England und Amerika zur Schule gegangen sei und *pu-mui*-Bücher lesen könne, dann aber in seine Heimat zurückgekehrt sei und sich dem Volk von Sierra Leone zum Geschenk gemacht habe. Er sei ein Mende. Seine Mutter sei fast halb Mende gewesen. Sein Vater sei Mende gewesen, und sein Herz habe für die Mende geschlagen. Er liebe sein Volk, und er wisse, daß sein Volk Lamin Kaikai liebe, und darum tue er alles, um Bruder Lamin zu finden. Alle Gerüchte über Lamins Verbleib sollten so schnell wie möglich an den Sprecher von Section Chief Idrissa Moiwo weitergegeben werden.

Außerdem werde jeder, der Informationen habe, die zur Auffindung von Lamin Kaikai führten, fünftausend amerikanische Dollar oder den Gegenwert in Leone erhalten.

Dann wurde Section Chief Idrissa Moiwo vorgestellt, ein stämmiger Mann mit den Oberschenkeln und dem Hintern eines Menschen, der viel saß und aß. Er war in eine Safarijacke und -shorts gezwängt und trug eine Sonnenbrille und ein militärisch wirkendes Barett mit einem Abzeichen, das an seine Dienste als Finanzminister des ehemaligen Präsidenten erinnerte. Section Chief Moiwo dankte dem nicht anwesenden Amerikaner, Mistah Randall Killigan, überschwenglich für seine großzügigen Geschenke an das Dorf und verzichtete darauf zu erwähnen, daß er einen Landrover mit Klimaanlage bekommen hatte, der ihm bei seiner Suche nach Mistah Michael Killigan helfen sollte, dem prächtigen jungen Peace-Corps-Helfer, dem Freund und Ratgeber der Menschen in diesem Dorf, dessen Verschwinden die Herzen mit Sorge und Angst erfüllt habe. Mit dem Bau der Pumpe werde man beginnen, sobald die Teile aus Freetown eingetroffen seien. Und der Arzt werde im Dorf bleiben und in der Hütte der Hebamme praktizieren, bis die Bewohner alle medizinische Versorgung bekommen hätten, die sie brauchten oder wollten.

In Kürze werde ein Lastwagen mit fünfzig Säcken Reis kommen, ebenfalls ein Geschenk von dem großzügigen Mistah Randall Killigan, der verzweifelt Informationen über den Verbleib seines Sohnes Michael Killigan – Lamin Kaikai – suche.

Tatsächlich traf der Lastwagen nach kurzer Zeit ein. Die Säcke waren mit dem Zeichen von USAID und großen roten Buchstaben beschriftet, die niemand lesen konnte: »DIESER REIS IST EIN GESCHENK DES AMERIKANISCHEN VOLKES UND DARF WEDER GANZ NOCH TEILWEISE VERKAUFT WERDEN.« Die Säcke waren der Regierung im Hafen von Freetown übergeben und dann, wie üblich, an Großhändler verkauft worden, die den Reis gewöhnlich zu den entlegeneren Märkten transportierten. Dort wurde er weiterverkauft und landete schließlich in den Dörfern, wo er becherweise an andere Dorfbewohner verkauft wurde. Randall Killigan hatte von Indiana aus fünfzig Säcke USAID-Reis vom sierraleonischen Landwirtschaftsministerium erworben, bevor sie an die Großhändler verkauft werden konnten. Dann hatte er nach jemandem gesucht, der den Transport in Michaels Dorf übernehmen konnte. Das hatte freundlicherweise Moiwo übernommen, und er hatte sogar erlaubt, daß der Reis verschenkt wurde. Allerdings hatte er vom Chief einen saftigen Zoll erhoben und ihm gestattet, für jeden Becher Reis, der auf den Märkten an der Straße verkauft wurde, eine Abgabe einzuziehen.

Diese Gratislieferung ließ den Preis für einen Sack Reis auf die Hälfte fallen. Die Bauern, die das ganze Jahr für ihre Ernte gearbeitet hatten, waren gezwungen, mit Händlern zu konkurrieren, die für ihren Reis nichts bezahlt hatten.

Die unvorstellbar hohe Summe, die ausgesetzt worden war, brachte das Dorf in Aufruhr und schuf eine Hausse für schwarze Magie und Wahrsager, denn jedermann wußte ja, daß es am besten war, einen Suchmann oder Jujumann zu befragen, wenn man eine verlorengegangene Person oder Sache wiederfinden wollte. Es dauerte keine Woche, und das ganze Dorf war durch die Aussicht auf die Belohnung ganz verrückt vor Gier. Zunächst wurden alle Tabletten, die der Krio-Arzt in der Hütte der Hebamme ausgegeben hatte, in einem Topf gesammelt, und dann wurde dieses pharmakologische Füllhorn in die umliegenden Dörfer getragen, wo die Bewohner sich zu maßlos überhöhten Preisen nach Belieben ein paar Pillen aussuchen konnten, mit denen sie von Leistenbrüchen über Blähungen bis hin zu Wundbrand alles zu kurieren hofften. Das damit eingenommene Geld ging an Suchmänner, die ihre Klienten berieten, wie der vermißte *pu-mui* zu finden sei.

In Ndevehun stieg die Verbrechensrate sprunghaft an. Man stahl Radios, Kassettenrekorder, landwirtschaftliche Geräte, Batterien, Medikamente, Kerosin und alles, was nicht niet- und nagelfest war, um Geld für die besten Wahrsager aufzubringen und den *pu-mui* zu finden, bevor ein anderer es tat. Allerdings glaubten die verschiedenen Gruppen eifriger junger Männer, die in der Hoffnung, sich die Belohnung zu verdienen, ihre Felder und Minen verlassen hatten, die Befragung von Wahrsagern werde wohl nicht ausreichen, um sich den Erfolg zu sichern. Wo soviel Geld im Spiel war, mußte man zusätzlich Jujumänner bezahlen, um die Bemühungen der Nachbarn zu sabotieren und die Konkurrenz aus dem Feld zu schlagen. Es dauerte nicht lange, und Ndevehun war ein Wespennest aus Flüchen, Gegenflüchen, Juju, Hexenzeug und Zauberei.

Dann erkrankte die erste Frau, die eine Spritze bekommen hatte, an schwerer Gastritis. Als die anderen, die ebenfalls eine Spritze bekommen hatten, das hörten, wurden sie ebenfalls krank, denn sie waren überzeugt, daß die Krankheit ihrer Nachbarin eine Folge der Spritze war und sie etwas Ähnliches zu erwarten hatten. Einige der Medikamente, die man aus dem Topf verkauft hatte, verschlimmerten die Beschwerden derer, die sie einnahmen, und der allgemeine Gesundheitszustand im Dorf wurde deutlich schlechter. Nachdem die Pumpe auf dem Brunnen installiert und in das Betonfundament eingelassen war, brach ein schlecht gesicherter Bolzen am Tauchkolben, so daß man das Wasser weder pumpen noch auf andere Art fördern konnte, denn der Brunnen war ja durch die Pumpe verschlossen.

Und das war erst der Anfang. Gerüchten zufolge war noch viel mehr Geld unterwegs.

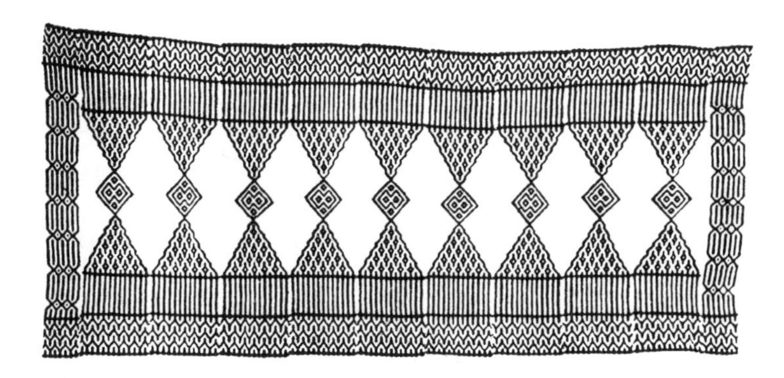

16

Nach der Sitzung mit dem Suchmann bekam Sisay einen weiteren Fieberanfall und zog sich zurück. Frauen, Kinder, Boone und die anderen hilflosen, abhängigen Sippenmitglieder schickte er zum Essen zu Pa Ansumana. Ohne Dolmetscher bestand die Unterhaltung aus kurzen, gutturalen Sätzen, gefolgt von übertriebenem Nicken, wenn Boone und Pa Ansumana vorgaben, einander zu verstehen.

Nach dem Essen nahm der Pa einen abgenagten Hühnerknochen und legte ihn vor Boone hin. Dann suchte er sich einen anderen für sich selbst aus, biß ihn durch, kaute darauf herum und saugte das Mark heraus, bis der Knochen so hohl wie eine Pfeife war.

»*Nyandengo!*« sagte er und schob Boone seinen Knochen zu.

Hätte Boone gewußt, daß diese Mahlzeit drei Tage würde vorhalten müssen, dann hätte er vielleicht versucht, den Knochen durchzubeißen und ein wenig Knochenmark zu probieren, das laut Sisay hierzulande als Delikatesse galt. Statt dessen dankte er seinem Vater, lehnte den Knochen jedoch ab, indem er auf seinen Bauch schlug und sagte: »Bauch zuviel voll.«

Später ging er in sein Zimmer, löschte die Sturmlaterne und

saß im Mondlicht, das durch die Ritzen in den Fensterläden drang. Er stieß die Läden auf und sah hinauf zu dem mit bläulich glitzernden Edelsteinen übersäten Gewölbe über ihm. Saß Ngewo irgendwo dort oben in Seiner Höhle und feierte hin und wieder ausgelassene Feste mit den Ahnen, die jenseits des Flusses im Dorf des weißen Sandes lebten? Gefiel es Ihm, wenn man Ihm ein Huhn und einen Topf süßen Hochlandreis darbrachte? Nannte Er sich Allah und verlangte, daß man sich fünfmal täglich nach Osten verbeugte und zu Ihm betete? Erwartete Er Hingabe, wie die Katholiken behaupteten? Sah Er gern einmal im Jahr zu, wie einem Menschen bei Morgengrauen das Herz aus dem Leib geschnitten und Ihm geopfert wurde, wie die Azteken und Herzchirurgen glaubten? Gab Er wirklich etwas darauf, ob die Leute den Sabbat heiligten oder nicht?

Vielleicht veränderte sich im Lauf der Zeit nur Sein Name. Vielleicht war jedermanns Wahrnehmung von Ihm richtig – wie bei dem Gleichnis von den Blinden, die einen Elefanten betastet hatten und danach ganz unterschiedliche Beschreibungen dieses Tieres gaben, je nachdem, welchen Teil sie berührt hatten. Und was war Er für die Mende? *Ngewo mu gbate mahei*: Gott ist der Chief, der uns gemacht hat. *Na leke Ngewo keni ta a lo ma*: Uns kann nichts geschehen, es sei denn, Gott läßt es zu. *Ngewo lo maha le*: Gott der Chief hat das letzte Wort.

Ein Schauer überlief Boone, und dabei gab es jetzt, in der Trockenzeit, nichts, was einer kühlen Brise auch nur entfernt ähnelte. Er stützte sich ab, sah seine Freunde, die Diamantsplitter, vor seinen Augen taumeln und fiel auf die Knie. Er lenkte die Bewegungen seiner schweren, kalten Glieder wie aus der Ferne, wie ein Marionettenspieler, der eine mannsgroße Puppe bedient. Er konnte spüren, wie sein Blut – es war so kalt wie roter Schneematsch – unter der Haut und durch die Organe strömte.

Er nahm zwei Chloroquin-Tabletten, legte sich im Mondlicht auf sein Bett und war gespannt, ob er tatsächlich Malaria hatte. Nach der Kälte kamen Hitze und Schweißausbrüche. Der nächste Fieberschauer ließ seine Zähne klappern und bestätigte seinen Verdacht. Er kopierte Sisays Technik, verknotete ein T-Shirt und biß darauf. Bald glühte seine untere Rückenpartie, verwandelte sich in einen Fortsatz seiner entzündeten

Hirnhaut und schmorte wie eine Reihe Rippchen über einem Grillfeuer.

Pa Ansumana schickte eine Frau, die ihn mit feuchten Tüchern abtupfte. Abgesehen von ihr war er allein, hörte zu, wie Sisay nebenan hin und wieder leise stöhnte, und hoffte, daß er nicht hier, gestrandet in einem westafrikanischen Dorf, verrecken würde. *Werden sie meinen Leichnam nach Hause schicken?* fragte er sich mit einemmal. Vielleicht würden die Mende ihn auch einfach in den Busch legen, wo sein Fleisch sich mindestens eine Woche halten würde, bevor Mikroorganismen ihn auffraßen und als Humus ausschissen.

Er krümmte sich im Bett zusammen und wartete auf die Krankheit. Bald würde er die Gezeiten seines Fiebers studieren und die komplexen Entwicklungszyklen der Malariaparasiten verfolgen können, die sich fieberhaft vermehrten und durch die entschiedene Gegenwehr seines Immunsystems zu Zellabfall zerfielen. Er hatte genug gelesen, um zu wissen, daß er jetzt das war, was Parasitologen als *Zwischenwirt* für den Malariaparasiten der Gattung *Plasmodium* bezeichneten, ein mikroskopisch kleines Wesen, das den kompliziertesten Entwicklungszyklus aller Mikroorganismen entwickelt hat. Der *definitive Wirt*, die Anophelesmücke, hatte bei einem anderen Malariaopfer, vermutlich bei Sisay, Blut getrunken, in dem Zellen enthalten gewesen waren, die sich sodann mit anderen Zellen der Mücke geschlechtlich vermehrt hatten. Dann waren sie Boone – dem Zwischenwirt – injiziert worden, der nun als Brutkasten für eine Horde Parasiten diente, die sich auf seine roten Blutkörperchen stürzen und ungeschlechtlich vermehren würden. Die Fieberanfälle seiner *Malaria quartana* würden genau den Entwicklungszyklen folgen, bis sein Blut mit Giften und den Überresten seiner zerstörten roten Blutkörperchen durchsetzt war.

Wenn er die gelegentlich tödliche *Malaria falciparum* erwischt hatte, konnten die mit Parasiten infizierten roten Blutkörperchen die Blutzufuhr zum Gehirn unterbrechen, so daß es zu Brei kochte (... auf kleiner Flamme eindicken lassen, dann vom Herd nehmen ...).

Wenn er nicht gerade fröstelte, konnte er sich sogar für seine neue ökologische Rolle als Zwischenwirt erwärmen. Ihm kam der Gedanke, daß die Menschen vielleicht nur Parasiten waren, die sich in einem definitiven Wirt, der Erde, vermehrten. Wenn sie auf der Erde waren, vermehrten sie sich geschlechtlich, bis sie schließlich durch den Tod transformiert und in einen kosmologischen Zwischenwirt injiziert wurden, wo sie sich ungeschlechtlich vermehrten, um als Gametozyten mit neuem Drang zur Reproduktion zur Erde zurückzukehren.

Nach dem ersten Fieberanfall schlief er bis zum Morgen und erwachte in tiefer Lethargie, die friedlich und deprimierend zugleich war. Er hörte im Inneren seines Körpers eine Verbrennungsmaschine, die wie ein durch Feuer und Explosionen angetriebenes Buschtier aus Metall durch seine Träume raste. Schließlich erhob er sich, ohne einen Muskel zu regen, starrte aus dem Fenster und sah dem Treiben in einer Welt zu, an der er nicht mehr teilhatte. Ob und wann der Tod kam, war ihm gleichgültig – das Todesfieber konnte nicht schlimmer sein als das, das er gerade überstanden hatte. Und wenn er weiterlebte, welcher zukünftige Schrecken konnte ihm jetzt, in diesem Refugium der Erschöpfung und der Euphorie, etwas anhaben? Er war ausgelaugt und vollkommen passiv, ein Haufen Organe und Knochen in einem Sack aus durchlässigem Material und mit Gliedern, die sich aus eigenem Antrieb durch den Raum bewegten.

Er verbrachte den tropischen Morgen damit, Orangen auszusaugen, und danach betrachtete er die leergepreßten grünen Schalen und dachte über sich nach: Er war leer, schwach, ausgetrocknet, verschwitzt und fand Afrika zum Kotzen. Er wäre abgereist, wenn das nicht so schwierig gewesen wäre, und wenn die Frau aus dem Peace-Corps-Büro dagewesen wäre, hätte sie bemerken können: »Ich hab's Ihnen ja gleich gesagt.« Nach Freetown waren es zwölf Stunden, und dort würde er ein oder zwei Tage um ein Ticket für ein Flugzeug anstehen müssen, dessen Start immer wieder verschoben werden würde. WART. Selbst wenn das Flugzeug schließlich abhob, würde er erst nach Europa oder Nordafrika fliegen und sich dort um die Weiterreise kümmern müssen. Und am ersten Tag nach seiner Genesung würde er sich fragen, was denn eigentlich in ihn gefahren war, als er Sierra Leone verlassen hatte, ohne seinen besten Freund gefunden zu haben.

Eine junge Dienerin klopfte und brachte eine neue Portion Elektrolytlösung und frische Orangen. Hinter ihr ertönte ein zweites »Kong, kong«, und Sam Lewis' struppiger Kopf erschien in der Tür.

»Schon komisch, wie sich Weiße in diesem Land ständig über den Weg laufen«, sagte er. »*Oh sha* übrigens zu deinem Fieber«, fügte er hinzu. »Hast du genug Tabletten?«

Boone nickte. Lewis zog sich den Stuhl heran.

»Moiwo hat mich hierher mitgenommen«, sagte er. »Als ich von Bo aufgebrochen bin, hatte ich da oben bei ein paar Landwirtschaftsprojekten zu tun, und so hab ich mal in Killigans Dorf vorbeigeschaut und mich für dich ein bißchen umgehört. Dabei hab ich Moiwo getroffen und die Sache mit ihm durchgekaut. Er steht mit Killigans Vater in Verbindung«, erklärte Lewis, »und der finanziert jetzt eine großangelegte Suche. Dieser Moussa Kamara war ein Dieb, das hat sein Vater mir selbst gesagt. Ich war bei ihm, nachdem Moiwo die Leiche dort abgegeben hatte. Das Mädchen mit den Erdnüssen war seine kleine Schwester, die ihn immer gedeckt hat, sogar wenn er auf frischer Tat erwischt worden war, darum würde ich nicht viel auf ihre Version geben. Moiwo ist jedenfalls ganz scharf darauf, deinen Freund zu finden. Er hat drei Landrover mit eigenen Leuten angesetzt und geht gründlich an die Sache heran.«

»Was ist mit den Gerüchten, von denen du mir erzählt hast: diese Sache mit den Körperteilen von toten Menschen und der Paviangesellschaft, in der er Mitglied ist?« fragte Boone mit schwacher Stimme.

»Das ist Wahlkampfgeschwätz«, sagte Lewis. »Wahrscheinlich Gerüchte, die seine Gegner ausgestreut haben. Das hat nichts mit deinem Freund zu tun. Obwohl es in seinem Dorf Leute gibt, die sagen, daß dein Freund selbst mit verbotener Medizin zu tun hatte und ihm das über den Kopf gewachsen ist. Aber auch das sind reine Gerüchte. *Congosa*, wie man in Freetown sagt. Soweit ich weiß, hat Moiwo nichts gegen deinen Freund. Nein, wenn er ihn findet, wird das sein Ansehen bei den Regierungs- und Botschaftsleuten in Freetown vergrößern, und außerdem kriegt er eine Menge Geld dafür. Für sachdienliche Hinweise sind fünftausend Dollar ausgesetzt, und Moiwo bekommt noch mehr, wenn er die Sache zu einem guten Ende bringt. Ich glaube, der alte Killigan hat den richtigen Mann für diesen Job gefunden. Wenn dein Freund gefunden werden kann, dann wird Moiwo ihn finden.«

»Wo ist Moiwo jetzt?« fragte Boone.

»Hier«, sagte Lewis, »drüben in seinem Haus. Wahrscheinlich nimmt er sich gerade eine von seinen jungen Frauen vor. Er ist viel unterwegs gewesen, wenn du verstehst, was ich meine. Er will dich mitnehmen nach Freetown, damit du mit den Leuten von der Botschaft reden kannst.«

Sie wurden von Dorfbewohnern unterbrochen, die auf dem Hof Töpfe aneinanderschlugen. Im *barri*, wo die Frauenbeschädigungsklagen verhandelt worden waren, wurde eine Ankündigung gemacht.

»Alle sollen aus ihre Häuser kommen! Alle sollen zuhören! Alle sollen rauskommen! Der Hexenfinder ist gekommt! Paramount Chief Kabba Lundo hat ein Hexenfinder gebracht, damit er das Dorf saubermacht! Alle sollen aus ihre Häuser kommen! Alle sollen zuhören!«

Boones Tür wurde geöffnet, und ein hagerer, geschwächter Sisay trat ein. Er nahm Lewis' Anwesenheit mit einem knappen Nicken zur Kenntnis und befahl Boone aufzustehen.

»Habt ihr da draußen einen echten Hexenfinder?« fragte Lewis.

Sisay nickte. »Das sagen jedenfalls die Leute im Dorf. Und außerdem sagen sie, daß wir uns alle im *barri* versammeln sollen.«

»Ich hab von diesen Hexenaustreibungen gehört«, sagte Lewis. »Ich bin zwar noch nie bei einer dabeigewesen, aber ich hab davon gehört. So was dauert drei Tage, und in dieser Zeit darf niemand essen oder schlafen. Wenn ihr nichts dagegen habt, Jungs, mach ich mich lieber davon. Und wenn ich dir einen guten Rat geben darf«, sagte er in Boones Richtung, »dann verschwinde von hier, solange du noch kannst.«

»Zu spät«, sagte Sisay. Er war durch Fieber und Müdigkeit geschwächt und brachte in diesem Zustand noch weniger Sympathie als sonst für Lewis auf. »Der Hexenfinder hat das Dorf verschlossen. Niemand darf es verlassen, bevor alles vorbei ist.«

»Das werden wir ja sehen«, sagte Lewis. »Ich fahre jedenfalls mit dem nächsten *podah-podah* zurück nach Bo.«

Lewis trat als erster aus dem Haus, gefolgt von Sisay und Boone, die steif und ungelenk zum *barri* gingen und sich auf eine niedrige Lehmmauer setzten. Lewis holte seinen Rucksack aus Moiwos Landrover und sprach kurz mit dem Section Chief, der auf dem Beifahrersitz saß und sich mit den anderen uniformierten Männern beriet. Dann überquerte er den Hof und ging auf den Weg zu, der aus dem Dorf führte.

Die Dorfbewohner versammelten sich im *barri* um einen schmächtigen Mann, der ein schlichtes hellblaues Gewand trug. Sein Kopf war entweder von Natur aus kahl oder aber geschoren, und die Haut seines Gesichtes folgte den Konturen seines Schädels, so daß die riesigen schwarzen Augen, die nur aus Pupillen ohne Iris zu bestehen schienen, wie ein Flachrelief hervortraten. Wenn dies der Hexenfinder war, dann gab er sich nicht mit Amuletten, Kaurimuscheln, Tierzähnen und Medizinbeuteln ab, wie die Jäger, Suchmänner und Chiefs sie trugen. Statt dessen hielt er einen hölzernen Stab, in den Tiertotems, Figuren und Muster geschnitzt waren. Am oberen Ende befand sich eine Kerbe, in der ein mit Holz eingefaßter Handspiegel befestigt war. Abgesehen von dem Stab und dem geschorenen Kopf sah der Hexenfinder nicht anders aus als ein typischer Pa auf dem Weg zum Morgengebet.

Ein anderer Ausrufer stand auf und verkündete, der Hexenfinder habe das Dorf mit einem weißen Bindfaden abgesperrt, und wenn jemand diese Grenze überschreite oder den Faden zerreiße, werde er krank werden und sterben.

Einige zeigten auf Lewis und schrien, entsetzt über die Tatsache, daß jemand das Dorf verlassen wollte. Der Mann im blauen Gewand rief Lewis etwas zu und folgte dann diesem *pu-mui*-Dummkopf, wobei er den Stab schwenkte und zwei seiner Gehilfen befahl mitzukommen. Lewis bedeutete ihm, er solle ihn in Ruhe lassen. Die Dorfbewohner erhoben sich und begannen erregt zu debattieren.

Lewis steuerte auf den Weg zu, der aus dem Dorf führte. Der Hexenfinder rief ihm zu, wenn er die durch den weißen Faden markierte Grenze überschreite, werde er sterben. Als der Hexenfinder ihn eingeholt hatte, blieb Lewis stehen und sagte auf Krio zu seinem Verfolger, er lebe nicht in diesem Dorf und beabsichtige nicht, an einer Hexenaustreibung teilzunehmen, die, wie er gehört habe, bis zu einer Woche dauern könne. Er sei entschlossen zu fahren, und der Hexenfinder könne mit seinem weißen Faden zur Hölle gehen und dort verfaulen.

Während Lewis sprach, hielt der Hexenfinder den Stab geschickt und unauffällig so, daß der Spiegel Lewis sein eigenes Gesicht zeigte. Mindestens zweimal bemerkte dieser sein verärgertes Spiegelbild und machte eine wütende Handbewegung.

Boone, Sisay und der Rest der Dorfbewohner hatten den *barri* verlassen und umringten die beiden, um zu sehen, ob dieser tollkühne *pu-mui* tatsächlich die Warnung eines echten Hexenfinders in den Wind schlagen würde.

Boone, der ganz hinten in der Menge stand, sah, daß tatsächlich ein Bindfaden über den Weg gespannt war. Er war an Ästen und Zweigen befestigt und folgte dem Rand des Buschs, bis er sich hinter Hütten und Höfen verlor. Boone stellte erleichtert fest, daß die Latrinen sich offenbar diesseits des Fadens befanden.

Lewis blieb vor dem Faden stehen, drehte sich um und entschuldigte sich bei dem Hexenfinder für seine Grobheit, erklärte jedoch noch einmal, er lebe nicht in diesem Dorf und werde nicht bleiben. Wieder drehte der Hexenfinder den Spiegel ein wenig und irritierte Lewis mit seinem eigenen Spiegelbild.

Der Hexenfinder hatte nichts dagegen, daß die Leute sich um sie scharten. Er war ein zarter Mann mit unschuldig blickenden Augen und einer leisen, weichen Stimme. Er schien ernst und zugleich amüsiert, als wisse er, daß er seinen Lebensunterhalt mit der Torheit der Menschen verdiente – eine mühsame Arbeit, aber irgend jemand mußte sie ja tun, und das Schicksal hatte ihn nun einmal mit den Fähigkeiten dazu ausgestattet. Diese Konfrontation mit einem aufgeblasenen *pu-mui* brachte anscheinend ein wenig Spaß in das sonst so eintönige Geschäft der Hexenaustreibung.

Sisay übersetzte mit schwacher, fast monotoner Stimme, was der Hexenaustreiber sagte. Er wäre offensichtlich am liebsten zurück zum *barri* gegangen und hätte sich gesetzt, aber wie alle anderen war er gespannt, wie weit Lewis gehen würde.

»Der Hexenfinder hat das Dorf mit einem weißen Faden abgesperrt. Hexen und Zauberer können das Dorf nicht mehr betreten, und wenn er seine Arbeit getan hat, werden alle Hexen, Zauberer und bösen Medizinen, die es im Dorf gibt, ausgetrieben sein. Dieser weiße Mann glaubt, daß er die Absperrung des Hexenfinders überschreiten kann. Weiße Männer haben viele starke Medizinen, aber sie sind nichts im Vergleich zur Macht eines Hexenfinders.«

Lewis verzog das Gesicht, doch um die Respektlosigkeit, die er mit seinem Entschluß, das Dorf zu verlassen, bewies, auf ein Minimum zu beschränken, wartete er höflich, bis der Hexenfinder geendet hatte.

Der Hexenfinder rief einen seiner Gehilfen zu sich. Ein junger Mann in einem bestickten afrikanischen Hemd trat vor. Er hielt einen Teller, auf dem ein Messer lag. Die Klinge glänzte und war gebogen wie die eines kleinen Krummsäbels, und der Griff bestand aus Knochen oder Elfenbein, in das diagonale, stilisierte Masken oder Gesichter geschnitzt waren. Der Hexenfinder reichte den Stab seinem Gehilfen, nahm das Messer und sprach weiter.

»Wenn dieser Mann das Dorf verläßt, wird er nie mehr essen«, übersetzte Sisay. »Wenn er es versucht, wird er an seiner eigenen Zunge ersticken.«

Der Hexenfinder lächelte Lewis an und riß den Mund so weit auf, daß die Haut sich noch straffer über seinen Schädel spannte. Dann streckte er die Zunge mit einer fließenden Bewegung heraus, als wäre sie ein Reptil, das sich auf einem Felsen sonnt und sich langsam reckt und die Luft prüft. Der Hexenfinder lachte und ließ seine Zunge hin und her schnellen – unter anderen Umständen wäre seine Grimasse grotesk witzig gewesen. Mit einer betont ausladenden Geste packte er, ein Auge auf die Zuschauer gerichtet, mit Daumen, Zeige- und Mittelfinger seine Zunge. Er führte das Messer zum Mund, schob die Klinge hinein, schnitt mit einer raschen Bewegung die Zunge ab und warf sie auf den Teller, der noch immer von seinem geduldigen Gehilfen gehalten wurde.

Die Zuschauer stöhnten und würgten. Kinder warfen sich auf den Boden. Erwachsene wichen zurück, und auf ihren Gesichtern mischten sich Angst und Unglauben. Boone erzitterte. Ihm war übel, und eine neue Hitzewelle lief durch seinen Körper.

Lewis starrte verblüfft auf die Zunge, die blutüberströmt war und noch zu zucken schien, während der Gehilfe den Teller drehte und neigte, damit der weiße Mann Gelegenheit hatte, sie von allen Seiten zu betrachten. Der Hexenfinder öffnete den Mund, der voller Blut war, und zeigte Lewis den Stumpf seiner Zunge, aus dem stoßweise Blut schoß.

Boone starrte ihn entsetzt an, lange genug, um festzustellen, daß er entweder gerade Zeuge gewesen war, wie sich jemand die Zunge herausgeschnitten hatte, oder aber den besten Zaubertrick der Welt gesehen hatte. Mit derselben ausladenden Geste wie zuvor hob der Hexenfinder die Zunge an ihrer Spitze vom Teller und legte sie in seinen Mund. Ein zweiter Gehilfe erschien und brachte ein weißes Tuch, mit dem der Hexenfinder sich das Gesicht abwischte. Dann lächelte er Lewis an, öffnete den Mund und ließ die Zunge wieder hin und her schnellen. Er streckte sie so weit wie möglich heraus, so daß alle sehen konnten, daß sie unversehrt war und nur ein wenig blutiger Speichel auf irgendeine Verletzung hindeutete.

Am Ende dieser Vorstellung war das verblüffte, verängstigte Keuchen der Menge verstummt. Der Hexenfinder schloß den Mund und sprach dann mit ebenso sanfter Stimme wie zuvor. Er wiederholte ruhig den Fluch und sagte dann, laut Sisays Übersetzung: »Wenn der Hexenfinder seine eigene Zunge herausschneiden und wieder einsetzen kann, wieviel leichter ist es für ihn dann, einen anderen an seiner Zunge ersticken zu lassen?«

Lewis sah den Hexenfinder verlegen an. Sein Blick schweifte über die Menge und verharrte bei Sisay.

»Ich glaube, ich sollte noch bleiben, bis das alles durchgesprochen ist«, sagte er. »Vielleicht ist es günstiger, wenn ich später aufbreche.« Er ging zu den beiden anderen *pu-mui* und fügte hinzu: »Ich möchte nicht, daß ihr euch Sorgen um mich macht.«

Wieder überlief Boone ein fiebriger Schauer der Übelkeit, als er mit Sisay zurück zum *barri* ging. Hatte der Hexenfinder etwas in seinem Mund verborgen, bevor er sich an die Zuschauer gewendet hatte? Hatte er eine Blase oder einen kleinen Plastikbeutel voll Blut in seinem Mund versteckt, zusammen mit der Zunge eines Tieres, die er dann hervorgezogen und auf den Teller gelegt hatte? Boone versuchte, die Szene noch einmal vor seinem geistigen Auge vorbeiziehen zu lassen, doch das Ganze war so gräßlich gewesen, daß die entscheidenden Einzelheiten wie weggewischt waren.

Im *barri* setzten sich alle und wandten ihre Aufmerksamkeit dem Hexenfinder zu, der jetzt von Paramount Chief Kabba Lundo vorgestellt wurde. Dieser trug ein zeremonielles Gewand, hatte einen aus dem Schwanz eines Elefanten gemachten Fliegenwedel, das Zeichen seiner Würde, in der Hand und war mit Kaurimuscheln, Amuletten und Beuteln behängt. Neben Kabba Lundo und den Insignien seiner Macht wirkte der Hexenfinder fast wie ein Mönch.

Die *pu-mui* saßen zusammen in einer Ecke, während der Rest des Dorfes sich ungefähr entsprechend den einzelnen *mawes* im *barri* gruppierte. Moiwo und seine Männer standen außerhalb des *barri* und sahen zu, steckten jedoch hin und wieder die Köpfe zusammen, als berieten sie über die Protokollvorschriften für den Fall, daß ein Section Chief auf einen Hexenfinder traf, der vom gewählten Paramount Chief ins Dorf gebracht worden war.

»Brüder und Schwestern!« sagte der Hexenfinder. »Der große Kabba Lundo hat mich gebeten, alle Dörfer in seinem großen Herrschaftsbereich von Hexen und Zauberern zu säubern. Ich sehe unter euch Gesichter, die schon in diesem Dorf waren, als ich vor vielen Jahren hierherkam. Als ich das Dorf das letztemal gesehen habe, war es von Hexen und Zauberern gesäubert, und jeder Bewohner hatte ein reines und offenes Herz. Jetzt sehe ich, daß das Hexenzeug zurückgekehrt ist. Ich sehe dunkle Herzen und traurige Gesichter. Ich sehe Haß und finstere Pläne, Mißtrauen und Selbstsucht. Kein Wunder, daß die Kinder sterben! Kein Wunder, daß Männer im Busch erschossen werden wie wilde Tiere! Ich rieche Bosheit und Ehebruch, Fluch und Gegenfluch, böse Medizin und Zauberei.«

Der Hexenfinder ließ die Arme sinken und hob den Kopf, als nehme er eine Witterung auf oder lausche auf ein fernes Geräusch. Er riß seine großen, unschuldig blickenden Augen auf und starrte ins Leere.

»In diesem Dorf gibt es Hexerei. Es wimmelt von Hexen und Zauberern.«

Ein Keuchen ging durch die Menge. Erregtes Flüstern wurde laut.

Der Hexenfinder trat nicht, wie man hätte erwarten können, als selbstgerechter, hysterischer Prediger auf. Vielmehr schien er durch die Anwesenheit von Hexen von Trauer erfüllt und von der Schwäche der menschlichen Natur berührt zu sein. Er riß die Augen noch weiter auf und sah über die Köpfe der Zuschauer hinweg.

»Aber jetzt sind alle Hexen in diesem Dorf gefangen, und ich werde sie finden. Wenn meine Arbeit getan ist, wird dieses Dorf von Zauberei und Zaubermedizin gesäubert sein, und all die Hexen und Zauberer, die scheinbar unschuldig unter euch gelebt haben, die euch freundlich angesehen und ein Lächeln gezeigt haben, werden entlarvt sein. Dann werdet ihr sehen, daß die Hexen, die euren Kindern über den Kopf gestrichen haben, insgeheim daran gedacht haben, wie sie sie auffressen könnten. Wenn sie gehört haben, daß die Reisähren auf euren Feldern schwer wurden, sind sie nachts hinausgegangen, um sie zu zerstören, und wenn sie erfuhren, daß eure Frauen in den Wehen lagen, haben sie die Kinder in den Bäuchen ihrer Mütter eingesperrt und sie gefressen, bevor sie geboren werden konnten.

Alle schwangeren und stillenden Frauen werden in einen Hof gebracht werden, den ich bereits gesäubert habe und den sie nicht verlassen werden, bis meine Arbeit getan ist. Dort werden sie sicher sein, wenn die Hexen nachts herauskommen. Jeder in diesem Dorf muß mir zweitausend Leone zahlen, und das Geld muß Chief Kabba Lundo vor Sonnenuntergang übergeben werden, sonst gehe ich, ohne meine Arbeit zu tun. Wenn das Geld bezahlt wird, werde ich das Dorf von Hexenzeug säubern. Wenn nicht, werde ich euch, wie es im Sprichwort heißt, so verlassen, wie ich euch gefunden habe, und zum nächsten Dorf weiterziehen.«

Nach dieser Rede zog sich der Hexenfinder mit Chief Kabba Lundo in sein Gastquartier zurück, und im *barri* begannen erregte Gespräche. Sisay schlurfte schwankend zurück zu seinem Hof. Boone und Lewis folgten ihm, zusammen mit einer Reihe von Dorfbewohnern, die Sisays Meinung über den Hexenfinder hören wollten und einander fragten, wo sie vor Sonnenuntergang zweitausend Leone auftreiben sollten.

Sisay ließ sich auf sein Bett fallen, während sich mindestens ein Dutzend Dorfbewohner auf den Boden setzten. Sie gestikulierten, redeten erregt aufeinander ein und wandten sich hin und wieder an ihn, um ihm eine Frage zu stellen, die er mit einer ärgerlichen Handbewegung beantwortete. Pa Ansumana erschien und strahlte Sisay über seine Pfeife hinweg an, als wollte er sagen: »Es gibt nichts Besseres als einen guten Hexenfinder, um ein bißchen Schwung ins Dorf zu bringen.«

Boone zog sich mit Lewis in sein Zimmer zurück, wo die beiden noch einmal die Sache mit der Zunge durchgingen. Sie waren sich einig, daß es ein Trick gewesen sein mußte, doch keiner wollte sich dafür verbürgen, daß es vollkommen ungefährlich war, den weißen Faden zu ignorieren. Lewis berichtete das wenige, das er über das Aufspüren von Hexen wußte, und Boone erzählte ihm von dem Gespräch, das er mit Sisay und Pa Ansumana über dieses Thema geführt hatte. Wenn sie schwiegen, konnten sie die erregten Stimmen in den benachbarten Höfen hören, und es war deutlich, daß überall im Dorf dieselben Debatten geführt wurden: Die Bewohner wogen die verlockende Vorstellung, endlich von Hexen und Zauberern befreit zu werden, gegen die eigentlich unerfüllbare Forderung von zweitausend Leone, beinahe zwanzig Dollar, ab – mindestens die Hälfte von ihnen besaß nicht so viel Bargeld.

Nachdem sie ihr begrenztes Wissen über Hexen und Zauberer ausgetauscht hatten, steckten Boone und Lewis den Kopf in Sisays Zimmer und stellten fest, daß die anderen gegangen waren und nur Pa Ansumana noch in ein Gespräch mit seinem *pu-mui*-Sohn vertieft war.

»Setzt euch«, sagte Sisay. »Es gibt ein paar Dinge, die ihr wissen solltet.«

Lewis und Boone nahmen auf dem Fußende des Bettes Platz, als wären sie Kinder, die auf eine Gute-Nacht-Geschichte warteten. Pa Ansumana saugte an seiner Pfeife und fuhr fort.

»Dieser Hexenfinder ist das mächtigste Mitglied der Hexenfindergesellschaft, die man *kema-bla* nennt«, übersetzte Sisay. »Er ist ein alter Freund des Paramount Chief Kabba Lundo und ein sehr reicher und angesehener Hexenfinder. Ich habe euch gesagt, daß Kabba Lundo imstande ist, dem Section Chief Moiwo

Schwierigkeiten zu machen, und genau das hat er jetzt getan: Moiwo ist in diesem Dorf gefangen. Selbst wenn er, wie Pa Ansumana vermutet, nicht an die Macht des Hexenfinders glaubt, kann er nicht gehen, denn sonst würde das ganze Dorf denken, daß er ein Zauberer ist oder böse Medizin hat. Es würde sich herumsprechen, daß er geflohen ist, um der Entlarvung durch einen Hexenfinder zu entgehen. Dasselbe würde man von diesem verrückten *pu-mui* glauben, wenn er das Dorf verlassen hätte.«

Pa Ansumana zeigte mit der Pfeife auf Lewis und ließ seine Zunge vor- und zurückschnellen.

»Natürlich hätte er bloß bis zu seiner nächsten Mahlzeit mit dem Ruf leben müssen, ein Zauberer zu sein, denn dann wäre er mit Sicherheit an seiner eigenen Zunge erstickt.«

»Der Hexenfinder ist ein Taschenspieler«, sagte Lewis. »Wenn wir nicht so ausgeflippt wären, als dieser alte Knacker so tat, als würde er sich die Zunge herausschneiden, hätten wir den Trick durchschaut und allen zeigen können, wie er funktioniert.«

Als Sisay das übersetzt hatte, sprühte Pa Ansumanas Pfeife Feuer wie ein winziger Vulkan und streute Funken und Asche auf seine Beine. Er wischte die Asche fort und lachte über den unglaublichen Hochmut der *pu-mui*.

»Dann geh doch jetzt, du dummer *pu-mui*!« sagte er und zeigte auf die Tür.

Lewis lachte nervös. »Ich glaube, das würde, äh ... mangelndes kulturelles Einfühlungsvermögen beweisen«, sagte er mit einem Seitenblick auf Sisay. »Wäre das nicht ungehörig oder so? Außerdem hab ich genug über diese Hexenfinder gehört. Er würde wahrscheinlich dafür sorgen, daß mir etwas Schlimmes passiert, und dann würden die Leute das seiner Macht zuschreiben.«

Pa Ansumana gab eine perfekte Imitation eines gackernden Huhns zum besten und lachte unbändig, so daß seine Pfeife erneut Funken und Asche sprühte. Als er seine Lachmuskeln wieder unter Kontrolle hatte, fuhr er fort.

»Bei den Bambara, wo dieser Hexenfinder lebt, gibt es einen berühmten Wetzstein, einen *yenge-gotui*. Er steht in der Mitte einer Lichtung. Seit Jahrzehnten, vielleicht sogar seit Jahrhunderten schärfen mächtige Krieger und reiche Bauern ihre Buschmesser an diesem Stein, und obwohl sich seine Form durch die Jahre des Gebrauchs verändert hat, ist er immer noch der beste Wetzstein in jener Gegend. Er ist jetzt ein Denkmal für das Können und die Weitsicht der Ahnen, die ihn ausgewählt haben. Der Stein hat sein eigenes Gedächtnis, und er hat die Geister all der Väter und Söhne aufgenommen, die ihn benutzt haben – er ist mit den Gebeten und Träumen der Ahnen getränkt. Er beherbergt einen Geist, der den Menschen als alter Mann in einem gelben Gewand im Traum erscheint. Seit Generationen haben viele, viele Menschen diesen Geist gesehen.«

Es trat ein langes Schweigen ein. Boone unterdrückte ein sarkastisches Grinsen. *Noch mehr Geister! Als hätte ich's nicht gewußt!*

»Wie ihr wißt, besitzen Zwillinge ganz besondere spirituelle Kräfte«, fuhr Sisay, der noch immer für Pa Ansumana übersetzte, fort.

»Was du nicht sagst«, murmelte Boone.

Als das übersetzt war, beugte Pa Ansumana sich vor und versuchte mit sorgengefurchter Stirn und eindringlicher Stimme, diesem *pu-mui*-Grünschnabel die Welt zu erklären, von der es offenbar kaum eine Ahnung hatte.

»Sie können ihre Familien vor Hexen und Zauberern beschützen und mit Leichtigkeit in die Zukunft sehen«, sagte Pa Ansumana. »Der einzige Mensch, der noch stärker ist als Zwillinge, ist ein *gbese*, ›das Kind, das nach Zwillingen geboren wurde‹. Wenn Mende-Eltern Zwillinge bekommen, fühlen sie sich gesegnet und sind gleichzeitig in großer Sorge, denn die Kraft von Zwillingen kann ungebärdig sein und Unruhe in den ganzen *mawe* bringen. Darum beten solche Eltern um einen *gbese*, denn er ist das einzige Wesen, das stark genug ist, um die ungeheure, manchmal gefährliche Kraft von Zwillingen zu bändigen und Streitigkeiten zwischen ihnen zu schlichten. *Gbese* besitzen von Geburt an die Fähigkeit, mit den Geistern zu sprechen und Hexen und Zauberer zu erkennen.«

Wertvolle Fähigkeiten, dachte Boone. *Ich wette, sie nennen sich* consultants.

»Dieser Hexenfinder ist ein *gbese*. Als er noch sehr jung war, erschien ihm der alte Mann mit dem gelben Gewand im Traum und gab ihm einen schönen Handspiegel aus Holz, den Spiegel, der jetzt am Stab des Hexenfinders befestigt ist. Als er in den Spiegel blickte, sah er eine alte Frau aus seinem Dorf, die eine *ndilei*-Medizin zwischen den Dachbalken ihrer Hütte versteckte. Er erwachte aus dem Traum, ging zum Wetzstein und fand dort den Spiegel, den der Geist ihm gezeigt hatte. Er berichtete dem Chief von seinem Traum und zeigte ihm den Spiegel.

Man fand die *ndilei*-Medizin zwischen den Dachbalken der Hütte der alten Frau, und der Hexenfinder stellte fest, daß er verlorene oder verborgene Gegenstände finden konnte, indem er in seinen Spiegel sah. Nachdem sie ihn auf die Probe gestellt hatten, erklärten der Chief und die Ältesten ihn zum Hexenfinder. Er wurde ein sehr reicher und angesehener Mann, indem er Dörfer säuberte, die von Hexen und Zauberern wimmelten und wie vergiftet waren.«

Pa Ansumana kaute auf dem Mundstück seiner Pfeife herum. Sisay sah Boone an. Boone sah Lewis an.

Lewis sagte: »Er ist ein Scharlatan, stimmt's?«

»Er ist ein afrikanischer Psychiater«, sagte Sisay. »In Amerika wohnen die Dämonen im Kopf. Hier in Afrika wohnen sie im Busch.«

»Und was passiert jetzt?« fragte Boone.

»Ich weiß es nicht genau«, sagte Sisay. »Das letztemal, daß ein Hexenfinder ins Dorf gerufen wurde, war vor meiner Zeit. Nach dem, was ich gehört habe, wird gefastet, niemand darf schlafen, und es werden verschiedene Zeremonien abgehalten, und danach wird der Hexenfinder alle *ndilei*-Medizinen im Dorf aufspüren. Man findet immer *ndilei*-Medizinen, und das bedeutet, daß sich Hysterie breitmacht, denn jedes *ndilei*-Bündel ist, so glaubt man, mit Blut von den Kindern gefüllt, die die Hexe gefressen hat. Manchmal sind auf der Außenseite des Bündels Kaurimuscheln angenäht. Jede Muschel steht für fünf Kinder, die die Hexe mit Hilfe der Medizin gefressen hat.«

»Ich hätte gehen sollen, als noch Zeit war«, sagte Lewis.

»Du hattest keine Zeit mehr«, antwortete Sisay.

Am Abend machten die Gehilfen des Hexenfinders ein Feuer im *barri*. Obwohl der Preis hoch war, kam das Geld zusammen. Einige mußten etwas verkaufen, um den Betrag aufzubringen, andere liehen sich Geld auf Ernten, die noch nicht eingebracht waren, baten um einen Vorschuß auf eine Mitgift, machten Schulden beim Fulamann oder erbettelten etwas von ihren Nachbarn, doch alle bezahlten die verlangte Summe. Wenn die Kindstode endlich aufhörten und das Dorf ein für allemal von Hexen und Zauberern gereinigt wurde, war kein Preis zu hoch. Sogar die weißen Männer bezahlten. Wäre ihnen etwas anderes übriggeblieben?

Der Hexenfinder und Kabba Lundo befahlen allen Dorfbewohnern, sich im *barri* um das Feuer zu versammeln. Steine wurden im Kreis um die Asche gelegt und ein riesiger Kessel aufgesetzt. Der Hexenfinder starrte lange hinein, hob dann den Blick und sah sein Publikum an. Sein Gesicht war von unten beleuchtet, und in seinen großen Augen schimmerte das Feuer.

»Morgen kann jeder, der in seinem Herzen weiß, daß er ein Zauberer oder eine Hexe ist, seine Sünden beichten und wird geheilt werden. Morgen muß jeder alle bösen Medizinen, die er besitzt, hierher in den *barri* bringen. *Alle* bösen Medizinen«, wiederholte der Hexenfinder, »müssen zu mir gebracht werden. Wenn ihr die Medizinen morgen nicht freiwillig bringt, werde ich sie finden, das verspreche ich, und dann werden Geldstrafen oder Schlimmeres verhängt werden! Die Straffreiheit für Hexen und Zauberer endet, wenn morgen die Sonne hinter den Palmen untergeht. Geht jetzt in eure Hütten, aber schlaft nicht. Bleibt wach! Alle in diesem Dorf sind in Gefahr, außer den Schwangeren und den stillenden Müttern, die an einem abgeschlossenen Ort geschützt sind. In diesen letzten Tagen ihrer Freiheit werden die Hexen neue Verstecke für ihre Medizinen suchen. Sie werden nach neuen Opfern suchen, denn sie wissen, daß ich sie bald fangen und zu einem Geständnis zwingen werde und daß sie ihre Medizinen und ihre Macht verlieren werden. Sie werden auch das Wasser und das Essen vergiften, und darum habe ich die Brunnen verschlossen und die Kochfeuer gelöscht. Euer Chief wird dafür sorgen, daß alles Essen eingesammelt und vernichtet wird.

Bleibt wach! Seid wachsam! Euer Nachbar könnte ein Zauberer sein, der sich in einer menschlichen Gestalt verbirgt. Ihr könnt nicht wissen, wann er euch holen kommt, ob es in der

Abenddämmerung, um Mitternacht, zur Zeit des ersten Hahnenschreis oder im frühen Morgengrauen sein wird. Ihr dürft heute nacht nicht schlafen! Fragt euch statt dessen: Weiß ich von irgendwelchem Hexenzeug, das ich dem Hexenfinder morgen beichten sollte? Habe ich ein reines Herz? Oder habe ich Medizinen gekauft oder gemacht, um anderen zu schaden? Seid wachsam! Laßt euch nicht von einer Hexe oder einem Zauberer im Schlaf überfallen!«

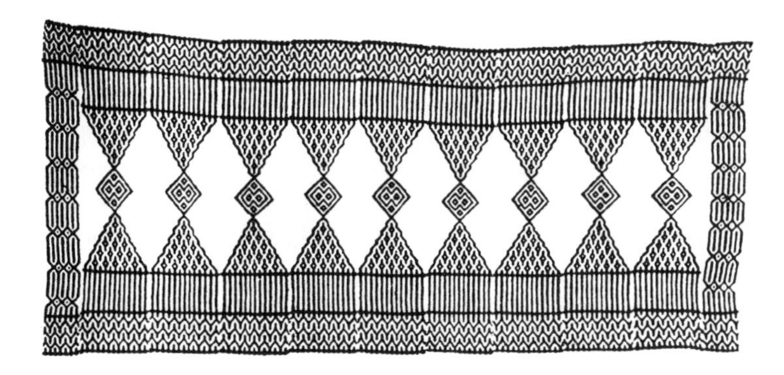

17

Sind jetzt alle da?« fragte Randall in das Mikrophon der Freisprechanlage.
Das Knistern und Rauschen in der Leitung wich der Stimme von US-Botschafter Walsh in Freetown.

»Mr. Nathan French, mein Botschaftssekretär, ist hier«, sagte der Botschafter.

»Hallo, Mr. Killigan«, sagte French.

»Und unser Section Chief?« fragte Randall. »Ist der auch da?«

»Nein, leider nicht«, sagte French. »Er wollte Westfall junior holen und hierher in die Botschaft bringen, aber er ist noch nicht wieder zurück.«

»Noch nicht zurück?« fragte Randall. »Unser letztes Gespräch ist vier Tage her, und da hatte er sich schon auf den Weg gemacht!«

»Das ist der Busch, Mr. Killigan«, sagte der Botschafter. »Die Straßen ... die Einheimischen ... Sobald man Freetown hinter sich gelassen hat, geht nichts mehr nach Plan.«

»Sie haben gesagt, man braucht einen Tag hin und einen zurück, das macht also zwei Tage. Und zwei Tage habe ich dem Vater von dem Jungen versprochen. Er hat keinen Block weit von hier entfernt ein Versicherungsbüro. Was soll ich ihm jetzt sagen? Ich hab ihm versprochen, ihn anzurufen, sobald ich mit Ihnen geredet habe. Der Chief gondelt in *meinem* Landrover herum. Was ist mit den anderen beiden Tagen?«

»Das wissen wir nicht«, sagte French, »denn wir haben nichts mehr vom Section Chief gehört. Wir nehmen an, daß er, sollte es Probleme geben, Kontakt mit uns aufnehmen würde, wahrscheinlich von Bo aus.«

»Es gibt bereits Probleme!« brüllte Randall. »Ein großes Problem! Mein Sohn, ein amerikanischer Staatsbürger im Dienst der amerikanischen Regierung, ist seit zwei Wochen verschollen! Seit zwei Wochen! Zwei Tage haben mich schon halb verrückt gemacht! Und jetzt ist er schon seit zwei *Wochen* verschwunden! Dieser angebliche Chief schuldet mir bereits einen Landrover, fünfzig Säcke Reis, Medikamente, Kopfgeld und was weiß ich noch alles! Soll ich ihm auch noch ein verdammtes Mobiltelefon kaufen, damit er anrufen und sagen kann, was er vorhat? Was ist, wenn ich noch einmal zwanzigtausend Dollar und achtzig Stunden am Telefon in diese Sache stecke und wir in zwei *Monaten* dasselbe Gespräch führen wie heute?«

»Mr. Killigan«, sagte Botschafter Walsh, »ich muß klarstellen, daß die amerikanische Regierung diese Verzögerungen nicht zu verantworten hat. Es gibt Rebellen. Liberianische Banden unternehmen im Süden und Osten Vorstöße über die Grenze. Wir versuchen, Informationen über Geheimgesellschaften zu bekommen, die, wie Sie wissen, fast unmöglich zu beschaffen sind. Jeder andere Amerikaner in Sierra Leone ist in Sicherheit. Entweder weiß man, wo er ist, oder er ist evakuiert worden. Die Probleme Ihres Sohnes haben höchstwahrscheinlich mit *seinen* und nicht mit *unseren* Aktivitäten zu tun. Ich kann Ihnen nicht sagen, was geschehen ist, aber die Berichte, über die wir ja schon gesprochen haben, deuten darauf hin, daß Michael sich mit Geheimgesellschaften oder Schlimmerem eingelassen und den Verantwortlichen für die Hilfsprogramme der Regierung Schwierigkeiten gemacht hat. Das ist nicht unsere Schuld. Wir tun absolut alles, was in unserer Macht steht –«

»Gerede!« schrie Randall. »Leere Worte! Jetzt *reden* wir schon wieder! Ich hasse das! Ich habe einen Paß, und in dem ist ein Visum für Sierra Leone. Wenn es sein muß, bringe ich Senator Swanson mit. Und wenn ich komme, will ich Ergebnisse sehen! Unser Gespräch ist beendet, und wissen Sie was? *Ich habe nichts Neues gehört!* Wenn Sie Ergebnisse haben, rufen Sie mich an! Bis dahin ... auf Wiederhören!«

Er drückte auf ein paar Knöpfe. Mack meldete sich.

»Sagen Sie Judy, sie soll die Reservierungen für den Flug nach Freetown bestätigen lassen. Sobald die Daten feststehen, verlegen Sie alle Termine und bringen mir die Unterlagen für die Prozesse und Besprechungen, die nicht verschoben werden können.«

Randall unterbrach die Verbindung und lehnte sich schwerfällig in seinem Sessel zurück. Ein Bote brachte den Umschlag mit seinem Paß und dem Visum. Randall schob Papier in den Rachen des Bären und fluchte. Seit zwanzig Jahren arbeitete er landesweit als Konkursanwalt und wußte um die Beschränktheit von Telefonen. Er spürte instinktiv, daß es an der Zeit war, persönlich in Freetown zu erscheinen und auf den Tisch zu hauen. Die Regierung der Vereinigten Staaten hatte Probleme, einen Weißen zu finden, der unter vier Millionen schwarzen Afrikanern »verschwunden« war, und das in einem Land, das so groß war wie Indiana! Wenn er daran dachte, bekam er Atembeschwerden!

Er preßte die Faust gegen sein Brustbein und versuchte, sich soweit zu beruhigen, daß er zur Toilette gehen konnte. Wenn er einen Herzanfall hatte, dann wollte er ihn in der Abgeschiedenheit seines Büros haben und nicht in den öffentlichen Hallen der Macht. Er hatte Alpträume gehabt, in denen er sich an die Brust gegriffen hatte und gestrauchelt war... Was, wenn es im Korridor, vor den Aufzügen, passierte? Er würde aufsehen, und die Halle würde mit den Gesichtern von Anwaltsassistenten und anderen Hilfskräften gesprenkelt sein, die auf ihn zustürzten und staunten, daß sogar dem mächtigsten aller Krieger etwas so Peinliches wie ein Herzanfall zustoßen konnte. Seine Feinde würden es als eindeutigen Beweis dafür betrachten, daß er nicht imstande war, mit Streß umzugehen. Es würde darauf hindeuten, daß ihm die für einen guten Gesundheitszustand unerläßliche Selbstdisziplin fehlte und daß er zuwenig Sport trieb oder zuviel tierische Fette zu sich nahm.

Ein Summen und ein Knarzen ertönten im Chor aus dem Lautsprecher des Telefons. Randall brachte es durch einen Knopfdruck zum Schweigen und drückte auf eine Speichertaste.

»Guaranteed Reliable Investment Mutual Trust«, sagte eine weibliche Computerstimme. »Maximaler Schutz zu minimalen Kosten. Wenn Sie einen Apparat mit Tonwahl benutzen, drücken Sie bitte die Eins ...«

»Scheiße!« rief Randall. Wann würde er endlich lernen, seine Anrufe nie, *niemals und unter gar keinen Umständen* selbst zu machen? Er drückte einen anderen Knopf und sagte seiner Sekretärin, sie solle ihn zu Walter Westfall durchstellen.

»Zu diesem Versicherungsfritzen«, sagte Randall. »Guaranteed Reliable Soundso.«

Es war typisch für Walters Sohn, daß er sich für einen von Michaels hirnverbrannten Plänen begeisterte. Genau wie damals, als die beiden LSD genommen und an der Interstate 70 versucht hatten, einen Polizeibeamten festzunehmen, weil der ihnen, wie sie sagten, »in ungesetzlicher Weise den Zugang zu bestimmten Bewußtseinsformen verwehrt« habe. Und wie üblich stampften, wo einer von ihnen in Schwierigkeiten war, bald zwei Idioten durch Gebiete, in die Satans eigene Sendboten niemals einen Fuß gesetzt hätten.

Randall zog sein Spielzeugschwert, drückte auf eine Taste des Keyboards und rief auf dem Bildschirm seinen Terminkalender auf.

»Walter Westfall, Guaranteed Reliable«, sagte seine Sekretärin.

»Randall? Privat oder geschäftlich?« fragte Walter aus dem Lautsprecher.

»Kommt drauf an«, antwortete Randall. »Wer schreibt wem eine Rechnung?«

»Dann haben Sie also keine Neuigkeiten für mich?« unterbrach ihn Walter.

»Nichts«, sagte Randall. »Häuptling Schickmirgeld ist immer noch irgendwo im Busch, um Ihren Jungen zu holen und meinen zu finden.«

»Bei mir gibt's auch nichts Neues«, sagte Walter. »Seit dem Telegramm aus Paris haben wir nichts mehr gehört. Er hat nicht angerufen, wahrscheinlich weil er weiß, daß wir ihm sagen würden, er soll sich auf dem kürzesten Weg nach Hause begeben oder wenigstens aus Afrika verschwinden.«

»Ich fliege hin«, sagte Randall. »Übermorgen.«

»Nach Afrika?« fragte Walter.

»Nein, nach Liechtenstein. Ich hab mir gedacht, ich suche erst mal dort.«

»Wenn Sie nach Afrika fahren«, sagte Walter, »werde ich ein paar Nachträge auf Ihre Police schreiben. Für Sie ... und Marjorie.«

»Was für Nachträge?« fragte Randall.

»Krankheit, Leben, Reise, Unfall, Arbeitsunfähigkeit«, sagte Walter. »Da drüben kann Ihnen alles mögliche passieren. Ich werde nicht ruhig schlafen können, bis ich weiß, daß Sie gut geschützt sind. Im Augenblick schließt Ihre Police wahrscheinlich das meiste von dem aus, was Sie dort erwartet. Ich hab zum Beispiel noch nie von einer Zusatzversicherung gegen Schäden durch Zauberei und Schwarze Magie gehört.«

»Aber im Krankheitsfall bin ich gedeckt, oder?« fragte Randall.

»Sie werden es sein, wenn ich fertig bin. Alle Krankheiten, die bereits vor Abschluß der Versicherung bestanden haben, sind mit der Wandlungsoption im alten Wahltarif Ihrer Kanzlei gedeckt. Dabei handelt es sich um ein flexibles Programm zur Deckung der Behandlungskosten durch einen Präferenzanbieter mit siebzig Prozent Deckung bis fünftausend Dollar, achtzig Prozent Deckung bis zehntausend Dollar und einer Obergrenze von zweihundertfünfzigtausend, bei einer Selbstbeteiligung von fünfhundert. Für Krankheiten, die bei Abschluß der Versicherung noch nicht bestanden haben, gilt der neue Wahltarif Ihrer Kanzlei, nach dem Sie bei Behandlung durch einen Nichtpräferenzanbieter zu achtzig Prozent bis fünftausend gedeckt sind, bei einer Obergrenze von einer Million und einer Selbstbeteiligung von tausend. Selbstverständlich sind die Selbstbeteiligungen während der Wartezeit separat und nichtkumulativ, und die Ausschlußbestimmungen können sich überschneiden. Dadurch entsteht eine Lücke, die wir mit einer Zusatzdeckung und einer zugeordneten Aufprämie für Präferenzanbieter schließen, wodurch bei einem Konflikt zwischen den beiden Programmen auch die Leistungen, die von den nachgeordneten Beschränkungen und Ausschlußbestimmungen berührt werden, gedeckt sind.«

»Was sind Sie?« fragte Randall. »Ein verdammter Rechtsanwalt?«

»Nein«, antwortete Walter, »ich hab euch dafür bezahlt, diesen Scheiß zu formulieren. Es kostet ein Vermögen, das so wasserdicht hinzukriegen. Keine Jury in ganz Nordamerika kann dieses Zeug auch nur annähernd verstehen. Und es geht noch weiter. Mal sehen, ob ich es ein bißchen vereinfachen kann. Sie sind unter einem von beiden Programmen gegen Unfälle und Krankheiten versichert, denen Sie bei Reisen in die dritte Welt ausgesetzt sein könnten, sofern die Behandlung vor ihrem Beginn durch die Guaranteed Reliable Investment Mutual Trust Insurance Company genehmigt worden ist. Die Gesellschaft besitzt auch das alleinige Recht zu bestimmen, ob Ihre Behandlung nicht erforderlich ist, unter Aufsicht zu erfolgen hat, einer Krankheit gilt, die bereits vor dem Abschluß der Versicherung bestanden hat, durch einen approbierten Arzt erfolgt, als medizinisch notwendig oder experimentell anzusehen ist, der Erforschung der Krankheit gilt oder nicht im Einklang mit der Diagnose und der allgemein anerkannten Behandlung der betreffenden Krankheit steht. Was sagen Sie nun?«

»Ich muß eine Genehmigung einholen?« fragte Randall. »Aus Westafrika?«

»Wenn ich Ihnen einen Rat geben darf: Nehmen Sie Ihre Telefonkarte mit«, sagte Walter. »Man weiß nie, was passiert. Ich hab auch keine Kristallkugel auf meinem Schreibtisch. Was die Lebensversicherung betrifft, so bin ich davon ausgegangen, daß Sie die Versicherungssumme im Sterbensfall um die Gewinnbeteiligung im Erlebensfalle erhöhen wollen. Ich kann das arrangieren, aber der Underwriter will Blut, Urin, Meßwerte, Krankengeschichte und zusätzliche zwo-fünf pro Monat sehen. Ich schicke Ihnen die Unterlagen. Sobald Sie die Erklärung unterschrieben und an uns zurückgeschickt haben, kommt eine Krankenschwester bei Ihnen zu Hause vorbei und holt die Proben ab.«

»Blut?« fragte Randall.

»Nicht für die Gesellschaft«, sagte Walter, »sondern für den

Underwriter. Sie können sich vorstellen, wie vorsichtig die sein müssen, schon wegen Aids und so.«

»Ein Pfund Fleisch«, murmelte Randall.

»Fleisch?« sagte Walter. »Die haben Ihnen doch keine Einverständniserklärung für eine Biopsie geschickt, oder? Das wäre nämlich nicht in Ordnung. Sie dürfen nur dann eine Biopsie verlangen, wenn die Laborbefunde komisch aussehen und sie mehr Informationen brauchen. Wenn sie Ihnen eine Einverständniserklärung für eine Biopsie geschickt haben, dann war das ein Irrtum. Oder sie beschäftigen ein paar Kannibalen, was weiß ich. Ich versuche bloß, Sie durch das Minenfeld zu lotsen, damit Marjorie und Ihr Junge versorgt sind, falls Ihnen da drüben was passieren sollte.«

»Also«, sagte Randall, »wieviel?«

»Wieviel?« wiederholte Walter. »Fragen Sie mich das nicht. Diese Frage macht mir Alpträume. Da muß ich immer an Larry Banacek denken. Erinnern Sie sich an ihn? Der hat mich das auch gefragt: Wieviel? Und es war zuviel. Er hat seine Police gekündigt. Ich sehe seine Frau und die vier Kinder jeden Sonntag in der Kirche. Sie wohnen jetzt in einem Mietshaus, und die Kinder müssen auf öffentliche Schulen gehen. Ich gebe mir die Schuld daran«, sagte er. »Ich hätte es nicht zulassen sollen. Ich hätte die Extraprämien aus meiner Tasche bezahlen sollen.«

Randalls Gegensprechanlage summte.

»Ich werde Ihnen die Unterlagen schicken, Walter«, sagte Randall. »Ich werde die Blut- und Urinproben schicken und eine Abbuchungsvollmacht für die Extraprämien.«

»In Ordnung«, sagte Walter, »und ich werde Ihnen eine Rechnung auf der Basis Ihres Stundenhonorars schicken.«

Ein Knopfdruck ließ Walter Westfall verschwinden, ein anderer Knopfdruck ließ Macks Stimme erklingen.

»Boss?«

»Was ist?« rief Randall.

»Ich hoffe, Sie haben keine geladene Waffe zur Hand«, sagte Mack.

»Nein«, sagte Randall. »Warum? Was ist passiert?«

»Beach Cove«, sagte Mack. »Sie wollen uns auf schuldhaftes Verhalten des Gläubigers verklagen. Sie sagen, wir hätten sie gezwungen, unseriöse Geschäftsmethoden anzuwenden, andernfalls wir uns geweigert hätten, ihnen Kredit einzuräumen.«

Tief in seiner Brust spürte Randall einen Krampf. In Augenblicken wie diesem glaubte er, was sein Kardiologe ihm gesagt hatte: daß das Herz ein Muskel war und daß es sich anspannte oder verkrampfte, daß es stärker oder ... schwächer wurde.

»Charlie«, sagte Randall kurz und schlug mit der Faust auf den Tisch.

»Was? Wer ist Charlie?«

»Charles de Blois«, sagte Randall. Auf seiner Stirn braute sich ein Gewitter zusammen. »Im Hundertjährigen Krieg. Er war ein asketischer Krieger, der Erleuchtung suchte, indem er sich mit verknoteten Peitschenschnüren kasteite, Kleidung aus grobem Stoff trug, die von Läusen wimmelte, und barfuß im Schnee auf Pilgerfahrten ging. Er liebte Gott, aber er wußte auch, wie man eine Stadt einnimmt. Eine der wenigen nützlichen Sachen, die ich vor meinem Jurastudium gelernt habe. Es ist Zeit für die Charlie-Technik.«

»Wir sollen uns kasteien?« fragte Mack unsicher.

»Aber nein«, sagte Randall. »Zuerst nehmen wir zwanzig oder dreißig Gefangene und köpfen sie. Dann rollen wir unsere Belagerungsmaschinen unter die Mauern von Beach Cove und schleudern die Köpfe in die Stadt. Auf diese Weise hat Charles de Blois seine Absicht erklärt, Nantes einzunehmen. Eine geradezu göttliche Eingebung.«

»Ich rufe im Schreibpool an und überprüfe unsere Belagerungsmaschinen«, sagte Mack.

»Wir werden jedes einzelne Mitglied der Unternehmensleitung von Beach Cove persönlich verklagen, und zwar wegen Betrugs«, sagte Randall, knirschte mit den Zähnen und preßte die Faust an die Brust. »Rufen Sie die Wirtschaftsdetektive auf unserer Liste an. Ich will persönliche Vermögenswerte. Vermögenswerte, die mit Comco-Geld angeschafft worden sind, mit Geld, das Beach Cove sich von unserer Klientin geliehen und in Form von Gehältern an die Unternehmensleitung unserer Feinde ausgezahlt hat! Ich will das Geld zurück! Ich will ihre Angehörigen. Ich will Treuhandfonds. Ich will die Ausbildungsfonds für die Kinder! Ich will alles bis zu den Verwandten zweiten Grades. Ich will trunknen Mord und Raub und Schurkerei! Sagen Sie ihnen, sie sollen achtgeben auf den blindwütigen blutigen Soldaten, der roh entweiht die Locken ihrer schrill schreinden Töchter. Sein Gewissen ist weit wie die Hölle, und er wird mähn wie Gras die holden Jungfraun und die blühnden Kinder! Am weißen Bart gepackt werden die Väter, das ehrwürdge Haupt zerschmettert an der Wand! Gespießt auf Piken nackte Kindelein!«

»Boss?« sagte Mack. »Alles in Ordnung?«

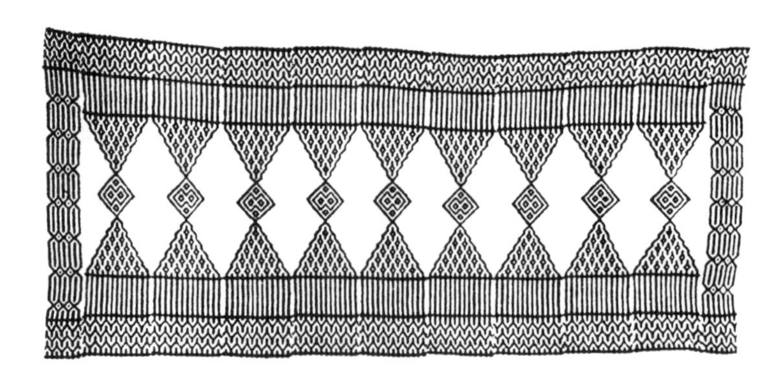

18

Boone wälzte sich auf der Strohmatratze hin und her, keuchte in die mondhelle Nacht und schwitzte seinen Schlafsack naß, in leidenschaftlicher Umarmung mit Missus Malaria. Er fragte sich, was geschehen würde, wenn er sie nicht zufriedenstellte. Er sehnte sich nach einem klimatisierten Zimmer und einem Kühlschrank voll Erfrischungsgetränke. Wenn er doch nur aufstehen, die Beine über den Rand einer festen Matratze schwingen, die Zehen in einen weichen Teppichboden graben und ins Bad gehen könnte, wo er sich ein sauberes Glas mit kristallklarem Wasser füllen würde – Wasser, das von Ingenieuren in weißen Laborkitteln mit Hilfe von Filtern gereinigt worden war, reines, sprudelndes, trinkbares, behandeltes Wasser, in dem lediglich Spuren von PCB, Insektiziden, Schwermetallen und radioaktiven Substanzen waren, selbstverständlich von Regierungsbehörden überwacht und weit unterhalb der amtlichen Grenzwerte, die in Teilchen pro Million, Milliarde, Billion berechnet waren. Was würde er für ein solches Glas Wasser geben ...! Er könnte trinken, soviel er wollte, bis sein Bauch voller kaltem, gechlortem, fluorisiertem Wasser war. Und es würde ihn nicht krank machen, jedenfalls nicht gleich.

In Amerika erschienen Tag für Tag Zeitungen, und er war nicht da und konnte sie nicht lesen. Nahrungsmittel wurden auf Mülldeponien geworfen, und er mußte von Reis und Pfeffersauce leben. Informationen wurden in Milliarden Megabytes durch Modems, Faxgeräte, Telefone und Computer übermittelt, und bei ihm kam nicht ein einziges Byte an. Seine Altersgenossen in Amerika besuchten Universitäten, hörten Vorlesungen und erwarben sich Kenntnisse und Fähigkeiten, mit denen sie später mehr Geld verdienen konnten. Sie setzten sich langfristige Ziele, die sie auch erreichten. Sie schafften sich die Computersysteme, Hi-Fi-Anlagen und Unterhaltungsmodule an, die für ein gemütliches Zuhause unerläßlich waren. Und Boone Westfall hatte unbezahlten Urlaub genommen.

Anstatt über ein Ein-Zimmer-Apartment mit Zugangsberechtigung für Swimmingpool und Tennisanlage verfügte er über ein Bett, das auf einem Lehmboden irgendwo in Westafrika stand. Er war in einem Pferch aus weißem Bindfaden gefangen und wartete darauf, daß ein alter Mann in einem Bademantel ihm sagte, was er tun sollte. Er hatte nichts zu essen und zu trinken, und mikroskopisch kleine Parasiten machten sich über seine roten Blutkörperchen her. Die unzähligen Gänge zur Latrine waren zu einem einzigen Marsch in die Unterwelt und zurück geworden. Er sehnte sich nach einem sauberen Linoleumboden, Kacheln und einer Kloschüssel aus Porzellan, die er umarmen und in die er sich selbstvergessen übergeben konnte.

Gegen zwei Uhr morgens, lange nachdem der Hexenfinder zu Bett gegangen war, hatte wohl ein Flughund oder irgendein anderes Wesen, das versuchte, eine Mango zu seinem Nest zu bringen, seine Last über einem der Wellblechdächer verloren, und das Donnern hatte Boones Herz bis zum Hals schlagen lassen. Aus den benachbarten Hütten waren verängstigte Dorfbewohner gestürzt, die überzeugt zu sein schienen, daß knapp außerhalb ihres Gesichtsfeldes ganze Banden von Hexen darauf lauerten, jedem, der auch nur für einen Augenblick einnickte, das Blut auszusaugen. Dann sah ein junges Mädchen eine Hexe in Gestalt einer alten Frau mit Leopardenaugen, von deren Lippen frisches Blut tropfte. Ein Buschgeist hatte ein paar Kinder, die zur Latrine gegangen waren, angezischt. Großmutter Dembe sagte, sie habe einen Pavianmenschen um das Dorf schleichen sehen; sein Fell habe von Menschenfett geschimmert, und seine metallenen Klauen seien mit Menschenblut verschmiert gewesen.

Die Leute versammelten sich um das Feuer im *barri* und schickten den Sprecher des Chief, um den Hexenfinder zu holen. Sie bräuchten *jetzt* seinen Schutz. Morgen könne es schon zu spät sein! Der Hexenfinder ließ ihnen ausrichten, sie hätten das alles nur sich selbst zuzuschreiben, denn durch ihre Schlechtigkeit hätten sie es Hexen und Zauberern erlaubt, das Dorf in ihre Macht zu bringen. Morgen würden sie sehen, wer unter ihnen sogar jetzt noch so tat, als wäre er unschuldig, während er doch insgeheim nur darauf sann, wie er an die besonders geschützten Schwangeren und die Kleinkinder herankommen könnte.

Inzwischen war an Schlaf nicht mehr zu denken, denn es hieß, die Hexen und Zauberer seien in dem Gehege aus Bindfaden eingesperrt und flögen in Gestalt von rauh schreienden Flughunden durch das Dorf. Sie könnten nicht auf ihre gewohnten Streifzüge durch den Busch gehen und setzten alles daran, eine letzte Mahlzeit aus frischem Menschenblut zu bekommen. Andere schlichen angeblich in Gestalt von Pythons durch das Dorf. Ihre Augen funkelten verschlagen, und sie glitten in Lehmhütten und wollten den Arm oder das Bein eines Menschen, der so dumm gewesen war, einzuschlafen, verschlingen und lähmen.

In den Hütten drängten sich die Dorfbewohner um die Feuer, hielten sich wach und warfen einander vor, böse Medizin im Haus zu haben. Boone verbrachte die Nacht keuchend und schwitzend, während draußen auf Töpfe und Pfannen geschlagen wurde, wenn hysterische Dorfbewohner zwischen den Höfen hin und her rannten und die Kah-kah-Hexenvögel mit Lärm und Flüchen zu vertreiben versuchten. Er nickte ein und träumte vom afrikanischen Busch, von einem Himmel, der von fliegenden Wesen wimmelte. Getragen von Nachtvögeln und Worfelsieben, flog eine Bande von Hexen über ihn hinweg, erspähte ein reifes Feld und landete in Gestalt einer Herde von Grasschneidern. Ganze Hexenarmeen fielen wie Heuschrecken über die Äcker her, vertilgten die Reisernte und hängten sich an die Palmen, um das rote Öl aus den Früchten zu saugen. Er hörte den wilden Schrei eines Vorfahren, der nie den Fluß überquert hatte, um im Dorf des weißen Sandes zu leben. Steinerne *nomoloi* erwachten als stämmige, mit Keulen und Buschmessern bewaffnete Zwerge zum Leben, und es kam zu einer wilden Schlacht um die Ernte. Die Zwerge schlugen nach den Grasschneidern, die aufheulten und nach den Knöcheln ihrer Angreifer schnappten. Bald war die Nacht zu Lande und in der Luft von Kampfgetöse erfüllt, denn als die Zwerge die Grasschneider zu Boden gerungen, erwürgt und aufgeschnitten hatten, waren aus den Kadavern Hexenvögel und Flughunde aufgeflogen, deren Körper den Mond verdunkelten und deren Flügel die Palmwedel peitschten.

Bei Sonnenaufgang fühlte Boone sich kraftlos und schwach wie ein nasses Kätzchen, und in seinen Gelenken brannte noch immer das Fieber. Die Dorfbewohner bewachten die Türen, Fenster und Ritzen in ihrem Haus mit Hexennetzen und Hexengewehren und debattierten darüber, ob *ihre* böse Medizin zu denen gehörte, die der Hexenfinder gemeint hatte.

Gegen Mitte des Vormittags hatten die Gehilfen des Hexenfinders das Feuer unter dem Kessel angefacht, und die Dorfbewohner stolperten in einem Stupor der Angst und Erschöpfung umher. Die etwa zwei Dutzend Unschuldigen, die keine böse Medizin besaßen, hatten sich, wie befohlen, im *barri* versammelt. Die zweihundert anderen konsultierten noch immer verschiedene geachtete Dorfälteste, um zu hören, ob sie ihre böse Medizin abgeben mußten oder nicht.

Um Mittag traten die ersten Schuldigen vor. Sie hatten ihre Medizin in Papier, Stoff oder ihren Kleidern verborgen und versuchten, ihr Bündel neben den Füßen des Hexenfinders oder bei dem großen Kessel abzulegen, in der schwachen Hoffnung, zu ihrem Platz zurückhuschen zu können, ohne als Besitzer identifiziert zu werden. Doch jeden von ihnen hielt der Hexenfinder mit seinem Stab auf. Er stieß den Betreffenden sachte mit dem beschlagenen Ende an, ignorierte sein geflüstertes Flehen um Vergebung und Anonymität und schob ihn hierhin und dorthin, bis er mit dem Gesicht zu der sitzenden Menge stand. Während der Schuldige den Kopf unter dem Joch der Scham und der Schande beugte, hielt der Hexenfinder die böse Medizin hoch, damit alle sie sehen konnten: Beutel aus Tierhaut und Flaschen mit faulenden Flüssigkeiten, Lumpenbündel, die in Blut oder Exkrementen gewälzt worden waren, Knäuel aus Zauberschnüren, getrocknete Klauen und Mägen von Hühnern, Kräuterbüschel, Gefäße voll Tierfett, Hörner, die Bänder, Federn, alte Rasierklingen, Menschenhaare und Stücke von Fingernägeln oder zerstoßene Kaurimuscheln enthielten, Zettel mit arabischen Schriftzeichen, die in Stoff eingenäht waren, Beutel aus Gecko- und Schlangenköpfen, hodensackartige Beutel aus den Genitalien von Tieren, Pythonhäute und schließlich sogar einen Stein in der Form eines menschlichen Fußes.

Die Dorfbewohner traten mit ihren geheimen Medizinen vor und ließen beschämt den Kopf hängen: verlegene Großmütter, einst geachtete alte Pas, zerknirschte junge Männer, verzweifelte junge Frauen, entehrte Große Frauen – fast jeder besaß irgendeinen jämmerlichen Fetisch, der hochgehalten wurde, damit alle ihn sehen konnten. Wenn dem Hexenfinder ein besonders gräßlicher Talisman aus Magensteinen, Tierkot oder menschlichen Körperteilen übergeben wurde, nahm er ihn mit einem traurigen Kopfschütteln entgegen, als könnte er es, ganz gleich, wie oft er solche menschenfeindlichen Zauberutensilien schon gesehen hatte, kaum ertragen, sich die dunklen Gedanken und bösen Absichten vorzustellen, die sie in die Welt gerufen hatten. Mit gequältem, schmerzlich verzerrtem Gesicht ging er auf und ab und zeigte die armseligen Jujus vor, als wollte er sagen: »Seht, was Menschen tun, wenn sie nachts allein sind! Seht, zu welch scheußlichen Monstrositäten sie beten, um das Böse in die Häuser ihrer Nachbarn zu tragen!«

Er schüttelte die Medizin vor dem Gesicht ihres Besitzers hin und her und warf sie in den Kessel, wo ein Berg von abgelieferten Zaubergegenständen von einer leise kochenden grünlichen Brühe umspült wurde. Dann streckte der Hexenfinder seinen Stab aus und hielt dem Sünder den Spiegel vor. »Wer ist das?« fragte er. »Wen siehst du da?« Er stellte sich neben den Besitzer der Medizin, sah in den Spiegel und machte ein trauriges, klägliches Gesicht, das fast genau dem niedergedrückten Gesicht des Beschuldigten entsprach. Dann drehte er den Spiegel so, daß jeder das Spiegelbild des anderen sehen konnte. »Sieh mein Gesicht. Sieh deine Mutter.« Tränen standen in den Augen des Hexenfinders, als er das traurige Gesicht einer bitter enttäuschten Mutter machte. Oder er sagte: »Sieh mein Gesicht. Sieh deine Frau« und setzte ein fassungsloses Gesicht auf, das ganz genauso aussah wie das einer betrogenen, entsetzten Mende-Frau. »Sieh mein Gesicht. Sieh deinen Vater«, sagte er zu einem anderen und sah ihn mit dem finsteren Blick eines Patriarchen an.

Wenn der Beschuldigte die Augen niederschlug, um dem anklagenden Blick auszuweichen, drehte der Hexenfinder nur ein wenig den Spiegel und wartete geduldig, bis der andere die Augen öffnete. »Sieh mein Gesicht. Sieh deine kleinen Kinder.«

So ging es den ganzen Nachmittag lang weiter. Der Hexenfinder nahm jedes Amulett, jeden eingefetteten Beutel und jedes Fläschchen Gift, hielt es hoch und prangerte seinen Besitzer und die Verdorbenheit dieses Dorfes an, die dieses Sammelsurium von bösen Medizinen erst möglich gemacht hatte.

Als der Tag zur Neige ging, erhob sich in dem Kessel ein Berg aus Amuletten, Beuteln, Bündeln und Knäueln aus Lumpen und Schnüren. Alle Dorfbewohner waren versammelt, machten gehörig zerknirschte Gesichter und wagten es nicht, einander anzusehen. Der Abend kam, die riesige tropische Sonne ging hinter den Palmen unter, und der Hexenfinder rührte im Kessel und weinte hinein, schluchzte und klagte über die Finsternis des menschlichen Herzens.

»Bald«, sagte er, »wird die eigentliche Arbeit beginnen. Nicht ein einziges Bündel *ndilei*-Medizin ist abgegeben worden. Aber keine Sorge! Der Hexenfinder wird jedes einzelne dieser Bündel finden! Und zuletzt wird der Hexenfinder den Hexenkessel finden, aus dem die Bündel ihre Kraft beziehen.«

Er rührte im Kessel und zeigte auf die untergehende Sonne. »Bald wird es für alle Hexen und Zauberer zu spät sein!«

Moiwo und seine Männer, die sich, wie befohlen, eingefunden, aber keine Medizinen abgeliefert hatten, begannen eine halblaute, erregte Diskussion. Moiwo wies wütend einen seiner Handlanger zurecht, einen Mann mit einer weißen Militärmütze, der den Hexenfinder aus angstgeweiteten Augen ansah und bei jeder seiner Ankündigungen erzitterte. Seine uniformierten Kameraden hielten ihn fest und flüsterten auf ihn ein, aber er stieß sie zurück.

Die Gehilfen brachten dem Hexenfinder eine lange Stange, wie die Frauen sie verwendeten, um Reis zu zerstoßen. An einem Ende war eine Art Polster oder Bündel befestigt.

»Dieser Stößel wird uns zu den *ndilei*-Medizinen in diesem Dorf führen«, verkündete der Hexenfinder. »Und jeder, der seine böse Medizin nicht abgegeben hat, wird bestraft werden.«

Der Hexenfinder rührte im Kessel und sah über seine Schulter zur untergehenden Sonne. »Bald wird es für alle, die böse Medizinen versteckt haben, zu spät sein!«

Der Mann mit der Uniformmütze schrie auf, wurde aber von Moiwos Männern zum Landrover geführt. Er wehrte sich und flehte sie an, ihn loszulassen.

Moiwo, der nicht mehr seine Uniform, sondern ein afrikanisch gemustertes Gewand und eine Kette aus Kaurimuscheln trug, blieb stehen, wo er war, und wandte sich an den Hexenfinder.

»Natürlich freue ich mich, daß der Hexenfinder so schwere und gute Arbeit für dieses Dorf leistet. Und obwohl ich, wie der Hexenfinder weiß, mitten im Wahlkampf und sehr beschäftigt bin, freue ich mich, in diesem Dorf zu sein, denn so können ich und meine Familie an der Hexenvernichtung teilnehmen. Aber mein Assistent ist kein Mende. Er ist ein Koranko. Er hat keine böse Medizin, aber er hat Angst, weil er so großen Respekt vor der Macht des Hexenfinders hat.«

»Wenn er kein Zauberer ist und keine böse Medizin besitzt, hat er nichts zu befürchten«, sagte der Hexenfinder.

»Er hat aber Angst, der Hexenfinder könnte einen Fehler machen und ihn zu Unrecht der Zauberei oder der bösen Medizin anklagen«, erwiderte Moiwo.

»Das«, sagte der Hexenfinder, »ist unmöglich. Entweder man findet böse Medizin im Haus oder unter den persönlichen Dingen eines Menschen, oder man findet sie nicht. Fehler sind unmöglich.«

Moiwo trat näher und wies mit einer ausladenden Geste auf die versammelten Menschen. »Aber ich bin sicher, daß meine Mende-Brüder und -Schwestern von Fällen gehört haben, in denen jemand zu Unrecht angeklagt war, ein Zauberer zu sein oder böse Medizin zu besitzen, und sogar von Fällen« – er machte eine bedeutungsvolle Pause –, »in denen die Macht des Hexenfinders gar nicht wirklich war, sondern auf List und Taschenspielereien beruhte.«

Moiwo nickte dem Hexenfinder zu. »Ich weiß, daß du der mächtigste Hexenfinder in ganz Sierra Leone bist. Ich weiß, daß du nur gute und ehrliche Absichten hast und niemals irgendwelche Tricks anwenden würdest, um uns Fähigkeiten vorzugaukeln, für die wir Geld bezahlen müssen. Aber manche sagen, daß es an der Zeit ist, diesen Aberglauben zu überwinden und den Schritt in die moderne Welt zu tun. Das ist eines der Dinge, die ich als Paramount Chief durchsetzen werde: Ich will die Menschen von ihrer ständigen Angst vor Hexenzeug und Flüchen und Gegenflüchen befreien. Manche sagen, daß selbst die mächtigsten Hexenfinder manchmal auf Tricks und Augenwischerei zurückgreifen«, sagte Moiwo und lächelte. »Wenn es ihren Zwecken dient«, fügte er mit einer höflichen Verbeugung hinzu. »Ich hoffe natürlich, daß du nicht zu ihnen gehörst.«

Er verbeugte sich und sah den Hexenfinder mit einem wissenden Grinsen an.

Ohne den Blick von ihm zu wenden, streckte der Hexenfinder die Hand aus. Sein Gehilfe brachte ihm den Teller mit dem Messer.

»Komm näher«, sagte der Hexenfinder zu Moiwo. »Ich will, daß du es genau siehst.«

Moiwo zuckte mit den Schultern und trat halb lachend, halb seufzend näher.

»Deine Augen«, sagte der Hexenfinder. »Hast du gute Augen?«

»Natürlich«, sagte Moiwo und hielt seinem Blick lächelnd stand. »Ich habe gute Augen. Meine Augen würden gern in den Mund des Hexenfinders sehen, bevor er... mit dem Messer an die Arbeit geht.«

»Gut«, sagte der Hexenfinder. »Ich will, daß du in meinen Mund siehst.« Er riß den Mund auf, zeigte Zähne und rosiges Zahnfleisch und wendete das Backenfleisch mit den Fingern nach außen.

»Deine Augen sind gut, sagst du?«

»Sehr gut«, antwortete Moiwo selbstbewußt.

Ohne eine Spur von Groll sagte der Hexenfinder: »Etwas in meinem Bauch sagt mir, daß du nicht an die Macht des Hexenfinders glaubst.«

Er drückte sein Gewand an den Bauch und setzte das Messer knapp unterhalb des Brustbeins an.

»Aber natürlich glaube ich –« begann Moiwo.

Der Hexenfinder öffnete den Mund und schrie. Ein heftiger Stoß trieb das Messer durch das Gewand und in den Bauch. Mit einem abwärts gerichteten Schnitt schlitzte er die Bauchdecke auf; dann ließ er seinen Gehilfen die Eingeweide mit dem Teller auffangen. Darmschlingen und Organe glitten heraus, gefolgt von einer faltigen Haut, bei der es sich um das Bauchfell oder die Bauchfellduplikatur zu handeln schien.

Die Menschen im *barri* schrien entsetzt auf, wandten das Gesicht ab und würgten. Moiwo schnappte nach Luft und hielt sich die Hand vor den Mund. Boone und Lewis sprangen auf und wollten den klaffenden Schnitt im Gewand des Hexenfinders untersuchen, während der Gehilfe die letzten Darmschlingen herauszog, den Teller wie ein Ober über den Kopf hob und allen Anwesenden die aufgehäuften Eingeweide zeigte. Die Dorfbewohner, sprachlos vor Angst und Verwunderung, drückten ihre Kinder an die Brust. Der zweite Gehilfe brachte ein Handtuch, schob es durch den Schnitt im Gewand und wischte den Bauch des Hexenfinders ab. Ein Hitzeanfall ließ Boone erschauern. Er setzte sich und schluckte die Magensäure hinunter, die ihm in die Kehle gestiegen war.

Der Hexenfinder lächelte Moiwo an.

»Ich habe den Teil meines Körpers entfernt, der mir von deinen Zweifeln erzählt hat«, sagte er unschuldig. Dann deutete er auf den Mann mit der weißen Uniformmütze, der weggeführt worden war, und sagte: »Vielleicht möchtest du oder dein Assistent den Bauch des Hexenfinders untersuchen, um sicherzugehen, daß kein Trick im Spiel ist.«

Er hielt das aufgeschnittene Gewand auf und zeigte Moiwo und den Dorfbewohnern seinen glatten, dünnen, unversehrten Bauch.

Dann klatschte er in die Hände. Einer der Gehilfen reichte ihm seinen Stab. »Vielleicht sollte ich den Mann jetzt befragen, damit wir uns gleich in die Arbeit stürzen und sehen können, ob seine Angst begründet ist.«

»Das wird nicht nötig sein«, wehrte Moiwo ab. »Ich habe nie

an der Macht des Hexenfinders gezweifelt, sondern nur bemerkt, daß es manchmal zu Fehlern gekommen ist«, sagte er mit einem nervösen Lächeln. »Doch das waren sicher andere, weniger erfahrene Hexenfinder.« Er verbeugte sich vor dem Hexenfinder und der Menge und ging zu seinen Männern.

Der Hexenfinder tauchte den Stab in den Kessel und rührte darin. Die Dunkelheit senkte sich herab, und der *barri* war nur noch von der Glut unter dem Kessel beleuchtet. Der Hexenfinder schickte seine Gehilfen aus, damit sie sich davon überzeugten, daß alle Dorfbewohner mit Ausnahme der Schwangeren und der stillenden Mütter versammelt waren. In der Nacht zuvor hatte niemand geschlafen, und den ganzen Tag über hatte niemand etwas gegessen – die verkrampften Bäuche der Dorfbewohner hatten auch gar nicht nach Essen verlangt.

Als bestätigt wurde, daß niemand mehr in den Hütten war, setzte sich der Hexenfinder auf einen Stuhl und kehrte dem Feuer und den Dorfbewohnern den Rücken. Er hielt seinen Stab in die Höhe und lenkte das Licht des Feuers auf die Gesichter.

»Hexen und Zauberer haben Kinder in diesem Dorf gefressen«, sagte er ruhig, und die Flammen warfen Schatten auf sein kantiges Gesicht. »Nachts, wenn die Mütter schlafen, kriechen sie unter den Betten hervor und schlagen ihre Zähne in die weichen Schädel der Kinder.«

Eine Frau in der Menge schrie auf und weinte laut um ihr Kind.

»Es ist an der Zeit, die Hexen und Zauberer herauszufinden«, sagte der Hexenfinder ernst. »Sie sind unter uns, jetzt, in diesem Augenblick! Sie verbergen sich in einer menschlichen Gestalt! Warum? Weil sie hoffen, noch mehr Kinder fressen zu können. Sie wollen die Kinder aus den Bäuchen ihrer Mütter saugen wie den Dotter aus einem Ei und ihre Seelen fressen, bevor sie geboren werden können!

Dieser Stößel wird alle bösen Medizinen im Dorf aufspüren. Wir werden die Hexen und Zauberer finden«, sagte er und lächelte in den vom Feuer beschienenen Spiegel. »Und wenn wir sie gefunden haben, werden wir den Anführer und den Hexenkessel finden! Wehe denen, die versucht haben, böse Medizin vor dem Hexenfinder zu verbergen, denn sie werden heute nacht entlarvt werden!«

Die riesige Sonne flimmerte und ging hinter dem Busch unter. Der Hexenfinder trat wieder an den Kessel, rührte mit dem Stab darin und starrte traurig in die Strudel, als sähe er die Überseele des Dorfes, eine Senkgrube, in der sich alle Lust und Vergeltung, aller Schmutz und Haß gesammelt hatten. Er weinte über dem Kessel, und die Tränen schimmerten auf seinen Wangen wie Lametta. Er beklagte die Schlechtigkeit des menschlichen Herzens.

»Oh, Mütter und Väter, Großmütter und Großväter, Söhne und Töchter – dies ist es, was wir unter unseren Betten hervorgeholt, aus Säcken und Bündeln gezogen, aus der Erde gegraben und von Tieren im Busch gestohlen haben. Hört, wie diese böse Suppe gegen die Wand meines Kessels schwappt! Hört, wie diese üble Brühe von unseren dunklen Begierden flüstert! Riecht das widerwärtige Gebräu, zu dem wir gebetet haben, weil wir gehofft haben, unseren Nachbarn zu vernichten! Seht! Seht, was für ein grauenerregender Schleim aus den Wunden in unseren Herzen getropft ist!«

Während er sprach, versuchte jeder, dem gespiegelten Blick des Hexenfinders auszuweichen, und sprach leise mit seinem Nachbarn oder stellte flüsternd Vermutungen an, was geschehen würde, wenn Hexen und Zauberer im Dorf entdeckt würden.

Boone konnte das Gesicht des Hexenfinders nicht sehen, denn der Spiegel war auf die andere Seite der Menge gerichtet. Nach einer Weile hielt der Spiegel inne, und der Hexenfinder starrte für eine Weile hinein. In der Umgebung seines Ziels wurde ängstliches Gemurmel laut. Der Hexenfinder rührte sich zunächst nicht, hob dann langsam den Arm und zeigte in den Spiegel. Ein Raunen ging durch die Menge, als Pa Usman aufstand, der Mann mit der zerrissenen Zipfelmütze und dem Zwerg aus Stein. Er protestierte laut und schüttelte den Kopf. Er zitterte vor Angst, schrie den Leuten, die rings um ihn saßen, etwas zu, fuchtelte mit den Armen und beteuerte, er habe nichts mit Hexenzeug zu tun.

»Der Hexenfinder hat einen Verdächtigen gefunden, der befragt werden muß«, sagte der Hexenfinder.

Pa Usman? schienen die Dorfbewohner in ängstlicher Ungläubigkeit zu denken.

Der Hexenfinder wies mit seinem Stab den Weg und führte Pa Usman in einen benachbarten Hof, wo sie vor den Blicken der

Menschen im *barri* geschützt waren. Kleine Gruppen bildeten sich, die erregt die ungeheuerliche Möglichkeit diskutierten, daß Pa Usman irgendwie mit diesem Hexenzeug zu tun hatte. Die meisten waren der Ansicht, daß das nicht sein konnte. Sie kannten ihn ihr Leben lang – er war ein gebrechlicher, leicht verwirrter alter Mann, der keiner Ameise, geschweige denn einem Kind etwas zuleide tun konnte.

Zwanzig Minuten später kehrte der Hexenfinder zurück, gefolgt von Pa Usman, der weinte und sein Gesicht in seiner Mütze verbarg.

»Dieser Mann hat gestanden, an Hexenzeug beteiligt zu sein«, sagte der Hexenfinder und führte Pa Usman zu seinem Platz.

Die Dorfbewohner hielten den Atem an, starrten vor sich hin und wagten es nicht, das Ungeheuer anzusehen, das sich jahrelang als freundlicher alter Mann maskiert hatte. »Das muß ein Irrtum sein!« sagten einige auch jetzt noch. »Wie kann der Hexenfinder überhaupt verstehen, was Pa Usman sagt?«

Der Hexenfinder winkte seinen Gehilfen, die den Stößel aufhoben und von ihm sogleich und anscheinend gegen ihren Willen von einem Ende des *barri* zum anderen gezerrt wurden. Sie klammerten sich fest, warfen die Köpfe in den Nacken, bissen die Zähne zusammen und versuchten verzweifelt, die wilde Kraft des Stößels zu bändigen. Nach einigen Minuten hielt das gepolsterte Ende des Stößels vor der Tür von Pa Usmans Wellblechhütte an.

»Ich brauche zwei Personen, die mitkommen und bezeugen, daß *ndilei*-Medizin gefunden wurde«, rief der Hexenfinder.

Lewis sprang auf und winkte. »Ich bin Zeuge!« rief er. Zu Boone gewandt fügte er leise hinzu: »Paß auf, jetzt werde ich diesen Scharlatan bei einem seiner Tricks erwischen.«

Der Hexenfinder winkte Lewis und einen Mann aus der Menge zu sich. Zusammen mit den Gehilfen und Pa Usman traten sie in die Hütte. Kurz darauf kehrten sie zurück. Der Hexenfinder trug ein kleines, eiförmiges Bündel aus fest gewickelten Lumpen oder Häuten. Eine rote Röhre ragte daraus hervor, und zwei Kaurimuscheln waren daran befestigt.

Ein entsetztes Keuchen ging durch die Menge.

»*Ndilei!*« rief der Hexenfinder. »Dieser Pa hat vor eurer Nase *ndilei*-Medizin gehabt! Wer weiß, wie viele Kinder diese Medizin getötet hat? Seht die Kaurimuscheln und zählt die toten Kinder!«

Im *barri* brach Geschrei los. Einige sagten noch immer, daß Pa Usman, der in diesem Dorf geboren und aufgewachsen war, unmöglich einen Hexengeist im Bauch haben könne. Doch andere schüttelten den Kopf, flüsterten und schnalzten mit der Zunge, als wollten sie sagen: »Da sieht man es mal wieder – es sind immer die, die man am wenigsten verdächtigt!« Einige erinnerten sich daran, wie Pa Usman vor einigen Jahren angefangen hatte, unverständlich zu sprechen, wie er zuviel Zeit mit seinem *nomoloi* im Busch verbracht hatte, wie er immer allein in seiner Hütte gesessen hatte und wie einige seiner Verhaltensweisen eigentlich verdächtig gewesen waren. Und wenn er kein Zauberer war, warum hatte er dann ein Bündel *ndilei*-Medizin in seiner Hütte?

Lewis kehrte zum *barri* zurück und berichtete, die Gehilfen des Hexenfinders hätten das *ndilei*-Bündel tatsächlich in Pa Usmans Kopfkissen entdeckt. Jetzt war der *barri* erfüllt vom Wehklagen der Frauen, deren Kinder kürzlich gestorben waren. Andere Pas schrien empört und zeigten auf das Bündel, das der Hexenfinder noch immer hoch erhoben hielt.

Nachdem Ruhe eingekehrt war, zeigte der Hexenfinder das Bündel noch einmal und warf es dann mit einer dramatischen Geste in den Kessel. Ein Schrei erklang, als es untertauchte – das Miauen einer Katze oder das Wimmern eines Kindes, das abrupt erstarb. Wieder brach Hysterie aus: Manche Menschen hielten einander voller Angst umklammert, andere starrten in sprachlosem Entsetzen auf den Kessel.

Der Hexenfinder setzte sich wieder mit dem Rücken zum Kessel und zur Menge, drehte den Stab mit dem Spiegel und ließ den Widerschein des Feuers über die nach oben gewandten Gesichter gleiten. Die Leute flüsterten ängstlich und schlugen die Augen nieder. Der Spiegel suchte, hielt inne, suchte weiter und verharrte. Wieder wurde in der Umgebung des Entdeckten gedämpft gemurmelt. Der Hexenfinder hob den Arm und zeigte in den Spiegel.

Diesmal stand eine dürre, gebrechliche alte Frau auf, protestierte schwach und machte abwehrende Bewegungen gegen den Spiegel. Boone erkannte die zahnlose alte Großmutter ohne Finger, die ihn und Sisay am Tag seiner Namensgebung um Medizin gebeten hatte. Die leprakranke Großmutter Dembe. Sie weinte und schüttelte den Kopf, und dann streckte sie der Menge flehend die Arme und fingerlosen Hände entgegen.

Der Hexenfinder ging mit ihr beiseite, um sie zu befragen. Wenig später kehrte er zurück, führte sie freundlich zu ihrem Platz und ging wieder zum Kessel.

»Diese Frau hat gestanden, an Hexenzeug beteiligt zu sein«, verkündete er.

Die Dorfbewohner rückten von Großmutter Dembe ab. Sie schüttelten ungläubig oder entsetzt den Kopf und fragten ihre Verwandten, ob sie sich erklären könnten, wie eine liebe alte Großmutter zu einer Hexe hatte werden können. War das Ende der Welt nahe? Hatten Ngewo und ihre Ahnen das Dorf den Schlichen von Hexen und Zauberern ausgeliefert? Wie hatte diese verworfene Hexe sich so gut tarnen können? Sie hatte die Kinder gewaschen, ihnen Medizinen gegeben, Geschichten erzählt, mit ihnen gebetet, gesungen, gelacht und geweint!

Der Hexenfinder klatschte in die Hände, und die Gehilfen nahmen den Stößel auf und wurden, wie es schien, durch das Dorf gezerrt, denn sie stemmten die Fersen in den Boden und versuchten ächzend, ihn zu bremsen. Niemand wunderte sich, als der Stößel vor dem Hof anhielt, in dem Großmutter Dembe wohnte – er schien kaum so lange stillhalten zu können, bis die Tür geöffnet und die Zeugen herbeigerufen waren.

Der Hexenfinder begleitete Großmutter Dembe, damit sie bei der Durchsuchung anwesend sein konnte. Nach einigen Minuten kehrten die Gehilfen mit einem schwarzen Bündel zurück, in dem ein rotes Röhrchen steckte. Bei diesem Anblick wurden schrille Angstschreie und drohende Anklagen laut. Verängstigte und verstörte Dorfbewohner saßen in Grüppchen beieinander und fragten sich, ob sie das Ding nachts losgelassen hatte, damit es in Gestalt eines Flughunds oder Pythons ihre ungeborenen Kinder fraß.

Der Hexenfinder hielt das Bündel hoch, fuhr mit wirbelndem Stab und sich bauschendem Gewand herum und warf es in den Kessel. Wieder ertönte der gedämpfte Schrei, der nicht anders klang als ein kleines Kind, das aus einer Totenwelt weit draußen im Busch nach seiner Mutter rief. Noch mehr Panik und Verzweiflung: Die Angehörigen der beiden Überführten weinten und baten ihre Nachbarn um Vergebung. »Wie konnten wir das wissen? Wer würde denn so ein Ding in sein Haus lassen?«

Der Lärm der Menge erstarb zu einem Flüstern und leisen Schluchzen, das an eine Totenwache oder einen Trauergottesdienst erinnerte, und der Hexenfinder setzte sich wieder auf seinen Stuhl und drehte seinen Stab. Diesmal suchte der blitzende Spiegel die Seite des *barri* ab, auf der die *pu-mui* saßen, und Boone konnte das Gesicht des Hexenfinders sehen. Er hatte gedacht, der Mann werde die Leute mit einem bohrenden Blick mustern, doch zu seiner Überraschung war das Gesicht des Hexenfinders in ständiger Bewegung und schien sich bei jeder Person, die er betrachtete, zu verändern: Erst war es traurig, den Tränen nahe, doch dann bewegte sich der Spiegel weiter, und das Gesicht lachte lautlos, veränderte sich unvermittelt und sah jemanden von der Seite an, als wollte es sagen: »Warum siehst du mich so an?«

Mit einem Frösteln, das kälter war als die Fieberschauer, wurde Boone bewußt, daß er das Gesicht des Hexenfinders sehen konnte, weil dieser *ihn* im Spiegel ansah.

Rasch wendete Boone den Blick ab und tat, als betrachtete er die Menge oder den Dampf, der aus dem Kessel aufstieg. Doch als er wieder zum Spiegel sah, starrte der Hexenfinder ihn an, und zwar diesmal mit einem Blick voll äußerster Verzweiflung, als wollte er sagen: »Warum tust du das?« Boone sah hinauf zum strohgedeckten Dach des *barri*, dann wieder zurück zum Spiegel, wo sich auf dem Gesicht des Hexenfinders ein lautloses, unbändiges Lachen malte. Boone tat, als unterhielte er sich mit Lewis, doch als sein Blick zum Spiegel zurückkehrte, sah er ein Gesicht, das vor Ekel und Verachtung verzerrt war. »Wie kann ein Ungeheuer wie du in menschlicher Gestalt herumlaufen?« schien es zu sagen.

Dann hob der Hexenfinder den Arm und zeigte auf Boones Bild im Spiegel. Die Augen der Dorfbewohner richteten sich auf ihn und starrten ihn voller Schrecken an.

»Nein!« sagte Lewis. »Du kannst keinen Weißen anklagen. Das ist unmöglich!«

»Das ist doch Wahnsinn!« rief Boone. Er sah über die Menge hinweg und begegnete den vorwurfsvollen Blicken mit Kopfschütteln. Man steckte die Köpfe zusammen und tuschelte.

Sisay stand auf, um etwas zu sagen, doch der Hexenfinder bedeutete ihm mit einer Geste zu schweigen.

»Der Hexenfinder wird *allein* mit dem *pu-mui* sprechen«, sagte er. »Der Hexenfinder hat viel Inglisch gelernt«, fügte er grinsend hinzu.

Sie gingen in eine benachbarte *baffa*, wo auf einem roh gezimmerten Tisch eine Sturmlaterne brannte. Der Hexenfinder setzte sich mit dem Rücken zu Boone an den Tisch und wendete den Spiegel ab. Boone konnte die pochenden Adern unter der straffen Kopfhaut des Mannes erkennen.

»Woran denkst du, wenn du allein bist?« fragte der Hexenfinder in ausgezeichnetem Englisch.

»Was soll das heißen?« gab Boone zurück und starrte auf das blaue Gewand. »Ich denke darüber nach, wie ich meinen besten Freund finden kann.«

»Ah«, sagte der Hexenfinder. »Du denkst an deinen Bruder. Wenn du ihn finden würdest, wärst du glücklich, nicht?«

»Darum bin ich ja hier«, sagte Boone.

»Ich verstehe«, sagte der Hexenfinder und drehte den Stab, bis Boone im Spiegel die riesigen Augen sehen konnte, die im Licht der Sturmlaterne wie zwei dunkle Teiche wirkten. »Ich verstehe«, sagte er und hielt Boones Blick fest.

»Du bist hier, um deinen Bruder zu finden«, sagte er. »Darüber denkst du nach. Wenn dein Bruder nicht wäre, wärst du nie nach Sierra Leone gekommen. Und wenn man ihn nicht finden kann oder wenn er tot ist, wirst du wieder zurück in deine Heimat fahren.«

»Ich hoffe, daß ich ihn finde«, sagte Boone. »Mir gefällt diese Hexenzeug-Befragung oder was das hier sein soll überhaupt nicht«, fügte er hinzu. Ein Schauer überlief ihn. »Die Leute da drüben denken jetzt, du hast mich hierhergebracht, weil ich ... weil ich so eine Art Zauberer bin.«

»Keine Sorge«, sagte der Hexenfinder. »Ich habe dich nicht hergebracht, weil du ein Zauberer bist. Ich mußte unter vier Augen mit dir sprechen. Ich habe eine Botschaft für dich von den

Männern, die deinen Bruder im Busch gefangenhalten. Wenn du deinen Bruder lebendig wiedersehen willst, mußt du bereit sein, bestimmte mächtige Medizinen zu füttern.«

Der Spiegel bewegte sich ein wenig, und der Hexenfinder sah Boone unverwandt an.

»Was soll dieser Scheiß von wegen ›Medizinen füttern‹?« fragte Boone mit zitternder Stimme. »Kann mir das mal jemand erklären?«

»Du mußt ein menschliches Opfer bringen, um die Medizin zu füttern«, sagte der Hexenfinder. »Dann mußt du der Gesellschaft beitreten und auf die Medizin schwören. Danach werden du und dein Bruder in dieses Dorf oder, wenn ihr wollt, nach Amerika zurückkehren dürfen.«

»Das ist doch verrückt«, sagte Boone und blickte in den Spiegel. Er hatte erwartet, das Gesicht des Hexenfinders zu sehen, fand aber nur sein eigenes. »Völlig verrückt. Ich soll denen ein Opfer bringen? Einen Menschen? Ich kann doch keinen Menschen irgendwohin führen, wo er dann umgebracht wird! Wen soll ich ihnen denn bringen? Dich?«

»Das Opfer ist schon ausgewählt«, sagte der Hexenfinder. »Eine junge Frau. Du mußt sie nur dorthin bringen und ... sie vorbereiten. Andere werden das Opfer vollenden.«

»Ich soll sie umbringen?« fragte Boone. »Du willst, daß ich jemand umbringe?«

Er konnte die Pupillen des Hexenfinders im Spiegel sehen: schwarze Knoten, die sich weiten und verengen konnten und ihn wie Finger abtasteten.

»Ihr Kopf wird bedeckt sein«, sagte der Hexenfinder. »Du mußt nur zuschlagen.«

»Ach so«, sagte Boone sarkastisch. »Warum hast du das nicht gleich gesagt? Das macht es natürlich viel leichter!«

»Wenn du das nicht tust«, sagte der Hexenfinder, »werden diese Männer statt dessen deinen Bruder töten, um die Medizin zu füttern.«

»Das kann ich nicht«, sagte Boone. »Da, wo ich herkomme, nennt man so was Mord.«

»Hier ist Afrika«, sagte der Hexenfinder. »Hier ist alles anders.« Er lachte leise. »Und doch ist hier alles genauso. Manchmal muß zum Wohl des Dorfes ein Mensch geopfert werden. Ständig wird Leben gegen Leben eingetauscht – das ist sogar in deinem Land so.«

»Ich werde es nicht tun«, sagte Boone.

»Wie du bald erfahren wirst«, sagte der Hexenfinder, »ist Jenisa, die junge Frau von Section Chief Moiwo, eine Hexe.«

Er beugte sich zur Seite, holte aus der Dunkelheit unter dem Tisch ein weiteres kleines schwarzes Bündel hervor und legte es neben die Laterne. Anstelle eines roten hatte dieses ein weißes Röhrchen, und als Boone näher hinsah, stellte er fest, daß aus der Spitze der *ndilei*-Medizin der Moskitostift ragte, den er Jenisa geschenkt hatte.

»Damit habe ich nichts zu tun«, protestierte er. »Das ist ein Abwehrmittel gegen Moskitos.«

»Das *war* ein Abwehrmittel gegen Moskitos«, sagte der Hexenfinder. »Jetzt ist es sehr böse Medizin. Jetzt ist es eine Hexenmedizin.«

»Ich hab ihr das Ding geschenkt«, verteidigte sich Boone. »Jemand anders hat es in dieses Bündel gesteckt. Ich sage doch, ich habe nichts damit zu tun.«

Der Schweiß trat ihm aus den Poren, und das Fieberfeuer durchfuhr ihn wie die Stichflamme eines Ofens.

»Sie hat dieses Bündel *ndilei*-Medizin in der Nähe der Hütte von Luba, der Witwe, vergraben. Diese Jenisa will die Witwe Luba töten, weil die die Anführerin der Hexen und Zauberer ist«, sagte der Hexenfinder. »Keine von beiden wäre ein großer Verlust für das Dorf. Du mußt die Frau nur zur angegebenen Zeit an den angegebenen Ort führen. Wenn du das nicht tust, wird die Medizin mit deinem Bruder gefüttert werden. Und später, wenn es an der Zeit ist, sie wieder zu füttern, wird ein anderes oder ein neues Mitglied der Gesellschaft diese Jenisa dorthin führen. Sie wird sowieso getötet werden.«

»Das ist unmöglich«, sagte Boone. Das Fieber und die Erregung ließen ihn schwitzen. »Selbst wenn ich einverstanden wäre – ich kenne diese Frau doch kaum. Ich kann sie doch nicht fragen, ob sie einen Spaziergang durch den Busch machen möchte. Sie würde niemals mitkommen.«

»Es ist alles arrangiert«, sagte der Hexenfinder. »Man wird dir sagen, daß du ein Opfer für deinen Bruder bringen sollst, und zwar bei einem riesigen Kapokbaum nicht weit von hier. Die Familie von Jenisa bringt dort ihren Ahnen Opfer, und darum wird man vorschlagen, daß sie dich dorthin führt. Und dort wirst du die Medizin füttern.«

»Ich soll Jenisa umbringen? Niemals!«

Boone biß die Zähne zusammen und dachte nach. Vielleicht gab es eine Möglichkeit, diese Sache durchzuziehen, dachte er und suchte verzweifelt nach Alternativen. Vielleicht konnte er mitspielen, bis er Killigan gefunden hatte. Dann konnten sie vielleicht gemeinsam fliehen, oder er konnte die Frau irgendwie retten. Vielleicht sollte er wenigstens so tun, als würde er mitmachen. Sonst würden, wie es schien, zwei Leben statt einem geopfert werden.

Er sah auf und wollte gerade antworten, als er bemerkte, daß der Hexenfinder unauffällig den Stab gehoben hatte und ihn im von der Laterne beleuchteten Spiegel beobachtete.

»Weißt du, daß der Hexenfinder die Gedanken anderer Menschen lesen kann?« fragte er lächelnd. »Gutes, Böses, Menschen in Tiergestalt, Hexen, Zauberer – ich sehe alles.«

Boone starrte in das Gesicht des Hexenfinders im Spiegel.

»Mach dir um dein Gewissen keine Sorgen«, sagte das Gesicht. »Wenn du sie fütterst, wird die Medizin dich glauben lassen, was du willst. Ich werde mit deinem Gewissen sprechen. Wirst du die Medizin füttern?«

Boone starrte in das Gesicht und dachte nach.

»Manchmal muß man böse sein, bevor man gut sein kann, nicht?«

»Ich bin nicht böse«, sagte Boone. »Ich bin nur ein Gast.«

»Gäste können sehr böse sein«, sagte der Hexenfinder. »Außerdem kümmert es mich nicht, ob du gut oder böse bist. Ob gut oder böse – das macht für mich keinen Unterschied. Ich habe gesehen, wie beides in ein und dieselbe Suppe gegeben wurde, und beide schmeckten gleich. Ich ziehe nicht das eine dem anderen vor. Ich werde bezahlt, damit ich Hexen finde, und weißt du was? Ich finde sie immer. Weißt du auch, warum? Weil meine Ahnen und Ngewo mir die Macht gegeben haben, Hexen zu erkennen, ganz gleich, wo sie sich verstecken.«

Der Hexenfinder drehte ruckartig den Stab und hielt ihn geschickt in die Höhe.

»Ich suche nach Hexen im Busch, im Dorf und« – er fixierte Boones Augen im Spiegel – »in den Menschen.«

Er lächelte in den Spiegel.

»Ich bin ein *gbese*. Nichts Menschliches oder Unmenschliches ist vor mir verborgen. Ich kann Hexen und Zauberer so klar sehen, wie du mich siehst«, sagte er. »Kannst du mich sehen?«

Boone schluckte und nickte.

»Hexen und Zauberer denken nur an sich selbst. Sie sind leicht zu erkennen. Ihre Gier nach Kindern, besonders nach ungeborenen Kindern, ist so groß, daß sie bei dem Gedanken an ihr Fleisch und Blut ganz wild werden. Sie gieren nach Unschuld.«

Der Hexenfinder hielt plötzlich inne und drehte den Spiegel weg, so daß Boone nur noch seinen Hinterkopf sehen konnte.

»Muß ich weitersprechen?«

»Wie meinst du das?« fragte Boone.

»Gierst du nach Unschuld?«

»Wovon redest du überhaupt?«

»Du bist ein Zauberer«, sagte der Hexenfinder. »Du hast drei Brüder. Sie sind auch Zauberer, und dein Vater ist der Anführer eurer Bande. Du könntest noch mehr Geschwister haben, aber sie sind wahrscheinlich für irgendwelche Rituale geopfert worden.«

»Ich bin kein Zauberer«, sagte Boone und erschauerte plötzlich und heftig unter dem bohrenden Blick des Hexenfinders, denn der hatte irgendwie die Zahl seiner Brüder richtig erraten.

»Ich bin schon sehr lange Hexenfinder, und ich muß sagen, daß ich noch nie von Hexen oder Zauberern gehört habe, die ihre Untaten freiwillig gestanden haben. Sie leugnen *immer*«, sagte er und lächelte. »Bis ich sie zwinge zu gestehen. Zum Beispiel dich. Du würdest dich dem Dorf wahrscheinlich nie offenbaren. Ich müßte dich wahrscheinlich dazu zwingen, indem ich sage, daß du deinen Bruder nie lebend wiedersehen wirst, wenn du deine wahre Natur nicht offenbarst.«

»Aber ich bin kein Zauberer«, beharrte Boone. »Und wenn du von mir verlangst, daß ich hingehe und gestehe, daß ich einer bin, werde ich es nicht tun. Und ich werde keinen Menschen irgendwohin führen, wo er getötet wird – nicht mal, um meinen besten Freund zu retten.«

»Selbst weiße Menschen müssen ihre Medizinen füttern«, sagte der Hexenfinder. »Was ist mit diesem *pu-mui*-Ahnen namens Abraham? Gottes Medizin war hungrig. Gott sagte zu Abraham, er solle die Medizin mit dem Fleisch seines eigenen Sohnes füttern. Und Abraham war bereit.«

»Das stimmt nicht«, widersprach Boone. »Du hast –«

»Und was ist mit den ersten Ahnen der *pu-mui*? Gott sagte Adam und Eva, daß sie alle Früchte essen dürften außer der eines bestimmten Baumes, denn diese Frucht benutzte Gott, um seine Medizin zu füttern. Verstehst du?«

»Nein«, sagte Boone.

»Ich habe gehört, daß die Weißen große Häuser bauen, in denen Stäbe mit einer mächtigen Medizin sind. Diese Stäbe machen ein Feuer, das niemals ausgeht, und diese Stäbe erhitzen Drähte, die Maschinen antreiben. Aber ich habe auch gehört, daß die Medizin manchmal aus den Stäben entflieht und nach Menschen sucht, die sie verbrennen und auffressen kann. Ich sage dir: Wenn ihr der Medizin einfach von Zeit zu Zeit ein Opfer geben würdet, dann würde sie aufhören, selbst nach Nahrung zu suchen.

Ich habe auch gehört, daß *pu-mui*-Frauen ihre ungeborenen Kinder Hexen und weißen Medizinmännern geben, damit aus den Körpern Medizin gemacht wird. Und was ist mit den Medizinen, die ihr auf die Felder streut, damit die Pflanzen gut wachsen und keine Hexen und Zauberer darüber herfallen? Sucht diese Medizin denn nicht nach Menschen, wenn sie hungrig ist? Legt sie keinen Fluch über die Dorfbrunnen und vergiftet die Kinder? Warum also willst du nicht eine Frau zum Opfer bringen, die sowieso bald tot sein wird?«

Beinahe hätte Boone eingewilligt – nur um zu sehen, was passieren würde. Konnte er einwilligen und später einen Rückzieher machen? Oder würde er etwas in Bewegung setzen, was später nicht mehr angehalten werden konnte? Wenn er nun mitmachte und sich dabei einredete, er könne ja aussteigen, wenn irgend etwas schiefging? Bis er dann mit der Frau an dem großen Baum stand und gezwungen war, sie gegen seinen besten Freund einzutauschen ...

»Vielleicht kann ich es tun«, sagte Boone und sah flüchtig sein Gesicht im Spiegel. »Ich kann es ja versuchen.«

Der Hexenfinder drehte den Stab leicht zwischen den Fingerspitzen, bis er Boone im Blick hatte. Er starrte Boone an, und Boone starrte zurück. Dann grinste der Hexenfinder so breit, daß seine Zähne zu sehen waren, und zischte: »Verpiß dich!«

»Du warst das!« rief Boone und erinnerte sich plötzlich an die orangefarbenen Augen im Busch hinter der Latrine.

»Wir müssen zurück«, sagte der Hexenfinder. »Wir werden später alles besprechen.«

Boone sah zum *barri.* »Was wirst du denen sagen?« fragte er.

Der Hexenfinder sah Boone im Spiegel an. »Keine Sorge, ich werde ihnen nichts sagen. Ich werde einfach mit dem nächsten Verdächtigen weitermachen.«

Er erwiderte Boones unverwandten Blick in den Spiegel und grinste. »Du hast einen sehr starken Wunsch«, flüsterte er. »Du willst deinen Bruder finden. Dieser Wunsch ist eine Hexe, die ein Ei gelegt hat.« Der Hexenfinder sprang auf. »Komm«, sagte er, »wir müssen zurück zum *barri.*«

Boones Fieber brannte, und seine Knie knackten beim Laufen. Er mußte ins Bett, bevor er im Stehen starb.

Im *barri* sah ihn keiner an. Alle außer Lewis flüsterten, zogen den Kopf ein und wandten sich ab.

»Alles in Ordnung«, sagte Boone zu Lewis. »Ich erklär dir's später.«

Als er den Blick hob, sah er, daß die Gehilfen des Hexenfinders den Stößel aufgehoben hatten und durch das Dorf gezerrt wurden – in die Höfe und wieder hinaus, zwischen den Hütten hindurch, an der Rückseite des *barri* vorbei –, bis sie vor Sisays Hütte stehenblieben und dem Zug des Stößels bis zur Tür von Boones Zimmer folgten.

»Komm!« rief der Hexenfinder.

»Moment mal«, sagte Boone. »Hast du nicht gerade eben gesagt, du würdest einfach mit dem nächsten Verdächtigen weitermachen? Was tust du da?«

Boone, Sisay und Lewis folgten dem Hexenfinder zur Tür, durch die sie als erste treten durften. Dann führte der Stößel die Gehilfen des Hexenfinders direkt zu Boones Bett.

»Mach das auf«, sagte der Hexenfinder und zeigte auf den blauen Schlafsack.

Boone öffnete den Reißverschluß und schlug den Schlafsack auf. Es war ein schwarzes Bündel darin, in dessen Spitze der weiße Moskitostift steckte. Entweder gab es zwei identische Bündel, oder der Hexenfinder hatte das Bündel, das er ihm vorhin, auf dem Hof, gezeigt hatte, in Boones Schlafsack fabriziert.

»Du hast mich angelogen!« rief Boone, zitternd vor Wut und Empörung.

»Seht ihr dieses Rohr?« sagte der Hexenfinder zu Lewis und Sisay. »Das ist der Strohhalm, mit dem er das Blut der Kinder trinkt, die er getötet hat.«

Die Gehilfen drängten Boone mit dem Stößel zurück, als der Hexenfinder den *ndilei* nahm, ihn triumphierend hoch in die Luft hielt und zum *barri* ging.

Boone ließ sich auf das Bett fallen und keuchte.

»So eine Scheiße!« rief Lewis. »Du kannst doch nicht zulassen, daß er das mit einem Weißen macht!« sagte er zu Sisay und faßte ihn am Ellbogen.

Sisay schüttelte ihn ab und sah Boone ausdruckslos an.

»Die werden doch nicht glauben, daß ich tatsächlich Hexenmedizin hier versteckt habe, oder?« fragte Boone.

»Als der Hexenfinder dich befragt hat, haben die meisten gesagt, daß sie nicht im mindesten erstaunt wären«, antwortete Sisay ruhig. »Das würde nämlich erklären, warum du immer allein in deinem Zimmer sein wolltest. Und warum du dich um nichts und niemand kümmerst außer darum, wie du deinen über alles geliebten Bruder finden könntest.«

»Herrgott!« rief Boone und schlug die Hände vor das Gesicht. »Dieses Arschloch hat mich reingelegt! Er wollte, daß ich einer Bande von Mördern ein Opfer liefere! Er hat mir erzählt, ich müßte irgendeine verdammte Medizin füttern!«

»Still!« fuhr Sisay ihn an und spitzte dann die Ohren. »Er spricht von dir. Er sagt, daß du nicht nur in der Nacht nach deiner Ankunft Mama Sasos Zwillinge getötet hast, sondern auch eine junge Frau aus dem Dorf an die Pavianmenschen ausliefern wolltest.«

Boone sprang auf und rannte schreiend und fluchend hinaus

zum *barri*, wo der Hexenfinder noch immer den *ndilei* hochhielt und beschrieb, wie Boone Mama Sasos Zwillingen in der Nacht, als sie starben, das Blut ausgesaugt habe.

»Von wegen Kinderblut! Du Scharlatan! Wenn hier irgend jemand ein Zauberer ist, dann du!«

Bevor er den *barri* erreicht hatte, sagte der Hexenfinder etwas zu einem Gehilfen, worauf dieser sich bückte und ihm eine Keule reichte. Der Hexenfinder trat Boone mit der Keule in der einen und dem *ndilei* in der anderen Hand entgegen, legte das schwarze Bündel auf einen Baumstumpf und forderte Boone mit einer Handbewegung auf, sich ihm gegenüber hinzustellen.

»Du glaubst also nicht, daß diese *ndilei*-Medizin das Blut von Kindern enthält, die in diesem Dorf gestorben sind?« fragte er.

»Nein, das glaube ich nicht!« schrie Boone und war drauf und dran, dem alten Mann ins Gesicht zu spucken.

Doch bevor er das tun konnte, hob der Hexenfinder die Keule mit beiden Händen hoch über den Kopf und schlug mit voller Kraft auf das Bündel. Boone und alle anderen im Umkreis von drei Metern wurden mit Blut bespritzt. Die Menge schrie auf und geriet in Bewegung, als Leute aufsprangen und aus dem *barri* flohen.

Boone war von dem klebrigen Zeug geblendet und wischte sich das Gesicht mit den Händen ab, merkte aber, daß diese ebenfalls voller Blut waren und er sich nur noch mehr davon in die Augen rieb. Er drehte sich um und taumelte in die Richtung von Sisays Hütte, erstarrte aber, als jemand ihn am Oberarm packte.

»Lewis?« fragte er hoffnungsvoll.

»Mistah Gutawa«, sagte eine afrikanische Stimme, »wir bringen Sie jetz zu Ihr Bruder. Wir müssen raus aus das Dorf.«

»Wer bist du?« fragte Boone und wehrte sich gegen den Mann, der ihn vorwärts zog. »Wohin gehen wir? Hat Michael Killigan dich geschickt?«

Es gelang ihm, etwas von dem Blut in seinen Augen wegzuwischen, und er sah, daß er zwischen zwei Männern ging. Er rieb sich noch einmal die Augen, aber bevor er sie wieder öffnen konnte, wurde ihm ein schwerer, nach Aas stinkender Sack über den Kopf gestülpt. Als Boone den Mund aufmachte, um zu schreien, wurde ein rauhes Stück Holz hineingesteckt, so daß er zwar atmen und schreien, aber nicht sprechen konnte. Er wollte sich wehren, doch seine Arme wurden von starken Händen gepackt und festgehalten.

Man zog den Sack über seinen Kopf und Oberkörper und band ihn mit Seilen oder Lederschnüren um Brust und Bauch fest. Boone versuchte, sich auf den Boden zu werfen und von den Männern wegzurollen, doch dieselben starken Hände hielten ihn aufrecht.

»Bindet Klauen an seine Hände«, sagte eine Stimme.

Er schrie und versuchte vergeblich, Worte zu formen, konnte aber mit seinem aufgerissenen Mund nur kreischen wie ein wütender Affe. Der Sack wurde anscheinend zurechtgerückt, und als Boone die verklebten Augen öffnete, merkte er, daß das Kopfstück mit Augenlöchern versehen war, denn er sah den Schein eines Feuers oder einer Fackel. Er wehrte sich auch noch, als seine Hände einzeln gefesselt wurden: Es schien, als würden sie an eine Art Griff gebunden.

Er schrie, so laut er konnte, aber sein »Hilfe!« klang wie »Iiieeh!«

Dann wurde er mit einemmal losgelassen. Er konnte durch eines der Augenlöcher sehen, und er fuhr herum und suchte nach seinen Angreifern, konnte jedoch keinen erblicken. Aus der Richtung des *barri* kam eine Gruppe von Dorfbewohnern. Sie zeigten mit den Fingern auf ihn.

Als er seine Arme betrachtete, sah er, daß an seinen Händen eiserne Klauen befestigt waren. Der Sack, den man ihm übergestülpt hatte, war in Wirklichkeit irgendein Fell, das so festgeschnürt war, daß es beim Luftholen weh tat.

Gerade rechtzeitig bemerkte er, daß die Dorfbewohner näher kamen. Sie hielten Buschmesser, Spaten, Stöcke und Steine in den Händen.

»Pavianmensch! Pavianmensch! Pavianmensch!« schrien sie, zeigten auf ihn und schwenkten ihre Waffen.

»Pavianmensch!«

Er drehte sich um und floh, rannte einen Weg entlang, der aus dem Dorf führte, zerriß den weißen Bindfaden und stürzte Hals über Kopf einen steilen Abhang hinunter in den Busch.

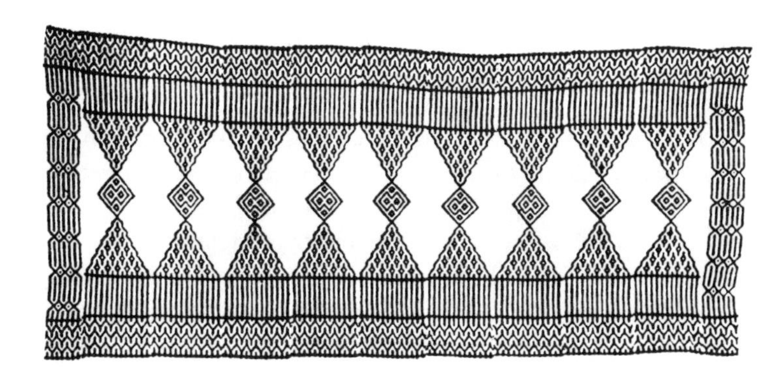

19

Der Weg fiel steil ab. Boone war von Finsternis umgeben, und zu hören war nichts außer dem gedämpften Rascheln von Zweigen.

Er zerrte mit den Klauen an dem Tierfell und nahm sich damit prompt die Sicht, denn die Augenlöcher verrutschten. Ohne stehenzubleiben, rüttelte er an der Maske, bis er die Löcher wiedergefunden hatten; dann zog und riß er an den Stricken um seinen Oberkörper, doch mit den groben eisernen Klauen fügte er sich selbst mehr Schaden zu als seinen Fesseln.

Auf der nächsten Anhöhe hielt er an, um zu hören, ob die Dorfbewohner ihm über die Absperrung hinaus gefolgt waren, aber unter dem Sack übertönte der Widerhall seines keuchenden Atems alle anderen Geräusche. Der Mond stand über dem Busch und zeigte ihm den schwarzen Spalt, durch den der Weg weiterführte, doch die Beschaffenheit des Bodens mußte er sich mit den Füßen ertasten. In seiner Brust brannte das Fieber und in seinen Augen der Schweiß. Ein weiterer Versuch, sich mit den Klauen von dem Sack zu befreien, scheiterte, aber immerhin gelang es ihm, das nach Kokosnußschale oder Palmkern schmeckende Ding in seinem Mund herauszuschieben. Gierig atmete er ein und hustete kleine Splitter aus. Er konnte den Gestank nach Aas beinah auf der Zunge spüren.

Er rannte in eine Senke, wo der Pfad sich verbreiterte und das Laubdach der Bäume über einer Lichtung mit niedergetretenem Gras zurückwich. Im hellen Mondlicht konnte er wieder deutlich sehen, und plötzlich wurde ihm bewußt, daß auch er sichtbar war. Er trat zurück in den Schatten und rang nach Atem.

Ringsumher hingen Blätter und Lappen von Baumstämmen, Lianen und Zweigen. Einen unsinnigen Augenblick lang fragte er sich, ob er wohl in eines der schimmernden Blätter sehen und sein Spiegelbild betrachten konnte: die Pavianmaske, die man ihm übergestülpt hatte. Er erschauerte und fühlte sich wie ein kleines Menschentier, das sich in den Winkel eines Käfigs aus undurchdringlichem Busch drückte, beobachtet von bösen Mädchen und Jungen, die mit ihren Taschenlampen durch eine Öffnung in der Kuppel leuchteten. Vielleicht stimmte es ja, was die Legenden sagten: daß der Mond und die Sterne die Laternen der Ahnen waren, damit diese sehen konnten, was die Lebenden im Schutz der Dunkelheit taten, und daß sie am Himmel aufgehängt waren, damit die Kinder der Toten wußten, daß ihre Taten auch bei Nacht nicht verborgen bleiben.

Er lauschte. Seine Hörnerven schienen aus den Ohren und durch den Sack zu wachsen, sich in den Busch hineinzutasten und nach Geräuschen, Reizen oder irgendeiner akustischen Wahrnehmung zu suchen, die ihm bestätigten, daß er ein menschliches Wesen war, das sich durch den Raum bewegen konnte. Dann spürte er, wie ihm Haare wuchsen, nicht nur am Kopf, sondern auch am ganzen Körper – feine Härchen wie die auf seinen Armen und Beinen, den Handrücken und der Oberseite seiner Füße sprossen aus seiner Haut, reckten sich in die Nachtluft und bildeten lange, seidige Fühler, die sich wie Schlingpflanzen durch das Unterholz wanden und als Nervenstränge mit dem Busch verbanden.

Wenn sich in seiner Nähe etwas regte, würde er es nicht hören, wohl aber spüren können: Es würde an dem Netz zupfen, das er in die Nacht gesponnen hatte. Vielleicht hatte das Fieber die Sinneshärchen in seinem Innenohr verschmort, so daß er jetzt, untergetaucht in einem Meer aus zäher, breiiger Geräuschlosigkeit, stocktaub war und flüssige Stille atmete. Das niedergetrampelte Gras schien fast zu lumineszieren und wies ihm den Weg auf dem Grund dieses Buschozeans. Meerleuchten schwammen vorbei und winkten ihm aus den Tiefen der Nacht mit ihren sanft glühenden Flagellen zu.

Er hielt den Atem an, lauschte in die Stille und erschauerte, obgleich er spürte, daß sich die Hitze des Fiebers und der Anstrengung in Wellen ausbreitete. Er stand reglos da, holte tief Luft und lauschte angestrengt. Mit einiger Erleichterung kam er zu dem Schluß, daß er das einzige empfindungsfähige Wesen im Busch war – bis er eine leuchtende menschliche Gestalt sah, die sich durch die Schatten schob und auf die Lichtung trat.

Ein nackter, von Kopf bis Fuß weiß bemalter Afrikaner hielt am Rand der Lichtung inne und starrte Boone an. Er hielt mit beiden Händen eine hölzerne Schale und ging langsam zu der in silbriges Licht getauchten Mitte der Lichtung. Seine Haut leuchtete, als wäre sein ganzer Körper, einschließlich der Geschlechtsteile und der Haare, in Kalkfarbe getaucht worden. Sein Haar war am Ansatz hellgrau und glatt zurückgekämmt. Es war mit derselben Farbe verklebt, die den Rest des Körpers bedeckte. Nur die schwarzen, glänzenden Augen waren ausgespart und schienen, als die Gestalt näher kam, intensiver zu leuchten. Der Mann begann zu sprechen. Ein dunkles Loch öffnete sich in seinem kalkweißen Gesicht, und eine sanfte Stimme erfüllte die stille Lichtung mit dem Donnern eines Wasserfalls in einem tiefen Cañon. Der Mann trat langsam näher und sprach dabei mit tiefer, einschmeichelnder Stimme, als wäre er ein Jäger oder ein Schafhirte, der das Tier, das er einfangen will, beruhigen möchte.

»*Boa*«, sagte Boone. Das war der bei den Mende übliche Gruß.

Der Mann war schlank und größer als Boone. Er trug keine Waffen, war vollkommen nackt und hatte in den Händen nur die Schale aus Holz, doch die weiße Farbe schien eine okkulte und böse Bedeutung zu haben. Boone fiel ein, daß beim Tod eines Menschen nackte, weißbemalte Läufer ausgeschickt wurden, um die Nachricht in den Nachbardörfern zu verbreiten.

»Ich bin ein Mensch«, stotterte Boone. Er zerrte noch einmal an seiner Maske und widerstand dem Impuls zu fliehen. »Verstehst du Krio? Ich bin ein Mensch. Jemand hat mich in diese Haut gesteckt.«

Die weiße Gestalt kam näher und bückte sich ein wenig, um durch die Löcher in der Maske zu sehen. Der Mann suchte und fand Boones Augen.

»Ich bin ein Mensch«, wiederholte Boone. Ihn beschlich die Angst, er könnte in irgendein Jagdritual geraten sein und für einen Pavian gehalten werden.

Wieder sprach die weiße Gestalt. Die Worte klangen nicht wie Mende, aber Boone war kein Experte und versuchte es mit einigen anderen Grußformeln. Ohne eine einzige vertraute Silbe zu sagen, flehte der Mann ihn erst an und beschimpfte ihn dann. Boone fürchtete, daß er gebeten oder angewiesen wurde, etwas zu tun, und daß seine Unfähigkeit zu verstehen, worum es ging, ihm als bewußter Ungehorsam ausgelegt werden würde.

Hilflos sah Boone zu, wie sich die schwarzen Augen mit Tränen der Traurigkeit füllten. In der vollständigen Stille ringsum bekam die fremdartige Stimme die Dimensionen eines Orchesters, das die Lichtung mit den Lauten menschlicher Einsamkeit und der abstrakten Musik der Sprache erfüllte. Die Gestalt stöhnte und hob die Schale, hielt sie dem Mond entgegen und warf den Kopf in den Nacken, und dann wurde das Stöhnen zu einer Wehklage. Die unartikulierte Verzweiflung war so ansteckend, daß Boone mit einemmal das Gefühl hatte, sie seien die beiden letzten menschlichen Wesen auf diesem Planeten und ihre Geliebten, ihre Familien und Freunde seien von Buschgeistern getötet und an Tiere verfüttert worden. Jetzt war die Reihe an ihnen, und diese vor Kummer kalkweiße Gestalt schrie die letzte Klage des letzten Menschen durch den unendlichen Raum in einen leeren Himmel.

Die Gestalt erschauerte, streckte Boone die Schale entgegen und bedeutete ihm mit Gesten, sie zu nehmen. Boone balancierte sie auf seinen eisernen Klauen, führte sie näher an die Augenlöcher und neigte sie, so daß das Mondlicht auf ein glänzendes Viereck auf dem Boden der Schale fiel und ein Foto von Michael Killigan ihn ansah. Es war ein von vorn aufgenommenes Porträt und schien aus einem Paß oder Führerschein zu stammen.

»Wo ist Michael Killigan?« fragte Boone. »*Usai* Lamin Kaikai?« Plötzlich überfiel ihn die Angst, daß das Foto aus der persönlichen Habe eines Toten stammte und die himmelwärts gerichteten Wehklagen zu einer Buschmesse für die Dahingegangenen gehörten.

Der bemalte Mann fuhr fort, diese bedeutungslosen, beruhigenden und zugleich verwirrenden Laute von sich zu geben, als könnten Boone und er sich ausdrücken und einander verstehen, wenn sie auf die Urform der Sprache zurückgriffen.

Boone reichte ihm die Schale zurück, damit er mit einer seiner Klauen auf das Foto zeigen konnte.

»Freund«, sagte er. »Bruder. Lamin Kaikai. Wo?«

Ohne zu antworten, winkte ihm der Mann – allerdings wußte Boone nicht, ob er ihm folgen oder weggehen sollte. Dann verschwand der Mann im Busch. Boone konnte den Weg, auf dem er gekommen war, nicht mehr finden; er sah nur den Pfad, den die weiße Gestalt genommen hatte. Seit seiner Ankunft war dies das erste lebende Wesen, das ihm einen Hinweis gegeben hatte, und es entfernte sich von ihm, während in der Richtung, aus der er gekommen war, Männer mit Stöcken und Keulen nach ihm suchten und ihn erschlagen wollten, weil sie ihn für einen Zauberer oder Pavianmenschen hielten.

In seinem verschwitzten Fell überlief ihn ein weiterer Schauer. Er spürte einen Zug in der unbewegten Luft, als kräuselte sich über ihm die Oberfläche der Nacht und als flösse hier unten, auf dem Grund, die Strömung durch ihn hindurch. Irgend jemand hatte ihm mal gesagt, die Luftfeuchtigkeit sei hier so groß, daß Radiowellen Spuren hinterließen. Er kroch den Rest des Weges über die Lichtung – ein Tier, das durch die schwüle Nacht schlich.

Am Rand der Lichtung gabelte sich der Pfad, und die weiße Gestalt wandte sich nach links und kletterte behende einen mit Wurzeln überwachsenen Hang hinauf.

»Ich kann nicht mithalten«, rief Boone, als würde das irgend etwas bewirken. »Kann nicht viel schnell laufen«, fügte er hinzu, in der verwegenen Hoffnung, daß er größere Chancen hatte, verstanden zu werden, wenn er es mit Krio versuchte. Er keuchte, schwitzte vor Fieber und mußte sich stützen, weil ihm schwindelte. »Fieber hat mich böse gepackt«, rief er mit schwacher Stimme. »Drei Tage kein Essen im Bauch. Nichts gegessen. Ich bin viel durstig. Weißt du, wo Wasser zum Trinken ist?«

Die weiße Gestalt antwortete etwas und verschwand über die Kuppe der Anhöhe.

Als Boone oben angekommen war, sah er hinab auf eine halb überwachsene Lichtung, wo sich Wege kreuzten, die in der tintenschwarzen Nacht blaß und kaum zu erkennen waren und wie die Luftfährten von Lehmgeistern in den Schatten hingen. Im Mondlicht konnte er gerade noch sehen, daß die weiße Gestalt sich an einer weiteren Weggabelung von ihm entfernte.

»Ich bin wirklich schwach«, rief Boone. »Warte, bitte!«

Über ihm ertönte ein Rauschen, das ihm das Herz stillstehen ließ. Ein Schwarm Vögel oder Flughunde stob auf, schlug mit den Flügeln auf Blätter und Zweige ein und verteilte sich über dem Laubdach des Buschs. Boone hörte, wie die Tiere sich in sicherer Entfernung von ihm niederließen, und spürte, daß sie ihn mit den kleinen, gierigen Augen von Geiern beobachteten.

Wahrscheinlich gab es sehr gute Gründe für all die unheimlichen Geschichten, dachte er und folgte der weißen Gestalt, die abermals an einer Weggabelung abbog. Der Busch hatte keinen Anfang und kein Ende. Die Dörfer waren kleine Inseln menschlicher Zivilisation inmitten der Unendlichkeit des Buschs. Jahrhundertelang waren die Füße der Menschen die Wege des geringsten Widerstandes gegangen. Vielleicht nahm ungefähr einmal im Jahr ein Dorfbewohner die falsche Abzweigung oder entschied sich für die falsche Fortsetzung des Weges am anderen Ende einer Lichtung und verirrte sich, noch bevor es dunkel wurde. Alles, was von ihm blieb, waren sein Name und ein paar Geschichten über Buschteufel. Wie lange konnte man überleben, wenn man sich hier verirrte? Ohne Wasser?

Vom nächsten Hügel aus sah Boone ein orangefarbenes Licht in der Senke vor ihm, wo der weiße Mann verschwunden war, und dann ein zweites Flackern von einem Feuer oder einer Laterne. Er hörte menschliche Stimmen. Einen schrecklichen Augenblick lang dachte er, er sei im Kreis geführt worden und das dort unten sei der Suchtrupp, der sich auf einer Lichtung versammelte, doch die Stimmen kamen weder näher, noch entfernten sie sich. Er hörte das Klingen von Metall und das freudlose Lachen von Männern.

Langsam ging er hinunter. Jedesmal, wenn die Silhouette einer

Palme oder ein geisterhafter Fleck Mondlicht wie eine menschliche Gestalt sich auf seinem Weg zeigte, erstarrte er. Er hielt nach dem weißbemalten Mann Ausschau, doch vor ihm war nur das orangefarbene Licht, das in Streifen durch geschlossene Fensterläden fiel.

Auf der Lichtung standen ein niedriges, dunkles Gebäude und zwei Hütten, die einen Hof bildeten. Die Veranda und die *baffa* waren mit dem Maschendraht eingezäunt, mit dem die Händler auf den Märkten abends ihre Waren abdeckten.

Boone schlug einen schmalen, überwachsenen Weg ein, der zur Rückseite des Gebäudes mit den Fenstern zu führen schien. Im beleuchteten Inneren bewegten sich Schatten. Boone hörte Stimmengemurmel und das Klingen eines Hammers auf Metall. Aus einem Schornstein quoll Rauch und brachte den Geruch von gebratenem Fleisch mit. Boones Hunger war stärker als seine Furcht. Er kroch an der Wand entlang zu einem der erleuchteten Fenster.

Durch die Ritzen im Fensterladen konnte er eine offene Feuerstelle mit Glut erkennen. Davor stand ein steinerner Tisch, auf dem verschiedene Werkzeuge verstreut lagen. Boone hielt den Atem an, rückte die Maske zurecht, preßte das Auge so nahe, wie er es wagte, an den Spalt zwischen den Flügeln des Fensterladens und spähte hinein.

Ein riesiger Schmied stand, eine Pfeife zwischen die Zähne geklemmt, mit nacktem Oberkörper am Feuer und bediente einen Blasebalg aus Segeltuch. Dann schlug er auf ein Stück Leder oder Stoff, das mit metallenen Amuletten besetzt war, und rief in irgendeinem Stammesdialekt jemandem, der neben ihm arbeitete, etwas zu. Im Schein des Schmiedefeuers wölbten sich seine Muskeln in Bogen, wie Bündel von Schlangen, die sich unter der schwarzen Haut wanden. Schweiß glänzte auf Brust und Armen, tropfte herab und zischte auf den heißen Steinen vor dem Feuer. Ein Lehrling mit Schürze und Käppchen erschien neben ihm und reichte ihm ein Hackmesser. Der junge Mann sah seinem Meister mit einem Auge bei der Arbeit zu; wo das andere Auge hätte sein sollen, waren nur eine leere Höhle und eine rosige Narbe.

Der Schmied stieß einen Stock in die Glut und zündete damit

seine Pfeife neu an. Die Luft um seinen Kopf füllte sich mit dicken weißen Schwaden. Dann wandte er Boone den Rücken zu und schlurfte zu einem anderen Tisch, wobei er ein anscheinend gelähmtes Bein nachzog. Er hob etwas auf, und seine Rückenmuskeln traten hervor wie die Haube einer gewaltigen Kobra. Als er sich umdrehte, hielt er in den Armen den Kopf eines Schweins oder Buschschweins, den er mit einem von Fleisch und Haut gedämpften Krachen auf den Amboß warf.

Er scherzte mit seinem Lehrling. Die beiden lachten leise und unterhielten sich bei der Arbeit.

Boone versuchte, einen besseren Blickwinkel zu bekommen, indem er durch einen anderen Spalt im Fensterladen spähte. Er sah Stützpfosten, an denen Dutzende von Tierköpfen und Masken aufgehängt waren: die Basthauben, die er bei den tanzenden Teufeln gesehen hatte, die groteske Maske von Kongoli, dem übermütigen Spaßmacher, dessen Späße manchmal in Gewalt ausarteten, eine Teufelsmaske der Poro-Gesellschaft, Tierköpfe, an denen Kragen und Felle mit Löchern für die Arme befestigt waren. Masken aus den Köpfen von Buschschweinen, Buschkühen, Pavianen, Krokodilen hingen in den flackernden Schatten des Feuers und starrten Boone mit riesigen Glasaugen an, die durch reflektierende Steine oder Metallstücke tief in den Höhlen irgendwie zum Leuchten gebracht wurden.

Der Kopf auf dem Amboß war frisch und blutig. Der Schmied rollte ihn auf die Seite, und ein hervorgequollenes, von roten Adern durchzogenes Schweinsauge sah Boone mit der Unschuld eines Chagallschen Pferdes an. Der Mann drehte den Kopf herum und begann ihn am Halsansatz auszuhöhlen, indem er Muskeln, Knorpel und Adern mit einer eisernen Klaue herausriß.

Der Lehrling neben ihm nähte einen Pelz zusammen. Er saß an einem Tisch, auf dem Metallstücke, Edelsteine, Knochen und der Kadaver des Tieres lagen, aus dem die Gedärme auf einen großen hölzernen Teller quollen.

Boone hörte im Gras hinter sich das Zischen von Schritten, doch bevor er sich umsehen konnte, traf etwas Hartes durch die Kapuze hindurch seinen Hinterkopf, und eine menschliche Stimme ließ seine Nerven vibrieren.

»*Pu-mui*-Pavianmann, willst du Kugeln haben?« Boone erstarrte und beschloß, sich lieber nicht umzudrehen. Dem Klang nach zu urteilen, gehörte die Stimme einem Halbwüchsigen, einem *bobo*, und Boone wußte nicht, ob das seine Lage besser oder schlimmer machte.

»In mein Gewehr sind beaucoup Kugeln. Es heißt Lady Death. Willst du, daß Lady Death Kugeln für dich singt?«

Er wurde mit dem Gewehrlauf im Nacken an der Wand entlanggestoßen.

»Mach klein Bewegung, Pavianmann, und Lady Death singt eine Schlaflied für dich«, sagte der Junge. »Die Tür.«

Es war der Raum neben dem des Schmiedes, und er wurde von der schmalen, kupferfarbenen Lichtzunge einer Sturmlaterne beleuchtet. Ein Gestank nach etwas, das noch länger tot war als das Tier, aus dem Boones Maske gemacht worden war, erstickte ihn fast. Auf einem Schemel neben der Laterne saß mit gekreuzten Beinen ein Junge mit einer gewölbten, verspiegelten Sonnenbrille und hielt lässig ein Sturmgewehr im Arm. Er hatte sich nach Piratenart ein rosafarbenes Tuch um den Kopf gebunden, und auf seiner mageren Brust hing eine schwere Kette mit Kaurimuscheln, verschnürten Beuteln, Klauen, Amuletten, Duracellbatterien und etwas, was eine Fernbedienung zu sein schien, die mit einer Ringöse an einem mit Federn verzierten Talisman befestigt war.

»Boone«, sagte eine Stimme, die dieser sofort erkannte, aus den Schatten zu seiner Linken.

»Du meinst Pavian«, sagte der Pirat mit der Sonnenbrille, zeigte grinsend von Kolanüssen orange verfärbte Zähne und richtete das Gewehr auf die Gegend von Boones Hals.

»Killigan ...« sagte Boone, bevor ein Stoß gegen den Hals ihn zu einem Hocker in der gegenüberliegenden Ecke beförderte.

Er drehte sich um und musterte durch die Augenlöcher der Maske den Jungen, der ihn hergebracht hatte: Er war nicht älter als fünfzehn oder sechzehn und hatte blutunterlaufene Augen und eine Mähne aus Dreadlocks, die nach hinten geworfen waren und von einem mit Schaumgummimuscheln versehenen Kopfhörer gehalten wurden. An seinen linken Oberarm hatte er den dazugehörigen Walkman geschnallt. Auch er trug eine schwere Kette mit Amuletten und Jujus; bei näherem Hinsehen entdeckte Boone zwischen den Muscheln und Zähnen einen Deostift, eine verrostete Arterienklemme und eine Spielzeuglupe. Der Junge ließ sein Gewehr sinken, zog gierig an einem Joint und reichte ihn seinem sitzenden Kameraden.

»Ich bin Null Null Sieben«, sagte der Junge mit der verspiegelten Sonnenbrille und blies den Rauch aus. »Das da ist Black Master Kung Fu.« Er gab Boones Bewacher den Joint zurück.

»Alles in Ordnung?« fragte Boone Killigan.

Der Oberkörper seines Freundes war in Schatten getaucht; über die untere Hälfte seines Körpers warf der Mond den streifigen Schatten des Fenstergitters. Seine Kleider waren dunkel von Schweiß ... oder Blut.

Unter dem Fenster zwischen Boone und Killigan stand ein Tisch, auf dem menschliche Schädel lagen. Sie waren mit Neonfarben besprüht und mit Sonnenbrillen und Mützen geschmückt.

»Alles war in Ordnung«, sagte Killigan tonlos, »bis du nach Sierra Leone gekommen bist, um mich zu retten.«

Die Resignation in seiner Stimme verriet, daß er alle Hoffnung, sie könnten lebend aus dieser Sache herauskommen, verloren hatte.

»Schmied!« schrie der Pirat.

Man hörte einen Schlag, und dann öffnete sich eine schwere Tür, deren Unterkante über den Lehmboden kratzte. Im Gegenlicht des Feuers erschien die muskelbepackte Gestalt des Schmieds. Er stellte eine Kalebasse und einen Teller mit Reis und Fleischsoße vor dem Jungen mit dem rosa Tuch ab.

Null Null Sieben reichte dem riesigen Mann ein Buschmesser.

»Schlag ihm den Kopf ab!«

Boone warf einen Blick auf die besprühten Schädel und zog die Beine an, bereit, einen letzten verzweifelten Ausfall zu machen.

Der Schmied winkte ab.

»Mein Hände sind genug«, sagte er und ging auf Boone zu. Ein schwarzes Brustbein und mächtige Brustmuskeln füllten die Augenlöcher der Maske aus.

Boone versuchte aufzuspringen, wurde aber von starken Armen wieder auf den Hocker gedrückt.

»Sitz, kleiner Pavian«, sagte der Schmied, lachte leise und öffnete die Knoten der Verschnürung.

Er packte die Kapuze, hob Boone hoch und schüttelte ihn aus dem Fell, das er sich über die Schulter warf, bevor er wieder in die Schmiede ging.

Auf einmal konnte Boone, dessen Augen sich inzwischen an das schwache Licht gewöhnt hatten, den ganzen Raum überblicken. Von den Dachbalken hingen Medizinen, Fetische, Waffen, Leichenteile und Tiermasken und warfen riesige Schatten an die Lehmwände. Ein dritter Junge lag auf einer Matratze unter dem einzigen anderen Fenster. Er stöhnte, krümmte sich zusammen und starrte Boone aus fiebrig glänzenden Augen an.

Die Luft war feucht und muffig und roch nach Schweiß, gekochtem Fleisch und Verwesung. Der Boden einer umgedrehten Kiste in Boones Nähe war mit schwarzweißen Quadraten bemalt, auf denen Schachfiguren aufgestellt waren. Wenn jemand die 45er Pistole entfernt hätte, die mitten auf dem Brett lag, hätte man ein neues Spiel beginnen können.

Der Pirat namens Null Null Sieben goß Wasser aus der Kalebasse in einen Blechbecher. Boone schluckte trocken. Seine Lippen klebten aufeinander. Er starrte auf den dampfenden, von einem kupferroten Lichtring umgebenen Berg Reis.

»Hungrig?« fragte der Junge und zeigte grinsend die Zähne. »Ich hab fein Essen. Durstig?«

»Etwas Wasser wäre gut«, sagte Boone.

»Ich hab noch nie gesehen ein weißen Mann betteln«, sagte Null Null Sieben. »Der da« – er zeigte mit dem Gewehr auf Killigan – »bettelt nicht. Ich glaube, sie denken, *pu-mui* werden gebettelt, aber selbst betteln nicht. Vielleicht wenn man steckt Gewehr in ihr Mund, sie betteln. Aber weiß nicht. Sollen wir versuchen?«

Der Junge mit den Dreadlocks nahm die Kalebasse und schenkte langsam und genüßlich einen Becher ein.

Boone sah ihm zu und mußte unwillkürlich schlucken.

»Wer sind die?« flüsterte er.

»Sie waren mal Soldaten«, antwortete Killigan mit derselben müden Stimme wie zuvor. »Sie haben sechs Dollar und einen Sack Reis pro Monat gekriegt, aber seit die Regierung nicht mehr zahlt, arbeiten sie für Moiwo.«

»Was wollen sie?«

»Sie halten uns fest, bis Moiwo hier ist«, sagte Killigan. »Moiwo will Fotos ... und Negative.«

Der Junge mit den Dreadlocks sah Boone mit blutunterlaufenen Augen an und sagte: »Stinken Sie deutsch?«

Die *bobos* sahen sich an und lachten.

»Stinken Sie deutsch?« wiederholte Null Null Sieben und wandte sich Boone zu. Die Sonnenbrille war undurchsichtig und zeigte nur zwei Spiegelbilder der Sturmlaterne.

»Ich bin Amerikaner«, sagte Boone.

Null Null Sieben lachte und rückte die Brille zurecht. »Er sagt, du riechst wie deutsch«, sagte er grinsend und nahm den Joint, den sein Kamerad ihm hinhielt. »Der letzte *pu-mui*, der da gesitzt hat« – er zeigte auf Boones Hocker –, »war ein Deutscher aus Deutschland. Er sagt, du riechst wie deutsch.«

»Ich bin aber kein Deutscher«, sagte Boone leise. »Ich bin Amerikaner.«

»Als wir haben getötet der Deutscher aus Deutschland«, sagte Null Null Sieben, »hat er schrecklich gestinkt.«

Sie lachten unbändig und schlugen ausgelassen auf die Schäfte ihrer Gewehre.

Schließlich stieß Null Null Sieben seinen Kameraden am Ellbogen an. »Heh, Black Master Kung Fu, was ist, wenn der amrikanische *pu-mui* mehr stinkt als der deutscher *pu-mui*?«

Sie hielten sich die Nasen zu und lachten.

»Wie fauler Fisch!« sagte der mit den Dreadlocks. »Schlimmer als alles! Sogar die Kleider haben gestinkt und ist nicht mehr rausgegangen.«

Boone erschauerte und kämpfte gegen einen Brechreiz an.

Als die beiden aufgehört hatten zu lachen, hielt der mit den Dreadlocks Boone den Becher mit Wasser hin und nickte ihm zu. Boone streckte die Hand nach dem Becher aus, doch der Junge zog ihn zurück und trank ihn aus.

»Drinken Sie deutsch?« fragte er, und wieder brachen sie in Gelächter aus.

»Warum bist du in der ersten Nacht nicht mit Pa Gigba gegangen?« flüsterte Killigan im Schutz ihres lautstarken Heiterkeitsausbruchs.

»Der Alte hat gesagt, er wüßte nichts«, antwortete Boone.

Der mit den Dreadlocks stieß den Schachtisch in Boones Richtung, nahm die Pistole und steckte sie in seinen mit einem Seil zusammengeschnürten Hosenbund.

»Kannst du Schach?« fragte er.

»Ja«, antwortete Boone im selben Augenblick, als Killigan sagte: »Nein, kann er nicht.«

Das Gewehr klickte, als der Pirat herumfuhr und den Lauf auf Killigan richtete.

»Ich bin Black Master Kung Fu«, sagte der mit den Dreadlocks. »Ich nehme Schwarz. Du fang an.«

»Können wir vorher ein bißchen Wasser haben?« fragte Boone. »Bitte.« Er fuhr sich mit der trockenen Zunge über die Unterlippe.

»Du gewinnst, du kriegst Wasser«, sagte Black Master Kung Fu. »Du verlierst, ich töte dich.«

Der Pirat mußte derart lachen, daß die Muscheln und Zähne an seiner Halskette klapperten. Er zeigte auf die Schädel. »Die da haben schlecht gespielt.«

Der Junge auf der Matratze stöhnte und keuchte im Fieber.

»Ich will nicht spielen«, sagte Boone.

»Fang an«, sagte der Pirat und richtete das schwarze Auge der Gewehrmündung auf Boones Kopf.

»Fang an«, sagte Boones Gegner. »Kein passant.«

»Was?« fragte Boone.

»Er mag die *en-passant*-Regel nicht«, sagte Killigan. »Davon will er nichts wissen.«

»Also kein *en passant*«, sagte Boone. »Sonst noch was?«

»Manchmal läßt er den Gegner nicht rochieren. Und wenn er dich läßt, verdirbt es ihm die Laune. Er mag Rochaden nicht – ich würde sie vermeiden.«

»Fang an!« sagte Boones Gegner.

»Damenbauer d4«, sagte Killigan. »Mit dem Damengambit hab ich schon dreimal gewonnen. Ich bin nicht sehr wild darauf, was Neues auszuprobieren. Wie sieht's mit deinem Training aus?«

»Das letztemal hab ich gegen dich gespielt.«

»Ja«, sagte Killigan leise und räusperte sich.

»Fang an!« sagte Black Master Kung Fu und nickte im Rhythmus der zirpenden Musik in seinem Kopfhörer.

Der Junge auf der Matratze wurde auf einmal ganz steif und schien einen kleineren Anfall zu haben. Er drehte den Kopf langsam und krampfartig hin und her. Dann schluckte er und starrte wieder Boone an.

»Fieber«, sagte der Pirat und reichte dem Jungen einen Becher Wasser.

Der kranke Junge trank und sah weiter in Boones Augen.

»Bei dem Schachspiel, von dem wir gesprochen haben«, sagte Killigan, »bei unserem letzten Schachspiel ... da hab ich meinen Springer geschickt, um dich ... zu fangen.«

»Was für ein Spiel?« fragte Boone, betrachtete die Mähne aus schwarzen Dreadlocks und versuchte sich an die Reihenfolge der Züge beim Damengambit zu erinnern.

»Gigba«, flüsterte Killigan.

»Ach so«, sagte Boone. »*Das* Spiel.«

»Ich hab meinen schwarzen Springer geschickt, um dich zu fangen«, sagte Killigan, »aber du wolltest nicht. Ich hab ihn zurückgezogen, weil du nicht weggehen wolltest. Und als ich ihn wieder ausgeschickt habe, um dich zu holen, wurde er ... geschlagen.«

»Dein Springer hat nie versucht, mich zu fangen«, sagte Boone. »Ich hab ihm mindestens dreimal die Gelegenheit gegeben, aber er hat nichts gesagt. Er sagte, er wüßte nicht, wo du bist. Nur daß dein ... Turm angegriffen worden war. Und daß du verschwunden warst.«

»War der weiße Läufer auch dabei?« fragte Killigan. »Als Dolmetscher?«

»Ja«, sagte Boone, »als Dolmetscher. Der schwarze Springer hat dich angelogen.«

»Nein«, widersprach Killigan. »Ich glaube eher, daß bei der Übersetzung was verlorengegangen ist. Etwas, was der weiße Läufer in einem schwarzen König oder einem künftigen Paramount Chief zu finden hofft.«

»He«, sagte der Pirat mit der Sonnenbrille und schwenkte das Gewehr in Killigans Richtung, »dein Mund macht zuviel Geräusch.«

Er legte das Gewehr in den Schoß und begann, sich das Essen mit der Hand in den Mund zu stopfen.

»Die beiden schwarzen Bauern sind noch keine echte Bedrohung«, sagte Killigan. »Erst wenn der König kommt. Sie schlagen nicht von selbst, es sei denn, Weiß versucht etwas Unerwartetes.«

Black Master Kung Fu steckte sich einen neuen Joint an und sang leise zu einer Musik, die niemand außer ihm hörte. Er stellte seinen Läufer auf ein anderes Quadrat.

»Mistah Pavian«, sagte Null Null Sieben, »warum findet dich der weiße Läufer, wo wir schicken, auf dem Weg und nicht in Nymuhun? Wir hören, der berühmte *gbese*-Hexenfinder ist gekommen von Bambara und hat Nymuhun zugemacht für Hexenfinden.«

»Der Hexenfinder hat Nymuhun zugemacht«, sagte Boone. »Aber mir hat einer eine Kapuze übergezogen. Ich wurde rausgejagt.«

»Der Hexenfinder hat Hexenzeug und Hexenmedizin gefunden?« fragte der kranke Junge. »*Honei-mui* im Dorf?«

Boone blickte zu Killigan und sah die dunkle Silhouette seines Kopfes langsam nicken.

»Ja«, sagte Boone. »Ein alter Mann. Und eine alte Frau. Der Hexenfinder hat Hexenmedizin in ihren Hütten gefunden.«

»Und du gehst aus dem Dorf, wo der Hexenfinder nicht fertig ist?« fragte der Junge ungläubig. »Du gehst mit der Fluch von Hexenfinder?«

»Ich –«

»Du hast die Einzäunung durchbrochen?« fragte Killigan.

»Ja«, zischte Boone. »Mir blieb ja wohl nichts anderes übrig.«

»Du gehst mit der Fluch von Hexenfinder?« wiederholte der Junge.

»Ich hab gesehen, wie dieser *gbese*-Hexenfinder sein Hand hat gehalten in ein Topf mit heißem Palmöl«, sagte der Pirat. »Ich hab gesehen, wie er ein Mann hat getötet mit seine Fingerspitzen«, sagte er und stieß seinen Kameraden mit der Spitze seines Zeigefingers an. »Der *gbese*-Hexenfinder legt ein Fluch auf dich, und du bist toter als tot. Kein Lüge! Außer wir dich töten schneller.«

»Ich glaube nicht an Flüche«, sagte Boone.

Null Null Sieben lachte und schlug seinem Freund auf den Rücken. »Er glaubt nicht an Flüche! Hab ich nicht gesagt? Was hab ich gesagt? Dieser *pu-mui* glaubt nicht an Flüche.«

Er schwenkte das Gewehr über seinem Kopf und stieß dabei an die Bündel und Gerätschaften, die an den Dachbalken hingen.

»Du glaubst nicht an Flüche?« Er lachte. Die verspiegelten Gläser der Sonnenbrille sahen nach oben, und er stocherte mit dem Gewehrlauf zwischen den Dachbalken und setzte die riesigen Schatten der Masken und Medizinbeutel in Bewegung. Schließlich holte er einen Vogelkäfig herunter, drehte ihn auf die Seite und schüttelte ihn, bis das Stück Stoff, mit dem er verhängt war, auf den Boden fiel.

»Fluch führt dich hierher!« sagte er triumphierend. »Dummer *pu-mui*!«

Die Albinofledermaus in dem Käfig flatterte wie wild. Sie reckte die Flügel, und ihre kleine rosa Schnauze war zu einem lautlosen Schrei aufgerissen.

Null Null Sieben nahm die Sonnenbrille ab und entblößte lächelnd die orangefarbenen Zähne, die Boone im Thirsty Soul Saloon gesehen hatte. Er sah Boone mit einem Auge an. Das andere war milchig und irisierte im Licht der Laterne.

»Flüche wirken am besten bei Menschen, die wo nicht an sie glauben«, sagte er. »Von jetzt glaubst du an Flüche.«

In der Schmiede wurde auf Metall geschlagen. »Der Läufer ist da! Der Läufer ist da!« dröhnte die Stimme des Schmieds.

Der Pirat trat gegen den Hocker, auf dem Boones Gegner saß. Black Master Kung Fu verzog finster das Gesicht, schüttelte den Kopf, nahm sein Gewehr und ging hinaus.

Durch das Fenster über dem Bett des kranken Jungen hörte man, wie er den Boten begrüßte.

»Was passiert mit uns?« flüsterte Boone und sah im Geist seinen stummen, leblosen Körper auf einer Lichtung in Westafrika liegen. Wenn die Kugel in seinen Kopf eindrang, würde auf seiner Netzhaut das Bild dieses schmutzigen Raumes und der fiebrig glänzenden Augen des Jungen dort drüben verblassen – sein Sehvermögen würde sich wie Dampf aus seinen blicklosen Augen verflüchtigen. Es war einfach unvorstellbar, daß der Tod, der für die Dorfbewohner so willkürlich und banal war wie schlechtes Wetter, jetzt einen *pu-mui* aus dem blühenden Bundesstaat Indiana holen wollte.

»Man wird uns ... auffordern, Mitglied der Gesellschaft zu werden«, sagte Killigan. »Wir werden ein menschliches Opfer finden und hierherschaffen, um die Medizin zu füttern, sonst werden *wir* die Opfer sein, und die Medizin wird gegen unsere Familien eingesetzt werden.«

Die beiden vor dem Fenster flüsterten nur noch. Killigan setzte sich auf und beugte sich vor. Die Augen des kranken Jungen weiteten sich. Der dringliche, angespannte, ängstliche Klang der Stimmen sickerte durch das Zwielicht.

»Der Bote ist aus deinem Dorf«, sagte Killigan. »Es gibt Neuigkeiten vom Hexenfinder. Der Bote sagt, der Hexenfinder hat in deinem Zimmer ein Bündel gefunden. Er sagt, du bist ein –«

»*Honei!*« schrie der kranke Junge und starrte Boone mit angstgeweiteten Augen an. »*Honei-mui!*«

Der Pirat sprang auf und richtete das Gewehr erst auf Boone, dann auf Killigan.

»Mach klein Bewegung«, sagte er unsicher, »und ich mach dich toter als tot.« Seine Hände zitterten.

Er drehte den Kopf zu dem Fenster über dem kranken Jungen und rief: »Ich komm! Ich komm gleich!«

Die Tür wurde aufgestoßen und zugeschlagen. Der kranke Junge starrte Boone an.

»*Honei-mui!*« schrie er, und in seinen Augen stand nackte Angst.

»Du bist ein Zauberer!« flüsterte Killigan eindringlich. »Sieh ihn an!« rief er mit plötzlich wilder Stimme.

»Zauberer?« sagte Boone und fragte sich, ob die Strapazen des Lebens im Busch seinen Freund vielleicht ein bißchen verwirrt hatten. »Ich bin kein Zauberer!« Killigans Gesicht war noch immer im Schatten. Boone sah wieder zu dem kranken Jungen.

»Du bist ein Zauberer!« knurrte Killigan mit zusammengebissenen Zähnen. Seine Silhouette bewegte sich. »Er weiß, daß du ein Zauberer bist. Sieh ihm in die Augen! Such nach seiner Seele!« befahl er.

Der Junge schrie auf. Er war unter Boones Blick wie versteinert, und sein Mund war zu einem lautlosen Schrei aufgerissen.

»Sieh ihm in die Augen!« rief Killigan. »Kriech in ihn hinein!« schrie er. »In seine Kehle! In seinen Bauch! Töte ihn!«

»Augen!« kreischte der Junge. »Augen! Ich kann nicht sehen!« Er hielt sich die Hände vor das Gesicht. »*Honei-mui!*«

»Töte ihn!« befahl Killigan. Seine Stimme klang grausam und blutdürstig.

Die Tür zur Veranda wurde langsam geöffnet, und der Pirat erschien, dicht hinter ihm sein Kamerad. Sie traten unsicher ein. Der Junge auf dem Bett erstarrte. Er hatte noch immer abwehrend die Hände erhoben.

»*Honei-mui!*« Er zuckte, und sein Mund war zu einer sabbernden Grimasse verzerrt.

Der Pirat sah Boone an und wandte den Blick ab.

»Sieh sie an!« knurrte Killigan. »Sieh ihre Augen!«

Black Master Kung Fu versuchte mit zitternden Händen, auf Boone zu zielen.

»Nein«, schrie der Pirat und schlug auf den Lauf. »Du kannst ein Zauberer nicht töten! Du tötest ihn, und sein Schatten kommt zurück und legt sich bei Nacht auf dein Gesicht! Du kannst ein Zauberer nicht töten! Dummkopf!«

Der Junge auf dem Bett hatte jetzt einen schlimmen Anfall: Sein Mund war aufgerissen und glich einem schrecklichen, schäumenden Schlund, sein Kopf rollte langsam und rhythmisch hin und her, und seine Glieder wurden von Krämpfen geschüttelt.

»Saug ihnen die Seele aus!« zischte Killigan. »Sieh ihre Augen! Offene Löcher, in die du hineinkriechen kannst. Durch ihre Kehle in den Bauch! Der Zauberer ist da!« schrie er.

»Ich bin weg!« rief der Pirat und riß die Tür auf.

Der Junge mit den Dreadlocks sah sich mit wilden Blicken im Raum um und zielte hierhin und dorthin, bis er sich schließlich für das Schachbrett entschied, das er mit einem Feuerstoß durchsiebte. Splitter flogen durch die Luft, und es roch nach Pulver. Dann folgte er seinem Kameraden und stürzte hinaus. Aus dem Nebenraum hörte man verängstigte Stimmen.

»*Honei-mui!*« rief jemand in der Schmiede. Werkzeug fiel klirrend zu Boden, und eine Tür wurde aufgerissen.

»*Honei-mui!*« schrie ein anderer, schlug mit einem Werkzeug auf einen Topf und fluchte. »*Honei-mui!*«

»Bind mich los«, sagte Killigan.

Der Junge auf dem Bett hatte die Hände über die Augen gelegt und stöhnte vor Entsetzen.

Boone tastete im Dunkeln nach der Schnur, mit der sein Freund gefesselt war. Killigan schüttelte sie ab, griff nach einem Buschmesser und nahm die Kalebasse mit Wasser, die auf dem Tisch stand. Er trat die Tür auf und lauschte.

Der nackte Boden des Hofs schimmerte im Mondlicht. In der Mitte stand ein aus Beton gegossener Brunnen, der mit einem verwitterten Deckel verschlossen war. Er war mit Medizinen und Schutzfetischen besetzt und am Rand mit einem Vorhängeschloß gesichert. Aus dem Busch drangen Flüche und das Klirren von Metall, bis nach einer Weile alle Geräusche verstummten.

»Mach schnell«, drängte Killigan. Sie rannten los, auf demselben Weg, auf dem Boone gekommen war.

Boone keuchte mühsam, als er hinter Killigans hüpfender Silhouette den Hang hinaufkletterte. Oben angekommen, hielten sie kurz an. Schweiß tropfte von ihren Gesichtern und Händen.

»Weißt du den Weg?« fragte Boone und schnappte nach Luft.

»Ja«, sagte Killigan.

»Wie weit ist es bis zur Grenze nach Guinea?« fragte Boone.

»Auf dem Weg durch den Busch vier Stunden«, antwortete Killigan. »Vorausgesetzt, wir finden ihn.«

»Dann sollten wir losmarschieren, und zwar *sofort*.«

»Typisch *pu-mui*«, sagte Killigan. »Kommen, alles versauen und dann schnell abhauen.«

Boone packte seinen Freund und suchte in seinem Gesicht nach Anzeichen geistiger Gesundheit. »Wohin gehen wir?«

»Zurück zum Dorf.« Killigan stieß Boone beiseite und drehte sich um, als wollte er den Weg fortsetzen.

»Zum Dorf!« schrie Boone fast hysterisch und ergriff seinen Freund am Arm. »Die bringen uns um! Auf keinen Fall gehe ich zurück zu dem verdammten Dorf!«

»Wir sind in Sierra Leone«, sagte Killigan. »Ich setze hier seit drei Jahren mein Leben aufs Spiel, und ich habe nicht vor, wegzulaufen und Moiwo das Feld zu überlassen, nur weil du deins zwei Wochen lang aufs Spiel gesetzt hast.«

»*Du* wirst sterben!« schrie Boone. »Nicht ich!« fügte er hinzu, als wollte er sich selbst beruhigen.

»Nein«, antwortete Killigan. »Du wirst sterben, wenn du nicht mitkommst und dich dem Hexenfinder stellst. Das weiß ich ganz sicher.«

»Dem Hexenfinder?« Als Boone begriff, was sein Freund gesagt hatte, blieb er sprachlos vor Wut stehen. »Dem soll ich mein Leben anvertrauen? Einem glatzköpfigen Quacksalber in einem Bademantel?«

Killigan drehte sich zu ihm um und sah ihn unverwandt an. »Ich kann dir Afrika oder Zauberei nicht in zehn Minuten erklären«, sagte er bitter. »Also laß uns das Hexenzeug einfach vergessen, ja? Tun wir einfach mal so, als wären wir nichts weiter als *pu-mui* aus Indiana«, sagte er sarkastisch.

»Gute Idee«, sagte Boone.

»Also, dann wollen wir dieser Sache als gute weiße Männer mit guter weißer Logik auf den Grund gehen. Wir sind hier im Busch!« sagte Killigan, und seine Stimme zitterte vor Wut. »Es gibt keine Karten und keine Wegweiser. Selbst Afrikaner verlaufen sich im Busch. Hier schleichen halbwüchsige, bekiffte Söldner mit automatischen Waffen herum. Du hast gehört, was sie gesagt haben. Das einzige, vor dem sie Angst haben, sind böse Medizin und der Hexenfinder. Ich gehe zum Dorf, weil ich dort vor ihnen sicher bin, und du gehst zum Hexenfinder!«

»Moiwo ist im Dorf«, sagte Boone.

»Kabba Lundo, der Paramount Chief, ebenfalls. Und der Hexenfinder, der uns beschützen wird und der anscheinend etwas in dir entdeckt hat.«

Boone warf den Kopf in den Nacken und schrie gereizt: »Wovon zum Teufel redest du eigentlich?« Er musterte entsetzt das Gesicht seines Freundes. »Du glaubst doch nicht etwa an diese Jujuscheiße?«

»Der einzige Ausweg ist der afrikanische«, beharrte Killigan. »Und das heißt: zurück zum Dorf und nicht in den Busch. Du mußt mir glauben ... oder sterben.«

Er ließ Boone stehen und ging weiter, ohne sich umzusehen.

»Du also auch!« schrie Boone zum Blätterdach hinauf. »Ich hab für dich meinen Kopf hingehalten! Und dann finde ich dich schließlich, und du bist ... übergeschnappt, wie die andern auch! Weiße werden hier verrückt, stimmt's? Weiße werden hier verrückt!«

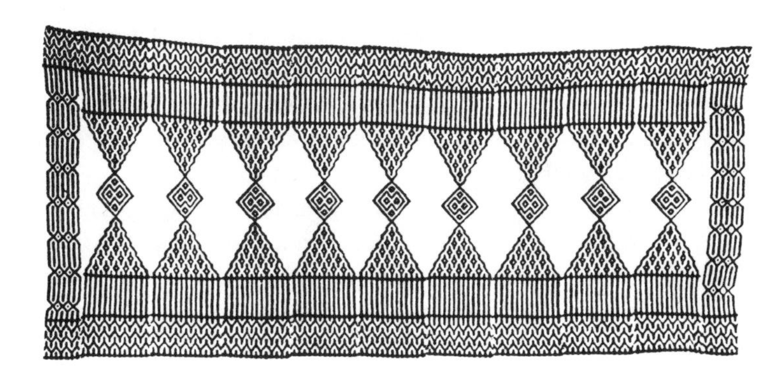

20

Als die strohgedeckten Hütten von Nymuhun auf dem steilen Hügel vor ihnen auftauchten, sickerte das erste Tageslicht in den Busch. Im Morgendunst schimmerten Nebelschwaden, und eine tiefhängende Wolke klammerte sich an die Baumwipfel. Boone schleppte sich voran. Er war hungrig und durstig, das Fieber brannte in seinen Gelenken, und ohnmächtige Wut über sein Schicksal und seinen Freund quoll aus seinem Mund.

»Erzähl mir, was passiert ist«, sagte er keuchend.

»Ich hab dir doch schon alles erzählt«, antwortete Killigan. »Moiwo hat sich auf böse Medizin eingelassen. Er schmuggelt alle möglichen Sachen. Er läßt die Chemiefirmen ihren Abfall irgendwo in der Landschaft deponieren. Wenn er mit Sklaven handeln könnte, würde er es tun. Er muß entlarvt und vor Gericht gestellt werden, bevor er das ganze Land übernehmen und noch weiter vor die Hunde gehen lassen kann. Darum ist der Hexenfinder hier, und darum solltest du nicht hiersein.«

»Aber warum hilft Sisay Moiwo?«

»Warum nicht? Das ist hier genauso wie irgendwo anders. Sisay setzt darauf, daß Moiwo die Wahl gewinnt. Er *lebt* in Moiwos Dorf. Stell dir vor, Moiwo bittet Sisay um Hilfe, Sisay sagt nein, und eine Woche später ist Moiwo plötzlich Paramount Chief.«

»Na gut. Aber was war mit dem Überfall auf dein Dorf? Was ist da passiert? Und warum bist du im Busch verschwunden? Und was ist mit diesen Fotos?«

»Ich hab dir doch gesagt, daß ich nach Freetown gegangen bin«, antwortete Killigan. »Ich mußte mich an die Buschpfade halten, sonst hätten sie mich geschnappt. Ich hab den zuständigen Leuten die Beweise für Moiwos Machenschaften übergeben.«

»Du bist zur Botschaft gegangen?« fragte Boone.

Killigan lachte spöttisch. »Tolle Idee. Die Beweise für Moiwos Schweinereien zu denen bringen, mit denen er unter einer Decke steckt.«

»Ich verstehe nicht«, sagte Boone.

»Genau. Du verstehst nicht.«

»Aber du bist doch Amerikaner, und du arbeitest für die amerikanische Regierung.«

»Ich *habe* mal für das Peace Corps gearbeitet. Jetzt arbeite ich für... andere Leute.«

»Was für Leute?«

»Kann nicht sagen.«

»Großes Geheimgesellschaftsgeheimnis, was? Du darfst mir nichts verraten. Ich bin dein bester Freund. Ich hab die weite Reise hierhergemacht –«

»Und uns beide beinah umgebracht«, fiel Killigan ihm ins Wort. »Mein Plan war perfekt. Ich hatte jede afrikanische Variable bis zum letzten Dorfbewohner einkalkuliert. Ich hatte die Beweise gegen Moiwo abgeliefert und mir ein Ticket nach Paris gekauft, da erfuhr ich, daß ein *pu-mui*-Greenhorn namens Westfall im Busch herumstolpert und nach mir sucht und nur darauf wartet, Moiwo in die Hände zu fallen. Ich hatte vergessen, wie mühelos ein einziger irregeleiteter *pu-mui* frisch aus dem Flugzeug alles in Afrika zerstören kann.«

»Du spuckst ganz schön große Töne«, rief Boone nach vorn. »Aber wenn ich kein Zauberer wäre, dann wärst du jetzt tot.«

Killigan drehte sich um und sah ihn an. Er wischte sich die Stirn mit der Hand ab und schüttelte den Schweiß ins Gebüsch.

Dann zeigte er mit dem Finger auf das Gesicht seines Freundes. »Ich sag das jetzt nur einmal, und dann sprechen wir nie mehr darüber. Einverstanden?«

»Auf keinen Fall«, sagte Boone. »Das kommt ganz darauf an, was du sagen willst. Zum Beispiel könnte ich dir, wenn du fertig bist, vielleicht sagen, daß du mich am Arsch lecken kannst.«

»Wenn du in Paris geblieben wärst und gewartet hättest, wie wir es abgesprochen hatten«, sagte Killigan, »dann wäre ich jetzt nicht hier. Dann würde ich jetzt in einem hübschen kleinen Café an der Place de la Concorde sitzen, Espresso schlürfen und freundlichen Gedanken über die Guillotine und die schlichten Freuden zivilisierter weißer Menschen nachhängen. Moiwo wäre im Gefängnis und würde darauf warten, im Stadion von Freetown am Galgen zu baumeln. Kabba Lundo, mein afrikanischer Vater, wäre unangefochtener Paramount Chief. Und nach unserem kleinen Urlaub wäre ich nach Sierra Leone zurückgekehrt, hätte die Frau geheiratet, die ich liebe, und mich darauf eingestellt, ein langes, glückliches Leben zu führen. Glaub mir, so wär's gewesen. Aber du mußtest ja, ohne auch nur die leiseste Ahnung zu haben, nach Sierra Leone kommen und alles vermasseln.«

Sie marschierten weiter. Boone trottete hinter Killigan her und versuchte sich mit dem Gedanken zu trösten, daß jeder Schritt ihn einer Matratze näher brachte, auf der er sich ausstrecken und in Frieden sterben konnte.

Nach ein paar Minuten bot er einen Waffenstillstand an.

»Ist sie Afrikanerin?« fragte er.

»Nein«, antwortete Killigan sarkastisch, ohne sich umzudrehen, »sie ist die Tochter eines Kopfjägers vom Stamm der Iban in Borneo. Das ist bloß ein paar tausend Meilen von hier entfernt.«

Boone verfluchte sich, weil er sich seine Freunde nicht besser ausgesucht hatte, verfluchte seine körperliche Schwäche und seine Angst und Erschöpfung, die schuld daran waren, daß er schon wieder von einem Weißen abhängig war, der ständig ausfallend wurde.

Nach einem langen Marsch bergauf erreichten sie den Dorfrand, schlüpften unter dem Bindfaden hindurch und gingen unbemerkt weiter. Im *barri* war immer noch eine Menge versammelt. Nach den hageren, übernächtigten Gesichtern der Menschen zu urteilen, war es eine weitere anstrengende Nacht gewesen.

Eine alte Frau verschloß einen Brunnen mit einem Vorhängeschloß und erhob sich mühsam. Auf dem Kopf balancierte sie einen Eimer Wasser für die Schwangeren und die stillenden Mütter.

Wasser tropfte aus den Nähten des Eimers und weckte in Boone den tiefen Wunsch, sich darauf zu stürzen, ohne lange um Erlaubnis zu fragen.

Sie begrüßte Killigan, und dann erkannte sie Boone. Die Augen fielen ihr fast aus dem Kopf, und ihr Mund erstarrte in blankem Entsetzen. Scheppernd fiel der Eimer zu Boden. Sie floh zum *barri*, schwenkte die Arme über dem Kopf und verkündete die Rückkehr des weißen Zauberers.

Boone wich zurück und warf einen Blick zu dem Faden und dem Weg, der aus dem Dorf führte.

Während sein Freund weiterging, sah Boone die Dorfbewohner aufstehen – alle bis auf Lewis, der den Kopf in die Hände stützte und von Hexen und Hexenfindern offenbar die Nase gründlich voll hatte. Der Hexenfinder erschien zusammen mit Kabba Lundo und den Dorfältesten. Sie begrüßten Killigan am Brunnen, doch das Willkommen wirkte eigenartig gedämpft, fast inszeniert. Einige der Dorfältesten warfen Boone verstohlene Blicke zu, doch keiner begrüßte ihn.

In seiner Abwesenheit war ein weiterer Landrover gekommen. Auf seinem Dach saßen vier Soldaten mit roten Baretten. Sie hatten ihre Gewehre lässig umgehängt und stützten die Unterarme darauf. Es waren gutbezahlte Krios aus der Spezialeinheit des Präsidenten, und sie betrachteten die abergläubischen Rituale dieser Dorfbewohner mit amüsierter Gleichgültigkeit. Ein blau uniformierter Afrikaner mittleren Alters saß im Wagen und knabberte an einer Kolanuß, die er vor dem Hexenfinder und den Dorfbewohnern verbarg.

Boone sah zu, als Killigan den betrügerischen Hexenfinder ehrerbietig begrüßte und sich vor Kabba Lundo verbeugte und ihm beidhändig die Hand schüttelte. Sein bester Freund war nicht anders als Sisay: Er kroch diesen Afrikanern in den Arsch, verbeugte sich vor ihnen, zeigte Respekt vor den Dorfältesten und tat so, als wäre alles in Ordnung. *Wie schön – eine Hexenaustreibung! Darf ich einen Freund und ein bißchen böse Medizin mitbringen?*

Boones Beinmuskeln zuckten vor Erschöpfung, seine Knie wollten einknicken. Vor seinen Augen verwandelte Killigan sich in einen Fremden. Sein Betragen, sein Auftreten, seine Haltung, die Art, wie er Mende sprach: ein Afrikaner! Und er war umgeben von Afrikanern mit Kopftüchern, wallenden Gewändern, Käppchen, Safarihemden, Umhängen und Lappas. Boone kam sich vor wie ein Gehörloser in einem Raum voller sich windender Tänzer, und niemand hatte sich die Mühe gemacht, ihm das Phänomen zu erklären, das man Musik nannte.

»Komm«, sagte der Hexenfinder und lächelte Boone an. »Wir wollen die Hexenaustreibung zu Ende bringen, damit das Dorf wieder Frieden hat.«

Boone blieben nur zwei Möglichkeiten: Er konnte fliehen und durch den Busch stolpern, bis er tot umfiel, oder er konnte hierbleiben und sich Geheimgesellschaften und Dschungelkulten ausliefern, die von einem siebzigjährigen Verrückten mit einem Besenstiel und einem Spiegel geleitet wurden.

»Boone«, rief Killigan, »komm mit zum *barri.*«

»Bringen wir's hinter uns«, bat Lewis. »Die Hebamme hat Guinness, und ich bin so hungrig, daß ich meine Hände essen könnte.«

Schlurfend folgte Boone Killigan und den Dorfältesten über den Platz. Er traute niemandem, doch ihm blieb keine Wahl.

Die Menge teilte sich und ließ sie in den *barri.* Zwischen den Dorfbewohnern hindurch sah Boone ein paar nebeneinandergestellte Stühle und ein Feldbett, auf dem eine zugedeckte Frau schlief.

»Setz dich«, sagte der Hexenfinder.

Killigan zeigte auf einen der Stühle, und Boone ließ sich darauf fallen. Im nächsten Augenblick erhob er sich halb, denn Moiwo kam herbei. Unter seinem weiten Gewand trug er Halsketten mit Medizinbeuteln und Kaurimuscheln.

»Bruder Lamin Kaikai!« rief er, und sein Gesicht verzog sich zu einem häßlichen Lächeln.

»Ich grüße den Section Chief«, sagte Killigan grimmig.

Jemand nahm Platz neben Boone, und die Menge ordnete sich neu. Anstatt sich zu setzen, blieben alle stehen und bildeten einen Kreis.

Boone drehte den Kopf und erkannte neben sich Großmutter Dembe und daneben Pa Usman und seinen *nomoloi* und neben ihm Jenisa. Er saß bei denen, die der Hexerei angeklagt waren. Neben den Stühlen, zwischen den Gehilfen des Hexenfinders, stand das Feldbett mit der Frau, deren Gesicht Boone nicht sehen konnte. Als er aufblickte und nach Killigan suchte, stellte er fest, daß ein Kreis dicht gedrängt stehender Menschen ihn anstarrte. Sie schoben sich voran, einer hinter dem anderen, und ließen gerade genug Platz für den Hexenfinder und die Angeklagten.

Boone atmete zitternd ein und aus und sah in Augen, die ihn aus den wogenden Fortsätzen eines einzigen Organismus anzustarren schienen, einer riesigen Hydra mit menschlichen Köpfen und haßerfüllten Augen.

Der Hexenfinder schlug mit seinem Stab gegen den Kessel und ließ den Blick über die Menge schweifen.

»Ich habe alle Hexen und Zauberer entlarvt!« rief er.

Die Dorfbewohner jubelten und zischten und drängten sich vor, um besser sehen zu können. Boone rang nach Atem. Seine Brust hob und senkte sich, als wäre er eine lange Strecke gerannt, nur um in eine Falle zu gehen.

»Sie sind alle hier versammelt!« rief der Hexenfinder. »Und die Anführerin der Hexenbande, die Hüterin des Hexenkessels, die Hexe, die eure Kinder gefressen hat, ist, wie ihr ja wißt, tot.«

Die Gehilfen hoben den Leichnam an den Armen und den Haaren von dem Feldbett und hielten ihn in dem Kreis, den die Menge gebildet hatte, hoch. Boone erkannte das schlaffe, leblose Gesicht der Witwe Luba, das sogleich angespuckt und mit Stökken geschlagen wurde. Er würgte und hielt sich den Mund zu.

Der Hexenfinder schwenkte den Stab und breitete die Arme aus.

»Die Alten unter euch werden sich an die Geschichten über meinen Großvater erinnern«, sagte er. »Kenei Lahai war einer der Tongo-Spieler, und er war berühmt, weil er viele Hexen gefunden und Kannibalen vernichtet hat. Damals wurden Hexen und Kannibalen getötet und verbrannt!«

Die Menge johlte. Boone erschauerte und sah sich nach Killigan und Lewis um, jedoch ohne Erfolg.

»Doch diese Zeiten sind vorbei!« rief der Hexenfinder. »Heutzutage werden Hexen und Zauberer nicht mehr getötet, sondern geheilt und dann bestraft. Diese Hexe ist nur gestorben, weil ihr Schatten ihren Körper verlassen hat, während sie schlief. Als er versuchte, in den Busch zu entkommen, geriet er in ein Hexennetz. Jetzt schläft sie für immer. Aber keine Sorge – ihr Schatten wird nicht zurückkehren, um das Dorf heimzusuchen«, rief er und schob die Hand unter sein Gewand, »denn ich habe ihn hier.«

Der Hexenfinder zog die Hand hervor und hielt eine sich windende Schlange hoch über die Köpfe der Menge, die aufschrie und zurückwich.

Boone versuchte aufzustehen, wurde jedoch wieder auf den Stuhl gestoßen.

Die Gehilfen legten den Leichnam der Hexe wieder hin und deckten ihn mit einer Decke zu. Dann übergaben sie dem Hexenfinder einen Beutel. Er schob die sich ringelnde Schlange hinein und band den Beutel zu.

»Hört, wie der Schatten stirbt!« rief er, warf den Beutel in den Kessel und drückte ihn mit dem Ende des Stabs in die Brühe.

Aus dem Busch ertönte ein entfernter Schrei. Die Dorfbewohner rissen verwundert die Augen auf und lauschten auf das Todesröcheln des Hexenschattens, das von weit her zu kommen schien.

Der Hexenfinder rührte im Kessel und betrachtete den wirbelnden Sud aus bösen Medizinen, Hexenbündeln, Gift und Kinderblut, der nunmehr seit drei Tagen kochte und den stechenden Geruch nach versengtem Haar verströmte.

Die Menge drängte sich um Boone und die anderen Angeklagten.

»Section Chief Moiwo«, sagte der Hexenfinder und nickte.

»Ja, Hexenfinder«, antwortete Moiwo.

Boone beugte sich vor, als er Moiwos Stimme unmittelbar hinter sich hörte.

»Ich werde mich jetzt mit den schwereren Anschuldigungen befassen, von denen wir gesprochen haben.«

»Das Schicksal hat die Verbrecher zurückgebracht«, sagte Moiwo. »Die Zeit ist reif.«

»Wie ich gesagt habe«, fuhr der Hexenfinder fort, »wir töten Hexen und Zauberer nicht mehr, sondern wir heilen sie. Manchmal vergeben wir ihnen. Aber es sind sehr schwere Anschuldigungen vorgebracht worden. Darum hat uns Vizepräsident Bangura Soldaten der Spezialeinheit geschickt. Wie ihr alle wißt, stellen verbrecherische Männer sehr böse Medizinen aus den Leichen ihrer Opfer her. Diese Männer sehnen sich so sehr nach Macht, daß sie Frauen und Kinder an die Medizin verfüttern, mit der sie ihre Gegner einschüchtern wollen. Diese Männer sind viel schlimmer als Hexen und Zauberer! Sie sind Kannibalen, und die töten wir! Die Engländer haben sie an den Galgen in Freetown aufgehängt. Und wir werden dasselbe tun.«

Die Menge murmelte beifällig.

»Ihr alle werdet mir jetzt helfen, diese Kannibalen zu entlarven«, sagte der Hexenfinder.

Boone sah, wie ein Wald von Körpern und Gliedmaßen sich dichter um ihn schloß. Die Wärme, die sie ausstrahlten, und der Geruch ihres Schweißes hüllten ihn ein.

»Schließt alle die Augen! Öffnet sie erst wieder, wenn ich es euch sage!«

Boone sah den Hexenfinder an, der zwinkernd zu ihm hinablächelte, ein Augenlid mit dem Finger hinunterzog und auf Boone zeigte. Boone wollte die Augen schließen, doch seine Lider flatterten vor nervöser Angst.

»Großvater!« rief der Hexenfinder. »Ich flehe zu dir und Ngewo: Hilf mir, diesen Menschen zu zeigen, wie man Kannibalen entlarvt! Zeige ihnen, wie man Kannibalen mit geschlossenen Augen sieht! Zeige ihnen, wie man mit den Händen sieht!«

Boone krümmte sich auf dem Stuhl zusammen. Ihm war schlecht vor Angst.

»Ein mächtiger Section Chief sagt, daß gewisse *pu-mui* unter uns Kannibalen sind, die böse Medizinen lieben. Und gewisse *pu-mui* sagen, daß ein gewisser Section Chief böse Medizinen aus den Leichen junger Männer macht.«

»Hexenfinder«, sagte Moiwo mit bebender Stimme, »das ist nicht die ... Methode, über die wir gesprochen haben.«

»Großvater! Hilf diesen Menschen, mit den Händen zu sehen! Finde die Kannibalen!«

Zwei Hände legten sich schwer auf Boones Schultern, und das Herz schlug ihm bis zum Hals. Er hielt die Augen geschlossen, drückte die Stirn auf die Knie und schluchzte hilflos. Gleich würden ihn noch andere Hände packen und davontragen.

»Du hast gelogen!« schrie der Section Chief. »Du hast mich angelogen!«

Boone schlug die Augen auf und sah, daß Moiwos fetter Körper von einem Wald von Armen und Fingern festgehalten wurde.

»Lügen gehört zu meinem Beruf«, sagte der Hexenfinder ungerührt.

Er hob den Stab und klopfte damit erst auf die eine, dann auf die andere Schulter des Section Chief. Moiwo wand sich, doch die Dorfbewohner hielten ihn fest.

Der Hexenfinder klopfte sanft, fast nachdenklich auf die Schlüsselbeine des Chief. Lächelnd sah er Moiwo an, dessen fette Wangen vor Wut bebten.

»Mein Großvater hat mir beigebracht, daß ein Kannibale sich fast immer dadurch verrät, daß er andere des Kannibalismus verdächtigt.«

»Hüte dich, deine Macht zu überschätzen, Hexenfinder«, zischte Moiwo.

Der Hexenfinder schob die Spitze seines Stabes unter Moiwos Halsketten und zog Beutel und aufgereihte Muscheln unter dem weiten Gewand des Section Chief hervor. Er stocherte, schob Muscheln und Tierzähne beiseite und legte schließlich einen schweren, prall gefüllten Beutel frei, auf dem Blut und Fett glänzten und an dem sieben Eisenhaken festgenäht waren.

»*Bofima!*« schrien die Männer und packten Moiwos dicke Arme und Beine so fest, daß das Blut aus ihren Fingern wich.

»*Bofima!*« kreischten die Frauen und Kinder und griffen hastig nach Stöcken und Waffen.

Eine alte Frau mit einem großen Löffel trat zwischen Moiwo und den Hexenfinder. »Die Augen!« rief sie. »Ich will seine Augen!«

»Affen arbeiten!« schrie einer. »Paviane essen!«

Man schlug mit Buschmessern, Stößeln und Stöcken auf Moiwos Kopf und Schultern ein.

Der Hexenfinder zog den blutigen Beutel mit seinem Stab über den Kopf des Section Chief und hob ihn über die Köpfe der Dorfbewohner.

»Halt!« rief er und ließ das grausige Ding kreisen. Die Haken warfen Schatten auf den Boden. Die Dorfbewohner wichen zurück und duckten sich unter der wirbelnden Medizin.

»Die guten Menschen in diesem Dorf werden ihre Hände nicht beschmutzen, indem sie einen Pavianmenschen töten«, rief der Hexenfinder. »Er wird an einem Galgen in Freetown enden!«

Die Menge drängte sich um Moiwo. Der Hexenfinder schleuderte den *bofima* mit wehenden Ärmeln in den Kessel.

»Kommt!« rief er und ging über den Dorfplatz zu den Landrovern.

Die Dorfbewohner schwärmten aus dem *barri*, zerrten und schoben den Section Chief mit, schnalzten mit der Zunge und verfluchten ihn.

»Zeugen!« rief der Hexenfinder und winkte den Soldaten und dem Offizier, die bei dem Regierungsfahrzeug warteten.

Er schob den Stab unter die Plane über der Ladefläche von Moiwos Landrover und schlug sie zurück. Schreckensschreie ertönten, als die Dorfbewohner die blutige Ladung sahen: einen Berg Pavianfelle und -masken, eiserne, blutverschmierte Klauen und Töpfe voll Menschenfett. Aus offenen Pappkartons voller Schädel und Knochen stoben Fliegen auf.

»Halt!« rief der Hexenfinder und teilte die Menge mit seinem Stab.

Mit Blut und Spucke bedeckt, stolperte der Section Chief vorwärts. Tränen der Wut rannen ihm über die Wangen, und sein Gewand war zerrissen.

»Section Chief Moiwo«, sagte der Offizier, packte den Chief am Arm und übergab ihn den Soldaten.

»Affen arbeiten!« rief jemand.

»Paviane hängen!« schrie ein anderer.

Die Menge jubelte vor Schadenfreude und überschüttete Moiwo und seine Männer mit Flüchen.

Kabba Lundo und die Soldaten führten Moiwo zu dem Regierungsfahrzeug. Die Dorfältesten scharten sich um den Hexenfinder und berieten, wie man das Verfahren beschleunigen und den Frieden im Dorf wiederherstellen könnte.

Boone spürte das Fieber stärker werden. Am Rand seines Gesichtsfeldes breitete sich der inzwischen vertraute Nebel aus. Er hörte das Regierungsfahrzeug aus dem Dorf fahren. Vielleicht würde sich die Menge als nächstes auf ihn stürzen – doch er war so benommen, daß ihm das gleichgültig war. Der Tod war mit einemmal nicht bedrohlicher als ein Sommergewitter. Wenn Charon persönlich erschienen wäre, um ihn in die Unterwelt überzusetzen, wäre Boone, in der Überzeugung, daß ihn ein besseres Leben erwartete, bereitwillig in den Nachen gesprungen.

Er schlurfte zurück zum *barri* und suchte nach seinem Stuhl. Dort beugte sich Jenisa gerade über Lubas Leichnam und kehrte ihm dabei den Rücken zu.

»War es ein schlimme Krankheit?« flüsterte sie. »Krankheit ist dich holen kommen. Ich hoffe, du bringst sie an den bösen Ort.« Sie beugte sich noch tiefer und legte den Mund an Lubas Ohr. »Ich hab dich in mein Traum gefunden.«

Boone setzte sich, und Jenisa fuhr herum.

»Sie ist tot«, sagte sie lächelnd.

»Weil sie eine Hexe war?« fragte Boone.

Sie schlug die Augen nieder. »Weiß nicht. Sie ist krank geworden.« Sie zuckte mit den Schultern.

»Weil sie Hexenmedizin bekommen hat?« fragte Boone.

»Weiß nicht. Ich bin nur ein Mutter mit ein Kind im Bauch. Ich tu, was ich muß, damit das Kind sicher ist.« Sie sah auf ihren Bauch. »Wenn sein muß, töte ich.«

Der Hexenfinder schlug mit dem Stab gegen den Kessel, und einer seiner Gehilfen rief: »Alle zuhören! Alle zuhören! Die böse Medizin ist weg! Alle böse Medizin ist im Topf!«

»Na, endlich«, sagte Boone und stand auf. »Endlich ist dieses idiotische Theater vorbei!« Er schlurfte müde aus dem *barri* und hoffte, daß er es schaffen würde, einen Fuß vor den anderen zu setzen, bis er den Kopf auf seinen Schlafsack sinken lassen konnte.

»Im Dorf gibt es fast kein Hexenzeug mehr!« rief der Hexenfinder. »Sobald der *pu-mui*-Zauberer gestanden hat, wird das Dorf gesäubert sein. Kommt zum *barri* und freut euch!«

Boone schlurfte weiter in Richtung auf Sisays Hütte.

»Boone«, rief Killigan. »Wo willst du hin? Moiwo ist weg. Wir sind in Sicherheit.«

»He«, rief Sisay, »wenn du jetzt gehst, ist das unhöflich gegenüber dem Hexenfinder.«

Boone blieb stehen, zitternd vor Wut. Dann ging er zu Sisays Hütte, in sein Zimmer, schloß die Tür und ließ sich vornüber auf die Matratze fallen. Er vernahm ein entferntes Murmeln, wie Wespen, die man im Sommer während eines Nickerchens unter den Dachbalken summen hört.

Die Tür ging auf.

»Kong, kong«, sagte jemand.

»Niemand zu Hause«, sagte Boone. »Hau ab. Ich bin krank. Nein, ich bin tot. Sag ihnen, ich bin gestorben.«

Leute traten in sein Zimmer, und er hörte afrikanische und amerikanische Stimmen, die seinen Fall erörterten.

»Es macht keinen Unterschied«, sagte der Hexenfinder. »Ja, er ist ein *pu-mui*, aber er ist auch ein Zauberer. Solange er nicht gestanden hat, ist er eine Gefahr für das Dorf. Dann war alle Arbeit umsonst.«

»Boone«, sagte Killigan. »Hör zu: Wir müssen wieder zum *barri* gehen. Du mußt ... gestehen.«

»Leck mich«, murmelte Boone in seinen Schlafsack.

»Er ist gefährlicher als alle anderen«, sagte der Hexenfinder. »Im Gegensatz zu den anderen ist er nachts durch den Busch gestreift. Wahrscheinlich hat er seine Medizin gefüttert und wartet jetzt darauf, sie anzuwenden. Warum hätte er sonst allein hierherkommen sollen?«

Boone zog sich den Schlafsack über den Kopf.

»Boone«, sagte Killigan, »Pa Ansumana ist hier. Er will, daß du zum *barri* gehst und gestehst. Er bittet dich, ihm nach all dem, was er für dich getan hat, keine Schande zu machen.«

»Jemand sollte ihm erklären«, sagte der Hexenfinder, »daß ein erzwungenes Geständnis sehr unangenehm und erniedrigend ist. Eine Hexe oder ein Zauberer zu sein ist wahrscheinlich das einzige, was schlimmer ist als ein erzwungenes Geständnis.«

»Boone«, sagte Lewis, »du weißt doch, man muß mit den Wölfen heulen. Kapierst du? Jetzt geh da raus, sag irgendwas, tu, was sie von dir verlangen, und vergiß es, okay? Ich hab Hunger, und dieser alte Knacker wird keinen einen Bissen essen lassen, bis du dein Hexenzeug gestanden hast.«

Boone wälzte sich auf den Rücken und setzte sich auf. »Wie lange dauert das?« wollte er wissen und fuhr sich nervös mit der Hand durch das Haar.

»Nicht lange«, versicherte ihm der Hexenfinder. »Wenn wir erst einmal das Geständnis haben.«

»Na gut«, sagte Boone, ohne die Augen zu öffnen. »Ich bin ein Zauberer. Ich fresse nachts gern Babys.«

Er drehte sich wieder um, ließ sich auf die Matratze fallen und wühlte sich tiefer in den Schlafsack.

»Sehr gut«, sagte der Hexenfinder. »Jetzt gibt er es wenigstens zu. Aber das Geständnis muß öffentlich gemacht werden, vor dem ganzen Dorf.«

Boone knirschte mit den Zähnen und unterdrückte einen Fluch – einen ausgefallenen Fluch, der sich gegen den Hexenfinder, seine Ahnen und seine Nachfahren gerichtet hätte und den Familienstammbaum in beide Richtungen hätte verdorren lassen.

»Boone?« sagte Killigan. »Jetzt komm schon, mach.«

Boone setzte sich wieder auf. Lewis und Killigan standen zu beiden Seiten des Bettes und halfen ihm auf.

»Fünf Minuten?« fragte Boone. »Wird es länger dauern als fünf Minuten?«

»Wahrscheinlich nicht einmal so lange«, sagte der Hexenfinder. »Gehen wir.«

Die Dorfbewohner im *barri* tuschelten und machten sich über Boone lustig, als er sich auf den Stuhl setzte. Er machte ein finsteres Gesicht und sah zu, wie der Hexenfinder seinen Stab aufhob, seinen Gehilfen winkte und im Kessel rührte. Dann breitete er die Arme in einer Geste aus, die die ganze Dorfgemeinde umfaßte.

»Ich rühre in einer bösen Suppe aus Haß und Gift, aus Bitternis und Tränen, aus Neid und Bösartigkeit«, sagte er und weinte wieder. Die Tränen tropften in den Kessel. »In meinen Ohren dröhnen die Stimmen unserer Ahnen, die wissen wollen, wie und warum ihre Kinder einander diese schrecklichen Dinge angetan haben! Was ist über uns gekommen, daß wir diese gräßlichen Flüche auf die Welt losgelassen haben? Welche dunklen, selbstsüchtigen Begierden haben uns dazu getrieben, unsere Brüder und Schwestern ins Unglück zu stürzen? Wie könnt ihr euch nach dieser Nacht noch in die Augen sehen? Gleich bringt gleich«, sagte er feierlich. »Wir säen Haß, und Haß werden wir ernten. Jetzt ist der letzte Zauberer vorgetreten. Ein weißer Zauberer, der hergekommen ist, um eure ungeborenen Kinder zu fressen!«

Der *barri* hallte von Wutgeschrei wider. Die Eltern der gestorbenen Kinder riefen nach Rache.

»Gestern nacht«, sagte der Hexenfinder, »als dieser *pu-mui*-Zauberer zum letztenmal durch den Busch gestreift ist, haben wir den Hexenkessel gefunden, in dem er seine Medizin gefüttert hat. Ihr habt mit eigenen Augen die Überreste der toten Kinder gesehen. Ihre Glieder waren verstreut wie die Knochen von geschlachteten Hühnern. Wir haben die Kinderschädel gesehen, die dieser Zauberer gegessen hat, als er in seinem Zimmer seine Medizin angebetet hat.«

Schreie des Schreckens und der Empörung gellten in Boones Ohren. Er biß die Zähne zusammen und spuckte auf den Boden zwischen seinen Füßen.

»Jetzt ist dieser Zauberer gekommen und will seine Verbrechen gestehen. Ihr werdet aus seinem Mund hören, wie er eure Kinder gefressen hat. Ihr werdet hören, wie er die ungeborenen Kinder erstickt hat, während ihre Mütter schliefen, damit er ihre Schädel aufbrechen und ihr Hirn aussaugen konnte. Ihr werdet sein Geständnis hören.«

Unter Beleidigungen und Schreien nach Rache stand Boone unsicher auf. Er wandte sich der tobenden Menge zu und starrte jedes Augenpaar nieder, das es wagte, ihn anzusehen. Er hatte mit dem Leben abgeschlossen. Noch vor Sonnenaufgang würde er wahrscheinlich entweder der Malaria oder dem unberechenbaren Fanatismus dieser Dorfbewohner zum Opfer fallen. Eine Laune des Schicksals hatte ihn in dieses staubige, gottverlassene Nest verschlagen, und eine zweite würde ihn bald ins Grab bringen. Dies waren seine letzten Worte, sein Vermächtnis an einen bunt zusammengewürfelten Haufen von Menschen, die zufällig auf derselben Lichtung standen wie er, wenn Gott sich aus dem Himmel herunterbeugte, um ihn zu berühren.

Er sah seinen besten Freund an, er sah Sisay und Pa Ansumana an und schritt die Reihe seiner Mithexen und Mitzauberer ab. Eigenartig, daß sie alle gleich aussahen. Eigenartig, daß ein einziger gut gezielter Schlag, eine verirrte Kugel, ein beliebiges Virus, ein Stich des richtigen Moskitos, ein Schluck Wasser aus dem falschen Brunnen, eine auf dem Weg schlafende Schlange, ein tollwütiger Hund, ein Fluch, ein erzürnter Ahne oder der böse Traum einer Hexe ihn oder irgendeinen von denen dort einfach auslöschen konnte.

Er verbeugte sich vor Kabba Lundo und sah schließlich den Hexenfinder an, der angesichts der Aussicht, daß seine Arbeit in Kürze beendet sein würde, breit lächelte.

Boone wandte sich an die Dorfbewohner.

»Ich habe etwas zu sagen«, begann er. Er würgte, schluckte und verstummte. Ein Schauer überlief ihn, und er sprach weiter. »Also gut. Ich habe versucht ... einfühlsam zu sein. Ich bin ein weißer Mann in Afrika, ein Fremder in einem fremden Land. Ich habe versucht ... höflich zu sein. Ich hielt mich für aufgeschlossen. Aber jetzt ... Ich weiß nicht, was das hier für ein Dorf ist. Ich weiß nicht, ob das hier eine *folie à deux*, eine *folie à trois*, eine *folie de village*, der ganz normale afrikanische Wahnsinn oder EINFACH EIN VERDAMMTES TROPISCHES IRRENHAUS IST!«

Er füllte seine Lungen mit Wut, schrie den Himmel an und schleuderte Spucke und Flüche über die Köpfe seines Publikums, das vor seinen fuchtelnden Händen und seinem verzerrten Gesicht zurückwich.

»IHR SEID ALLESAMT VERRÜCKT!« brüllte er. »Ihr seid vermutlich menschliche Wesen, aber IHR SEID ALLESAMT VERRÜCKT! BESONDERS DIE WEISSEN! DIE SOLLTEN ES BESSER WISSEN! Weiß, schwarz, *pu-mui*, Mende – ihr habt euch in einem verdrehten, hirnrissigen, wahnhaften System verirrt! Euer Leben wird von Hexen, Buschteufeln, Pavianmenschen, Ahnen, Kobolden, Geistern, Leopardenmenschen, Verwandlern, Meerjungfrauen, Jujuhexenzeug und Gott weiß was bestimmt!«

Er ging vor der Menge auf und ab und schüttelte die Fäuste. »Ihr seht aus wie menschliche Wesen!« schrie er. »Ich bin auch ein menschliches Wesen! Seht mich an! Ich bin aus Fleisch und Blut, wie ihr! Aber wißt ihr was? Sobald ich hier angekommen war, mußte ich *alles* vergessen, was ich über menschliche Wesen zu wissen glaubte! Ich hab alles vergessen! Ich weiß nur noch eins, nur noch eine einzige verdammte Tatsache!«

Er ging hinüber zu der Stelle, wo sein bester Freund und die anderen *pu-mui* standen.

»Westafrika hat alles ausgelöscht, was ich wußte – alles bis auf eines! Und wißt ihr, was das ist?« schrie er Sisay ins Gesicht. »Das einzige, was ich weiß«, sagte er, holte tief Luft und schwenkte die Arme, »ist, daß ich KEIN VERDAMMTER ZAUBERER BIN! Habt ihr das alle verstanden? Ich sag's noch mal: ICH BIN KEIN VERDAMMTER ZAUBERER! Wo ist der glatzköpfige Jahrmarktschreier mit seinem Bademantel?« rief Boone. »Ich will sicher sein, daß er es hört!«

Der Hexenfinder stand neben seinem Kessel, mit dem Gesichtsausdruck eines Hausbesitzers, der nach dem Besuch des Kammerjägers schon wieder Ungeziefer entdeckt hat.

»Ich bin kein Zauberer«, sagte Boone. »Ich bin kein Pavianmensch. Ich bin kein Kobold, keine Waldnymphe, kein Hippogryph und keine Dryade! Ich bin keine Zahnfee! Ich bin keiner von den Zwergen, die dem Weihnachtsmann helfen! Ich bin kein Lemur, kein Puck, kein Nöck und kein verdammter Buschteufel! ICH BIN EIN MENSCHLICHES WESEN!«

Der Hexenfinder trat schüchtern vor und beugte den Kopf in der Hoffnung, dieses Spektakel so schnell und so höflich wie möglich zu beenden.

»Du sagst, du bist kein Zauberer«, sagte er leise.

»NEIN!« schrie Boone so laut, daß die Dorfbewohner das Gesicht verzogen und sich die Ohren zuhielten. »Das sage ich nicht nur! Ich hab nicht bloß *gesagt*, daß ich kein Zauberer bin! Das scheint hierzulande ja nicht zu reichen! Ich habe eine TATSACHE beschrieben! Rational denkende Menschen glauben an etwas, das man objektive Realität nennt. Diese objektive Realität besteht aus empirischen Daten, die rational denkende Menschen TATSACHEN nennen!«

Die Augen der Dorfbewohner blickten ins Leere. Pa Usman gähnte und streichelte seinen *nomoloi*.

»TATSACHEN!« schrie Boone. »Ich spreche von einer TATSACHE! Von einer verifizierbaren, unwiderlegbaren, zutreffenden, vollkommen einleuchtenden TATSACHE, nämlich DASS ICH KEIN ZAUBERER BIN! VERSTANDEN?«

Der Hexenfinder schüttelte den Kopf und seufzte, als sei ihm der Gedanke daran, wieviel zusätzliche Arbeit ihm dieser verrückte *pu-mui* machen würde, zuwider.

»Darf ich jetzt etwas sagen?« fragte er.

»Ja«, sagte Boone, »aber beschränke dich bitte auf TATSACHEN!«

»Tatsachen«, sagte der Hexenfinder und nickte. »Ich werde es versuchen, aber Tatsachen sind sehr langweilig. Noch bevor du ein ganz kleines Kind warst, habe ich schon Hexen und Zauberer gefunden«, sagte der Hexenfinder müde. »Tatsache ist, daß ich noch nie einen *pu-mui*-Zauberer gefunden habe. Aber ich hätte wissen sollen, daß ein *pu-mui*-Zauberer sehr unhöflich und viel zu stolz für ein Geständnis sein würde.«

»Ich höre nichts«, sagte Boone und hielt sich die Ohren zu.

»Na gut«, sagte der Hexenfinder. »Pa Ansumana, bist du für diesen *pu-mui*-Zauberer verantwortlich?«

Der Angesprochene zuckte mit den Schultern und schüttelte den Kopf.

»Mistah Lamin Kaikai«, sagte der Hexenfinder zu Killigan, »ist dieser Zauberer dein Fremder? Dein kleiner amerikanischer Bruder? Kann er sich nicht besser benehmen?«

Killigan verzog verlegen das Gesicht und sah zu Boden.

»Mistah Aruna Sisay?«

Sisay tat, als wasche er sich die Hände.

»Nun gut«, sagte der Hexenfinder und sah sich unschuldig um, als sei er beleidigt und gekränkt, weil man seine Fähigkeiten auf so unverschämte Weise in Zweifel gezogen hatte. Er klatschte in die Hände, und seine Gehilfen brachten ihm einen Teller, auf dem zwei kleine Teigkugeln lagen.

»Oh, nein!« rief Boone. »Nicht schon wieder eine von diesen Taschenspielereien! Es ist mir egal, ob du dir deinen verdammten Kopf abschneidest und wieder aufsetzt. Das beweist nicht, daß ich ein Zauberer bin. ICH BIN KEIN VERDAMMTER ZAUBERER!«

»Du hast gesagt, du könntest beweisen, daß du kein Zauberer

bist«, sagte der Hexenfinder freundlich. »Jetzt hast du die Gelegenheit dazu. Das hier ist Hexengift. Wenn ein normaler Mensch es ißt, passiert ihm nichts. Aber wenn eine Hexe oder ein Zauberer es ißt ... Nun, wir werden sehr bald sehen, was passiert, wenn ein Zauberer es ißt. Falls du immer noch bereit bist, zu beweisen, daß du kein Zauberer bist.«

»Ich habe eine bessere Idee«, sagte Boone mit einem bösen Lächeln. »Wir wollen doch mal sehen, was passiert, wenn einer, der kein Zauberer ist, dieses Zeug ißt.«

»Wie du willst«, sagte der Hexenfinder. Er nahm eines der Bällchen und öffnete den Mund.

»Halt!« rief Boone.

Der Hexenfinder hielt mitten in der Bewegung inne.

»Ich nehme den da«, sagte Boone und streckte die Hand aus.

Der Hexenfinder zuckte mit den Schultern, spitzte die Lippen und ließ das Teigkügelchen in Boones Hand fallen. Es war so groß wie eine Murmel oder eine Traube. Boone drückte es mit den Fingern platt, untersuchte es auf Fremdkörper und roch daran. Es war so blaß wie Brotteig, aber fester und öliger, fast wie Kitt. Er hielt es zwischen den Lippen, nahm das andere Kügelchen und überzeugte sich davon, daß beide zumindest dem Anschein nach identisch waren. Dann rollte er das zweite wieder zu einer Kugel und legte es zurück auf den Teller.

Der Hexenfinder steckte es in den Mund, den er weit aufriß, um Boone zu zeigen, daß das Kügelchen tatsächlich auf seiner Zunge lag. Dann schloß er den Mund und schluckte.

Boone rollte seinen Teig wieder zu einer Kugel und betrachtete ihn.

»Warte bitte«, sagte der Hexenfinder, gab den leeren Teller einem seiner Gehilfen und trat zu Boone. »Ich will, daß du verstehst, was gleich mit dir geschehen wird.«

Er hob die Arme und schob die weiten Ärmel seines Gewandes zurück. Er beugte und streckte die Arme, spreizte die Finger und hielt Boone seine Hände hin, damit er sie untersuchen konnte.

»Siehst du etwas?« fragte er. »Hier«, sagte er und stellte sich dicht vor Boone. »Unter meinem Gewand.« Er nahm Boones Hand und forderte ihn auf, über seine Brust, seinen Bauch und seinen Rücken zu streichen. »Spürst du etwas?«

Boone schüttelte widerwillig den Kopf.

Der Hexenfinder wandte sich an die Dorfbewohner. »Macht Platz. Niemand weiß, welche Wirkung das Gift auf diesen Zauberer haben wird.«

Alle, einschließlich der *pu-mui*, traten zurück.

»Dieser *pu-mui*-Zauberer soll ganz sicher sein, daß niemand in seiner Nähe war, als er das Hexengift gegessen hat«, rief der Hexenfinder. »Macht Platz!« sagte er und winkte den Gehilfen, damit sie die Menge weiter zurückdrängten.

Um Boone und den Hexenfinder bildete sich ein Kreis von mindestens zehn Meter Durchmesser.

Der Hexenfinder öffnete den Mund und kehrte mit den Fingern das Backenfleisch nach außen. »Das Hexengift ist verschwunden«, sagte er. »Ich habe es hinuntergeschluckt. Jetzt bist du an der Reihe.«

Kurz entschlossen steckte Boone das Kügelchen in den Mund, feuchtete es mit Spucke an und schluckte. Er spürte, wie es durch seine Kehle glitt und irgendwo hinter seinem Brustbein hängenblieb. Er schluckte nochmals und erwartete, daß es in seinen Magen rutschte, doch es rührte sich nicht von der Stelle und erzeugte ein sich langsam steigerndes Brennen, das sich anfühlte, als hätte jemand an der Einmündung seiner Speiseröhre in den Magen ein Päckchen Streichhölzer entzündet. Er fiel hilflos auf die Knie und würgte, würgte nochmals und stützte sich mit den Händen auf den Boden. Er hatte das Gefühl, als hätte er sich erbrochen – doch der Inhalt seines Magens steckte anscheinend irgendwo in der Speiseröhre fest. Er keuchte, und der Fremdkörper schob sich weiter hinauf in seine Kehle. Der Hexenfinder kniete neben ihm nieder und hielt ihn am Nacken fest.

»Er kommt!« rief er. »Er kommt heraus!«

Boone würgte und sah eine schwarze Hand unter seinem Gesicht. Er spürte, daß der Hexenfinder die Hand in seinen Mund steckte, spürte die Finger zucken und zappeln und über Zunge und Schlund fahren, als wären sie die Füße eines kleinen Tieres, das verzweifelt nach einem Halt suchte. Er würgte nochmals. Ein Brechreiz folgte dem anderen.

»Ich habe ihn!« rief der Hexenfinder. »Ich habe ihn gefangen! Ich hole ihn heraus!«

Boone würgte heftig und erbrach sich über die Hand des Hexenfinders und auf den Boden vor seinen Knien.

Die zappelnden Finger waren noch immer in Boones Mund, als der Hexenfinder sagte: »Sind deine Augen geöffnet? Mach deine Augen auf. Ich will, daß du ihn siehst, wenn ich ihn heraushole.«

Boone zitterte und weinte, außerstande, die Hand aus seinem Mund zu ziehen. Er schlug die Augen auf und sah die Hand des Hexenfinders, die etwas Dunkles, Zappelndes hielt. Er blinzelte und sah den hin und her zuckenden Kopf und die rudernden Vorderbeine eines Geckos, der sich im Griff des Hexenfinders wand und mit den Klauen nach einem Halt suchte. Der Hexenfinder schloß die Hand um den Gecko, so daß der Kopf zwischen Daumen und Zeigefinger hervorsah. Ein schwarzes Auge in einem orangefarbenen Streifen blickte Boone an, und aus dem Maul schnellte eine rote Zunge vor.

Einer der Gehilfen reichte dem Hexenfinder einen kleinen Lederbeutel. Er steckte den Gecko hinein und band ihn mit einer Schnur zu.

Boone ließ den Kopf hängen und hustete. Als er Luft holte, spürte er die Lippen des Hexenfinders an seinem Ohr.

»Zauberer«, flüsterte die Stimme, »ich habe deinen Schatten gefangen.«

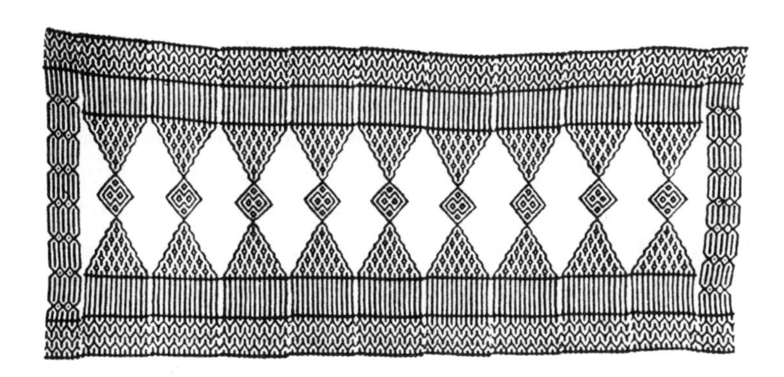

21

Randall Killigan saß in der Ambassador-Klasse einer 747, unterwegs von Paris nach Freetown. Er nahm das Reisenecessaire aus seinem Handgepäck und überprüfte zum viertenmal, seit er New York verlassen hatte, seine Medikamente: in einem Fach Dramamine, Zantic, Reasec, Ibuprofen und Paracetamol, in einem anderen Antibiotika, Antihistamine und Mittel gegen Malaria und in einem dritten Procainamid, Chinidin, Digoxin, Betablocker, Kalziumblocker und diverse Mittel gegen Herzrhythmusstörungen. Außerdem hatte er einen Computerausdruck mit detaillierten Anweisungen zu Dosierung und Gegenindikation sowie fettgedruckten Warnungen, welche Medikamente auf keinen Fall zusammen mit bestimmten anderen Mitteln eingenommen werden durften. Das war eine heikle Sache, denn Randall hielt sich Kardiologen, wie sich andere Männer Geliebte halten, und mußte immer achtgeben, daß keiner vom anderen erfuhr. So konnte er zwar sicher sein, daß die zweite und dritte Meinung, die er einholte, zuverlässig und unbeeinflußt war, mußte sich aber auch vor gefährlichen Synergien hüten, wenn er zwei von verschiedenen Ärzten verschriebene Herzmittel einnahm, die nicht gleichzeitig in derselben Blutbahn kreisen sollten.

Nachdem er die Medikamente überprüft hatte, machte er sich daran, sein Notebook an das Satellitentelefon des Flugzeugs anzuschließen, in der Hoffnung, die New Yorker Börsenkurse in Echtzeit zu erfahren. Er hatte seinem Makler eine Stop-loss-Order für den Fall gegeben, daß Merck um mehr als acht Prozent fiel, aber seine neueste Befürchtung war, die Kurse könnten knapp unter diese Marke fallen, um dann auf neue Höhen zu steigen.

Als die Verbindung nicht zustande kam, stauchte er den Steward zusammen, sah aus dem Fenster und bereitete sich mit grimmigem Stoizismus auf das Abenteuer vor, das ihn in dieser primitiven Weltgegend erwartete. Was, wenn er dabei war, einen Fehler zu begehen, indem er Hals über Kopf in ein Land reiste, wo Selbstverständlichkeiten wie beispielsweise eine Modem-Verbindung größere Probleme aufwarfen?

Am Flughafen Lungi wurde Randall von einer Gruppe Reiseassistenten begrüßt, freundlichen und erfahrenen Burschen, die ihn für nicht einmal zwanzig Dollar durch die Paßkontrolle schleusten. Für weitere zwanzig Dollar bewahrten sie sein Gepäck davor, von Zollbeamten mit schmutzigen Fingern befummelt zu werden, und verteidigten entschlossen sein Recht, Devisen und Medikamente ins Land zu bringen. Gegen ein Honorar von vierzig Dollar besorgten sie die erforderlichen Stempel, wechselten Geld und organisierten seine Weiterfahrt nach Freetown. Der normale Preis von hundertfünfzig Dollar für Taxi und Fähre wurde durch eine energisch und professionell durchgeführte Auktion halbiert. Er gab ihnen ein Trinkgeld und nahm in einem nicht als Taxi gekennzeichneten Wagen Platz – ein zufriedener weißer Mann, der diesen sachkundigen Reiseassistenten dankbar für ihre Dienste war.

Kaum waren sie in Freetown, wogte eine Masse schwarzer, halbnackter Menschen um den Wagen, die mit Tabletts und Paketen auf dem Kopf aus windschiefen Baracken und Märkten quollen. Der Gestank nach faulendem Gemüse und trocknendem Fisch verursachte ihm Übelkeit. Nackte Kinder streckten ihm einen Strauß Arme und geöffnete Hände ins Gesicht. Als er versuchte, das Fenster hochzukurbeln, hielt er plötzlich den Griff in der Hand.

»Weißer Mann, bitte gib mir zehn Cent.«

Die Menschen waren laut, lebhaft, in Lumpen gekleidet und mit dem Staub der nicht asphaltierten Straßen bedeckt, der sich durch ihren Schweiß in Schlamm verwandelte. Sie lachten und schrien, fluchten und beteten. In dem Gewimmel sah er verkrüppelte und verkümmerte Gliedmaßen, Hautkrankheiten, verstümmelte Hände und Füße, offene Wunden, auf denen Fliegen herumkrochen, mit ekelhaftem weißem Ausfluß verklebte Augen und unbehandelte Geburtsfehler, die sich zu Mißbildungen des Gesichts ausgewachsen hatten.

»Halten Geld in Ihr Taschen«, sagte der Fahrer. »Gibt Diebmann beaucoup.«

»Wie bitte?« fragte Randall.

Der Fahrer schnalzte mit der Zunge, ließ den Wagen geduldig im Schrittempo durch das Gedränge rollen und schob die Menschen vorsichtig mit der Stoßstange beiseite.

Ekel und Übelkeit überkamen Randall, und ihm wurde bewußt, daß er einen Schritt zu weit gegangen war: Er hatte die Schwelle zu einer anderen Dimension überschritten und war überstürzt in ein Reich des menschlichen Chaos eingedrungen, in dem sein eigenes Leben mit einemmal ebenso wenig wert war wie das dieser Bettler und Gören, die um ihn herumwimmelten.

Er stieß einen tiefen Seufzer aus, als sie das Gedränge der Slums und Märkte hinter sich ließen und in einen breiten Boulevard einbogen, auf dem sie, wie der Fahrer erklärte, an einem berühmten Wahrzeichen vorbeikommen würden: einem fünfhundert Jahre alten Kapokbaum im Zentrum der Stadt, der inmitten des Kreisverkehrs stand, an dem sich auch die amerikanische Botschaft befand.

Was für ein Anblick! Der Baum war das größte Lebewesen, das Randall je gesehen hatte. Seine gigantischen Äste ließen die Gebäude ringsum klein erscheinen und reckten sich über dem Kreisverkehr in den Himmel. Und selbst von weitem konnte Randall sehen, daß die Bewohner von Freetown diesen Baum mit Gewändern geschmückt hatten, wie man sie sich schöner nicht vorstellen konnte!

An jedem Ast hingen kostbare Umhänge. Sie leuchteten im Sonnenlicht, als wären sie aus Regenbogen gewebt. Als sich der

Wagen dem Baum näherte, sah Randall, daß sie, wenn sie sich in der leichten Brise bewegten, die Farbe wechselten, als wären sie riesige Chamäleons, deren Köpfe von Kapuzen verhüllt waren. Er hatte noch nie Kleider gesehen, deren Farben so herrlich geleuchtet hatten. Diese Wunderdinge waren sicher noch schöner als Josefs bunter Mantel, von dem die Bibel berichtete.

Er beschloß, daß er ein solches Kleidungsstück haben mußte, und nahm sich vor, die Leute in der Botschaft zu fragen, ob sie ihm behilflich sein konnten, einen dieser herrlichen Umhänge zu kaufen, damit er ihn nach Amerika mitnehmen konnte.

Am späten Nachmittag hatte er eine Besprechung, in der man ihm die Augen über die Aktivitäten seines Sohnes öffnete. Michael war wiederaufgetaucht, doch seine Erklärungen schienen äußerst unbefriedigend.

»Das ist die Art von Leuten, die Ihr Sohn an der Macht halten will«, sagte Botschafter Walsh, beugte sich über den Tisch und schob Randall einen Stapel Fotos zu.

Das Licht flackerte, und die Klimaanlage setzte aus und wieder ein, als der Strom ausfiel und der Generator ansprang.

Randall sah zur Deckenlampe auf.

»Kein Grund zur Besorgnis«, sagte der Botschafter. »Der Strom fällt drei- bis viermal täglich aus. Wir haben einen eigenen Generator und genug Benzin.«

Randall studierte die Fotos und verzog das Gesicht. »Die tragen ja Tierfelle. Und einer ist ein Weißer. Ich hoffe, Sie wollen mir nicht erzählen, daß das mein Sohn ist.«

»Wir wissen es nicht«, sagte Walsh mit einem Seitenblick auf Nathan French, seinen Botschaftssekretär. »Es gibt noch zwei weitere Fotos, auf denen einer der afrikanischen Mitglieder seine Maske abgenommen hat, aber das Licht ist so schwach und die Auflösung so schlecht, daß eine Identifizierung nicht möglich ist.«

»Soll das ein Kopfschmuck sein oder was?« fragte Randall und hätte sich fast die Nase zugehalten. »Bringen die gerade jemand um? Das da ist ein Mensch, aus dem man etwas herausgeschnitten hat. Sind sie dabei, ihm die Haut abzuziehen?«

»Ritueller Kannibalismus«, sagte French. »Sie stellen Medizinen und Amulette aus Leichenteilen her.«

»Ekelhaft«, sagte Randall und schnippte die Fotos mit dem Finger weg.

»Wahrscheinlich dieselben Leute, die Ihnen das Päckchen geschickt haben«, bemerkte Mr. Moiwo kopfschüttelnd.

»Sie sehen, mit was für rückständigen, abergläubischen Vorstellungen wir es zu tun haben, Mr. Killigan«, sagte Walsh. »Diese Chiefs wollen, daß die Leute in den Dörfern wie im Mittelalter leben, damit sie sie mit Hexerei und Flüchen unter ihrer Fuchtel halten können. Sie widersetzen sich jedem Versuch einer landwirtschaftlichen oder industriellen Entwicklung, denn sie haben ein vitales Interesse daran, den Status quo zu bewahren. Das Land kann nicht erschlossen oder wirtschaftlich genutzt werden, weil die Chiefs behaupten, daß es den Ahnen gehört, und das bedeutet, daß es nicht zu verkaufen ist. Und nun versuchen Sie mal, eine Bergwerks- oder Holzgesellschaft zu überzeugen, daß sie Millionen Dollar in die Entwicklung von Land investieren soll, das sie nicht kaufen kann.«

»Unter dem gegenwärtigen Paramount Chief«, sagte Mr. Moiwo, »darf das Land nur zur Subsistenzwirtschaft genutzt werden.«

»Aber nach der Wahl werden Sie doch in der Lage sein, das zu ändern – jedenfalls in Ihrem Teil des Landes«, wandte Randall ein. »Zumindest haben Sie das gesagt.«

Die anderen holten tief Luft und sahen einander an.

»Es gab da ein Problem mit der Wahl«, sagte Walsh. »Sie mußte verschoben werden, damit ein ordnungsgemäßer Verlauf gewährleistet werden kann. Dieser Paramount Chief Kabba Lundo, dem Ihr Sohn treu ergeben ist, ist verschlagen und nicht unterzukriegen. Er hat es durch Demagogie, Intrigen und Drohungen geschafft, die Leute davon zu überzeugen, daß Section Chief Moiwo mit diesen geheimen, verbotenen Gesellschaften unter einer Decke steckt. Die Symbole und Aktivitäten dieser Kulte haben ihr Denken so infiziert, daß selbst vermutlich rational denkende Menschen wie Ihr Sohn Section Chief Moiwo beschuldigen, an diesen widerwärtigen Menschenopfern und kannibalistischen Ritualen teilgenommen zu haben, die seit der Jahrhundertwende verboten sind.«

»Es ist ein alter Trick«, fügte French hinzu. »Die Engländer haben diese Dinge verboten, aber das hat nichts daran geändert, daß Kannibalismus praktiziert wird. Das Verbot hat den Beteiligten nur ermöglicht, ihre gräßlichen Medizinen herzustellen und gleichzeitig ihre Feinde vor Gericht zu bringen.«

Der Botschafter schenkte sich ein Glas aus dem Wasserspender ein, der in der Mitte des Tisches stand.

»Kabba Lundo ist neidisch auf unsere guten Beziehungen zu Section Chief Moiwo, der ein loyaler Freund der amerikanischen Interessen ist. Im Busch ist es kein Geheimnis, daß Mr. Moiwo unserer Meinung nach für das Amt des Paramount Chief am besten geeignet ist. Was wir wissen, deutet darauf hin, daß Kabba Lundo – der eindeutig zur alten Schule der afrikanischen Führer gehört, die mit Schwarzer Magie arbeiten – einen sogenannten Pavianmord begangen und anschließend versucht hat, dieses Verbrechen seinem Rivalen anzuhängen. Ihr Sohn Michael hat sich leichtgläubig durch die von Kabba Lundo sorgfältig präparierten Indizien täuschen und vor den Karren der alten Garde spannen lassen.«

»Wenn Sie mit Ihrem Sohn sprechen, dann seien Sie nicht überrascht, wie umfassend und in sich schlüssig seine Wahnvorstellungen sind«, sagte French. »Sie können sich nicht vorstellen, mit welchen Strapazen und Entbehrungen diese Initiationen im Busch verbunden sind. Alle diese geheimen Buschgesellschaften benutzen Gehirnwäsche, um ihre Mitglieder zu indoktrinieren. Nach einer dieser Veranstaltungen ist Ihr Sohn auf Buschpfaden den ganzen Weg nach Freetown gegangen und hat diese Fotos Vizepräsident Joseph Bangura übergeben, der selbst soeben wegen Hochverrats verurteilt worden ist. Ihr Sohn wollte Bangura davon überzeugen, daß die Männer auf diesen Fotos zu Mr. Moiwo gehören.«

Moiwo lächelte und schüttelte ungläubig den Kopf. Walsh verdrehte die Augen, und French schnaubte angesichts der Absurdität dieses Gedankens.

»Wie Sie selbst sehen«, fuhr French fort, »ist eine Identifizierung absolut unmöglich, und wir haben Grund zu der Annahme, daß das Ganze von Kabba Lundo und seinen Leuten inszeniert worden ist.«

»Das Peace Corps duldet keinerlei Einmischung in politische

Belange«, sagte Walsh. »Nach unseren Informationen will Ihr Sohn Sierra Leone in Richtung Mali verlassen, um mit seinem Freund Urlaub zu machen. Wenn Sie in sein Dorf fahren und selbst nachsehen wollen, ob er noch dort ist, können wir Ihnen einen Wagen, einen Fahrer und einen Dolmetscher geben. Es ist ungefähr eine Tagesreise.«

»Sie bieten mir an, mich dorthin zu bringen, wo diese Fotos gemacht worden sind?« fragte Randall mit belegter Stimme und schnitt eine Grimasse. Er dachte an die schmutzigen, unbekümmerten Menschen, die er im Marktviertel gesehen hatte, und ihm wurde klar, daß dies wahrscheinlich die Durchschnittsbewohner der vergleichsweise zivilisierten Hauptstadt des Landes gewesen waren. Er konnte sich vorstellen, was für zu allem entschlossene Wilde im Busch auf ihn warteten!

»Meine Herren, ich bin ein Rechtsanwalt aus Indiana. Mein Sohn hat aufgrund einer Stoffwechselstörung im Gehirn den Drang, mit abergläubischen Afrikanern in Lehmhütten zu leben. Er war so verrückt, sich in den Gerichtsbezirk zu begeben, den Sie als Busch bezeichnen, aber ich versichere Ihnen, daß seine Wahnvorstellungen weder ansteckend noch genetischen Ursprungs sind. Ich will, daß Sie ihn da rausholen und nach Hause schicken.«

Die Bedeutung seiner Worte erschreckte ihn. Er versuchte sich einen normalen, gesunden Collegeabsolventen aus Indiana vorzustellen, der in diesem Sumpf aus Armut und Verzweiflung leben wollte. Unmöglich. Als nächstes stellte er sich vor, welcher wahnsinnige, angeblich zivilisierte Mensch nicht nur in den Busch gehen, sondern auch noch drei, vier Jahre dort leben wollte! Vielleicht sah sein Sohn nachts Fledermäuse. Vielleicht hatte sein Sohn ein helles Objekt in der weißen Substanz. Was, wenn er auf der Suche nach seinem Sohn in den Busch fuhr und einen psychotischen weißen Mann fand, der mit einem Haufen von Geheimgesellschafts-Jujumännern um ein Feuer saß und Lieder sang?

Der Generator blieb stehen, und das Licht ging aus. Die Runde war eine volle Sekunde lang in Dunkelheit gehüllt.

»Okay«, rief jemand in einem anderen Raum. Der Generator sprang wieder an, das Licht flammte flackernd auf.

Wahrscheinlich war dies eher ein Fall von zuviel Nachsicht. Und wenn Papa seinen Kopf riskierte, um seinem Sohn ins Niemandsland zu folgen und ihn freizukaufen? Zuviel Nachsicht und obendrein noch väterlicher Schutz? Nein, er hatte bereits genug getan.

»Wenn wir ihn finden«, sagte der Botschafter und ignorierte die Störung, während Randall verärgert auf die flackernde Lampe starrte, »wird er aus dem Peace Corps ausgeschlossen und des Landes verwiesen werden. Wenn er das Land bereits verlassen hat, wird man ihn nicht mehr einreisen lassen. Das können wir Ihnen versprechen. Wir können ihn natürlich nicht zwingen, in die Vereinigten Staaten zurückzukehren. Ebensowenig wie Sie.«

Randall klopfte mit der Spitze des Zeigefingers auf die Tischplatte. »Sorgen Sie nur dafür, daß er heil aus dem Land kommt und nirgendwo anders einen Job kriegt«, sagte er. »Wenn ihm das Geld ausgeht, wird er schon zurückkommen.«

»Meine Herren«, sagte Moiwo und legte die Hände auf den Tisch, »ich habe die Erfahrung gemacht, daß sich schwierige Angelegenheiten am besten bei einem guten Essen regeln lassen. Es ist bald Abend, und ich weiß ein gutes Restaurant.«

»Entschuldigen Sie uns für einen Augenblick«, sagte der Botschafter, als alle sich erhoben. »Wir werden unsere Leute über den weiteren Verlauf informieren.«

Nachdem die Amerikaner gegangen waren, schüttelte Randall dem Section Chief die Hand. »Ich weiß gar nicht, wie ich Ihnen danken soll«, sagte er. »Ich bin sicher, das Ganze hätte auch viel schlimmer ausgehen können.«

»Aber ich bitte Sie«, antwortete Moiwo. »Nach allem, was Ihr Land für uns getan hat, war das doch das mindeste.«

Randall trat an das vergitterte Fenster und ließ den Blick über Freetown schweifen. Wüstenstaub senkte sich wie Dunst über die Stadt. Wieder sah er die herrlichen Umhänge im Kapokbaum, die im Licht der untergehenden Sonne schimmerten. Er erschrak, als sie sich paarweise vom Baum lösten, aufflogen und sich zu Gruppen zusammenfanden. Sie kreisten um den Baum. Es waren Vögel! Sonderbare, wunderschöne Vögel!

»Ich dachte, das wären irgendwelche Umhänge«, sagte Randall unsicher und drehte sich zu seinem afrikanischen Gastgeber um. »Als ich sie vom Taxi aus sah, dachte ich, es wären herrlich gefärbte Kleider. Die Farben waren so leuchtend! Außergewöhnlich!«

Sein Herz zuckte in kurzer Panik. Und wenn dies nur wieder eine Halluzination war? Wenn er schon wieder irgendwelche Dinge sah? Vor dieser Reise hatte er mit Bean noch einen Termin für eine MRI-Tomographie vereinbart, es sich dann jedoch anders überlegt und beschlossen, die Tomographie in der University of Chicago machen zu lassen.

»Ach, die Umhänge im Kapokbaum«, sagte Moiwo lachend und zwinkerte. »Sind sie nicht schön? Ich muß Sie allerdings warnen, sie nicht gegenüber Ihren amerikanischen Freunden oder irgend jemand anders zu erwähnen. Sie sind von Aberglauben und Tabus umgeben, und das wird hier recht streng gehandhabt.«

»Warum bin ich nicht erstaunt?« sagte Randall und seufzte erleichtert. »Trotzdem – sie sind wirklich wunderschön.«

»Touristen, die schöne Kleider zu schätzen wissen, wollen sie oft kaufen, wenn sie sie bei Tageslicht sehen. Aber das ist natürlich unmöglich. Man kann sie nicht kaufen.«

»Ich gebe zu, mein erster Gedanke war, so einen Umhang zu kaufen«, sagte Randall. »Und ich dachte, sie müßten sehr wertvoll sein«, fügte er mit einem Lachen hinzu, »bis ich gesehen habe, daß sie fliegen können. Was sind das für Vögel?«

»Die Leute nennen sie Hexenvögel«, sagte Moiwo, »aber wenn Sie die Zoologen bei der amerikanischen Entwicklungshilfeorganisation fragen, werden sie Ihnen sagen, daß es Flughunde sind, riesige Flughunde, die seit damals, als das Land an die Engländer verkauft wurde, in diesem Baum genistet haben.«

Randall betrachtete die wimmelnden, im Licht der untergehenden Sonne dunklen Silhouetten der Tiere, die sich wieder auf den Ästen des Baumes niederließen. Dort waren sie aufgereiht wie mit Kapuzen verhüllte Gestalten in einer Kirchenbank. Er hörte laute Geräusche – sie klangen wie ein gewaltiges Schlagzeugorchester, in dem Holzstücke aneinandergeschlagen wurden.

»Soll ich Ihnen einen besorgen?« fragte Moiwo und zwinkerte abermals. »Allerdings«, fügte er mit einem schelmischen Lächeln hinzu, »werde ich das nur tun, wenn Sie absolutes Stillschweigen bewahren. Es heißt, wenn man einen besitzt, darf man unter keinen Umständen jemand davon erzählen oder ihn gar weiterverschenken.«

»Flughunde«, sagte Randall dumpf. »Hexenvögel.«

»Und ich will keinen Penny dafür haben«, sagte Moiwo und lachte leise. »Es soll ein Geschenk sein. Nach allem, was Ihr Land für mich getan hat, ist das doch das mindeste.«

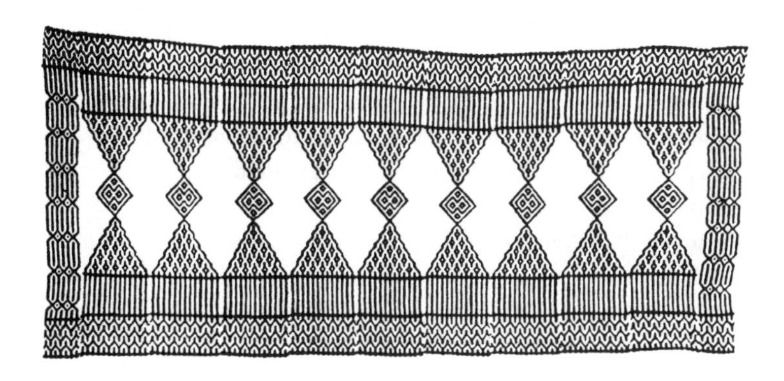

22

Wohlgenährte Dichter mögen davon träumen, die ganze Welt in einem einzigen Sandkorn zu entdecken, doch ein Hungernder kann das ganze Universum und alle Ekstasen der Ewigkeit in einem Löffel Erdnußsauce und einem Becher Brunnenwasser finden. Boone und Killigan saßen im Kreis mit ihren afrikanischen Großfamilien in dem einzigen großen Raum, aus dem Pa Ansumanas Hütte bestand. Eine Kerze umgab den Berg von Essen, der auf einer Platte aufgetürmt war, mit einem blutroten Heiligenschein. Pa Ansumana teilte den Männern das Fleisch zu und gab dann das Zeichen zu beginnen. Dunkle Arme, Hände und Finger reckten sich aus den Schatten und schaufelten Essen. Boone stopfte sich mit der rechten Hand tennisballgroße Reisklumpen in den Mund, leckte sich das orangefarbene Palmöl von den Fingern und meisterte endlich die Kunst, zu essen, ohne zu kauen.

Nyandengo!

Leises Lachen, genießerisches Grunzen. Er hatte einen weiteren heftigen Fieberanfall hinter sich und befand sich im mittlerweile vertrauten Zustand postfebriler Euphorie. Frisches Brunnenwasser kühlte die brennenden Nerven in seiner Kehle. Gott hatte keinen Rost, ebensowenig wie die Menschen, die mit ihm im Halbdunkel saßen und sich vollstopften. Es war, als ginge alles Essen über eine gemeinsame Zunge, durch eine gemeinsame Speiseröhre in einen gemeinsamen Magen. Die Menschen strahlten in der elementaren Freude, die Nahrung bereitet.

Gestern noch hätten sie ihm auf ein Wort des Hexenfinders hin den Schädel eingeschlagen, heute aber priesen sie Gott und fütterten die Ahnen in Boones Namen. Sobald der *honei* aus diesem *mui* entfernt worden war, hatte er sich wieder in eine harmlose Witzfigur verwandelt. Zur großen Erheiterung seiner Brüder und Schwestern bestand die Unterhaltung nach dem Essen ausschließlich aus Latrinenwitzen und Wortspielen, in denen ein weißer Bauch eine Rolle spielte, der nachts zur Latrine und zurück eilte. Boone erfuhr, daß sein Name – Gutawa – »dicker Hintern« bedeutete. Stürmisches Gelächter erklang jedesmal, wenn sein Satz: »Ich bin kein verdammter Zauberer!« zitiert wurde. Er war wieder der weiße Dummerjan, der vor zwei Wochen in ihr Dorf gestolpert war, der nicht einmal klug genug gewesen war, mit einer Kopfbedeckung in der Mittagssonne herumzuspazieren, der weniger als ein kleines Kind wußte, wie man sich vor Hexerei zu schützen hatte, der für die leisesten Schwankungen in Klima und Ernährung anfällig war und in die plumpsten Fallen tappte, die Gott, Menschen und Hexen ihm stellten. Seine Hilflosigkeit schien ihr Herz zu rühren. Er war ihr geistig minderbemittelter Schützling, der aus Gründen, die nur Gott und die Ahnen kannten, in einer weißen Haut geboren worden war, der in einer Höhle mit Bergen von Geld, Schätzen, Essen, Pfeifenreinigern und Medizinen aufgewachsen war, der über zwanzig Jahre lang *pu-mui*-Schulen besucht hatte und nun ein erwachsener weißer *bobo* war, kaum imstande, sich zu ernähren.

Nach dem Essen zogen die beiden Freunde sich in Boones Zimmer in Sisays Hütte zurück und prosteten sich mit Bechern voll Palmwein zu.

»Auf meinen kleinen *pu-mui*-Bruder«, sagte Killigan, sah ihn lange und liebevoll an und stieß seinen Becher gegen den von Boone. »Ich sag Gott Dank.«

Boone betrachtete das Gesicht, das er zum erstenmal vor dreiundzwanzig Jahren im Kindergarten gesehen hatte. Die vertrauten Züge waren noch immer da, wenn auch halb verdeckt von einem Bart, der aussah, als hätte man ihn mit einem stumpfen Buschmesser gestutzt. In den Augen blitzte dieselbe leicht verrückte Intelligenz, die ihn einst dazu gebracht hatte, den anderen Kindern zu zeigen, wie man einen Strohhalm voller Kakao an einem Ende verschließen kann, um ihn zum Aquarium zu tragen, aber nun waren auf den Schläfen neben den Augen blasse Stammesnarben. Die unbekümmerte Gleichgültigkeit gegenüber der Meinung anderer und den Erwartungen seines Vaters, durch die Michael Killigan schon als Halbwüchsiger in Schwierigkeiten geraten war, hatte ihn nach Westafrika gebracht und ihn sowohl die Entbehrungen eines Lebens im Busch als auch die Nachstellungen seiner Feinde überstehen lassen.

»Ich bin größer als du«, sagte Boone. »Ich bin älter als du, und ich bin intelligenter als du. Wenn wir schon Brüder sein sollen, dann will ich der große Bruder sein.«

»Aber du bist später als ich nach Afrika gekommen«, widersprach Killigan. »Jeder Mende würde dich meinen kleinen Bruder nennen. Ich bin dein Gastgeber. Du bist hergekommen, um mich zu besuchen. Ich bin für dich verantwortlich.«

»Ich bin nicht hergekommen, um dich zu besuchen. Ich bin hergekommen, weil ich deine Haut retten wollte. Statt dessen bin ich von einem afrikanischen Quacksalber verarscht worden.«

»Um es mit einem Sprichwort zu sagen, dem kein Afrikaner zustimmen würde: Es ist der Gedanke, der zählt«, sagte Killigan. »Du bist ein großes Risiko eingegangen, als du hergekommen bist und mein Leben in Gefahr gebracht hast. Ich schulde dir was.« Er lächelte. »Aber du hättest lieber in Paris bleiben und dir das Ganze noch mal überlegen sollen.«

»Ich will bloß wissen, wie der Alte das gemacht hat«, sagte Boone mit finsterem Gesicht und schenkte aus einem Esso-Kanister nach, dem hierzulande bevorzugten Behältnis für Palmwein.

»Du meinst, wie er deinen Schatten gefangen hat?«

Boone spuckte aus und biß die Zähne zusammen.

»Du meinst, wie er wissen konnte, daß du ein Zauberer warst?« fragte Killigan. »Ganz einfach. Er ist ein *gbese* und außerdem der angesehenste Hexenfinder in ganz Sierra Leone. Er kann alles sehen. Wer sonst würde schon auf den Gedanken kommen, daß sich ein Hexengeist im Körper eines *pu-mui* versteckt?«

Boone wartete auf ein Lächeln, doch es kam keines. Sein bester Freund sah ihn so unverwandt an, als sprächen sie über Boones Genesung von einem besonders schlimmen Fall von Krätze.

Boone nahm sich vor, diese Sache durch einen Boxkampf zu regeln, wenn sie erst wieder zurück in der Zivilisation waren. Vorläufig ignorierte er diesen abergläubischen Aussteiger und sprach laut mit sich selbst. »Dieser Bademantel hatte wahrscheinlich mehr Taschen als eine Trekkingweste. Er hat allen gesagt, sie sollten zurücktreten, und in diesem Augenblick hat er den Gecko hervorgezogen. Oder einer der Gehilfen hat ihn ihm in die Hand gegeben.«

»Versuchst du immer noch, dich mit einer Karte von Indiana in Sierra Leone zurechtzufinden?« fragte Killigan.

»Paß mal auf«, sagte Boone verärgert, »warum geht ihr, Sisay und du, nicht hin und gründet ein Dorf für kulturell einfühlsame Weiße? Da könntet ihr den Rest eures Lebens so tun, als würdet ihr an Hexerei und Buschmedizin glauben.« Er rieb seine Spucke mit dem Stiefelabsatz in den Boden. »Wobei mir einfällt: Wo ist unser kleiner Machiavelli eigentlich geblieben?«

»Ich nehme an, er kriegt gerade eine Standpauke von Pa Ansumana und Kabba Lundo«, sagte Killigan.

»Und Lewis? Wohin ist der verschwunden?«

»Er tut mir einen Gefallen«, sagte Killigan. »Er bringt Jenisa nach Freetown. Zum Paßamt. Du hast doch nichts dagegen?«

»Gegen was?«

»Daß sie mitkommt«, sagte Killigan. »Ich will es nicht riskieren, sie hierzulassen. Moiwo könnte sich irgendwie herauswinden. Oder was ist, wenn sie mich später nicht mehr ins Land lassen?«

»Soll ich daraus schließen, daß du sie lieber magst als Mary Lou Cratville?«

»Kleiner Bruder«, sagte Killigan, »diese Frau ist ein gut Frau. Eins A. Besser als alle. Und außerdem«, fügte er mit einem schmalen Lächeln hinzu, »ist ein klein Kind in ihr Bauch.«

Boones Bedenken bezüglich kultureller Barrieren und praktischer Schwierigkeiten wurden von dem Kraftfeld erdrückt, das von der Liebe seines besten Freundes ausging.

»Wird man sie denn aus dem Land lassen?« fragte er.

»*Mas-mas*«, sagte Killigan und rieb die Finger aneinander. »Was Süßes. Ich hab Lewis das Geld mitgegeben. Sie wird die nötigen Papiere bekommen.«

»Tja«, sagte Boone, »dann nehmen wir sie eben mit. Sie und ich können gemeinsam eine neue Hexenbande gründen. Vielleicht werden wir eines Nachts, wenn du schläfst, eins deiner Glieder lähmen. Ich werde dir nicht verraten, welches. Und wo fahren wir hin?«

»Nach Mali«, sagte Killigan. »Erst mal zu den Dogon. Wunderschöne Dörfer, die in die Klippen von Bandiagara gebaut sind. Dann weiter nach Timbuktu. Jeden zweiten Tag gibt es einen Flug von Freetown nach Bamako, der Hauptstadt von Mali. Mit Air Mali, auch bekannt unter dem Namen Air Maybe. Danach fahren wir mit dem Buschtaxi nach Niger, auf Lastwagen durch die Sahara nach Tunesien, und von dort nehmen wir die Fähre nach Sizilien. In den nächsten Monaten werden wir vier Weltreisende sein, die einen Ort suchen, wo man ein Kind aufziehen kann.«

»Kong, kong«, sagte eine Stimme an der Tür.

»Da kommen sie ja«, seufzte Boone. »Was haben sie nur den ganzen Abend gemacht?« Er schenkte Killigan Palmwein nach. »Wir waren mindestens eine Viertelstunde lang allein.«

Pa Ansumana trat als erster ein. Seine Pfeife sprühte Funken und spuckte Rauch. Ihm folgte einer der Gehilfen des Hexenfinders, der ein lebendes weißes Huhn unter dem Arm trug.

Pa Ansumana und Killigan unterhielten sich auf Mende.

»Ich will nicht stören«, sagte Boone, »aber was hat eigentlich dieses Huhn in meinem Zimmer zu suchen?«

»Ich wollte mit dir darüber sprechen, bevor sie kommen«, sagte Killigan. »Du brichst bald zu einer langen Reise auf. Dein Vater will sicher sein, daß zwischen dir und deinen Ahnen alles Eintracht ist und du dein Ziel unversehrt erreichst.«

»Meinetwegen«, sagte Boone.

»Das hier«, fuhr Killigan fort, »ist eine Art Diagnoseverfahren. Du brauchst nichts zu tun. Ich verspreche dir, es ist schmerzlos. Dein Vater hat *sara* für dich gezogen, das heißt, er hat Opfer für dich gebracht, damit deine Ahnen nicht zornig auf dich und dein Hexenzeug sind und dir deine vielen Verstöße verzeihen.«

»Und ich muß dabei mitmachen, stimmt's?« murmelte Boone und blickte auf zu seinem afrikanischen Vater, der mit gerunzelter Stirn durch eine Rauchwolke auf ihn hinabsah.

»Ja«, sagte Killigan. »Der Gehilfe wird dich vorbereiten und dir dann Getreidekörner auf die Handflächen und die Zunge legen. Wenn das Huhn die Körner aufpickt, sind die Ahnen zufrieden: Sie haben Pa Ansumanas Opfer angenommen und werden auf deiner Reise über dich wachen.«

»Und was passiert, wenn das Huhn die Körner nicht aufpickt?« fragte Boone.

»Dann verwandeln wir dich in ein Huhn«, sagte Killigan. »Nein, das war nur ein kleiner Scherz. Wenn das Huhn die Körner nicht aufpickt, bedeutet das, daß Pa Ansumana mehr Opfer bringen und mehr Geld für Suchmänner ausgeben muß, bis die Ahnen zufrieden sind.«

»Gut«, sagte Boone. »Was habe ich zu tun?« Er ließ den Gehilfen nicht aus den Augen.

»Zieh die Stiefel aus und setz dich aufrecht auf den Boden, so daß deine Fußsohlen nach vorn zeigen.«

Der Gehilfe reichte Pa Ansumana das Huhn und trat mit einem Knäuel Baumwollfaden auf Boone zu. Er sagte etwas auf Mende zu Killigan.

»Dreh deine Handflächen nach oben«, sagte Killigan.

Boone setzte sich auf den Boden und öffnete die Hände.

Der Gehilfe wickelte ein Stück des weißen Fadens ab, knotete das Ende an Boones linkem großen Zeh fest, spannte den Faden zu seinem linken Daumen, seinem linken Ohr, an seinem Hinterkopf entlang zum rechten Ohr, weiter zum rechten Daumen und schließlich zu seinem rechten großen Zeh.

»Ich heiße Gulliver, stimmt's?« sagte Boone und entspannte seine Hände etwas.

»Handflächen nach oben«, sagte Killigan, »und die Zunge herausstrecken.«

»Können wir's nicht bei den Händen belassen? Ich möchte eigentlich nicht von einem Huhn in die Zunge gepickt werden.«

Pa Ansumana murmelte ernst vor sich hin, als habe er diesen *pu-mui*-Sohn im Grunde schon abgeschrieben und gebe ihm nur noch eine allerletzte Chance, seine Fehler wiedergutzumachen.

Boone streckte die Zunge heraus.

Der Gehilfe zog einen Beutel unter seinem Hemd hervor, streute Getreidekörner auf Boones Hände und legte einige auf seine Zunge.

Pa Ansumana gab dem Gehilfen das Huhn zurück, nickte und sprach auf Mende mit Killigan.

Der Gehilfe hielt das Huhn zwischen Boones Handflächen.

Es hielt den Kopf schräg. In seinem kleinen Auge schimmerte das orangefarbene Licht der Lampe. Das Huhn pickte die Körner aus Boones rechter Hand, dann aus seiner Linken. Es warf einen Blick auf die Körner, die auf Boones Zunge lagen, wandte den Kopf und musterte das Futter mit dem anderen, hungrig funkelnden Auge.

»Väter und Großväter«, übersetzte Killigan Pa Ansumanas Worte, »nehmt unsere Gaben an und seht mit Wohlwollen auf unseren Sohn.«

Boone starrte in das vom Lampenlicht beschienene Auge und sah sich auf einem Lehmboden in Westafrika sitzen: schwitzend, leicht benebelt vom Palmwein, mit tropischen Geschwüren bedeckt, geschwächt von Malaria – ein menschliches Wesen, ein Organismus, der inmitten des Buschs atmete, aß und alterte. Das Auge des Huhns blinkte wie ein kleiner, mit einem winzigen Monokel versehener Riß in der Welt der Materie. Als Boone hineinblickte, sah er ein Feuer in einem riesigen dunklen Raum. Ringsherum saßen seine Ahnen. Es war eine riesige Menge, die sich als Silhouette abhob. Köpfe reckten sich, und Tausende von Augen starrten ihn an. Sie beobachteten jede seiner Bewegungen, hörten jedes seiner Worte. Die Ahnen erzählten sich, was für ein Leben er führte. Wenn sie sahen, daß er seine lebenden Verwandten kränkte oder ausnutzte, schüttelten sie den Kopf und wandten sich von ihm ab – er war ein adoptierter *pu-mui*, der nichts gelernt hatte, ein verzogener, selbstsüchtiger Sohn, der von gierigen Menschen im Lande Pu aufgezogen worden war. Wenn sie sahen, daß er seinen Verwandten auf der Erde half, waren sie stolz auf ihn und brüsteten sich damit, wie ähnlich er ihnen sei, wie ihre Charakterstärke sich von einer Generation auf die nächste vererbt und sogar den Weg zu diesem adoptierten *pu-mui* gefunden habe.

Der Kopf des Huhns zuckte, hielt inne, wurde schräg gelegt.
Boone glaubte zu hören, wie die anderen im Raum tief Luft holten und den Atem anhielten.
Das Huhn pickte die Körner von seiner Zunge.

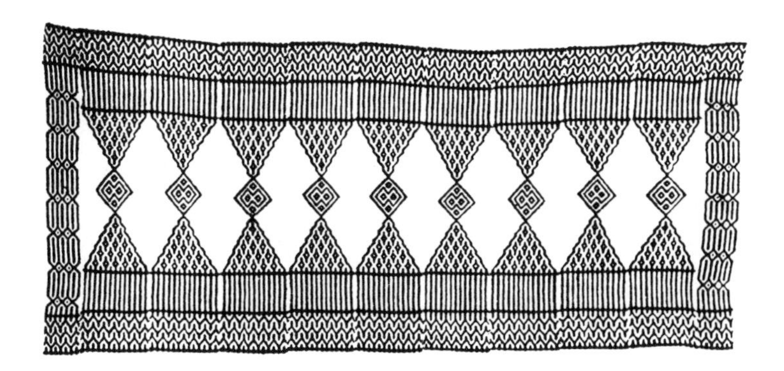

23

Nichts«, sagte Bean, als er aus der Kammer mit den Kontrollinstrumenten trat. Er schob einen Kugelschreiber in die Brusttasche seines Laborkittels.

Randall setzte sich auf dem Scannertisch auf.

»Dir fehlt nichts«, sagte Bean. »Keine unidentifizierten hellen Objekte in der weißen Substanz. Kein Tumor. Keine arteriovenösen Mißbildungen. Keine Zysten. Nichts. Du bist geheilt. Höchstwahrscheinlich hast du nie irgendwas gehabt. Falsches Positiv.«

»Nichts«, wiederholte Randall und setzte sich auf einen Stuhl neben dem MRI-Apparat. »Wenn da etwas wäre, könntet ihr es sehen?«

»Könnten wir«, sagte Bean und klopfte ihm auf die Schulter. »Diese Dinger machen die besten Bilder im ganzen Universum. Man sieht alles. Aber bei dir ist nichts. Das UHO war ein falsches Positiv. Und du hast dir einen Flug nach Chicago gespart.«

»Ja«, sagte Randall, band seine Krawatte und sah sich nach seinem Jackett um.

»Und?« fragte Bean. »Bist du jetzt froh?«

»Ja, ich bin ... froh«, sagte Randall unbestimmt und wich dem Blick seines Freundes aus. »Nur ...«

»Nur was?« wollte Bean wissen.

»Nur... jetzt ist alles wieder... ungeklärt. Ich hab um drei Uhr morgens eine riesige, häßliche westafrikanische Fledermaus über meinem Bett fliegen sehen, und –«

»Dir kann man es einfach nicht recht machen«, sagte Bean und breitete resigniert die Arme aus. »Na gut – vergiß, was ich dir gerade gesagt habe! Ich wollte dir schon wieder etwas verheimlichen!«

»Wirklich?« fragte Randall und wurde von Panik erfaßt.

»Ja«, schrie Bean. »Ich wollte dich *täuschen*! Das ist mein Beruf! Ich bin Arzt! Ich bin ein Meister der Täuschung! Du solltest nicht wissen, daß die MRI-Tomographie einen bösartigen Tumor, so groß wie eine Grapefruit, gezeigt hat! Ja, genau! Und darum hast du eine Fledermaus gesehen, kapiert? So! Bist du jetzt glücklich?«

Randall ließ den Kopf hängen.

»Du hast noch sechs Wochen zu leben«, rief Bean und warf die MRI-Filme in ein Regal. »Aber keine Sorge, wir kriegen das schon hin! Wir schneiden diesen Gehirntumor einfach raus!« schrie er. »Und das nächstemal, wenn du bei einem Zehnkampf mitmachst, kannst du ihn zum Kugelstoßen verwenden!«

Randall fuhr zurück in die Innenstadt und versuchte, sich über die neuentdeckte Unbeflecktheit seiner weißen Substanz zu freuen. Er war geheilt. Er war amerikanischer Staatsbürger. Er gehörte zu dem einen Prozent mit dem höchsten verfügbaren Einkommen. Das Leben hatte ihm eine Festtagstafel gedeckt. Er hockte nicht in irgendeinem rückständigen Land der dritten Welt in einer Lehmhütte, wo er jeden Tag über Essen und trinkbares Wasser hätte nachdenken müssen.

Vielleicht war die Fledermaus nur eine verrückte Einbildung gewesen. Aber was war mit dem blutigen Bündel? War *das* wirklich gewesen? Und was war mit den Umhängen? Was war mit dieser eigenartigen ... Aura, die alles umgab, fast so, als ob die Gegenstände – die Wirklichkeit – Licht *verströmten*, anstatt sich damit zu begnügen, das Sonnenlicht zu reflektieren? Selbst jetzt, am Morgen, schien alles zu glühen wie Sumpfgas oder Elmsfeuer oder die phosphoreszierenden Planktonwolken, die man nachts im Meer sehen konnte.

Im Aufzug unterhielten sich zwei Juniorpartner über Golf. Als Rechtsanwälte würden sie es nie zu etwas bringen. Schon die Tatsache, daß sie überhaupt Zeit hatten, Golf zu spielen, deutete auf eine ins Stocken gekommene Karriere hin – und dann hatten diese beiden Faulpelze sie auch noch verschwendet, indem sie nicht mit Mandanten, sondern *miteinander* gespielt hatten.

Randall stieg aus. Angestellte eilten durch die Empfangshalle, begrüßten ihn mit Namen, fragten ihn, wie seine Reise nach Afrika gewesen war, und sagten ihm, wie froh sie seien, daß sein Sohn gesund und unversehrt wiederaufgetaucht war.

Plötzlich wurde ihm bewußt, daß diese Leute alles über ihn wußten, wohingegen er nicht einmal ihre Namen kannte. Bis heute war ihm das ganz normal erschienen. Bei einer Kanzlei mit hundertzwanzig Partnern und über achtzig Mitarbeitern war es schon genug Aufwand, sich die Namen der Anwälte zu merken. Außerdem hatte er zuviel zu tun, um mit den Leuten über ihre Familien oder das letzte Wochenende zu plaudern. Nun merkte er, daß er seit Jahren, seit Jahrzehnten, zwanzigmal am Tag an diesen Leuten vorbeigelaufen war und nicht einmal ihre Namen kannte!

Am Empfangstisch holte er sich die nach Tagen sortierten und gebündelten rosaroten Nachrichten ab. Als er sich umdrehte und durch die mit Marmor ausgelegte Empfangshalle auf den schokoladenbraunen Teppichboden des Korridors zuging, hätte er beinah innegehalten. Der Teppichboden sah weich und solide aus. Randall hatte nie über die Farbe nachgedacht, ebensowenig wie über die Frage, ob darunter irgend etwas anderes als fester Boden war. Doch jetzt kamen ihm Zweifel. Wenn dieser Boden nun ... unwirklich war? Wenn er nun auf den Teppich trat und bis zu den Knien in einer Art Glasur versank? Oder, schlimmer noch, in anstaltsbraunem Treibsand schwamm?

Er eilte zu seinem vertrauten Schreibtisch, schaltete den Computer an und drückte einen Knopf der Gegensprechanlage.

»Zu Befehl«, sagte Mack und kicherte.

»Ich bin wieder da«, sagte Randall.

»Zuerst die gute Nachricht«, sagte Mack. »Sie erinnern sich an den Antrag auf Abweisung der Klage auf Haftung des Kreditgebers im Fall Beach Cove? Spontoon hat ihn aufgesetzt. Richter Hamilton hat ihm stattgegeben. Die Klage ist abgewiesen.«

»Hervorragend«, sagte Randall. »Ist Comco benachrichtigt?«

»Ich hab Klatschhaar eine Kopie der richterlichen Verfügung geschickt, mit einer Notiz über Ihrer Unterschrift. Er ist begeistert. Ich glaube, er hat seine Huldigung an Ihre ehrfurchtgebietenden Fähigkeiten auf Ihrem Anrufbeantworter hinterlassen.«

»Und die schlechte Nachricht?« fragte Randall und blätterte in Fax-Briefen mit dem Stempelaufdruck »DRINGEND«.

»Eine komische Sache«, sagte Mack tonlos. »Unser Freund Bilksteen hat bei Richter Hamilton die Klage gegen unsere Mandantin vorgebracht, Spontoon hat ihn in der Luft auseinandergenommen, der Richter hat ihm ein zweites Arschloch gebohrt und die Klage abgewiesen. Danach ist Bilksteen in sein Büro gegangen und hatte irgendeine Art von ... Herzinsuffizienz.«

»Eine was?« fragte Randall und warf die Faxe auf den Tisch.

»Es hieß, er habe eine Herzinsuffizienz«, sagte Mack. »Er ist im St. Dymphna's Medical Center, auf der Intensivstation. Nach dem, was ich gehört habe, geht es ihm nicht besonders gut.«

»Bilksteen hatte nach der Verhandlung einen Herzanfall?« fragte Randall. Er sah sich in seinem Büro um und fragte sich, ob die Wände und die Decke demontierbar oder durchlässig oder aufblasbar waren oder ob sie vielleicht ... atmeten und sanft wogten wie flüssige Farbe, die irgendwie der Schwerkraft trotzte.

»Na ja«, sagte Mack unbehaglich, »sie haben nicht *gesagt*, daß es ein Herzanfall war.«

»Komisch«, sagte Randall. »Äh, ich brauche Sie später noch in einer anderen Angelegenheit. Ich muß mich erst einmal um ein paar ... Dinge kümmern.«

»Okay, Boss«, sagte Mack.

»Moment noch«, sagte Randall. »Da ist noch was, das ich jetzt gleich brauche.«

»Ja?« sagte Mack eifrig.

»Diesen Anthropologen. Den Mende-Experten. Wie war noch sein Name?«

»Harris Sawyer«, sagte Mack. »University of Pennsylvania.«

»Genau. Rufen Sie ihn an. Sagen Sie ihm, es ist dringend.«

»In Ordnung.«

Randall verfütterte rosarote Nachrichten und Faxe an den Bären. Ein Bürobote trat ein und legte ein weiteres Stück Papier zu dem Miasma, das seinen Schreibtisch, sein Leben, seine Fähigkeit, klar zu denken, erstickte.

Er machte sich daran, Ordnung zu schaffen, und sah sich einem Berg aus flatternden weißen Pergamenten gegenüber, die mit uralten Schriftzeichen und Kryptogrammen übersät waren. Die Seiten vermehrten sich unter seinen Händen wie lebendige Zellen, umspülten ihn wie weiße Blätter, die mit okkulten Symbolen und Keilschriftzeichen, altirischer Schrift, alchimistischen Gleichungen und den althebräischen Buchstaben von den Qumran-Rollen bedeckt waren. Der Haufen hob und senkte sich wie ein weißes Tier, das zahllose mit Runen und Hieroglyphen beschriftete Papyri ausschied. Papier! Wörter! Symbole!

Er fischte ein brandneues Fax mit dem Aktenzeichen des Beach-Cove-Falls aus der weißen Flut. Unter dem Aktenzeichen stand fett gedruckt: BENACHRICHTIGUNG ÜBER WECHSEL DES RECHTSBEISTANDES, gefolgt von zwei Sätzen, mit denen alle am Verfahren beteiligten Parteien und Anwälte davon in Kenntnis gesetzt wurden, daß Thomas R. Bilksteen von der Kanzlei McGrath, Becker & Warren verstorben sei und die Interessen der Schuldner nunmehr von den verbleibenden Partnern der Kanzlei vertreten würden.

Die Gegensprechanlage summte.

»Leitung eins«, sagte Mack. »Dr. Harris Sawyer, University of Pennsylvania.«

»Dr. Sawyer«, sagte Randall, räusperte sich und legte die Papiere beiseite. »Schön, daß Sie so schnell Zeit gefunden haben. Ich bin gerade zurück aus ... einer Besprechung. Meine ... Mandantin ... Wie haben wir sie genannt? Colette? Ja, Colette hat wieder Probleme. Ernsthafte Probleme, glaube ich.«

»Das tut mir leid«, sagte Sawyer. »Ich hoffe, ich kann Ihnen helfen.«

»Tja, wie ich Ihnen ja schon gesagt habe, ist sie sehr abergläubisch«, sagte Randall. »Ja, sehr abergläubisch. Und sie glaubt jetzt, daß dieses Bündel ihr vielleicht ... ich weiß nicht ... etwas *getan* hat. Alles sieht für sie ... *anders* aus. Es geschehen Dinge, die sie sich nicht erklären kann. Gewisse ungewöhnliche Wahrnehmungen ...«

»Wie unangenehm«, sagte Sawyer.

»Ja. Ich möchte mit Ihnen darüber sprechen, was ich ihr gerne sagen würde. Ich würde ihr wirklich gerne folgendes sagen: Wenn dieses Bündel sich in einen Hexengeist verwandelt hätte und – wie soll ich sagen? – in sie *eingedrungen* wäre oder sie *gebissen* oder *infiziert* oder getan hätte, was immer es angeblich tut, dann hätte sie das doch *merken* müssen, oder nicht? Ich meine, sogar die Mende sagen, daß sie es merken würde, wenn sie ... Wie heißt das noch mal? Ein Hexenwirt? Eine Hexe wäre. Stimmt doch, oder? Ich meine, seien wir doch mal ehrlich«, sagte Randall mit einem heiseren Lachen. »Das Ganze ist doch nichts als Aberglauben! Das ist alles nicht wirklich. Ich kann ihr doch sagen, daß das alles nicht wirklich ist. Ich kann ihr sagen, selbst wenn sie an diesen *albernen Mist*, dieses Jujuzeug, glauben würde, wäre inzwischen irgendwas mit ihr passiert. Verstehen Sie, was ich meine? Ich meine, wenn sie nicht tot oder ... oder krank ist, würde selbst einer von diesen afrikanischen Stammesleuten doch sagen, daß ... das Ding nicht funktioniert hat, wenn Sie verstehen, was ich meine. Ob da nun Blut war oder nicht! *Es hat nichts bewirkt!*«

»Ich nehme an, Sie erinnern sich an die Zwei-Hüte-Methode«, sagte Sawyer. »Und Sie können sich sicher vorstellen, daß der Anthropologe Colette empfehlen würde, sich an einen Fachmann, an einen Psychologen vielleicht, zu wenden. Aber darum haben Sie mich ja nicht angerufen.«

»Nein«, sagte Randall schnell. »Sehen Sie, es ist, wie ich schon sagte: Sie ist so abergläubisch, daß sie die Sache vom afrikanischen Standpunkt erklärt haben möchte, damit sie absolut sicher sein kann, daß sie das ganze Phänomen von allen Seiten beleuchtet und verstanden hat ... Verstehen Sie, was ich meine?«

»Natürlich. Die Frage ist also, ob ein Hexenwirt immer weiß, daß ein Hexengeist in ihn gefahren ist. Die Mende sind sich in diesem Punkt nicht einig und die Anthropologen ebenfalls nicht. Manche sagen, wenn eine Hexe oder ein Zauberer in ein Dorf kommt, dann ist das wie ein lautes Geräusch in einem Raum voller Stimmgabeln. Oder, um es mit einem Mende-Sprichwort zu sagen: *Hinda a wa hinda.* ›Etwas bringt etwas.‹ Oder besser: ›Gleich bringt gleich.‹ Im Mittleren Westen würde man vielleicht sagen: ›Wer Mais sät, erntet Mais‹ oder so etwas in der Art. Manche Stimmgabeln reagieren auf das Geräusch, andere nicht – und die, die reagieren, können die Frequenz ›spüren‹. Sie *wissen*, daß sie Hexen oder Zauberer sind, auch wenn sie es immer leugnen. Aber das ist bei Colette nicht der Fall, nehme ich an.«

»Nein«, sagte Randall mit einem geringschätzigen Lachen. »Sie weiß nichts davon. Jedenfalls hat sie mir nichts davon gesagt«, fügte er schnell hinzu.

»Andere dagegen sagen«, fuhr Sawyer fort, »daß ein Hexenwirt rings um sich her oft nur Bosheit, Chaos und Zerstörung sieht. Nach und nach spürt er, daß das Böse mit ihm verbunden zu sein scheint. Schließlich hat er vielleicht einen Traum, oder er wird von einem Suchmann oder einem Hexenfinder geschickt befragt. Und dann ...« Sawyer hielt inne.

»Und dann?« fragte Randall.

»Dann wird ihm plötzlich klar«, sagte Sawyer und ging immer mehr in seiner Rolle als Mende auf, »daß die Finsternis, die ihm bei anderen immer so schnell ins Auge gesprungen ist, in Wirklichkeit nur die Summe seiner eigenen dunklen Kräfte ist, die vom Spiegel ihrer unschuldigen Herzen zurückgeworfen werden. Er entdeckt, daß das Böse, das er immer mit der menschlichen Natur erklärt hat, in Wirklichkeit die Frucht seiner eigenen bösen Taten ist. Er hat gesät, und jetzt fährt er die Ernte ein. Sein Leben ist voller böser Menschen, denn sie sind seine Konvertiten, sie sind die Mitglieder seiner Hexenbande. In einem einzigen schrecklichen Augenblick wird ihm klar, daß er selbst die *Ursache* eines großen Teils der Verzweiflung, der Zerstörung und des Bösen in seinem Leben ist. Bis dahin mag er sich eingeredet haben, daß er die böse Medizin ja nur benutzt habe, um sich zu schützen – als Gegenmedizin oder Gegenfluch –, aber nun entdeckt er, daß er einen Hexengeist in sich trägt und daß der Hexengeist nach und nach ... die Herrschaft übernommen hat.«

Schweigen.

»Mr. Killigan?« sagte Sawyer. »Mr. Killigan, sind Sie noch da?«

DANKSAGUNG

In den frühen achtziger Jahren lebte ich etwa sieben Monate lang in Dörfern und kleinen Städten in Sierra Leone. Die Mende haben großzügig ihre Häuser, ihr Essen, ihre Unterhaltungen und ihre Art zu leben mit mir geteilt. Sehr oft waren meine Gastgeber arme Dorfbewohner, die jede Gegenleistung für ihre Gastfreundschaft ablehnten.

Grab des weißen Mannes ist ein Roman. Obgleich die Rituale verschiedener erlaubter und verbotener Geheimgesellschaften beschrieben werden, stammt keine dieser Beschreibungen von einem Mitglied solcher Gesellschaften. Mir sind auch nie irgendwelche Geheimnisse dieser Geheimgesellschaften von einem ihrer Mitglieder mitgeteilt worden.

Ich habe *Grab des weißen Mannes* erfunden, nachdem ich zurückgekehrt war und einige Bücher über die Mende und Sierra Leone gelesen hatte.

Zwei Bücher schildern die Geheimnisse der Mende-Kultur mit poetischer Eleganz und wissenschaftlicher Klarheit: *The Springs of Mende Belief and Conduct* von W.T. Harris und Harry Sawyer (Freetown Sierra Leone University Press, 1968) und *The Mende of Sierra Leone* von Kenneth Little (Routledge & Kegan Paul, 1967).

Die Figur des Hexenfinders orientiert sich teilweise an der fesselnden Augenzeugenschilderung in Anthony J. Gittins' *Mende-Religion* (Steyler Verlag, Nettetal, 1987).

Michael Jacksons *Path Toward a Clearing* (Indiana University Press, 1989) wird unter »Anthropologie« geführt, ist aber in Wirklichkeit Poesie, Literatur, Philosophie, Psychologie und Anthropologie, gebündelt in einem hervorragenden Buch über die menschliche Natur und den Stamm der Koranko in Sierra Leone.

Das sierraleonische Krio ist eine sehr schöne Sprache, die mehr Witz, Sprichwörter und menschliche Weisheit enthält als alle Stücke Shakespeares. Ihre verschiedenen geschriebenen Formen sind jedoch für jemanden, der die Sprache nicht bereits beherrscht, fast unmöglich zu entschlüsseln. Ich habe versucht, ein geschriebenes Krio zu erfinden, von dem ich hoffe, daß es wie Krio »klingt« und dennoch rasch verstanden werden kann. [Der Reiz dieser Sprache – ein verballhorntes Englisch mit semantischen und grammatikalischen Einsprengseln aus afrikanischen Sprachen – kann aus naheliegenden Gründen im Deutschen auch nicht annähernd vermittelt werden. Anm. d. Übers.]

Mein Dank geht an Michael Becker, Gregory Willard und Dr. John Adar für ihren fachlichen Rat und Beistand.

Und schließlich: Das *Grab* war schmaler und flacher, bis Jean Naggar das Manuskript und seinen faulen Autor der Obhut des Lektors John Glusman übergab.